CLIVE CUSSLER
PAUL KEMPRECOS

Das Todeswrack

Buch

Die junge Meeresarchäologin Nina Kirov entdeckt bei einer Expedition an der marokkanischen Küste ein riesiges Steingesicht, das in dieser Form bislang nur in einer einzigen Region der Welt aufgetaucht ist: in Mexiko, als Überrest der Olmekenkultur (ca. 800 bis 700 v. Chr.). Gab es in vorchristlicher Zeit einen kulturellen Austausch zwischen Alter und Neuer Welt? Doch bevor Nina dieser Frage auf den Grund gehen kann, wird das Lager der Expedition überfallen und beinahe alle Teilnehmer werden mit eiskalter Präzision hingerichtet. Nina gelingt die Flucht an Bord eines Forschungsschiffs der NUMA, wo sie auf Kurt Austin und Joe Zavala trifft, Kollegen des berühmten Dirk Pitt. Gemeinsam machen sich Nina, Kurt und Joe an die Aufklärung der Morde, die offenbar auch mit dem Untergang der Andrea Doria im Jahr 1956 und einer verschollenen Fracht in Verbindung stehen. Die Nachforschungen führen zum bizarren Imperium des texanischen Industriellen Halcon, der auf dem Staatsgebiet der USA eine neue Nation gründen will. Und der Wahnsinnige hält tödliche Mittel zur Durchsetzung seiner Pläne bereit ...

Autoren

Clive Cussler, Jahrgang 1931, zunächst Flugzeugingenieur bei der Air Force, hat sich, seit er 1973 seinen mittlerweile legendären Helden Dirk Pitt erfand, einen der vordersten Plätze unter den großen internationalen Bestsellerautoren gesichert. Er lebt in Colorado/USA.
Paul Kemprecos ist selbst passionierter Taucher und bereits vielfach als Journalist und Schriftsteller hervorgetreten. Er lebt auf Cape Cod/USA.

Von Clive Cussler bereits erschienen:

Das Alexandria-Komplott (35528), Der Todesflieger (03657), Der Todesflug der Cargo 03 (06432), Die Ajima-Verschwörung (42188), Eisberg (35601), Hebt die Titanic (3976), Im Todesnebel (8497), Inka-Gold (43742), Operation Sahara (42802), Tiefsee (8631), Um Haaresbreite (9555), Schockwelle (35201), Höllenflut (35297)

zusammen mit Paul Kemprecos:
Brennendes Wasser (35683)

Clive Cussler
Paul Kemprecos

Das Todeswrack

Roman

Ins Deutsche übertragen
von Thomas Haufschild

BLANVALET

Die englische Originalausgabe erschien 1999
unter dem Titel »Serpent – A Novel from the NUMA Files«
bei Pocket Books, a division of Simon & Schuster Inc., New York.

Umwelthinweis:
Alle bedruckten Materialien dieses Taschenbuches
sind chlorfrei und umweltschonend.

Blanvalet Taschenbücher erscheinen im Goldmann Verlag,
einem Unternehmen der Verlagsgruppe Random House.

Sonderausgabe Oktober 2002

Umschlaggestaltung: Design Team München
Umschlagfoto: Zefa
Druck: Elsnerdruck, Berlin
Verlagsnummer: 35868
UH · Herstellung: wag
Made in Germany
ISBN 3-442-35868-X
www.blanvalet-verlag.de

1 3 5 7 9 10 8 6 4 2

Ich möchte Sie mit einem Freund bekannt machen …

Als ich gebeten wurde, Kurt Austin, Joe Zavala und ihre Freunde von der National Underwater and Marine Agency vorzustellen, habe ich dieser Bitte mit großem Vergnügen und voller Begeisterung entsprochen. Ich kenne Kurt und Joe nun schon seit vielen Jahren. Unser erstes Treffen fand statt, als die beiden sich auf Admiral Sandeckers Initiative hin der NUMA anschlossen, nicht lange nachdem Al Giordino und ich an Bord gekommen waren. Obwohl sich uns bislang nie die Gelegenheit geboten hat, zusammen an einem Projekt zu arbeiten, haben Kurts und Joes Eskapaden über und unter Wasser oftmals meine Fantasie beflügelt und mich wünschen lassen, ich wäre selbst dabei gewesen.

Kurt und ich haben einige Gemeinsamkeiten. Er ist ein paar Jahre jünger, und wir sehen uns wohl kaum ähnlich, aber er wohnt in einem alten umgebauten Bootshaus am Potomac und sammelt antike Duellpistolen, was, verglichen mit den alten Autos in meinem Flugzeughangar, eine weise Wahl darstellt, wenn man berücksichtigt, wie viel einfacher diese Pistolen sich instand halten und unterbringen lassen. Außerdem rudert und segelt er gern, während ich schon bei dem bloßen Gedanken daran außer Atem gerate.

Kurt ist einfallsreich und scharfsinnig, und er hat mehr Schneid als ein weißer Hai, der eine Schachtel Aufputschmittel verschluckt hat. Darüber hinaus ist Kurt ein wirklich netter und absolut integrer Kerl, zu dessen moralischen Werten die Nationalflagge, Mütter und Apfelkuchen gehören. Zu meinem Leidwesen finden die Damen ihn äußerst attraktiv, sogar noch attraktiver als mich. Der einzige, wenngleich mir völlig unbegreifliche Schluss, den ich daraus ziehen kann – und dies fällt mir zugegebenermaßen schwer –, ist die Tatsache, dass er von uns beiden anscheinend besser aussieht.

Ich bin froh, dass Kurts und Joes Heldentaten aus den Archiven der NUMA nun endlich publik gemacht werden. Zweifellos werden Sie, werte Leser, die Lektüre als einen unterhaltsamen und fesselnden Zeitvertreib empfinden. Mir zumindest ist es so ergangen.

Dirk Pitt

Prolog

25. Juli 1956
Südlich von Nantucket Island

Das bleiche Schiff kam dermaßen schnell in Sicht, als wäre es von einem Moment auf den anderen unvermutet aus der Tiefe emporgestiegen. Im Licht des nahezu vollen Mondes glitt es wie ein Geist über das silbern schimmernde Wasser und fuhr mit hoher Geschwindigkeit in östlicher Richtung durch die warme Nacht. Entlang seiner knochenweißen Flanken funkelte ein Diadem aus leuchtenden Bullaugen, und der steile Bug zerteilte das glatte Meer so mühelos, als schnitte ein Stilett durch schwarzen Satin.

Hoch oben auf der dunklen Brücke des schwedisch-amerikanischen Linienschiffs *Stockholm*, sieben Stunden und 130 Meilen östlich von New York City, suchte der zweite Offizier Gunnar Nillson den mondbeschienenen Ozean ab. Dank der großen rechteckigen Fenster, die sich rund um das Ruderhaus zogen, konnte er in alle Richtungen bis zum Horizont blicken. Abgesehen von vereinzelter unregelmäßiger Dünung, war die Wasseroberfläche ruhig. Die Temperatur betrug etwas über zwanzig Grad Celsius und bedeutete eine wohltuende Abwechslung von der schweren, feuchten Luft, die an jenem Morgen über der *Stockholm* gelegen hatte, als der Liner vom Pier an der 57. Straße in See gestochen und dem Lauf des Hudson River gefolgt war. Einige letzte flaumige Wolken schoben sich in zerfetzten Schleiern vor den Porzellanmond. An Steuerbord betrug die Sichtweite ein halbes Dutzend Meilen.

Nillson richtete den Blick nach backbord, wo die schmale

dunkle Horizontlinie sich in einem trüben Dunst verlor, der die Sterne verschleierte und Himmel und Wasser verschmelzen ließ.

Einen Moment lang war er von diesem dramatischen Anblick völlig überwältigt. Der Gedanke an die riesige pfadlose Leere, die noch vor ihnen lag, raubte ihm schier den Atem. Dieses Gefühl kam bei Seeleuten häufig vor, und es hätte auch noch länger angehalten, wäre da nicht das Kribbeln in seinen Fußsohlen gewesen. Die Kraft der gewaltigen Zwillingsdiesel mit ihren 14.800 Pferdestärken schien sich vom Maschinenraum durch das vibrierende Deck und in seinen Körper fortzupflanzen, der sich kaum wahrnehmbar neigte, um das leichte Rollen auszugleichen. Furcht und Erstaunen ließen nach und wichen dem Gefühl der Allmacht, das sich beinahe zwangsläufig einstellte, wenn man am Ruder eines schnellen Liners stand, der mit Höchstgeschwindigkeit über den Ozean schoss.

Die *Stockholm* maß 160 Meter von vorn bis achtern und 21 Meter in der Breite. Damit war sie das kleinste Linienschiff auf der Transatlantikroute. Dennoch handelte es sich bei ihr um ein ganz besonderes Schiff, schnittig wie eine Jacht und mit schwungvollen Konturen, die sich dynamisch von ihrem langen Vorderdeck bis zum Heck zogen, das so sanft gerundet war wie ein Weinglas. Ihre glänzende Außenhaut war vollständig weiß, abgesehen von einem einzelnen gelben Schornstein. Nillson genoss das Gefühl der Kontrolle. Er brauchte nur mit den Fingern zu schnippen, und die drei wachhabenden Matrosen würden herbeieilen, um seine Befehle entgegenzunehmen. Wenn er einen der Hebel an den Schiffstelegrafen umlegte, würden Glockensignale ertönen und Männer an die Arbeit hasten.

Er lachte in sich hinein, denn seine Hybris war ihm durchaus bewusst. Seine vierstündige Wache bestand im Wesentlichen aus einer Reihe von Routineaufgaben, die dafür sorgen sollten, dass das Schiff auf einer imaginären Route blieb, an deren Ende es auf einen imaginären Punkt in der Nähe des gedrungenen roten Feuerschiffs treffen würde, das vor Nantuckets tückischen Untiefen warnte. Dort würde die *Stockholm* auf einen nordöstlichen Kurs einschwenken, der ihre 534 Passagiere an Sable Island vorbei und geradewegs quer über den Atlantik bringen würde, an der Nordküste Schottlands entlang und schließlich in den Hafen von Göteborg.

Zwar war Nillson nur achtundzwanzig Jahre alt und hatte erst knappe drei Monate zuvor seinen Dienst auf der *Stockholm* angetreten, doch zur See gefahren war er schon seit frühester Jugend. Als Teenager hatte er auf mehreren Ostseefischkuttern gearbeitet, später dann als Hilfsmatrose bei einer großen Reederei. Danach folgten die schwedische Seefahrtsakademie sowie ein kurzer Abstecher zur schwedischen Kriegsmarine. Die *Stockholm* war ein weiterer Schritt auf dem Weg zur Erfüllung seines Traums: Herr über ein eigenes Schiff zu sein.

Nillsons Aussehen entsprach nicht dem üblichen Klischee des großen blonden Skandinaviers. Er wirkte nicht wie ein Wikinger, sondern eher wie ein Venezianer, denn er hatte die italienischen Gene seiner Mutter geerbt und dazu ihr kastanienbraunes Haar, den olivfarbenen Teint, die schmächtige Statur und das sonnige Gemüt. Dunkelhaarige Schweden waren nichts Ungewöhnliches. Manchmal fragte sich Nillson, ob die mediterrane Wärme seiner großen braunen Augen auch nur das Geringste mit der eisigen Kälte seines Kapitäns zu tun hatte. Vermutlich handelte es sich eher um eine Mischung aus skandinavischer Reserviertheit und der strengen schwedischen Seefahrttradition strikter Disziplin. Wie dem auch sei, Nillson arbeitete härter, als er musste. Er wollte dem Kapitän keinen einzigen Anlass zur Kritik geben. Sogar in dieser friedlichen Nacht ohne Schiffsverkehr, bei kaum merklichem Seegang und idealem Wetter, schritt Nillson von einem Ende der Brücke zum anderen, als würde das Schiff sich inmitten eines Orkans befinden.

Die Brücke der *Stockholm* war in zwei Bereiche unterteilt: vorn das sechs Meter breite Ruderhaus und dahinter der gesonderte Kartenraum. Die seitlichen Türen, die hinaus auf Deck führten, standen offen und ließen die leichte Südwestbrise hinein. Auf jeder Seite der Brücke befanden sich ein RCA-Radargerät und ein Schiffstelegraf. In der Mitte des Ruderhauses stand der Steuermann auf einer hölzernen Plattform einige Zentimeter über dem gebohnerten Deck. Sein Rücken wies zu der Trennwand, seine Hände umschlossen das Steuerrad, und sein Blick ruhte auf dem Kreiselkompass zu seiner Linken. Unmittelbar vor dem Ruder, unterhalb des mittleren Fensters, befand sich eine Kursanzeige. Die drei hölzernen Würfel in dem Anzeigekasten waren mit Ziffern versehen, damit der Steuermann stets die Fahrtrichtung im Auge behielt.

Die Würfel standen auf 090.

Nillsons Schicht begann um acht Uhr dreißig abends. Er war einige Minuten früher nach oben gekommen, um einen Blick auf die Wetterberichte zu werfen. Für die Gegend um das Feuerschiff vor Nantucket wurde Nebel vorhergesagt. Das war keine Überraschung. Die warmen Gewässer der Nantucket-Untiefen stellten praktisch eine Nebelfabrik dar. Der Offizier, dessen Schicht jetzt endete, teilte ihm mit, dass die *Stockholm* sich ein wenig nördlich des Kurses befand, den der Kapitän gesetzt hatte. Wie weit nördlich, konnte er nicht sagen. Die Funkbaken waren zu weit entfernt, um eine exakte Positionsbestimmung vornehmen zu können.

Nillson lächelte. Auch das war keine Überraschung. Der Kapitän nahm immer den gleichen Kurs, zwanzig Meilen nördlich der nach Osten weisenden Fahrrinne, die nach internationaler Übereinkunft empfohlen wurde. Diese Empfehlung war nicht verbindlich, und so bevorzugte der Kapitän die nördlichere Route, denn er sparte auf diese Weise Zeit und Treibstoff.

Skandinavische Kapitäne leisteten normalerweise keine Wachschichten auf der Brücke, sondern überließen das Schiff einem ihrer Offiziere. Nillson nahm sogleich eine Reihe von Aufgaben in Angriff. Er durchschritt die Brücke. Überprüfte das rechte Radar. Musterte kurz die Maschinentelegrafen auf jeder Seite der

Brücke, um sicherzugehen, dass beide »Volle Fahrt Voraus« anzeigten. Spähte vom seitlichen Deck aufs Meer hinaus. Vergewisserte sich, dass die beiden weißen Positionslichter am Masttop brannten. Kehrte wieder ins Ruderhaus zurück. Kontrollierte den Kreiselkompass. Ermahnte den Steuermann zur Aufmerksamkeit. Durchquerte abermals die Brücke.

Gegen neun Uhr kam der Kapitän herauf, nachdem er in seiner Kabine direkt unterhalb der Brücke das Abendessen eingenommen hatte. Er war ein wortkarger Mann Ende fünfzig, aber er sah älter aus. Sein kantiges Profil wirkte an den Rändern abgenutzt, wie ein felsiges Kliff, das von der unerbittlichen See geglättet worden war. Seine Körperhaltung war noch immer kerzengerade, und die Bügelfalten seiner Uniform schienen wie mit dem Lineal gezogen. Zwischen den wettergegerbten Falten seines rötlichen Gesichts funkelten wachsame eisblaue Augen. Zehn Minuten lang schritt er hinter der Brücke auf und ab, starrte auf den Ozean und sog die warme Luft ein, wie ein Hühnerhund, der die Witterung eines Fasans aufnahm. Dann ging er ins Ruderhaus und studierte die Navigationskarte, als suche er nach einem Vorzeichen.

»Kurs auf siebenundachtzig Grad ändern«, sagte er kurz darauf.

Nillson drehte die übergroßen Würfel in dem Anzeigekasten auf 087. Der Kapitän blieb so lange, bis der Steuermann den Kurs angepasst hatte. Dann kehrte er in seine Kabine zurück.

Hinten im Kartenraum radierte Nillson die Neunzig-Grad-Linie aus, trug mit Bleistift den neuen Kurs des Kapitäns ein und schätzte die Position des Schiffs. Er verlängerte die Routenlinie gemäß der anliegenden Geschwindigkeit und der verstrichenen Zeit und zeichnete ein *X* ein. Der neue Kurs würde sie in ungefähr fünf Meilen Entfernung an dem Feuerschiff vorbeiführen. Nillson ging davon aus, dass starke nördliche Strömungen das Schiff bis auf zwei Meilen herandrücken würden.

Nillson ging zu dem Radar neben der rechten Tür und schaltete die Reichweite von fünfzehn auf fünfzig Meilen um. Der dünne gelbe Abtaststrahl erhellte den schmalen Arm von Cape Cod und die Inseln Nantucket und Martha's Vineyard. Bei diesem Radius waren Schiffe zu klein, um vom Radar erfasst zu werden. Nillson stellte die ursprüngliche Reichweite ein und nahm seine Kontrollgänge wieder auf.

Ungefähr um zehn Uhr kehrte der Kapitän auf die Brücke zurück. »Ich bin in meiner Kabine und kümmere mich um den Papierkram«, verkündete er. »In zwei Stunden werde ich auf nördlichen Kurs wechseln lassen. Rufen Sie mich auf die Brücke, falls Sie das Feuerschiff vor diesem Zeitpunkt entdecken.« Er warf einen verstohlenen Blick zum Fenster hinaus, als würde er etwas spüren, das er nicht sehen konnte. »Oder falls es Nebel oder irgendwie schlechtes Wetter gibt.«

Die *Stockholm* befand sich nun vierzig Meilen westlich des Feuerschiffs. Das war nah genug, um das Signal von dessen Funkbake auffangen zu können. Der Peilempfänger zeigte an, dass die *Stockholm* um mehr als zwei Meilen in nördliche Richtung vom Kurs des Kapitäns abgewichen war. Nillson folgerte, dass eine Strömung die *Stockholm* nach Norden drückte.

Wenige Minuten später erbrachte eine weitere Peilung, dass das Schiff sich inzwischen beinahe drei Meilen nördlich der Route befand. Es bestand nach wie vor kein Anlass zur Beunruhigung; er musste die Lage lediglich genau im Auge behalten. Genau genommen lautete der Dauerbefehl, dass bei jeder Kursabweichung der Kapitän zu verständigen war. Nillson stellte sich die Miene des zerfurchten Seemannsgesichts vor, die kaum verhohlene Verachtung in den Augen des Kapitäns. Und *deshalb* haben Sie *mich* aus meiner Kabine hergerufen? Nillson kratzte sich nachdenklich am Kinn. Vielleicht lag es am Peilempfänger. Womöglich waren die Funkbaken für eine exakte Positionsbestimmung noch zu weit entfernt.

Nillson wusste, dass er sich strikt an die Maßgaben des Kapitäns zu halten hatte. Gleichwohl war er immerhin der befehlshabende Brückenoffizier. Er traf eine Entscheidung.

»Kurs neunundachtzig«, wies er den Steuermann an.

Das Ruder drehte sich nach rechts und lenkte das Schiff ein wenig nach Süden, näher an den ursprünglichen Kurs heran.

Die Brückenmannschaft wechselte die Posten, wie es alle achtzig Minuten üblich war. Lars Hansen kam aus der Bereitschaft und übernahm das Ruder.

Nillson verzog das Gesicht, denn dieser Wechsel gefiel ihm ganz und gar nicht. Ihm war stets unbehaglich zumute, wenn Hansen in seiner Schicht Dienst tat. In der schwedischen Seefahrt galten strikte Regeln. Offiziere sprachen nur dann mit den Matrosen, wenn sie ihnen Befehle erteilten. Plaudereien fanden schlichtweg nicht statt. Nillson setzte sich manchmal über diese Gewohnheit hinweg und äußerte einem Matrosen gegenüber unauffällig einen Scherz oder brachte eine sarkastische Bemerkung an. Niemals jedoch bei Hansen.

Dies war Hansens erste Fahrt auf der *Stockholm.* Man hatte ihn in letzter Minute als Ersatz an Bord genommen, weil der eigentlich angeheuerte Mann nicht erschienen war. Laut seiner Papiere hatte Hansen bereits auf einer ganzen Reihe von Schiffen gearbeitet. Dennoch kannte ihn niemand, was schwer vorstellbar schien. Hansen war hohlwangig, groß, breitschultrig, und sein blondes Haar war kurz geschoren. Bis hierhin traf die Beschreibung auch auf einige Millionen anderer Skandinavier Anfang zwanzig zu. Aber es würde schwierig sein, Hansens Gesicht zu vergessen. Eine tiefe weiße Narbe verlief von seinem vorstehenden Wangenknochen bis kurz vor den rechten Mundwinkel, so dass seine Lippen auf einer Seite zu einem grotesken Lächeln aufgeworfen schienen. Hansen hatte zumeist auf Frachtern gearbeitet, was eine Erklärung für seine Anonymität sein mochte. Nillson vermutete jedoch, dass dieser Umstand eher im Verhalten des Mannes begründet lag. Er mied Gesellschaft, redete nur, wenn man ihn ansprach, und auch dann nicht viel. Niemand fragte ihn je nach seiner Narbe.

Wie sich herausstellte, war er ein guter Matrose, der Befehle prompt und ohne zu murren ausführte, das musste Nillson zugeben. Deshalb war Nillson auch verwirrt, als er den Kompass überprüfte. Während früherer Schichten hatte sich Hansen als fähiger Steuermann erwiesen. Heute Abend aber ließ er das Schiff treiben, als wäre er mit den Gedanken nicht bei der Sache. Nillson wusste, dass es eine Zeit lang dauerte, ein Gefühl für das Ruder zu bekommen. Abgesehen von der Strömung war der Dienst am Steuerrad heute allerdings nicht besonders anspruchsvoll. Kein tosender Wind. Keine riesigen Wellen, die über das Deck hereinbrachen. Lediglich ein paar kleine Bewegungen des Ruders in die eine oder andere Richtung.

Nillson musterte den Kreiselkompass. Kein Zweifel. Das Schiff gierte ein wenig. Er trat dicht neben den Steuermann. »Halten Sie sich streng an den Kurs, Hansen«, sagte er freundlich. »Wir sind hier schließlich nicht auf einem Kriegsschiff.«

Hansens Kopf drehte sich auf dem muskulösen Hals. Die schimmernde Kompassanzeige spiegelte sich in seinen Augen und verlieh ihnen einen animalischen Glanz. Gleichzeitig betonte sie seine tiefe Narbe. Sein stierer Blick schien Hitze auszustrahlen. Nillson spürte, wie ihm stumme Aggressivität entgegenschlug, und wäre beinahe reflexartig einen Schritt zurückgewichen. Er blieb jedoch standhaft und wies auf die Kursanzeige.

Der Steuermann starrte ihn einige Sekunden ausdruckslos an und nickte dann unmerklich.

Nillson versicherte sich, dass jetzt ein gleichmäßiger Kurs anlag, murmelte zustimmend und floh dann in den Kartenraum.

Hansen jagte ihm eine Gänsehaut ein, und er nahm eine weitere Funkpeilung vor, um die Auswirkungen der Abdrift zu ermitteln. Irgendwas hier ergab keinen Sinn. Trotz der Korrektur um zwei Grad nach Süden befand sich die *Stockholm* drei Meilen nördlich des Kurses.

Er ging zurück ins Ruderhaus. »Zwei Grad nach rechts«, befahl er, ohne Hansen eines Blicks zu würdigen.

Hansen richtete das Steuerrad auf einundneunzig Grad aus.

Nillson stellte die Kursanzeige um und blieb neben dem Kompass, bis er sicher war, dass Hansen das Schiff auf den neuen Kurs gebracht hatte. Dann beugte er sich über das Radar. Das Glühen der Anzeige verlieh seiner dunklen Haut einen gelblichen Ton. Der Abtaststrahl erhellte einen Echoimpuls am linken Rand des Schirms, in ungefähr zwölf Meilen Entfernung. Nillson hob eine Augenbraue.

Die *Stockholm* hatte Gesellschaft.

Nillson wusste nicht, dass im selben Moment unsichtbare elektronische Wellen auf Rumpf und Aufbauten der *Stockholm* trafen und zu einer rotierenden Radarantenne reflektiert wurden, die sich hoch über dem Deck eines Schiffs befand, welches sich mit hoher Geschwindigkeit aus entgegengesetzter Richtung näherte. Auf der geräumigen Brücke des italienischen Linienpassagierschiffs *Andrea Doria* hatte der Offizier am Radarschirm sich wenige Minuten zuvor an einen stämmigen Mann gewandt, der eine weiße Marinemütze und eine nachtblaue Uniform trug.

»Kapitän, ich sehe ein Schiff, siebzehn Meilen entfernt, vier Grad an Steuerbord.«

Das Radar war auf eine Reichweite von zwanzig Meilen eingestellt und wurde seit drei Uhr nicht mehr aus den Augen gelassen, als Kapitän Piero Calamai auf das Oberdeck getreten war und über den westlichen Gewässern graue Dunstschwaden entdeckt hatte, die dort wie die Seelen Ertrunkener schwebten.

Sofort hatte der Kapitän befohlen, das Schiff für eine Nebelfahrt klarzumachen. Die 572 Mann starke Besatzung befand sich in ständiger Alarmbereitschaft. Das Nebelhorn gab alle hundert Sekunden ein automatisches Signal ab. Der Ausguck wurde vom Krähennest zum Bug geordert, von wo aus er eine bessere Sicht haben würde. Die Mannschaft des Maschinenraums hielt sich bereit, um im Notfall sofort reagieren zu können. Die Schotten zwischen den elf isolierten Kammern des Schiffs wurden geschlossen.

Die *Andrea Doria* befand sich auf dem letzten Stück einer 4.000

Meilen langen, neuntägigen Reise, die in ihrem Heimathafen Genua begonnen hatte. Das Schiff trug 1.134 Passagiere und 401 Tonnen Fracht an Bord. Trotz des dichten Nebels, der sich auf ihre Decks legte, fuhr die *Doria* beinahe mit Höchstgeschwindigkeit. Ihre riesigen Zwillingsturbinen schoben das große Schiff mit der Kraft von 35.500 Pferdestärken und einer Geschwindigkeit von zweiundzwanzig Knoten durchs Meer voran.

Die italienische Schifffahrtsgesellschaft setzte weder ihre Schiffe noch das Leben ihrer Passagiere aufs Spiel. Aber sie bezahlte ihre Kapitäne auch nicht dafür, mit Verspätung einzutreffen. Zeit war Geld. Niemand wusste dies besser als Kapitän Calamai, der die *Andrea Doria* auf allen Atlantiküberfahrten kommandiert hatte. Er war fest entschlossen, dass das Schiff bei der Ankunft in New York nicht eine Sekunde mehr Verspätung haben würde als jene Stunde, die es zwei Nächte zuvor in einem Sturm verloren hatte.

Als die *Doria* um zwanzig nach zehn das Feuerschiff passiert hatte, hatte die Besatzung es mit dem Brückenradar orten und das einsame Klagen seines Nebelhorns hören können, aber sein Lichtsignal blieb unsichtbar, obwohl die Entfernung weniger als eine Meile betrug. Nachdem das Feuerschiff hinter ihnen lag, befahl der Kapitän der *Doria* einen westlichen Kurs nach New York.

Der Echoimpuls fuhr in östliche Richtung, direkt auf die *Doria* zu. Calamai beugte sich stirnrunzelnd über den Radarschirm und beobachtete den Kurs des anderen Schiffs. Das Gerät konnte dem Kapitän nicht verraten, um welche *Art* von Schiff es sich handelte oder wie groß es war. Er wusste nicht, dass er einen schnellen Ozeandampfer vor sich hatte. Mit der vereinten Geschwindigkeit von vierzig Knoten kamen die beiden Schiffe sich alle drei Minuten um zwei Meilen näher.

Die Position des Schiffs war verwirrend. Schiffe mit östlichem Kurs sollten eigentlich einer Route folgen, die zwanzig Meilen *südlich* lag. Vielleicht ein Fischerboot.

Nach den allgemeinen Gepflogenheiten auf See fahren sich begegnende Schiffe mit den Backbordseiten aneinander vorbei, linke Seite an linker Seite, wie Autos, die sich auf der Straße treffen. Falls hierzu gefährliche Kreuzmanöver erforderlich sind, kann man sich auch Steuerbord an Steuerbord begegnen.

Nach der Radaranzeige zu urteilen, würde das andere Schiff problemlos zur Rechten der *Doria* passieren, sofern beide Beteiligten ihren jetzigen Kurs beibehielten. Wie die Autos auf einer Straße in England, wo Linksverkehr herrscht.

Calamai wies seine Mannschaft an, das andere Schiff ständig im Auge zu behalten. Es konnte nie schaden, vorsichtig zu sein.

Die beiden Schiffe waren noch ungefähr zehn Meilen voneinander entfernt, als Nillson das Licht unter dem Kartentisch neben dem Radargerät einschaltete und sich anschickte, die veränderliche Position des Echoimpulses auf Papier zu übertragen.

»Welcher Kurs liegt an, Hansen?«, rief er.

»Neunzig Grad«, erwiderte der Steuermann ruhig.

Nillson zeichnete einige Kreuze auf der Karte ein und verband sie mit Linien, überprüfte abermals den Radarimpuls und wies dann den Reserveausguck an, Position auf der Backbordseite der Brücke zu beziehen. Seine Berechnung hatte ergeben, dass das andere Schiff sich mit hoher Geschwindigkeit auf einem parallelen Kurs näherte, der ein Stückchen links von ihnen verlief. Er trat hinaus auf Deck und suchte die Nacht mit einem Fernglas ab. Von einem anderen Schiff war nichts zu sehen. Er wechselte fortwährend zwischen der linken und rechten Seite der Brücke hin und her und hielt jedes Mal kurz beim Radar an. Dann fragte er erneut nach dem Kurs.

»Nach wie vor neunzig Grad, Sir«, sagte Hansen.

Nillson überprüfte den Kreiselkompass. Selbst die kleinste Abweichung konnte sich als kritisch erweisen, und er wollte sichergehen, dass der Kurs korrekt war. Hansen griff nach oben und zog an der Leine über seinem Kopf. Die Schiffsglocke ertönte sechsmal. Elf Uhr. Nillson liebte es, das Zeitsignal des Schiffs zu hören.

Während einer Nachtschicht, wenn Einsamkeit und Langeweile zusammenkamen, rief das Läuten der Schiffsglocke genau jene romantischen Gefühle in ihm wach, die er als kleiner Junge für das Meer empfunden hatte. Später würde er sich an dieses Geräusch als an den Vorboten des Verhängnisses erinnern.

Nillson wurde von seinem ursprünglichen Vorhaben abgelenkt, warf einen Blick auf den Radarschirm und nahm einen weiteren Eintrag am Kartentisch vor.

Elf Uhr. Zwischen den beiden Schiffen lagen noch sieben Meilen.

Nillson berechnete, dass die Schiffe mit mehr als genug Abstand Backbord an Backbord aneinander vorbeifahren würden. Er ging wieder nach draußen und suchte mit dem Fernglas die linke Seite ab. Es war zum Verrücktwerden. Wo laut des Radars ein Schiff sein musste, herrschte völlige Dunkelheit. Vielleicht waren die Positionslichter defekt. Oder es handelte sich um ein Kriegsschiff im Manöver.

Er schaute nach rechts. Der Mond schien hell aufs Wasser. Zurück nach links. Immer noch nichts. Befand sich das Schiff womöglich in einer Nebelbank? Unwahrscheinlich. Kein Schiff würde in dichtem Nebel so schnell fahren. Er erwog, die Geschwindigkeit der *Stockholm* zu verringern. Nein. Der Kapitän würde das Klingeln des Schiffstelegrafen hören und herbeigerannt kommen. Er würde diesen eiskalten Mistkerl erst rufen, *nachdem* die Schiffe einander sicher passiert hatten.

Um 23.03 Uhr zeigte das Radar auf beiden Schiffen einen Abstand von vier Meilen.

Noch immer keine Lichter.

Abermals zog Nillson in Betracht, den Kapitän zu rufen, und verwarf den Gedanken wieder. Auch erteilte er keinen Befehl, mit dem Nebelhorn Warnsignale zu geben, wie das internationale Seerecht es vorsah. Reine Zeitverschwendung. Sie befanden sich auf offener See, der Mond stand am Himmel, und man konnte bestimmt fünf Meilen weit sehen.

Die *Stockholm* eilte weiterhin mit achtzehn Knoten durch die Nacht.

»Lichter an Backbord!«, rief der Mann im Krähennest.

Endlich.

Später würden die Fachleute verwirrt die Köpfe schütteln und sich fragen, wie es geschehen konnte, dass zwei mit Radar ausgestattete Schiffe auf offener See wie Magneten voneinander angezogen wurden.

Nillson trat aus der linken Tür der Brücke heraus auf Deck und las die Lichtsignale des anderen Schiffs. In der Dunkelheit leuchteten zwei weiße Punkte, der eine oben, der andere unten. Gut. Die Anordnung der Lichter ließ erkennen, dass das Schiff sie auf der linken Seite passieren würde. Das rote Backbordlicht kam in Sicht und bestätigte, dass das Schiff sich von der *Stockholm* weg bewegte. Die Schiffe würden Backbord an Backbord aneinander vorbeifahren. Laut Radar betrug der Abstand mehr als zwei Meilen. Er warf einen Blick auf die Uhr. Es war 23.06 Uhr.

Soweit der Kapitän der *Andrea Doria* auf dem Radarschirm erkennen konnte, würden die beiden Schiffe problemlos rechts aneinander vorbeifahren können. Als der Abstand weniger als dreieinhalb Meilen betrug, befahl Calamai eine Wende um vier Grad nach links, um die Lücke zwischen ihnen zu vergrößern. Kurz darauf erschien ein gespenstisches Glühen im Nebel, und nach und nach wurden weiße Positionslichter sichtbar. Kapitän Calamai rechnete damit, das grüne Licht auf der Steuerbordseite des anderen Schiffs zu Gesicht zu bekommen. Es musste jeden Moment so weit sein. Eine Meile Abstand.

Nillson fiel ein, dass jemand mal gesagt hatte, die *Stockholm* könne auf einem Strandtuch wenden und trotzdem noch genug Platz für Badegäste lassen. Es war an der Zeit, sich diese Gewandtheit zunutze zu machen.

»Zwei Strich steuerbord«, befahl er. Genau wie Calamai wollte er mehr Manövrierraum.

Hansen drehte das Ruder zwei volle Umdrehungen nach rechts. Der Bug des Schiffs schwenkte zwanzig Grad nach steuerbord.

»Mittschiffs ausrichten und Kurs halten.«

Das Wandtelefon klingelte. Nillson ging hinüber und nahm den Hörer ab.

»Brücke«, sagte Nillson. Er war überzeugt, dass die Vorbeifahrt problemlos verlaufen würde, und stand jetzt mit dem Gesicht zur Wand und den Fenstern im Rücken.

Am Apparat war der Ausguck im Krähennest. »Lichter zwanzig Grad backbord.«

»Danke«, sagte Nillson und legte auf. Er ging zum Radar und überprüfte die Anzeige. Den neuen Kurs der *Doria* bemerkte er nicht. Die Echoimpulse befanden sich jetzt so dicht nebeneinander, dass die Anzeige für ihn keinerlei Sinn mehr ergab. Er ging zur Backbordseite, hob in aller Seelenruhe das Fernglas an die Augen und richtete es auf die Lichter.

Er zuckte zusammen.

»Mein Gott.« Ihm stockte der Atem. Zum ersten Mal bemerkte er, dass die Topplichter sich geändert hatten.

Die oberen und unteren Lichter hatten sich umgekehrt. Das Schiff wandte ihm nicht länger die rote Backbordseite zu. Das Licht war *grün.* Die Steuerbordseite. Seitdem er das letzte Mal nachgesehen hatte, schien das andere Schiff eine scharfe Linkskehre vollzogen zu haben.

Jetzt schoben sich drohend die strahlenden Decklichter eines riesigen schwarzen Schiffs aus der dichten Nebelbank, die alle Blicke abgeschirmt hatte. Die rechte Seite lag direkt in der Bahn der rasend schnellen *Stockholm.*

Nillson brüllte die Kursänderung heraus. »Hart steuerbord!«

Er fuhr herum, packte die Hebel des Schiffstelegrafen mit beiden Händen, riss sie auf »Stop« und dann bis ganz nach unten, als könnte er das Schiff allein durch einen flehentlichen Wunsch zum Stehen bringen. Ein ohrenbetäubendes Klingeln erfüllte die Luft.

Volle Fahrt zurück.

Nillson wandte sich zum Ruder um. Hansen stand dort wie ein steinerner Götze vor einem heidnischen Tempel.

»Verflucht, ich habe gesagt hart *steuerbord!*«, schrie Nillson mit heiserer Stimme.

Hansen begann das Ruder zu drehen. Nillson traute seinen Augen nicht. Hansen riss das Ruder nicht etwa nach steuerbord herum, was ihnen die – wenngleich nur kleine – Chance eröffnet hätte, eine Kollision zu vermeiden. Er drehte das Steuerrad langsam und bedächtig nach *links.*

Der Bug der *Stockholm* schwang in einer tödlichen Kehre herum.

Nillson hörte ein Nebelhorn. Es musste zu dem anderen Schiff gehören.

Im Maschinenraum herrschte Chaos. Die Mannschaft kurbelte wie wild an dem Rad, mit dem sich der Steuerbordmotor anhalten ließ. Sie versuchte verzweifelt, die Ventile zu öffnen, die den Schub umkehren und den Backbordmotor stoppen würden. Das Schiff erzitterte, als der Bremsvorgang einsetzte. Zu spät. Die *Stockholm* flog wie ein Pfeil auf das wehrlose Schiff zu.

Auf der Backbordseite der Brücke klammerte sich Nillson weiterhin verbissen am Schiffstelegrafen fest.

So wie Nillson hatte auch Kapitän Calamai die Topplichter auftauchen sehen. Dann hatten sie sich umgekehrt, so dass nun das rote Backbordlicht wie ein Rubin auf schwarzem Samt glühte. Er erkannte, dass das andere Schiff eine scharfe Rechtskurve vollführt hatte, die es genau in die Bahn der *Doria* brachte.

Keine Warnung. Kein Nebelhorn, keine Signalpfeife.

Bei dieser Geschwindigkeit war an ein Anhalten nicht zu denken. Das Schiff würde mehrere Meilen benötigen, um zum Stillstand zu kommen.

Calamai musste innerhalb von Sekunden reagieren. Er konnte eine Rechtskurve befehlen, direkt *auf* die Gefahr *zu,* in der Hoffnung, dass die Schiffe sich nur streifen würden. Vielleicht konnte die schnelle *Doria* das angreifende Schiff abhängen.

Calamai traf eine verhängnisvolle Entscheidung.

»Hart links«, rief er.

Ein Brückenoffizier fragte nach. Wollte der Kapitän, dass die Maschinen abgestellt wurden? Calamai schüttelte den Kopf. »Volle Fahrt beibehalten.« Er wusste, dass die *Doria* bei höherer Geschwindigkeit besser reagierte.

Der Steuermann riss mit beiden Händen das Ruder nach backbord herum, so dass die Speichen des Rades wirbelten. Die Pfeife gellte zweimal auf, um die Linkskehre anzuzeigen. Das große Schiff stemmte sich eine halbe Meile lang gegen seinen Vorwärtsimpuls, bis es sich gemächlich in die Kurve legte.

Der Kapitän wusste, dass er ein großes Risiko einging, indem er die Breitseite der *Doria* schutzlos preisgab. Er hoffte inständig, dass das andere Schiff gerade noch rechtzeitig abdrehen würde. Er konnte noch immer nicht glauben, dass die beiden Schiffe sich auf einem Kollisionskurs befanden. Das alles wirkte wie ein Traum.

Der Zuruf eines seiner Offiziere holte ihn unsanft in die Realität zurück. »Es hält direkt auf uns zu!«

Der Kurs des herannahenden Schiffs zeigte auf die Steuerbordseite der Brücke, wo Calamai ihm fassungslos entgegenstarrte. Der spitze, nach oben gerichtete Bug schien genau auf ihn zu zielen.

Der Skipper der *Doria* war bekannt für seine Härte und Abgeklärtheit. Aber in jenem Moment machte er, was jeder vernünftige Mensch an seiner Stelle getan hätte. Er rannte um sein Leben.

Der verstärkte Bug des schwedischen Schiffs durchstieß die Metallhaut der schnellen *Andrea Doria* so mühelos wie ein Bajonett und drang fast zehn Meter in den siebenundzwanzig Meter breiten Rumpf des Linienschiffs ein, bevor er zum Stillstand kam.

Der italienische Liner wog 29.100 Tonnen und damit mehr als

doppelt so viel wie die *Stockholm.* Er zog das Schiff mit sich und drehte sich dabei um den Aufschlagpunkt unterhalb und achtern der Steuerbordseite der Brücke. Als die angeschlagene *Doria* weiterstampfte, riss der zerdrückte Bug der *Stockholm* sich los und schlitzte sieben der zehn Passagierdecks des Liners auf, als würde der Schnabel eines Raubvogels Stücke aus dem Leib seiner Beute reißen. Mit einem hellen Funkenregen schrammte der Bug an dem langen schwarzen Rumpf entlang.

Das klaffende keilförmige Loch, das in der Flanke der *Doria* gähnte, war am oberen Rand zwölf Meter breit und verengte sich unterhalb des Wasserspiegels bis auf zwei Meter.

Tausende Liter Seewasser strömten in die riesige Wunde und füllten die leeren Außenbordtreibstofftanks, die bei der Kollision aufgerissen worden waren. Unter dem Gewicht von fünfhundert Tonnen Meerwasser, die den Kesselraum fluteten, krängte das Schiff nach rechts. Durch einen Gang und mehrere Luken ergoss sich ein öliger Strom und stieg durch die Bodenroste des Maschinenraums empor. Die verzweifelten Matrosen rutschten auf den ölverschmierten Decks aus, als wären sie Zirkusclowns, die eine Nummer einstudierten.

Immer mehr Wasser schoss herein, umspülte die unversehrten leeren Treibstofftanks auf der Backbordseite und hob sie empor, als wären es Seifenblasen.

Innerhalb weniger Minuten nach dem Zusammenprall hatte die *Doria* schwere Schlagseite.

Nillson hatte eigentlich erwartet, dass der Aufprall ihn zu Boden schleudern würde. Der Stoß war überraschend sanft, allerdings heftig genug, um ihn aus seiner Erstarrung zu reißen. Er rannte vom Ruderhaus in den Kartenraum und schlug auf den Alarmknopf, der die wasserdichten Schotten der *Stockholm* schließen würde.

Der Kapitän kam auf die Brücke gerannt. »Um Gottes willen, was ist passiert?«, brüllte er.

Nillson wollte antworten, doch die Worte blieben ihm im Halse stecken. Er wusste nicht, wie er die Lage beschreiben sollte. Hansen, der seinen Befehl ignorierte, nach steuerbord zu lenken. Das verschwommene Drehen des Ruders nach backbord. Hansen, der sich nach vorn auf das Steuerrad stützte, die Hände fest um die Speichen geklammert, als würde die Zeit stillstehen. Keine Angst, kein Entsetzen in seinen Augen. Nur eine eisige blaue Kälte. Nillson hielt es im ersten Moment für eine Lichtspiegelung, für die Lampe am Gehäuse des Kreiselkompasses, deren Schein auf die hässliche Narbe fiel. Aber es gab kein Vertun. Während die Schiffe in die sichere Katastrophe rasten, *lächelte* dieser Mann.

Nillson hatte nicht den geringsten Zweifel. Hansen hatte das andere Schiff *absichtlich* gerammt und dabei die *Stockholm* zur Waffe gemacht, als würde er einen Torpedo abschießen. Es bestand allerdings auch kein Zweifel daran, dass niemand, weder der Kapitän noch sonst jemand auf dem Schiff, jemals glauben würde, dass so etwas überhaupt möglich war.

Nillsons gequälter Blick löste sich vom wütenden Gesicht des Kapitäns und richtete sich auf das Ruder, als würde dort die Antwort liegen. Das verlassene Steuerrad drehte sich haltlos hin und her.

In all dem Durcheinander war Hansen plötzlich verschwunden.

Jake Carey wurde durch einen unheilvollen metallischen Donnerschlag aus dem Schlaf gerissen. Der hohle Knall hielt nur für den Bruchteil einer Sekunde an und wurde zunächst von einem gequälten Kreischen abgelöst, als Stahl auf Stahl traf. Dann kam ein Furcht erregendes Splittern und Knirschen, als würde die Oberdeckkabine implodieren. Carey riss die Augen auf und starrte angsterfüllt auf etwas, das wie eine bewegliche grauweiße Wand aussah und sich nur ein kurzes Stück vor ihm befand.

Carey war erst vor wenigen Minuten eingeschlafen. Er hatte

seiner Frau Myra einen Gutenachtkuss gegeben und war unter die kühlen Laken seines Einzelbetts in ihrer Erste-Klasse-Kabine geschlüpft. Myra hatte noch ein paar Seiten in ihrem Roman gelesen, bis ihre Lider immer schwerer wurden. Sie schaltete das Licht aus, zog sich die Decke bis zum Kinn empor und seufzte wohlig. Die angenehmen Erinnerungen an die sonnenverbrannten Weinberge der Toskana waren noch ganz frisch.

Früher am Abend hatten sie und Jake im Speisesaal der ersten Klasse mit Champagner auf den Erfolg ihres Italienaufenthalts angestoßen. Carey hatte einen Schlummertrunk in der Belvedere Lounge vorgeschlagen, aber Myra hatte erwidert, dass sie auf ewig den Spaghetti abschwören würde, wenn sie auch nur noch einmal hören musste, wie die Band »Arrivederci Roma« spielte. Kurz vor halb elf zogen sie sich zurück.

Nachdem sie Hand in Hand an den Geschäften auf dem Foyerdeck vorbeigeschlendert waren, nahmen sie den Aufzug eine Etage nach oben und gingen nach vorn zu ihrer großen Oberdeckkabine auf der Steuerbordseite. Sie stellten ihr Gepäck hinaus auf den Flur, wo die Stewards es rechtzeitig vor ihrer morgigen Ankunft in New York abholen würden. Das Schiff schlingerte ganz leicht, denn es war immer topplastiger geworden, je mehr Treibstoff aus den großen Tanks im Rumpf aufgebraucht wurde. Es fühlte sich an, als würde man in einer riesigen Wiege geschaukelt werden, und so schlief auch Myra Carey schnell ein.

Jetzt erhielt das Bett ihres Mannes einen heftigen Stoß. Er wurde in die Luft geschleudert, als hätte man ihn mit einem Katapult abgeschossen. Dann stürzte er eine halbe Ewigkeit im freien Fall nach unten, bevor er klatschend aufschlug. Es wurde dunkel um ihn.

Auf den Decks der *Andrea Doria* ging der Tod um.

Er streifte von den feudalen Kabinen auf den oberen Ebenen zu den Quartieren der Touristenklasse unterhalb der Wasserlinie. Zweiundfünfzig Leute wurden unmittelbar durch den Zusammenstoß getötet oder tödlich verwundet. Auf dem Erste-Klasse-Deck, wo das Loch am breitesten war, wurden zehn Kabinen zerstört. Am unteren Ende war das Loch am schmalsten, aber die Kabinen unter der Wasserlinie waren kleiner und dichter belegt, so dass die Folgen sogar noch verheerender ausfielen.

Leben oder Tod der Passagiere hing von den Launen des Schicksals ab. Ein Gast in der ersten Klasse, der sich gerade die Zähne geputzt hatte, lief zurück in sein Schlafzimmer, dessen Wand auf einmal fehlte. Seine Frau war verschwunden. Auf dem luxuriösen Foyerdeck wurden zwei Leute augenblicklich getötet. Sechsundzwanzig italienische Immigranten in den kleineren, billigeren Kabinen auf dem untersten Deck, darunter eine Frau und ihre vier kleinen Kinder, befanden sich direkt im Zentrum der Kollision und starben in einem Gewirr aus zermalmtem Stahl. Aber es gab auch Wunder. Ein kleines Mädchen wurde aus einer Erste-Klasse-Kabine gehoben und wachte im zerdrückten Bug der *Stockholm* auf. In einer anderen Kabine stürzte die Decke auf ein Paar herab, aber es gelang ihnen, hinaus auf den Gang zu kriechen.

Die Leute auf den beiden untersten Decks hatten es am schwersten und mussten sich ihren Weg nach oben durch die schrägen, von Rauch erfüllten Korridore bahnen, während ihnen öliges schwarzes Wasser entgegenströmte. Nach und nach erreichten die Menschen die Sammelpunkte und warteten auf Anweisungen.

Kapitän Calamai befand sich nach dem Zusammenprall auf der entlegenen Seite der unbeschädigten Brücke. Er erholte sich von seinem anfänglichen Schock und zog den Hebel des Schiffstelegrafen auf »Stopp«. Schließlich kam das Schiff im dichten Nebel zum Stillstand.

Der zweite Offizier eilte zum Inklinationskompass, jenem Gerät, mit dem die Neigung des Schiffs gemessen wurde.

»Achtzehn Grad«, sagte er. Wenige Minuten später meldete er sich erneut: »Neunzehn Grad.«

Dem Kapitän rann ein kalter Schauder über den Rücken. Die Schlagseite durfte eigentlich nicht mehr als fünfzehn Grad betragen, auch wenn zwei Kammern geflutet waren. Eine seitliche Neigung von mehr als zwanzig Grad würde zu viel für die Trennwände sein.

Sein Verstand sagte ihm, dass die Lage hoffnungslos war. Die Konstrukteure sicherten zu, dass das Schiff im Gleichgewicht bleiben würde, sofern nicht mehr als zwei beliebige Kammern geflutet waren. Der Kapitän forderte Schadensberichte von jedem Deck an, vor allem hinsichtlich des Zustands der wasserdichten Schotten, und befahl, einen SOS-Ruf mit der Positionsangabe des Schiffs auszusenden.

Die Offiziere kamen mit den Schadensberichten zur Brücke zurück. Die Mannschaft des Maschinenraums versuchte, die Steuerbordkammern auszupumpen, aber das Wasser strömte zu schnell nach. Der Kesselraum war geflutet, und zwei weitere Kammern meldeten einen Wassereinbruch.

Das Problem war das A-Deck, das eigentlich als stählerner Deckel über den Querschotten dienen sollte, mittels derer das Schiff in einzelne Kammern unterteilt wurde. Über die Passagiertreppen floss Wasser in die anderen Kammern.

Der Offizier gab die neueste Anzeige bekannt. »Zweiundzwanzig Grad.«

Kapitän Calamai brauchte keinen Blick auf den Inklinationskompass zu werfen, um zu wissen, dass die Schlagseite zu heftig war, um wieder ausgeglichen werden zu können. Der schräge, mit Karten übersäte Boden zu seinen Füßen war Beweis genug.

Das Schiff starb.

Er war wie betäubt vor Kummer. Bei der *Andrea Doria* handelte es sich nicht einfach um *irgendein* Schiff. Die neunundzwanzig Millionen Dollar teure Königin der italienischen Schifffahrtsgesellschaft war das prächtigste und luxuriöseste Passagierschiff auf See. Sie war kaum vier Jahre alt, und ihr Stapellauf hatte der Welt beweisen sollen, dass die italienische Handelsmarine nach dem Krieg wieder im Geschäft war. Mit dem anmutigen schwarzen Rumpf, den weißen Aufbauten und dem schnittigen grünweißroten Schornstein wirkte der Liner eher wie die Arbeit eines Bildhauers als die eines Schiffbauingenieurs.

Außerdem war dies *sein* Schiff. Er hatte die *Doria* auf ihren Probefahrten und bei hundert Atlantiküberquerungen befehligt. Er kannte ihre Decks besser als die Zimmer seines eigenen Hauses. Er wurde dessen nie überdrüssig, wie der Besucher eines Museums von einem Ende zum anderen zu schlendern, die Arbeit von einunddreißig der besten Künstler und Handwerker Italiens in sich aufzunehmen, sich an der Renaissancepracht der Spiegel zu erfreuen, der Vergoldungen, des Kristalls, der edlen Hölzer, erlesenen Gobelins und Mosaiken. Umgeben von den riesigen Wandgemälden, die an Michelangelo und andere italienische Meister gemahnten, würde er im Foyer der ersten Klasse vor der massiven Bronzestatue Andrea Dorias verharren, dessen Größe nur von der des Kolumbus übertroffen wurde. Der alte genuesische Admiral stand hier allzeit bereit, beim ersten Anzeichen eines feindlichen Piratenschiffs das Schwert zu ziehen.

All das würde verloren gehen.

Die Passagiere standen für den Kapitän an erster Stelle. Er wollte gerade den Befehl zum Verlassen des Schiffs erteilen, als ein Offizier ihm den Zustand der Rettungsboote meldete. Die Boote auf der Backbordseite konnten nicht zu Wasser gelassen werden. Somit blieben acht Boote auf der Steuerbordseite. Sie hingen weit draußen über dem Meer. Selbst wenn man sie hinablassen konnte, boten sie nur der Hälfte der Passagiere Platz. Er wagte es nicht, den Befehl zu geben. In Panik würden die Passagiere auf die Backbordseite eilen, und es würde ein völliges Chaos ausbrechen.

Er hoffte inständig, dass in der Nähe befindliche Schiffe ihr SOS aufgefangen hatten und sie im Nebel ausfindig machen konnten.

Es blieb ihm nichts anderes übrig, als abzuwarten.

Angelo Donatelli hatte soeben einer Tischrunde fröhlicher New Yorker, die ihre letzte Nacht an Bord der *Doria* feierten, ein Tablett Martinis serviert, als er einen Blick aus einem der mit

Stoff behängten Fenster warf, die in drei Wände der eleganten Belvedere-Lounge eingelassen waren. Ihm war so, als habe er irgendeine merkwürdige Bewegung gesehen.

Die Lounge befand sich vorn auf dem Bootsdeck mit der offenen Promenade, und normalerweise hatten die Passagiere der ersten Klasse tagsüber und in klaren Nächten einen herrlichen Ausblick auf das Meer. Heute jedoch hatten die meisten Gäste es inzwischen aufgegeben, hinaus in die weiche graue Wand zu starren, die die Lounge umgab. Es war reiner Zufall, dass Angelo aufschaute und die Lichter und Relings eines großen weißen Schiffs sah, das durch den Nebel glitt.

»*Dio mio*«, murmelte er.

Er hatte die Worte kaum ausgesprochen, da gab es auch schon einen Knall, der sich wie ein riesiger Feuerwerkskörper anhörte. Die Lounge wurde in Dunkelheit gehüllt.

Ein heftiger Ruck ging durch das Deck. Angelo kam ins Stolpern, bemühte sich vergeblich, das Gleichgewicht zu halten, und sah mit dem runden Tablett in seiner Hand dabei aus wie eine leidliche Imitation der berühmten griechischen Statue eines Diskuswerfers. Der stattliche Sizilianer aus Palermo war ein geborener Athlet, dessen Gewandtheit infolge der täglichen Slalomläufe zwischen den Tischen und des fortwährenden Balancierens der Drinks aufs Höchste geschärft war.

Als er sich wieder aufrappelte, ging die Notbeleuchtung an. Die drei Paare an seinem Tisch waren von ihren Stühlen zu Boden geschleudert worden. Er half zunächst den Frauen auf. Niemand schien ernstlich verletzt zu sein. Er sah sich um.

Die wunderschöne Lounge mit ihren gedämpft beleuchteten Wandteppichen, den Gemälden, Holzschnitzereien und der glänzenden hellen Täfelung hatte sich in ein einziges Durcheinander verwandelt. Die schimmernde Tanzfläche, auf der sich noch Sekunden zuvor Paare zu den Klängen von »Arrivederci Roma« gewiegt hatten, war ein Knäuel sich windender Körper. Die Musik hatte abrupt ausgesetzt, und stattdessen wurden Schmerzens-

und Angstschreie laut. Die Bandmitglieder krochen unter ihren Instrumenten hervor. Überall lagen zerbrochene Flaschen und Gläser, und es stank nach Alkohol. Die Blumenvasen hatten ihren Inhalt über den Boden verschüttet.

»Um Gottes willen, was war *das* denn?«, fragte einer der Männer.

Angelo sagte nichts. Selbst jetzt war er sich immer noch nicht sicher, was er eigentlich gesehen hatte. Er schaute abermals aus dem Fenster und sah bloß den Nebel.

»Vielleicht haben wir einen Eisberg gerammt«, bot die Frau des Mannes zaghaft eine mögliche Erklärung an.

»Ein *Eisberg*? Meine Güte, Connie, wir sind hier vor der Küste von Massachusetts. Im *Juli.*«

Die Frau schmollte. »Tja, dann war es vielleicht eine Mine.«

Er schaute zur Band hinüber und grinste. »Was auch immer es war, es hat sie dazu gebracht, mit diesem gottverdammten Lied aufzuhören.«

Alle lachten über den Witz. Die Tänzer klopften sich den Staub von der Kleidung, und die Musiker überprüften, ob ihre Instrumente Schaden genommen hatten. Barmixer und Kellner liefen aufgeregt umher.

»Kein Grund zur Sorge«, sagte ein anderer Mann. »Einer der Offiziere hat mir erzählt, dieses Schiff sei so konstruiert worden, dass es nicht sinken kann.«

Seine Frau kontrollierte gerade ihr Make-up im Spiegel ihrer Puderdose. Plötzlich hielt sie inne. »Das hat man von der *Titanic* auch behauptet«, sagte sie beunruhigt.

Drückendes Schweigen. Dann wechselseitig ein paar schnelle ängstliche Blicke. Als hätten sie ein lautloses Signal vernommen, liefen die drei Paare hastig auf den nächsten Ausgang zu, wie Vögel, die von einer Wäscheleine aufstoben.

Im ersten Moment wollte Angelo die Gläser wegräumen und den Tisch abwischen. Er lachte leise auf. »Du bist schon zu lange Kellner«, murmelte er.

Die meisten Leute im Raum waren inzwischen wieder auf die Beine gekommen und bewegten sich auf die Ausgänge zu. Die Lounge leerte sich schnell. Falls Angelo sich ihnen nicht anschloss, würde er allein zurückbleiben. Er zuckte mit den Achseln, warf sein Geschirrtuch zu Boden und ging dann zur nächsten Tür, um herauszufinden, was eigentlich passiert war.

Schwarze Wogen drohten Jake Carey ein für alle Mal unter sich zu begraben. Er kämpfte gegen die dunkle Strömung, die an seinem Körper zerrte, packte den letzten schlüpfrigen Zipfel seines Bewusstseins und klammerte sich erbittert daran fest. Er hörte ein Stöhnen und erkannte, dass es von seinen eigenen Lippen stammte. Er stöhnte erneut, diesmal absichtlich. Gut. Tote stöhnten nicht. Der nächste Gedanke galt seiner Frau.

»Myra!«, rief er.

Er hörte eine schwache Bewegung in der grauen Dunkelheit. Hoffnung brandete in ihm auf. Er rief erneut den Namen seiner Frau.

»Hier drüben.« Myras Stimme klang gedämpft, als käme sie aus einiger Entfernung.

»Gott sei Dank! Bist du in Ordnung?«

Eine Pause. »Ja. Was ist passiert? Ich habe geschlafen …«

»Keine Ahnung. Kannst du dich bewegen?«

»Nein.«

»Ich komme und helfe dir«, sagte Carey. Er lag auf der linken Seite, den Arm unter seinem Körper begraben. Auf seine rechte Seite drückte eine schwere Last. Er konnte die Beine nicht bewegen. Ein eisiger Schreck durchfuhr ihn. Womöglich war sein Rückgrat gebrochen. Er versuchte es abermals. Angestrengter. Der heftige Schmerz, der von seinem Knöchel zur Hüfte hinaufschoss, trieb ihm Tränen in die Augen, aber er wusste jetzt, dass er nicht gelähmt war. Er stellte seine Bemühungen ein. Zuerst musste er in Ruhe nachdenken. Carey war Ingenieur und hatte ein Vermögen beim Brückenbau verdient. Dieses Problem war genau wie jedes andere und konnte durch die Anwendung von Logik und Ausdauer gelöst werden. Und obendrein würde er eine Menge Glück brauchen.

Er bewegte seinen rechten Ellbogen und stieß gegen etwas Weiches. Er lag unter der Matratze. Er verstärkte den Druck und drehte dabei seinen Körper, um die Hebelwirkung zu verstärken. Die Matratze gab ein Stück nach und rührte sich dann nicht mehr. Verdammt, unter Umständen lag die ganze verfluchte Decke auf ihm. Carey atmete tief ein, und dann drückte er erneut, unter Aufbietung jedes Quäntchens Kraft in seinem muskulösen Arm. Die Matratze rutschte nach unten auf den Boden.

Er hatte jetzt beide Arme frei, streckte sie nach unten und ertastete etwas Festes, das auf seinem Knöchel lag. Er befühlte die Oberfläche des Gegenstands und kam zu dem Schluss, dass es sich um die Kommode handeln musste, die zwischen den beiden Betten gestanden hatte. Die Matratze hatte ihn vermutlich vor den Bruchstücken der Wand und der Decke abgeschirmt. Mit beiden Händen hob er die Kommode um wenige Zentimeter an und zog nacheinander beide Beine darunter hervor. Vorsichtig massierte er sich die Knöchel, um die Blutzufuhr wieder in Gang zu bringen. Er hatte Schmerzen und blaue Flecken, aber es schien nichts gebrochen zu sein. Langsam erhob er sich auf Hände und Knie.

»Jake.« Das war wieder Myras Stimme. Schwächer.

»Ich komme, mein Schatz. Halt aus.«

Irgendetwas stimmte hier nicht. Myras Stimme schien von der anderen Seite der Kabinenwand zu kommen. Er knipste einen Lichtschalter an. Es blieb dunkel. Desorientiert kroch er durch die Trümmer. Seine tastenden Finger trafen auf eine Tür. Ein Geräusch drang an seine Ohren. Es klang wie die Brandung an einem Strand, mit schreienden Möwen im Hintergrund. Schwankend kam er auf die Beine, schob das Gerümpel vor der Tür beiseite und öffnete sie. Es war wie in einem bösen Traum.

Der Korridor war voller drängelnder und schubsender Passagiere, die von der Notbeleuchtung in ein bernsteinfarbenes Dämmerlicht getaucht wurden. Männer, Frauen und Kinder, manche vollständig bekleidet, manche unter den Mänteln in ihrer Nachtwäsche, manche mit leeren Händen, andere mit schweren Taschen – sie alle bahnten sich schiebend und stoßend, teils auf den Beinen, teils auf Händen und Knien, einen Weg zum Oberdeck. Staubwolken und dichter Rauch hingen in der Luft, und der ganze Gang war stark geneigt, als würden die Leute sich in einem dieser skurrilen Häuser auf einem Jahrmarkt befinden. Einige Passagiere versuchten, zu ihren Kabinen zu gelangen, und mühten sich gegen den Menschenstrom ab, wie Lachse, die flussaufwärts schwammen.

Carey schaute zu der Tür zurück, durch die er soeben getreten war, und erkannte an der Nummer, dass es sich um die Kabine neben seiner eigenen handelte. Er musste von einem Raum in den nächsten geschleudert worden sein. An jenem Abend hatten er und Myra sich im Salon mit den Bewohnern dieser Kabine unterhalten, einem älteren italienisch-amerikanischen Ehepaar, das sich auf dem Heimweg von einem Familientreffen befand. Er hoffte inständig, dass die beiden nicht wie üblich früh zu Bett gegangen waren.

Carey schob sich durch die Menge zu seiner Kabinentür. Sie war abgeschlossen. Er ging zurück in die Kabine, die er gerade erst verlassen hatte, und arbeitete sich durch den Schutt zu der Wand vor. Er musste einige Male innehalten, um Möbelstücke zu verrücken und Teile der Decke oder der Wand wegzuräumen. Manchmal kroch er über die Trümmer, manchmal wand er sich unter ihnen hindurch. Er hatte es jetzt doppelt eilig. Die Neigung des Gangs bedeutete, dass das Schiff leckgeschlagen war. Er erreichte die Wand und rief ein weiteres Mal den Namen seiner Frau. Sie antwortete von der anderen Seite. Hektisch tastete er nach irgendeinem Durchlass in der Barriere und stellte fest, dass sich die Wand am anderen Ende vom Boden gelöst hatte. Er zerrte so lange, bis die Öffnung groß genug war, dass er sich auf dem Bauch hindurchquetschen konnte.

Seine Kabine lag im Halbdunkel. Alle möglichen Formen und Gegenstände zeichneten sich in dem schwachen Schimmer ab. Er stand auf und schaute in Richtung der Lichtquelle. Eine kühle salzige Brise wehte ihm in das verschwitzte Gesicht. Er traute seinen Augen nicht. Die äußere Kabinenwand war verschwunden! Stattdessen klaffte dort ein riesiges Loch, durch das er sehen konnte, wie sich das Mondlicht auf der Wasseroberfläche spiegelte. Er arbeitete sich fieberhaft voran, und wenige Minuten später hatte er seine Frau erreicht. Mit einem Zipfel seiner Pyjamajacke wischte er ihr das Blut von Stirn und Wangen und küsste sie zärtlich.

»Ich kann mich nicht bewegen«, sagte sie beinahe entschuldigend.

Was auch immer ihn in die nächste Kabine geschleudert hatte, es hatte außerdem Myras stählernes Bettgestell vom Boden abgerissen und gegen die Wand gepresst, als wäre es der Klappbügel einer Mausefalle. Myra befand sich in einer fast aufrechten Position, und glücklicherweise schützte die Matratze sie vor dem Druck der verhedderten Bettfedern, aber der Rahmen zwang sie gegen die Wand. In ihrem Rücken befand sich der metallene Schacht eines der Schiffsaufzüge. Myras rechter Arm war frei und baumelte neben ihr herab.

Carey packte die Kante des Rahmens und zog. Zwar war er bereits Mitte fünfzig, aber dank seiner Zeit als Arbeiter besaß er noch immer beträchtliche Kraft. Er legte das ganze Gewicht seines massigen Körpers in die Anstrengung. Der Rahmen gab ein kleines Stück nach, schnellte aber sofort wieder in die Ausgangsstellung zurück, sobald Jake losließ. Er versuchte, den Rahmen mit einem Stück Holz aufzubiegen, besann sich jedoch sogleich eines anderen, weil Myra einen Schmerzensschrei ausstieß. Entmutigt ließ er das Holz fallen.

»Liebling«, sagte er und bemühte sich, möglichst ruhig zu wirken. »Ich hole Hilfe. Ich muss dich kurz allein lassen. Es dauert nicht lange. Ich komme zurück. Versprochen.«

»Jake, du musst dich retten. Das Schiff ...«

»*So* leicht wirst du mich nicht los, meine Liebe.«

»Um Gottes willen, sei kein Dummkopf.«

Er küsste sie ein weiteres Mal. Ihre Haut, die sonst immer so warm war, fühlte sich klamm an. »Denk an die Sonne der Toskana, während du wartest. Ich bin gleich wieder da. Ganz sicher.« Er drückte ihre Hand, entriegelte von innen die Tür und trat auf den Korridor. Er hatte nicht die leiseste Ahnung, was er machen sollte. Ein kräftig wirkender, stämmiger Mann kam auf ihn zu. Jake packte ihn an der Schulter und wollte ihn um Hilfe bitten.

»Aus dem Weg!« Mit weit aufgerissenen Augen stieß der Mann Jake einfach beiseite, obwohl Carey alles andere als schmächtig war.

Verzweifelt sprach Jake einige andere Männer an. Dann gab er auf. Keine Samariter hier. Es war, als würde er versuchen, einen einzelnen Stier aus einer vor Durst halb wahnsinnigen Viehherde zu angeln, die auf ein Wasserloch zustürmte. Er konnte es den Leuten nicht verübeln, dass sie um ihr Leben rannten. Seine Mitpassagiere würden ihm nicht helfen, so viel war klar. Es musste ihm gelingen, jemanden von der Besatzung aufzutreiben. Mühsam darauf bedacht, auf dem schrägen Boden nicht den Halt zu verlieren, reihte er sich in die Menge ein und machte sich auf den Weg zu den höher gelegenen Decks.

Angelo hatte sich einen flüchtigen Überblick über die Lage verschafft. Was er da sah, gefiel ihm ganz und gar nicht, vor allem auf der Steuerbordseite, die sich immer mehr dem Wasserspiegel entgegenneigte.

Man hatte fünf Rettungsboote zu Wasser gelassen, die ausschließlich mit Besatzungsmitgliedern gefüllt waren. Dutzende verängstigter Kellner und Küchenhilfen sprangen in die gefährlich überladenen Boote und ruderten auf ein weißes Schiff zu. Ein einziger Blick auf den zerdrückten Bug des Schiffs und das klaffende Loch in der Flanke der *Doria* verriet Angelo, was passiert war. Gott sei Dank hatten viele der Passagiere sich beim Zusammenprall nicht in ihren Kabinen aufgehalten, sondern den letzten Abend an Bord gefeiert.

Er machte sich auf den Weg nach backbord. Es war nicht ganz einfach, das schräge Deck emporzuklettern, denn Öl und Wasser von den Schuhen der Passagiere und Besatzungsmitglieder hatten es mit einem rutschigen Film überzogen. Zentimeter für Zentimeter zog er sich an den Handläufen und Türpfosten einen Korridor entlang und erreichte schließlich das Promenadendeck. Die meisten Passagiere hatten sich instinktiv auf die Seite begeben, die weiter vom Wasser entfernt lag. Sie warteten auf Verhaltensmaßregeln. Im Schein der Notbeleuchtung klammerten sie sich an den Liegestühlen fest, die mittels Bolzen auf dem Deck befestigt waren, oder drängten sich besorgt zwischen die Gepäckstapel, die man zuvor als Vorbereitung auf die Ankunft dort aufgeschichtet hatte. Die Besatzungsmitglieder kümmerten sich so gut wie möglich um die Versorgung der Arm- und Beinbrüche. Prellungen und Quetschungen würden warten müssen.

Manche der Leute trugen Abendgarderobe, andere ihre Nachtwäsche. Sie waren erstaunlich ruhig, außer wenn das Schiff von neuem erzitterte. Dann hallten Angstschreie und Flüche durch die feuchte Luft. Angelo wusste, dass diese Gemütsruhe sehr schnell in Hysterie umschlagen würde, falls bekannt wurde, dass einige Besatzungsmitglieder sich in den einzigen Rettungsbooten absetzten und die Passagiere auf einem sinkenden Schiff zurückließen.

Das Promenadendeck war so entworfen, dass die Passagiere durch die Schiebefenster in die Rettungsboote klettern konnten, die vom Bootsdeck herabhingen. Die Schiffsoffiziere und der Rest der Mannschaft bemühten sich vergeblich, die Rettungsboote loszuhaken. Die Davits waren nicht dafür konstruiert worden, in einem steilen Winkel zu funktionieren, und so war es unmöglich, die Boote frei zu bekommen. Angelos Mut sank. Das war der Grund, warum die Passagiere nicht aufgefordert worden waren, das Schiff zu verlassen. Der Kapitän hatte Angst vor einer Panik!

Da die eine Hälfte der Boote von der Besatzung benutzt wurde und die andere Hälfte nutzlos war, blieb keine Rettungsmöglichkeit für die Passagiere übrig. Wie es schien, standen nicht einmal genug Schwimmwesten zur Verfügung. Falls das Schiff sank, gab es für die Passagiere kein Entrinnen. Einen flüchtigen Moment lang erwog Angelo, zurück auf die Steuerbordseite zu schlittern und mit den anderen Besatzungsmitgliedern abzuhauen. Er schob den Gedanken beiseite, nahm stattdessen einem anderen Matrosen einen Stapel Schwimmwesten ab und begann, sie zu verteilen. Verdammter sizilianischer Ehrenkodex. Eines Tages würde er ihn noch mal das Leben kosten.

»Angelo!«

Ein blutiges Gespenst bahnte sich einen Weg durch das Gewühl und rief seinen Namen.

»Angelo, *ich* bin's, Jake Carey.«

Der große Amerikaner mit der hübschen Frau. Mrs. Carey war alt genug, um seine Mutter zu sein, aber *mamma mia,* die großen schönen Augen und die Art und Weise, wie ihre einst jugendlichen Kurven durch das eine oder andere zusätzliche Pfund an reifer Sinnlichkeit gewonnen hatten! Angelo hatte sich sofort in sie verliebt, das unschuldige Begehren eines jungen Mannes. Die Careys hatten ihm ein großzügiges Trinkgeld gegeben und, was noch viel wichtiger war, sie hatten ihn mit Respekt behandelt. Andere Leute, sogar manche seiner italienischen Kameraden, schauten auf seine dunkle sizilianische Haut herab.

Dieser Jake Carey verkörperte den Inbegriff amerikanischen Wohlstands. Er war Mitte fünfzig, mit kurzem grauen Haar und braun gebranntem Gesicht, und er war noch immer durchtrainiert, so dass seine breiten Schultern sein Sportsakko bequem ausfüllten. Doch der gut gekleidete Passagier, den Angelo früher an jenem Abend gesehen hatte, war verschwunden. Der Mann, der mit wildem Blick auf ihn zulief, trug einen zerrissenen, von

Staub und Schmutz verkrusteten Pyjama, auf dessen Vorderseite ein großer roter Schmierfleck prangte. Er erreichte Angelo und packte ihn so fest am Arm, dass es wehtat.

»Gott sei Dank, jemand, den ich kenne«, sagte er erschöpft.

Angelo ließ den Blick über die Menge schweifen. »Wo ist Signora Carey?«

»In unserer Kabine gefangen. Ich brauche Ihre Hilfe.« Seine Augen funkelten flehentlich.

»Ich komme«, erwiderte Angelo, ohne auch nur zu zögern.

Er veranlasste einen Steward, ihm die Schwimmwesten abzunehmen. Dann folgte er Carey zum nächsten Treppenaufgang. Carey senkte den Kopf und drängte sich durch den Menschenstrom, der sich aufs Deck ergoss. Angelo ergriff einen Zipfel von Careys besudelter Pyjamajacke, damit er ihn nicht verlor. Sie stürmten die Stufen zum Oberdeck hinunter, wo sich die meisten Erste-Klasse-Kabinen befanden. Inzwischen waren auf den Gängen nur noch wenige ölbedeckte Nachzügler unterwegs.

Angelo war erschüttert, als er Mrs. Carey zu Gesicht bekam. Sie sah aus, als würde sie in einem mittelalterlichen Foltergestell hängen. Ihre Augen waren geschlossen, und einen Moment lang dachte er, sie wäre tot. Aber als ihr Mann sie zärtlich berührte, zitterten ihre Lider.

»Ich habe dir doch gesagt, ich komme zurück, Liebling«, sagte Carey. »Schau mal, Angelo hier ist mitgekommen, um zu helfen.«

Angelo nahm ihre Hand und küsste sie galant. Sie lächelte ihn liebevoll an.

Die beiden Männer packten den Bettrahmen und zerrten daran. Sie ächzten und stöhnten, allerdings mehr aus Frustration als vor Anstrengung, und ignorierten den Schmerz infolge der scharfen Metallkante, die sich in ihre Handflächen grub. Der Rahmen gab ein paar Zentimeter mehr nach als zuvor. Sobald sie wieder losließen, schnellte er zurück in die ursprüngliche Position. Bei jedem Versuch schloss Mrs. Carey die Augen und presste die Lippen zusammen. Carey fluchte. Er hatte sich schon so oft mittels simpler Kraftanstrengung durchgesetzt, dass er sich daran gewöhnt hatte, auf diese Weise zum Ziel zu kommen. Aber nicht dieses Mal.

»Wir brauchen mehr Leute«, sagte er keuchend.

Angelo zuckte verlegen mit den Schultern. »Der Großteil der Besatzung ist bereits in den Rettungsbooten.«

»O Gott«, flüsterte Carey. Es war schon schwierig genug gewesen, Angelo zu finden. Carey hielt einen Moment lang inne und überdachte das Problem aus dem Blickwinkel des Ingenieurs.

»Wir könnten es schaffen, nur wir beide«, sagte er schließlich. »Wenn wir einen Heber hätten.«

»Was?« Der Kellner wirkte verwirrt.

»Einen *Heber.*« Carey suchte nach einem anderen Begriff, gab auf und machte Pumpbewegungen mit der Hand. »Wie für ein Auto.«

Angelos dunkle Augen hellten sich auf. Er hatte verstanden. »Ah«, sagte er. »Einen *Wagenheber.*«

»Genau«, erwiderte Carey mit wachsender Erregung. »Sehen Sie, wir könnten ihn hier ansetzen und den Rahmen von der Wand wegdrücken, so dass die Lücke groß genug ist, um Myra herauszuziehen.«

»*Sì.* Die Garage. Bin gleich wieder da.«

»Ja, stimmt, die Garage.« Carey warf einen Blick auf das schmerzverzerrte Gesicht seiner Frau. »Aber Sie müssen sich beeilen.«

Carey hatte sich angewöhnt, nichts als selbstverständlich zu betrachten. Vielleicht würde Angelo sofort zum nächsten Rettungsboot laufen, kaum dass er die Kabine verlassen hatte. Carey könnte es ihm nicht verübeln. Er packte Angelo am Ellbogen.

»Ich kann Ihnen gar nicht sagen, wie dankbar ich Ihnen bin, Angelo. Sobald wir wieder in New York sind, werde ich dafür sorgen, dass Sie eine Belohnung erhalten.«

»Hey, Signore. Ich mache das nicht wegen des Geldes.« Er

grinste, warf Mrs. Carey eine Kusshand zu und verschwand aus der Kabine. Auf dem Weg nach draußen schnappte er sich eine Schwimmweste.

Er lief den Flur entlang, stieg eine Treppe aufs Foyerdeck hinab und kam nicht weiter. Der Bug der *Stockholm* war fast bis zur Kapelle vorgedrungen und hatte das Foyer in ein Chaos aus verbogenem Metall und zerbrochenem Glas verwandelt. Angelo entfernte sich vom Zentrum der Verwüstung und folgte einem Mittelgang bis zum Heck. Dort gelangte er über eine weitere Treppe hinunter aufs A-Deck. Auch hier waren viele der Steuerbordkabinen einfach verschwunden. Der Weg hinab zum nächsten Deck war ebenfalls nur auf Umwegen möglich.

Jedes Mal bevor Angelo auf ein neues Deck hinunterstieg, blieb er kurz stehen und bekreuzigte sich. Die Geste spendete ihm Trost, obwohl er wusste, dass sie sinnlos war. Nicht einmal Gott wäre verrückt genug, ihm hinunter in die Eingeweide eines sinkenden Schiffs zu folgen.

Er blieb stehen, um sich zu orientieren. Er war auf dem B-Deck, wo sich die Garage und viele der kleineren Kabinen befanden. Die klimatisierte *Grande Autorimessa* bot fünfzig Wagen Platz, erstreckte sich über die volle Breite des Schiffs und wurde von den vorderen Quartieren der Touristenklasse eingerahmt. Tore auf beiden Seiten ermöglichten den Wagen, direkt auf den Pier zu fahren. Angelo war zuvor erst einmal hier unten gewesen. Ein Mann des Garagenpersonals, ebenfalls ein Sizilianer, wollte ihm ein Wunderauto der Marke Chrysler zeigen, das zurück in die Vereinigten Staaten verschifft wurde. Der stromlinienförmige Norseman hatte ein ganzes Jahr Entwicklungszeit verschlungen, und die Turiner Firma Ghia hatte weitere fünfzehn Monate darauf verwandt, den Hunderttausend-Dollar-Wagen in Handarbeit zusammenzubauen. Durch die Öffnungen der großen Lattenkiste, die das Auto umgab, hatte Angelo die atemberaubend schönen modernen Konturen bewundern können. Die beiden Männer waren allerdings weit mehr an einem Rolls-Royce interessiert, den ein reicher Amerikaner nach seinen Flitterwochen in Paris zurück nach Hause überführen ließ. Angelo und sein Freund machten sich einen Spaß daraus, wechselweise so zu tun, als wären sie Chauffeur und Fahrgast des Rolls.

Soweit Angelo sich erinnerte, befanden sich derzeit neun Autos in der Garage. Vielleicht würde er bei einem einen Wagenheber finden können. Nachdem er das Ausmaß des Steuerbordschadens gesehen hatte, war er diesbezüglich nicht mehr allzu hoffnungsvoll. Das andere Schiff hatte vermutlich die Garagenwand durchbrochen. Er hielt im Dämmerlicht inne, um wieder etwas zu Atem zu kommen und sich den Schweiß aus den Augen zu wischen. Was jetzt? Fliehen? *Mamma mia.* Und falls das Licht ausging? Er würde sich nie und nimmer zurechtfinden. Die Angst zerrte an seinen Beinen, wollte sie in Bewegung versetzen.

Halt.

Als er neulich in der Garage gewesen war, hatte sein Freund ihm noch ein anderes Fahrzeug gezeigt, einen großen gepanzerten Lastwagen, der in einer Ecke fern der Unfallseite stand. Die schimmernde schwarze Metallkarosserie hatte keinerlei Markierungen getragen. Als Angelo nachfragte, hatte sein Freund nur mit den Augen gerollt und die Achseln gezuckt. Vielleicht Gold. Er wusste bloß, dass der Wagen rund um die Uhr bewacht wurde. Auch während ihres Gesprächs hatte Angelo einen Mann in einer dunkelgrauen Uniform gesehen, der sie nicht aus den Augen ließ, bis sie den Frachtraum verließen.

Das Deck unter seinen Füßen erzitterte. Das Schiff neigte sich um ungefähr einen weiteren Grad zur Seite. Angelos Angst verwandelte sich in äußerste Panik, und sein Herzschlag beschleunigte sich merklich.

Dann hörte die Bewegung des Schiffs auf, und Angelo beruhigte sich wieder ein wenig. Er fragte sich, wie lange es noch dauern würde, bis die *Doria* umschlug. Er warf einen Blick auf die Schwimmweste, die er die ganze Zeit bei sich getragen hatte, und lachte. Die Weste würde ihm kaum etwas nützen, falls das Schiff kenterte und mit ihm in den Tiefen seines Bauches sank. Fünf Minuten. Mehr Zeit gab er ihr nicht. Dann hieß es, so schnell wie irgend möglich aufs Oberdeck zu gelangen. Er und Carey würden sich etwas einfallen lassen. Sie *mussten* einfach. Er fand den Eingang zur Garage, atmete tief ein, öffnete die Tür und trat hindurch.

Der ausgedehnte Raum lag in Dunkelheit, abgesehen von den trüben gelben Punkten der Notbeleuchtung an der hohen Decke. Angelo schaute zur Steuerbordseite und sah die sich kräuselnden Lichtreflexe auf dem Boden. Wasser war in die Garage eingedrungen und brandete um seine Knöchel. Es strömte immer mehr Seewasser nach, und wenn die Garage auch momentan noch nicht vollgelaufen war, so blieben ihm bis dahin nur wenige Minuten. Aller Wahrscheinlichkeit nach waren sämtliche Autos in der Schneise des eindringenden Bugs zerstört worden. Er hatte nicht viel Zeit. Entlang der Wand machte er sich in die entlegene Ecke des Raums auf. Im Schatten sah er die kastenförmigen Umrisse des Wagens sowie den schwachen Widerschein der Notlampen in dessen dunklen Scheiben. Sein Verstand warnte ihn, dass es lediglich eine gefährliche Zeitverschwendung sein würde, noch weiter vorzudringen. Nichts wie raus aus dem Frachtraum und hoch aufs Oberdeck. *Pronto.* Bevor aus der Garage ein Aquarium wurde.

Dann sah er plötzlich Mrs. Carey vor sich, an der Wand festgenagelt wie ein Schmetterling. Der Lastwagen war ihre letzte Chance, vermutlich aber nicht einmal das. Höchstwahrscheinlich war der Wagenheber im Innern eingeschlossen. Angelo kam zu dem Ergebnis, mit leeren Händen wieder abziehen zu müssen, und blieb stehen, um noch einen letzten sehnsüchtigen Blick auf den Wagen zu werfen. Da stellte er fest, dass er sich nicht allein hier unten befand.

Neben dem Laster zerteilte ein bleistiftdünner Lichtstrahl die Finsternis. Dann noch einer. *Taschenlampen.* Dann wurden tragbare Strahler eingeschaltet und auf dem Boden abgestellt, so dass sie den Lastwagen in Helligkeit tauchten. Jetzt konnte Angelo

Leute erkennen, die dort herumliefen. Es schien sich um mehrere Männer zu handeln, einige in grauen Uniformen, andere in schwarzen Straßenanzügen. Sie hatten die seitliche und die hintere Tür des Lasters geöffnet. Er konnte nicht sehen, was sie dort machten, aber sie schienen äußerst konzentriert vorzugehen. Er hatte ungefähr zwei Drittel des Wegs quer durch die Garage zurückgelegt und öffnete den Mund, um »Signori« zu rufen. Er kam nicht mehr dazu.

Dort im Schatten bewegte sich etwas. Grau gekleidete Gestalten tauchten auf, wie Schauspieler auf einer abgedunkelten Bühne. Verschwanden in der Dunkelheit. Wurden wieder sichtbar. Insgesamt vier, alle in Maschinisten-Overalls gekleidet, kamen dort durch den Laderaum heran. Irgendetwas an ihren verstohlenen Bewegungen veranlasste Angelo, keinen Laut von sich zu geben. Sie wirkten wie Katzen, die sich an einen Vogel anschlichen. Ein Wachmann drehte sich um, sah die Leute, rief eine Warnung und griff nach der Pistole an seiner Hüfte.

Die Männer in den Overalls ließen sich mit militärischer Präzision auf ein Knie sinken und hoben die Gegenstände in ihren Händen an die Schultern. Die geschickte und besonnene Bewegung verriet Angelo, dass er sich hinsichtlich der vermeintlichen Werkzeuge getäuscht hatte. Man wuchs nicht in der Heimat der Mafia auf, ohne zu lernen, wie eine Maschinenpistole aussah und wie sie gehandhabt wurde.

Die vier Waffen eröffneten gleichzeitig das Feuer und konzentrierten sich zunächst auf die unmittelbare Bedrohung, den Wächter, der inzwischen seine Pistole gezogen hatte und sein Ziel anvisierte. Ein Hagel von Geschossen traf ihn, und seine Waffe flog in hohem Bogen davon. Unter dem Einschlag Dutzender Weichmantelgeschosse löste sich sein Körper praktisch in einer scharlachroten Wolke aus Blut, Fleisch und Kleidungsfetzen auf. Der Wachmann wurde herumgerissen und schien im stroboskopischen Blitzen des Mündungsfeuers wie in Zeitlupe einen grotesken Todestanz zu vollführen.

Die anderen wollten sich in Deckung werfen, aber der unbarmherzige Bleihagel schleuderte sie nieder, bevor sie auch nur einen einzigen Schritt machen konnten. Der ganze Raum hallte vom schrecklichen Rattern der Waffen wider und vom schrillen Heulen der Projektile, die von dem gepanzerten Wagen und der dahinter gelegenen Wand abprallten. Selbst nachdem ziemlich klar war, dass niemand überlebt haben konnte, feuerten die Männer weiter auf die hingestreckten Körper und rückten dabei langsam vor.

Plötzlich herrschte Stille.

Eine purpurne Rauchwolke hing wie ein Leichentuch in der Luft, und es stank nach Kordit und Tod.

Die Killer drehten systematisch alle Leichen um. Angelo glaubte, er würde verrückt werden. Wie gelähmt vor Angst stand er mit dem Rücken zur Schottwand und verfluchte sein Pech. Zweifellos war er mitten in einen Raubüberfall geraten! Er rechnete damit, dass die Killer anfangen würden, Geldsäcke aus dem Lastwagen zu laden. Stattdessen machten sie etwas Merkwürdiges. Sie hoben die blutenden Körper aus dem steigenden Wasser und zerrten sie nacheinander zur Rückseite des Wagens. Dann warfen sie die Leichen hinein, schlugen die Tür zu und verriegelten sie.

Angelo spürte eine Kälte an den Füßen, die nichts mit seiner Angst zu tun hatte. Das Wasser war bis zu seinem Standort gestiegen. Er entfernte sich von dem Lastwagen und achtete darauf, im Schatten zu bleiben. Er wollte zurück zu der Tür, durch die er hereingekommen war. Das Wasser reichte ihm bis zu den Knien. Kurz darauf bis zu den Achseln. Er legte die Schwimmweste an, an die er sich die ganze Zeit geklammert hatte wie ein Kind an seine Kuscheldecke. Mit leisen Schwimmzügen arbeitete er sich weiter zur Tür vor. Dann drehte er sich um, weil er einen letzten Blick zurück werfen wollte. Einer der Killer schaute kurz in Angelos Richtung. Dann warfen er und die anderen ihre Waffen weg, wateten ins Wasser und fingen an zu schwimmen. Angelo glitt aus der Garage und hoffte inständig, dass sie ihn nicht entdeckt hatten. Der Korridor war überflutet, und so schwamm er weiter, bis er die Stufen unter seinen Füßen fühlte. Seine Schuhe und seine Kleidung hatten sich mit Wasser vollgesogen und waren bleischwer. Die panische Angst verlieh ihm jedoch ungeahnte Kräfte, und so sprang er die Treppe hinauf, als wäre der dunkle, schmalgesichtige Killer, der Angelos Gegenwart zu spüren schien, ihm unmittelbar auf den Fersen.

Kurz darauf platzte er in die Kabine der Careys. »Ich konnte keinen Wagenheber finden«, stieß er keuchend hervor. »Die Garage ...« Er verstummte schlagartig.

Man hatte den Bettrahmen von der Wand weggestemmt. Mit Hilfe des Schiffsarztes und eines weiteren Matrosen holte Carey soeben vorsichtig seine Frau aus ihrem Gefängnis hervor. Dann entdeckte er den Kellner.

»*Angelo,* ich hab mir schon Sorgen um Sie gemacht.«

»Ist mit ihr alles in Ordnung?«, fragte Angelo beunruhigt. Mrs. Careys Augen waren geschlossen. Ihr Nachthemd war blutdurchtränkt.

Der Arzt fühlte den Puls der Frau. »Sie hat das Bewusstsein verloren, aber sie ist noch am Leben. Womöglich hat sie innere Verletzungen.«

Carey bemerkte die tropfnassen Sachen und die leeren Hände. »Diese Jungs haben mich gefunden. Wir haben eine hydraulische Schere von einem der Rettungsschiffe benutzt. Ich schätze, Sie haben in der Garage nichts finden können, oder?«

Angelo schüttelte den Kopf.

»Mein Gott, Mann, Sie sind ja völlig durchnässt. Tut mir Leid, dass Sie das alles auf sich genommen haben.«

Angelo schüttelte den Kopf. »Keine Ursache.«

Der Doktor verabreichte der Frau eine Spritze in den Arm. »Morphium gegen die Schmerzen«, erklärte er und versuchte, sich seine Besorgnis nicht anmerken zu lassen. »Wirmüssen sie so schnell wie möglich vom Schiff herunterbekommen.«

Sie wickelten die bewusstlose Frau in eine Decke und trugen

sie nach oben auf die tief liegende Seite des Promenadendecks. Der Nebel hatte sich wie durch ein Wunder verflüchtigt, und das Schiff war von einer kleinen Flottille umgeben, deren grelle Scheinwerfer sich im Wasser spiegelten. Über all dem schwebten libellengleich Helikopter der Küstenwache. Eine stete Kette von Rettungsbooten schleppte sich zwischen dem angeschlagenen Liner und den anderen Schiffen hin und her.

Die meisten der Boote hielten auf ein riesiges Passagierschiff zu, auf dessen Bug die Worte *Ile de France* standen. Von Bord der *Ile* richteten sich Suchscheinwerfer auf die *Doria.* Der Befehl zum Verlassen des Schiffs war nie erteilt worden. Nachdem die Passagiere zwei Stunden gewartet hatten, ergriffen sie einfach eigenmächtig die Initiative. Frauen, Kinder und ältere Leute wurden als Erste geholt. Es ging nur langsam voran, denn der einzige Weg von Bord führte über einige Taue und Netze.

Mrs. Carey wurde auf einer Trage festgezurrt, die man dann an einem Seil vorsichtig an der Flanke des Schiffs zu einem wartenden Rettungsboot hinabließ, wo hilfreich ausgestreckte Hände sie in Empfang nahmen.

Carey beugte sich über die Reling und sah zu, bis seine Frau sich in Sicherheit befand. Dann drehte er sich zu Angelo um.

»Schaffen Sie besser Ihren Hintern von Bord, mein Freund. Dieses Schiff wird sinken.«

Angelo schaute sich betrübt um. »Und zwar ziemlich bald, Mr. Carey. Aber vorher helfe ich noch ein paar anderen Passagieren.« Lächelnd fügte er hinzu: »Denken Sie daran, was ich Ihnen über meinen Namen erzählt habe.« Beim ersten Zusammentreffen hatte Angelo den Careys im Scherz erzählt, sein Name bedeute »Engel«, also jemand, der anderen zu Diensten sei.

»Ich erinnere mich.« Carey umschloss die Hand des Kellners. »Danke. Das kann ich Ihnen niemals vergelten. Falls Sie je etwas brauchen, kommen Sie bitte zu mir. Verstanden?«

Angelo nickte. »*Grazie.* Ich verstehe. Bitte sagen Sie der *bella signora* von mir auf Wiedersehen.«

Carey nickte, kletterte über die Reling und rutschte an einem Tau entlang zum Rettungsboot hinunter. Angelo winkte zum Abschied. Er hatte weder Carey noch sonst jemandem von dem schrecklichen Vorfall in der Garage erzählt. Dies war nicht der geeignete Zeitpunkt dafür. Vielleicht würde der richtige Zeitpunkt sogar *niemals* kommen. Niemand würde der absurden Geschichte eines einfachen Kellners Glauben schenken. Er dachte an ein sizilianisches Sprichwort: *Der Vogel, der im Baum singt, endet im Kochtopf.*

Die Totenwache war beinahe vorüber.

Die letzten Überlebenden waren im rötlichen Licht der Dämmerung von Bord gebracht worden. Der Kapitän und eine Hilfsmannschaft blieben bis zur letzten Minute auf dem Schiff, damit niemand den Liner als Bergungsgut beanspruchen konnte. Jetzt ließen auch sie sich an Seilen zu den Rettungsbooten hinab.

Als die warme Morgensonne in einen wolkenlosen Himmel emporstieg, nahm die Schlagseite des Schiffs sogar noch mehr zu. Um neun Uhr fünfzig morgens betrug die Neigung fünfundvierzig Grad nach steuerbord. Der Bug lag zum Teil unter Wasser.

Die *Stockholm* drehte in ungefähr drei Meilen Entfernung bei. Ihr Bug war ein einziges Durcheinander aus verbogenem Metall. Im öligen Wasser schwammen Trümmer. Zwei Zerstörer und vier Boote der Küstenwache standen als Geleitschiffe bereit. Über ihnen zogen Flugzeuge und Hubschrauber ihre Kreise.

Das Ende kam gegen zehn Uhr. Elf Stunden nach der Kollision legte die *Doria* sich vollständig auf die rechte Seite. Die leeren Rettungsboote, die trotz aller Bemühungen der Besatzung nicht zu Wasser gelassen werden konnten, rissen sich nun von ihren Davits los und trieben ziellos davon. Am Rand des Schiffs schossen schäumende Fontänen empor, als die im Rumpf eingeschlossene Luft unter hohem Druck durch die Bullaugen entwich.

Das Sonnenlicht glitzerte auf dem riesigen Ruder und den nassen Flügeln der beiden sechs Meter messenden Schiffsschrauben, mit denen der stolze Liner den Ozean durchpflügt hatte. Innerhalb weniger Minuten schlug das Wasser über dem Bug zusammen, das Heck hob sich in einem steilen Winkel empor, und dann glitt das Schiff in die Tiefe, als würden die mächtigen Tentakel eines gewaltigen Seeungeheuers es nach unten ziehen.

Während die *Doria* sank, drang immer mehr Wasser in den Rumpf ein und füllte die Laderäume und Kabinen. Der Druck riss das vernietete Metall auseinander und rief dadurch jenes geisterhafte, beinahe menschliche Stöhnen hervor, das U-Boot-Fahrern nach der Versenkung eines feindlichen Schiffs regelmäßig kalte Schauder über den Rücken jagte.

Die *Doria* tauchte fast senkrecht und in nahezu dem gleichen Winkel nach unten, in dem sie von der Oberfläche verschwunden war. Nach fünfundsiebzig Metern kam sie kreischend auf ihrer sandigen Bahre zum Stillstand und legte sich dann gerade auf die Steuerbordseite. Aus Hunderten von Öffnungen brodelten Luftblasen hervor und verliehen dem normalerweise dunklen Wasser rund um das Wrack einen hellblauen Farbton.

Mindestens fünfzehn Minuten lang wirbelten am Rand eines enormen Strudels Trümmer umher. Als das Wasser sich wieder beruhigte, fuhr ein Boot der Küstenwache an die Unglücksstelle und setzte eine Markierungsboje.

Eine zwei Millionen Dollar teure Fracht in Form von Weinen, edlen Stoffen, Möbelstücken und Olivenöl war vom Angesicht der Erde verschwunden.

Ebenfalls versunken waren die prächtigen Kunstwerke – die Wandgemälde und Gobelins, die Bronzestatue des alten Admirals.

Und tief im Innern des Schiffs eingeschlossen war der schwarze, gepanzerte Lastwagen mit den von Kugeln durchsiebten Männern und dem tödlichen Geheimnis, für das sie gestorben waren.

Der große blonde Mann kam die Gangway der *Ile de France* auf den Pier 84 hinunter und ging zur Zollbaracke. Er trug eine schwarze wollene Seemannsmütze und einen langen Mantel und unterschied sich damit nicht von den vielen hundert Passagieren, die auf den Pier strömten.

Die Erfüllung seiner humanitären Schuldigkeit hatte dem französischen Liner sechsunddreißig Stunden Verspätung eingebracht. Er traf am Donnerstag Nachmittag unter stürmischem Jubel in New York ein und blieb gerade lange genug, um 733 Überlebende der *Doria* an Land gehen zu lassen. Nachdem die historische Rettungstat somit vollbracht war, wendete das Schiff eilends und fuhr durch den Hudson River wieder hinaus auf See. Zeit war schließlich Geld.

»Der Nächste«, sagte der Zollbeamte und schaute von seinem Tisch auf.

Einen Moment lang fragte er sich, ob der Mann vor ihm wohl während der Kollision verletzt worden war, aber dann kam er zu dem Schluss, dass die Narbe schon vor langer Zeit verheilt sein musste.

»Das State Department verzichtet auf eine Ausweiskontrolle der Überlebenden. Bitte unterschreiben Sie einfach diese leere Deklaration. Ich brauche lediglich Ihren Namen und Ihre Anschrift in den USA«, sagte der Zollinspektor.

»Ja, danke. Das hat man uns schon auf dem Schiff gesagt.« Der blonde Mann lächelte. Oder vielleicht lag es auch an der Narbe. »Ich fürchte, mein Pass befindet sich auf dem Grund des Atlantischen Ozeans.« Er sagte, sein Name sei Johnson und er würde nach Milwaukee reisen.

Der Beamte streckte die Hand aus. »Folgen Sie dieser Linie, Mr. Johnson. Der Staatliche Gesundheitsdienst muss Sie auf ansteckende Krankheiten untersuchen. Dürfte nicht allzu lange dauern. Der Nächste, bitte.«

Die Untersuchung war schnell vorüber, wie versprochen. Wenig später befand sich der blonde Mann auf der anderen Seite des Tors. Die Menge der Überlebenden, Verwandten und Freunde hatte sich vom Anlegeplatz auf die Straße verlagert. Der Strom der langsam fahrenden und hupenden Autos, Busse und Taxis geriet ins Stocken. Der Mann blieb am Bordstein stehen und musterte die Gesichter um sich herum, bis er in ein Paar vertrauter Augen blickte. Dann zwei weitere und dann noch eines. Er nickte kurz, um anzuzeigen, dass er seine Kameraden gesehen hatte. Dann brachen sie in verschiedene Richtungen auf.

Er entfernte sich von der Menge und hielt auf die 44. Straße zu. Dann winkte er ein Taxi heran. Die Strapazen der Nacht hatten ihn erschöpft, und er freute sich darauf, sich ein wenig ausruhen zu können.

Ihre Arbeit war erledigt. Zumindest vorläufig.

1

10. Juni 2000
An der marokkanischen Küste

Nina Kirov stand am oberen Ende der antiken Treppe, ließ den Blick über das fast spiegelglatte grüne Wasser der Lagune schweifen und fragte sich, ob sie jemals einen öderen Landstrich gesehen hatte als dieses abgelegene Stück marokkanischer Küstenlinie. Nichts regte sich in der drückenden Backofenhitze. Das einzige Anzeichen menschlicher Besiedlung war die Ansammlung kalkweißer Grabmäler mit Tonnendach, die über der Lagune thronten, als handelte es sich um Seeresidenzen für Verblichene. Jahrhundertelang war Sand durch die gewölbten Portale geweht worden und hatte sich mit dem Staub der Toten vermischt. Nina grinste verzückt, als wäre sie ein Kind, das die Geschenke unter dem Weihnachtsbaum zu Gesicht bekommt. In den Augen einer Meeresarchäologin war diese kahle Umgebung weitaus schöner als die weißen Strände und Palmen eines tropischen Paradieses. Die extreme Unwirtlichkeit der Begräbnisstätte dürfte den Ort vor dem schlimmsten Schicksal bewahrt haben: den Eingriffen späterer Generationen.

Nina schwor sich, Dr. Knox ein weiteres Mal dafür zu danken, dass er sie zur Teilnahme an dieser Expedition überredet hatte. Ursprünglich hatte sie die entsprechende Einladung abgelehnt und dem Anrufer vom ehrwürdigen Fachbereich für Anthropologie der Universität von Pennsylvania gesagt, es handle sich um reine Zeitverschwendung. Inzwischen musste jeder Zentimeter der marokkanischen Küste genauestens untersucht worden sein.

Und selbst wenn jemand *tatsächlich* eine Unterwasserstätte entdeckte, würde sie unter Tonnen von Gestein begraben liegen, denn die Römer hatten allerorten künstliche Hafenbecken angelegt. So sehr Nina auch das technische Geschick der Eroberer bewunderte, so hielt sie die alten Römer letztlich doch für die größten ignoranten Trampel der Weltgeschichte.

Sie wusste, dass ihre Absage eher auf persönlicher Überlastung als auf einem archäologischen Fachurteil basierte. Nina versuchte gerade, sich durch einen wahren Berg an Papierkram zu kämpfen, dessen Ursache ein Schiffswrack vor der Küste Zyperns war. Erste Begutachtungen hatten ergeben, dass es sich vermutlich um ein antikes griechisches Schiff handelte, doch die entsprechenden Gewässer wurden von der Türkei beansprucht, so dass die beiden verfeindeten Nationen wechselseitig Forderungen geltend machten. Da die nationale Ehre auf dem Spiel stand, ließen die Kampfflugzeuge auf den Startbahnen von Ankara und Athen bereits die Turbinen warm laufen, als Nina zum Wrack hinabtauchte und es als syrisches Kaufmannsschiff identifizierte. Jetzt schalteten sich auch die Syrer in die Angelegenheit ein, aber wenigstens sank die Wahrscheinlichkeit einer kriegerischen Auseinandersetzung. Da Nina zugleich Eigentümerin, Generaldirektorin und einzige Angestellte ihrer meeresarchäologischen Beratungsfirma Mari-Time Research war, blieb auch die gesamte Büroarbeit an ihr hängen.

Wenige Minuten nachdem sie der Universität gesagt hatte, sie sei zu beschäftigt, um die Einladung anzunehmen, rief Stanton Knox bei ihr an.

»Ich schätze, mein Hörvermögen lässt nach, Dr. Kirov«, sagte er in dem trockenen nasalen Tonfall, den sie aus unzähligen Vorlesungen kannte. »Stellen Sie sich vor, da habe ich doch tatsächlich geglaubt, jemand hätte zu mir gesagt, Sie wären *nicht* an unserer Marokko-Expedition interessiert, und das kann natürlich nicht den Tatsachen entsprechen.«

Sie hatte schon seit Monaten nicht mehr mit ihrem alten Mentor gesprochen. Lächelnd stellte sie sich seinen schneeweißen

Schopf vor, das fast manische Funkeln hinter dem Metallgestell der Brille und den Roué-Schnurrbart, dessen Enden sich über einem koboldhaften Mund ringelten.

Nina versuchte, sich gegen die unausweichliche Charme-Attacke zu wappnen, die ihr jetzt mit Sicherheit bevorstand.

»Bei allem schuldigen Respekt, Professor Knox, ich bezweifle, dass noch irgendein Stück nordafrikanischer Küste existiert, das weder von den Römern überbaut noch von jemand anders bereits entdeckt worden ist.«

»Brava! Es freut mich, dass Sie sich noch an die ersten drei Lektionen aus Archäologie 101 erinnern, Dr. Kirov.«

Angesichts der Zwanglosigkeit, mit der Knox sich stets ganz als Professor gab, lachte Nina leise in sich hinein. Sie war Mitte dreißig, besaß eine erfolgreiche Beratungsfirma und beinahe genauso viele akademische Titel wie Knox, aber ihm gegenüber kam sie sich noch immer wie eine Studentin vor. »Wie könnte ich die je vergessen? Skeptizismus, Skeptizismus und noch mehr Skeptizismus.«

»Richtig«, sagte er mit deutlichem Vergnügen. »Die drei knurrenden Hunde des Skeptizismus, die Sie in Stücke reißen werden, falls Sie ihnen kein Nachtmahl harter Fakten vorsetzen können. Sie würden überrascht sein, wie oft meine Mahnungen auf taube Ohren stoßen.« Er seufzte theatralisch. Dann wurde sein Tonfall sachlicher. »Tja, ich kann Ihre Befürchtungen verstehen, Dr. Kirov. Normalerweise würde ich Ihnen hinsichtlich einer Verfälschung der Stätte zustimmen, aber diese hier liegt an der Atlantikküste, ein ganzes Stück hinter den Säulen von Melkart und außerhalb des römischen Einflussbereichs.«

Interessant. Knox benutzte den *phönizischen* Namen für das westliche Ende des Mittelmeers, wo der Felsen von Gibraltar und der Berg Abyle in Ceuta sich direkt gegenüberliegen. Die Griechen und Römer nannten diesen Ort die Säulen des Herkules. Nina wusste aus eigener bitterer Studienerfahrung, dass Knox bei Namen so präzise wie ein Hirnchirurg war.

»Na ja, aber ich habe sehr viel zu tun ...«

»Dr. Kirov, ich will gar nicht lange um den heißen Brei herumreden«, warf Knox ein. »Ich brauche Ihre Hilfe. Dringend. Ich habe hier bloß einen Haufen Landarchäologen, die so ängstlich sind, dass sie sogar in der Badewanne Galoschen tragen. Wir benötigten *unbedingt* jemanden, der sich ins Wasser traut. Es ist nur eine kleine Expedition, etwa ein Dutzend Leute, und Sie wären die einzige Taucherin.«

Knox war nicht umsonst als erfahrener Fliegenfischer bekannt. Er wedelte ihr mit der phönizischen Anspielung vor der Nase herum, brachte sie mit seinem sympathischen Hilfeersuchen zum Anbeißen und holte dann die Leine ein, indem er durchblicken ließ, dass sie als einzige Taucherin die Lorbeeren für alle Unterwasserfunde ernten würde.

Nina konnte förmlich vor sich sehen, wie die rosafarbene Nase des Professors vor freudiger Erregung zuckte. Sie schob die Akten auf ihrem Schreibtisch zurecht. »Ich habe hier eine Tonne Papierkram zu erledigen ...«

Knox ließ keine Ausrede gelten. »Ich weiß sehr wohl über Ihren Zypern-Job Bescheid«, sagte er. »Übrigens, Glückwunsch, dass Sie eine Krise zwischen NATO-Partnern abgewendet haben. Ich habe mich bereits um alles gekümmert. Ich kenne zwei überaus kompetente Examenskandidaten, die liebend gern Erfahrungen mit der Bürokratie sammeln würden, wie sie aus der heutigen Archäologie gar nicht mehr wegzudenken ist. Das hier ist bloß eine vorläufige Besichtigung und wird nicht länger als eine Woche oder zehn Tage dauern. Und bis dahin werden meine getreuen jungen Helfershelfer jedes Formular geprüft und jeden Antrag ausgefüllt haben. Sie brauchen sich nicht sofort zu entscheiden. Ich faxe Ihnen ein paar Unterlagen. Werfen Sie einen kurzen Blick darauf, und rufen Sie mich zurück.«

»Bis wann müssen Sie spätestens Bescheid wissen, Dr. Knox?«

»Eine Stunde reicht völlig. Tschüs!«

Nina legte den Hörer auf und lachte laut. Eine *Stunde.*

Fast im selben Moment begann das Faxgerät Papier auszuspucken, als handelte es sich um Lava aus einem aktiven Vulkankrater. Knox schickte ihr die Projektbeschreibung, die er mit seinem Antrag auf Fördermittel eingereicht hatte. Er beantragte Geld, um ein gewisses Gebiet nach griechisch-römischen oder auch *anderen* Ruinen abzusuchen. Die Masche war typisch für Knox: eine verlockende Mischung aus Fakten und Eventualitäten, die so abgefasst war, dass sich sein Projekt deutlich von allen anderen abheben würde, die ebenfalls um Mittel ersuchten.

Mit geübtem Blick überflog Nina die Seiten und nahm dann die Karte genauer in Augenschein. Das Forschungsgebiet lag südlich der sich von Tanger bis nach Essaouira erstreckenden marokkanischen Küstenebene und umfasste den Bereich zwischen der Mündung des Wadi Draa und den nördlichsten Ausläufern der Westsahara. Gedankenverloren kaute Nina auf ihrem Stift herum und musterte einen vergrößerten Ausschnitt der Region. Ihr fiel die Nähe des Gebiets zu den Kanarischen Inseln auf. Die Küstenlinie sah aus, als hätte der Kartograph beim Zeichnen einen Schluckauf gehabt. Nina lehnte sich auf ihrem Stuhl zurück. Ihr war bewusst, wie sehr sie sich danach sehnte, endlich wieder praktisch zu arbeiten, bevor sie noch den Verstand verlor. Sie nahm den Hörer und wählte die Nummer.

Knox hob beim ersten Klingeln ab. »Wir brechen nächste Woche auf.«

Jetzt, da Nina die echte Lagune vor Augen hatte, verwandelten sich die Linien und Schnörkel der Karte von selbst in geographische Charakteristika. Das Becken war ungefähr kreisförmig und wurde von zwei Zangen aus zerklüftetem ziegelroten Fels eingerahmt. Jenseits der Einfahrt lagen Untiefen, aus denen bei Ebbe gekräuselte Schlammflächen wurden. Vor einigen tausend Jahren öffnete die Lagune sich noch unmittelbar auf den Ozean. Die geschützte Lage dürfte auf die antiken Seefahrer äußerst einladend gewirkt haben, denn es war allgemein üblich, vor oder hinter einer Landzunge zu ankern, um auf gutes Wetter oder das Tageslicht zu warten. Nicht weit entfernt befand sich zudem ein ausgetrocknetes Flussbett, ein Wadi, wie die Einheimischen es nannten. Noch ein gutes Zeichen. Ansiedlungen wurden häufig in der Nähe eines Flusses errichtet.

Von der Lagune führte ein schmaler Sandpfad durch die Dünen bis zu den Überresten eines kleinen griechischen Tempels. Für die Schiffe und wuchtigen Landungsstege der Römer wäre der Hafen zu klein gewesen. Nina vermutete, dass die Griechen die schmale Bucht als provisorischen Ankerplatz genutzt hatten. Ein Warentransport von hier ins Inland hätte sich aufgrund der steilen Küste zu beschwerlich gestaltet. Sie hatte die alten Karten überprüft, und dieser Ort lag viele Meilen von jeder bekannten antiken Siedlung entfernt. Selbst heutzutage musste man zum nächsten Dorf, einem verträumten Berberlager, zehn Meilen auf einer ausgefahrenen Sandpiste zurücklegen.

Nina hob eine Hand an die Stirn, um das Sonnenlicht abzuschirmen, und schaute über das Wasser zu einem Schiff, das in einiger Entfernung von der Küste vor Anker lag. Der Rumpf des Schiffs war von der Wasserlinie bis zu den Aufbauten türkisgrün gestrichen. Mit zusammengekniffenen Augen konnte Nina mittschiffs gerade noch die überdimensionalen Buchstaben *NUMA* erkennen, Akronym für die National Underwater and Marine Agency. Sie fragte sich kurz, was das Schiff einer amerikanischen Regierungsbehörde wohl vor einem abgelegenen Küstenstrich Marokkos verloren haben mochte. Dann nahm sie eine große Netztasche und stieg die ausgetretene Steintreppe bis zum Wasser hinab, das träge gegen die letzte der zwölf Stufen schwappte.

Als sie die Baseballmütze mit dem Abzeichen der Universität von Pennsylvania abnahm, schimmerte ihr geflochtenes weizenblondes Haar in der Sonne. Sie schlüpfte aus ihrem übergroßen T-Shirt. Der geblümte Bikini, den sie darunter trug, ließ einen kräftigen, langbeinigen Körper erkennen, der nahezu einen Meter achtzig maß.

Ihren Vornamen, das goldene Haar, ihr leicht gerundetes Gesicht und die bäuerliche Vitalität, die so manchen Mann vor Scham erblassen ließ, verdankte Nina ihrer Urgroßmutter, einer robusten Farmarbeiterin, die sich auf einem ukrainischen Baumwollfeld in einen Soldaten des Zaren verliebt hatte. Von Ninas georgischer Mutter stammten die entschlossenen, fast schon asiatischen, stürmisch grauen Augen, die hohen vornehmen Wangenknochen und der üppige Mund. Als die Familie in die Vereinigten Staaten emigrierte, war die Figur der weiblichen Kirovs dank dieser Mischung unterschiedlicher Gene insgesamt schlanker geworden. Die Taillen und Hüften waren längst nicht mehr so breit wie früher, und auch die Oberweite hatte sich auf ein gesundes Mittelmaß eingependelt.

Nina holte aus der Tasche eine Digitalkamera von Nikon hervor, die in einem passenden Plastikgehäuse von Ikelight steckte, und überprüfte das Blitzlicht. Dann folgte eine Pressluftflasche und eine Tarierweste Marke U.S. Divers, ein schwarzroter Neoprenanzug von Henderson sowie Füßlinge, Handschuhe, Haube und Bleigürtel. Schließlich noch Maske und Schnorchel. Sie zog die Ausrüstung an und befestigte eine Niterider-Cyclops-Lampe an ihrem Kopf, so dass ihre Hände frei bleiben würden. Dann schloss sie die Schnallen ihrer Tarierweste und legte den Bleigürtel um. Am Ende zurrte sie sich ein Divex-Titanmesser mit siebzehn Zentimeter langer Klinge an den Oberschenkel. Nachdem sie ihren Sammelbeutel in einen Karabinerhaken eingeklinkt hatte, stellte sie an ihrem neuesten Spielzeug die Zeit ein, einer Aqualand-Taucheruhr mit Tiefenanzeige.

Da kein Tauchgefährte ihr bei der Überprüfung der Ausrüstung behilflich sein konnte, führte Nina den routinemäßigen Sicherheitscheck zweimal durch. Alle Ergebnisse fielen zu ihrer Zufriedenheit aus. Sie setzte sich auf die Stufe und zwängte ihre Füße in die Flossen. Dann ließ sie sich von der Treppe ins Wasser gleiten, bevor die glühende nordafrikanische Sonne sie noch in ihrem Taucheranzug backen würde. Das lauwarme Wasser drang zwischen ihrer Haut und dem Neoprenanzug ein und erwärmte sich schnell auf Körpertemperatur. Sie überprüfte die beiden Lungenautomaten, stieß sich von der Treppe ab, drehte sich um und schwamm langsam in die teichähnliche Lagune hinaus.

Es herrschte so gut wie überhaupt kein Wellengang, und das schlammige Wasser war ein wenig brackig, aber trotz der schaumigen Oberfläche genoss Nina ihre Freiheit in vollen Zügen. Sie glitt mit sanften Flossenschlägen dahin und dachte teilnahmsvoll an die Landarchäologen der Expedition, die auf wunden Knien umherkrochen und Spachtel und Besen schwangen, während Schweiß und Staub in ihren Augen brannten. Nina hingegen konnte hier in angenehmer Kühle schweben, wie ein Flugzeug, das sich einen Überblick aus der Luft verschaffte.

Die Einfahrt wurde von einer tief liegenden Insel bewacht, auf der ein paar verkümmerte Pinien wuchsen. Nina wollte direkt zu dieser Insel schwimmen, so dass sie sich in der Mitte der Lagune befand. Dann würde sie jede Hälfte einzeln untersuchen, indem sie eine Reihe paralleler Linien abschwamm, die im rechten Winkel zur Grundlinie verliefen. Das Muster entsprach jenem, das man auf offener See bei der Suche nach einem Wrack anwandte. Statt eines Sonars oder Magnetometers würde sie ihre Augen benutzen. Präzisionsmessungen kamen erst später an die Reihe. Zunächst wollte sie einfach nur ein Gefühl dafür bekommen, was hier unter Wasser lag.

Schon ein kurzes Stück unter der trüben Oberfläche war das Wasser relativ klar, und Nina konnte bis auf den Grund schauen, der sich ungefähr sechs Meter unter ihr befand. Das bedeutete, sie konnte schnorcheln und somit Pressluft sparen. Eine Reihe sich kreuzender gerader Linien wurde sichtbar und formierte sich zu Rechtecken, hervorgerufen durch sorgfältig behauene Steinblöcke. Die Treppe hatte unter Wasser zu einem alten Kai weitergeführt. Das war eine wichtige Entdeckung, denn es deutete darauf hin, dass die Lagune einst ein richtiger Hafen gewesen war und nicht bloß ein vorübergehender Ankerplatz. Demzufolge hatten sich auf dem Grund im Verlauf eines längeren Zeitabschnitts vermutlich mehrere Zivilisationsschichten abgelagert, anstatt lediglich irgendwelche Abfälle, die von durchreisenden Seeleuten über Bord geworfen worden waren.

Bald schon erkannte sie dickere Linien und Schutthaufen. Gebäuderuinen. Bingo! Lagerschuppen, Unterkünfte oder das Quartier des Hafenmeisters. Definitiv kein Gelegenheitsankerplatz.

Vor ihr zeichnete sich etwas Dunkles ab, und sie dachte, sie hätte das Ende des Kais erreicht. Sie schwamm über eine große rechtwinklige Öffnung hinweg und fragte sich, ob es sich dabei wohl um einen künstlichen Fischteich handelte, eine *piscina*, wie sie bei den alten Römern geheißen hatte. Viel zu groß. Das Ding besaß die Ausmaße eines olympischen Schwimmbeckens.

Nina tauschte den Schnorchel gegen das Mundstück des Lungenautomaten und tauchte direkt nach unten. Sie bewegte sich an einer Seite der gähnenden Öffnung entlang. Als sie eine Ecke erreichte, wandte sie sich zur Seite und folgte der nächsten Kante. So schwamm sie weiter, bis sie das Gebilde einmal umrundet hatte. Es maß ungefähr dreißig mal fünfundvierzig Meter.

Nina schaltete ihre Lampe ein und tauchte in die Öffnung. Der schlammige Boden war absolut eben und verlief etwa zweieinhalb Meter unter dem Niveau des Kais. Der schmale Lichtstrahl fiel auf zerbrochene Töpferwaren und Schutt. Mit ihrem Messer hebelte Nina einige Tonscherben aus dem Schlamm, markierte sorgfältig deren Position und steckte sie in ihren Sammelbeutel. Sie entdeckte einen Kanal und folgte ihm seewärts, bis er in der Lagune endete. Für die Durchfahrt eines antiken Schiffs war die Öffnung bei weitem groß genug. Der in den Kai eingearbeitete Raum besaß alle Merkmale eines künstlichen Hafens, der als *cothon* bezeichnet wurde. Nina fand mehrere Hellige, jeder groß genug für Schiffe von mehr als fünfzehn Metern Länge, und eine echte *piscina,* was ihre Theorie über den *cothon* bestätigte.

Sie ließ den Kai hinter sich und setzte ihren ursprünglichen

Grundlinienkurs fort, wobei ihr die Landspitze zu ihrer Rechten als Anhaltspunkt diente. Sie schwamm so lange zwischen Insel und Festland hin und her, bis sie ein kurzes Stück unter der Oberfläche einen versunkenen Hafendamm oder Wellenbrecher entdeckte, der aus parallelen Steinwänden bestand, deren Zwischenraum man mit Geröll aufgefüllt hatte. In trockeneren Zeiten hätte er Insel und Festland miteinander verbunden.

Sie erreichte die Insel, legte Flossen und Pressluftflasche ab und ging über mit Dornengestrüpp bewachsene Felsplatten auf die andere Seite. Die Insel war mehr als fünfzehn Meter breit, fast doppelt so lang und weitgehend flach. Die Bäume, die sie vom Ufer aus gesehen hatte, reichten ihr kaum bis zum Kinn.

Nahe der Einfahrt zur Lagune befanden sich mehrere Steinhügel, vermutlich Grundmauern, sowie ein Kreis aus Felsblöcken. Das war der perfekte Platz für einen Leucht- oder Wachturm, denn ein scharfäugiger Posten konnte von hier aus den gesamten Schiffsverkehr kontrollieren. Sobald ein Segel in Sicht kam, konnten Verteidiger vom Festland herbeigerufen werden.

Nina trat in den Kreis, stellte sich auf die Überreste einer Treppe und schaute hinaus zu dem ankernden Schiff, das ihr bereits zuvor aufgefallen war. Erneut fragte sie sich, aus welchem Grund ein Schiff der amerikanischen Regierung sich vor dieser öden und verlassenen Küste einfinden sollte. Wenig später legte sie ihr Tauchgerät wieder an. Die kühle und schwerelose Umgebung im Wasser war erfrischend, und sie kam zu dem Schluss, dass die fischartigen Vorfahren der Menschheit einen großen Fehler begangen hatten, als sie vom Meer aufs trockene Land gekrochen waren.

Nina schwamm quer durch die Laguneneinfahrt. Die andere Halbinsel stieg vom Land aus langsam an, wurde immer breiter und erhob sich letztlich zu einer zerklüfteten Klippe. Die senkrechten roten Felsen fielen wie die Brustwehr einer Festung direkt ins Wasser ab. Nina tauchte bis zum Sockel der Steilwand. Sie suchte nach einem Pfad, fand jedoch keinen und schwamm weiter zur Seeseite des Ausläufers, der in einem felsigen Sockel endete. Eine vollkommene Verteidigungsposition, von der aus einige Bogenschützen die Decks eines jeden Eindringlings mit einem mörderischen Kreuzfeuer belegen konnten.

Aus der Felswand in der Nähe der Plattform ragte eine horizontale Platte wie ein steinzeitliches Sonnensegel hervor. Unter der Platte befand sich eine rechteckige Öffnung von der Größe und Form eines Durchgangs. Nina schwamm näher heran, spähte angestrengt durch ihre Taucherbrille nach vorn und versuchte, die bedrohliche Schwärze zu ergründen. Dann erinnerte sie sich plötzlich an ihre Lampe und schaltete sie ein. Der Lichtstrahl fiel auf eine gespenstisch wirbelnde Masse. Sie zuckte zurück. Dann blubberte ein Lachen aus ihrem Lungenautomaten. Der Schwarm silberhäutiger Fische in diesem Tunnel hatte sich mehr erschrocken als sie selbst.

Während ihr Herzschlag sich wieder beruhigte, musste sie an Dr. Knox' Warnung denken: Riskieren Sie nicht Ihren Hals für ein winziges Stück Wissen, das letztlich doch nur in einem verstaubten Wälzer endet, den kaum jemand liest. Mit teuflischem Vergnügen schilderte er dann in aller grausigen Ausführlichkeit die Schicksale von Wissenschaftlern, die zu viel gewagt hatten. Furbush wurde von Kannibalen verspeist. Rozzini fiel der Malaria zum Opfer. O'Neil stürzte in eine bodenlose Felsspalte.

Nina war überzeugt davon, dass Knox sich die Namen einfach nur ausdachte, aber sie verstand, was er sagen wollte. Sie war allein, ohne eine Signalleine, die sich hinter ihr abgespult hätte. Niemand wusste, wo sie sich befand. Aber genau dieses Moment der Gefahr, das eigentlich abschreckend wirken sollte, war doch zugleich ziemlich verführerisch. Sie überprüfte die Druckanzeige. Durch das Schnorcheln hatte sie ihren Luftvorrat geschont, und daher blieb ihr noch einige Zeit.

Sie kam mit sich selbst überein, dass sie nur ein kurzes Stück vordringen und dann umkehren würde. Der Tunnel konnte nicht allzu lang sein. Man hatte nur primitive Werkzeuge und nicht etwa Diamantbohrer besessen, um sich durch den Fels zu arbeiten. Sie machte ein paar Fotos vom Eingang und schwamm dann weiter voran.

Unglaublich!

Der Boden war fast völlig eben und die Wände glatt, wenngleich von struppigen Wasserpflanzen bedeckt.

Sie stieß weiter vor und vergaß sowohl ihre Übereinkunft als auch Knox' weisen Ratschlag. Der Tunnel war das schönste Artefakt, das sie je gesehen hatte. Schon jetzt war er länger als ein vergleichbarer Durchgang in der versunkenen Stadt Apollonia.

Die glatten Wände hörten unversehens auf und gingen in eine grob behauene Höhle über, die sich – mal schmaler, mal breiter – in mehr oder weniger gerader Linie fortsetzte. Hin und wieder zweigten kleinere Gänge ab. In die von Kohlenstoff geschwärzten Wände waren Lampenhalterungen eingelassen. Die Tunnelbauer hatten die natürliche Höhle mit einer künstlich angelegten verlängert. Nina staunte über das Können und die Zielstrebigkeit der lange toten bronzezeitlichen Baumeister.

Der Tunnel wurde jetzt wieder breiter und wirkte stärker bearbeitet. Nina entdeckte in einiger Entfernung ein grünliches Leuchten und zwängte sich zwischen einem Schuttberg und der Decke hindurch. Sie schwamm auf das Licht zu, das immer heller wurde, je mehr sie sich ihm näherte.

Auf der Suche nach neuen Erkenntnissen war Nina bereits durch dicke Schichten Fledermausguano gekrochen und hatte sich mit übellaunigen Skorpionen auseinander setzen müssen. Aber so wundersam dieser Tunnel auch sein mochte, sie wollte so schnell wie möglich wieder heraus, und daher seufzte sie erleichtert auf, als die Passage endete. Sie glitt eine Treppe empor, durch einen Bogengang und erreichte eine offene Fläche, die von zerfallenen Fundamenten umgeben war.

Sie setzte sich unter Wasser auf einen hüfthohen Steinblock und grübelte über ihre Entdeckungen nach. Der Hafen war vermutlich ein kombinierter Militär- und Handelsposten, der fremde

Kaufleute abschrecken und den kommerziellen Schiffsverkehr überwachen sollte. Ein Knurren drang an ihre Ohren. Die Hunde des Skeptizismus verlangten nach ihrem Nachtmahl harter wissenschaftlicher Fakten. Bevor Nina endgültige Schlüsse zog, musste jeder Quadratmeter des Hafens genau untersucht und ausgewertet werden.

Sie wagte die Annahme, dass der Hafen infolge einer Verschiebung tektonischer Platten versunken war. Vielleicht während des großen Erdbebens im Jahr 10 nach Christus. Beben waren hier nicht so häufig wie in der Mittelmeerregion, aber sie konnten vorkommen. *Knurr.* Ich weiß, ich weiß. Keine Schlussfolgerung, bevor nicht alle Einzelheiten vorlagen. Sie schaute den Blasen ihrer Atemluft hinterher, die senkrecht nach oben stiegen. Vielleicht gab es ja einen schnelleren Weg zur Wahrheit.

Nina verfügte über eine außergewöhnliche und unerklärliche Begabung. Sie hatte nur mit ein paar engen Freunden darüber gesprochen, und das auch stets unter streng wissenschaftlichem Blickwinkel. Sie verglich sich selbst mit einem der Tatortanalytiker des FBI, der den Schauplatz eines Verbrechens deuten kann, als wäre er selbst zugegen gewesen. Daran war nichts Übernatürliches, hatte sie beschlossen. Lediglich eine Mischung aus exzellenten Fachkenntnissen, einem fotografischen Gedächtnis und einer lebhaften Vorstellungskraft. Etwa so, wie ein Rutengänger mit Hilfe eines gegabelten Zweigs Wasseradern aufspüren kann.

Entdeckt hatte sie dieses Talent zufällig auf ihrer ersten Ägyptenreise. Sie hatte ihre Hände gegen einen der riesigen Fundamentblöcke der Cheops-Pyramide gepresst. Es war eine natürliche Geste, ein taktiler Versuch, die Mächtigkeit dieser unglaublichen Anhäufung von Steinen zu begreifen. Doch dann geschah etwas Seltsames und Erschreckendes. Alle ihre Sinne wurden von Bildern überschwemmt. Die Pyramide war nur halb so hoch, und auf der waagrechten obersten Ebene hievten Hunderte von dunkelhäutigen Männern in Lendenschurz mittels primitiver Gerüste

Blöcke nach oben. Der Schweiß auf ihrer Haut glitzerte in der Sonne. Nina konnte Rufe hören. Das Quietschen von Flaschenzügen. Sie riss die Hand zurück, als wäre der Stein plötzlich glühend heiß geworden.

»Kamelritt, Missy?«, fragte eine Stimme.

Sie blinzelte verwundert. Die Pyramide erhob sich wieder in voller Größe himmelwärts. Die dunkelhäutigen Männer waren verschwunden. Stattdessen sah sie einen Kameltreiber vor sich. Mit breitem Grinsen lehnte er auf dem Knauf seines Sattels. »Kamelritt, Missy? Ich Ihnen mache guten Preis.«

»*Shukran.* Danke. Nicht heute.« Der Mann nickte bekümmert und trottete davon. Nina riss sich zusammen und kehrte ins Hotel zurück, wo sie die Anordnung der Blöcke und Flaschenzüge skizzierte. Später zeigte sie die Zeichnung einem befreundeten Ingenieur. Er musterte die Darstellung eine ganze Weile. »Verdammt raffiniert«, murmelte er schließlich. Dann fragte er sie, ob er die Idee für ein Kranprojekt nutzen dürfe, an dem er seit einiger Zeit arbeitete.

Seit Gizeh hatte es noch einige vergleichbare Vorkommnisse gegeben. Sie konnte diese Sache nicht willentlich ein- oder ausschalten. Falls sie bei jeder Berührung eines Artefakts ein Ferngespräch aus der Vergangenheit erhalten würde, wäre sie schon längst im Irrenhaus gelandet. Sie musste sich von etwas *angezogen* fühlen, wie Eisen von einem Magneten. Bei einer kleineren Ausgabe des Kolosseums, gelegen in einer kaiserlichen Residenz außerhalb Roms, waren die Eindrücke von Schmerz und Entsetzen dermaßen stark, der von Blut getränkte Boden, die abgetrennten Gliedmaßen und die Schreie der Sterbenden so intensiv, dass sie sich übergeben musste. Eine Zeit lang war sie der Überzeugung, sie habe den Verstand verloren. Nächtelang bekam sie kein Auge zu. Vielleicht konnte sie die Römer *deswegen* nicht ausstehen.

Dies hier war kein römisches Amphitheater, stellte sie nüchtern fest. Bevor sie es sich anders überlegen konnte, schwamm sie zur

Kante des Kais, legte ihre Hände flach auf die bearbeiteten Steine und schloss die Augen. Sie konnte die Hafenarbeiter vor sich sehen, wie sie Amphoren voller Wein oder Öl schleppten, und sie hörte das Klatschen von Segeln gegen hölzerne Masten, aber all das entsprang lediglich ihrer eigenen Fantasie. Erleichtert atmete sie auf. Das geschah ihr ganz recht. Eine kleine Strafe für den Versuch, die wissenschaftlichen Verfahren einfach abkürzen zu wollen.

Nina machte ein paar Fotos. Sie bedauerte lediglich, dass sie kein Schiffswrack gefunden hatte. Dann sammelte sie noch einige Tonscherben ein, fand einen halb versunkenen Steinanker und schoss gerade die letzten Bilder, als sie die rundlichen Beulen auf dem sandigen Grund bemerkte.

Sie schwamm hinüber und wischte den Sand beiseite. Die Erhebung war Teil eines größeren Objekts. Fasziniert ließ sie sich auf die Knie nieder und legte nach und nach eine große steinerne Nase frei, die zu einem riesigen gemeißelten Gesicht gehörte, das vom stumpfen Kinn bis zum Scheitel ungefähr zweieinhalb Meter maß. Die Nase war flach und breit, ebenso wie der Mund mit seinen fleischigen Lippen.

Auf dem Kopf saß eine Kappe oder ein eng anliegender Helm. Das Gesicht schaute auffallend finster drein. Nina hörte auf zu graben und fuhr mit den Fingern über den schwarzen Stein.

Die dicken Lippen schienen gerade etwas zu sagen.

Berühre mich. Ich habe dir viel zu erzählen.

Nina wich zurück und starrte das unbewegte Gesicht an. Die Miene sah noch genauso aus wie vorher. Sie lauschte auf die Stimme. *Berühre mich.* Leiser jetzt, beinahe unhörbar in dem metallischen Brodeln ihres Atems, der durch den Lungenautomaten entwich.

Mädchen, du warst schon viel zu lange unter Wasser.

Sie betätigte das Ventil an ihrer Tarierweste. Luft strömte in die Kammern. Mit immer noch klopfendem Herzen stieg sie langsam wieder in ihre eigene Welt empor.

2

Der dunkelhäutige, stämmige Mann sah, wie Nina sich dem Kreis aus Zelten näherte, und lief ihr mit ausgestreckter Hand entgegen. »Darf ich Ihnen helfen, Ihre Tasche zu tragen, Dr. Kirov?«, fragte Raul Gonzales mit ausgeprägtem spanischen Akzent.

»Nicht nötig …« Nina war daran gewöhnt, ihre Ausrüstung umherzuschleppen. Genau genommen war es ihr sogar lieber, alles stets selbst unter Kontrolle zu haben.

»Ach, das macht doch gar keine Umstände«, sagte er galant und setzte sein strahlendstes Lächeln auf. Nina war zu müde für Diskussionen, und außerdem wollte sie seine Gefühle nicht verletzen, also reichte sie ihm ihr Gepäck. Er nahm die schwere Tasche, als wäre sie federleicht.

»Hatten Sie einen erfolgreichen Tag?«, fragte er.

Nina wischte sich den Schweiß aus den Augen und trank einen kräftigen Schluck aus einer warmen Flasche Gatorade, Geschmacksrichtung Limone. Sie war kein zerstreuter Professor. In ihrem Forschungsgebiet konnte eine Holzperle oder ein Knopf eine bedeutende Entdeckung darstellen, und so war sie wie jeder Archäologe darauf trainiert, auch auf die winzigsten Kleinigkeiten zu achten. Aus Gonzales wurde sie nicht schlau. Vieles an ihm war ihr aufgefallen, vor allem wenn er sich unbeobachtet glaubte. Sie hatte ihn dabei erwischt, wie er sie eingehend musterte, und zwar ohne jenes breite Grinsen und mit eiskaltem Blick unter den wulstigen Brauen. Nina war eine attraktive Frau und zog oftmals die Blicke der Männer auf sich. Aber das hier erinnerte sie eher an einen Löwen, der eine Gazelle fixierte. Und dann war da noch die Tatsache, dass er immer *da* zu sein schien und ihr über die Schulter schaute. Und nicht nur ihr. Er schien sich an jeden der Expeditionsteilnehmer heranzuschleichen.

Ninas Entdeckerfreude war stärker als ihre Vorsicht. »Ja«, sagte sie. »Der Tag war sogar *äußerst* erfolgreich.«

»Bei einer so erfahrenen Wissenschaftlerin hätte ich auch nichts anderes erwartet. Ich freue mich schon darauf, mehr darüber zu hören.« Er trug die Tasche zu ihrem Zelt und stellte sie davor ab. Dann schlenderte er weiter durch das Lager, als wäre er ein Generalinspekteur, der seine Truppen inspizierte.

Gonzales behauptete, nach erfolgreichen Immobiliengeschäften in Südkalifornien habe er sich früh zur Ruhe gesetzt und würde jetzt nur noch seiner lebenslangen Amateurbegeisterung für die Archäologie frönen. Er schien Mitte vierzig oder Anfang fünfzig zu sein, und er war ein ganzes Stück kleiner als Nina. Seine massige, kräftige Statur ähnelte der eines Hufschmieds, und sein mit Gel geglättetes Haar schimmerte wie eine schwarze Bowlingkugel. Er war über Time-Quest zu dieser Expedition gestoßen, eine Organisation, die zahlungskräftige Freiwillige an archäologische Ausgrabungen vermittelte. Jeder, der über einige tausend Dollar verfügte, konnte eine Woche lang mit einer Kinderschaufel aus Plastik Dreck in ein Sieb löffeln. Einen Sonnenbrand dritten Grades gab es gratis dazu.

Einschließlich ihrer selbst und Dr. Knox bestand die Gruppe aus zehn Personen. Gonzales, natürlich, sowie Mr. und Mrs. Bonnell, ein älteres amerikanisches Ehepaar aus Iowa, das über eine ähnliche Organisation vermittelt worden war. Zu Ninas Leidwesen gehörte auch der unausstehliche Dr. Fisel vom marokkanischen Ministerium für Altertümer dazu, von dem es hieß, er sei ein Cousin des Königs. Vervollständigt wurde die Liste durch Fisels jungen Assistenten Kassim, einen Koch und zwei Berberfahrer, die zudem bei den Ausgrabungen halfen.

Die Teilnehmer hatten sich aus verschiedenen Teilen der Welt in Tarfaya zusammengefunden, einem Ölhafen an der Südküste. Die marokkanische Regierung veranlasste, dass sie von einer Ölfirma drei neunsitzige Renault-Großraumlimousinen mieten konnten, um Leute und Ausrüstung zu transportieren. Auf staubigen, aber zweckdienlichen Straßen hatten sich die Fahrzeuge dann mehrere hundert Meilen die Küste entlanggearbeitet.

Auch heutzutage war ein Großteil des Landes öde und unbewohnt, abgesehen von vereinzelten kleinen Berbersiedlungen. Das Gebiet war weitgehend unerforscht geblieben, bis Mobil und einige andere Firmen begonnen hatten, vor der Küste nach Ölvorkommen zu bohren.

Das Camp lag hinter den Dünen am Rand einer eintönigen Ebene. Der ausgedörrte Boden war mit stachligen Feigenkakteen gesprenkelt, und in der Ferne erhob sich ein Hochplateau. Ein paar armselige Olivenbäume rangen der trockenen Erde genug Feuchtigkeit ab, um sich die klägliche Existenz zu erhalten. Der Schatten, den sie spendeten, besaß eher symbolische Bedeutung. Ganz in der Nähe befanden sich einige Mauerreste und umgestürzte Säulen. Hier wurden die Landausgrabungen durchgeführt.

Nina ging zu einer der bunten Nylonkuppeln, die man im Kreis auf dem flachen sandigen Boden aufgeschlagen hatte. Sie wusch sich das Salz aus dem Gesicht und zog frische Shorts und ein sauberes T-Shirt an. Dann nahm sie ihren Skizzenblock, setzte sich vor dem Zelt auf einen Klappstuhl und fertigte im Licht der Nachmittagssonne Zeichnungen von ihren Funden an. Sie hatte bereits mehrere Seiten gefüllt, als die Leute von der Ausgrabungsstätte zurückkehrten.

Dr. Knox' Khakishorts und -hemd waren schweißverklebt und von einer Staubkruste überzogen. Beim Kriechen über den harten Untergrund hatte er sich die Knie wund gescheuert. Seine Nase war krebsrot, und die Haut begann sich zu schälen. Der Unterschied zu den heiligen Hallen der Wissenschaft war bemerkenswert. In der Universität war Knox stets untadelig gekleidet. Aber draußen im Gelände *stürzte* er sich im wahrsten Sinne des Wortes in die Arbeit wie ein Kind in den Sandkasten. Mit seinem Tropenhelm, den weiten Shorts und den Epauletten auf seinen schmalen Schultern sah er aus, als wäre er den Seiten einer alten Ausgabe von *National Geographic* entstiegen.

»Was für ein Tag«, stieß er wütend hervor und nahm den Helm

ab. »Ich glaube wirklich, wir müssen noch einmal sechs Meter tief buddeln, bevor wir irgendetwas finden, das weiter als bis zum Rifkabylen-Aufstand zurückreicht! Und falls Sie glauben, die Arbeit mit *mir* wäre eine verfluchte Strafe, dann schlage ich vor, dass Sie mal ein bisschen Zeit mit diesem aufgeblasenen Idioten Fisel verbringen!« Die Freude darüber, an einer Ausgrabung teilzunehmen, war ihm gleichwohl deutlich anzuhören und strafte seine Unzufriedenheit Lügen. »Tja, *Ihnen* scheint es ja richtig gut zu gehen«, sagte er vorwurfsvoll. »Wie ist es denn heute …? Schon gut, ich kann es Ihnen ansehen. Erzählen Sie mir schnell davon, Nina, oder ich gebe Ihnen ein paar zusätzliche Schularbeiten auf.«

Als Knox sie beim Vornamen nannte, musste sie an ihre Zeit als Studentin zurückdenken. Jetzt bot sich ihr die Gelegenheit, Rache für all die gutmütigen Spötteleien zu nehmen, die sie in der Universität hatte erdulden müssen. »Wollen Sie sich denn nicht erst ein wenig frisch machen?«, fragte sie.

»Nein, will ich *nicht.* Um Himmels willen, seien Sie doch nicht so sadistisch, junge Dame; das steht Ihnen überhaupt nicht.«

»Ich hatte einen guten Lehrer«, sagte sie lächelnd. »Keine Angst, Professor. Während Sie sich Ihren Stuhl holen, gieße ich uns etwas Eistee ein, und dann erzähle ich Ihnen die ganze Geschichte.«

Wenige Minuten darauf saß Knox neben ihr und neigte leicht den Kopf, während er ihr aufmerksam zuhörte. Sie beschrieb ihre Entdeckungen von dem Moment an, als sie ins Wasser gestiegen war. Lediglich den gemeißelten Kopf erwähnte sie nicht. Aus einem unerklärlichen Grund fühlte sie sich unbehaglich bei dem Gedanken, darüber zu reden. Später vielleicht.

Knox unterbrach sie kein einziges Mal. Nur wenn Nina kurz Luft holte oder einen Schluck trank, drängte er sie ungeduldig: »Ich wusste es, ich wusste es. Ja, ja, fahren Sie fort.«

»So, das ist alles«, beendete Nina ihren Bericht.

»Sehr gut. Schlussfolgerung.«

»Ich glaube, es handelt sich um einen *sehr* alten Hafen«, sagte sie.

»*Natürlich* ist er alt«, entgegnete er mit gespielter Verärgerung. »Das wusste ich sofort, nachdem ich Ihren kleinen Teich auf den Luftbildern eines der Vermessungsprojekte der Ölfirmen entdeckt hatte. Jeder verdammte Krümel im Umkreis von hundert Metern ist alt. Aber *wie* alt?«

»Denken Sie an die hungrigen Hunde des Skeptizismus«, erinnerte sie ihn.

Knox rieb sich die Hände. Das Spiel gefiel ihm. »Lassen Sie uns annehmen, dass der Hundefänger sich dieser lästigen Kreaturen bemächtigt hat und sie vorerst glücklich in einem Tierheim schmachten. Wie, meine werte Dame, lautet Ihre fundierte Annahme?«

»Unter diesen Bedingungen würde ich sagen, dass wir es hier mit einem phönizischen Militär- und Handelsposten zu tun haben.« Sie reichte ihm ihren Skizzenblock und die Tonscherben, die sie mitgenommen hatte.

Knox musterte eingehend die Scherben und fuhr liebevoll mit den Fingern über die gezackten Kanten. Dann legte er sie beiseite und schaute sich die Zeichnungen an. Er spitzte den Mund, so dass sein Schnurrbart einen kleinen Tanz auf der Oberlippe vollführte. »Ich denke«, sagte er melodramatisch und mit offensichtlichem Behagen, »wir sollten den geschätzten Dr. Fisel von diesen Neuigkeiten unterrichten.«

Gamiel Fisel saß unter einem großen Schirm. Der Stuhl, auf dem er thronte, wurde von seinem runden Körper fast vollständig verdeckt, und mit seiner gelbbraunen Pluderhose, dem gleichfarbigen Hemd und dem dazu passenden Teint ähnelte er einem großen Karamellapfel. Vor ihm auf dem Tisch lagen einige ausgegrabene Tonscherben. Er war gerade damit beschäftigt, eines dieser Fragmente durch ein Vergrößerungsglas zu betrachten, das direkt aus dem Fundus von Sherlock Holmes zu stammen schien. Neben ihm stand sein Assistent Kassim, ein freundlicher junger Mann, der angeblich Universitätsstudent war. In Wirklichkeit diente er Fisel hauptsächlich als Teejunge.

»Guten Tag, Dr. Fisel. Dr. Kirov hat heute ein paar interessante Beobachtungen gemacht«, sagte Knox mit unverhohlenem Stolz.

Fisel schaute auf, als wäre soeben ein lästiger Moskito auf seiner Nasenspitze gelandet. Er war an Frauen in der Arbeitswelt durchaus gewöhnt. Viele Marokkanerinnen gingen einem Beruf nach. Er hatte einfach nur ein Problem damit, sich mit einer Frau auseinander zu setzen, die den gleichen akademischen Rang, weitaus mehr wissenschaftliche Titel und mindestens dreißig Zentimeter mehr Körpergröße besaß. Da Fisel nicht tauchte, war er Nina in dieser Hinsicht auf Gedeih und Verderb ausgeliefert, und das gefiel ihm überhaupt nicht.

Nina kam ohne Umschweife auf den Punkt. »Ich denke, es hat hier einen kleinen, aber wichtigen Hafen gegeben, und zwar einen phönizischen.«

»Mehr Tee, Kassim«, sagte Fisel. Der junge Mann eilte zur Kochstelle des Lagers. Dann wandte sich Fisel an Knox, als wäre Nina gar nicht anwesend. »Ihre Assistentin verfügt über eine lebhafte Fantasie. Sie haben sie natürlich davon in Kenntnis gesetzt, dass unsere Ausgrabungen an der Hauptstätte griechische und römische Artefakte zutage gefördert haben.« Er redete schnell und nervös und feuerte seine Sätze ab, als wären es Garben aus einem Maschinengewehr.

Bislang hatte sich Nina Fisel immer gefügt, aber jetzt konnte sie seine Grobheit nicht länger ertragen. »Zunächst einmal bin ich *nicht* Dr. Knox' Assistentin, sondern seine *Kollegin*«, sagte sie mit eisiger Stimme. »Darüber hinaus habe ich keine Zweifel hinsichtlich der griechisch-römischen Einflüsse, aber das wesentliche Zentrum der Ereignisse befand sich im Wasser, nicht an Land. Und es war phönizisch.«

Nina klatschte den Block auf den Tisch und tippte auf die Zeichnung des *cothon.* »Nur die Phönizier haben künstliche Häfen wie diesen aus dem Festland herausgemeißelt. Ich schätze, diese Tonscherben werden meine Datierung unterstützen.«

Sie warf die Fragmente vor ihn hin, ohne Rücksicht darauf, dass sie sich mit den anderen Scherben vermischen könnten. Bedächtig nahm Fisel eines der Stücke in die Hand und betrachtete es sorgfältig. Dann ein weiteres. Nach ein paar Minuten schaute er auf. Seine feuchten braunen Augen hinter den dicken Brillengläsern weiteten sich, aber er versuchte dennoch, sich seine Erregung nicht anmerken zu lassen.

Er räusperte sich und sprach Knox an. »Sie werden *das hier* doch sicherlich nicht als definitiven Beweis für Dr. Kirovs Theorie akzeptieren, oder?«

»Natürlich nicht, Dr. Fisel. Es gibt noch viel zu tun, und Dr. Kirov weiß das genauso gut wie wir beide. Aber Sie müssen zugeben, dass dies hier ein faszinierender Anfang ist.«

Fisel war der Ansicht, Knox' offenkundige Begeisterung könnte einen Dämpfer vertragen. Seine vorgeblich finstere Miene verwandelte sich in ein strahlendes Lächeln. »Ich kann leider gar nichts zugeben, solange keine eindeutigen Beweise vorliegen.«

Kassim kehrte mit einem Glas heißen Tee zurück. Fisel nickte und nahm sein Vergrößerungsglas. Die Audienz beim Cousin des Königs war beendet.

Nina kochte vor Wut, als sie und Knox sich von Fisels Zelt entfernten. »Unverschämter kleiner Bastard! Er weiß verdammt gut, dass ich Recht habe.«

Knox gluckste belustigt. »Ich vermute, dass Fisel voll und ganz mit Ihrer Meinung übereinstimmt und umgehend darüber Bericht erstatten wird.«

Sie packte den Professor am Arm und schaute ihm ins staubige Gesicht. »Das verstehe ich nicht. Warum dann dieses Getue?«

»Oh, das ist doch ganz klar. Er will den Ruhm für die Entdeckung Ihres phönizischen Hafens einstreichen.«

»Stimmt!« Sie fuhr herum und wollte zurück zu Fisels Zelt. »Wenn er glaubt, er kommt damit durch ...«

»Immer mit der Ruhe, meine Liebe. Ich habe Ihnen versprochen, dass alle Unterwasserfunde Ihnen angerechnet würden, und das habe ich auch so gemeint. Denken Sie daran, wir haben alle

Trümpfe in der Hand. Sie sind die einzige Person bei dieser Expedition, die weiß, wie man taucht.«

»Er kann andere Taucher anfordern.«

»Ja, das kann er. Mag er auch noch so klein, dick, kahlköpfig und kurzsichtig sein, Fisel hat mit seinem Ministerium für Altertümer einiges in die Waagschale zu werfen, übertragen und im wörtlichen Sinn. Er kann sich alle Hilfsmittel besorgen, die er braucht. In der Zwischenzeit möchte ich, dass Sie Ihre Skizzen vervollständigen, die Funde klassifizieren und Ihre Forschungen mit wissenschaftlichen Methoden fortsetzen.«

Sie war noch immer nicht überzeugt. »Was ist, falls er versucht, mich vom Tauchen abzuhalten?«

»Dies ist eine Gemeinschaftsexpedition. Ich habe hier ebenso viel zu sagen wie er. Er kann nur das tun, was ihm genehmigt wird. Das wird Tage dauern. Falls Sie glauben, *unser* Verwaltungsapparat wäre furchtbar, dann sollten Sie sich daran erinnern, dass Marokko unter starkem Einfluss der Franzosen steht, und die haben immerhin das Wort *Bürokratie* erfunden. Ich werde ein bisschen seinem Ego schmeicheln, aber von Ihnen erhoffe ich mir weitaus mehr. Ziehen Sie in Betracht, Fisel *ein paar* der Lorbeeren für diesen Fund zuzugestehen, falls der Hafen sich tatsächlich als phönizisch herausstellt. Immerhin ist dies *sein* Land, in dem wir hier herumbuddeln. Er hat womöglich einige phönizische Vorfahren.«

Nina beruhigte sich und lachte auf. »Sie haben Recht. Bitte verzeihen Sie den Ausbruch. Es war ein langer Tag.«

»Sie brauchen sich nicht zu entschuldigen. Er *ist* ein Bastard, aber ich werde ihm eine bestimmte Tatsache ins Gedächtnis rufen: Falls nicht öffentlich von uns bestätigt wird, dass es sich hierbei um einen Gemeinschaftsfund handelt, wird ihm einer seiner *eigenen* vorgesetzten Bastarde den Ruhm stehlen.«

Nina dankte dem Professor, küsste ihn auf die Wange und kehrte zu ihrem Zelt zurück. Sie arbeitete an ihren Zeichnungen, bis die Glocke zum Abendessen rief. Bei Tisch wich Fisel ihrem Blick aus. Das Paar aus Iowa hatte heute den intakten Henkel eines

Wasserkrugs ausgegraben und stand im Mittelpunkt des Interesses. Niemand achtete darauf, dass Nina sich entschuldigte und wieder zu ihrem Zelt ging.

Nachdem sie ihren IBM-Laptop mit einem Bericht über die Funde gefüttert hatte, lehnte Nina ihren Skizzenblock gegen die Zeltwand und schoss mit der Digitalkamera einige Fotos von den Zeichnungen. Dann überspielte sie die Bilder aus der Kamera in den Computer. Sowohl die Fotos als auch die Skizzen waren messerscharf.

»Okay, Fisel, dann wollen wir doch mal sehen, was du *hiervon* hältst.«

Der Computer war an einen kleinen Koffer angeschlossen, in dem sich ein Satellitentelefon befand. Das solarbetriebene Gerät hatte sie ein Heidengeld gekostet, aber es verlieh ihr die Möglichkeit, von überall auf der Welt Kontakt zu ihrer Heimatbasis aufzunehmen. Sie wählte eine Nummer und schickte das elektronische Paket aus Worten und Fotos nach oben durch den Äther, bis es in niedrigem Orbit auf einen globalen Inmarsat-Kommunikationssatelliten traf, der es über eine seiner Antennen in Lichtgeschwindigkeit an die Universität von Pennsylvania übertrug.

Zufrieden schaltete Nina den Computer aus. Ihre Berichte und Bilder waren sicher in der Datenbank der Universität gelandet. Sie wusste nicht, dass auch auf der Datenautobahn bisweilen gefährliche Umwege vorkamen.

3

San Antonio, Texas

Der fensterlose Raum nahe der Spitze des verglasten Büroturms, von dem man einen guten Ausblick auf den friedlichen San Antonio River hatte, kam auf den offiziellen Bauplänen gar nicht vor. Auch die städtische Bauaufsicht wusste nichts von seiner Existenz. Die Handwerker, von denen die schalldichten Wände, die eigenen elektrischen Leitungen und die durch Stimmmuster betätigten Sicherheitsschlösser installiert worden waren, hatte man mit viel Geld zum Stillschweigen verpflichtet. Falls es ihnen merkwürdig vorkam, eine Geheimtür in die Rückwand der Duschkabine eines privaten Badezimmers einzubauen, behielten sie ihre Meinung für sich.

Die Ausstattung des Raums war so nüchtern und zweckmäßig wie in einem Laboratorium. Leere beige Wände. Eine Reihe IBM-Computer mit übergroßen Monitoren, ein Dokumententresor und ein zentraler Arbeitstisch. Vor einem der Computer saß ein Mann, dessen teilnahmsloses Gesicht vom kalten Schein des Bildschirms erhellt wurde. Er scrollte mehrere Seiten Text und Fotos nach unten und hielt bei einigen Strichzeichnungen inne.

Mit einem Mausklick vergrößerte er eine bestimmte Skizze und zoomte einen Teil des Bildes heran. Seine kalten blauen Augen musterten sorgfältig jedes Detail. Er war sich sicher, die gesamte Datei gesehen zu haben. Jetzt speicherte er sie auf einer Diskette und erteilte den Druckbefehl. Während der Hochgeschwindigkeitsdrucker die Arbeit aufnahm, steckte er die Diskette in einen Umschlag und schloss diesen dann im Safe ein. Er verstaute den Ausdruck der Datei in einer braunen Mappe, trat durch die Duschkabine, ging durch eine weitere Tür in sein Büro und drückte einen Knopf an seiner Gegensprechanlage.

»Ich brauche ein paar Minuten. Sofort«, sagte er.

»Er hat jetzt Zeit«, erwiderte eine weibliche Stimme. »Zehn Minuten zwischen zwei Terminen.«

Mit der Mappe in der Hand verließ er sein Büro und trat hinaus in ein Labyrinth von Fluren, das mit dickem Teppichboden ausgelegt war. Er war groß, mindestens einen Meter achtzig, und nicht mehr ganz jung, aber man sah ihm sein Alter lediglich an den kurz geschorenen silberweißen Haaren und den leicht hängenden muskulösen Schultern an. Dank einer spartanisch strengen Diät und stetigem Training war sein athletischer Körper noch immer gelenkig und eisenhart. Da er nur selten lächelte oder die Stirn runzelte, hatte er um Mund und Augen so gut wie keine Falten und sah aus, als hätte jemand seine Haut angehoben und über den kantigen Kiefer und die hohen Wangenknochen gespannt.

Dieses Stockwerk konnte erst nach Hand- und Stimmenidentifikation betreten werden, denn hier befanden sich die Verwaltungsbüros der Firma. Die Arbeitsräume lagen allesamt auf anderen Etagen, und er sah niemanden, bis er den ausgedehnten Empfangsbereich erreichte.

Der hohe Raum war in dunkelroten, braunen und grünen Erdfarben gehalten, und an Wand und Boden wiederholte sich ein indianisches Muster aus stilisierten Pfeilen und Rechtecken. Hinter dem Empfang befand sich ein halb abstraktes Wandgemälde, dessen braunhäutige Gestalten und riesige sprießende Quetzalfedern so ineinander verschlungen waren, dass man nur schwerlich sagen konnte, ob hier ein Menschenopfer oder eine Cocktailparty dargestellt wurde. Die Empfangsdame saß an einem Tisch, der auf einem Ozean aus dunklem orangefarbenen Teppich zu treiben schien. Das gemalte Drama hinter ihrem Kopf interessierte sie nicht besonders.

Der Mann blieb vor dem Tisch stehen und schaute wortlos zu einer dicken Tür aus dunklem Holz, in deren Oberfläche Dutzende sich windender Gestalten geschnitzt waren: Folterszenen in der Hölle, so wie ein Bauernkünstler sie sich vorstellte.

»Mr. Halcon empfängt Sie jetzt«, sagte die Empfangsdame, eine Frau mittleren Alters, die für diesen Posten aufgrund ihrer Höflichkeit, Effizienz und bedingungslosen Loyalität ausgewählt worden war.

Die mit Schnitzereien verzierte Tür öffnete sich in ein Eckbüro, das fast so groß wie der Empfangsbereich war und in dem sich das zentralamerikanische Thema fortsetzte. Halcon stand mit dem Rücken zur Tür neben einem vom Boden bis zur Decke reichenden Fenster.

»Sir, hätten Sie wohl einen Moment …«

Halcon drehte sich halb herum, so dass seine gebogene Nase und das bleiche, schmale Gesicht zu sehen waren. Dieses Profil hatte ihm seinen Spitznamen in der Stierkampfarena eingebracht. »Kommen Sie her, Guzman«, sagte er.

Guzman durchquerte wie befohlen das Zimmer und blieb neben dem jüngeren Mann stehen. Halcon war Mitte vierzig und drei oder vier Zentimeter größer als Guzman. Er war asketisch schlank und wirkte beinahe zerbrechlich. Doch der Schein trog, wie auch alles andere an Halcon. Als Zugeständnis an seine Rolle als Geschäftsmann hatte er sich schon vor langer Zeit den Matadorenzopf abgeschnitten, die Koteletten gestutzt und die glitzernde Tracht seines Berufsstandes abgelegt. Doch unter seinem teuren Maßanzug lauerte noch immer der gefühllose Körper jenes Matadors, der als der Falke bekannt war und der mit seiner Schnelligkeit und Kraft Dutzende tapferer Stiere ins Jenseits befördert hatte. Falls die begeisterten Anhänger seiner kurzen, aber illustren Karriere etwas an ihm auszusetzen gehabt hätten, dann die Tatsache, dass der Falke mit kalter Gründlichkeit und völlig leidenschaftslos tötete. In früheren Zeiten wäre er ein todbringender Fechter gewesen, dessen Klinge die Herzen von Männern durchbohrte, nicht von Stieren.

»Wissen Sie, warum ich mich entschieden habe, dieses Büro an genau dieser Stelle einzurichten, Guzman?«

»Ich vermute, Don Halcon, weil man von hier aus viele der Güter Ihres Unternehmens sehen kann.«

Bei diesen Worten musste Halcon leise lachen. »Eine offene und ehrliche Antwort, wie ich sie von meinem alten Wächter erwarten würde, wenngleich nicht allzu schmeichelhaft. Ich bin nicht irgendein Spießer, der seine Felder im Auge behält.«

»Bitte entschuldigen Sie, Don Halcon. Ich wollte Sie nicht kränken.«

»Ich fühle mich nicht gekränkt. Es war eine nahe liegende Vermutung, aber sie trifft nicht zu.« Sein Lächeln verschwand, und sein Tonfall nahm jenen ruhigen, stählernen Beiklang an, den gefährliche Leute ihren Äußerungen zu verleihen pflegen. »Ich habe dieses Büro nur aus einem einzigen Grund ausgewählt: wegen der Aussicht auf die Mission San Antonio de Valero. Sie erinnert mich daran, was war, was ist und was sein wird.« Er wies durch die zimmerhohen Rauchglasfenster auf das sich ausbreitende Stadtgebiet. »Oft stehe ich hier und denke darüber nach, wie die Geschichte durch die Handlungen einiger Weniger drastisch geändert werden und einen völlig unerwarteten Verlauf nehmen kann. Die Schlacht von Alamo wurde von den Verteidigern verloren, aber sie war der Anfang vom Ende für Santa Anna. Er wurde bei San Jacinto gefangen genommen, und durch eine einzige Entscheidungsschlacht wurde Texas unabhängig von Mexiko. Die Lehren der Geschichte sind unmissverständlich, nicht wahr?«

»Es wäre nicht das erste Mal, dass die Mächtigen durch den Tod von Märtyrern zu Fall kommen.«

»Ganz genau. Und es wird auch nicht das letzte Mal gewesen sein. Was einmal geschehen ist, kann auch noch mal geschehen. Bei Alamo standen hundertdreiundachtzig Verteidiger gegen sechstausend mexikanische Soldaten, was beweist, dass wenige Entschlossene die Welt für all die anderen verändern können.« Er hielt gedankenverloren inne und schaute auf die Stadt hinaus. Dann drehte er sich zu Guzman um, wie ein Mann, der aus einem Traum erwachte.

»Aus welchem Grund wollten Sie mich sprechen?«

»Es geht um eine ziemlich wichtige Angelegenheit, Sir. Ich habe soeben diese Übertragung aus Marokko an die Universität von Pennsylvania aufgefangen.« Er reichte ihm den Ausdruck.

Halcon überflog das Material und heftete seinen Blick schließlich auf die Skizze. »Höchst erstaunlich«, murmelte er und schaute auf. »Kein Fehler möglich?«

»Unser Überwachungssystem ist praktisch narrensicher. Wie Sie wissen, reicht weltweit jede archäologische Expedition ihre

Projektbeschreibungen bei unserer Time-Quest-Stiftung ein und beantragt Fördermittel und freiwillige Helfer. Die viel versprechendsten Konzepte erhalten die höchste Priorität. Die Computer überwachen automatisch alle Übertragungen aus der entsprechenden Region an die jeweilige Heimatbasis und suchen nach vorprogrammierten Schlüsselworten. Gleiches gilt für alle Faxe, Fernschreiben und E-Mails.«

»*Los Hermanos* haben einen Beobachter vor Ort?«

»Ja. Gonzales ist dabei.«

»Ausgezeichnet«, sagte Halcon. »Er weiß, was er zu tun hat.«

Guzman nickte und schlug leicht die Hacken zusammen. Als er sich zum Gehen wandte, schienen sich seine Lippen zu einem schiefen Lächeln zu verziehen. Aber es handelte sich lediglich um eine Sinnestäuschung, hervorgerufen durch das Spiel von Licht und Schatten und durch die weiße Narbe, die von seinem rechten Wangenknochen bis zum Mundwinkel verlief.

4

Marokko

Nina hob den Fotoapparat vor die Taucherbrille, richtete den Sucher auf die Grundmauer aus und betätigte den Auslöser an dem wasserdichten Gehäuse. Das letzte Bild, das sie für das Fotomosaik benötigte. *Endlich.*

Mit einem kurzen heftigen Atemstoß blies sie das Wasser aus dem Schnorchel und schwamm in Seitenlage gemächlich auf die Stufen zu. Die kartographische Erfassung des Bodens ganz ohne fremde Hilfe war eine ermüdende Angelegenheit gewesen. Zuerst hatte sie als Anhaltspunkte eine Anzahl kleiner kugelförmiger Plastikbaken in einem Schachbrettmuster ausgelegt. Dann hieß es schwimmen, anhalten, fotografieren. Wieder und wieder. Inzwischen hatte sie den Grundriss des Hafens genau im Kopf. Wäre das Wasser wie durch ein Wunder plötzlich zurückgewichen, hätte sie mit verbundenen Augen über den alten Kai laufen können, ohne gegen eine Wand zu stoßen oder in eine *piscina* oder einen *cothon* zu fallen.

Es würde äußerst schwierig werden, die zahlreichen Fotos zu einer einzigen Karte zusammenzusetzen. Sie hatte versucht, sich bei der Verteilung der Baken jeweils an charakteristische Bodenmerkmale zu halten. Dieses System war zwar ziemlich unpräzise, aber es erfüllte vorerst seinen Zweck. Nina war nicht auf wissenschaftliche Präzision aus; sie wollte den kleinlichen Erbsenzählern, die über die Verteilung der Expeditionsetats entschieden, ein *dramatisches* Paket vorlegen. Die Leute sollten angesichts des Materials von Schlagzeilen auf der Titelseite von *USA Today* träumen, von großen Artikeln in *Time* und von exklusiven Filmberichten in *Unsolved Mysteries.*

Sie zog sich auf die Stufen empor und legte ihre Ausrüstung ab. Während sie sich abtrocknete, ließ sie den Blick über die Lagune schweifen und beschloss, das Einsammeln der Baken auf den nächsten Morgen zu verschieben. Wenn sie jetzt noch mehr Zeit im Wasser verbrachte, würde sie verschrumpeln wie eine weiße Rosine. Wenige Minuten später schlenderte sie sichtlich beschwingt den Pfad zum Lager hinunter. Sie hatte allen Grund, sich zu freuen, denn sie hatte innerhalb kurzer Zeit eine beachtliche Menge Arbeit erledigt.

Die anderen waren noch an der Ausgrabungsstätte beschäftigt, und das Camp war menschenleer. Nun ja, fast. Als sie sich den Zelten näherte, sah sie Gonzales am Rand des Lagerplatzes mit jemandem in einem Jeep reden. Dann fuhr der Wagen los, bevor sie Gelegenheit hatte, einen Blick auf das Gesicht des Fahrers zu erhaschen.

»Wer war das?«, fragte sie und schaute der Staubwolke hinterher, die der Wagen aufwirbelte.

Das automatische Lächeln erschien auf Gonzales' Gesicht, als hätte jemand einen Schalter umgelegt. »Er hatte sich verfahren. Ich habe ihm den Weg beschrieben.«

Verfahren? Wovon redete er da? Es war hier nicht gerade so, als könnte man eine falsche Abfahrt vom Freeway nehmen. Das Camp lag meilenweit von allem und jedem entfernt. Die Gegend war einsam und unwirtlich, und es gab hier nichts, was für irgendjemanden von Interesse gewesen wäre, abgesehen von einer Horde verrückter Archäologen. Man musste sich hier draußen schon *absichtlich* verfahren. Im ersten Moment hatte sie geglaubt, der Mann in dem Jeep wäre vielleicht von Fisel gerufen worden. Obwohl sie Gonzales' Erklärung keinen Glauben schenkte, war sie daher dennoch erleichtert, sie zu hören.

Beim Frühstück hatte Fisel angekündigt, dass innerhalb weniger Tage einige marokkanische Taucher eintreffen würden. Er »riet« Nina nachdrücklich, ihre Forschungen so weit wie möglich einzuschränken, um die Stätte nicht in Unordnung zu bringen. Nina hatte sich vorgebeugt und ihm tief in die Augen gesehen. Eine Kamera sei wohl schwerlich als Beeinträchtigung zu werten, hatte sie ruhig festgestellt, ihn dabei aber mit solch kalter Wut gemustert, dass Dr. Knox sich später beklagte, an seinem Schnurrbart hätten sich Eiszapfen gebildet. Maniriert erinnerte Fisel alle Anwesenden daran, dass er seinem Cousin, dem König, gegenüber verantwortlich sei. Dann flüchtete er sich wenig überzeugend in die Ausrede, er wolle ja nur die Unversehrtheit der Stätte erhalten.

Nina musste zugeben, dass auch sie selbst in gewisser Weise unredlich vorging. Sie entfernte Artefakte vom Fundort, was strikt verboten war, und erzählte weder Fisel noch Knox davon. Auch wusste Fisel nichts darüber, dass sie ihre ersten Funde an den Datentresor der Universität von Pennsylvania geschickt hatte. Der Steinkopf war ebenfalls noch immer ihr Geheimnis. Sie konnte ihr ungewöhnliches Verhalten jedoch problemlos vor sich selbst rechtfertigen. Drastische Zeiten erfordern drastische Maßnahmen.

Kassim, Fisels Teejunge, winkte ihr freundlich zu. Er war dumm wie ein Zaunpfosten, aber kein schlechter Kerl, wenn man ihn erst einmal kannte. Nina genoss die Stille. Sie ging in ihr Zelt und tauschte den Badeanzug gegen trockene Kleidung. Dann schaltete sie ihren Computer ein und sah, dass das E-Mail-Icon blinkte. Die Nachricht stammte von Dr. Elinor Sanford, der Dozentin in Pennsylvania, an die sie ihre Datei geschickt hatte.

Sandy Sanford und Nina kannten sich aus dem Grundstudium, bevor jede sich auf ihre Fachrichtung spezialisiert hatte. Sandy entschied sich für den mittelamerikanischen Forschungsraum und verkündete, diese Wahl läge eher in der jeweiligen Küche als in den Kulturen begründet. Burritos seien ihr lieber als Kuskus. Mochten ihre kulinarischen Vorlieben auch zweifelhaft sein, ihre Fachkenntnisse waren es nicht. Erst kürzlich hatte man sie zur Fakultätskuratorin im Museum der Universität berufen. Nina scrollte den Text nach unten:

> Glückwunsch, Nina! Du musst mir nicht erst den Kopf des Hannibal vorlegen, um mich davon zu überzeugen, dass du auf einen phönizischen Hafen gestoßen bist! Ich wünschte, ich könnte das tolle Zeug aus deiner Datei der verstaubten Clique hier in den engstirnigen Hallen der archäologischen Fakultät zeigen. Das würde vermutlich einen neuen Punischen Krieg auslösen. Aber ich werde mich an deine Bitte halten und nichts darüber verlauten lassen. Was hält El Grando Professoro davon? Ich kann es gar nicht abwarten, dich wieder zu sehen. Halt die Ohren steif. Alles Liebe, Sandy.

Da war noch etwas.

> PS: Hinsichtlich der Skizze von dem großen Steinkopf. Ein Scherz, oder? Ich versteh schon, du willst mich testen. Sieh mal in deinem Fax nach.

Nina rief ihr Faxprogramm auf. Das Foto eines Steingesichts erschien auf dem Bildschirm. Im ersten Moment glaubte sie, es handle sich um die Steinmetzarbeit aus der Lagune. Aber die Zeichnung, die sie geschickt hatte, befand sich zum Vergleich daneben. Sie starrte auf den Monitor. Die Plastiken waren identisch. Sie scrollte nach unten. Weitere Steinköpfe rückten ins Bild. Sie hätten allesamt von demselben Künstler stammen können. Abgesehen von kleinen Unterschieden, vor allem bei der Kopfbedeckung, verfügten sie über denselben finsteren Blick, die breite Nase und die teilnahmslosen fleischigen Lippen. Unter den Bildern befand sich eine weitere Nachricht von Sandy:

Noch mal hallo! Willkommen zu einem der hartnäckigsten mittelamerikanischen Geheimnisse. 1938 schickten die National Geographic Society und die Smithsonian Institution eine Expedition nach Mexiko, um Berichten nachzugehen, es gebe dort riesige Basaltköpfe, die bis zu den Augenbrauen im Sand steckten. Man fand elf afrikanisch anmutende Felsfiguren wie diese an drei Orten in und um La Venta, dem heiligen Zentrum der Olmeken-Kultur. Achtzehn Meilen vom Golf von Mexiko entfernt. Jeder Kopf zwei bis drei Meter hoch und bis zu vierzig Tonnen schwer. Nicht schlecht, wenn man berücksichtigt, dass der zugehörige Steinbruch in zehn Meilen Entfernung liegt und die Köpfe über Land geschleppt wurden, und zwar ohne Gebrauch des Rads oder die Hilfe von Zugtieren. Alle hatten diesen komischen Helm auf, so dass sie wie Footballspieler aussehen. Werden auf 800 bis 700 v. Chr. datiert. Sag mal, was hat ein hübsches Mädchen wie du denn in Mittelamerika verloren?

Nina schrieb eine schnelle Antwort:

Danke für die Info. Höchst interessant! Bin nächste Woche wieder zu Hause. Werde dir alles erklären. Viele Grüße, Nina.

Sie drückte die Taste zum Senden, schaltete den Laptop aus und lehnte sich auf ihrem Stuhl zurück. Sie war völlig verblüfft.

Ein mexikanischer Olmeken-Kopf! Immer mit der Ruhe, junge Frau. Halt dir die Fakten vor Augen. Die Skulptur, die sie gefunden hatte, besaß afrikanische Merkmale. Na toll. Schließlich *war* sie hier in Afrika. Außerdem erklärte das nicht die Übereinstimmung mit diesen mexikanischen Figuren in Tausenden von Meilen Entfernung. Es gab dafür mehrere denkbare Begründungen. Die La-Venta-Köpfe könnten in Afrika angefertigt und nach Mexiko transportiert worden sein. Unwahrscheinlich. Nicht bei vierzig Tonnen Gewicht. Die Alternativtheorie war auch nicht viel besser. Dass nämlich eine La-Venta-Figur in Mexiko gemeißelt und nach Afrika gebracht worden war. Und in beiden Fällen gab es nach wie vor das Problem mit der Datierung. Kolumbus war erst Hunderte von Jahren nach Anfertigung der Köpfe in See gestochen.

Autsch, dachte Nina, ich denke ja schon wie ein *Diffusionist.*

Sie schaute sich verstohlen um, als würde jemand ihre Gedanken belauschen. Für einen herkömmlichen Archäologen bedeutete Unvoreingenommenheit gegenüber dem Diffusionismus die direkte Fahrkarte in die ewige Verdammnis. Diffusionisten glaubten, dass Kulturen sich nicht isoliert voneinander entwickelten, sondern dass sie *diffundierten,* das heißt sich vermischten und durchdrangen. Die Ähnlichkeiten zwischen Alter und Neuer Welt hatten Nina schon immer fasziniert. Leider brachten die UFO- und Atlantis-Enthusiasten, nach deren Ansicht die Pyramiden und die Nazca-Linien von Außerirdischen oder den Bewohnern versunkener Kontinente stammten, nur wenig Licht ins Dunkel. Und ein weiblicher Diffusionist hatte in diesem Geschäft in *doppelter* Hinsicht verloren. Es war ohnehin schon schwierig genug für Nina, als Frau in einer Männerwelt zu bestehen.

Der Denkansatz der Diffusionisten sah sich seit jeher einer gewaltigen Hürde gegenüber: Es gab keinerlei wissenschaftlich verifizierte Beweise dafür, dass vor Kolumbus ein Kontakt zwischen den beiden Hemisphären bestanden hatte. Die Leute konnten sich alles Mögliche aus den Fingern saugen, um die Zusammenhänge zwischen den ägyptischen Pyramiden, kambodschanischen Tempeln und mexikanischen Bauwerken zu erklären. Aber niemand hatte ein Artefakt gefunden, das diese Verbindung bestätigte. Bis *jetzt.* Und dann auch noch in einem phönizischen Hafen. *Heiliger Strohsack.*

Das hier würde ein Mordsaufsehen verursachen. Es könnte sich durchaus um die größte Entdeckung seit dem Grab des Tutenchamun handeln. Das archäologische Establishment würde völlig auf den Kopf gestellt werden. Dieses Ding in der Lagune bewies, dass es zwischen der Alten und der Neuen Welt irgendeine Art von Austausch gegeben hatte, und zwar *zweitausend Jahre* bevor Christoph Kolumbus dem spanischen Königshof drei Schiffe abschwatzte. Genug! Nina trat in Gedanken auf die Bremse, bevor sie noch die Kontrolle verlieren und über die Klippe stürzen würde. Sie musste die Angelegenheit mit klarem Kopf durchdenken. Sie verscheuchte ein paar Fliegen und legte sich auf ihr Feldbett. Dann versuchte sie, sämtliche Gedanken aus ihrem Geist zu verdrängen und sich auf ihre Atmung zu konzentrieren. Als Nächstes wusste sie nur noch, dass sie irgendwann durch die Glocke zum Abendessen geweckt wurde.

Sie gähnte und rieb sich die Augen. Dann stolperte sie nach draußen. Ein herrlicher Sonnenuntergang, purpurrot und golden, bahnte sich an. Sie ging zum Speisezelt und setzte sich so weit wie möglich weg von Fisel, der an einem Ende des Tisches mal wieder Hof hielt. Das ewig gleiche Geschwätz. Sie hörte nicht weiter hin, sondern begann ein nettes Gespräch mit dem Paar aus Iowa. Noch vor dem Dessert verabschiedete sie sich, ging zurück zu ihrem Zelt und setzte sich vor ihren Laptop.

Nina arbeitete bis spät in die Nacht und schrieb einen Abriss als Begleittext zu ihren Mosaikfotos. Als sie damit fertig war, begab sich auch das restliche Lager langsam zur Ruhe. Sie zog ein

Flanellnachthemd an und beglückwünschte sich für die Voraussicht, es eingepackt zu haben. Die Tage waren heiß und trocken, aber nachts kam vom Ozean her ein kühler Wind auf. Sie schlüpfte unter ihre Decke und lauschte eine Zeit lang dem Gelächter und den arabischen Gesprächen der Bediensteten, die nach dem Essen das Speisezelt aufräumten. Kurz darauf verstummten auch diese Geräusche, und jedermann im Camp schlief ein.

Außer Nina. Sie lag wach auf ihrem Feldbett und wünschte, sie hätte am Nachmittag kein Nickerchen gehalten. Außerdem ließ ihr Sandys Fax keine Ruhe. Sie wälzte sich hin und her, döste schließlich ein und erwachte dann doch wieder vom lauten Knacken des Feuers. Sie schlug die Augen auf und starrte ins Leere. Schlafen ging einfach nicht.

Nachdem sie jetzt wieder hellwach war, wickelte sich Nina wie ein Navajo in ihre Decke ein, zog ihre Teva-Sandalen an und schlich sich nach draußen. In dem qualmenden Feuer zerplatzte soeben ein brennender Olivenzweig in lauter kleine rote Funkenschauer. Das einzige andere Licht ging von den Propanlaternen aus, die für den Fall vor den Zelten hingen, dass jemand mitten in der Nacht ein dringendes Bedürfnis verspürte.

Nina schaute in den schwarzen Himmel empor. Die Luft war so kristallklar, dass es ihr vorkam, als könne sie mit bloßem Auge ferne Sternennebel erkennen. Kurz entschlossen schnappte sie sich eine Taschenlampe aus ihrem Rucksack und machte sich in Richtung Lagune auf den Weg. Im Schein des Halbmonds schimmerten die Gräber, als wären sie aus Zinn. Als sie die Treppe erreichte, setzte sich Nina auf die oberste Stufe und starrte hinaus auf den Streifen Mondlicht, der sich im Wasser der Bucht spiegelte.

Draußen auf See glommen gelbe Punkte. Das NUMA-Schiff mit dem türkisfarbenen Rumpf musste noch immer dort vor Anker liegen. Sie atmete tief ein. Die Nacht roch nach abgestandenem Wasser, verfaulender Vegetation, Morast und einer unermesslichen Zeitspanne. Nina schloss die Augen und lauschte. In ihrer Fantasie wurde das Rascheln des Schilfs zum Klatschen der Fellsegel gegen hölzerne Masten und das Quaken der Frösche zum Ächzen der Seeleute, die mit bloßem Oberkörper Amphoren voller Wein und Öl schleppten. Es dauerte nicht lange, und die kalte Luft drang durch die Decke. Nina fröstelte und erkannte, dass sie völlig die Zeit vergessen hatte. Mit einem letzten Blick auf die Lagune machte sie sich auf den Rückweg.

Als sie den Kamm der Dünen erreichte, vernahm sie ein seltsames Geräusch aus dem Lager. Es klang wie ein Vogel oder eine andere Beute, die in den Fängen eines jagenden Raubtiers angstvoll aufschrie. Dann hörte sie es erneut. Das war kein Tier. Es war ein *Mensch.* Jemand, der schreckliche Angst oder Schmerzen verspürte. Sie beschleunigte ihren Schritt und erreichte einen Punkt zwischen den Dünen, von dem aus sie das Camp sehen konnte.

Es war ein Anblick wie aus Dantes *Inferno,* wo die gesichtslosen Dämonen die Neuankömmlinge zur höllischen Bestrafung zusammentreiben. Die Expeditionsteilnehmer in ihrer Nachtwäsche wurden von schwarz gekleideten Bewaffneten herumgestoßen. Das Paar aus Iowa kam in Sicht. Die Frau stolperte und fiel hin. Einer der Angreifer packte ihr langes weißes Haar und schleifte sie über den Boden, während sie voller Panik schrie. Ihr Mann versuchte, ihr zu helfen, wurde aber mit einem Gewehrkolben niedergeschlagen und blieb blutend und reglos liegen.

Professor Knox stürzte im Flanellpyjama aus seinem Zelt und schaute sich um. Nina war dicht genug dran, um den Ausdruck auf seinem Gesicht sehen zu können. Er schien eher verblüfft als verängstigt zu sein. Dr. Fisels unverkennbare rundliche Gestalt erschien, und jemand stieß ihn gegen Knox. Fisel rief etwas in herausforderndem Tonfall, aber Nina konnte die Worte nicht verstehen, weil im Hintergrund immer lauter gebrüllt und geschrien wurde. Inzwischen befanden sich die meisten Expeditionsteilnehmer im Freien und drängten sich verschüchtert aneinander. Nina erkannte die Fahrer und den Koch. Gonzales musste auch irgendwo dort stecken, aber sie konnte ihn nicht sehen.

Die Angreifer stellten ihre brutale Attacke ein und wichen von der furchtsamen Schar zurück. Knox hatte seine Würde zurückerlangt und stand mit erhobenem Haupt da. Er wirkte wie aus Stein gemeißelt; sein Gesicht schien tausend Jahre alt zu sein. Fisel erkannte, was geschehen würde. Er rief etwas auf Arabisch, aber seine Worte gingen im hässlichen Knattern der Waffen unter.

Der Kugelhagel mähte Fisel und die anderen nieder wie eine Sense das Gras. Es war unglaublich, aber trotz der Dauer des tödlichen Beschusses konnte man danach aus dem Berg von Körpern noch vereinzelt klägliches Stöhnen vernehmen. Ninas Hoffnung auf Überlebende wurde jedoch sogleich wieder zunichte gemacht, als zwei der Angreifer den Ort des Blutbads genauer inspizierten. Im Abstand von wenigen Sekunden ertönten sieben Schüsse. Das Stöhnen hörte auf. Nur das Prasseln des Holzfeuers war noch zu hören.

Nina wagte kaum zu atmen. Ihr Mund fühlte sich an, als wäre er voller Sägemehl. Ihr Herz klopfte wie wild. Das Abendessen stieg ihr die Kehle empor, und sie würgte, um den Brechreiz zu unterdrücken. Sie wollte weglaufen. Es war nur eine Frage der Zeit, bis die Mörder sie am Rand der Dünen entdecken würden. Dennoch blieb sie wie angewurzelt stehen, zu verängstigt, um ihr eigenes Leben zu retten.

Aus dem Schatten hinter einem der Zelte löste sich eine Gestalt und rannte in ihre Richtung. *Kassim!* Er musste draußen gewesen sein, als die Killer zuschlugen. Die Angreifer sahen ihn weglaufen und hoben ihre Waffen. Im gleichen Moment machte einer von ihnen sich an die Verfolgung des Teejungen, woraufhin die anderen doch nicht das Feuer eröffneten.

Außer sich vor Angst stürzte Kassim direkt auf Nina zu, ohne sie auch nur wahrzunehmen. Er hätte sie umgerannt, wäre er vorher nicht über eine Wurzel gestolpert und hingefallen. Er wollte sich wieder aufrappeln, aber sein Verfolger stieß schneller auf ihn herab als ein Falke auf ein Kaninchen. Er packte Kassim von hinten unter das Kinn und riss den Kopf des Jungen zurück.

Kalter Stahl blitzte auf. Mit einer schnellen, flüssigen Bewegung zog der Mann dem Jungen das Messer über die Kehle, als würde er eine Ananas aufschneiden. Kassims Schrei ging in einem blubbernden Gurgeln unter, als seine Lunge sich mit Flüssigkeit füllte und er an seinem eigenen Blut erstickte.

Nachdem er seine ruchlose Tat vollbracht hatte, richtete sich der Killer auf und entdeckte Nina. Er war vollständig in Schwarz gekleidet. Um seinen Kopf hatte er einen Turban geschlungen, der nur einen kleinen Schlitz für die Augen offen ließ, und in diesen Augen loderte mörderischer Hass. Bei Ninas Anblick weiteten sie sich kurz, nur um sich gleich darauf wieder zu verengen, als der Mann nach vorn sprang, das blutige Messer hoch über den Kopf erhoben.

Nina riss sich die schwere Decke von den Schultern, schwang sie mit beiden Händen wie eine große wollene Keule und schlug damit nach dem Kopf des Angreifers. Er zögerte und hob den linken Arm, um den Schlag abzuwehren. Offenbar hatte er bei diesem vermeintlich wehrlosen Opfer nicht mit Widerstand gerechnet. Nina warf ihm die Decke wie eine Kapuze über den Kopf, und noch während der Mörder kurzfristig nichts sehen konnte, machte sie einen Schritt nach vorn und rammte ihm das Knie zwischen die Beine.

»Aaaaiiee!«

Der Schrei verriet ihr, dass sie getroffen hatte. Mit voller Wucht trat sie ein zweites Mal zu und hätte ihr Knie am liebsten bis zu seinem Kinn durchgezogen. Offensichtlich wäre ihr dies beinahe gelungen, denn der Mann stürzte zu Boden und wand sich vor Schmerzen.

Die anderen schwarz gekleideten Gestalten sahen ihren Kameraden fallen und eilten ihm zu Hilfe, aber dank der kurzen Verzögerung hatte Nina einen kleinen Vorsprung. Sie schoss wie ein aufgeschrecktes Reh davon, ihre langen Beine hoben sich in rasendem Tempo, ihre Füße hämmerten über den Boden, und so konnte sie ihre Verfolger vorerst abhängen.

Hinter sich hörte sie Rufe: *»La mujer! La mujer!«*

Sie verlor eine Sandale und schleuderte die andere von sich. Barfuß erreichte sie den Kamm jener Düne, deren Flanke sanft zum Wasser hin abfiel. Einen Moment lang würde sie allen Blicken entzogen sein. Während sie auf die Lagune zulief, trat sie plötzlich auf ein Stück Holz oder einen scharfkantigen Stein. Ein heftiger Schmerz durchzuckte ihr Bein. Sie sackte kurz auf ein Knie herunter und biss sich die Lippe blutig, um einen Aufschrei zu unterdrücken. Dann hinkte sie so schnell wie möglich weiter.

Als sie an den dunklen Gräbern vorbeilief, dachte sie für einen Moment daran, sich im Innern zu verstecken, verwarf die Idee aber sogleich wieder als zu offensichtlich. Falls die Mörder sie entdeckten, würde sie in der Falle sitzen. Stattdessen beschloss sie, am Ufer entlangzulaufen und ihre Verfolger zu umgehen. Auch diesen Plan musste sie prompt wieder verwerfen, denn hinter ihr bohrten sich plötzlich die Lichtstrahlen mehrerer Taschenlampen in die Dunkelheit. Die Männer hatten ihren Zug vorausgesehen. Sie verteilten sich in aller Ruhe auf dem Dünenkamm, um Nina den Weg über die Flanken abzuschneiden und sie in einer klassischen Zangenbewegung einzukesseln.

Nina rannte direkt auf die Lagune zu. Kurz drauf stand sie am oberen Ende der Treppe. Die Killer näherten sich von allen Seiten. Es konnte sich nur noch um Sekunden handeln, dann hatten sie sie eingeholt.

Ninas Verstand arbeitete fieberhaft. Sie konnte die Stufen hinabtauchen und unter Wasser wegschwimmen, aber damit würde sie das Unvermeidliche nur hinauszögern. Sobald sie zum Luftholen an die Oberfläche kam, würden die Mörder die Lagune mit Kugeln bestreichen, bis Nina getroffen wurde. Sie *musste* unter Wasser bleiben, bis sie eine sichere Entfernung erreicht hatte. Unmöglich. Nichts zu machen.

Blödsinn. Es gab *natürlich* eine Möglichkeit. Sie eilte das felsige Ufer entlang. Ihr suchender Blick schweifte über das mondbeschienene Wasser. Dann entdeckte sie den hellgrauen Fleck: eine Markierungsbake.

Die Lichter schienen sich aus allen Richtungen zu nähern. Bald würde sich das Netz schließen.

Nicht für *diesen* Fisch, schwor sie sich. Nina ging in die Knie und stieß sich so kräftig wie möglich von den Felsen ab. Wie ein Sportschwimmer tauchte sie mit ausgestreckten Armen im flachen Winkel ins Wasser ein und schwamm mit schnellen, kraftvollen Zügen auf die Bake zu. Die kleine Boje leuchtete plötzlich orange auf, als ein Licht vom Ufer auf ihre reflektierende Oberfläche traf. Überall um Nina herum funkelten die Markierungen im Wasser.

Noch ein paar Schwimmzüge, und sie hatte die Bake erreicht.

Rechts neben ihr ließ eine Geschosssalve lauter kleine Fontänen aufspritzen.

Keine Zeit mehr, um einen Luftvorrat anzusammeln.

Sie füllte ihre Lunge mit einem panischen Atemzug, und dann tauchte ihr geschmeidiger Körper unversehens wieder ab. Direkt unterhalb der Bake befand sich der steinerne Bogengang, der jetzt durch das Licht von oben schwach erhellt wurde. Nina wand sich unter der Wölbung hindurch und tastete sich voran, bis sie eine feste vertikale Kante berührte. Dann zog sie sich in die lichtlose Tiefe des Tunnels.

Beim Schwimmen ließ sie die Finger beständig über die glatte Wand gleiten, gewissermaßen als simples taktiles Sonar.

Ohne Luft und Flossen lag das Ende des Tunnels in ziemlich weiter Ferne, aber selbst falls dieses verdammte Loch ihr Grab werden sollte, so blieb ihr doch zumindest die Genugtuung, dass die Verfolger niemals von ihrem Schicksal erfahren würden. Sie verlangsamte ein wenig ihr Tempo und versuchte, sich ruhig und gleichmäßig zu bewegen. Panik kostete Sauerstoff und Kraft.

Sie schwamm tiefer hinein. Die Wand fühlte sich rauer an. Nina befand sich in der Höhle. Jetzt wurde es schwieriger. Sie schraubte ihre Geschwindigkeit noch weiter zurück, um sich bei all den Windungen und Abzweigungen zurechtzufinden. Einmal erwischte sie eine Sackgasse und musste wieder umkehren. Es schien Stunden her zu sein, seit sie zum letzten Mal eingeatmet hatte. Ihre Lunge drückte gegen die Rippen, als würde gleich der Brustkorb explodieren. Wie lange konnte sie die Luft anhalten? Eine Minute? Zwei? Vielleicht, sofern sie die Möglichkeit gehabt hatte, zu hyperventilieren und etwas mehr Kapazität aufzubauen. Gott, wie weit denn noch?

Ihr Kopf stieß gegen eine harte Oberfläche. Sie hatte das Gefühl, als würde sich ihr Schädel verformen. Unwillkürlich schrie sie auf und verlor noch mehr Luft.

Verdammt. Sie hatte den Schuttberg vergessen. Sie tastete sich über die Spitze des Haufens hinweg und quetschte sich durch die Öffnung. Mehr als die Hälfte des Wegs lag hinter ihr!

Die Wand wurde abermals glatt. Gut. Sie befand sich wieder in einem künstlich angelegten Tunnelstück. Nur noch wenige Meter. Ihre Lunge stand in Flammen. Sie ließ ein bisschen Luft entweichen, als würde sich dadurch das Druckgefühl lindern lassen, und begann Laute von sich zu geben, die wie das Gurren einer Taube klangen. Gott, sie wollte nicht ertrinken. Nicht hier. Verzweifelt schwamm sie weiter voran, ohne noch Rücksicht auf ihren Energieverbrauch zu nehmen.

Der Sauerstoffmangel machte sie schwindlig. Gleich würde sie ohnmächtig werden und Wasser schlucken. Ein schmerzhafter, qualvoller Tod. Hartnäckig widerstand sie der Versuchung, einfach nachzugeben. Sie tastete nach der Wand. Nichts. Dann nach der Decke. Wieder nichts. Halt! Sie hatte den Tunnel verlassen! Sie bog ihren Körper nach oben, stieß sich panisch ab und durchbrach die Wasseroberfläche. Gierig sog sie die Luft ein.

Nach einer Weile war ihre Atmung fast wieder normal. Sie trat Wasser und schaute zur Küste, wo die Lichter wie Glühwürmchen hin und her irrten. Dann schwamm sie um die Spitze des Vorsprungs herum und hielt sich parallel zum Ufer. Als ihre Kraft endgültig nachließ, schwamm sie an Land. Algen strichen über ihre Füße, und ihre Zehen spürten den kühlen, schlammigen Grund. Sie kroch auf den Sand und gönnte sich ein paar Minuten Ruhe. Dann stand sie auf und ging den Strand entlang. Sie erreichte das alte Flussbett und folgte dem Wadi einige hundert Meter landeinwärts, kletterte dann am Rand empor und ging durch die Dünen weiter, bis sie nicht mehr konnte. Sie schleppte sich in ein Dickicht aus hohem Gras und legte sich hin.

Vor ihrem inneren Auge stieg erneut das furchtbare Blutbad auf. Dr. Knox. Fisel. Kassim. Alle tot. Warum? Wer *waren* diese Männer? Weshalb waren sie hinter ihr her? Straßenräuber, die glaubten, die Expedition hätte einen Schatz entdeckt? Nein, die konzentrierte Gewalt des Angriffs wirkte zu planmäßig für einfache Räuber. Das hier *sollte* eine Hinrichtung werden.

Nina zitterte vor Kälte. Sie legte ihr Flanellnachthemd ab, wrang es aus und streifte es dann wieder über ihr Mieder und die Unterwäsche. Der feuchte Stoff verhalf ihr zu einer Gänsehaut sondergleichen. Sie riss büschelweise Gras aus und stopfte es sich unter das Nachthemd, bis sie wie eine Vogelscheuche aussah. Die primitive Isolation war zwar kratzig, hielt aber wenigstens teilweise die kalte Luft ab. Das Schaudern ließ etwas nach, und wenig später war Nina eingeschlafen.

Kurz vor Einbruch der Dämmerung wurde sie durch das Gemurmel einiger Stimmen geweckt, die sich aus Richtung des Flussbetts näherten. Womöglich war Hilfe eingetroffen, und man suchte nach ihr. Sie hielt den Atem an und lauschte.

Spanisch.

Ohne zu zögern, huschte sie wie ein verängstigter Salamander zurück ins hohe Ufergras.

5

Die scharfkantigen, spröden Grashalme waren wie das Nagelbrett eines Fakirs, zerrten an Ninas Nachthemd und zerschnitten ihr die Haut an den nackten Armen und Beinen. Sie achtete nicht auf den Schmerz, sondern grub ihre Knie und Ellbogen tief in den Sand ein und schob sich weiter. Sie hatte keine andere Wahl. Falls sie aufstand, um wegzulaufen, war sie so gut wie tot.

Die Mörder hatten sie viel zu schnell gefunden, fast so, als wären sie einer Karte zu ihrem Versteck gefolgt! Sie fluchte in der Sprache ihrer Großmutter. Die Männer *hatten* eine Karte. Der Grundriss der Hafenanlagen, den sie so gewissenhaft angefertigt hatte, lag unübersehbar auf dem Tisch in ihrem Zelt. Der Tunnel war von ihr mit zwei dicken Linien eingezeichnet und unmissverständlich beschriftet worden. Sobald die Killer ihren unterseeischen Fluchtweg entdeckt hatten, mussten sie nur noch den Strand nach Fußspuren absuchen und ihnen in das Wadi folgen.

Die Stimmlage und Lautstärke des Gemurmels stieg an und klang irgendwie aufgeregter. Es schallte jetzt direkt von der Stelle herüber, an der sie das Flussbett verlassen hatte. Die Männer mussten die entsprechende Lücke in der Uferböschung entdeckt haben. Nina drehte um und kroch parallel zu ihrer ursprünglichen Route zurück, bis sie das Flussbett erreichte. Vorsichtig spähte sie zwischen den Grashalmen hindurch. Im Wadi war niemand zu sehen. Sie glitt die Böschung hinab und rannte mit gesenktem Kopf auf den Strand zu. Der Boden des Flussbetts war von zahllosen Fußabdrücken aufgewühlt, was darauf hindeutete, dass eine beträchtliche Anzahl Männer sie verfolgte. Schon bald sah sie die blaugrüne See vor sich. Das türkisfarbene Schiff lag noch immer vor der Küste vor Anker. An der Mündung des ehemaligen Flusses blieb Nina stehen. Der leere Strand lockte wie ein Highway in beide Richtungen.

Hinter ihr erklangen Stimmen und das Knirschen von Schritten. Erneut hatten die Killer sich zu einer auseinander gezogenen Linie formiert, als wären sie Jäger, die ein paar Wachteln aufscheuchen wollten. Falls Nina sich nach links oder rechts wandte, würde man sie sehen. Wie bereits letzte Nacht, so schien auch jetzt das Wasser der einzige Ausweg zu sein.

Nina zog ihr zerrissenes und sandverkrustetes Nachthemd aus

und warf es beiseite. Dann lief sie in Mieder und Unterwäsche über den harten, mit Kies versetzten Boden der jahrhundertealten Flussmündung. Sie hoffte, der Dünenkamm würde sie verdecken, bis sie das Meer erreicht hatte. Als sie ins flache Wasser rannte, schrie noch immer niemand auf. Sie wusste, wie verwundbar sie hier war, mitten im Freien, ohne die Dunkelheit oder einen Tunnel, um sich darin zu verstecken. Jede Sekunde würden die Männer die Dünen erklimmen, und dann wäre sie ein einfaches Ziel für ihre Kugeln.

Das knietiefe Wasser über den salzigen Untiefen schien ewig anzudauern. Es verlangsamte ihr Fortkommen, aber es bot ihr keinerlei Schutz. Sie rannte mit Riesenschritten weiter, und endlich reichte das Wasser ihr bis zur Taille. Als sie untertauchte, flogen ihr bereits die ersten Kugeln um die Ohren. Das Wasser hinter ihr wurde aufgepeitscht. Nina bog zur Seite ab, tauchte so weit sie konnte, holte kurz Luft und tauchte weiter, als wäre sie ein Delfin. Sobald sie das bräunliche Wasser der Untiefen hinter sich gelassen und den tieferen blauen Ozean erreicht hatte, warf sie einen kurzen Blick zurück und erkannte ungefähr ein Dutzend Gestalten am Ufer. Einige waren ins flache Wasser gewatet. Das Gewehrfeuer schien aufgehört zu haben.

Nina drehte sich um und richtete ihre Aufmerksamkeit auf das Schiff. Sie befürchtete, es könnte den Anker lichten und sie hier in auswegloser Lage zurücklassen. Ein Schwimmausflug zu den Kanarischen Inseln stand eigentlich nicht auf ihrem Programm. Sie legte sich auf den Rücken, schaute zu den bauschigen Schäfchenwolken empor und sammelte Kraft. Wenigstens war es ein guter Tag zum Schwimmen. Nach einer Minute erklärte sie die Pause für beendet. Sie musste das Blut in ihren Adern wieder auf Touren bringen.

Lass es langsam angehen, mach Pausen, falls nötig, und halt dir dein Glück vor Augen. Eine ruhige See, kein Wind und keine Strömung. Fast so wie die Schwimmdistanz beim Triathlon, mit nur einem kleinen Unterschied: Falls sie dieses Rennen verlor, würde sie sterben. Sie visierte den Hauptmast des Schiffs an und schwamm los.

Ohne ihre Armbanduhr konnte sie kaum einschätzen, wie lange sie schon unterwegs war. Das Wasser verlor bei zunehmender Tiefe immer mehr an Temperatur, und so zählte sie ihre Schwimmzüge, um sich von der kräftezehrenden Kälte abzulenken. Dem Schiff zu winken wäre reine Zeitverschwendung. Ihr Arm würde wie der Hals eines schwimmenden Seevogels aussehen.

Sie versuchte es mit Matrosenliedern. Die alten Arbeitsgesänge halfen ihr, in gleichmäßigem Rhythmus zu schwimmen.

Ihr Repertoire war ziemlich begrenzt, und nachdem sie zum fünfzigsten Mal »Blow the Man Down« gesungen hatte, schwamm sie einfach wortlos weiter. Sie kam dem Schiff deutlich näher, aber ihre Schwimmzüge wurden kraftloser, und sie musste immer häufiger Pausen einlegen. Einmal drehte sie sich um und stellte befriedigt fest, dass sie den niedrigen braunen Strand bereits weit hinter sich gelassen hatte. Um wieder mehr Mut zu fassen, stellte sie sich vor, wie sie an Bord des Schiffs kletterte und die salzige Trockenheit in ihrem Mund mit einem dampfenden Becher heißen Kaffee hinunterspülte.

Das tiefe brummende Geräusch war so leise, dass sie es im ersten Moment gar nicht bemerkte. Auch als sie anhielt, um angestrengt zu lauschen, hielt Nina es durchaus für möglich, dass ihr der Wasserdruck auf ihren Trommelfellen einen Streich spielte oder dass sie einen entfernten Schiffsgenerator hörte. Sie tauchte ein Ohr ins Wasser.

Das Brummen wurde lauter.

Langsam drehte Nina sich um. Vom Ufer näherte sich ihr mit hoher Geschwindigkeit ein dunkles Objekt. Zuerst glaubte sie, es handele sich um ein Boot, aber es kam schnell näher, und bald erkannte Nina den gedrungenen, hässlichen schwarzen Rumpf eines großen Hovercrafts, eines amphibischen Luftkissenfahrzeugs, das sich sowohl über Land als auch auf dem Wasser fortbewegen konnte.

Es fuhr einen Slalomkurs und vollführte dabei eine Reihe scharfer Kehren, aber Nina spürte, dass dies hier kein Rettungsboot auf Suchfahrt war. Es fuhr zu entschlossen, zu aggressiv. Urplötzlich hörte die Zickzackbewegung auf, und das Hovercraft hielt schnurgerade auf sie zu. Man hatte sie entdeckt. Ihr Vorsprung schmolz innerhalb kürzester Zeit zusammen, und dann war das Fahrzeug auch schon fast über ihr. Sie tauchte so tief wie möglich hinab.

Das Hovercraft glitt auf seinem dreißig Zentimeter dicken Kissen über sie hinweg und wühlte das Wasser auf. Als Nina den Atem nicht länger anhalten konnte, schoss sie nach oben und wollte nach Luft schnappen. Stattdessen inhalierte sie ein paar der dunklen Abgasschwaden und musste husten. Das Luftkissenfahrzeug schwang herum und hielt erneut auf sie zu.

Abermals tauchte sie. Abermals wurde sie heftig durchgeschüttelt, nur um sich wieder den Weg an die Oberfläche zu bahnen und hilflos im Kielwasser zu treiben.

Das Hovercraft hielt an, sank mit summenden Motoren aufs Wasser und schien Nina zu mustern, als wäre es eine große Katze, die mit einer Maus spielte. Einer müden und durchweichten Maus. Dann erwachten die Maschinen wieder zum Leben, das Fahrzeug erhob sich auf unsichtbaren Beinen und griff von neuem an.

Nina tauchte und wurde durcheinander gewirbelt wie ein Edelstein in einer Poliermaschine. Sie war benommen, und das Blut pochte in ihren Ohren. Sie reagierte nur noch aus reinem Instinkt. Bald schon würde das Spiel vorbei sein. Dieses verfluchte Gefährt konnte praktisch auf der Stelle wenden. Jedes Mal, wenn sie wieder auftauchte, blieb ihr weniger Zeit zum Einatmen, weil das Fahrzeug sich ihr weiter genähert hatte.

Und wieder hielt der stumpfe Bug auf sie zu, obwohl sie ihn in der Abgaswolke kaum erkennen konnte, ihr Blick zudem vom Salzwasser getrübt war und ihre Augen brannten. Sie war zu erschöpft, um noch einmal zu tauchen, und hätte auch nicht mehr genug Kraft gehabt, um sich wieder nach oben zu kämpfen. Zunächst wollte sie versuchen, aus dem Weg zu schwimmen, aber nach ein paar kläglichen Zügen gab sie auf und wandte sich zu ihrem Verfolger um, als könnte sie ihn mit bloßen Händen zurückschlagen.

Das Hovercraft hatte sie beinahe erreicht, und sein hohles Dröhnen hallte in ihren Ohren. Sie biss die Zähne zusammen und wartete.

Der Schrecken der letzten Stunden war gar nichts im Vergleich zu dem, was dann geschah. Das Luftkissenfahrzeug war nur noch wenige Meter entfernt, als sich ein eisenharter Griff um ihre Knöchel schloss und sie in die kalten Tiefen des Ozeans hinabzerrte.

6

Ninas Arme ruderten wie die Flügel einer Windmühle im Sturm. Verzweifelt versuchte sie sich loszureißen, aber der Schraubstock an ihren Knöcheln gab keinen Millimeter nach, auch nicht, als der Strudel des Hovercrafts das Wasser um sie herum aufpeitschte. Mit einer letzten trotzigen Geste leerte sie ihre Lunge durch einen wütenden, frustrierten Schrei, der sich in einem lautlosen Schwall Luftblasen manifestierte.

Der Griff an ihren Füßen löste sich, und aus dem wirbelnden Durcheinander im Kielwasser des Hovercrafts schälte sich langsam eine verschwommene menschliche Gestalt heraus. Der amorphe Schatten kam wie ein außerirdischer Zyklop aus einem UFO immer näher und gewann dabei zunehmend an Form, bis sich das Plexiglas einer Taucherbrille nur wenige Zentimeter vor ihrem Gesicht befand. Hinter dem Glas sah sie ein Paar markanter hellblauer Augen, die eher Stärke und Ruhe ausstrahlten, als bedrohlich zu wirken.

Eine Hand in einem Handschuh kam empor, schwenkte einen Lungenautomaten vor Ninas Nase hin und her und betätigte das Ablassventil, damit das blubbernde Mundstück ihre Aufmerksamkeit erregte. Nina packte den Automaten und schob ihn sich gierig in den Mund. Kein sommerlicher Blütenduft war je so süß gewesen wie die Leben spendende komprimierte Luft, die jetzt in ihre Lunge strömte. Die erhobene Hand bewegte sich auf und ab.

Ganz langsam. Immer mit der Ruhe.

Nina nickte, um anzuzeigen, dass sie das Signal des Mannes verstanden hatte. Dann spürte sie, wie jemand sanft ihre Schulter drückte. Sie atmete weiter durch den Octopus, den zusätzlichen Lungenautomaten, der zur Ausstattung eines jeden Tauchers gehört. Schließlich ließ ihre Panik nach, und ihre Atmung wurde gleichmäßiger.

Ein weiteres Handsignal. Zeigefinger und Daumen bildeten einen Kreis.

Okay?

Nina imitierte die Geste.

Ich bin in Ordnung.

Eines der blauen Augen hinter der Brille zwinkerte ihr zu. Sie wusste nicht, wer dieser Mann war oder woher er kam, aber zumindest war er freundlich. Der Kopf des Tauchers wurde von einer eng anliegenden Haube sowie einer Kombination aus Helm und Maske bedeckt. Nina konnte lediglich erkennen, dass der Mann groß und breitschultrig war.

Sie schaute nach oben. Das Licht brach sich mehrfach im Kielwasser des Hovercrafts, und das Dröhnen der Motoren war unüberhörbar. Man suchte noch immer nach ihr.

Erneut drückte jemand ihre Schulter. Aquaman deutete nach oben und ballte seine Hand zur Faust.

Gefahr.

Sie nickte energisch. Der Daumen wies nach unten. Sie blickte in die düstere Tiefe unter ihren baumelnden Füßen. Sogar das

Unbekannte war besser als die greifbare Gefahr, die über ihr lauerte. Sie nickte erneut und signalisierte ihr Okay. Er umschloss eine Hand mit der anderen.

Nimm meine Hand.

Nina ergriff seinen ausgestreckten Handschuh, und dann tauchten sie langsam ab.

Die Farbe des Wassers wechselte von Kobald zu Indigo, und schließlich wurde es so dunkel, dass Nina den kalten Bodenschlick spüren konnte, bevor sie ihn sah.

Der Taucher nahm ein kleines, aber leistungsstarkes Tektite-Blitzlicht von seinem Gürtel und hielt es über den Kopf. Sie wusste, was jetzt passieren würde, und schloss die Augen, um durch den grellen silberweißen Blitz nicht geblendet zu werden. Als sie die Augen wieder aufschlug, blinkte in einiger Entfernung ein Unterwassersignal.

Der Taucher legte beide Zeigefinger aneinander.

Wir schwimmen jetzt nebeneinander in diese Richtung.

Hand in Hand hielten sie auf das pulsierende Licht zu, bis sie einen zweiten Taucher erreichten. Er sah die Schwimmer eintreffen, schaltete die Signallampe in seiner Hand ab und betätigte dann den Mikrofonknopf seines Aquacom-Headsets.

»Dich kann man auch nirgendwohin mitnehmen«, sagte er. »Kaum lasse ich dich eine Minute aus den Augen, kommst du mit einer echten lebenden Meerjungfrau zurück.«

Der erste Taucher musterte Ninas Körper und kam zu dem Schluss, dass die Beschreibung beinahe zutraf. Mit ihrem goldenen Haar, den langen Beinen und der spärlichen Bekleidung hätte Nina ohne weiteres als mythische Nixe durchgehen können, wäre da nicht ein wesentlicher Unterschied gewesen.

»Meerjungfrauen sind zur Hälfte Fisch«, sagte er.

»Mir gefällt die neue verfeinerte Version besser. Wie heißt sie?«

»Gute Frage. Wir sind uns noch nicht vorgestellt worden. Ich bin zufällig auf sie gestoßen, als ich nach oben wollte, um mir dieses Boot anzuschauen. Sie hatte ein paar Probleme, also habe ich hilfreich die Hand ausgestreckt. Genau genommen beide Hände.«

Nina hatte selbst noch nie ein Unterwassersprechgerät benutzt, aber sie erkannte die Ausrüstung und wusste, über wen die beiden sich gerade unterhielten. So dankbar sie auch war, sie hoffte, das Gespräch würde nicht allzu lange dauern. Ihr war *eiskalt!* Falls sie sich nicht bald wieder bewegte, würde sie das Bewusstsein verlieren. Sie verschränkte die Arme vor der Brust.

Mir ist kalt.

Der Taucher, den sie scherzhaft Aquaman genannt hatte, nickte. Im Schutz seines wasserdichten Anzugs hatte er vergessen, wie kalt es für einen unbedeckten Körper sein musste.

»Lass uns unsere Meerjungfrau zurück zum Schiff verfrachten, bevor sie sich noch in ein gefrorenes Fischstäbchen verwandelt.«

Der andere Taucher konsultierte seinen Kompass und schwamm voran. Ninas neuer Freund bedeutete ihr ein weiteres Mal, ihm an seiner Seite zu folgen, und nahm sanft ihre Hand. Sie vermutete, dass es jetzt zum Schiff weiterging, aber sie war sich nicht sicher, ob sie in ihrem unterkühlten und erschöpften Zustand lange genug durchhalten konnte. Der Taucher schien zu merken, dass sie zögerte, ihm ohne Flossen an den Füßen zu folgen, und so drückte er mehrfach ermutigend ihre Hand.

Sie schwammen nur wenige Minuten, dann glitten sie wieder nach unten. Auf dem Grund lagen zwei gelbe Objekte. Sie waren aus Kunststoff und sahen aus wie dicke Miniaturtorpedos mit Ohren. Nina erkannte, dass es sich um Unterwassergleiter handelte, gemeinhin als Skooter bekannt.

Jeder der beiden Taucher griff sich einen der Gleiter Marke Stingray und betätigte den Gashebel. Mit leisem Jaulen erwachten die batteriebetriebenen Zwillingsmotoren zum Leben und ließen die Doppelschrauben anlaufen. Aquaman wies auf seinen Rücken. Nina hielt sich an seinen Schultern fest, und dann schwebten sie in eine mittlere Tiefe empor. Die Wassertemperatur stieg geringfügig an.

Während sie unterwegs waren, stellte Ninas Taucher Funkkontakt zum Schiff her und fragte, ob sich in der näheren Umgebung ein großes Hovercraft herumtrieb. Er wollte kein unnötiges Risiko eingehen.

»Vorhin haben wir ein Luftkissenfahrzeug gesehen«, lautete die Antwort. »Dann hat es den Rückweg zum Ufer eingeschlagen und scheint inzwischen verschwunden zu sein.«

»Roger. Richtet euch auf weiblichen Besuch ein.«

Die Reaktion ließ einen Moment auf sich warten. »Wie bitte?«

»Schon gut. Seid einfach nur darauf vorbereitet, einen Fall von Hypothermie zu behandeln.«

Sie tauchten in der Nähe des Schiffs auf und steuerten das Heck an. Ein Empfangskomitee half Nina an Bord und wickelte sie sofort in Handtücher und Decken ein. Ninas Gesicht war scheckig, die Lippen blau angelaufen. Sie wollte sich nicht auf der bereitstehenden Trage niederlassen, war aber dankbar, dass eine hilfreiche Hand sie stützte, als sie auf wackligen Beinen und mit klappernden Zähnen das Krankenrevier ansteuerte. Sie hinkte, denn die Fußverletzung, die sie sich auf der Flucht vor den Attentätern zugezogen hatte, machte ihr zu schaffen.

Die beiden Taucher legten ihre Ausrüstung ab und machten sich dann ebenfalls auf den Weg zur Krankenstation. Geduldig harrten sie wie werdende Väter vor der verschlossenen Tür aus. Bald darauf trat der medizinische Offizier hinaus auf den Korridor. Der Arzt auf diesem Schiff war eine attraktive und durchtrainierte junge Frau.

»Ist sie in Ordnung?«, fragte der größere der beiden Männer.

Die Ärztin lächelte. »Die junge Dame ist ganz schön zäh«, sagte sie mit merklicher Bewunderung. »Ich habe ihre Schnittwunden und Blutergüsse desinfiziert. Sie war stark unterkühlt, daher sollte sie sich zunächst mal aufwärmen. Außerdem lasse ich ihr eine Tasse Bouillon bringen.«

»Können wir mit ihr sprechen?«

»Na klar. Ihr Jungs vertreibt ihr ein wenig die Zeit, und ich schaue unterdessen mal, ob ich ein paar Kleidungsstücke auftreiben und ihr eine Koje in meiner Kabine freischaufeln kann, damit sie einen Platz hat, um sich ungestört auszuruhen.«

»Wie heißt sie?«

Die Ärztin hob eine Augenbraue. »Das *wissen* Sie nicht? Meine Herren, ich glaube, Sie verbringen zu viel Zeit unter Wasser, vor allem Sie, Zavala. Ich dachte, Sie hätten mittlerweile ihre Telefonnummer und wüssten, welche Blumen und Restaurants sie bevorzugt.«

José »Joe« Zavalas Ruf war ihm aus Washington gefolgt. Das war nicht allzu überraschend, denn auch mit der Ärztin war er bereits einmal ausgegangen. Frauen gegenüber benahm er sich stets äußerst charmant, und da er so aussah wie der junge Ricardo Montalban, waren viele allein stehende Damen durchaus nicht abgeneigt. Ein flüchtiges, beinahe schüchternes Lächeln erschien auf seinem Gesicht. »Ich lasse wohl nach«, sagte er.

»Wer's glaubt, wird selig.« Sie grinste humorlos und machte sich dann eilig auf den Weg.

Als die beiden Männer die Tür öffneten, saß Nina auf einer Untersuchungsliege. Sie trug einen ausgebeulten Marine-Trainingsanzug, und um ihre Schultern lag eine dicke Wolldecke. Wenngleich ihre Augen sich infolge des Salzwassers stark gerötet hatten und das lange Haar verfilzt war, so hatte ihr Gesicht doch merklich an Farbe gewonnen, und auch die bläuliche Färbung der Lippen war verschwunden. Sie hielt mit beiden Händen einen Kaffeebecher umklammert und genoss die Wärme. Ihr Blick war auf den hoch gewachsenen Mann in der Türöffnung gerichtet. Sein kräftiger Körperbau und der Kontrast zwischen seiner gebräunten Haut und den beinahe weißen Haaren ließen ihn wie den nordischen Helden einer Wagner-Oper aussehen. Als er dann das Wort ergriff, erwies sich seine Stimme als überraschend sanft.

»Ich hoffe, wir stören nicht«, sagte er vorsichtig.

Nina strich sich eine lange gewellte Strähne aus der Stirn. »Ganz und gar nicht. Kommen Sie herein.«

Er trat ein, gefolgt von einem dunkelhäutigen Mann, der freundlich lächelte. »Ich heiße Kurt Austin, und das hier ist Joe Zavala.«

»Ich bin Nina Kirov.« Nina erkannte Aquamans Augen, die sie hinter der Taucherbrille gesehen hatte. Sie fühlte sich an die Farbe eines Korallenriffs bei ruhiger See erinnert. »Ich glaube, wir haben uns bereits getroffen.«

Austin grinste. Er fühlte sich geschmeichelt, dass sie ihn wieder erkannte. »Wie geht es Ihnen?«

»Recht gut, danke. Eine heiße Dusche, und ich bin wieder auf dem Damm.« Sie schaute sich um. »Was für ein Schiff ist das hier?«

»Die *Nereus,* ein Forschungsschiff der NUMA.«

»Sie gehören zur National Underwater and Marine Agency?«

»Ganz recht. Ich bin Leiter des NUMA-Teams für Sonderaufgaben. Joe ist der Schiffsingenieur unserer Gruppe.«

»Ich sehe mich selbst eher als *Mechaniker* des Teams«, sagte Zavala.

»Joe ist zu bescheiden. Er ist derjenige, der dafür sorgt, dass wir sowohl über als auch unter Wasser stets mobil bleiben.«

Zavala war in der Tat Fachmann für alle denkbaren Antriebsmaschinen. Er konnte jeden beliebigen Motor reparieren, modifizieren oder montieren, sei es nun eine Dampfmaschine, ein Dieselmotor oder ein elektrischer Antrieb, ganz gleich, ob dieser sich in einem Automobil, einem Schiff oder einem Flugzeug befand. Zavala schreckte nie davor zurück, sich die Hände schmutzig zu machen, sobald er sich einem technischen Problem ausgesetzt sah. Er hatte die Entwicklung und Konstruktion zahlreicher Unterwasserfahrzeuge geleitet, bemannter wie unbemannter, von denen sich einige an Bord des Forschungsschiffs befanden. Zudem war er ein talentierter Pilot und konnte auf zweitausend Flugstunden am Steuerknüppel von Hubschraubern, kleinen Jets und Turbo-Prop-Maschinen verweisen.

»Sie sagen, Sie gehören zu einem Team für Sonderaufgaben?«

»Ja, richtig. Der Kern der Gruppe besteht aus vier Personen. Außer uns beiden gehören noch ein Tiefseegeologe und eine Meeresbiologin dazu, aber die sind zurzeit mit anderen Aufgaben betraut. Im Allgemeinen kümmern wir uns um Dinge, die außerhalb des eigentlichen Arbeitsbereichs der NUMA liegen.« Und außerhalb der Regierungskontrolle, hätte er hinzufügen können.

»Was, um alles in der Welt, hat Ihr Schiff hier verloren?«

»Wir kommen soeben aus dem Mittelmeer zurück und leisten gerade außerplanmäßige Hilfe«, sagte Austin. »Die marokkanischen Behörden befürchten, die küstennahen Ölbohrungen könnten das Sardinenfanggebiet in Mitleidenschaft ziehen. Die *Nereus* befand sich zufällig in der Gegend, also haben wir uns bereit erklärt, kurz mal den Meeresboden zu untersuchen.«

»*Nereus,* der alte Mann des Meeres«, murmelte Nina und schaute nachdenklich nach oben. »Es gibt ein Zitat von Hesiod, dem griechischen Dichter: ›Ein zuverlässiger und sanftmütiger Gott, der rechtschaffen und gütig denkt und niemals lügt.‹«

Austin warf Zavala einen kurzen Blick zu. Womöglich handelte es sich bei Nina ja *tatsächlich* um eine Meerjungfrau. Hübsch genug war sie jedenfalls. »Ich weiß nicht, ob man das Schiff wirklich als alten Mann des Meeres bezeichnen kann. Die *Nereus* ist erst vor wenigen Monaten vom Stapel gelaufen, aber was die Wahrheitsliebe betrifft, hat Hesiod Recht. Das Schiff ist von vorn bis achtern mit modernster Überwachungs- und Vermessungselektronik voll gestopft.«

»Der Konstrukteur der *Nereus* behauptet, wir Wissenschaftler seien bloß als Ballast an Bord«, sagte Zavala.

Der breitschultrige Austin und sein einnehmender Begleiter entsprachen so gar nicht dem Typus des lehrerhaften Wissenschaftlers, den Nina gewöhnt war. Sie musterte die beiden Männer eindringlich. Austin besaß die Figur eines professionellen Footballspielers. Er maß einen Meter fünfundachtzig und wog etwa neunzig Kilo, und zwar ohne ein Gramm überflüssiges Fett. Sein tief gebräuntes Gesicht verriet, dass er sich häufig im Freien aufhielt, und der metallisch glänzende Schimmer seiner Haut zeugte von häufigem Kontakt mit Seeluft und Salzwasser. Abgesehen von den Lachfältchen um Augen und Mund, war seine Haut faltenlos. Obwohl Austin noch keine vierzig Jahre alt war, hatte sich sein Haar schon frühzeitig stahlgrau verfärbt, beinahe platinweiß.

Der gut aussehende Zavala hatte etwas Geheimnisvolles an sich. Er war ungefähr sieben Zentimeter kleiner als Austin und mit achtzig Kilo Körpergewicht nicht ganz so stämmig, doch seine Statur wirkte geschmeidig und muskulös, vor allem an Armen und Nacken. Rund um seine Augenbrauen waren Reste von Narbengewebe sichtbar, eine Hinterlassenschaft seiner Zeit als professioneller Mittelgewichtsboxer, mittels derer er sich das Studium finanziert hatte. Er hatte zweiundzwanzig Kämpfe gewonnen, zwölf davon durch K. o., und sechs verloren. Sein glattes schwarzes Haar war nach hinten gekämmt, und nach wie vor lag dieses humorvolle Lächeln auf seinen Lippen, das Nina gleich zu Anfang aufgefallen war. Sie musste an die Bemerkung der Ärztin denken und konnte verstehen, dass eine Frau sich zu diesen seelenvollen braunen Augen hingezogen fühlte.

Die höflichen Manieren der beiden Männer konnten nicht über eine gewisse Rauheit hinwegtäuschen. Wenngleich der kräftige Austin in diesem Moment eine ausgesprochene Herzlichkeit an den Tag legte, so konnte Nina sich noch gut an die wilde Entschlossenheit erinnern, mit der er sie aus der Bahn des Hovercrafts gerissen hatte. Hinter Zavalas Geselligkeit lauerte vermutlich eiserne Härte. Während die beiden Männer Nina sicher zum Schiff geleiteten, hatten sie so reibungslos zusammengearbeitet wie die Zahnräder einer gut geölten Maschine, was bewies, dass sie daran gewöhnt waren, als Team vorzugehen.

»Bitte verzeihen Sie meine Unhöflichkeit«, sagte sie bei dem Gedanken an ihre Rettung. »Ich habe mich noch gar nicht bei Ihnen beiden bedankt.«

»*Ich* muss mich dafür entschuldigen, dass ich mich wie der weiße Hai an sie herangeschlichen habe«, sagte Austin. »Sie haben sich bestimmt furchtbar erschrocken.«

»Nicht mal halb so sehr wie über dieses hässliche Boot, das mit meinem Kopf Wasserball spielen wollte. Ich kann Ihnen gar nicht genug danken. Bitte schleichen Sie sich an mich heran und ziehen Sie mich aus der Gefahrenzone, wann immer Sie wollen.« Sie hielt inne. »Aber eine dumme Frage hätte ich noch. Kommt es öfter vor, dass Sie im Atlantik herumschwimmen und nach Frauen in Not Ausschau halten?«

»Purer Zufall«, erwiderte er und zuckte mit den Achseln. »Joe und ich waren da unten zugange. Ich bin an die Oberfläche geschwommen, um das Schiff anzupeilen, und dann sah ich Sie und dieses Hovercraft Fangen spielen. Und jetzt habe ich eine Frage: Was hatte das alles zu bedeuten?«

Ihr Lächeln verschwand. »Ganz einfach. Die wollten mich töten.«

»Ich schätze, das war ziemlich offensichtlich. Aber wieso?«

»Keine Ahnung«, murmelte sie. Ihr Blick wurde glasig.

Austin merkte, dass sie diesem Thema am liebsten ausgewichen wäre. »Sie haben uns noch nicht erzählt, woher Sie kommen«, sagte er sanft.

Es war, als hätte er einen Stöpsel gezogen. »Um Gottes willen«, flüsterte Nina. »Die Expedition. Dr. Knox.«

»Welche Expedition?«, fragte Austin.

Sie starrte ins Leere, als würde sie versuchen, sich an einen Traum zu erinnern.

»Ich bin Meeresarchäologin. Ich war Mitglied eines Teams der Universität von Pennsylvania, das nicht weit von hier an einer Ausgrabung gearbeitet hat.«

Sie erzählte von dem Massaker und ihrer Flucht. Der Bericht wirkte so absurd, dass Austin ihn vielleicht nicht geglaubt hätte, wäre er nicht Zeuge des Hovercraft-Angriffs geworden und hätte er nicht die ausgeprägte Angst auf Ninas Gesicht gesehen. Als Nina geendet hatte, wandte sich Austin an Zavala.

»Was hältst du davon?«

»Ich denke, wir sollten uns selbst mal dort umschauen.«

»Ganz meine Meinung. Vorher verständigen wir noch die marokkanischen Behörden. Ms. Kirov, könnten Sie uns vielleicht beschreiben, wie wir zu Ihrem Lager kommen?«

Nina kämpfte gegen das Schuldgefühl an, als Einzige dem sicheren Tod entronnen zu sein. Sie musste unbedingt etwas *tun.* Sie glitt vom Tisch und stellte sich auf die wackligen Beine.

»Ich weiß etwas Besseres«, sagte sie mit stählernem Beiklang. »Ich *zeige* Ihnen den Weg.«

7

Hauptmann Mohammed Mustapha von der Königlich Marokkanischen Gendarmerie lehnte an dem von der Sonne erwärmten Kotflügel seines Jeeps und schaute der hoch gewachsenen Amerikanerin dabei zu, wie sie langsam auf der sandigen Freifläche hin und her ging und dabei eindringlich den Boden musterte.

Wie die meisten Landpolizisten dieser Gegend verbrachte der Hauptmann seine Tage normalerweise damit, die Schulschwänzer unter den Dorfkindern ausfindig zu machen, Verkehrsunfälle aufzunehmen oder die Papiere von Fremden zu überprüfen, von denen es leider nur sehr wenige gab. Letztes Jahr hatte er das Verschwinden eines Kamels untersucht, doch obwohl es sich anfangs um einen aufregenden Viehdiebstahl zu handeln schien, stellte sich letztlich heraus, dass das Tier einfach nur weggelaufen war. Dennoch war dies der einzige Fall seiner Karriere gewesen, der sich am ehesten mit der Suche nach einer verloren gegangenen archäologischen Expedition vergleichen ließ.

Mustapha kannte diesen Flecken, der von den Berbern aufgrund der alten Gräber als »Platz der Toten« bezeichnet wurde, und er wusste von den nahen Ruinen. Das hier war eine ziemlich abgelegene Ecke seines Zuständigkeitsbereichs, der Hunderte von Quadratkilometern umfasste. Er hatte diesen einsamen

Ort erst ein einziges Mal besucht und damals umgehend beschlossen, er würde nur im äußersten Notfall hierher zurückkehren.

Die Frau blieb stehen und verharrte einen Moment. Gedankenverloren stemmte sie die Hände in die Hüften. Dann kam sie zu dem Jeep herüber. »Das verstehe ich nicht«, sagte sie und runzelte verwirrt die Stirn. »Das Lager befand sich genau hier. Die Zelte, die Wagen. *Alles* ist verschwunden.«

Der Hauptmann wandte sich an den breitschultrigen Mann, dessen Haar so weiß war wie der Schnee im Atlasgebirge. »Vielleicht irrt die Mademoiselle sich hinsichtlich des Orts.«

Nina funkelte den Polizeibeamten wütend an. »Mademoiselle irrt sich *nicht.*«

Er seufzte. »Diese Leute, von denen Sie überfallen wurden. Banditen?«

Sie dachte kurz darüber nach. »Nein, ich glaube nicht, dass das Banditen gewesen sind.«

Mustapha zuckte die Achseln mit einer so typisch französischen Geste, dass sie eines Pariser Citoyens würdig gewesen wäre. Er zündete sich eine Gauloise an und schob seine Schirmmütze in den Nacken. In Gegenwart einer Frau, deren Arme und Beine nicht bedeckt waren, fühlte er sich irgendwie unwohl, aber er war kein teilnahmsloser Mensch. Er hätte blind sein müssen, um die Schnittwunden in ihrer Haut zu übersehen, und zudem war die Frau eindeutig seelisch aufgewühlt. Trotzdem konnte er mit eigenen Augen erkennen, dass sich hier weder Zelte noch ein Haufen Leichen, noch irgendwelche Fahrzeuge befanden. Streng genommen deutete überhaupt nichts darauf hin, dass diese Geschichte der Wahrheit entsprach.

Der Beamte zog an seiner Zigarette und stieß den Rauch durch die Nasenlöcher aus. »Man hat mich natürlich davon in Kenntnis gesetzt, dass eine Expedition am Platz der Toten Ausgrabungen vornimmt. Vielleicht sind die Leute abgereist, ohne Ihnen Bescheid zu geben.«

»Na klasse«, seufzte Nina. »Von allen Bullen in Marokko erwische ich ausgerechnet den Inspektor Clouseau der Berber.«

Ninas strapazierte Nerven hatten sie reizbar werden lassen. Nach allem, was sie durchgemacht hatte, konnte Austin gut verstehen, dass sie ungehalten auf die Begriffsstutzigkeit des Polizisten reagierte, aber er beschloss, dass es jetzt an der Zeit war einzuschreiten. »Nina, Sie haben gesagt, es habe ein großes Lagerfeuer gegeben. Könnten Sie mir zeigen, wo das ungefähr gewesen ist?«

Nina führte ihn annähernd in die Mitte der Freifläche und zog mit der Schuhspitze ein *X* in den Staub. Der Polizeibeamte schlenderte gemächlich hinter ihnen her.

»Hier in etwa, würde ich sagen.«

»Haben Sie eine Schaufel?«, fragte Austin den Polizisten.

»Ja, natürlich. Wenn man in die Wüste fährt, ist eine Schaufel unverzichtbar.«

Gemessenen Schritts ging Mustapha zu seinem Jeep, kramte in einer Werkzeugkiste und holte einen kurzen Klappspaten aus Armeebeständen hervor. Austin nahm den Spaten, kniete sich zu Ninas Füßen hin und begann, eine Reihe paralleler Furchen von ungefähr fünfzehn Zentimetern Tiefe zu graben. Die ersten beiden förderten nichts von Interesse zutage, aber die dritte war ein Volltreffer.

Austin schöpfte eine Hand voll geschwärzter Erde empor und roch daran. »Asche von einem Feuer.« Er legte die Hand flach auf den Boden. »Noch warm«, sagte er.

Nina hörte nur halb hin. Sie starrte auf ein Stück Erde hinter Austin, das sich zu bewegen schien.

»Da«, flüsterte sie.

Der dunkle Fleck bestand aus Tausenden von winzigen wimmelnden Insekten. Mit einer Kante des Spatenblatts schob Austin einen Teil der glänzenden Ameisentraube beiseite und fing an zu graben. Fünfzehn Zentimeter unter der Oberfläche stieß er auf dunkelrot gefärbte Erde. Er erweiterte das Loch. Noch mehr rote Flecken. Der gesamte Boden war davon durchtränkt. Nina ging neben ihm in die Knie. Der widerliche Geruch von getrocknetem Blut stieg ihr in die Nase.

»Hier wurden sie erschossen«, sagte sie. Ihre Stimme zitterte vor mühsam bewahrter Fassung.

Hauptmann Mustapha hatte verträumt ins Leere gestarrt und sich gefragt, wann er wohl wieder zu Hause bei seiner Frau, den Kindern und einem guten Essen sein würde. Plötzlich spürte er die Stimmungsänderung. Er warf seine Zigarette weg, ging zu Nina und kniete sich neben sie. Sein nussbraunes Gesicht wurde merklich bleicher, als ihm die Bedeutung der verfärbten Erde klar wurde.

»Allah sei gepriesen«, murmelte er. Dann lief er zu seinem Jeep und sprach in schnellem Arabisch ins Funkgerät.

Nina kniete noch immer wie versteinert dort und starrte den Boden an, als würden die schrecklichen Ereignisse der letzten Nacht aus dem flachen Loch hervorströmen. Austin befürchtete, sie würde ohnmächtig werden, falls er sie nicht von der Stelle wegzerrte. Er nahm ihren Arm und half ihr auf die Beine. »Ich würde mir gern mal die Lagune anschauen, falls Sie nichts dagegen haben.«

Sie blinzelte wie ein Schläfer, der plötzlich geweckt wurde. »Das ist eine gute Idee. Vielleicht ist da etwas ...« Sie ging durch die Dünen voran. Das Schlauchboot Marke Zodiac, mit dem sie vom NUMA-Schiff übergesetzt hatten, lag auf den steinernen Stufen.

Nina ließ den Blick über die Lagune schweifen, die jetzt so friedlich dalag. »Ich kann nicht glauben, dass sie sogar meine *Markierungsbaken* mitgenommen haben«, sagte sie mit bitterem Lachen. Sie ging am felsigen Ufer entlang und beschrieb den unsichtbaren Tunnel und den *cothon.* Austin folgte ihr auf dem Fuß. Er wies auf ungefähr ein Dutzend Fische, die bäuchlings auf der ansonsten spiegelglatten Oberfläche trieben.

»Vermutlich Sauerstoffmangel«, sagte Nina. »Die Lagune ist

nicht unbedingt förderlich für die Gesundheit.« Sie lächelte über die ungewollte Ironie. »Da ist noch etwas, von dem ich bislang nichts erzählt habe.« In knappen Worten beschrieb sie den steinernen Kopf, den sie gefunden hatte. Austin war außerstande, seine Zweifel zu verbergen.

»Olmekisch? Hier?« Er biss sich auf die Unterlippe und überlegte vergeblich, wie er seine Skepsis am höflichsten zum Ausdruck bringen konnte. »Völlig unmöglich.«

»Ich würde es auch nicht glauben, wenn ich das Gesicht nicht mit eigenen Augen gesehen hätte. Ich wette, Sie ändern Ihre Meinung nach ein paar Schwimmzügen. Kommen Sie, ich zeige es Ihnen.« Sie streifte die geborgten Turnschuhe ab. Austin hatte nichts dagegen, sich ein wenig abzukühlen, und außerdem würde Nina auf diese Weise von dem grausigen Fund an der Lagerstelle abgelenkt werden. Ihre Shorts und T-Shirts würden in der Sonne schnell wieder trocknen.

Nina sprang ins Wasser, und Austin folgte ihr. Sie schwammen ein kurzes Stück, und dann hielt Nina inne, um nach einigen Orientierungspunkten Ausschau zu halten. Sie machte einige Schwimmzüge, das Gesicht unter der Oberfläche auf den Boden gerichtet. Nach ungefähr einer Minute tauchte sie senkrecht nach unten. Am Grund schwamm sie einen Kreis und schoss dann wieder empor. Austin blieb dicht hinter ihr.

»Es ist weg«, rief sie keuchend. »Die Figur ist weg!«

»Sind Sie sicher, dass Sie sich nicht in der Stelle geirrt haben?«

»Auf jeden Fall. Ich habe mich an zwei Geländepunkten orientiert und dann hier eine Bake gesetzt. Das verdammte Ding ist verschwunden. Kommen Sie, ich zeig es Ihnen.« Ohne ein weiteres Wort tauchte sie abermals ab.

Als Austin sie einholte, schwamm sie am Boden hin und her und deutete auf etwas, das wie ein Mondkrater aussah. Sie zog einen Gegenstand aus dem Schlamm, und dann tauchten sie beide wieder nach oben.

»Sie haben ihn gesprengt«, sagte sie und schwenkte ein Stück geschwärzten Gesteins durch die Luft. »Sie haben den Steinkopf in kleine Stücke gesprengt.« Dann schwamm sie ans Ufer.

Zavala erwartete sie an der Treppe. Er hatte die Umgebung des Lagers abgesucht.

»Der Hauptmann lässt ausrichten, er habe das Hauptquartier seiner Brigade verständigt«, sagte er. »Man wird von dort aus Kontakt zur Sureté Nationale in Rabat herstellen. Bei Kapitalverbrechen ist die Sureté für die Ermittlungen zuständig.«

Nina reichte ihren Fund an Austin weiter. »Es ist vulkanischer Basalt. Ich bin sicher, er stammt von der Figur.«

Austin musterte das Felsstück. »Die Kanten sind gezackt und verkohlt. Das hier stammt von einer kürzlichen Explosion.« Er warf einen Blick auf die Lagune. »Das erklärt auch die toten Fische.«

»Es ergibt keinen Sinn«, sagte Nina und schüttelte den Kopf. »Sie bringen alle um und versuchen, mich ebenfalls zu ermorden. Und dann machen sie sich auch noch die Mühe, ein Artefakt zu sprengen, anstatt einfach wegzulaufen. Warum?«

Eine Zeit lang herrschte Schweigen. Niemand konnte mit einer Antwort aufwarten. Dann schlug Austin vor, sich noch einmal beim Hauptmann zu melden und anschließend zum Schiff zurückzukehren. Sie machten sich auf den Rückweg zum Camp. Nina ging voran. Zavala ließ sich absichtlich zurückfallen und blieb neben Austin. Dann ergriff er leise das Wort, so dass Nina ihn nicht hören konnte. »Ich habe dem Hauptmann geraten, in der Gegend der Ausgrabungsstelle jemanden ein bisschen buddeln zu lassen.«

Austin hob eine Augenbraue.

»Nina hat gesagt, die Expedition habe hier mehrere Tage gearbeitet«, fügte Zavala hinzu. »Aber da war keine offene Grube. Alle Löcher sind wieder gefüllt worden. Kommt dir dabei ein Gedanke?«

»Ich füchte, ja. Womöglich haben die Opfer unwissentlich ihre eigenen Gräber geschaufelt.«

Zavala reichte Austin ein metallenes Brillengestell. Die runden Gläser waren zerbrochen. »Die habe ich in der Nähe der Stätte gefunden.«

Austin warf einen flüchtigen Blick auf die Brille und steckte sie dann wortlos ein.

Als das Zodiac neben dem Forschungsschiff beidrehte, musterte Nina anerkennend die Mischung aus Form und Funktion, die sich in dem schnittigen blaugrünen Rumpf manifestierte.

»Als ich die *Nereus* gestern vom Ufer aus gesehen habe, hielt ich sie für ein prächtiges Schiff. Von nahem ist sie sogar noch schöner.«

»Sie ist mehr als nur schön«, sagte Austin und half Nina aufs Achterdeck. »Sie ist das modernste Forschungsschiff der Welt. Bei sechsundsiebzig Metern Länge sind in ihrem Rumpf zahllose Kilometer Glasfaserkabel und Hochgeschwindigkeitsdatenleitungen verlegt. Die *Nereus* verfügt über Bugstabilisatoren, so dass sie praktisch auf der Stelle wenden und auch in rauer See problemlos auf Kurs bleiben kann. Außerdem trägt sie die neuesten Unterwasserfahrzeuge an Bord. Wir haben sogar ein Sonarsystem im Rumpf, mit dem wir den Meeresgrund vermessen können, ohne nasse Füße zu bekommen.«

Austin wies auf die hohe würfelförmige Konstruktion hinter der Brücke. »Diese großen Aufbauten beherbergen die wissenschaftlichen Lagerräume. Im Innern befinden sich Nasslabors mit fließendem Seewasser. Dort bewahren wir auch die Unterwasserfahrzeuge, die Kameraschlitten und unsere Tauchausrüstung auf. Das Schiff benötigt lediglich eine kleine Crew von ungefähr zwanzig Personen. Wir haben Platz für mehr als dreißig Wissenschaftler.«

Nina hinkte noch immer infolge der Fußverletzung vom Vorabend. Austin und sie stiegen drei Decks empor, kamen auf einen Korridor und hielten vor einer Kabinentür. »Hier werden Sie während der nächsten paar Tage schlafen.«

»Ich möchte niemanden von seinem Platz vertreiben.«

»Keine Sorge, das tun Sie nicht. Wir haben momentan eine ungerade Anzahl weiblicher Besatzungsmitglieder an Bord, so dass es in der Kabine der Schiffsärztin eine freie Koje gibt. Sie sind hier günstig direkt neben der Bibliothek untergebracht, und auch der wichtigste Ort des Schiffs befindet sich ganz in der Nähe. Kommen Sie, ich zeige es Ihnen.«

Er führte Nina den Flur entlang zur Messe, wo Zavala an einem der Tische saß, Espresso trank und eine gefaxte Ausgabe der *New York Times* las. Die klimatisierte Sauberkeit stand in erfreulich starkem Kontrast zu der trostlosen Einöde am Platz der Toten. Die Einrichtung der Messe entsprach dem üblichen Dekor an Bord dieses Schiffs. Tische und Stühle waren aus Kunststoff und Aluminium und am Boden befestigt. Aber die Düfte, die aus der Kombüse herüberwehten, hatten wenig mit dem Geruch nach Speck und Bratfett gemein, der in den meisten Schiffsmessen vorherrschend war.

Nina setzte sich und war froh, ihrem wunden Fuß endlich etwas Ruhe zu gönnen. »Ich sterbe vor Hunger«, sagte sie, hob das Kinn und atmete tief ein. »Hier riecht es ja wie in einem Vier-Sterne-Restaurant.«

Zavala legte die Zeitung beiseite. »*Fünf* Sterne. Wir unterbezahlten Angestellten der NUMA müssen ja schließlich auch eine Menge leisten. Die Weinkarte ist vorzüglich, aber der Keller hält lediglich kalifornische Tropfen bereit.«

»Na ja, das hier ist immerhin ein amerikanisches Schiff«, sagte Austin mit gespielter Reue. »Ein Bordeaux oder Burgunder wäre da irgendwie fehl am Platz. Allerdings hat unser Koch seine Abschlussprüfung mit einem Cordon bleu bestanden, falls Sie das ein wenig beruhigt.«

»Heute Abend haben wir die Wahl zwischen Steak *au poivre* und Heilbutt *au beurre blanc*«, fügte Zavala hinzu. »Ich muss mich für den Küchenchef entschuldigen. Er stammt aus der Provence und neigt dazu, etwas zu verschwenderisch mit Basilikum und Olivenöl umzugehen.«

Nina schaute sich in dem funktionellen Raum um und schüttelte verwundert den Kopf. »Ich schätze, ich werde es überleben.«

Nachdem Nina nun etwas gelöster wirkte, hielt Austin den Zeitpunkt für gekommen, ein unangenehmes Thema zur Sprache zu bringen. Zunächst aber brachte er ihr ein großes Glas Eistee. »Falls Sie damit einverstanden sind, erneut über die letzte Nacht zu sprechen, würde ich gern alles noch einmal daraufhin durchgehen, ob wir etwas übersehen haben«, sagte Austin.

Sie trank einen Schluck Tee, als würde sie dadurch neue Kraft erlangen. »Von mir aus kann's losgehen«, sagte sie und begann, ein weiteres Mal die Ereignisse der vergangenen Nacht zu erzählen.

Austin hörte ihr mit halb geschlossenen Augen zu, so dass er wie ein schlafender Löwe aussah. Er sog jedes Wort und jede Veränderung der Tonlage in sich auf, ging die Fakten in Gedanken immer wieder durch und suchte nach Unstimmigkeiten zu Ninas erstem Bericht.

»Ich glaube, Sie haben Recht, Hauptmann Mustaphas Banditentheorie zu widersprechen«, sagte er, nachdem sie geendet hatte. »Gewöhnliche Banditen hätten eventuell ein paar Ihrer Leute getötet, um sie besser ausrauben zu können, aber nach Ihrer Schilderung hat es sich hierbei um eine vorsätzliche Hinrichtung gehandelt.«

»Was ist mit fundamentalistischen Moslem-Terroristen?«, schlug Zavala vor. »In Algerien haben die Tausende von Leuten umgebracht.«

»Vielleicht, aber Terroristen machen ihre Taten normalerweise gern publik. Dieser Haufen hat sich enorm angestrengt, alle Beweise zu verbergen. Und weshalb sollten Fundamentalisten die Steinfigur zerstören? Das gibt mir übrigens auch ziemlich zu denken. Man braucht spezielle Sprengladungen dafür.«

»Was bedeutet, dass sie vorher schon von der Statue gewusst haben«, sagte Zavala.

»Ganz genau. Sie waren darauf vorbereitet, eine Unterwassersprengung vorzunehmen.«

»Unmöglich«, warf Nina ein. Dann kam ihr ein leiser Zweifel, und sie fügte hinzu: »Ich wüsste nicht, wie sie davon erfahren haben könnten.«

»Ich auch nicht«, sagte Zavala. »Und Sie sind sicher, dass die Männer Spanisch gesprochen haben?«

Sie nickte nachdrücklich.

»Von Tanger aus kann man über die Straße von Gibraltar praktisch zu Fuß nach Spanien gehen, und Tanger liegt nicht weit von hier entfernt«, sagte Austin.

Zavala schüttelte den Kopf. »Das hat nichts zu bedeuten. Ich spreche auch Spanisch, aber ich bin Amerikaner mit mexikanischen Vorfahren und noch nie in Spanien gewesen.«

Nina fiel etwas ein. »Oh, gut, dass Sie das sagen. Ich habe Gonzales ganz vergessen.«

»Wer ist Gonzales?«, fragte Austin.

»Er war freiwilliger Helfer bei der Expedition. Genau genommen hat er sogar dafür *bezahlt* und ist durch eine gemeinnützige Organisation namens Time-Quest vermittelt worden. Ich habe gestern Nachmittag gesehen, wie er mit einem Mann gesprochen hat, einem Fremden in einem Jeep. Gonzales hat gesagt, der Mann hätte sich verfahren. Ich fand das ziemlich merkwürdig.«

»Mit Recht«, sagte Austin. »Vielleicht hat es nichts zu bedeuten, aber wir werden Time-Quest überprüfen und mal nachschauen, ob die etwas über Gonzales wissen. Ich nehme an, er wurde mit den anderen ermordet.«

»Ich habe ihn nicht gesehen, aber ich kann mir nicht vorstellen, wie er hätte fliehen sollen.«

»Was ist mit dem Hovercraft, das hinter Nina her war?«, fragte Zavala seinen Freund. »Vielleicht bringt uns das weiter.«

»Soweit ich vom Wasser aus erkennen konnte, schien es sich um ein speziell angefertigtes Modell zu handeln. Eventuell ein Griffon aus englischer Herstellung. Ich habe vorhin schon bei NUMA angefragt und die Jungs gebeten, eine Liste aller Eigentümer dieses Fahrzeugtyps zusammenzustellen. Es kann auf der Welt nicht allzu viele davon geben. Ich vermute mal, dass man es über eine Scheinfirma gekauft hat.«

»Also dürfte es nur schwer zu verfolgen sein.«

»Vielleicht sogar gar nicht, aber es ist einen Versuch wert.« Er starrte nachdenklich ins Leere. »Wir haben noch immer keine Antwort auf die wichtigste Frage: Warum sollte jemand eine harmlose archäologische Expedition auslöschen wollen?«

Nina hatte ihr Kinn auf die Handflächen gestützt. »Womöglich war sie gar nicht so harmlos«, warf sie ein.

»Wie meinen Sie das?«

»Ich muss immerzu an diese Olmeken-Figur denken. Sie steht im Mittelpunkt des Geschehens.«

»Ich habe noch immer ein Problem mit diesem olmekischen Fund. Vor allem weil er mittlerweile in einen Schutthaufen verwandelt wurde.«

»Die Einschätzung basiert nicht allein auf meiner Meinung. Bitte vergessen Sie nicht, dass Sandy darauf gekommen ist, und sie ist eine unserer landesweit anerkanntesten Fachkräfte für den mittelamerikanischen Forschungsraum. Sanford hat an allen großen Ausgrabungsstätten wie zum Beispiel Tikal gearbeitet und ihre Ergebnisse publiziert. Außerdem hat sie eine Reihe weniger bekannter, aber wichtiger Funde gemacht.«

»Okay, gehen wir mal davon aus, dass Sie und Sandy Recht haben. Warum ist diese Figur von Bedeutung?«

»Sie könnte die gesamte archäologische und historische Wissenschaft in ihren Grundfesten erschüttern. Schon seit Jahren fragen die Leute sich, ob bereits vor Kolumbus ein Kontakt zwischen Alter und Neuer Welt bestanden hat.«

»So wie bei Leif Eriksson und den Wikingern? Ich dachte, dass es dafür inzwischen ziemlich schlüssige Beweise gibt«, sagte Zavala.

»In der Tat, aber diese Beweise sind nur äußerst widerstrebend akzeptiert worden. Ich spreche hier von transatlantischen Kontakten Hunderte von Jahren *vor* den Wikingern. Bislang hat dafür keinerlei wissenschaftlich belegtes Artefakt existiert. Der Olmeken-Kopf wäre *genau dieses* Artefakt gewesen.«

Austin hob eine Augenbraue. »Tja, und dann?«

»Wie bitte?«, fragte sie beinahe beleidigt.

»Nehmen wir an, diese Figur beweist *tatsächlich* und zweifelsfrei einen Kontakt vor Kolumbus. Das wäre faszinierend und würde sicherlich kontrovers diskutiert werden. Aber für wen wäre dieser Punkt von Bedeutung, abgesehen von Archäologen, Historikern und den Rittern des Kolumbus-Ordens? Mit anderen Worten, weshalb sollte jemand deswegen einen Mord begehen?«

»Ah, ich verstehe, was Sie meinen«, sagte sie besänftigt, »aber ich habe keine Antwort auf diese Frage. Ich glaube lediglich, dass meine Entdeckung den Überfall auf irgendeine Weise heraufbeschworen hat.«

»Im Lager wusste niemand von Ihrem Fund?«

»Nein. Ich hätte es den Leuten schon noch erzählt. Eigentlich hätte ich Dr. Knox und Fisel sofort davon unterrichten müssen. Ich habe von Anfang an vermutet, dass der Kopf zur mexikanischen Olmeken-Kultur gehört, aber das schien so absurd, dass ich eine Bestätigung wollte. Deshalb habe ich mich mit Sandy in Verbindung gesetzt.«

»Außer Ihnen war Ihre Kollegin an der Universität also die einzige andere Person, die Unterlagen über den Fund zu Gesicht bekommen hat?«

»Ja, aber Sandy würde niemals jemandem davon erzählen. Zum Glück befinden sich die vorläufigen Daten bei ihr in sicheren Händen.« Sie hielt inne. »Ich muss so schnell wie möglich nach Hause zurück.«

»Unser nächstes Ziel ist die Halbinsel von Yukatan, um dort die Einschlagstelle des Asteroiden zu untersuchen, der eventuell die Dinosaurier vernichtet hat. Wir haben hier noch einen weiteren Tag Arbeit vor uns, dann brechen wir auf«, sagte Austin. »Inzwischen würden wir Sie gern als Gast bei uns behalten. Dann können wir Sie auf den Kanarischen Inseln absetzen, von wo aus

Sie per Flugzeug aufs europäische Festland und dann weiter nach New York gelangen können. Auf diese Weise hätten Sie ein wenig Zeit, um sich auszuruhen und Ihre Gedanken zu ordnen.«

»Vielen Dank«, sagte Nina. »Ich bin immer noch ziemlich nervös, aber hier fühle ich mich in Sicherheit.«

»Mehr als das, Sie bekommen auch noch gut zu essen.«

»Nur eins noch. Ich muss die Universität von den Ereignissen und Dr. Knox' Tod in Kenntnis setzen. Der Fachbereich für Anthropologie wird völlig außer sich geraten. Dr. Knox war eine Institution. Alle haben ihn gemocht.«

»Kein Problem«, sagte Zavala. »Ich bringe Sie zum Funkraum.«

Austin holte sich ein Glas Eiskaffee und nahm es mit zurück zum Tisch. Er goss einen Schuss Milch hinzu und starrte in die dunkle Flüssigkeit, als läge die Lösung von Ninas Puzzle in den weißbraunen Schlieren verborgen. Nichts von all dem ergab sonderlich viel Sinn, und er war noch keinen Schritt weitergekommen, als Zavala und Nina wenige Minuten später zurückkehrten.

»Das ging ja schnell«, sagte Austin. »Haben Sie die Universität erreicht?«

Zavala wirkte ungewöhnlich ernst. »Wir sind sofort durchgekommen, Kurt.«

Austin bemerkte, dass Nina Tränen in den Augen hatte.

»Ich habe mit der Verwaltung gesprochen«, sagte Nina mit aschfahlem Gesicht. »Man wollte es mir zuerst nicht sagen, aber ich habe gespürt, dass irgendetwas passiert sein musste.« Sie hielt inne. »Mein Gott! Was geht hier vor?«

»Ich verstehe nicht ganz«, sagte Austin, obwohl er bereits vermutete, was geschehen war. Daher war er auch nicht völlig überrascht, als Nina sagte:

»Sandy. Sie ist tot.«

8

Austin lag in seiner Koje und starrte an die Decke. Neidisch hörte er Zavalas leises Schnarchen von der anderen Seite der Kabine. Wie vorhergesagt, hatte der Küchenchef nicht mit Kräutern und Öl gespart, aber mit Austins Magen war alles in Ordnung. Es war sein Gehirn, das ihn wach hielt. Wie ein geschäftiger Buchhalter sortierte es die Ereignisse des Tages und ließ ihn nicht zur Ruhe kommen.

Die Hilfsaktion der *Nereus* hatte eigentlich eine gemütliche Angelegenheit werden sollen, eine kleine Abwechslung von den beschwerlicheren Missionen des NUMA-Teams, die sich den seltsamen und unheilvollen Rätseln auf und unter den Weltmeeren widmeten. Dann tauchte Nina auf, gehetzt von einer Bande mörderischer Höllenhunde, und rannte ihm praktisch genau in die Arme. Vielleicht konnte er ja auch deswegen nicht schlafen, weil er ständig an die hübsche junge Frau in der Nachbarkabine denken musste.

Er warf einen Blick auf die schimmernden Zeiger seiner Chronosport-Armbanduhr. Drei Uhr. Austin erinnerte sich daran, wie ein Arzt ihm einmal erzählt hatte, dass die meisten todkranken Patienten um drei Uhr morgens verstarben. *Das* ließ ihn aufstehen. Er zog sich eine dicke Trainingshose und eine Nylonwindjacke an und schlüpfte in seine abgetragenen Bootsschuhe, die ihm wie angegossen passten. Leise ließ er Zavala schlafend zurück und trat auf den Korridor hinaus. Dann stieg er vier Decks empor zur Brücke.

Die Tür zum Ruderhaus stand offen, um die Nachtluft hineinzulassen. Austin blieb in der Türöffnung stehen. Ein junger Kollege namens Mike Curtis hatte Mittelwache. Er saß auf einem Stuhl, die Nase tief in ein Buch vergraben.

»Hallo, Mike«, sagte Austin. »Ich konnte nicht schlafen. Hast du Lust auf ein bisschen Gesellschaft?«

Der Mann grinste und legte das Buch beiseite. »Aber ja. Hier oben ist es ganz schön langweilig. Möchtest du Kaffee?«

»Gern. Schwarz, bitte.«

Während Mike zwei Becher mit dem dampfenden Gebräu füllte, nahm Austin das Geologiebuch. »Ziemlich schwere Lektüre für die Friedhofsschicht.«

»Ich war gerade dabei, für den Yukatan-Auftrag zu büffeln. Glaubst du wirklich, dass ein Meteorit oder Komet all die Dinosaurier ausgelöscht hat?«

»Wenn ein Objekt von der Größe Manhattans auf die Erde prallt, hat das durchaus schwerwiegende Folgen. Ob die großen Echsen sich ohnehin schon am Rand des Aussterbens befanden, ist eine andere Frage. Diese Planktonuntersuchung dürfte eine Menge Streitfragen beantworten. Irgendwie ist es ironisch, dass kleine einzellige Tiere uns verraten sollten, was mit der größten jemals existierenden Lebensform geschehen ist.«

Sie plauderten eine Weile, bis Mike sich wieder seinen Routineaufgaben widmen musste. Austin trank seinen Becher aus und ging durch die Funkbaracke in den Kartenraum im hinteren Teil der Brücke. Mit seiner großen Vollsichtverglasung diente der Raum außerdem als Achterzentrale, wenn das Schiff rückwärts Fahrt aufnahm.

Austin breitete eine Karte der marokkanischen Küste auf dem Navigationstisch aus und zeichnete mit einem Bleistift ein *X* an die gegenwärtige Position des Schiffs. Gedankenverloren schürzte er die Lippen, studierte die Karte und ließ seinen Blick über die Hinterhauptsrundung des schädelförmigen afrikanischen Kontinents schweifen, die von Gibraltar bis zum unteren Ende der Westsahara verlief. Nach einigen Minuten angestrengten Grübelns schüttelte er den Kopf. Die Karte half ihm nicht weiter. Das Hovercraft hätte von Land genauso wie von See auftauchen können.

Er zog sich einen Stuhl heran, legte die Füße auf den Tisch und las die Einträge im Logbuch des Schiffs seit Anfang der Fahrt.

Bislang war es eine Bilderbuchreise gewesen. Eine schnelle und ereignislose Atlantiküberquerung, ein kurzer Aufenthalt in London, um eine Gruppe europäischer Wissenschaftler an Bord zu nehmen, ein paar angenehme Wochen im Mittelmeer, um das neue Tauchboot zu testen, und schließlich seit zwei Tagen der Einsatz vor der marokkanischen Küste.

Ninas Geschichte war in jeglicher Hinsicht bizarr. Der Angriff des Hovercrafts und die blutgetränkten Beweise am Lagerplatz hatten ihn von der Wahrheit ihres Berichts überzeugt. Die schreckliche Nachricht vom Tod ihrer Kollegin räumte auch den letzten Zweifel aus. Ein Autounfall. Wie günstig. Der Arm dieser Meuchelmörder reichte weit. Die Daten, die Nina an die Universität von Pennsylvania geschickt hatte, waren gelöscht worden. Jetzt war Nina die Einzige, die das mysteriöse olmekische Artefakt mit eigenen Augen gesehen hatte und deren Bericht man Glauben schenken würde. Er war froh, dass sie sich sicher in ihrer Kabine befand und schlief, nachdem ihre Zimmergenossin ihr ein leichtes Beruhigungsmittel verabreicht hatte.

Austin ging nach draußen und lehnte sich auf das Geländer der kleinen Plattform hinter dem Kartenraum. Abgesehen von der Notbeleuchtung dicht über dem Boden der Gänge und ein paar Strahlern, die Teile der weißen Aufbauten erhellten, war das Schiff in Dunkelheit getaucht. Hinter den Lichtkegeln erstreckte sich eine grenzenlose samtene Schwärze. Der Gestank vermodernder Pflanzen, der ihm in die Nase stieg, war der einzige Hinweis auf die riesige Landmasse, die weniger als eine Wegstunde entfernt lag. Afrika. Er fragte sich, wie viele Expeditionen wohl das Schicksal von Ninas Kameraden erlitten hatten und im Herz der Finsternis verschwunden waren. Vielleicht würde die Wahrheit nie ans Licht kommen.

Genug philosophiert. Austin gähnte und überlegte, ob er auf die Brücke zurückkehren, wieder in seine Kabine gehen oder an Ort und Stelle bleiben sollte, um den Sonnenaufgang zu beobachten. Er verweilte noch ein wenig und genoss die Schönheit der

Nacht. Die *Nereus* war ein ruhender Koloss. Er liebte es, ein schlafendes Schiff zu spüren, das Summen der untätigen elektrischen Systeme, das Knirschen und Ächzen der Ankerkette.

Klong.

Austin beugte sich vor und spitzte die Ohren. Das klirrende Geräusch war von irgendwo unterhalb gekommen. Metall auf Metall.

Klong. Da war es schon wieder.

Nicht laut, aber eindeutig keines der üblichen Schiffsgeräusche. Austin war neugierig geworden. Leise stieg er auf das menschenleere Oberdeck hinunter, legte eine Hand auf die feuchte Reling und machte sich langsam auf den Weg. Er blieb stehen. Seine Finger waren gegen etwas Hartes gestoßen. Er schaute genau hin und erkannte die Zinke eines Enterhakens, die man mit Stoff umwickelt hatte, um das Geräusch zu dämpfen. Er tastete weiter und fühlte das blanke Metall des Schafts. Dieser Schaft musste gegen die Bordwand geschlagen sein und das merkwürdige Geräusch hervorgerufen haben.

Austin trat aus dem Licht und spähte vorsichtig über die Reling. Von der Wasseroberfläche drang ein leises Plätschern nach oben. Womöglich waren das bloß kleine Wellen, die gegen den Rumpf schlugen. Er legte eine Hand an sein Ohr.

Jetzt hörte er, wie sich flüsternde Stimmen von dem Meeresrauschen abhoben. Er konnte huschende Schatten sehen.

Austin dachte keine Sekunde darüber nach, ob es sich wohl um Freund oder Feind handelte. Die Antwort auf diese Frage war offensichtlich. Er rannte zur nächsten Treppe und stieg wieder zum Kabinendeck empor. Kurz darauf rüttelte er Zavala wach. Sein Zimmergefährte schlief meistens wie ein Stein, verfügte aber über die unheimliche Eigenschaft, sofort hellwach sein zu können, als hätte jemand einen Schalter in ihm umgelegt. Zavala wusste, dass Austin ihn nicht ohne wichtigen Grund wecken würde. Ächzend rappelte er sich auf, rollte aus dem Bett und schlüpfte in seine Shorts und ein T-Shirt.

Austin hatte den Spind am Fußende der Koje aufgerissen und wühlte in seinen Habseligkeiten. Er zog ein Lederholster hervor, und eine Sekunde später schlossen sich seine Finger um die geschwungenen hölzernen Griffschalen einer Ruger Redhawk. Mit dem dicken, zehn Zentimeter langen Lauf war der von der Firma Bowen modifizierte 375er Magnum Revolver zwar kompakt, besaß jedoch eine enorme Durchschlagskraft.

Zavala nannte die Bowen immer nur »Kurts Kanone« und behauptete, die Waffe wäre mit Gleisnägeln geladen. In Wahrheit benötigte der Revolver spezielle Patronen vom Kaliber .50.

»Wir haben Gesellschaft«, sagte Austin und überprüfte die fünfschüssige Trommel. »Sie kommen auf der Steuerbordseite mit Enterhaken an Bord. Zumindest die, die ich gesehen habe. Vielleicht gibt es noch andere. Wir brauchen Waffen.«

Zavala schaute sich in der Kabine um. »Na bravo!«, knurrte er. »Soweit ich mich erinnere, hat jemand zu mir gesagt, das hier würde praktisch eine Ferienkreuzfahrt werden. Ich habe nicht einmal eine Schreckschusspistole dabei. Woher sollte ich wissen, dass wir es mit Piraten zu tun bekommen?«

Austin legte das Schulterholster an. »Geht mir genauso. Aus diesem Grund habe ich auch keine Reservepatronen mitgenommen. Fünf Schuss, und das war's.«

Zavalas Gesicht hellte sich auf. »Was ist mit deiner Neuerwerbung aus London?«

Austin kramte abermals im Spind herum und nahm einen glänzenden flachen Holzkasten heraus. »Meine Joe Manton Specials? Zur Hölle, wieso nicht?«

Zavala holte ein Tauchermesser aus einer der Schubladen. »Dieser Zahnstocher ist für mein Arsenal«, sagte er.

»Nicht gerade das, was ich als überwältigende Feuerkraft bezeichnen würde. Wir werden irgendwie improvisieren müssen.«

»Es wäre nicht das erste Mal«, sagte Zavala und schüttelte den Kopf.

Austin ging zur Tür. »Ich schätze, die sind hinter Nina her. Ich hole sie und wecke alle anderen auf diesem Deck. Du gehst am besten nach unten und treibst den Rest der Besatzung und die Wissenschaftler aus den Kojen. Sie sollen sich in den Bugmaschinenraum vor den Unterkünften der Crew quetschen.«

»Das wird aber ganz schön eng.«

»Ich weiß, aber sie können das wasserdichte Schott verriegeln und uns etwas Zeit verschaffen. Wir dürfen nicht zulassen, dass eine Horde unbewaffneter Akademiker und Matrosen hier herumläuft und sich womöglich verletzen oder als Geisel nehmen lässt. Die *Nereus* ist leider kein Kriegsschiff, sondern lediglich zu Forschungszwecken gedacht.«

»So langsam wünsche ich mir, sie *wäre* ein Kriegsschiff«, sagte Zavala. Dann schoss er wie ein geölter Blitz die Treppe zum nächstgelegenen Deck nach unten.

Als Austin an die Tür der Nachbarkabine klopfte, öffnete ihm eine schlaftrunkene Ärztin. Ohne Umschweife wies Austin sie an, sich sofort anzuziehen. Dann weckte er Nina. Sie war noch immer ziemlich benommen aufgrund der Medikamente, aber als sie Austins dringlichen Blick bemerkte, riss sie eilends die Augen auf.

»Sie sind wieder da, nicht wahr?«, fragte sie mit vom Schlaf heiserer Stimme.

Austin nickte. Kurz darauf liefen er und die beiden Frauen auf den Flur hinaus und nahmen sich nacheinander die anderen Kabinen vor. Schon bald hatte sich mehr als ein Dutzend mürrischer Leute auf dem schmalen Gang versammelt. Sie trugen ihre Nachtwäsche oder irgendwelche hastig und wahllos gegriffenen Kleidungsstücke.

»Keine Fragen jetzt«, sagte Austin. Sein Tonfall duldete keinen Widerspruch.

Er führte die schläfrige Gruppe die Stufen hinab zum untersten Deck. Zavala wartete bereits mit den anderen auf ihn. Wie Cowboys beim Viehtrieb scheuchten sie die sich sträubende Gruppe in den vorderen Maschinenraum jenseits der Mannschaftsquartiere, wo die Besatzungsmitglieder und Wissenschaftler sich zwischen die Bugstabilisatoren drängten, mit denen man das Schiff in schwerer See konstant auf Kurs halten konnte.

Unverblümt fasste Austin die Lage zusammen. »Ich werde es kurz machen. Das Schiff wird soeben von bewaffneten Angreifern geentert. Öffnen Sie auf keinen Fall diese Tür, es sei denn, Joe oder ich stehen davor.«

Einer der Forscher wagte eine zaghafte Frage: »Was haben Sie denn vor?«

Verfluchte Wissenschaftler, dachte Austin. Immer diese neugierigen Fragen. Aber jetzt war nicht der geeignete Zeitpunkt, so offen und ehrlich wie sonst zu antworten.

»Keine Sorge. Joe und ich haben einen Plan«, sagte er beruhigend. »Wir sind bald wieder da.« Schnell trat er zurück in den Schlafraum und schlug den verängstigten Gesichtern die Tür vor der Nase zu.

»Du hast da drinnen wie der Terminator persönlich geklungen«, sagte Zavala, der ihm dicht auf den Fersen blieb. »Schön zu hören, dass *wir* einen Plan haben. Hoffentlich hast du nichts dagegen, ihn mir zu verraten.«

Austin legte Zavala eine seiner großen Hände auf die Schulter. »Ganz einfach, Joe. Du und ich, wir werden diese Drecksäcke von unserem Schiff befördern.«

»Das nennst du einen *Plan*?«

»Vielleicht möchtest du sie lieber höflich zum Gehen auffordern.«

»Das wäre zu einfach. Okay, wo fangen wir an?«

»Wir müssen so schnell wie möglich auf die Brücke. Dort werden auch unsere ungeladenen Gäste zuerst auftauchen. Ich hoffe, sie sind noch nicht da.«

»Woher willst du wissen, dass sie zuerst die Brücke ansteuern?«

»Nun ja, *ich* würde es so machen. Auf diese Weise kann man mit einem Schlag die Kommunikationswege unterbrechen und die Kontrolle übernehmen.« Austin lief auf die nächste Treppe zu. »Versuch nach Möglichkeit, dich nicht sehen zu lassen. Falls das derselbe Haufen ist, der die Expedition ausgelöscht hat, dürfte meine Spielzeugpistole gegen die automatischen Waffen reichlich wenig ausrichten können.«

Über die Innentreppen stiegen sie die sechs Decks bis zur Brücke empor. Auf jedem Deck hielten sie kurz inne, aber von den Eindringlingen war nichts zu hören oder zu sehen. Direkt unterhalb der Brücke trennten sie sich. Zavala ging nach vorn, um den Wachhabenden zu warnen. Austin weckte den Kapitän, der in seiner Kabine unter dem Ruderhaus schlief, und fasste den Stand der Dinge kurz zusammen. Dann schlug er ihm vor, unten bei den anderen in Deckung zu gehen.

Kapitän Joe Phelan war Mitte fünfzig und ein raubeiniger, abgehärteter NUMA-Veteran. Austins Vorschlag war ihm lediglich ein wütendes Knurren wert.

»Ich war dabei, als die *Nereus* auf Kiel gelegt wurde«, meinte er empört. Seine nussbraunen Augen blitzten. »Dreißig Jahre habe ich darauf gewartet, das Ruder eines solchen Schiffs zu übernehmen. Ich will verdammt sein, wenn ich mich in irgendeinem Schrank verstecke, während diese Kerle mir mein Kommando klauen.«

Phelan konnte die *Nereus* wie einen Balletttänzer über die Wogen gleiten lassen, aber Austin war sich nicht sicher, wie er sich im Nahkampf halten würde, der ihnen womöglich bevorstand. Andererseits könnte es mittlerweile ziemlich riskant für den Kapitän sein, bis nach unten zur Bugsektion zu gelangen. Die Angreifer hatten sich vielleicht schon über das ganze Schiff verteilt.

Phelan zog den Reißverschluss seines Marineoveralls zu und nahm eine Repetierschrotflinte von ihrer Wandhalterung.

»Bloß eine 410er«, meinte er entschuldigend. »Man weiß ja nie, ob man nicht eine Meuterei niederschlagen muss.« Austins spöttisches Stirnrunzeln ließ ihn kichern. »Manchmal schieße ich von Deck aus auf Tontauben.«

»Diesmal werden die Tontauben zurückschießen«, sagte Austin mit grimmiger Entschlossenheit.

Phelan holte zwei Schachteln Schrotpatronen hervor und steckte sie zusammen mit dem Holzkasten, den Austin bei sich getragen hatte, in eine Segeltuchtasche. Dann eilten sie nach oben zur Brücke.

Bevor sie das Ruderhaus betraten, stieß Austin eine geflüsterte Warnung aus: »Joe, wir sind's.«

Er beglückwünschte sich zu dieser Vorsichtsmaßnahme, denn als sie die Tür erreichten, schauten sie in die Mündung einer Leuchtpistole.

Zavala ließ die Waffe sinken. »Mike sendet SOS.«

Der junge Kollege, mit dem Austin zuvor Kaffee getrunken hatte, kam aus der Funkbaracke ins Ruderhaus. »Das Signal steht auf automatischer Wiederholung und wird so lange gesendet, bis jemand es ausschaltet.«

Austin hatte wenig Hoffnung, dass die Kavallerie zu ihrer Rettung herbeigaloppieren würde. Das Schiff befand sich viele Meilen von jeglicher Zivilisation entfernt. Sie würden ohne Hilfe von außen zurechtkommen müssen.

»Schätze, die nächste Zeit wird wohl kaum langweilig werden«, sagte Austin zu dem Wachhabenden, der ihn mit weit aufgerissenen Augen anstarrte.

»*Allerdings.* Was soll ich machen?«

»Es ist jetzt zu spät, um sich noch nach unten zu den anderen zu gesellen, also werde ich dir hier etwas zu tun geben. Klettere auf das Dach der Brücke, von wo aus du das ganze Schiff überblicken kannst. Käpt'n, ich möchte, dass Sie die *Nereus* auf mein Signal hin taghell erleuchten, ohne dass hier auf der Brücke das Licht angeht.«

Phelan nickte wortlos, ging zu einem Schaltpult und legte die Hand auf eine Reihe von Knöpfen. Austin und Mike gingen nach steuerbord, während Zavala auf der Backbordseite Position bezog.

»Wenn das Licht angeht, zählst du alle Fremden in Sichtweite und merkst dir ihre Position«, sagte Austin, als Mike die Leiter zum Brückendach erklomm. »Wir machen hier unten das Gleiche. Denk dran, den Kopf unten zu behalten.«

Sobald alle bereit waren, gab Austin dem Kapitän das vereinbarte Signal.

»Los geht's, Skipper.«

Das Schiff war in voller Länge mit Scheinwerfern ausgestattet, damit die Besatzung und die Wissenschaftler bei Tag und Nacht gleichermaßen gut arbeiten konnten. Phelans Finger tanzten über die Konsole. Von einem Moment auf den nächsten flammte die *Nereus* auf wie ein karibisches Kreuzfahrtschiff. Jedes Deck wurde von vorn bis achtern in Helligkeit getaucht.

Zwei Decks unter ihnen sah Austin drei Gestalten vor Schreck erstarren und dann wie aufgescheuchte Küchenschaben in Deckung huschen.

»Aus!«, rief er.

Das Licht erlosch.

»Ich habe drei Kerle auf dem Dach der U-Boot-Garage gesehen«, sagte Mike. »Sie sind in unsere Richtung unterwegs. Vorn war keiner.«

»Leg dich flach auf den Bauch, und bleib vorerst da oben.« Austin trat ins Ruderhaus. Auch Zavala kam von der anderen Seite zurück.

»Auf meiner Seite waren drei Männer, drei Decks unterhalb. Angezogen wie Ninjas.«

»Bei mir auch. Mike hat drei gesehen, die sich von achtern nähern. Macht insgesamt neun. Soweit wir wissen. Käpt'n, kann Joe sich Ihre Schrotflinte ausleihen? Er hat ein wenig mehr Erfahrung mit, äh, Tontauben.«

Der Kapitän wusste, dass es einen großen Unterschied bedeutete, ob man auf tönerne Ziele oder auf Menschen schoss. Er reichte Zavala die Waffe. »Ist entsichert«, sagte er ruhig. Auf Vorschlag von Austin zog er sich in den Funkraum zurück, so dass er nicht in die Schusslinie geraten konnte.

Austin und Zavala standen Rücken an Rücken in der Mitte des dunklen Ruderhauses und richteten ihre Waffen auf die offenen Türen zu beiden Seiten. Sie mussten nur wenige Minuten warten, dann hatten die ungebetenen Gäste sie erreicht.

9

An Steuerbord erschienen zwei Silhouetten in der Türöffnung und zeichneten sich schwach vor der blauen Finsternis ab. Sie standen hintereinander und unternahmen nicht einmal den Versuch, in Deckung zu gehen. Das war ein tödlicher Fehler. Austin nutzte die Gelegenheit, nahm den vorderen Mann ins Visier und drückte ab. Das Donnern der Bowen ließ die Scheiben des Ruderhauses klirren. Das schwere 50er-Projektil zerschmetterte das Brustbein des ersten Angreifers, durchdrang den gesamten Körper, trat am Rücken wieder aus und zerfetzte das Herz der zweiten Gestalt. Die Wucht des Aufpralls schleuderte die Eindringlinge zurück und ließ sie über das Geländer stürzen.

Die Schrotflinte dröhnte auf. Mit klingelnden Ohren fuhr Austin herum und sah durch die Wolke aus Pulverdampf, dass ein weiterer Angreifer soeben mutig durch die Backbordtür eindrang. Zavalas Schuss hatte sein Ziel verfehlt und stattdessen in Kopfhöhe ein großes Stück Holz aus dem Türpfosten gerissen. Hastig lud Zavala die Waffe durch und feuerte erneut. Diesmal traf er ins Schwarze. Der Mann schrie auf, taumelte zurück und schaffte es noch, einen kurzen, ungezielten Feuerstoß aus seiner Maschinenpistole abzugeben. Alle Kugeln gingen fehl – bis auf eine.

Das Geschoss streifte Austins Rippen und drang durch das Fleisch unterhalb seiner linken Achselhöhle. Es fühlte sich an wie ein Peitschenhieb mit rot glühendem Stacheldraht.

Zavala schüttelte verärgert den Kopf und bemerkte nicht, dass Austin sich auf ein Knie sinken ließ. »Ich habe direkt auf ihn gezielt«, sagte Joe ungläubig. »Und das aus kürzester Entfernung. Ich konnte ihn gar nicht verfehlen.«

Der Kapitän kam aus dem Funkraum und schlug wütend mit der Faust in die Handfläche.

»*Mist!* Ich habe vergessen, Ihnen zu sagen, dass die alte Knarre nach rechts zieht. Sie müssen immer ein kleines Stück links zielen.«

Zavala drehte sich um und sah Austin dort knien. »Kurt«, fragte er beunruhigt, »alles in Ordnung?«

»Es ging mir schon mal besser«, erwiderte Austin und biss die Zähne zusammen.

Die vielen Jahre auf See hatten Kapitän Phelan gelehrt, prompt auf jegliche Art von Notfall reagieren zu können. Er holte einen Verbandskasten und legte Austin eine Kompresse an, um die Blutung zu stoppen. Zavala hielt unterdessen Wache und wechselte fortwährend zwischen den beiden Türen hin und her.

»Heute scheint Ihr Glückstag zu sein«, sagte der Kapitän und fertigte eine behelfsmäßige Schlinge an. »Das ging knapp am Knochen vorbei.«

»Wie schade, dass ich gerade keine Gelegenheit habe, ein Lotterielos zu kaufen.« Phelan half Austin wieder auf die Beine. »Ich habe zwei mit einem Schuss erledigt. Leider sind ihre Waffen mit ihnen nach unten gefallen.«

»Ich hatte weniger Glück«, sagte Zavala mürrisch. »Wie's aussieht, habe ich den Kerl bloß verwundet.«

»Ich vermute, dass die Leute geglaubt haben, sie würden uns im Schlaf und unbewaffnet überraschen. Deshalb sind sie so unvorsichtig gewesen. Das wird nicht noch einmal passieren. Beim nächsten Mal werden sie uns testen und uns zum Schießen verleiten wollen, um zu sehen, was wir aufbieten können. Sie werden sehr schnell feststellen, dass das Schiff größtenteils verlassen ist, und dann werden sie all ihre Kräfte auf die Brücke konzentrieren. Zu diesem Zeitpunkt sollten wir besser von hier verschwunden sein.«

»Wir können uns durch die Belüftungsschächte absetzen«, schlug der Kapitän vor. »Die kenne ich besser als meine Westentasche.«

»Gute Idee. Unsere Guerilla-Operation wird weitaus effektiver verlaufen, wenn wir an unerwarteter Stelle zuschlagen können. Seid vorsichtig, diese Typen sind gefährlich, wenngleich nicht unbesiegbar. Sie haben gepatzt und Nina gleich zweimal entkommen lassen. Gerade eben sind sie ein bisschen zu übereifrig gewesen und haben teuer dafür bezahlt. Wie man sieht, machen sie Fehler.«

»Wir aber auch«, sagte Zavala.

»Mit einem Unterschied. *Wir* können uns keine Fehler erlauben.«

Sie schlossen und verriegelten die Türen zum Ruderhaus und gingen in den Funkraum. Das SOS wurde weiterhin ziellos in die Nacht gesendet. Austin fragte sich, wer es wohl auffangen und wie derjenige darauf reagieren würde. Er blieb stehen und streckte den unverletzten Arm mit der Bowen aus. Das Gewicht war zu viel für eine Hand, und der Revolver schwankte hin und her.

»Ich kann nicht richtig zielen. Nimm du sie.«

Er reichte die Waffe an Zavala weiter, der sich zunächst die Leuchtpistole in den Hosenbund steckte, dann dem Kapitän die Schrotflinte überließ und ihn bat, die Tür im Auge zu behalten. »Denken Sie dran, sie zieht nach rechts.« Er wog die Bowen in der Hand. »Zwei auf einen Streich. Guter Schuss. Mit den vier übrigen Patronen können wir also noch acht weitere Kerle umlegen.«

»Das schaffen wir sogar mit nur *einem* Schuss, sofern sie sich alle in einer Reihe aufstellen, aber davon würde ich nicht unbedingt ausgehen«, sagte Austin. Er nahm den schmalen dunklen Holzkasten, den er aus seinem Gepäck hervorgeholt hatte. »Es ist noch nicht alles verloren. Wir haben immerhin die Mantons.«

Zavalas Mundwinkel zuckten. »Die armen Hunde werden gegen deine einschüssigen Duellpistolen nicht den Hauch einer Chance haben«, bemerkte er sarkastisch.

»Normalerweise würde ich dir vielleicht zustimmen, aber das hier sind nicht *irgendwelche* Duellpistolen.«

Das Innere des Kastens war gepolstert und mit grünem Stoff ausgeschlagen. Die beiden zusammengehörigen Steinschlosspistolen lagen in passenden Aussparungen. Die schimmernden brünierten Läufe waren achteckig, und die auf Hochglanz polierten Griffstücke waren geformt wie das obere Ende eines Spazierstocks.

Während des kurzen Aufenthalts in London hatte Austin ein Antiquitätengeschäft in der Brompton Street aufgesucht, in dem er schon häufiger fündig geworden war. Die beiden Pistolen seien Teil einer Konkursmasse gewesen, sagte der Besitzer des Ladens, ein älterer Mann namens Mr. Slocum. Austin hätte den Hersteller der Waffen anhand der erstklassigen Verarbeitung und des Fehlens jeglicher Verzierungen sofort erkannt, auch ohne das Schild der Firma Joseph Manton im Innern des Kastens. Im achtzehnten Jahrhundert waren Manton und sein Bruder John die namhaftesten Büchsenmacher Englands gewesen, wo ohnehin die besten Duellpistolen angefertigt wurden. Manton-Pistolen waren so gut wie nie verziert, besaßen aber umso mehr von dem, was bei Ehrenhändeln wirklich von Bedeutung war: mechanische Präzision. Als Austin den astronomischen Preis hörte, zuckte er zusammen.

»Ich habe bereits Mantons in meiner Sammlung«, sagte er.

Slocum ließ sich nicht so leicht beirren. »Ich darf darauf hinweisen, dass diese hier von Mr. Manton nach Maß gefertigt wurden«, sagte er und benutzte die Höflichkeitsanrede, als wäre der Waffenschmied noch immer am Leben. »Das hier sind genau die passenden Waffen für einen regelrechten *Halunken.*« Austin fühlte sich nicht beleidigt, denn er verstand nur allzu deutlich, was Slocum damit sagen wollte: dass nämlich die Pistolen eine eingebaute Versicherung besaßen. Austin bediente sich einer kreativen Mischung aus Reiseschecks und seiner American-Express-Karte und verließ den Laden als neuer Besitzer der beiden Waffen.

Als Austin seine Errungenschaft zum ersten Mal stolz präsentierte, streckte Zavala den Arm mit der Pistole aus und sagte: »Der Lauf ist zu schwer.«

»Mit Absicht«, hatte Austin ihm erklärt. »Büchsenmacher wie Manton wussten, dass man ganz schön nervös werden kann, wenn man in eine Mündung vom Kaliber .59 blickt. Die Duellanten neigten dazu, nach oben zu verreißen. Also wurde der Lauf schwerer gemacht, um ihren Arm unten zu halten. Der geriffelte Griff und der Abzugsdorn für den Mittelfinger sorgten für sicheren Halt.«

»Wie zielsicher ist dieses Ding?«

»Duelle sollten eigentlich durch Glück entschieden werden. Langes Zielen oder gezogene Läufe galten als unsportlich. Sogar als vorsätzlicher Mord.« Er nahm die andere Pistole aus dem Kasten. »Diese hier hat ›unsichtbare Züge‹. Manton hat sie so gefertigt, dass die Rillen einige Zentimeter vor der Mündung aufhören. Wenn man in den Lauf schaut, kann man die Züge nicht erkennen, aber sie verleihen dem Schützen den entscheidenden kleinen Vorteil. Auf eine Entfernung von drei bis fünf Metern dürfte ein Schnellschuss genau ins Ziel treffen.«

Jetzt im Funkraum hob Austin in einer schnellen Bewegung den Arm mit der Pistole und visierte entlang des fünfundzwanzig Zentimeter langen Laufs ein imaginäres Ziel an, als wäre die Waffe eine natürliche Verlängerung seiner Hand. »Genau das Richtige für einen Einarmigen.«

Schon zu einem früheren Zeitpunkt hatte er Zavala eine kurze Einweisung in den Ladevorgang der Waffen gegeben, so dass Joe über das Prinzip Bescheid wusste, auch wenn es ihm an praktischer Erfahrung mangelte. Die flache, birnenförmige Pulverflasche verfügte über einen per Feder zu öffnenden Verschluss, der die exakte Menge einer Ladung abmaß. Problemlos stopfte Zavala die schwere Bleikugel in den Lauf, aber dann schüttete er zu viel Pulver auf die Zündpfanne. Bei der zweiten Pistole benötigte er nur die Hälfte der Zeit und arbeitete bereits sehr viel sauberer. Austin lobte ihn, er würde bei einem Duell einen ausgezeichneten Sekundanten abgeben. Dann verstaute Kurt die erste Pistole in seiner Armschlinge und nahm die andere in die rechte Hand.

Sie beschlossen, dass es zu gefährlich sein würde, zurück ins Ruderhaus zu gehen, also begaben sie sich stattdessen in den Kartenraum, und der Kapitän öffnete langsam die hintere Tür, die nach draußen führte. Mit der Bowen in der Hand spähte Zavala vorsichtig durch den Spalt. Nichts zu sehen. Sie glitten in die Nacht hinaus.

Austin setzte sich leise mit Mike in Verbindung und wies ihn an, flach auf dem Bauch liegen zu bleiben. Dann schlug er vor, sie sollten über die Außenleitern nach unten klettern und sich in Richtung auf das Heck vorarbeiten, um die Angreifer vom Versteck der anderen abzulenken. Er und der Kapitän stiegen vorsichtig an Steuerbord nach unten, während Zavala die Backbordseite übernahm. Sie trafen sich auf dem Deck, das in das flache Dach der wissenschaftlichen Lagerräume überging. Diese Erweiterung der Brückenaufbauten war drei Decks hoch und erstreckte sich beinahe über die vollen fünfzehn Meter Breite des Schiffs. Das Dach diente außerdem als Parkfläche für die Schlauchboote.

Vorhin hatten sich drei der Angreifer auf diesem Dach befunden. Austin starrte ins Dunkel und kam zu dem Schluss, dass die Stelle sich hervorragend für einen Hinterhalt eignete. Er befürchtete, die Eindringlinge könnten mit Nachtsichtgeräten ausgerüstet sein. Das Dach war und blieb ein riskanter Ort, selbst wenn sie nicht nur über eine so lächerlich schwache Bewaffnung verfügt hätten.

»Kennst du irgendwelche Beleidigungen auf Spanisch?«, flüsterte er Zavala zu.

»Machst du Witze? Mein Vater stammt aus Morales.«

»Wir brauchen etwas, das heftig genug ist, um unsere Besucher aus ihrem Versteck zu locken.«

Zavala dachte kurz nach, legte die Hände an den Mund und

ließ einen spanischen Wortschwall los. Das einzige Wort, das Austin erkannte, war *madre*; es kam mehrmals vor. Nichts passierte.

»Das verstehe ich nicht«, sagte Zavala. »Normalerweise fahren Latinos aus der Haut, wenn man ihrer Mutter zu nahe tritt. Vielleicht sollte ich es mal mit ihren Schwestern versuchen.«

Er rief einige weitere Schmähungen in die Dunkelheit, diesmal lauter und mit deutlich höhnischerem Unterton. Das letzte Wort war kaum verklungen, da traten zwei Gestalten hinter den Schlauchbooten hervor und bestrichen das Deck mit Dauerfeuer. Austin, Zavala und der Kapitän kauerten hinter einer großen Winde. Plötzlich hörten die Schüsse auf. Die Angreifer hatten ihre Magazine geleert.

»Ich schätze, sie haben es irgendwie in den falschen Hals bekommen«, sagte Austin.

»Vermutlich ist mein mexikanischer Akzent daran schuld. Was meinst du? AK-74er?« Das AK-74 war eine überarbeitete Version des Lieblingssturmgewehrs aller Terroristen, des ehrwürdigen AK-47.

»Ja, das denke ich auch. Der Klang ist wohl ziemlich unverkennbar …«

Seine Worte gingen im hässlichen Knattern der Geschossgarben unter. Querschläger heulten durch die Luft. Die Kadenz dieser Waffen lag bei 650 Schuss pro Minute. Wiederum hörte das Feuer abrupt auf.

Austin und Zavala nutzten die Unterbrechung und standen auf, weil sie sich einen Platz mit besserem Schussfeld suchen wollten. Da rief der Kapitän:

»Hinter Ihnen!«

Die beiden Männer wirbelten herum, während gleichzeitig ein Schatten sich lautlos vom oberen Deck hinabgleiten ließ. Austin sah ihn als Erster. Sein rechter Arm hob sich in einer flüssigen Bewegung, dann drückte er ab. Es gab eine kurze Verzögerung, während derer die Funken des Feuersteins das Pulver in der

Zündpfanne entflammten. Es schien Stunden zu dauern, aber dann spie die Pistole wie das Maul eines Drachen eine donnernde Flammenzunge aus. Der Mann machte einen Schritt nach vorn und brach zusammen. Seine Waffe fiel klappernd aufs Deck.

Im ersten Moment wollte Zavala die Waffe holen. Dann entschied er sich dagegen. Es war zu riskant; der Mündungsblitz hatte ihre Position verraten. Austin und der Kapitän eilten zur nächstgelegenen Treppe und hinunter auf das nächste Deck. Zavala gab ihnen Rückendeckung.

Plötzlich befanden sie sich mitten im Kreuzfeuer. Sie wollten sich ducken. Zu spät. Der Kapitän schrie auf, griff sich an den Kopf und stürzte zu Boden. Zavala schnappte seinen Arm und zerrte ihn in Deckung. Noch mehr Schüsse. Auch Zavala fiel um; eine Kugel hatte seine linke Hinterbacke durchschlagen.

Sie lehnten an der Außenwand der wissenschaftlichen Abteilung. Austin öffnete ein Schott. Ohne lange zu überprüfen, ob der Raum dahinter sicher war, packte er den Kapitän am Kragen und zog ihn nach drinnen. Zavala folgte ihm auf allen vieren. Ein Bein schleifte kraftlos über den Boden, aber mit ein wenig Hilfe schaffte es auch Joe durch die Türöffnung.

Austin verriegelte die Tür und schaute sich um. Sie befanden sich in einem der Nasslabors, die ihren Namen den großen Tanks und dem fließenden Seewasser verdankten. Er kannte den Raum genau und holte aus einem der Vorratsschränke erst eine Taschenlampe und dann einen Verbandskasten hervor.

Er untersuchte Zavalas Wunde und atmete erleichtert auf, denn die Kugel hatte das Fleisch glatt durchschlagen. Während Austin die Wunde verband, was sich mit nur einer Hand als gar nicht so einfach herausstellte, hielt Zavala die Bowen auf die Tür gerichtet, durch die sie den Raum soeben betreten hatten.

»Wie schlimm ist es?«, fragte er schließlich.

»Du wirst eine Weile nicht gern sitzen wollen, und vielleicht wirst du auch erklären müssen, dass die Kugel dich nicht in heilloser Flucht erwischt hat, aber ansonsten ist alles in Ordnung. Ich glaube nicht, dass die gewusst haben, wo wir waren. Sie haben einfach aufs Geratewohl geschossen.«

Zavala warf einen Blick auf Austins Schlinge und dann auf die reglose Gestalt des Kapitäns. »Hoffentlich bin ich nicht in der Nähe, wenn diese Kerle Gelegenheit zum Zielen bekommen.«

Austin untersuchte den Kopf des Kapitäns. Das kurz geschorene graubraune Haar war blutdurchtränkt, aber es schien sich lediglich um einen Streifschuss zu handeln. Als Austin die Verletzung desinfizierte, stöhnte der Kapitän auf.

»Wie geht es Ihnen?«, fragte Austin.

»Ich habe einen mörderischen Brummschädel, und ich kann kaum die Hand vor Augen erkennen.«

»Betrachten Sie es als schweren Kater, allerdings ohne den Geschmack von Alkohol auf der Zunge«, riet Kurt.

Nachdem er die Arbeit beendet hatte, musterte Austin seine blutbefleckten Kameraden und schüttelte den Kopf. »So viel zum Guerillakrieg.«

»Es tut mir Leid, dass ich die Schrotflinte verloren habe«, sagte der Kapitän.

»Das sollte es auch«, sagte Zavala. »Die hätte eine prima Krücke für mich abgegeben.« Er schaute sich um. »Seht ihr hier drinnen irgendetwas, womit wir eine Atombombe basteln könnten?«

Austin überprüfte die Regale voller Chemikalien und nahm schließlich eine leere Flasche in die Hand. »Vielleicht können wir hiermit Molotowcocktails herstellen.« Er schaute kurz zu der Tür, die nach draußen führte: »Hier können wir nicht bleiben. Sobald sie die Blutspur entdecken, werden sie erkennen, was mit uns los ist.«

Austin half seinem Partner in den nächsten Raum, die hohe Garage, in der sich das U-Boot befand, wenn es nicht in den Tiefen des Ozeans unterwegs war.

»Was ist denn nun mit diesen Molotowcocktails?«, fragte Zavala.

Austins Mund verzog sich zu einem verkniffenen und wenig freundlichen Lächeln, und seine Augen, deren Farbe von Korallenblau zu Ultramarin gewechselt hatte, funkelten wütend. Bei aller Witzelei wussten er und Zavala ganz genau, dass Nina und die anderen an Bord so gut wie tot waren, falls sie versagten. Die Leute unten im Bugraum würden gefunden werden, und dann würden diese schwarz gekleideten Killer sie mit der gleichen Kaltblütigkeit umbringen, mit der sie die archäologische Expedition vom Antlitz der Erde gewischt hatten. Austin schwor sich, dies keinesfalls zuzulassen, solange er noch in der Lage war, einen Finger zu rühren.

»Vergiss die Cocktails«, sagte er mit kalter Wut in der Stimme. »Ich habe eine bessere Idee.«

10

Austin lehnte an der Metallhaut des U-Boots und erläuterte seinen Plan. Die Bullaugen des Fahrzeugs starrten ihn regungslos an. Zavala saß auf dem Rand eines Wasserschlittens, um sein verwundetes Gesäß zu schonen, und nickte beifällig.

»Eine klassische Kurt-Austin-Taktik, die auf sekundengenauem Timing, unbestätigten Vermutungen und jeder Menge Glück basiert. Angesichts der Tatsache, dass wir momentan mit dem Rücken zur Wand stehen, würde ich sagen, wir sollten es versuchen.«

Zavala grinste, und der Kapitän schüttelte den Kopf. Dieser Kerl würde beim ersten kräftigen Schubs umfallen, aber er führte sich auf, als hielte die Fünfte Kavalleriedivision ihm den Rücken frei. Wie er so dastand, mit dem Knauf der Duellpistole, der aus seiner blutdurchtränkten Armschlinge ragte, hätte der silberhaarige Austin gut und gern als Hollywood-Pirat in einem Errol-Flynn-Film durchgehen können. Phelan kam zu dem Schluss, dass er sich glücklich schätzen konnte, diese beiden Wahnsinnigen auf *seiner* Seite zu haben, wenn er schon unter solch lausigen Bedingungen um sein Schiff kämpfen musste.

Nachdem ihre Strategiebesprechung beendet war, krochen sie durch eine Tür in der Rückwand des Raums, die von der U-Boot-Garage aufs Achterdeck führte. Unmittelbar hinter den turmhohen Aufbauten der wissenschaftlichen Lagerräume hatte man zwei mobile Wohncontainer auf Deck vertäut, die als zusätzliche Laboratorien genutzt wurden. Die drei Männer schlichen sich um die Container herum und quer über das Deck, bis sie sich am äußersten Ende des Schiffs befanden. Über ihnen erhoben sich die massiven Holme des Achterkrans, mit dem das Unterseeboot zu Wasser gelassen und wieder nach oben gehievt wurde.

Das Deck schien menschenleer zu sein, aber Austin wusste, dass sie nicht allzu lange allein bleiben würden. Genau genommen *hoffte* er regelrecht auf fremde Gesellschaft.

»Was soll ich tun?«, fragte der Kapitän.

Es tat Austin Leid, dass er je an den Fähigkeiten dieses tapferen alten Seebären gezweifelt hatte.

»Sie sind der Einzige von uns, der noch über zwei gesunde Arme und Beine verfügt. Da es in dieser Phase der Operation vornehmlich auf Knochenarbeit ankommt, bleibt leider alles an Ihnen hängen.«

Unter Austins einarmiger Anleitung schleppte der Kapitän aus einem Lagerraum vier der Benzinkanister, mit denen die Schlauchboote betankt wurden. Auf ungefähr halbem Weg zwischen Kran und Laborcontainern stellte er sie dann in gleichmäßigem Abstand nebeneinander auf, so dass die Reihe quer über das Deck verlief. Jeder der formgepressten roten Polyäthylenkanister fasste fünfunddreißig Liter.

Nach dieser Anstrengung war dem Kapitän schwindlig, und er musste sich ausruhen. Austin, der infolge des Blutverlusts ebenfalls ziemlich benommen war, konnte es ihm nicht verübeln. Zavala hatte ein kurzes Holzpaddel aufgetrieben, das ihm als Krückstock diente, und humpelte wie Long John Silver über das Deck. Er behauptete, es ginge ihm gut, aber er musste die Zähne zusammenbeißen, als er sich auf der Kabeltrommel einer Winde niederließ.

»Ich schätze, in der nächsten Zeit wird keiner von uns zum Blutspenden gehen«, sagte Austin. »Wir sollten besser so schnell wie möglich weitermachen, bevor wir noch alle umkippen. Es ist unbedingt erforderlich, dass wir die Kerle zu uns herlocken.«

»Ich kann es ja noch einmal mit spanischen Grüßen versuchen. Letztes Mal hat's funktioniert.«

Austin musste daran denken, welch heftige Reaktion Zavalas Beleidigungen auf dem Oberdeck hervorgerufen hatten. »Leg los«, sagte er.

Zavala holte tief Luft und ließ dann mit brüllend lauter Stimme eine Schimpfkanonade vom Stapel, die den guten Ruf der Familien seiner Zuhörer auf jede erdenkliche Weise in Zweifel zog. Väter, Brüder und Schwestern wurden gleichermaßen mit zahlreichen phantasievollen Perversionen in Verbindung gebracht. Austin verstand kein Wort von dem, was sein Freund da sagte, aber der sarkastisch stichelnde Tonfall machte unmissverständlich klar, worum es im Wesentlichen ging.

Während Zavala den Köder auswarf, packte Austin einen der Deckschläuche und signalisierte dem Kapitän, er möge den dazugehörigen Wasserhahn aufdrehen. Der Schlauch ruckte plötzlich, als wäre er lebendig. Austin ging quer über das Deck und schwenkte dabei die Tülle hin und her.

Das Geräusch des Wassers, das prasselnd aufs Deck traf, wurde von Zavalas Beschimpfungen mühelos übertönt. Mit einiger Anstrengung konnte Austin im Schein des Mondes erkennen, wie eine weiß schäumende Pfütze entstand und sich immer weiter ausbreitete. Er ließ sie fast bis zu den Benzinkanistern vordringen.

Leider verfehlten Zavalas Beleidigungen diesmal ihre eindrucksvolle Wirkung. Nach den jüngsten Erfahrungen war der Feind misstrauisch geworden. Austin wurde ungeduldig. Er zog die Duellpistole aus der Schlinge, richtete sie himmelwärts und drückte ab. Falls sein Plan fehlschlug, kam es auf diese eine Kugel auch nicht mehr an. Der Trick funktionierte. Kurz nach dem donnernden Schuss schälten sich einige dunkle Gestalten aus den Schatten rund um die Laborcontainer und bewegten sich langsam auf die Gruppe zu. Im fahlen Mondlicht wirkten sie beinahe wie Gespenster.

Erneut durchzuckte Austin die Befürchtung, die Männer könnten über Nachtsichtgeräte verfügen, aber er verdrängte den Gedanken sogleich wieder. Die Fremden bewegten sich jetzt vorsichtiger als während der letzten Angriffe, aber sie schienen weiterhin fest entschlossen zu sein, ihren Auftrag zu erfüllen. Nach Austins Schätzung konnte es nur noch wenige Sekunden dauern, bis starke Taschenlampen aufblitzen und tödliche Geschossgarben über das Deck fegen würden.

Die Pfütze endete dicht vor den Kanistern.

Rote Lichtpunkte glommen in der Finsternis. Sie stammten von Laserzielgeräten, mit deren Hilfe die Schützen unfehlbar treffsicher wurden.

Austin gab Zavala das vereinbarte Signal.

»Jetzt!«

Zavala saß mitten auf dem Deck, um seine Verletzung zu schonen. Sein Blick ruhte auf der kaum sichtbaren Schaumlinie, die das Ende der vordringenden Wasserlache markierte. Er hob mit beiden Händen den Bowen-Revolver, zielte auf den Kanister ganz rechts außen und drückte ab.

Die Waffe donnerte wie eine Miniaturhaubitze. Der Kanister zerplatzte, und eine Benzinfontäne klatschte auf das Deck. Er feuerte noch drei weitere Male. Drei weitere Kanister wurden in Stücke gerissen. Die hundertvierzig Liter Benzin breiteten sich zu einer großen Pfütze aus.

Austin wies den Kapitän an, den Schlauch aufzudrehen. Das Benzin schwamm auf der Oberfläche des vordringenden Wassers voran und umspülte die lang ausgestreckten Körper der Angreifer, die sich beim ersten Schuss aus Austins überdimensionierter Pistole flach auf den Boden geworfen hatten. Sie standen auf, und falls ihnen bewusst wurde, wie gefährlich es war, in benzingetränkter Kleidung mitten in einer Treibstofflache zu stehen, war es zu spät, um irgendetwas daran ändern zu können. Es bedurfte lediglich noch eines Funkens, um das Deck in ein Inferno zu verwandeln, und Zavala war nur zu gern bereit, auch diesen Teil der Aufgabe zu übernehmen.

Er legte die leere Bowen beiseite und nahm die Leuchtpistole. Austin hatte die Angreifer im Auge behalten.

»Jetzt!«, schrie er abermals.

Zavala drückte ab. Das glühende Projektil schoss im steilen Winkel nach unten und hüpfte zischend und phosphoreszierend über den Boden. Das Deck ging schlagartig in Flammen auf, und Joe riss zum Schutz vor der heißen Druckwelle den Arm vors Gesicht.

Eine gelbe Flammenwand raste auf die schwarz gekleideten Gestalten zu. Als die brennbare Flüssigkeit, in der sie standen, wie eine Napalmbombe explodierte, wurden die Angreifer urplötzlich aus der Dunkelheit gerissen. Das Feuer griff sofort auf die benzingetränkte Kleidung über und verwandelte die Männer in lodernde Fackeln. Die starke Hitze saugte ihnen die Luft aus den Lungen. Bevor sie auch nur einen weiteren Schritt tun konnten, brachen sie auf dem Deck zusammen. Aus der sich aufblähenden schwarzen Rauchwolke peitschten ziellose Geschossgarben in alle Richtungen.

Diese gefährliche Nebenwirkung seines Plans hatte Austin nicht bedacht. Er brüllte dem Kapitän zu, umgehend Deckung zu suchen, dann half er Zavala. Gemeinsam kauerten sie sich hinter die Trommel der Winde, bis die Schüsse aufhörten.

Das Feuer brauchte das ganze Benzin auf und erlosch beinahe genauso schnell, wie es aufgelodert war. Austin wies Zavala und den Kapitän an, sich nicht von der Stelle zu rühren, und stand auf. Auf dem Deck lagen fünf verkrümmte, qualmende Leichen.

»Alles in Ordnung?«, fragte Zavala.

»Ja. Die hier werden bestimmt keins unserer Barbecues mehr besuchen.«

»Pass auf, Kurt, *einer* ist auf jeden Fall noch übrig«, rief Zavala ihm zu.

Austin griff instinktiv nach seiner Schlinge, aber er hatte die nutzlose Duellpistole liegen gelassen. Ein Stück vor ihm befand sich ein Kran, und in diesem Augenblick löste sich ein Schatten aus seinem Versteck hinter dem Sockel der Maschine. Kurt erstarrte vor Schreck. Er stand mitten im Freien. Die Bowen war leer. Er war so gut wie tot. Jeden Moment musste der tödliche Feuerstoss ihn zu Boden werfen. Im Schein der letzten Flammen, die noch über die Wasseroberfläche züngelten, gab er ein perfektes Ziel ab. Zavala und der Kapitän würden als Nächste dran sein.

Nichts passierte. Die Gestalt rannte von ihm weg zur Steuerbordseite, wo Austin die ersten Enterhaken entdeckt hatte.

Zuerst wollte Austin dem Mann folgen, aber dann verwarf er den Gedanken. Er war unbewaffnet, verwundet und völlig erschöpft. Also blieb er hilflos stehen und hörte, wie ein Außenbordmotor stotternd zum Leben erwachte. Er wartete, bis das Motorengeräusch in der Ferne verklungen war. Dann ging er zurück zu Zavala und dem Kapitän.

»Ich schätze, das war der Letzte«, sagte Zavala.

»Ja, stimmt wohl.« Erleichtert atmete Austin tief durch. Er wollte sich hinlegen und schlafen, aber vorher musste er noch etwas erledigen. Mike befand sich nach wie vor auf dem Dach der Brücke, und die Besatzungsmitglieder waren noch immer mit den Wissenschaftlern im Bugraum verbarrikadiert.

»Ihr wartet hier. Ich sage den anderen Bescheid, dass sie wieder an die frische Luft dürfen.«

Er ging an den verkohlten Leichen vorbei und machte sich auf den Weg zur Bugsektion. Austin war kein kaltblütiger Mensch, aber er sparte sich sein Mitgefühl für diejenigen auf, die es wirklich nötig hatten. Noch vor wenigen Minuten wollten die Männer, die jetzt als qualmende Aschehaufen vor ihm lagen, ihn selbst samt seinen Freunden und Kollegen ermorden. Das konnte er unter keinen Umständen zulassen. Vor allem nicht wegen Nina, zu der er sich immer stärker hingezogen fühlte. So einfach war das.

Es handelte sich hierbei offenbar um dieselben Männer, denen die archäologische Expedition zum Opfer gefallen war. Sie hatten ihre Aufgabe beenden wollen. Austin und die anderen waren ihnen schlicht und einfach im Weg gewesen. Diesmal konnten die Attentäter aufgehalten werden, aber Austin wusste, dass die Angelegenheit damit noch längst nicht ausgestanden war. Nina Kirov war immer noch am Leben.

11

Indien

Die Monsunstürme, die vom Arabischen Meer über Indien hereinbrechen, regnen sich zum größten Teil über einer Bergregion ab, die als die Westghats bekannt ist. Wenn die feuchten Luftströmungen dann das Hochland von Dekkan im Südosten Indiens erreichen, beträgt die Niederschlagsmenge nur noch bloße dreiundsechzig Zentimeter. Als Professor Arthur Irwin im Eingang der Höhle stand und den dichten Wasservorhang musterte, der aus einem schiefergrauen Himmel hinabstürzte, konnte er nur schwerlich glauben, dass dies angeblich der Regenmenge entsprach, die auch in London üblich war. Bereits dieser Nachmittagsschauer, der sich soeben seinem Ende zuneigte, hätte schon genügt, um das gesamte britische Parlament unter Wasser zu setzen.

Die Höhlenöffnung befand sich in einem steilen Hang oberhalb eines schmalen Tals, das von üppigem Grün erfüllt war. Der dichte Wald südlich des Ganges ist die älteste Region Indiens und galt einst als ein entlegener und gefährlicher Ort, der von bösen Geistern heimgesucht wurde.

Irwin machte sich weniger um die bösen Geister Gedanken als vielmehr um das Wohlergehen und den Verbleib seiner Gruppe. Vor nunmehr sechs Stunden war Professor Mehta gemeinsam mit ihrem wortkargen Führer zum Dorf aufgebrochen. Der Weg dorthin verlief entlang einer schlammigen Straße und über einen kleinen Flusslauf. Zu Fuß benötigte man ungefähr eine Stunde. Irwin hoffte, dass die Brücke nicht von einer plötzlichen Springflut weggerissen worden war. Er seufzte. Man konnte sowieso nichts daran ändern, es blieb ihm nichts anderes übrig, als einfach abzuwarten. Immerhin hatte er jede Menge Vorräte und mehr als genug zu tun. Irwin ging zurück in die Höhle. Er trat unter dem von zwei Säulen gestützten Torbogen hindurch und gelangte in die kühle zentrale Halle oder Kapelle.

Armer Mehta. Das hier war schließlich *seine* Expedition. Damals, bei seinem Anruf, hatte er so aufgeregt geklungen. »Ich brauche für eine kleine Expedition einen Cambridge-Ethnologen mittleren Alters«, hatte er gesagt. »Kannst du nach Indien kommen? Ich zahle.«

»Ist das Indische Museum auf einmal nicht mehr so knauserig?«

»Nein, aber das Museum hat auch gar nichts damit zu tun. Ich erkläre es dir später.«

Die buddhistischen Mönche, die diese Höhle mit Beilen und Spitzhacken aus dem bloßen Felsen gehauen hatten, waren den Worten des Erleuchteten gefolgt. Er hatte seinen Schülern geraten, während der Monsunperiode eine »Regenpause« einzulegen und diese Zeit zur Meditation und für Studien zu nutzen.

Zu beiden Seiten der Kapelle öffneten sich schmale Türöffnungen zu den spartanischen Mönchszellen. Die Steinbänke, auf denen Irwin und seine Begleiter ihre Schlafsäcke ausgebreitet hatten, waren zwar nicht die bequemsten Schlafstätten, aber zumindest waren sie trocken.

Die Form der Haupthalle glich der einer christlichen Basilika.

Das Licht vom Eingang fiel bis ans hintere Ende, wo sich in einer Kirche der Altar befunden hätte. Irwin staunte über die kunstvoll gemeißelten Säulen, auf denen die gewölbte Decke ruhte. Entlang der Wände fanden sich Szenen aus dem Leben Buddhas sowie aus dem höfischen und privaten Bereich, was Irwin weitaus interessanter fand, zeigten diese Malereien doch das Alltagsdasein der Leute und erlaubten somit eine Datierung der Höhle auf ungefähr 500 nach Christus.

Das Hochland von Dekkan war für seine Höhlenklöster berühmt, und soweit man wusste, waren alle entdeckt worden. Dann hatte man dieses hier gefunden, dessen Eingang hinter dichter Vegetation versteckt lag. Bei ihrem ersten Besuch hatten Mehta und Irwin zunächst die Wandmalereien in Augenschein genommen, während ihr Führer weitergeschlendert war. Plötzlich hatte er sie aus einem Nebenraum herbeigerufen.

»Kommen Sie schnell! Ein *Mann*!«

Sie sahen sich kurz an. Beide gingen davon aus, dass der Führer ein Skelett gefunden hatte. Als sie den kühlen dunklen Raum betraten und ihre Taschenlampen auf eine der Ecken richteten, sahen sie eine steinerne Figur von zirka anderthalb Metern Länge. Der Mann saß mit zurückgelehntem Oberkörper und angewinkelten Beinen da, den Kopf zur Seite gerichtet. Auf seinem Bauch hielt er eine flache Schale.

Irwin starrte die Figur eine Weile ungläubig an, ging dann zurück in die Kapelle und setzte sich.

Mehta folgte ihm. »Was ist denn los, Arthur?«

»Diese Figur. Hast du so etwas schon mal gesehen?«

»Nein, aber du offenbar.«

Irwin fummelte nervös an seinem Spitzbart herum. »Vor ein paar Jahren habe ich eine Reise durch Mexiko gemacht und dabei unter anderem die Maya-Ruinen von Chichén Itzá besichtigt. Dort gibt es eine größere Ausführung dieser Figur. Sie wird als *Chac-Mool* bezeichnet. Dieses flache Gefäß in ihren Händen diente dazu, bei Opferritualen das Blut aufzufangen.«

»*Mexiko*«, sagte Mehta wenig überzeugt.

Irwin nickte. »Als ich jetzt auf einmal diese Skulptur hier sah, schien sie sich so völlig außerhalb von Zeit und Raum zu befinden …«

»Natürlich, ich verstehe. Aber vielleicht irrst du dich. Es gibt zwischen den Kulturen dieser Erde vielerlei Ähnlichkeiten.«

»Kann sein. Wir müssen die Figur hier wegschaffen und überprüfen lassen.«

Mehtas bekümmerter Blick wurde noch viel trauriger. »Wir haben mit unserer Arbeit doch noch nicht einmal *angefangen.*«

»Es hindert uns nichts daran, wie geplant fortzufahren, aber das hier ist wichtig.«

»Natürlich, Arthur«, sagte Mehta resigniert und musste daran denken, wie impulsiv Irwin bereits während ihrer gemeinsamen Studienzeit in Cambridge gewesen war.

Sie marschierten zurück zum Dorf, stiegen in ihren Lastwagen und fuhren zu dem nächstgelegenen Ort, der über ein Telefon verfügte. Mehta schlug vor, sie sollten Time-Quest anrufen, die gemeinnützige Stiftung, von der ihre Expedition finanziert wurde, und um weitere Mittel bitten, damit sie den Abtransport des Artefakts bezahlen konnten. Er erklärte, dass mit dieser Art von materieller Unterstützung lediglich eine einzige Bedingung verknüpft sei, nämlich dass Time-Quest von jedem bedeutenden Fund unterrichtet wurde.

Nach einem ausführlichen Gespräch legte Mehta den Hörer auf und lächelte. »Sie sagen, wir können ein paar Dörfler anheuern, aber wir sollen warten, bis jemand mit dem Geld bei uns eingetroffen ist. Ich habe darauf hingewiesen, dass die Monsunzeit unmittelbar bevorsteht. Sie haben gesagt, es würde achtundvierzig Stunden dauern.«

Sie kehrten zur Höhle zurück und machten sich an die fotografische Erfassung und Katalogisierung der Stätte. Zwei Tage darauf brachen Mehta und der Führer zum Dorf auf, um sich mit dem Beauftragten von Time-Quest zu treffen. Dann fing es an zu regnen.

Irwin arbeitete an seinen Aufzeichnungen. Als die anderen bei Einbruch der Dämmerung noch immer nicht eingetroffen waren, kochte er sich Curryreis und Bohnen. Es wurde dunkel, und es sah so aus, als würde er die Nacht allein verbringen müssen. Daher war er angenehm überrascht, als er plötzlich leise Schritte hörte, während er das Geschirr im Quellwasser einer Zisterne abwusch.

»Na endlich, meine Freunde«, sagte er über die Schulter hinweg. »Ich befürchte, das Abendessen habt ihr verpasst, aber vielleicht lasse ich mich ja überreden, noch mehr Reis zu kochen.«

Niemand antwortete. Er drehte sich um und sah unmittelbar außerhalb des Lichtscheins der Lampe eine Gestalt im Halbdunkel stehen. Womöglich einer der Dorfbewohner, den Mehta geschickt hat, dachte Irwin. »Sie haben mich ganz schön erschreckt. Hat Mehta eine Nachricht für mich?«, fragte er.

Schweigend trat die Gestalt einen Schritt nach vorn. In der Hand des Fremden schimmerte etwas Metallenes, und während der letzten schrecklichen Momente seines Lebens begriff Irwin, was mit Mehta und dem Führer geschehen war, wenngleich er den Grund dafür niemals erfuhr.

12

China

»Wie weit ist es noch bis zu der Stelle, Chiang?«

Der drahtige Mann, der an der langen Ruderpinne des Flusskahns stand, hob zwei Finger.

»Zwei Meilen oder zwei *Stunden*?«, fragte Jack Quinn.

Auf dem faltigen Gesicht des Steuermanns machte sich ein zahnlückiges Grinsen breit. Er zuckte mit den Achseln und wies auf sein Ohr. Entweder überstieg die Frage seine mageren Englischkenntnisse, oder er konnte durch den Krach des uralten Envinrude-Außenbordmotors einfach nicht genug hören.

Ausgeschlagene Ventile, die schadhafte Schalldämpfung und ein klappriges Gehäuse, das wie das Fell einer Trommel vibrierte, vereinten sich zu einem Dröhnen, das von den Ufern des Flusses widerhallte und alle Versuche einer verbalen Kommunikation übertönte.

Quinn fuhr sich mit den Fingern durch das lichter werdende schwarze Haar und verlagerte das Gewicht seines stämmigen Körpers, um dem geplanten Hinterteil ein wenig Erleichterung zu verschaffen. Es war vergebens. Das flache, schmale Gefährt war ähnlich geformt wie ein Surfbrett und zum Teil von groben Planken überdacht, deren in der Sonne rissig gewordene Oberfläche nicht gerade zum Sitzen einlud.

Schließlich gab Quinn es auf. Er zog die Schultern hoch und starrte mit glasigem Blick auf die vorüberziehende Landschaft. Sie hatten die Reisfelder und Teeplantagen hinter sich gelassen. Hin und wieder kamen sie an einem Fischerdorf oder einem weidenden Wasserbüffel vorbei, aber bald erstreckten sich vor ihnen nur noch goldgelbe Grasflächen bis zu den nebelverhangenen Bergen am Horizont. Die Schönheit Chinas ließ Quinn völlig kalt. Er dachte einzig und allein an Ferguson, seinen Projektleiter.

Die erste Nachricht von Ferguson hatte viel versprechend geklungen.

»Haben zahlreiche Tonsoldaten gefunden. Das hier könnte größer als Xian sein.«

Quinn wusste sofort, dass Ferguson die siebentausend Mann starke Armee von Terrakotta-Soldaten meinte, die man in einer kaiserlichen Grabstätte nahe der chinesischen Stadt Xian entdeckt hatte. Das war genau die Sorte Neuigkeiten, die Quinn gern an den Vorstand der East Asia Foundation weiterleitete, dem er als geschäftsführender Direktor angehörte.

Die Stiftung wurde von einer Gruppe wohlhabender Schirmherren betrieben. Sie sollte der Förderung der ostwestlichen Verständigung dienen und eine gewisse Wiedergutmachung für den Opiumhandel darstellen. Darüber hinaus war sie ein steuerliches Abschreibungsobjekt. Und so kam es, dass diejenigen, deren Vorfahren schamlos an der Drogenabhängigkeit Hunderttausender von Chinesen verdient hatten, ihren heutigen Reichtum so ausgiebig wie möglich genießen konnten.

Zum Stiftungsprogramm gehörte auch die Unterstützung archäologischer Ausgrabungen in China. Diese waren beim Vorstand besonders beliebt, denn sie kosteten die Stiftung fast nichts, weil sich zumeist einige enthusiastische Amateure eine Teilnahme teuer erkauften. Außerdem schafften diese Vorhaben es manchmal, auf die Titelseite der *New York Times* zu gelangen.

Wenn Quinn sich einer vorteilhaften Publicity sicher sein konnte, stattete er einer der Ausgrabungsstätten auch mal einen Besuch ab, aber normalerweise waren außergewöhnliche Umstände nötig, um ihn aus der bequemen Mahagoni- und Lederpracht seines New Yorker Büros zu locken.

Die zweite Nachricht von der Front war sogar noch besser gewesen als die erste.

»Sensationelles Artefakt entdeckt! Einzelheiten folgen.«

Quinn hatte bereits seine Kontaktleute bei Zeitung und Fernsehen instruiert, als die dritte Nachricht eintraf.

»Artefakt ist Bestandteil der *Maya-Kultur*!«

Vor seiner Tätigkeit für die Stiftung hatte Quinn das Museum einer Universität geleitet. Daher verfügte er hinsichtlich antiker Kulturen über einige grundlegende Kenntnisse. Seine Antwort an Ferguson war so kurz wie unmissverständlich: »Die Maya waren *keine* Chinesen. Unmöglich.«

Ein paar Tage später hörte er abermals von Ferguson. »Unmöglich, aber wahr. Kein Scherz.«

Noch am gleichen Abend packte Quinn eine Tasche und nahm den nächsten Flug nach Hongkong. Dort bestieg er einen Zug ins Landesinnere. Nach einer mehrstündigen Busfahrt erreichte er den Fluss gerade noch rechtzeitig genug, um mit Chiang mitfahren zu können. Chiang versorgte die Expedition nicht nur mit Vorräten, sondern diente ihr auch als Postbote, indem er den Nachrichtentransport zwischen der Ausgrabungsstätte und einem Telegrafenbüro erledigte. Das erklärte, weshalb die Kommunikation so quälend langsam vonstatten ging.

Quinn erfuhr, dass Chiangs letzter Besuch beim Lagerplatz inzwischen einige Tage zurücklag. Bei dieser Gelegenheit musste er Fergusons letzte Nachricht mitgenommen haben. Im Verlauf der langen, anstrengenden Reise hatte sich Quinns Wut immer mehr aufgestaut. Er war sich nur noch nicht sicher, ob er Ferguson zuerst in den Fluss werfen und dann feuern würde oder umgekehrt. Je weiter sie sich der Stätte näherten, desto häufiger begann sich Quinn zu fragen, ob Ferguson schlicht und einfach übergeschnappt war. Vielleicht war irgendetwas im Trinkwasser.

Quinn hatte sich noch immer nicht zu einer bestimmten Handlungsweise entschlossen, als das Boot zur Seite abbog und auf das Ufer auflief. Zahlreiche Fußspuren waren zu sehen. Chiang vertaute das Gefährt an einem Pfahl, der im Boden steckte. Dann schnappten er und Quinn sich einige Vorratskisten und machten sich zu Fuß auf den Weg.

Sie folgten einem Pfad durch das hohe gelbe Gras. »Wie weit?«, fragte Quinn.

Ein Finger. Eine Stunde oder eine Meile, dachte Quinn. Er irrte sich. Nach einer Minute erreichten sie eine Stelle, an der man das Gras auf einer annähernd kreisförmigen Fläche niedergetrampelt hatte.

Chiang stellte seine Last ab und bedeutete Quinn, es ihm gleichzutun.

»Wo ist das Lager?«, fragte Quinn und hielt nach Leuten oder Zelten Ausschau.

Chiang runzelte verwirrt die Stirn. Er zupfte an seinem struppigen Bart und wies nachdrücklich auf den Boden.

Der glanzvolle Abschluss eines perfekten Tages, dachte Quinn wutschäumend. Er war müde und verschwitzt, sein Magen rumorte wie ein blubbernder Kochtopf, und jetzt hatte sich auch noch sein Führer verirrt. Chiang sagte etwas auf Chinesisch und gab Quinn zu verstehen, er möge ihm folgen. Einige Minuten später blieb er stehen und deutete auf den Boden. Ein Areal von mehreren Tausend Quadratmetern war umgegraben worden.

Quinn ging am Rand der aufgewühlten Fläche entlang, bis sein Blick auf ein rundliches Objekt fiel, das aus dem Boden ragte. Mit den Händen schaufelte er die Erde beiseite, und nach ein paar Minuten hatte er Kopf und Schultern eines Terrakotta-Soldaten freigelegt. Er machte noch einige zusätzliche Stichproben und fand weitere Soldaten.

Das hier *musste* die Ausgrabungsstätte sein, aber eigentlich hätte sich auch ungefähr ein Dutzend Leute hier befinden müssen. *Wohin*, zum Teufel, waren sie verschwunden? Chiang schaute sich angsterfüllt um. »Böse Geister«, sagte er und machte sich ohne ein weiteres Wort auf den Rückweg zum Fluss.

Es wurde kühler, als hätte eine Wolke sich vor die Sonne geschoben. Quinn erkannte, dass er auf einmal ganz allein war. Das einzige Geräusch war das schlangengleiche Rascheln des Grases im leichten Wind. Er sah sich ein letztes Mal um und eilte dann der entfernten Gestalt hinterher. Die Reihen stummer Soldaten blieben in ihren Erdgräbern zurück.

13

Fairfax County, Virginia

In der schwülen morgendlichen Stille stieß Austin sich von der Bootsrampe ab, legte die kräftigen Hände um die Kohlefasergriffe der Ruder und ließ sein pfeildünnes Skullboot mit einem einzigen lang gestreckten Zug auf das glitzernde Wasser des Potomac hinausschießen.

Für Austin war das Rudern auf dem Potomac ein tägliches Ritual, das er zwischen seinen Aufträgen gewissenhaft befolgte. Auf Anweisung des Arztes hatte er seiner linken Seite etwas Ruhe gegönnt. Sobald die Nähte verheilt waren, begann er sein eigenes Therapieprogramm, das aus Übungen an den Gewichten und Maschinen in seinem Trainingsraum und täglichen Bahnen in seinem Pool bestand. Er hatte die Belastung seines Körpers allmählich erhöht, bis er der Überzeugung war, eine Ruderpartie würde dem frisch genesenen Muskelgewebe keinen Schaden mehr zufügen können.

An einem besonders schönen Tag war die Verlockung des Flusses so stark, dass Austin ihr nicht länger widerstehen konnte. Es war an der Zeit, den Erfolg seines Trainings zu testen. Er zerrte sein schnittiges, sechseinhalb Meter langes Skullboot Marke Maas Aero aus dem Untergeschoss des Bootshauses, das er sich hier direkt am Fuß der Höhenzüge von Fairfax County zu einem Heim umgebaut hatte. Den leichten Rumpf die Rampe hinunter und ins Wasser zu bugsieren war nicht weiter schwierig. Das eigentliche Problem bestand darin, das schmale Boot zu besteigen, ohne es umkippen zu lassen.

Sein erster Versuch ging völlig daneben. Die Concept-II-Kompostruder waren zwar federleicht, aber bei einer Länge von je zwei Meter fünfundsiebzig sowie dem Gewicht und dem Druck der Ruderblätter im Wasser gelangen Austin nur wenige schmerzhafte Züge, bevor er in kalten Schweiß gebadet umkehren musste. Seine Seite fühlte sich an, als hinge sie an einem Fleischhaken. Kurz vor dem Ufer brachte er das Boot absichtlich zum Kentern, wankte ins Haus und zum Medizinschrank. Während er einige Schmerztabletten schluckte, die seine Qualen nur leicht zu lindern vermochten, musterte er im Spiegel sein aschfahles Ebenbild. Er wartete ein paar Tage und versuchte es dann erneut. Diesmal setzte er verstärkt den rechten Arm ein, was dazu führte, dass die ungleichmäßigen Schläge das Boot eine Reihe unansehnlicher Bögen fahren ließen, aber immerhin kam er voran. Innerhalb weniger Tage musste er beim Rudern nicht mehr die Zähne zusammenbeißen.

Schließlich ließ auch die Steifheit nach. Heute erinnerte ihn nur noch ein leichtes Stechen an den Glückstreffer des Angreifers, wenn er zum Aufwärmen einige Dehnübungen absolvierte. Er ließ sich in das offene Boot gleiten und hatte vom ersten Moment an ein gutes Gefühl. Er steckte die Füße in die am Boden befestigten Schlaufen und schob den Schlitten, auf dem er saß, einige Male auf den doppelten Gleitrollen vor und zurück, um seine Bauchmuskulatur zu lockern. Dann stellte er die »Knöpfe« ein, die Manschetten an den Auslegerdollen, so dass er bei jedem Ruderschlag die maximale Kraftausbeute haben würde.

Austin beugte sich vor, tauchte die Ruderblätter ein, zog mit Schwung die Griffe zurück und brachte dabei sein ganzes Körpergewicht zur Geltung. Das Boot schoss wie ein Wasserläufer über die Oberfläche. Heute war bislang der beste Tag. Jeglicher Restschmerz wog längst nicht so schwer wie seine Freude, in normalem Takt rudern zu können. Er saß kerzengerade, eine Hand über der anderen, damit die Bewegung leichter fiel. Zunächst behielt er ein gemächliches Tempo bei, streckte die Arme nur mäßig nach vorn und zog die Riemen dann weit nach hinten durch. Am Ende eines jeden Schlags drehte er die Blätter in eine beinahe horizontale Position, um den Luftwiderstand so gering wie möglich zu halten. Dann schob er sich wieder voran, und die Ruderblätter wanderten nur wenige Zentimeter über der Wasseroberfläche nach hinten, um abermals einzutauchen. Er ächzte befriedigt; heute lief es wirklich gut.

Flüsterleise glitt das Skullboot flussaufwärts an den prächtigen alten Anwesen vorbei, die das Ufer säumten. Die dunstige, nach Blumen duftende Morgenluft, die in Austins Lunge strömte, kam ihm wie das Parfum einer alten Liebe vor. In gewisser Weise stimmte das sogar. Für Austin bedeutete Rudern mehr als nur körperliche Ertüchtigung. Da es bei diesem Sport eher auf Technik als auf Kraft ankam, glich die Verschmelzung von Geist und

Körper der einer Zen-Meditation. Völlig konzentriert erhöhte er nun seine Schlagzahl und setzte schrittweise immer mehr von der Kraft seiner breiten Schultern ein, bis ihm die Skala des Messgeräts direkt über seinen Zehen anzeigte, dass er die üblichen achtundzwanzig Schläge pro Minute erreicht hatte.

Unter dem Schirm seiner türkisfarbenen NUMA-Baseballmütze perlte der Schweiß hervor, der Rücken seines Rugbytrikots war völlig durchnässt, und sein Hintern war taub, obwohl er gepolsterte Radlerhosen trug. Aber all seine Sinne verrieten ihm, dass er *am Leben* war. Das schnittige Boot flog über das Wasser, als würde es von Schwingen, nicht von Rudern angetrieben. Er hatte vor, beim ersten Durchgang fünfundvierzig Minuten durchzuhalten, dann umzudrehen und sich mit Unterstützung durch die träge Strömung auf den einfacheren Rückweg zu machen. Es hatte keinen Sinn, sein Glück zu sehr zu strapazieren.

Am Ufer blitzte irgendetwas auf. Die Sonne spiegelte sich in der Linse eines Fernrohrs, das auf einem Dreibein montiert war. Daneben saß ein Mann auf einem Klappstuhl und schaute durch das Okular. Er hatte sich einen weißen Baumwollhut tief in die Stirn gezogen, und der restliche Teil seines Gesichts wurde von dem Fernrohr verdeckt. Austin hatte diesen Mann vor einigen Tagen zum ersten Mal gesehen und ihn für einen Vogelbeobachter gehalten. Nur eines war merkwürdig: Das Fernrohr blieb die ganze Zeit auf Austin gerichtet.

Wenige Minuten später drehte Austin wie geplant um und machte sich flussabwärts auf den Rückweg. Als er sich erneut dem Vogelbeobachter näherte, legte er die Ruder ein und ließ sich von der Strömung treiben. Er winkte und hoffte, der Mann würde den Kopf heben, doch das Auge blieb wie angewachsen am Fernrohr kleben. Während das Boot geräuschlos vorbeiglitt, musterte Austin den Mann eindringlich. Dann grinste er, schüttelte den Kopf, nahm die Riemen wieder auf und ruderte nach Hause.

Das Bootshaus im viktorianischen Stil war ursprünglich Teil eines am Fluss gelegenen Gutshofs gewesen. Mit seiner hellblauen Fassadenverschalung und dem Mansardendach, das von einem Türmchen überragt wurde, war es eine Miniaturausgabe des Haupthauses, wenngleich der Innenraum anders aufgeteilt war. Austin lenkte ans Ufer, stieg auf die Rampe und zog das Boot hinauf und unter das Haus. Er setzte es auf einem Gestell ab, neben dem sich ein weiteres seiner Spielzeuge befand, ein kleines Tragflügelboot mit Außenbordmotor. In einem Jachthafen in der Chesapeake Bay lagen zwei weitere von Austins Booten vor Anker, ein sechs Meter siebzig langes Segelboot und ein Tragflächenrennboot.

Er mochte die klassischen Linien und die geschichtsträchtige Vergangenheit des Segelboots. Außerdem gefiel ihm, dass dieses Boot trotz seines tonnenförmigen Rumpfes und des einzelnen Segels schnell war, vor allem nachdem er ein paar bauliche Modifikationen vorgenommen hatte. Inzwischen konnte er damit so manches größere und schnittigere Fahrzeug problemlos hinter sich lassen. Zudem konnte der Einmaster ohne große Abdrift hart am Wind segeln, und Kurt genoss es, aus reinem Spaß am Nervenkitzel unter waghalsigen Wetterbedingungen große Entfernungen damit zurückzulegen. Obwohl Austin die mentalen Herausforderungen des Ruderns liebte und bereits in frühester Jugend Segeln gelernt hatte, war in ihm schon bald eine besondere Vorliebe für hohe Geschwindigkeiten erwacht, so dass er seit seinem zehnten Lebensjahr Bootsrennen fuhr. Auch heute noch widmete er sich in seiner Freizeit am liebsten den Rennbooten.

Nachdem er das Skullboot sicher verstaut hatte, ging er die Innentreppe zur Wohnetage hinauf und dann ein paar weitere Stufen ins Turmschlafzimmer. Er warf seine Ruderkluft in einen Wäschekorb und spülte sich mit einer heißen Dusche die morgendlichen Strapazen vom Leib. Als er sich vor dem Spiegel abtrocknete, nahm er die Schusswunde in Augenschein. Sie war nicht mehr entzündet und rot, sondern hatte sich rosa verfärbt. Schon bald würde sie genauso blass sein wie die anderen Narben, die sich deutlich von seiner gebräunten Haut abhoben. Allesamt Andenken an gewaltsame Zwischenfälle. Manchmal fragte er sich, ob Geschosse und scharfe Gegenstände von seinem Körper irgendwie angezogen wurden, so wie Metallspäne von einem Magneten.

Er zog sich saubere Shorts und ein T-Shirt an, ging in die Küche, setzte eine halbe Kanne starken kenianischen Kaffee auf und schlug sich ein paar Eier mit Speck in die Pfanne. Er nahm den Teller durch eine Schiebetür mit hinaus auf die Terrasse oberhalb des Potomac und ließ den Blick über den Fluss schweifen, während er sein Frühstück verzehrte. Der Cholesterinschub tat ihm gut. Nachdem er sich etwas Kaffee nachgegossen hatte, ging er in sein Wohn- und Arbeitszimmer. Er legte eine CD von John Coltrane auf, ließ sich auf einem schwarzen Ledersessel nieder und hörte, wie das Instrument des Adolphe Sax Töne hervorbrachte, die sein Erfinder in den kühnsten Träumen nicht für möglich gehalten hätte. Es war nicht allzu überraschend, dass Austin Progressive Jazz bevorzugte. In gewisser Weise spiegelten die Klänge von Coltrane, Oscar Peterson, Keith Jarrett, Bill Evans und anderen Künstlern seiner umfangreichen Plattensammlung Austins eigene Persönlichkeit wider: eine stählerne Unterkühltheit, hinter der sich leidenschaftliche Tatkraft und Dynamik verbargen, die Fähigkeit, aus der Tiefe der eigenen Seele schöpfen zu können, wenn übermenschliche Anstrengungen erforderlich waren, und ein ausgeprägtes Improvisationstalent.

Der große Raum beherbergte eine vielfältige Mischung aus Altem und Neuem, echtes dunkles Holzmobiliar aus der Kolonialzeit und weiße Wände, an denen zeitgenössische Originale hingen. Angesichts der Tatsache, dass Austin am Wasser aufgewachsen war und den Großteil seines Lebens auf oder unter dem Meer verbrachte, fanden sich hier erstaunlich wenige Verweise auf die Seefahrt. Das primitive Gemälde eines Klippers, angefertigt von einem Hongkong-Picasso im Auftrag eines chinesischen Handelskapitäns, eine Pazifikkarte aus dem neunzehnten Jahrhundert, einige Werkzeuge aus dem Schiffbau, ein Foto von Kurts Einmaster sowie in einem Glaskasten ein maßstabsgetreues Modell seines Tragflächenrennboots.

In den Bücherregalen standen die in Leder gebundenen Seefahrtabenteuer von Joseph Conrad und Herman Melville sowie ein Dutzend meereswissenschaftliche Bände. Aber die meisten der abgenutzten Werke stammten von Verfassern wie Plato, Kant und den anderen großen Philosophen, mit denen Austin sich gern beschäftigte. Er war sich dieser Gegensätzlichkeit in seinem Leben bewusst, aber sie stellte für ihn kein Kuriosum dar. Mehr als ein Schiffskapitän hatte sich nach einer erfolgreichen Karriere auf den Weltmeeren im Landesinnern zur Ruhe gesetzt. Austin hatte nicht unbedingt vor, nach Kansas umzuziehen, aber die See war eine stürmische und fordernde Gebieterin, und er brauchte diesen stillen Zufluchtsort, um sich ihrer erdrückenden Umarmung zu entziehen.

Als er an seinem Kaffee nippte, fiel sein Blick auf die beiden Mantons, die über dem Kamin an der Wand hingen. Austins Sammlung umfasste knapp zweihundert Paar Duellpistolen. Die meisten der Waffen waren in einem feuerfesten Tresorraum untergebracht; nur die jüngeren Errungenschaften bewahrte er hier im Bootshaus auf. Ihn faszinierten nicht nur die Verarbeitungsgüte und die tödliche Schönheit der Pistolen, sondern auch die Irrungen und Wirrungen der Geschichte, die womöglich auf den Abschuss einer wohl platzierten Kugel im stillen Morgengrauen zurückzuführen waren. Er fragte sich, wie es der jungen amerikanischen Republik wohl ergangen wäre, hätte der autoritäre Alexander Hamilton im Jahr 1804 nicht das Duell gegen seinen politischen Widersacher Aaron Burr verloren. Die Mantons ließen Kurt wieder an den Zwischenfall auf der *Nereus* denken. Was für eine merkwürdige Nacht! Während der Tage seiner Genesung zu Hause hatte Austin den Überfall in Gedanken immer wieder ablaufen lassen. Wie bei einem Videorekorder hatte er vorgespult, die Handlung zum Standbild eingefroren und dann abermals zurückgespult.

Nach dem Kampf hatten die Strapazen und der Blutverlust ihren Tribut von Austin gefordert. Er hatte kaum ein Dutzend Treppenstufen bewältigt, da konnte er auch schon keinen Schritt mehr weiter. In Zeitlupe sackte er zusammen und setzte sich hin. Letztendlich musste Kapitän Phelan dem Rest der Besatzung mitteilen, dass sie sich wieder hervorwagen konnten. Sie kamen aus ihrem Versteck, sammelten Austin und Zavala vom Deck auf und brachten sie auf Tragen zur Krankenstation. Unterwegs kamen sie an der Leiche des Angreifers vorbei, den Kurt mit einem einzigen Schuss aus seiner Duellpistole erledigt hatte. Auf Austins Anweisung blieben sie stehen, und ein Matrose mit starkem Magen zog dem Toten die Maske vom Kopf. Sie sahen das Gesicht eines Mannes Mitte dreißig, mit dunklem Teint und einem dichten schwarzen Schnurrbart. Ansonsten wies er keinerlei außergewöhnliche Merkmale auf, abgesehen von dem runden Loch in der Stirn.

Zavala setzte sich auf seiner Trage auf und stieß leise einen anerkennenden Pfiff aus. »Sag mir, dass du ein Laserzielgerät auf dieser alten Donnerbüchse hattest. Ein bewegliches Ziel im Dunkeln! Wenn ich es nicht selbst gesehen hätte, würde ich sagen, dass ein solcher Treffer unmöglich ist.«

»Er *ist* unmöglich«, gab Austin mit reumütigem Grinsen zu. »Ich wollte sichergehen und habe auf den Körper gezielt.«

Wie er Zavala erklärte, während ihre Wunden fachgerecht bandagiert wurden, war diese unheimliche Präzision weder seiner Zielsicherheit noch dem unziemlich gezogenen Lauf zu verdanken. In seiner Eile hatte Austin die kleine Justierschraube neben dem Abzug in die falsche Richtung gedreht und dadurch der Waffe praktisch jeglichen Abzugswiderstand genommen. Gott sei Dank besaß die Manton diesen idiotensicheren beschwerten Lauf.

Per Notruf wurde über Funk ein Helikopter einer der Ölgesellschaften herbeigerufen, der die Verwundeten sowie Nina Kirov von Bord der *Nereus* abholte und in Tarfaya absetzte. Kapitän Phelan weigerte sich, sein Schiff zu verlassen, und nachdem die Ärztin festgestellt hatte, dass er nach ein paar Tagen wieder eingeschränkt dienstfähig sein würde, blieb er an Bord, um die *Nereus* auf dem Weg nach Yukatan zu befehligen. Austin und Zavala wurden innerhalb weniger Stunden von einem Privatjet der NUMA aufgesammelt, den man auf seiner Route von Rom in die Vereinigten Staaten kurzerhand nach Marokko umgeleitet hatte. Nina erhielt ebenfalls einen Freiflug zum Dulles Airport. Die Schmerzmittel, die man Austin verabreicht hatte, setzten ihn ziemlich außer Gefecht, und so schlief er fast während des gesamten Flugs. Seine Erinnerung war ziemlich verschwommen, aber irgendwie hatte er geträumt, ein blonder Engel habe ihn zart auf die Wange geküsst. Als er aufwachte, befand er sich in Washington. Nina war bereits weg und saß im Flieger nach Boston. Er fragte sich, ob er sie je wieder sehen würde. Nach einigen Tagen im Krankenhaus wurden er und Zavala nach Hause geschickt. Man sagte ihnen, sie sollten brav ihre Medikamente nehmen und ihren Körpern Gelegenheit geben zu heilen.

Das Klingeln des Telefons riss Austin aus seiner Versunkenheit. Er nahm den Hörer ab und wurde in schneidigem Tonfall begrüßt. »Guten Morgen, Kurt, wie geht es Ihnen?«

»Ich komme ganz gut zurecht, Admiral Sandecker. Danke der Nachfrage. Allerdings muss ich gestehen, dass mir ein wenig langweilig ist.«

»Freut mich, das zu hören. Ihrer Langeweile wird bald ein plötzliches Ende bereitet. Wir treffen uns morgen um neun, um nach Möglichkeit zu ergründen, was hinter dieser Angelegenheit in Marokko steckt. Zavala erhält ebenfalls Bescheid. Man hat ihn bereits wieder in seinem Cabrio durch Arlington fahren sehen, also gehe ich davon aus, dass auch er genug von der Untätigkeit hat.«

Zavala besaß eine 1961er Corvette, vor allem wohl deshalb, weil dies das letzte Modell mit einem Kofferraum gewesen war. Er hatte die Zeit dazu genutzt, um in seinem Keller zu basteln, wo er gern mechanische Apparaturen instand setzte und neue Unterwassergeräte entwickelte. Sobald er in der Lage war, wieder sicher auf beiden Beinen zu stehen, begann er mit dem Training in einem Boxklub. Wenn Frauen sich in Joes Nähe befanden, war ihm niemals langweilig, und er hatte das Mitleid, das seine Verletzung ihm einbrachte, ausgiebig zu nutzen gewusst.

Austin hatte mehrmals mit Zavala telefoniert. Bei allem Spaß, den Joe im Augenblick hatte, juckte es ihn doch in den Fingern, so schnell wie möglich wieder im Einsatz zu sein. Austin sagte die Wahrheit, als er seinem Chef mitteilte: »Ich bin sicher, er brennt darauf, an die Arbeit zu gehen, Admiral.«

»Großartig. Übrigens, nach allem, was ich gehört habe, sind Sie inzwischen fit genug für einen Platz im olympischen Ruderteam.«

»Als Steuermann vielleicht. Ein Vorschlag, Sir. Wenn Sie das nächste Mal jemanden beauftragen, sich als Vogelbeobachter zu tarnen, sollten Sie ihm raten, dass er am besten keine Lackschuhe und Kniestrümpfe anzieht.«

Pause. »Ich muss Sie wohl kaum darauf hinweisen, dass die NUMA, im Gegensatz zu Ihren Nachbarn in Langley, keineswegs über eine Vielzahl von Geheimagenten verfügt, die nur auf einen Einsatzbefehl warten. Ich habe Joe McSweeney, einen der Erbsenzähler aus der Buchhaltung der NUMA, darum gebeten, in aller Stille ein Auge darauf zu werfen, wie es Ihnen geht. Er kommt auf dem Weg zur Arbeit ohnehin an Ihrem Haus vorbei. Wie es scheint, hat er zu viele James-Bond-Filme gesehen und den Auftrag ernster genommen, als ich es eigentlich beabsichtigt hatte. Ich hoffe, es stört Sie nicht.«

»Überhaupt nicht, Sir. Ich weiß Ihre Fürsorge zu schätzen. Besser so, als täglich Anrufe aus der Zentrale zu bekommen.«

»Ich dachte mir, dass Sie es so sehen würden. Nebenbei bemerkt, Mac weiß *wirklich* über Vögel Bescheid.«

»Oh, dessen bin ich sicher«, sagte Austin. »Bis morgen, Admiral.«

Austin legte auf und lachte leise in sich hinein. Sandeckers väterliche Art war wirklich rührend, und die kleine Stichelei in Richtung CIA, deren Hauptquartier keine Meile vom Bootshaus entfernt lag, war typisch für ihn. Die Dienststelle des Admirals besaß in erster Linie eine wissenschaftliche Zielsetzung, aber ihre Einsätze als unterseeisches Gegenstück zur NASA waren von Natur aus auf die Sammlung von Informationen ausgerichtet, die dem Besten, was »die Firma« aufbieten konnte, zumindest ebenbürtig waren.

Sandecker beneidete die CIA um ihr unbegrenztes Budget und die eingeschränkte Rechenschaftspflicht, obwohl er selbst auch nicht gerade unbegabt darin war, dem Kongress Mittel abzuschwatzen. Er konnte auf die Unterstützung von zwanzig erstklassigen Universitäten mit meereswissenschaftlichen Fachbereichen zurückgreifen, und darüber hinaus standen ihm im Bedarfsfall die Fähigkeiten einer Unmenge großer Firmen zur Verfügung. Mit ihren fünftausend Wissenschaftlern, Ingenieuren und anderen Mitarbeitern, der fortwährenden Erforschung von Tiefseegeologie und Meeresbergbau, den biologischen Studien des Lebens unter Wasser, der Meeresarchäologie und Klimakunde sowie der umfangreichen Flotte von Forschungsschiffen und Flugzeugen erstreckte sich der Einflussbereich der NUMA bis in die entlegensten Regionen des Erdballs.

Die Abwerbung Austins von der CIA war eines der größten Bravourstücke Sandeckers gewesen. Kurt war auf Umwegen zur NUMA gekommen. Er hatte an der Universität von Washington einen Magister im Fach Systemmanagement erworben und eine angesehene Tauchschule in Seattle besucht. Seine dortige Ausbildung war vielfältig angelegt, was bedeutete, dass er in allen grundlegenden Unterwassertätigkeiten bewandert war. Er konnte schweißen, Sprengladungen legen und beherrschte das Schlicktauchen. Schließlich spezialisierte er sich auf die Bergung großer Objekte vom Meeresboden sowie längere Aufenthalte in großen Tiefen, was die Verwendung spezieller Luftgemische und den Verbleib in Unterwasserkammern nötig machte. Nachdem er einige Jahre auf Bohrinseln in der Nordsee gearbeitet hatte, kehrte er für sechs Jahre in die Bergungsfirma seines Vaters zurück, bevor er sich zum Wechsel in eine wenig bekannte Abteilung der CIA verleiten ließ, die sich auf die nachrichtendienstliche Arbeit unter Wasser verlegt hatte. Austin war stellvertretender Leiter der geheimen Hebung eines russischen U-Boots sowie der Bergung und Untersuchung eines iranischen Containerschiffs mit nuklearer Waffenfracht, das heimlich von einem israelischen Unterseeboot versenkt worden war. Darüber hinaus überprüfte er in leitender Funktion die geheimnisvollen Abschüsse mehrerer Frachtflugzeuge über dem offenen Meer, indem er die Wracks aufspürte, barg und untersuchte.

Am Ende des Kalten Kriegs wurde die Unterwasserabteilung der CIA geschlossen. Austin wäre vermutlich in irgendeiner anderen CIA-Sektion gelandet, hätte nicht Admiral Sandecker ihn für besondere Meeresaufträge angeheuert, die oftmals außerhalb der Regierungsaufsicht durchgeführt wurden. Sandecker konnte noch so sehr jammern und mit dem ausgestreckten Finger auf Langley zeigen, aber er wusste sehr gut selbst Bescheid darüber, wie man Spionageoperationen organisierte.

Austin schaute auf die Uhr. Zehn. In Seattle war es jetzt sieben. Er nahm den Hörer ab und wählte eine Nummer. Eine metallisch harte Stimme meldete sich.

»Guten Morgen«, sagte Austin. »Hier ist dein Lieblingssohn.«

»Wird auch langsam Zeit, dass du anrufst.«

»Ich habe gestern erst mit dir gesprochen, Paps.«

»Innerhalb von vierundzwanzig Stunden kann eine Menge passieren«, erwiderte Austins Vater mit gutmütiger Bärbeißigkeit.

»Ach ja? Was denn, zum Beispiel?«

»Zum Beispiel ein Vertrag über mehrere Millionen Dollar mit den Chinesen. Nicht schlecht für einen alten Opa.«

Austin hatte von seinem Vater sowohl die kräftige Statur als auch die Halsstarrigkeit geerbt. Der Senior war inzwischen Mitte siebzig, und seine breiten Schultern waren ein wenig gebeugt, aber sein regelmäßiges Arbeitspensum hätte manch jüngeren Mann umgehauen. Seine in Seattle beheimatete Bergungsfirma hatte ihn reich gemacht. Dennoch mühte er sich noch immer verbissen ab, vor allem seit dem Tod von Austins Mutter vor ein paar Jahren. Wie bei so vielen anderen Selfmademen lag auch für ihn die wirkliche Herausforderung in der Arbeit, nicht im Geld begründet.

»Glückwunsch, Paps. Irgendwie bin ich gar nicht überrascht. Und du bist wohl kaum ein alter Opa, und das weißt du auch.«

»Verschwende deine Zeit nicht damit, mir Honig ums Maul zu schmieren. Groß daherreden kann jeder. Wann kommst du vorbei, damit wir die Sache mit einer Flasche Jack Daniel's begießen können?«

Das hat mir gerade noch gefehlt, dachte Austin. Ein Abend in Begleitung seines trinkfesten Vaters würde ihn zurück ins Krankenhaus bringen. »Vorerst nicht. Ich fange wieder an zu arbeiten.«

»Wird auch Zeit. Du hast dich lange genug davor gedrückt.« Er klang enttäuscht.

»Du hast bestimmt mit dem Admiral gesprochen. Er hat fast das Gleiche gesagt.«

»Nein, ich habe Besseres zu tun.« Das war nur halb scherzhaft gemeint. Austins Vater hatte großen Respekt vor Sandecker. Zugleich aber sah er in ihm einen Rivalen um die Gunst seines Sohnes und hatte niemals die Hoffnung aufgegeben, dass Kurt eines Tages zur Besinnung kommen und den Familienbetrieb übernehmen würde. Manchmal glaubte Austin, dass es genau diese Hoffnung war, die seinem Vater Kraft verlieh.

»Lass mich erst mal herausfinden, was er will. Ich melde mich wieder bei dir.«

Ein tiefes Seufzen. »Okay, tu, was du nicht lassen kannst. Ich muss jetzt aufhören. Auf der anderen Leitung kommt ein Anruf herein.«

Die Verbindung wurde unterbrochen. Austin musterte den Hörer in seiner Hand und schüttelte den Kopf. Wenn seine Fantasie mit ihm durchging, stellte er sich bisweilen vor, was wohl passieren würde, falls sein massiger Vater und der schmächtig wirkende, aber überaus zähe Sandecker einmal aneinander gerieten. Er würde auf den Ausgang der Sache keine Wette abschließen wollen, aber eines wusste er genau: Er wollte nicht in der Nähe sein, falls das geschah.

Die Coltrane-CD klang aus. Austin legte eine Platte von Gerry Mulligan auf und lehnte sich lächelnd im Sessel zurück. Ihm standen eventuell mehrere Wochen ohne Freizeit bevor, also wollte er die letzten Stunden richtig genießen. Er war froh, dass Sandecker angerufen hatte und sein Urlaub nun enden würde. Der Grund für diese Freude hatte nur wenig mit seiner Langeweile zu tun. Der Admiral war nicht der Einzige, der ergründen wollte, was hinter »dieser Angelegenheit in Marokko« steckte, wie er es genannt hatte.

14

Hiram Yaeger lehnte sich auf seinem Stuhl zurück, verschränkte die Hände im Nacken und starrte durch das Drahtgestell seiner Nickelbrille auf den riesigen Monitor hinter dem hufeisenförmigen Schaltpult. Das Schwarzweißfoto der drallen Frau aus Sumatra wirkte als dreidimensionales holographisches Abbild noch weitaus lebensechter. Er fragte sich, wie viele Millionen Jungen ihre erste Lektion in weiblicher Anatomie wohl den dunkelhäutigen Mädchen auf den Seiten des *National Geographic* verdankten.

Yaeger seufzte in einem Anflug träumerischer Nostalgie. »Danke für diese Augenweide, Max«, sagte er dann.

»Gern geschehen«, erwiderte die geisterhafte weibliche Stimme des Computers. »Ich dachte, eine kleine Ablenkung von Ihrer Arbeit würde Ihnen gefallen.« Das hübsche Mädchen verschwand und reiste zurück ins Jahr 1937, als ein Fotograf des *Geographic* sie für die Nachwelt im Bild festgehalten hatte.

»Das weckt schöne Erinnerungen«, sagte Yaeger und nippte an seinem Kaffee.

Der Chef des Kommunikationsnetzwerks der Behörde saß in einem kleinen Nebenraum an seinem privaten Terminal. Von hier aus konnte er in Sekundenbruchteilen Zugriff auf den umfassenden Datenbestand des Computerkomplexes nehmen, der die gesamte neunte Etage des Zentralgebäudes der NUMA für sich beanspruchte. Die Geräte der NUMA machten weltweite Schlagzeilen, aber die Öffentlichkeit interessierte sich vorwiegend für die Großtaten der hoch technisierten Forschungsschiffe, Tiefseetauchboote und verschiedensten Unterwasserroboter. Eine von Sandeckers bedeutendsten Errungenschaften war jedoch dieses unsichtbare Kronjuwel der NUMA, ein gigantisches Netzwerk aus Hochleistungscomputern, bei dessen Entwurf Yaeger dank des Admirals freie Hand und unbegrenzte Mittel zur Verfügung gehabt hatte.

Sandecker hatte Yaeger von einer Computerfirma aus dem Silicon Valley zur NUMA gelockt und ihn damit beauftragt, den Aufbau des unbestreitbar besten und größten meereswissenschaftlichen Archivs der Welt in Angriff zu nehmen. Die riesige Datenbank war Yaegers Ein und Alles. Es hatte Jahre gedauert, aus Büchern, Artikeln, wissenschaftlichen Dissertationen und geschichtlichen Quellen Jahrhunderte menschlichen Wissens anzusammeln. Mittlerweile hatte man praktisch jedes Wort erfasst, das jemals über das Meer zu Papier gebracht worden war. Diese Daten standen nicht nur der NUMA zur Verfügung, sondern ebenso Studenten der Meereswissenschaften, professionellen Ozeanographen, Schiffsingenieuren und Unterwasserarchäologen in aller Welt.

Yaeger war der einzige Mitarbeiter der NUMA, der Sandeckers

Kleidungsvorschriften ignorierte und damit auch noch durchkam, was bereits sehr viel über seine Fähigkeiten aussagte. Mit seiner Jeans und der Jacke von Levi's, dem langen blondgrauen Haar, das er zu einem Pferdeschwanz zusammengebunden hatte, und den buschigen Koteletten, die von der jungenhaften Ungeduld seines Gesichts ablenkten, hätte der ein wenig ungepflegt wirkende Yaeger gut und gern in eine Hippiekommune der sechziger Jahre gepasst. Tatsächlich aber wohnte er keineswegs in einer Jurte, sondern in einem eleganten Vorort von Maryland, und fuhr einen BMW mit allen Extras. Seine attraktive Frau war Künstlerin, seine beiden Teenager-Töchter besuchten eine Privatschule, und alle drei beklagten sich hauptsächlich darüber, dass Yaeger mehr Zeit mit seiner elektronischen Familie verbrachte als mit seinen Angehörigen aus Fleisch und Blut.

Yaeger verspürte noch immer gewaltigen Respekt vor der ungeheuren Macht, die ihm zur Verfügung stand. Statt Tastatur und normalem Bildschirm benutzte er inzwischen Sprachbefehle und das holographische Display. Sein Vorstoß in die etwas freizügigeren Bereiche der Artikel des *National Geographic* stellte eine willkommene Pause von der anspruchsvollen Aufgabe dar, mit der Sandecker ihn betraut hatte. Im ersten Moment hatte Sandeckers Anweisung unkompliziert geklungen. Finden Sie heraus, ob es neben dem Vorfall in Marokko vergleichbare Übergriffe auf archäologische Expeditionen gegeben hat. Wie sich herausstellte, handelte es sich um eine wahrhaft monumentale Aufgabe. Er hatte sich mit Feuereifer an die Lösung des Puzzles gemacht und daraufhin seine verständnisvolle Frau und die Kinder sogar noch stärker als üblich vernachlässigt.

Obwohl das System der NUMA in erster Linie auf die Ozeane ausgerichtet war, drang Max routinemäßig und unautorisiert in andere Systeme ein, um Informationen zu sammeln und Daten zu transferieren. Davon betroffen waren Bibliotheken, Zeitungsarchive, Forschungsdatenbanken, Universitäten und Geschichtsarchive überall auf der Welt. Zunächst stellte Yaeger eine globale Liste der Expeditionen der letzten fünfzig Jahre auf und unterteilte sie chronologisch nach Jahrzehnten. Diese Liste umfasste Hunderte von Namen und Daten. Dann fertigte er ein Computermodell an, das auf den bekannten Fakten des Marokko-Zwischenfalls basierte. Er bat Max, dieses Modell mit jeder einzelnen Expedition zu vergleichen. Als Basis dienten dem Netzwerk verschiedenste Quellen, wie akademische Veröffentlichungen, wissenschaftliche Journale und Presseberichte, die es untereinander abglich, um bei seiner Suche nach wiederkehrenden Mustern festzustellen, ob irgendeine dieser Expeditionen ein vergleichbar unplanmäßiges Ende genommen hatte.

Die Quellen waren oftmals fragmentarisch und bisweilen zweifelhaft. Wie ein Bildhauer, der versucht, die in einem Stück Marmor versteckte Skulptur zu finden, strich Yaeger die globale Liste immer weiter zusammen. Danach war sie immer noch lang und kompliziert genug, um auch den erfahrensten Forscher einzuschüchtern, aber Yaeger fühlte sich nur umso mehr herausgefordert. Nach einigen Tagen hatte er eine gewaltige Vielzahl von Informationen zusammengetragen. Jetzt würde er die Computer anweisen, die Daten zu durchsieben und die Ergebnisse ansprechend aufzubereiten.

»Max, sobald du alle Möglichkeiten des Netzwerks ausgeschöpft hast, drucke bitte die Resultate aus«, befahl er dem Computer.

»Ich melde mich in Kürze zurück. Bitte entschuldigen Sie die Verzögerung«, erwiderte die sanfte monotone Stimme. »Warum gießen Sie sich unterdessen nicht noch eine Tasse Kaffee ein?«

Für einen Computer war die Zeit irrelevant, dachte Yaeger, während er Max' Vorschlag befolgte. Die Maschine verrichtete ihre Arbeit mit unvorstellbarer Geschwindigkeit, aber ganz gleich wie schnell und schlau Max war, er hatte keine Ahnung davon, was es bedeutete, Sandecker im Genick, pardon, in den Schaltkreisen sitzen zu haben. Yaeger hatte Sandecker versprochen, ihm spätestens bis zum nächsten Morgen die Ergebnisse vorzulegen.

Während Max arbeitete, hätte Yaeger eine Pause machen, in die Cafeteria der NUMA gehen oder sein Allerheiligstes einfach nur für einen kurzen Spaziergang verlassen können. Aber er hasste es, seine elektronischen Kinder allein zu lassen, und so nutzte er die Zeit stattdessen zur Sondierung weiterer Optionen.

Er starrte zur Decke empor und erinnerte sich an Nina Kirovs Aussage, die Mörder seien bei Nacht gekommen, hätten die Mitglieder der Expedition ermordet und dann die Leichen beseitigt.

»Max, lass uns mal einen Blick auf ›Meuchelmörder‹ werfen.«

Max bestand genau genommen aus einer Vielzahl von Computern, die sich, analog zum menschlichen Gehirn, mit mehreren komplizierten Aufgaben gleichzeitig beschäftigen konnten.

»Das dürfte kein Problem sein.« Eine Sekunde darauf sagte die Computerstimme: »Meuchelmörder, auch Assassine, die Entsprechung des arabischen *hashshashin,* was ›Haschischraucher‹ bedeutet. Die Assassinen entstanden im elften Jahrhundert als politisch-religiöser islamischer Orden, dem ein absolutistischer Führer mit seinen Stellvertretern vorstand. Manche Mitglieder der Sekte waren als ›Todgeweihte‹ bekannt. Von ihnen wurde bedingungsloser Gehorsam gefordert, denn sie waren die eigentlichen Meuchelmörder, die politische Widersacher umbrachten und sich gegen Entlohnung verdingten. Die Killer wurden mit Haschisch und reichlich sinnlichen Genüssen versorgt. Dann sagte man ihnen, dies wäre ein Vorgeschmack auf das Paradies, das sie erwartete, sofern sie ihren Auftrag erfüllten. Mehr als zwei Jahrhunderte lang verbreitete die Sekte Angst und Schrecken.«

Interessant. Aber war es auch sachdienlich? Yaeger fuhr sich durch den struppigen Bart, während Max weitere Gruppen von Meuchelmördern beschrieb, zum Beispiel die indischen Thugs und die japanischen Ninjas. Diese Gruppen passten nicht ganz zu dem Schema der marokkanischen Mörder, und – weitaus wichtiger – sie waren seit vielen Jahrhunderten nicht mehr in Erscheinung getreten. Dennoch verwarf Yaeger den Gedanken nicht. Falls er selbst eine Mördertruppe zusammenstellen wollte, würde er sich daran orientieren, wie andere Leute in der Vergangenheit vorgegangen waren.

Dr. Kirov sagte, die Killer hätten eine steinerne Skulptur zerstört, die eventuell als Beweis für einen präkolumbischen Kontakt zwischen Alter und Neuer Welt hätte dienen können. Falls er das gesamte Material über präkolumbische Kulturen untersuchen wollte, würde der Sortiervorgang auch bei Max' Geschwindigkeit zehn Jahre dauern. Stattdessen hatte Yaeger etwas entwickelt, das er »paralleles Paradigma« nannte; im Wesentlichen eine Reihe von Fragen, die den Computer auf verschiedene Weise untersuchen ließen, wer kein Interesse an der Enthüllung haben könnte, dass Kolumbus nicht der erste Repräsentant der Alten Welt gewesen war, der seinen Fuß in die Neue Welt gesetzt hatte. Und umgekehrt.

Yaeger hatte die Computer bereits vor ein paar Tagen auf dieses Problem angesetzt, aber bislang hatte er zu viel zu tun gehabt, um die Ergebnisse abzurufen. Jetzt, da die Maschinen mit Sandeckers Hauptfrage beschäftigt waren, blieb ihm etwas Zeit, um die Resultate zu sichten.

»›ParPar‹ aufrufen«, sagte er. Das war der Codename, mit dem er das unaussprechliche parallele Paradigma bezeichnet hatte.

»ParPar ist bereit, Hiram.«

»Danke, Max. Wen würde es stören, dass nicht Kolumbus Amerika entdeckt hat?«

»Einige Gelehrte, Historiker und Schriftsteller. Gewisse ethnische Gruppen. Möchten Sie Einzelheiten erfahren?«

»Nicht jetzt. Wäre diese Anschauung gefährlich?«

»Nein. Soll ich eine Verbindung zur Vergangenheit herstellen?«

Yaeger hatte seine Computer darauf programmiert, zunächst nur kurze Antworten zu geben, damit sie ohne genaue Anweisung keine endlosen Vorträge hielten.

»Weiter«, sagte Yaeger.

»Die spanische Inquisition hatte den Glauben an einen präkolumbischen Kontakt zur Ketzerei erklärt, die mit dem Tod auf dem Scheiterhaufen zu ahnden sei. Die Inquisitoren sagten, Kolumbus hätte den göttlichen Auftrag erhalten, die spanische Zivilisation in die Neue Welt zu tragen. Verbindung zu Vespucci herstellen?«

»Weiter.«

»Als Amerigo Vespucci wissenschaftlich bewies, dass Kolumbus nicht etwa Indien erreicht, sondern vielmehr einen neuen Kontinent entdeckt hatte, wurde auch er der Ketzerei bezichtigt.«

»Warum war dies von Bedeutung?«

»Das Eingeständnis, jemand anders habe die Neue Welt entdeckt, hätte die Macht des spanischen Staats geschwächt und ihm die Grundlage entzogen, die dort erlangten Reichtümer einzufordern.«

Yaeger ließ die Antwort auf sich wirken. Spanien war längst keine Weltmacht mehr, und all seine früheren Ländereien waren inzwischen eigenständige Staaten. Es gab hier irgendetwas, das er noch nicht sehen konnte. Er fühlte sich wie ein Kind, das von dem Ungeheuer in den dunklen Tiefen seines Wandschranks weiß. Es kann seine schweren Atemzüge hören und die grünen Augen sehen, aber sobald es das Licht einschaltet, ist alles verschwunden.

Der Computer ließ leise das Geläut von Big Ben ertönen, und eine lächelnde holographische Karikatur seiner selbst erschien.

»Die Verarbeitung und der Ausdruck sind abgeschlossen«, verkündete sein animiertes Ebenbild. »Puh! Und jetzt gehe ich ein Bier trinken.«

Yaeger verbrachte dermaßen viel Zeit mit diesem Computer, dass er ihm zwangsläufig auch einige seiner eigenen Charakterzüge einprogrammierte.

»Danke, Max. Der Drink geht auf meine Rechnung«, sagte er.

Yaeger fragte sich, was er wohl tun würde, falls Max ihn jemals beim Wort nahm. Dann ging er in ein angrenzendes Zimmer und holte den umfassenden Ausdruck, den er angefordert hatte. Die Lektüre des ParPar-Berichts über die archäologischen Expeditionen ließ ihn verblüfft die Augen aufreißen. Mehrfach flüsterte er leise das Wort »unglaublich« vor sich hin. Bereits nach wenigen Seiten nahm er den Hörer seines Telefons ab und wählte hastig eine Nummer. Am anderen Ende meldete sich eine forsche Stimme.

»Haben Sie einen Moment Zeit, Admiral?«, fragte Yaeger. »Ich glaube, ich habe hier etwas, das Sie interessieren wird.«

15

Um Viertel vor neun am nächsten Morgen lenkte Austin seinen türkisfarbenen Jeep Cherokee, das Standardfahrzeug der Behörde, auf den reservierten Stellplatz in der unterirdischen Parkgarage des NUMA-Hauptquartiers in Arlington, Virginia. Das imposante Gebäude mit der getönten Glasfassade beherbergte zweitausend Wissenschaftler und Ingenieure in Diensten der NUMA, und die Arbeit der anderen dreitausend Mitarbeiter überall auf dem Erdball wurde von hier aus koordiniert. Als Austin soeben die Atriumlobby durchquerte, in der sich mehrere Wasserfälle, Aquarien sowie ein riesiger Globus im Zentrum des seegrünen Marmorbodens befanden, hörte er Joe Zavala seinen Namen rufen. Erfreut stellte Kurt fest, dass Zavala nur noch unmerklich hinkte.

Der Lift schoss hinauf in die oberste Etage, in der Admiral Sandecker über mehrere Büros verfügte. Als sie den Aufzug verließen, warteten bereits zwei andere Männer darauf, die Kabine zu betreten. Einer der beiden war einen Meter neunzig groß und kräftig, mit dunkel gebräuntem, zerfurchtem Gesicht. Er hatte tiefgründige opalgrüne Augen und gewelltes pechschwarzes Haar, das an den Schläfen leicht ergraut war. Seine Statur war nicht ganz so breitschultrig wie die von Austin, sondern schmaler und drahtiger.

Der andere Mann entsprach so ziemlich dem kompletten Gegenteil. Er war nur einen Meter zweiundsechzig groß, aber sein Brustkasten war so breit, dass man sich an eine Bulldogge erinnert fühlte. Seine Arme und Beine waren ebenfalls äußerst muskulös. Das schwarze lockige Haar, das dunkelhäutige Gesicht und die walnussbraunen Augen verrieten seine italienische Abstammung.

Der hoch gewachsene Mann streckte die Hand aus. »Kurt, es ist bestimmt drei Monate her, dass wir uns das letzte Mal gesehen haben.«

Dirk Pitt, NUMAs Fachmann für Spezialaufgaben, und sein fähiger Assistent Al Giordino genossen innerhalb der Behörde einen legendären Ruf. Ihre Heldentaten in den vielen Jahren seit Gründung der NUMA durch Admiral Sandecker gehörten zu dem Stoff, aus dem Abenteuerromane gemacht sind. Obwohl sich Pitts und Austins Pfade nur selten kreuzten, waren sie gute Freunde geworden und oft gemeinsam zum Sporttauchen gegangen.

Austin erwiderte den festen Händedruck. »Wann habt ihr beide mal Zeit zum Mittagessen, damit wir unsere neuesten Erlebnisse austauschen können?«

»Nicht in den nächsten Wochen, fürchte ich. Wir fliegen in einer Stunde von der Andrews Air Force Base ab.«

»Wohin geht's denn?«, fragte Zavala.

»Der Admiral hat uns einen Auftrag in der Antarktis zugewiesen«, antwortete Giordino.

»Hast du denn auch daran gedacht, deinen Hodenwärmer einzupacken?«, fragte Zavala mit schelmischem Funkeln im Blick.

Giordino grinste. »Ich gehe niemals ohne vor die Tür.«

»Was ist mit dir und Joe?«, fragte Pitt.

»Wir treffen uns mit dem Admiral, um zu erfahren, was er sich für uns ausgedacht hat.«

»Ich hoffe, es geht in tropische Gewässer.«

Austin lachte. »Ich auch.«

»Ruf mich an, wenn ihr zurück seid«, sagte Pitt. »Ich lade euch zu mir zum Abendessen ein.«

»Aber gerne doch«, entgegnete Austin. »Deine Autosammlung ist jedes Mal aufs Neue ein Augenschmaus.«

Der nächste Aufzug kam, und die Türen glitten auf. Pitt und Giordino traten ein und drehten sich um. »Bis dann, Jungs«, sagte Giordino. »Viel Glück, wohin es euch auch verschlägt.« Dann schlossen sich die Türen, und die Männer fuhren abwärts.

»Ich glaube, das war das erste Mal, dass ich Dirk und Al ohne ein Humpeln, blutende Wunden oder dicke Bandagen gesehen habe«, sagte Austin.

Zavala verdrehte die Augen. »Danke, dass du mich unnötigerweise daran erinnerst, dass die Arbeit bei der NUMA gefährlich sein kann.«

»Was meinst du, weshalb schließt die NUMA für uns wohl so großzügige Krankenversicherungen ab?«, sagte Austin. Sie betraten ein großes Wartezimmer, an dessen Wänden Fotos hingen, die den Admiral in freundschaftlichem Umgang mit Präsidenten und anderen Größen aus Politik, Wissenschaft und Kunst zeigten. Die Empfangsdame sagte, sie sollten gleich hineingehen.

Sandecker saß hinter einem riesigen Schreibtisch. Das Möbelstück war aus einem nachpolierten Lukendeckel gefertigt, der von Bord eines versunkenen konföderierten Blockadebrechers stammte. Der Admiral trug eine kohlegraue Hose mit messerscharfer Bügelkante und einen teuren marineblauen Blazer, auf dessen Brusttasche ein goldener Anker gestickt war. Es fehlte nur noch eine weiße Mütze, um das schicke Bild zu vervollständigen. Aber Sandecker war kein Westentaschenkapitän. Ihn umgab ein Kraftfeld natürlicher Autorität, das in dreißig hoch dekorierten Jahren in der Kriegsmarine geschmiedet und durch den bisweilen brutalen Job als Leiter einer maritimen Regierungshausmacht, die er zudem aus dem Nichts aufgebaut hatte, gehärtet worden war. Die alten Hasen in Washington sagten, Sandeckers eindrucksvolle Ausstrahlung erinnere sie an George C. Marshall, General und späterer Außen- und Verteidigungsminister, der einen Raum betreten und wortlos klarmachen konnte, dass er hier das Sagen hatte. Verglichen mit dem stämmigen General war Sandecker klein, aber drahtig, was er seinen täglichen Acht-Kilometer-Läufen und einem strikten Trainingsprogramm verdankte.

Er sprang auf, als hätte er Stahlfedern in den Beinen, und kam um den Tisch herum, um die beiden Männer zu begrüßen.

»Kurt! Joe! Wie schön, Sie zu sehen«, sagte er überschwänglich und packte ihre Hände mit eisenhartem Griff. »Sie sehen prima aus. Gut, dass Sie beide herkommen konnten.«

Sandecker wirkte so adrett und fit wie immer. Er war Mitte sechzig, sah aber weitaus jünger aus. Die scharfen Kanten seines Barts, dessen leuchtend rote Farbe der seines Haars und manchmal auch der seines Temperaments entsprach, hätten mit einem Laser gestutzt worden sein können.

Austin hob eine Augenbraue. Es hatte nie der geringste Zweifel daran bestanden, dass er und Joe herkommen würden. Der aufbrausende Gründer und Leiter der NUMA ließ bekanntlich kein Nein als Antwort gelten.

Kurt setzte ein grimmiges Lächeln auf. »Danke, Admiral. Joe und ich werden immer ganz schnell gesund«, sagte er.

»Aber sicher«, erwiderte Sandecker. »Die schnelle Genesung ist Vorbedingung für eine Anstellung bei der NUMA. Fragen Sie Pitt und Giordino, falls Sie mir nicht glauben.«

Beängstigend daran war, dass Sandecker nur halb im Scherz sprach, wusste Austin. Und noch sehr viel bedenklicher erschien ihm die Tatsache, dass er und Joe ganz *wild* darauf waren, einen neuen Auftrag zu übernehmen.

»Ich werde daran denken, meine Wunden mit denen von Dirk zu vergleichen, wenn wir das nächste Mal zusammensitzen und Tequila auf Eis und Limone trinken, Sir.«

Zavala konnte der Gelegenheit nicht widerstehen, sich einen kleinen Spaß zu erlauben. Mit ausdruckslosem Gesicht sagte er: »Ein paar Invaliden wie wir können der NUMA wohl kaum von Nutzen sein.«

Sandecker gluckste und verpasste Zavala einen kräftigen Klaps auf den Rücken. »Ich habe schon immer Ihren Sinn für Humor bewundert, Joe. Sie würden sich auch prima als Komiker in einem der Nachtklubs machen, in denen Sie, wie mir zu Ohren gekommen ist, Ihre Abende in Begleitung junger Damen verbracht haben. Vermute ich recht, dass diese Damen zu Ihrer Gesundung beigetragen haben?«

»Private Krankenschwestern?«, entgegnete Zavala mit engelhafter Miene, die er nur mit Mühe aufrechterhalten konnte.

»Wie ich schon sagte, Joe, Sie haben Ihren Beruf verfehlt. Scherz beiseite, wie geht es Ihrem, äh, Hintern?«

»Ich bin noch nicht ganz fit für einen Marathonlauf, aber ich habe meinen Gehstock schon vor einigen Tagen in die Ecke geworfen, Sir.«

»Freut mich, das zu hören. Bevor wir uns zu den anderen gesellen, wollte ich Ihnen beiden noch zu der *Nereus*-Angelegenheit gratulieren. Ich habe die Berichte gelesen. Gute Arbeit.«

»Danke«, sagte Austin. »Sehr viel davon haben wir Kapitän Phelan zu verdanken. Er wurde zu spät geboren. Ich kann ihn mir ganz gut mit einem Entermesser in der Hand vorstellen, mit dem er irgendwelche räudigen Piraten in Schach hält. Ich fürchte nur, wir haben auf seinem Schiff eine ziemliche Schweinerei angerichtet.«

Sandecker musterte ihn eindringlich mit seinen kalten blauen Augen. »Manchmal lässt sich das nicht vermeiden, Kurt. Ich habe gestern mit dem Kapitän gesprochen. Das Schiff beendet soeben die Arbeit vor Yukatan. Phelan geht es gut, und er hat mir mitgeteilt, dass die *Nereus* wieder tadellos in Schuss und blitzblank ist. Außerdem hat er mich gebeten, Ihnen beiden nochmals für die Rettung seines Schiffs zu danken. Also, sind Sie bereit, wieder an die Arbeit zu gehen?«

Zavala warf die Hand zu einem militärischen Gruß empor, der einer Operettenfigur würdig gewesen wäre. »Tadellos in Schuss und blitzblank«, erwiderte er grinsend.

Es klopfte leise, und dann öffnete sich eine Seitentür in der dunkel getäfelten Wand. Ein Riese von Mann trat ein und musste sich bücken, um nicht an den Türrahmen zu stoßen. Mit einer Größe von zwei Meter drei wirkte Paul Trout eher wie ein Basketballspieler der NBA als wie ein Tiefseegeologe des NUMA-Teams für Sonderaufgaben. Früher hatte man Trout sogar Stipendien an mehreren Universitäten angeboten, die jedoch zumeist mehr an seiner Körpergröße als an seinem brillanten Verstand interessiert gewesen waren.

Wie es sich für jemanden aus den Neuenglandstaaten ziemte, war Trout ein Mann weniger Worte, aber auch seine Yankee-Reserviertheit konnte die Freude in seiner Stimme nicht verbergen. »Hallo, Jungs. Schön, dass ihr wieder da seid. Ihr habt uns gefehlt.« Dann wandte er sich an Sandecker. »Wir sind so weit, Admiral.«

»Wunderbar. Ich werde jetzt keine Zeit mit irgendwelchen Erklärungen verschwenden, Gentlemen. Die Gründe für dieses Treffen werden Ihnen bald umfassend erläutert werden.« Sandecker ging voraus und führte sie in einen geräumigen und komfortabel ausgestatteten Konferenzraum, der an sein Büro grenzte.

Austin wusste sofort, dass etwas Großes in der Luft lag. Der drahtige, schmalschultrige Mann am anderen Ende des langen Mahagonitisches war Commander Rudi Gunn, der stellvertretende Leiter der NUMA und Chef der Logistik. Neben ihm saß der Pseudohippy und Computerfreak Hiram Yaeger. Gegenüber den NUMA-Leuten befand sich ein vornehm wirkender älterer Mann; sein kantiges Profil und der struppige weiße Schnurrbart ließen Austin an C. Aubrey Smith denken, den alten Filmschauspieler, der häufig in der Rolle von polternden britischen Armeeoffizieren zu sehen war. Der jüngere Mann neben ihm hatte schütteres Haar, eine untersetzte Statur und ein streitlustig vorragendes Kinn.

Austin nickte Gunn und Yaeger grüßend zu. Sein Blick schweifte über die anderen Männer wie ein Stein, der über das Wasser hüpfte, und blieb schließlich an der Frau haften, die am Kopfende des Tisches saß. Sie hatte ihr blondes Haar geflochten und hochgesteckt, was ihre rauchgrauen Augen und die hohen Wangenknochen betonte. Austin ging zu ihr und streckte die Hand aus.

»Dr. Kirov, was für eine angenehme Überraschung«, sagte er aufrichtig erfreut. »Wie schön, Sie zu sehen.«

Nina trug ein Jackett mit passendem Rock, dessen sanfter Grünton ihre honiggoldene Haut zur Geltung brachte. Im Stillen dachte Austin, welche Idioten Männer doch waren. Bei ihrem ersten Zusammentreffen hatte Nina als leicht bekleidete Meerjungfrau wunderschön ausgesehen. Jetzt, vollständig angezogen, die verborgenen Kurven und Rundungen durch eng anliegende Seide betont, wirkte sie absolut atemberaubend.

Ihr Mund öffnete sich zu einem anmutigen Lächeln. »Ich freue mich auch, Sie zu sehen, Mr. Austin. Wie geht es Ihnen?«

»Inzwischen ganz wundervoll«, erwiderte er. Die Förmlichkeit der höflichen Floskeln konnte nicht über die stille Intensität hinwegtäuschen. Der Händedruck dauerte ein paar Sekunden länger als eigentlich erforderlich, bis Sandecker den Zauber des Augenblicks mit einem übertrieben lauten Räuspern durchbrach. Austin wandte sich um und sah die verwirrten Mienen seiner NUMA-Kollegen. Er wurde rot. Es war ihm klar, dass er wie ein naiver Schuljunge reagierte, der von seinen Mädchen verachtenden Kumpels überrascht worden war.

Sandecker stellte die Anwesenden einander vor. Der ältere Mann war J. Prescott Danvers, geschäftsführender Direktor einer Organisation namens World Archaelogical Council. Der andere Unbekannte war Jack Quinn von der East Asia Foundation. Sandecker sah auf die Uhr. »Jetzt, da wir die Formalitäten hinter uns gebracht haben, sollten wir zum Wesentlichen kommen. Hiram?«

Während Yaeger auf der Tastatur eines Macintosh Powerbook herumtippte, setzte sich Austin auf den Platz neben Trout. Trouts äußere Erscheinung war wie immer makellos. Sein hellbraunes Haar war nach Mode des Jazz-Zeitalters in der Mitte gescheitelt und an den Schläfen nach hinten gekämmt. Er trug einen gelbbraunen Popelinanzug, ein blaues Oxfordhemd und eine dieser großen, bunten Fliegen, die er so gern hatte. Außerdem bevorzugte Trout Arbeitsstiefel, was ein wenig im Gegensatz zu seiner Vorliebe für elegante Kleidung stand. Manche hielten diese Verschrobenheit für eine Reminiszenz an seinen Vater, der Fischer gewesen war. In Wirklichkeit hatte er sich diese Angewohnheit in der Oceanographic Institution von Woods Hole zugelegt, wo solche Stiefel von vielen der Wissenschaftler getragen wurden.

Die Fischgründe von Trouts Vater lagen vor Cape Cod, und so brachte Trout einen großen Teil seiner Jugend in diesem weltberühmten Institut zu. Die Wissenschaftler waren nur allzu gern bereit, einem Jungen, der so viel Begeisterung für den Ozean zeigte, mit Freundlichkeit zu begegnen, und boten ihm Wochenend- und Ferienjobs an. Später führte ihn seine Liebe zum Meer an die gleichermaßen berühmte Scripps Institution of Oceanography, wo er seinen Abschluss in Tiefseegeologie machte.

»Ich dachte, du wärst mit Gamay unten in Yukatan«, sagte Austin. Man sah Trout nur selten ohne seine Frau. Sie hatten sich am Scripps kennen gelernt, wo Gamay ihren Doktor in Meeresbiologie machte. Nach der Graduierung hatten sie geheiratet. Rudi Gunn, ein alter Freund aus Highschooltagen, überredete Paul, als Mitglied eines besonderen Teams an Bord zu kommen, das zu jener Zeit von Admiral Sandecker zusammengestellt wurde. Paul willigte ein, wenngleich nur unter der Bedingung, dass seine Frau ihn begleiten würde. Sandecker war hoch erfreut, gleich zwei erstklassige Leute zu bekommen, und ging bereitwillig auf die Forderung ein.

Trout schien stets tief in Gedanken versunken zu sein. Er hatte es zur Gewohnheit werden lassen, mit gesenktem Kopf zu sprechen, und obwohl er Kontaktlinsen trug, schaute er immer leicht nach oben, als würde er über den Rand einer Brille spähen.

»Sie hatte wochenlang versucht, einen Termin bei irgendeinem hohen Tier vom National Anthropological Museum in Mexiko

City zu bekommen«, sagte Trout im näselnden, gedehnten Tonfall seiner Heimat. »Der Typ konnte den Termin nicht mehr verlegen, also bin ich stellvertretend für uns beide hier.«

Sandecker hatte sich vor einem großen Projektionsschirm aufgestellt, der mit Yaegers Computer verbunden war. Er nickte Yaeger zu, und eine Sekunde später erschien eine Karte von Nordwestafrika auf dem Schirm. Mit einer nicht angezündeten Managua-Zigarre als Zeigestock wies Sandecker auf einen blinkenden roten Pfeil an der Küste Marokkos. »Jeder in diesem Raum weiß von dem Überfall auf Dr. Kirov und dem Verschwinden ihrer Expedition.« Er wandte sich an Austin und Zavala. »Kurt, während Sie und Joe sich erholt haben, wurden zwei weitere Expeditionen als vermisst gemeldet.«

Yaeger reagierte auf das Stichwort und projizierte eine Weltkarte auf den Schirm. Er deutete auf drei rote blinkende Pfeile. »Mr. Quinns Organisation hat hier in China eine Gruppe verloren. In Indien sind zwei Wissenschaftler samt Helfern verschwunden. Und das hier ist Marokko.«

»Danke, Hiram«, sagte Sandecker. »Dr. Danvers, würden Sie uns ein wenig über Ihre Organisation erzählen?«

»Sehr gern«, erwiderte Danvers und stand auf. Man konnte seiner vornehmen Stimme noch immer den pseudobritischen Akzent anhören, den er einst in der Vorschule gelernt hatte. »Der World Archaeological Council zu Washington ist eine Sammelstelle für Informationen aus der weltweiten archäologischen Gemeinschaft. Zu jedem beliebigen Zeitpunkt werden auf unserer Erde Dutzende von Projekten durchgeführt«, sagte er und zeigte auf die Karte. »Die Finanzierung erfolgt durch Stiftungen, Universitäten, Regierungsbehörden oder eine Kombination aus allen dreien. Unsere Aufgabe besteht darin, all diese Informationen zu sammeln und sie bei Bedarf in kontrollierterem Umfang wieder zur Verfügung zu stellen.«

»Könnten Sie uns ein konkretes Beispiel geben?«, bat Sandecker.

Danvers überlegte einen Moment. »Eines unserer Mitglieder, in diesem Fall eine Universität, wollte kürzlich ein Projekt in Usbekistan beginnen. Nach einer einzigen Abfrage der Datenbank unseres Computers konnten wir ihnen alle vergangenen, gegenwärtigen und zukünftigen Unternehmungen in jenem Land nennen. Ferner konnten wir alle veröffentlichten wissenschaftlichen Aufsätze der letzten Jahre sowie Bibliographien geeigneter Fachliteratur und die Namen von Experten dieses Sachgebiets zur Verfügung stellen. Wir haben Karten und Statistiken, aber auch Informationen über ganz alltägliche Dinge, wie zum Beispiel die örtlichen Gebräuche, die Verfügbarkeit von Arbeitskräften, vorhandene Transportmittel, den Zustand der Straßen, das Wetter und so weiter.«

»Kann man aus Ihren Daten ersehen, welche Expditionen verschwunden sind?«, warf Sandecker ein.

»Tja ...« Danvers zog die eisgrauen Brauen hoch. »Nicht direkt. Es ist Aufgabe der verschiedenen Mitglieder, uns Material zu liefern. Wie schon gesagt, wir sammeln und verteilen wieder. Unser Material ist in erster Linie akademischer Natur. Bezogen auf das Beispiel in Usbekistan gäbe es keinerlei Erwähnung eines Verschwindens, sofern die Universität es nicht vorher gemeldet hätte. Vielleicht Warnungen, dass eine bestimmte Gegend gefährlich sein könnte. Andererseits könnte die Information auch durchaus vorhanden sein, allerdings stückweise über die gesamte Datenbank verteilt. Dann müsste man die einzelnen Teile irgendwie zusammenfügen, aber das wäre eine ungeheuere Aufgabe.«

»Ich verstehe«, sagte Sandecker. »Hiram, würden Sie uns bitte weiterhelfen?«

Yaeger tippte auf der Tastatur des Computers. Einer nach dem anderen erschienen rote blinkende Pfeile auf den verschiedenen Kontinenten. Er hatte den drei bereits vorhandenen Stätten ungefähr ein Dutzend neuer Fälle hinzugefügt.

»All diese Expeditionen sind in den letzten zehn Jahren verschwunden«, sagte er.

Danvers' Nasenlöcher erbebten, als nähme er einen üblen Gestank wahr.

»*Unmöglich*«, sagte er. »Woher haben Sie die Informationen, um eine dermaßen groteske Behauptung aufzustellen?«

Yaeger zuckte lakonisch mit den Achseln. »Aus den Dateien Ihrer Organisation.«

»Das kann nicht sein«, sagte Danvers. »Sie müssen Mitglied des WAC sein, um auf unsere Datenbank zugreifen zu können. Zudem ist ein großer Teil der Informationen vertraulich. Nicht einmal die Mitglieder können sich frei von Datei zu Datei bewegen. Sie müssen ihren Codenamen eingeben und dann eine Freigabe erteilt bekommen.«

Dies war nicht das erste Mal, dass Yaeger jemanden behaupten hörte, seine elektronischen Kinder könnten kaum krabbeln, wo sie doch in Wirklichkeit rennen konnten. Er hatte schon früh gelernt, sich auf keinerlei Diskussionen einzulassen. Stattdessen lächelte er einfach nur.

Sandecker musterte die Pfeile, die fröhlich auf der Karte blinkten. »Ich glaube, wir können uns darauf einigen, dass es sich hierbei wohl kaum um Zufälle handeln dürfte«, sagte er.

Danvers war noch immer völlig verblüfft, dass jemand, der aussah, als gehörte er zum Ensemble von *Hair*, in seine Datenbank eingedrungen war. »*Bei weitem* nicht«, sagte er und bemühte sich nach Kräften, eine würdevolle Haltung zu bewahren.

»Bitte verzeihen Sie, Dr. Danvers«, sagte Sandecker. »Als ich zum ersten Mal von dem Zwischenfall in Marokko erfuhr, habe ich Hiram gebeten, sich anhand von Presseberichten einen Überblick über vergleichbare Fälle zu verschaffen und diese dann mit anderen verfügbaren Informationen abzugleichen. Dass er beschlossen hat, gerade Ihrer Organisation einen unangemeldeten Besuch im Cyberspace abzustatten, spricht lediglich für die Bedeutung des WAC. Ich fürchte jedoch, dass unsere Erkenntnisse noch weitaus beängstigender sind.«

Yaeger übernahm. »Ich habe eine Reihe archäologischer Artikel aus den wichtigen Publikationen überprüft, sie mit Ihren Dateien verglichen und dann die Suchparameter immer weiter verfeinert, um die Spreu vom Weizen zu trennen. Die letzten fünf Jahre waren einfach. Schwieriger wurde es, sobald ich weiter in die Vergangenheit vordrang, als die Leute noch keine Computer benutzten. Der Überblick ist nicht vollständig, aber die Fälle, die ich berücksichtigt habe, sind ziemlich gründlich dokumentiert. Ich habe alle Expeditionen ausgeschlossen, bei denen es keine Toten gab oder die Naturkatastrophen zum Opfer gefallen sind.«

Er klickte mit der Maus. Danvers keuchte erschrocken. Die Karte leuchtete auf wie eine Neonreklame am Times Square. Auf jedem Kontinent blinkten Dutzende kleiner roter Pfeile.

Quinn reagierte verärgert. »Das ist doch verrückt«, sagte er. »Verdammt, wir reden hier doch nicht von irgendwelchem Indiana-Jones-Unfug! Archäologische Grabungen verschwinden nicht einfach vom Antlitz der Erde, ohne dass jemand etwas bemerkt.«

»Ein guter Einwand, Mr. Quinn«, sagte Sandecker in ruhigem Tonfall. »Angesichts der Vielzahl von Expeditionen, die sich einfach in nichts aufgelöst haben, waren auch wir überrascht. Die Öffentlichkeit hat durchaus Interesse an derlei Angelegenheiten, aber die Zwischenfälle haben sich im Verlauf mehrerer Jahrzehnte ereignet, und früher war es etwas völlig Alltägliches, dass Forscher für einige Jahre von der Bildfläche verschwanden. Manchmal für immer. Hätten wir jemals erfahren, was mit Dr. Livingstone geschehen ist, falls der unerschrockene Stanley ihm nicht nachgereist wäre?«

»Aber was ist mit den Zeitungsberichten?«, fragte Quinn.

»Wenn ich Hiram richtig verstanden habe, ist es gelegentlich vorgekommen, dass eine größere Publikation wie die *New York Times,* die über die entsprechenden Quellen und Mittel verfügt, das eigene Archiv durchforstet hat, tatsächlich auf ein vergleichbares Ereignis gestoßen ist und dieses dann mit dem aktuellen Zwischenfall verglichen hat«, sagte Sandecker. »Wenn etwas in größerem Rahmen Aufsehen erregte, wie etwa das Verschwinden einer Sardinien-Expedition des *National Geographic* im Jahr 1936, wurde der Vorfall zumeist auf Banditen oder irgendein Missgeschick zurückgeführt. Einen gewissen Prozentsatz können wir abziehen, zum Beispiel Überflutungen und Vulkanausbrüche.« Er hielt inne. »Was ich als beunruhigend empfinde, ist die Tatsache, dass dieser Trend ansteigt.«

Austin war noch nicht überzeugt. Er beugte sich vor, stützte das Kinn in die Hände und starrte auf die Karte. »Die Nachrichtenwege sind heutzutage weitaus effizienter als noch zu Stanleys Zeit«, sagte er. »Könnte *das* etwas mit dieser Entwicklung zu tun haben?«

»Ich habe das in die Gleichung einbezogen, Kurt«, sagte Yaeger. »Die Kurve weist trotzdem nach oben.«

Rudi Gunn nahm seine Hornbrille ab und kaute nachdenklich auf einem der Bügel herum. »Das erinnert mich an einen Film, den ich gesehen habe«, murmelte er grübelnd. *»Jemand ermordet die Spitzenköche Europas.«*

»Allerdings geht es in diesen Fällen weder um Köche noch beschränken sich die Ereignisse auf einen einzigen Kontinent«, sagte Sandecker. »Falls Dr. Kirovs Erlebnisse ein Indiz darstellen, dann ermordet jemand die großen Archäologen dieser Welt.«

Danvers lehnte sich auf seinem Stuhl zurück. Sein zuvor rötliches Gesicht war inzwischen weiß wie Brotteig. »Um Gottes willen«, flüsterte er mit heiserer Stimme. »Was, um alles in der Welt, geschieht hier?«

»Tja, was?« Sandeckers Blick schweifte über die versammelten Gesichter. »Ich habe Hiram gebeten, nach gemeinsamen Merkmalen all dieser Fälle zu suchen. Das brachte zunächst keinerlei Ergebnis. Diese Expeditionen waren völlig verschiedener Natur. Ihre Teilnehmerzahl variierte zwischen drei und mehr als zwanzig Personen, und die Einsatzorte lagen über den gesamten Erdball verstreut. Sie wurden von einem breiten Spektrum an Gruppen oder Individuen organisiert. Schließlich fanden sich *doch noch* gemeinsame Nenner. Der Modus Operandi, wie die Polizei so etwas nennt, war in allen Fällen vor Marokko der gleiche. Die Expeditionen verschwanden einfach. Dr. Kirovs Erfahrungen waren traumatisch, aber letzten Endes könnten sie sich als Glücksfall erweisen, falls sich dadurch ähnliche Katastrophen verhindern lassen. Wir wissen jetzt, dass diese Expeditionen sich nicht einfach in Luft aufgelöst haben. Sie wurden von ausgebildeten Meuchelmördern beseitigt.«

»*Thugee«,* sagte Gunn leise.

»Was meinen Sie denn damit?«, fragte Quinn.

»Unser Wort *Thug* stammt davon ab. Es ist Hindi und heißt ›Dieb‹. So wurden die Anhänger des indischen Kali-Kults genannt. Sie schleusten sich in Karawanen ein, erdrosselten nachts die Leute, versteckten die Leichen und stahlen die Güter. Im neunzehnten Jahrhundert wurde der Kult von den Briten zerschlagen und verschwand nahezu vollständig von der Bildfläche. Einer dieser letzten Fälle hat sich in Indien zugetragen.«

Niemand, der Gunn kannte, war überrascht, wenn dieser plötzlich solch erstaunliche Informationen lieferte. Der kleine und schmächtige Gunn war ein absolutes Genie. Er hatte die Marineakademie als Bester seines Jahrgangs abgeschlossen, erreichte später den Rang eines Commanders und hätte eine erstklassige Stellung im Verteidigungsministerium bekommen können. Er verfügte über erweiterte Abschlüsse in Chemie, Finanzwesen und Ozeanographie, aber die Meereswissenschaften waren ihm wichtiger als die Kriegführung. Er hatte als Sandeckers Adjutant auf mehreren U-Booten gedient, und als der Admiral aus der Kriegsmarine austrat, um die NUMA zu gründen, war Gunn ihm gefolgt. Durch die Zusammenstellung vieler Berichte und dank häufiger Recherchearbeit hatte er viel von dem breit gefächerten Material in sich aufgenommen, das sich auf den Seiten der vielen hundert Bücher fand, mit denen er sich umgab.

»Ich habe sie überprüft«, sagte Yaeger. »Ninjas und *hashshashin* ebenfalls. Sie haben Recht, es gibt Ähnlichkeiten.«

Sandecker erschien dieser Gedanke offenbar nicht allzu abwegig. »Die Vorstellung, es könnte eine geheime Gesellschaft der Mörder geben, ist durchaus interessant«, sagte er. »Behalten wir die Idee im Hinterkopf, während ich zunächst auf die andere Gemeinsamkeit eingehen möchte. Soweit wir anhand der Aufzeichnungen wissen, haben alle verschwundenen Expeditionen der letzten Jahre vom Fund präkolumbischer Artefakte an unmöglichen Orten berichtet.« Er hielt inne, um die Spannung zu steigern. »Und soweit Hiram feststellen konnte, wurden alle Unternehmungen zumindest teilweise von Time-Quest finanziert. Gentlemen, weiß einer von Ihnen etwas über diese Organisation?«

»Aber sicher«, sagte Quinn. »Unsere Stiftung hat schon sehr häufig auf sie zurückgegriffen. Meines Wissens absolut unbescholten. Man findet deren Anzeigen in allen archäologischen Magazinen. Sie sind bekanntermaßen sehr großzügig mit ihren Geldern. Falls denen Ihr Vorhaben gefällt, werden sie es finanzieren. Und was noch besser ist, die schicken Ihnen Freiwillige. Das sind Leute, die dafür bezahlen, an einer aufregenden Ausgrabung mitarbeiten zu dürfen. Time-Quest steht in irgendeiner Form mit manchen der Umwelt- und Ruhestandsorganisationen in Verbindung. Wie ich schon sagte, die befinden sich auf dem aufsteigenden Ast.«

Danvers schien aus einem tiefen Schlaf aufzuschrecken. »Ja, ganz meine Meinung. Viele unserer Klienten haben mit Time-Quest zusammengearbeitet. Wir haben eine Akte über diesen Verein, falls Ihnen das weiterhilft.«

»Ich habe sie bereits überprüft«, sagte Yaeger. »Darüber hinaus habe ich Informationen aus anderen Quellen hinzugezogen. Verzeichnisse gemeinnütziger Organisationen sowie Unterlagen der Staats- und Bundesbehörden, die solche Organisationen überwachen. Kontoauszüge. Das Internet. Die haben eine eindrucksvolle Webseite. Ihre Zentrale liegt in San Antonio. Der Vorstand besteht aus landesweit bekannten Personen.«

Austin runzelte die Stirn. »Wohlmeinende Leute haben ihre

Namen unwissentlich schon für alles Mögliche zur Verfügung gestellt, von Rechts- und Linksextremisten bis hin zum organisierten Verbrechen, weil sie dachten, sie würden im Dienst einer guten Sache handeln.«

»Guter Einwand, Kurt«, stimmte Sandecker ihm zu. »Hiram, irgendein Hinweis darauf, dass Time-Quest als Aushängeschild für Extremisten fungiert?«

Yaeger schüttelte den Kopf. »Alle Daten besagen, Time-Quest ist sauber.«

»Demnach haben Sie nichts Außergewöhnliches festgestellt?«, bohrte Sandecker nach, dessen geschultes Ohr einen leichten Beiklang in Yaegers Stimme bemerkt hatte.

»Das habe ich nicht gesagt, Admiral. Über die Hauptorganisation gibt es einen ganzen Berg von Informationen, aber das Meiste davon ist aalglatter Werbekram, der eigentlich gar nichts verrät. Als ich versucht habe, hinter das PR-Bild vorzudringen, habe ich nichts gefunden.«

»Der Zugriff war Ihnen verwehrt?«

»Genau das meine ich. Nicht wirklich. Das hier ist weitaus raffinierter. Wenn der Zugang gesperrt ist, dann ist das so, als hätte man keinen Schlüssel, um ins Zimmer zu gelangen. Ich hatte den Schlüssel, aber als ich ins Zimmer kam, war alles dunkel, und ich konnte kein Licht einschalten.«

»Wenn sogar Ihre elektronischen Schnüffler keine Fährte ausfindig machen konnten, dann muss es sich wirklich um eine raffinierte Konstruktion handeln. Dennoch verrät uns Ihre Arbeit etwas. Die Organisation würde wohl kaum den Lichtschalter deaktivieren, wenn sie nichts zu verbergen hätte.«

Nina, die während der gesamten Diskussion schweigend dagesessen hatte, sagte plötzlich: »Gonzales.«

»Wie bitte?«, fragte Sandecker.

»Ich habe darüber nachgedacht, was Commander Gunn über *thugee* gesagt hat. An unserer Expedition hat ein Mann namens Gonzales teilgenommen. Ich habe ihn Mr. Austin und Mr. Zavala gegenüber erwähnt. Er war durch Time-Quest vermittelt worden, und er war … er war irgendwie merkwürdig.«

»In welcher Hinsicht, Dr. Kirov?«

»Schwer zu sagen. Er war furchtbar unterwürfig. Immer in der Nähe, schaute einem über die Schulter. Sobald jemand ihn nach seiner Vergangenheit fragte, erzählte er immer die gleiche Geschichte. Es gab nie Abweichungen. Wenn man nach Einzelheiten bohrte, wich er aus. Zum Beispiel an jenem letzten Tag, als ich ihn nach diesem Fremden fragte, mit dem er gesprochen hatte.« Sie hielt inne und runzelte nachdenklich die Stirn. »Ich glaube, das hatte etwas mit dem Überfall zu tun.«

»Ich habe in Ihrem Bericht von dem Zwischenfall gelesen«, sagte Sandecker. »Wurde dieser Gonzales mit den anderen getötet?«

»Ich nehme es an. Es gab ein großes Durcheinander. Er verschwand mit den anderen, also …«

»Wir werden die Identität der an der Ausgrabungsstätte exhumierten Leichen überprüfen, und falls er nicht dabei ist, wird Hiram sich auf die Suche nach ihm begeben.«

»Eine Frage«, warf Austin ein. »Time-Quest stand mit jeder Expedition in Verbindung, die im Verlauf der letzten Jahre verschwunden ist. Sind denn auch manche ihrer Expeditionen sicher wieder nach Hause zurückgekehrt?«

»Ich antworte darauf«, sagte Sandecker. »Ja. Es hat zahlreiche Expeditionen gegeben, bei denen die schlimmste Verletzung ein Sonnenstich war. Aber noch einmal, diejenigen, die verschwunden sind, haben allesamt ungewöhnliche Funde gemeldet beziehungsweise in den konkreteren Fällen einen Hinweis auf präkolumbische Kontakte. Was halten Sie davon, Dr. Danvers?«

»Die archäologische Gemeinschaft würde solche Behauptungen sicherlich mit allergrößter Skepsis genauestens untersuchen«, erwiderte Danvers. »Aber einen Grund zu nennen, warum jemand deswegen Morde begehen sollte … tja, da bin ich einfach überfragt. Sind Sie sicher, dass es sich nicht doch um eine Reihe von Zufällen handeln kann, egal wie unwahrscheinlich?«

Nina schüttelte den Kopf. »Es ist kein Zufall, dass das präkolumbische Artefakt, das ich gefunden habe, zerstört wurde. Und dass jeglicher Hinweis auf seine Existenz aus der Datenbank der Universität verschwunden ist.« Sie wandte sich an Yaeger. »Wie ist so etwas möglich?«

Yaeger zuckte mit den Achseln. »Es ist nicht allzu schwierig, wenn man weiß, wie es geht.«

Sandecker sah erneut auf die Uhr. »Für den Augenblick haben wir alles getan, was wir tun können. Gentlemen, Dr. Kirov, haben Sie vielen Dank für Ihr Erscheinen. Wir werden jetzt unseren nächsten Schritt besprechen und Sie über unsere Fortschritte auf dem Laufenden halten.«

Als die Versammlung sich auflöste, ging Kurt zu Nina hinüber.

»Werden Sie in der Gegend von Washington bleiben?«

»Ich fürchte, nein«, sagte sie. »Ich bin praktisch schon unterwegs, um mit der Arbeit an einem neuen Projekt zu beginnen.«

»Tja ...«

»Man weiß nie. Vielleicht arbeiten wir eines Tages mal zusammen.«

Austin atmete den schwachen Lavendelduft ein, den Ninas Haar verströmte, und fragte sich, wie häufig sie in diesem Fall wohl zum Arbeiten kommen würden. »Womöglich ja.«

Zavala trat hinzu. »Tut mir Leid, euch zu stören. Sandecker will, das wir in sein Büro kommen.«

Widerstrebend verabschiedete sich Kurt von Nina und folgte dann den anderen in das Refugium des Admirals. Er nahm auf einem der bequemen Ledersessel Platz. Sandecker saß hinter seinem Schreibtisch. Er lehnte sich auf seinem Drehstuhl zurück und zog einige Male an der riesigen Zigarre, die er endlich angezündet hatte. Er war im Begriff, das Gespräch zu eröffnen, als sein Blick auf Zavala fiel, der genau den gleichen Glimmstängel paffte. Es gab nur wenig im bekannten Universum, über das Sandecker nicht Bescheid wusste, aber eines der andauerndsten und irritierendsten Mysterien seines Lebens hatte mit dem Humidor auf seinem Schreibtisch zu tun. Schon seit Jahren versuchte er herauszufinden, wie Al Giordino es anstellte, unbemerkt Zigarren aus dem Kasten zu entwenden.

Sandecker sah Zavala durchdringend an. »Haben Sie mit Giordino gesprochen?«, fragte er in eisigem Tonfall.

»Im Aufzug. Er und Pitt waren gerade zu einem Projekt in der Antarktis unterwegs«, entgegnete Zavala mit engelsgleicher Unschuld. »Wir haben uns kurz über ein paar NUMA-Dinge unterhalten.«

Sandecker schnaubte leise. Er hatte vor Giordino noch niemals klein beigegeben, und er würde den Teufel tun, Zavala gegenüber einzuräumen, dass er irritiert oder verblüfft war.

»Manche von Ihnen fragen sich vielleicht, warum eine Behörde, deren Tätigkeitsbereich der Ozean und die Meerestiefen sind, sich mit einer Horde von Wüstenbuddlern abgeben sollte«, sagte er. »Der vornehmliche Grund besteht darin, dass die NUMA über die besten nachrichtendienstlichen Fähigkeiten der Welt verfügt. Viele dieser Ausgrabungsstätten wurden über das Meer oder auf Flüssen erreicht, die wiederum ins Meer fließen, also sind wir technisch gesehen durchaus davon betroffen. Nun, Gentlemen, irgendwelche Vorschläge?«

Austin, der den Zweikampf der Zigarren interessiert verfolgt hatte, dachte laut über Sandeckers Frage nach. »Fassen wir zusammen, was wir wissen.« Dann zählte er die Punkte nacheinander an den Fingern ab. »Den Fällen liegt ein gemeinsames Muster zugrunde. Die Leute verschwinden nicht einfach, sondern werden von gut organisierten und bestens ausgerüsteten Meuchelmördern aus dem Weg geräumt. Die Expeditionen standen allesamt in Verbindung mit einem Verein namens Time-Quest, der anscheinend irgendetwas zu verbergen hat.«

Yaeger unterbrach ihn. »Könnte es nicht sein, dass sie einfach nur Gelder vor dem Finanzamt verstecken und das alles gar nichts mit den Morden zu tun hat?«

»Doch, das ist durchaus möglich«, sagte Sandecker. »Und deshalb möchte ich, dass Sie weitergraben. Gehen Sie alle Möglichkeiten durch.«

»Haben Sie je etwas über das Hovercraft in Erfahrung gebracht, mit dem man Dr. Kirov überfahren wollte?«, fragte Zavala.

»Da hatten wir etwas mehr Glück«, sagte Yaeger. »Ausgehend von Ihrer Beschreibung konnte ich als Hersteller eine englische Firma namens Griffon Hovercraft Ltd. ausmachen. Von dem betreffenden Modell wurden nur wenige Exemplare gebaut. Dieses hier ist besonders interessant. Es ist ein so genannter LCAC-Typ.«

»Marinejargon für ein ›landing craft air cushion‹, wenn ich mich recht erinnere. Das ist ein Landungsboot«, sagte Gunn.

»Genau. Es handelt sich um eine aufgemöbelte, strandtaugliche Hochgeschwindigkeitsvariante des gewerblichen Modells. Knapp siebenundzwanzig Meter lang. Zwei Propeller und vier Gasturbinen beschleunigen es bei voller Nutzlast auf bis zu vierzig Knoten. Lafetten für Maschinengewehre vom Kaliber .50, Granatwerfer und ein M-60-Maschinengewehr. Unsere eigene Kriegsmarine hat auch ein paar davon.«

»Warum haben sie nicht die Waffen benutzt, um Dr. Kirov aufzuhalten?«, fragte Zavala.

»Ich vermute, man hat befürchtet, ihre Leiche könnte gefunden werden. Es hätte Fragen gegeben. Wurde dieses Modell auch von irgendeiner privaten Firma geordert?«, fragte Austin.

»Nur von einer. Einer Gesellschaft in San Antonio«, erwiderte Yaeger.

Austin beugte sich vor. »Dort liegt doch auch die Zentrale von Time-Quest.«

»Richtig«, sagte Yaeger. »Womöglich ein Zufall. Das Hovercraft gehört angeblich einer Ölsucherfirma, aber es könnte sich dabei ebenso gut um eine von mehreren Scheinfirmen handeln. Es wird eine Weile dauern, bis ich herausgefunden habe, ob eine Verbindung zu Time-Quest besteht. In dem Fall wäre es ganz schön nachlässig, diese Verbindung nicht besser verschleiert zu haben.«

»Nicht wirklich«, sagte Austin. »Man hat nicht mit Zeugen gerechnet. Falls der Angriff auf Dr. Kirov Erfolg gehabt hätte, würde niemand etwas über die Killer erfahren haben. Die Leute auf der *Nereus* haben das Hovercraft zwar gesehen, aber es war zu weit entfernt, um erkennen zu können, dass es für einen Mordversuch benutzt wurde.«

»Kurt hat Recht, Hiram«, sagte Sandecker. »Ich möchte, dass Sie an der San-Antonio-Spur dranbleiben. Irgendwelche Vorschläge hinsichtlich etwas direkterer Aktionen?«

»Ja, ich habe da eine Idee«, sagte Austin. »Vielleicht können wir sie aus der Deckung locken. Der Auslöser all dieser Zwischenfälle ist die präkolumbische Entdeckung. Was wäre, wenn wir eine archäologische Expedition ins Leben rufen und Time-Quest davon unterrichten würden, dass wir irgendetwas aus präkolumbischer Zeit gefunden haben?«

»Und dann ziehen wir uns unsere Kevlarwesten an und warten ab, was passiert«, sagte Zavala. Er paffte seine Zigarre wie ein Grandseigneur. »Eine Falle. Hervorragend.«

Sandecker hob eine Augenbraue. »Mal abgesehen von Zavalas trockenem Humor, wie sollten wir das bewerkstelligen?«, fragte er. »Die Vorbereitung würde Wochen, wenn nicht sogar Monate dauern, nicht wahr, Rudi?«

»Ich fürchte, ja, Sir. Es gäbe jede Menge Einzelheiten zu bedenken.«

Austin verstand nicht, wieso Gunn seinen Vorschlag offenbar amüsiert aufnahm. »Vielleicht können wir die Prozedur irgendwie beschleunigen, wenn wir uns anstrengen«, sagte er mit deutlich hörbarer Verärgerung.

»Kein Grund, aus der Haut zu fahren, mein Freund.« Sandecker entblößte die Zähne zu seinem vertrauten Barrakuda-Lächeln. »Während Sie und Joe im Bett gelegen haben, sind Rudi, Hiram und ich auf die gleiche Idee gekommen und haben die Angelegenheit in die Wege geleitet. Alles ist bereit. Aus Gründen der Zeitersparnis und Logistik haben wir uns für den nordamerikanischen Südwesten entschieden. Der Köder ist ein ›Artefakt‹ aus der Alten Welt, das hier auf amerikanischem Boden entdeckt wird. *Das* dürfte mit Sicherheit einiges Aufsehen erregen. Betrachten Sie dies als Auftrag des NUMA-Teams für Sonderaufgaben.«

»Auftrag angenommen«, sagte Austin. »Was ist mit Gamay?«

»Eine Meeresbiologin in der Wüste könnte etwas schwieriger zu erklären sein«, sagte der Admiral. »Ich sehe keine Veranlassung, sie von ihrer Arbeit in Yukatan abzuziehen. Unterrichten Sie sie davon, was wir vorhaben. Falls wir sie brauchen, kann sie innerhalb weniger Stunden dort sein. Sie hat in letzter Zeit ziemlich hart gearbeitet. Vermutlich genießt sie in diesem Augenblick die tropische Sonne am Strand von Cozumel oder Cancún.«

Zavala nahm einen langen Zug von seiner Zigarre und blies einen Rauchring. »Manche Leute haben's gut«, sagte er.

16

Yukatan, Mexiko

Das vierte ständige Mitglied des NUMA-Teams für Sonderaufgaben hätte die derzeitige Situation bestimmt nicht als *gut* bezeichnet. Während ihre Kollegen den klimatisierten Komfort genossen, war Gamay Morgan-Trout völlig durchgeschwitzt, und ihre normalerweise gute Laune verflog in proportionaler Abhängigkeit vom Anstieg der hiesigen Lufttemperatur, die bereits nahezu dreißig Grad betrug und weiter zunahm. Sie konnte kaum glauben, dass die Luftfeuchtigkeit trotz des wolkenlosen Himmels hundert Prozent betrug.

Gamay verschränkte die Arme vor der Brust und lehnte ihren

hoch gewachsenen, gertenschlanken Körper gegen den Jeep. Der Wagen stand auf dem grasbewachsenen Seitenstreifen neben dem Asphaltband, das den tief gelegenen Regenwald durchschnitt. Über der gesprenkelten Makadamstrecke tanzten Luftspiegelungen, die wie schimmernde Wasserpfützen aussahen. Der abgelegene Ort erinnerte sie an den einsamen Highway in *Der unsichtbare Dritte,* auf dem Cary Grant von einem einmotorigen Flugzeug gehetzt wurde.

Gamay schaute in den fahlen Himmel empor. Kein Flugzeug. Bloß ein paar Truthahngeier, die träge ihre Kreise zogen. Ein schlechter Platz für hungrige Aasfresser. Die Ausbeute an überfahrenen Tieren musste ziemlich dürftig sein. In der letzten Stunde war nur ein einziger Wagen vorbeigekommen. Sie hatte den alten Pickup schon meilenweit vorher gehört. Er ratterte mit einer Ladung halb toter Hühner an ihr vorbei und hinterließ eine Spur weißer Federn. Der Fahrer hatte nicht einmal den Fuß vom Gas genommen, um zu fragen, ob sie Hilfe benötigte.

Ihr kam der Gedanke, dass es nicht sonderlich schlau war, draußen in der Sonne stehen zu bleiben, und so stieg sie zurück in den Schatten unter dem Faltdach des Jeeps und nahm einen Schluck kühles Wasser aus einer Thermoskanne. Mindestens zum dritten Mal entfaltete sie die Karte, die Professor Chi ihr aus Mexiko City zugefaxt hatte. Ihre nassen Hände ließen das Papier feucht und schlaff werden. Früher an jenem Morgen war sie von Ciudad del Carmen aus, wo die *Nereus* vor Anker lag, durch die eintönig flache Landschaft Yukatans landeinwärts gefahren und hatte sich dabei exakt an die Karte gehalten. Sie hatte jede der ordentlich notierten, präzisen Meilenangaben genau befolgt und war bei allen eingezeichneten Pfeilen in die entsprechende Richtung abgebogen. Sie musterte die sorgfältig angefertigte Zeichnung. Kein Irrtum möglich. Ein *X* markierte die Stelle. Sie befand sich genau dort, wo sie sein sollte.

Mitten im Nirgendwo.

Gamay bedauerte es, abgesagt zu haben, als sie und ihr Mann

Paul die Aufforderung erhielten, sich zu einem wichtigen Treffen des NUMA-Teams für Sonderaufgaben wieder in Washington einzufinden. Sie hatte schon seit mehreren Tagen versucht, dieses Treffen mit Professor Chi zu arrangieren, und wusste nicht, ob sich ihr je eine weitere Gelegenheit bieten würde. Sie fragte sich, was wohl derart wichtig sein mochte, dass man sie so kurzfristig in die Zentrale beordern wollte. Ihr Mann und sie hatten sich kurz nach Ankunft des Schiffs auf der *Nereus* eingefunden, um an dem Meteoritenprojekt vor Yukatan teilzunehmen. Paul sollte die Computergrafik des Meeresbodens erstellen, was zu seinem Spezialgebiet gehörte, und Gamay würde ihre Fachkenntnisse als Meeresbiologin einbringen. Es schien sich wirklich um einen sehr angenehmen Auftrag zu handeln. Keine umfangreichen Bergungsarbeiten. Dann kam die Nachricht aus dem Hauptquartier.

Sie lächelte. Kurt Austin musste wieder im Geschäft sein. Solche Dinge pflegten im Allgemeinen immer dann zu passieren, wenn Austin auftauchte. Wie die Schießerei, von der sie auf der *Nereus* gehört hatte. Sobald sie zurück auf das Schiff kam, würde sie Paul anrufen, um in Erfahrung zu bringen, ob sie das nächste Flugzeug nach Hause nehmen sollte.

Meine Güte, wunderte sie sich, während sie den Blick umherschweifen ließ, weshalb hatte der Professor darum gebeten, sich mit ihr an diesem trostlosen Ort zu treffen? Die einzigen Anzeichen menschlicher Besiedlung, vergangen oder aktuell, waren die schwachen, grasüberwachsenen Reifenspuren, die im Wald verschwanden. Sie wischte ein Insekt beiseite, das an ihre Nasenspitze stieß. Die Wirkung des Insektenschutzmittels ließ nach. Ihre Geduld auch. Vielleicht sollte sie *jetzt sofort* aufbrechen. Nein, sie würde noch eine weitere Viertelstunde warten. Falls Professor Chi bis dahin nicht aufgetaucht war, würde sie aufgeben und sich auf den Rückweg zum NUMA-Schiff machen. Sie würde zugeben müssen, dass die zweistündige Fahrt in dem gemieteten Jeep umsonst gewesen war.

Verflucht. Sie würde nie wieder eine solche Gelegenheit erhalten. Dabei wollte sie Chi wirklich gern kennen lernen. Er klang so nett am Telefon, mit seinem amerikanischen Akzent und der spanischen Höflichkeit. Eine Strähne ihres langen dunkelroten Haars, das sie sich für den heutigen Ausflug hoch gesteckt hatte, machte sich in der Hitze selbstständig und fiel ihr über die Nase. Sie schob die Unterlippe vor und versuchte, die Haare aus dem Weg zu pusten. Als das nicht funktionierte, schob sie die Strähne beiseite und schaute aus lauter Gewohnheit in den Rückspiegel. Auf der Straße war ein heller Punkt erschienen. Der Fleck wurde größer und verschwamm in den flirrenden Luftschwaden. Sie beugte sich aus dem Wagen, um besser sehen zu können. Das Objekt wurde zu einem blauweißen Bus. Offenbar vom Weg abgekommen, dachte sie. Sie zog ihren Kopf zurück und trank gerade einen neuen Schluck Wasser, als sie das Zischen einer Luftdruckbremse hörte.

Der Bus hatte hinter dem Jeep angehalten. Die Tür ging auf, und brüllend laute mexikanische Musik, vornehmlich getragen durch Blechblasinstrumente, zerriss mit gewaltiger Dezibelstärke die Grabesstille. Dieser Linienbus verfügte offenbar über alle Lautsprecher, die in Woodstock übrig geblieben waren. Ein einzelner Passagier stieg aus. Er trug die landesübliche Kleidung der Indianer, ein Baumwollhemd, eine ausgebeulte weiße Hose und Sandalen. Auf seinem Kopf befand sich ein fester Strohhut mit leicht nach oben gerollter Krempe. Wie die meisten Nachfahren der Maya war auch dieser Mann ziemlich klein, kaum größer als einen Meter fünfzig. Er wechselte ein paar schnelle spanische Worte mit dem Busfahrer und winkte zum Abschied. Die Tür schlug zu, und der Bus fuhr mit knirschendem Getriebe wieder an, weiter die Straße entlang, wie eine große rollende Jukebox.

Aua!

Gamay beugte sich vor und schlug mit der flachen Hand nach einem Käfer, der seine Beißzangen in ihre Wade gebohrt hatte. Als sie wieder in den Rückspiegel schaute, war der Mann verschwunden. Sie sah in den Außenspiegel. Nur der leere Highway.

Merkwürdig. Moment! Rechts von sich hörte sie eine Bewegung. Sie erstarrte. Von der Beifahrerseite des Jeeps blickten sie zwei Augen an, die wie kleine schwarze Steine wirkten.

»Dr. Morgan-Trout, nehme ich an.«

Der Mann hatte dieselbe sanfte Stimme mit amerikanischem Akzent, die bei dem Anruf aus Mexiko City mit ihr gesprochen hatte. »Professor Chi?«, erwiderte sie vorsichtig.

»Zu Ihren Diensten.« Er bemerkte, dass Gamay auf die doppelläufige Schrotflinte in seiner Armbeuge starrte. Er senkte die Waffe, so dass sie aus Gamays Blickfeld verschwand. »Tut mir Leid. Ich wollte Sie nicht erschrecken. Bitte entschuldigen Sie meine Verspätung. Ich war auf der Jagd und hätte mehr Zeit einkalkulieren müssen. Juan, unser Fahrer, ist ein warmherziger, aber geschwätziger Mann, der allen weiblichen Passagieren ein Gespräch aufhängt, egal ob jung oder alt. Ich hoffe, Sie haben nicht allzu lange gewartet.«

»Nein, ist schon in Ordnung.« Dieser kleine dunkelhäutige Mann mit dem breiten nussbraunen Gesicht, den hohen Wangenknochen und der langen, leicht gebogenen Nase entsprach nicht ganz dem Bild, das sie erwartet hatte. Sie tadelte sich innerlich dafür, so schablonenhaft gedacht zu haben.

Dr. Chi hatte lange genug in der Welt der Weißen gelebt, um die verlegene Reaktion zu erkennen. Seine steinerne Miene verzog sich keinen Millimeter, aber die dunklen Augen funkelten amüsiert. »Ich muss Sie überrascht haben. Ein Fremder, der plötzlich hier auftaucht, mit einer Waffe, wie ein *bandido.* Verzeihen Sie bitte mein Aussehen. Wenn ich zu Hause bin, laufe ich wie die Einheimischen herum.«

»*Ich* muss mich für meine Unhöflichkeit entschuldigen, Sie einfach draußen in der heißen Sonne stehen zu lassen.« Sie klopfte auf den Sitz neben sich. »Bitte, kommen Sie her in den Schatten.«

»Ich trage meinen Schatten bei mir, aber ich nehme Ihre freundliche Einladung trotzdem gern an.« Er nahm die Jagdtasche aus

Segeltuch von der Schulter und den Hut vom Kopf, so dass man die graue Ponyfrisur und die fliehende Stirn sehen konnte. Dann stieg er auf der Beifahrerseite ein. Die Schrotflinte legte er mit aufgeklapptem Lauf vorsichtig zwischen die Sitze, so dass die Mündung nach hinten wies. Die Jagdtasche nahm er auf den Schoß.

»Nach dem Aussehen dieser Tasche zu schließen, war die Jagd wohl recht erfolgreich«, sagte Gamay.

Er seufzte theatralisch. »Ich bin vermutlich der faulste Jäger der Welt. Ich stelle mich an den Straßenrand. Der Bus nimmt mich mit. Ich steige aus. Dann gehe ich in den Wald. Peng, peng. Ich gehe zurück zur Straße und nehme den nächsten Bus. Auf diese Weise kann ich die angenehme Einsamkeit der Jagd genießen und gleichzeitig gesellschaftlichen Umgang pflegen, indem ich meine Erfolge oder Fehlschläge sogleich mit meinen Nachbarn teile. Am schwierigsten dabei ist es, die Busse abzupassen. Aber ja, heute lief es ganz gut.« Er hob die Jagdtasche. »Zwei dicke Rebhühner.«

Gamay lächelte ihn strahlend an, so dass die kleine Lücke zwischen ihren oberen Schneidezähnen zu sehen war, so wie bei der Schauspielerin Lauren Hutton. Sie war eine attraktive Frau, nicht atemberaubend schön oder allzu sexy, aber auf eine mädchenhafte Art lebhaft und munter, was die meisten Männer sehr reizvoll fanden.

»Gut«, sagte sie. »Kann ich Sie und Ihre Vögel irgendwohin mitnehmen?«

»Das wäre sehr nett von Ihnen. Im Gegenzug kann ich Ihnen eine kühle Erfrischung versprechen. Das lange Warten in der Hitze ist bestimmt nicht sonderlich angenehm gewesen.«

»Es war gar nicht so schlimm«, sagte Gamay, obwohl ihr Haar sichtlich derangiert wirkte, ihr T-Shirt am Sitz klebte und Schweiß von ihrem Kinn tropfte.

Chi nickte. Er wusste die höfliche Lüge zu schätzen. »Setzen Sie ein Stück zurück, und folgen Sie dann eine Weile diesem Pfad.«

Sie ließ den Motor an, legte den Rückwärtsgang ein, fuhr ein Stück zurück und bog dann langsam von der Straße ab. Die Reifen folgten den getrockneten Schlammfurchen durch den dichten Wald. Nach ungefähr vierhundert Metern lichteten sich die Bäume, und der Pfad stieß auf eine sonnenbeschienene Lichtung, auf der eine Eingeborenenhütte stand. Die Wände des Gebäudes waren aus Ästen gefertigt, und das Dach war mit Palmblättern gedeckt. Sie stiegen aus dem Wagen und gingen nach drinnen. Die gesamte Einrichtung bestand aus einem Klapptisch aus Metall, einem Segeltuchstuhl und einer geflochtenen Hängematte. An den Dachsparren hingen zwei Propangaslampen.

»Mag es auch noch so bescheiden sein, es gibt kein *casa,* das so ist wie meines«, sagte Chi und klang dabei so, als würde er das wirklich ernst meinen. Er fuhr mit dem Zeh über den festgestampften Erdboden. »Dieses Stück Land hat schon immer meiner Familie gehört. Im Lauf der Jahrhunderte haben Dutzende von Häusern auf diesem Fleck gestanden, und seit Anbeginn der Zeit haben sie alle gleich ausgesehen. Meine Leute haben gelernt, dass es einfacher war, ein Haus wie dieses immer wieder aufzubauen, als sich an der Konstruktion eines Gebäudes zu versuchen, das Wirbelstürme und Holzfäule überdauern würde. Darf ich Ihnen etwas zu trinken anbieten?«

»Ja«, sagte Gamay und hielt nach einem Kühlschrank Ausschau. »Vielen Dank. Das könnte ich jetzt wirklich gut gebrauchen.«

»Bitte folgen Sie mir.« Er verließ die Hütte und bog zwischen den Bäumen auf einen ausgetretenen Pfad ein. Nach etwa einer Minute kamen sie an ein gemauertes Haus mit Wellblechdach. Der Professor öffnete die unverriegelte Tür, und sie gingen hinein. Chi griff in eine dunkle Nische, kramte dort herum und murmelte etwas auf Spanisch. Nach einigen Sekunden sprang ein Motor an.

»Wenn ich weggehe, schalte ich den Generator ab, um Sprit zu sparen«, erklärte er. »Die Klimaanlage müsste jeden Augenblick anlaufen.«

Über ihren Köpfen schaltete sich eine nackte Glühlampe ein.

Sie standen in einem schmalen Durchgang. Leuchtstoffröhren erwachten flackernd zum Leben und erhellten einen großen fensterlosen Raum mit zwei Arbeitstischen. Darauf befanden sich ein Laptop-Computer samt Scanner und Laserdrucker, mehrere Stapel Papier, ein Mikroskop mit Objektträgern sowie allerlei Plastiktüten voller Steinbrocken. Vereinzelt lagen größere Stücke herum, die bereits sorgfältig mit Schildchen versehen worden waren. Überall stapelten sich Aktenordner. Die Bücherregale ächzten unter dem Gewicht dicker Bände. An der Wand hingen topographische Karten der Halbinsel Yukatan, Fotos einiger Ausgrabungsstätten und Zeichnungen von Steinmetzarbeiten der Maya.

»Mein Labor«, sagte Chi mit merklichem Stolz.

»Beeindruckend.« Gamay hätte nie damit gerechnet, hier mitten im Nirgendwo ein voll ausgestattetes archäologisches Labor zu Gesicht zu bekommen. Dr. Chi steckte voller Überraschungen.

Chi spürte ihre Verwunderung. »Die Leute sind manchmal erstaunt, wenn sie den Unterschied zwischen meiner Unterkunft und meinem Arbeitsplatz sehen. Außerhalb von Mexiko City benötige ich lediglich ein paar grundlegende Dinge zum Überleben. Einen Platz zum Schlafen und Essen, eine Hängematte mit Moskitonetz und ein Dach, um den Regen abzuhalten. Aber wenn man arbeiten muss, sieht die Sache schon anders aus. Man braucht das nötige Handwerkszeug. Und hier befindet sich das wichtigste Gerät zur Durchführung wissenschaftlicher Untersuchungen.«

Er ging zu einem verbeulten, aber funktionierenden Kühlschrank und stopfte die Jagdtasche in eines der Fächer. Dann nahm er zwei Dosen Limonade heraus, gab ein paar Eiswürfel in zwei Plastikbecher und goss die Getränke ein. Er schob einige Unterlagen beiseite, um Platz zu schaffen, und holte zwei Klappstühle. Gamay setzte sich und trank einen Schluck. Die kühle, süße Flüssigkeit rann ihre ausgedörrte Kehle hinunter. Das schmeckte besser als edler Champagner. Schweigend saßen sie einige Augenblicke da und genossen ihre Getränke.

»Vielen Dank, Dr. Chi«, sagte Gamay und ließ sich den Becher erneut füllen, diesmal aus einer Flasche Wasser. »Ich fürchte, ich war doch etwas ausgetrockneter als gedacht.«

»In diesem Land ist es nicht weiter schwierig, Körperflüssigkeit zu verlieren. Und jetzt, da wir uns ein wenig erfrischt haben, gestatten Sie mir die Frage, was ich für Sie tun kann.«

»Wie ich bereits am Telefon sagte, bin ich Meeresbiologin. Ich arbeite an einem Projekt vor der Küste.«

»Ach ja, die Tektituntersuchung der NUMA in der Nähe des Chixulub-Meteorkraters.«

Gamay blickte erstaunt auf. »Sie *wissen* davon?«

Er nickte ernst. »Die Buschtrommeln haben es mir verraten.« Als er ihren verwirrten Gesichtsausdruck sah, musste er kichern. »Ich bin ein schlechter Lügner«, gestand er. »Ich habe im Museum eine E-Mail aus der NUMA-Zentrale gesehen, in der uns die Untersuchung aus Höflichkeit angekündigt wurde.«

Er griff zu einem Aktenschrank hinüber, öffnete eine Schublade und zog eine Mappe heraus.

»Mal sehen«, sagte er und las dann aus dem Inhalt der Mappe vor. »Gamay Morgan-Trout. Dreißig Jahre alt. Wohnhaft in Georgetown, geboren in Wisconsin. Erfahrene Taucherin. Hat an der Universität von North Carolina Meeresarchäologie studiert und abgeschlossen. Hat dann die Fachrichtung gewechselt, sich an der Scripps Institution of Oceanography eingeschrieben und schließlich einen Doktortitel in Meeresbiologie erworben. Steht in Diensten der weltweit anerkannten National Underwater and Marine Agency.«

»Stimmt alles ganz genau«, sagte Gamay und hob eine schön geschwungene Augenbraue.

»Danke«, sagte Chi und steckte die Mappe zurück in die Schublade. »Genau genommen die Arbeit meiner Sekretärin. Nach Ihrem Anruf habe ich sie gebeten, auf der Webseite der

NUMA vorbeizuschauen. Dort gibt es vollständige Beschreibungen aller laufenden Projekte samt kurzer Biographien der Teilnehmer. Sind Sie irgendwie mit Paul Trout verwandt, dem Tiefseegeologen, dessen Name ebenfalls aufgeführt wurde?«

»Ja, Paul ist mein Mann. Auf der Webseite stand vermutlich nicht zu lesen, dass wir uns in Mexiko kennen gelernt haben. Wir waren damals auf einer Exkursion in La Paz. Abgesehen davon haben Sie wirklich Ihre Hausaufgaben gemacht.«

»Das liegt an meiner strengen akademischen Ausbildung, fürchte ich.«

»Ich habe auch ein ganz gutes Gedächtnis für Einzelheiten. Mal sehen, ob ich mich noch erinnern kann.« Gamay schloss die Augen. »Dr. José Chi. Geboren in Quintana Roo auf der Halbinsel Yukatan. Der Vater war Farmer. Hatte hervorragende Noten und wurde von der Regierung auf Privatschulen geschickt. Grundstudium an der Universität von Mexiko. Hauptstudium und Abschluss an der Harvard University. Gehört nach wie vor dem dortigen namhaften Peabody Museum of Archaeology and Ethnology an. Kurator des National Anthropological Museum in Mexiko. Wurde für seine Beiträge zur Sammlung alter Maya-Inschriften mit dem MacArthur Award ausgezeichnet. Arbeitet zurzeit an einem Wörterbuch der Maya-Sprache.«

Sie öffnete die Augen und sah Chis breites Grinsen. Er klatschte leise Beifall. »Bravo, Dr. Morgan-Trout.«

»Bitte, nennen Sie mich Gamay.«

»Ein schöner und ungewöhnlicher Name.«

»Mein Vater war Weinkenner. Die Farbe meiner Haare hat ihn an die gleichnamige Traubensorte aus dem Beaujolais erinnert.«

»Eine gute Wahl, Dr. Gamay. Ich muss jedoch eine kleine Korrektur anbringen. Ich bin zwar sehr stolz auf meine Arbeit an dem Wörterbuch, aber die Sammlung ist in Wahrheit das Ergebnis der Beiträge vieler talentierter Leute. Künstler, Fotografen, Kartographen, Katalogisierer und so weiter. Ich habe mich vornehmlich als ›Finder‹ betätigt.«

»Als Finder?«

»*Sí.* Ich erkläre es Ihnen. Ich gehe seit meinem achten Lebensjahr auf die Jagd und habe mittlerweile Yukatan, Belize und Guatemala durchwandert. Während meiner Streifzüge bin ich immer wieder auf Ruinen gestoßen. Manche Leute behaupten, ich müsse eine Art Quijabrett in meinem Kopf mit mir herumtragen. Ich vermute, es ist eine Mischung aus dem wachsamen Gespür für seine Umgebung, das ein Jäger unbedingt haben muss, und einfach bloß der zurückgelegten Kilometerzahl. Wenn man in diesem Teil der Welt nur lange und weit genug läuft, stolpert man automatisch über eine Hinterlassenschaft meiner geschäftigen Vorfahren. Und jetzt verraten Sie mir, welches Interesse eine Meeresbiologin an der Arbeit einer nach Knochen buddelnden Landratte wie mir hat.«

»Ich habe eine kuriose Bitte, Dr. Chi. Wie Sie aus meinem Lebenslauf ersehen konnten, habe ich vor meiner Hinwendung zu den lebenden Dingen selbst nach alten Knochen gegraben, wenngleich unter Wasser. Im Lauf der Jahre habe ich meine beiden Interessengebiete kombiniert. Immer wenn ich in eine neue Gegend komme, halte ich nach alten künstlerischen Interpretationen des Meereslebens Ausschau. Ein gutes Beispiel hierfür ist die Kammmuschel. Die Kreuzfahrer haben sie sich als Emblem gewählt. Man findet aber auch Gemälde und Steinmetzarbeiten von Muschelschalen, die Tausende von Jahren in die Vergangenheit zurückreichen, bis zu den Griechen und Römern und sogar darüber hinaus.«

»Ein interessantes Hobby«, sagte Chi.

»Es ist nicht unbedingt ein Hobby, obwohl ich Spaß daran habe und es entspannend finde. Es gestattet mir einen Blick in die Vergangenheit, bevor man damit anfing, wissenschaftliche Zeichnungen anzufertigen. Ich schaue mir ein Gemälde oder eine Skulptur an und bekomme einen Eindruck davon, wie eine bestimmte Art vor Hunderten oder Tausenden von Jahren ausgesehen hat. Durch den Vergleich mit den heute existierenden Vertretern der Gattung kann ich herausfinden, ob eine genetische Evolution oder Mutation stattgefunden hat. Ich überlege derzeit, ein Buch über meine Sammlung zu schreiben. Sind Ihnen irgendwelche archäologischen Stätten bekannt, an denen sich Abbildungen des Meereslebens finden? Ich suche nach Fischen, Schalentieren, Korallen. Jegliches Meeresgetier, das einem Kunsthandwerker der Maya ins Auge gefallen sein könnte.«

Chi hatte ihr aufmerksam zugehört. »Was Sie da tun, ist faszinierend. Und es ist die Mühe wert, denn es beweist, dass die Archäologie keinesfalls eine tote Wissenschaft ohne jeglichen Nutzen ist. Leider haben Sie Ihr Anliegen nicht bereits am Telefon genauer erläutert. Das hätte Ihnen die Fahrt hierher erspart.«

»Kein Problem, ich wollte Sie sowieso persönlich kennen lernen.«

»Ich bin froh, dass Sie hergekommen sind, aber die Objekte der Maya-Kunst waren zumeist Vögel, Jaguare und Schlangen. Aller Wahrscheinlichkeit nach würden eventuelle Darstellungen des Meereslebens auch derart stilisiert ausfallen, dass kaum eine Ähnlichkeit mit den Abbildungen in einem Biologiebuch festzustellen wäre. Wie diese Papageienreliefs, die nach Ansicht mancher Leute wie Elefanten aussehen.«

»Das macht es nur noch interessanter. Ich muss nicht sofort zum NUMA-Schiff zurück. Wenn Sie mir den Weg zu einer der Ruinen beschreiben könnten, wäre ich Ihnen sehr dankbar.«

Er dachte kurz nach. »Da ist eine Stätte ungefähr zwei Stunden von hier. Ich bringe Sie hin. Sie können sich dort ein wenig umschauen. Vielleicht finden Sie etwas.«

»Macht es Ihnen auch nicht zu viel Mühe?«

»Überhaupt nicht.« Er warf einen Blick auf die Uhr. »Wir werden um die Mittagszeit dort eintreffen, ein paar Stunden bleiben, und am späten Nachmittag sind wir zurück. Sie wären noch bei Tageslicht wieder beim Forschungsschiff.«

»Das hört sich gut an. Wir können meinen Jeep nehmen.«

»Brauchen wir nicht«, sagte er. »Ich habe eine Zeitmaschine.«

»Wie bitte?« Sie war nicht sicher, ob sie ihn richtig verstanden hatte.

»Da hinten ist ein Badezimmer. Warum machen Sie sich nicht ein wenig frisch, während ich das Mittagessen einpacke?«

Gamay zuckte mit den Achseln. Sie holte ihren Rucksack aus dem Jeep, kehrte dann ins Haus zurück, wusch sich das Gesicht und kämmte ihr Haar. Als sie aus dem Badezimmer kam, klappte Chi soeben eine Kühlbox zu.

»Wo steht die Zeitmaschine?«, fragte sie. Langsam fand sie Geschmack an diesem Spiel.

»Sie befindet sich im temporalen Transportmodul«, erwiderte er in vollem Ernst und führte sie nach draußen. Die Schrotflinte nahm er mit. »Man weiß nie, ob man nicht ein paar Vögel zu Gesicht bekommt.«

Sie gingen um das Laborgebäude herum und folgten einem Pfad, der zu einer weiteren Eingeborenenbehausung führte. Diese besaß allerdings keine Wände, sondern bestand lediglich aus einem Dach auf vier Eckpfählen. Unter dem Palmendach stand ein blauer HumVee mit Vierradantrieb.

Gamay stieß einen anerkennenden Pfiff aus. »*Das* ist Ihre Zeitmaschine?«

»Wie sonst würden Sie einen Apparat bezeichnen, der Sie zu Städten transportieren kann, in denen einst das blühende Leben antiker Zivilisationen herrschte? Ich weiß, dass dies eher nach der zivilen Ausführung eines Militärfahrzeugs aussieht, wie es im Krieg am Persischen Golf benutzt wurde, aber das ist Absicht, um neugierige Schnüffler abzuschrecken.«

Er stellte die Kühlbox auf die Rückbank und öffnete Gamay die Tür. Sie nahm auf dem Beifahrersitz Platz und musterte das an Flugzeuginstrumente erinnernde Armaturenbrett. Sie und Paul besaßen zu Hause in Georgetown ebenfalls einen Hummer. Der Wagen war als Nachfolger des Jeeps entworfen worden, und seine Ehrfurcht gebietende Breite ließ den Washingtoner Stadtverkehr zu einer echten Herausforderung werden. Am Wochenende, sofern sie nicht mit dem Umbau ihres Backsteinhauses beschäftigt waren, fuhren sie gern außerhalb der Stadt ins offene Gelände.

»Der Pfad, auf dem wir mit dem Jeep hergekommen sind, ist eigentlich der Hintereingang«, erklärte Chi. »Von hier aus führt auch ein Weg zur Straße.« Er stieg ein und ließ den Motor an. Sein Kopf reichte kaum bis über das Lenkrad.

Na, das würde ja ganz schön abenteuerlich werden, dachte Gamay. »Warp sechs, Mr. Sulu«, sagte sie und lehnte sich in ihren Sitz zurück.

»Aye, Captain, Warp sechs«, sagte er und legte den Gang ein. Der Wagen fuhr langsam an. »Aber falls Sie nichts dagegen haben, machen wir zunächst einen Abstecher ins zwölfte Jahrhundert.«

17

Tucson, Arizona

Als der Jetliner sich dem Tucson International Airport näherte, konnte Austin von seinem Fenster aus den zerklüfteten Gipfel des Mount Lemmon sehen, der sich aus den Santa-Catalina-Bergen erhob. Die Landung verlief glatt, und wenige Minuten später schulterten er und Zavala ihre Matchbeutel, traten aus dem Terminal ins gleißende Sonnenlicht von Arizona und hielten nach ihrer Mitfahrgelegenheit Ausschau. Ein silbergrauer Ford F-150 Pickup hupte laut und hielt an der Bordsteinkante. Austin, der näher beim Wagen stand, öffnete die Beifahrertür. Und traute seinen Augen nicht. Hinter dem Steuer saß die Person, die er als Letzte hier erwartet hätte. Nina Kirov.

Nina hatte die elegantere Kleidung des NUMA-Treffens gegen gelbbraune Shorts und ein hellblaues Hemd getauscht. »Kann ich euch mitnehmen, Jungs?«, fragte sie mit schleppendem Südstaatenakzent. »Ich habe mich bislang noch gar nicht für die aufregende Skooterfahrt revanchieren können.«

Austin lachte, zum Teil, um seine Verblüffung zu verbergen. »Ich könnte jetzt ja sagen, wir sollten uns nicht mehr unter derlei Umständen treffen, aber das wäre mir auch nicht recht.«

Als Zavala sah, mit wem Austin da redete, klappte ihm vor Erstaunen der Unterkiefer herunter.

»Hallo, Joe«, sagte Nina. »Wenn Sie und Kurt Ihre Taschen auf die Ladefläche werfen, können wir sofort aufbrechen.«

»Wie hast du *das* denn arrangiert?«, flüsterte Zavala mit unverhohlener Bewunderung, während die beiden Männer ihr Gepäck hinter dem Führerhaus verstauten.

Austin grunzte nichts sagend und zwinkerte Zavala bedeutungsvoll zu. Nachdem sie eingestiegen waren, reihte sich der Wagen in den Verkehrsfluss ein. »Ich sollte Ihnen das lieber erklären«, sagte Nina, als sie in nördliche Richtung auf den Tucson Boulevard abbogen. »Ich habe tatsächlich ein neues Projekt. Ich werde mit Ihnen und Ihrem Team an dieser Sache arbeiten.«

»Ich bin angenehm überrascht. Mich interessiert allerdings, weshalb Sie heute Morgen in Washington nichts davon gesagt haben.«

»Admiral Sandecker hatte mich gebeten, nichts zu verraten.«

Zavala kicherte. »Willkommen bei den Bekloppten von der NUMA.«

Nina fuhr fort: »Er hat gesagt, Sie beide seien eine Weile nicht auf dem Laufenden gewesen, und er wolle Sie erst nach und nach vom Stand der Dinge unterrichten. Außerdem wollte er, dass Sie sich voll und ganz auf das Treffen konzentrieren. Er befürchtete nämlich, Sie würden, äh, abgelenkt sein, wenn Sie wüssten, dass ich mit Ihnen zusammenarbeiten würde.«

Austin schüttelte den Kopf. Sandecker war doch immer wieder für eine Überraschung gut. »Er hat Recht, ich wäre *völlig* abgelenkt gewesen.«

Sie lächelte. »Er brauchte einen Archäologen, um das Projekt authentischer wirken zu lassen. Er hat mich gefragt, ob ich ihm behilflich sein könnte. Ich habe ja gesagt. Das war das Mindeste, was ich tun konnte.« Ihr Tonfall wurde härter. »Ich will diesen Leuten das Handwerk legen, wer auch immer sie sein mögen.«

»Ich kann Ihre Gefühle verstehen, Nina, aber wir wissen nicht, womit wir es zu tun haben. Das hier könnte gefährlich werden.«

»Ich habe diese Möglichkeit sorgfältig und ausführlich bedacht. Der Admiral hat mir absolute Entscheidungsfreiheit gelassen.«

»Bitte verstehen Sie mich nicht falsch, aber ist es Ihnen jemals in den Sinn gekommen, dass der Admiral Sie nicht nur wegen Ihrer Fachkenntnisse gebeten hat, hieran teilzunehmen?«

Nina sah ihn mit ernsten grauen Augen an. »Er hat von Anfang an keinen Zweifel daran gelassen.«

»Dann wissen Sie, dass Sie als Köder dienen sollen.«

Sie nickte. »Das ist der hauptsächliche Grund, aus dem ich mich hier befinde: Ich soll nach Möglichkeit die Leute anlocken, die Dr. Knox, Sandy und die anderen ermordet haben. Ich will, dass sie unter allen Umständen vor Gericht gestellt werden. Außerdem ist es gar nicht mal sicher, dass die sich noch für mich interessieren. Ich war die ganzen letzten Wochen in Cambridge, und das Gefährlichste, was mir dort begegnet ist, war der Verkehr am Harvard Square. Niemand in schwarzer Montur kam aus dem Schrank gesprungen. Ich hatte keinerlei Leibwächter zu meinem Schutz, und ich bin trotzdem noch am Leben.«

Austin beschloss, Nina nichts davon zu erzählen, dass sie auf seine Veranlassung durchaus von einigen Leibwächtern im Auge behalten wurde. Sie hatte die Männer lediglich nicht bemerkt. Die Sturheit, mit der Nina das Kinn vorreckte, war nicht zu übersehen. Sie war entschlossen, die Angelegenheit durchzuziehen.

»Mein strenger väterlicher Tonfall lässt dies vielleicht nicht erkennen, aber ich bin sehr froh, Sie wieder zu sehen.«

Ninas Miene, die sich während Austins Standpauke ein wenig verfinstert hatte, hellte sich auf.

Bald darauf bogen Sie auf den Pioneer Parkway ein und fuhren in Richtung Oracle Junction. Die ausgedehnten Wohngebiete wichen der Wüste und Saguaro-Kakteen. Zavala, der die Unterredung geduldig verfolgt hatte, wusste, dass Austins Bedenken mehrere Gründe hatten, berufliche und persönliche. Joe war südländischer Abstammung und daher zutiefst romantisch veranlagt, aber er erkannte deutlich, dass Sandecker hinsichtlich der möglichen Ablenkung Recht hatte. Er nutzte die Gesprächspause, um auf praktischere Fragen zu sprechen zu kommen.

»Nachdem das jetzt klar sein dürfte, könnten wir nun ja eventuell über die Falle reden.«

»Danke für den Wink«, stimmte Austin ihm zu. »Rudi hat uns zwar schon eingewiesen, aber wir sollten noch mal über die Einzelheiten sprechen, falls er etwas übersehen hat.«

»Ich verrate Ihnen, was ich weiß«, sagte Nina. »Bei unserem ersten Gespräch stellte sich schnell heraus, dass es sehr schwierig sein würde, innerhalb so kurzer Zeit einen sorgfältigen Plan auszuarbeiten.«

»Das verstehe ich nicht«, sagte Austin. »Man braucht doch bloß eine viel versprechende Ausgrabungsstätte, eine glaubwürdig wirkende Scheinexpedition, verlässliche Leute für die Grabungsarbeiten, ein unglaubliches Artefakt, das gefunden werden soll, und einen Weg, sowohl Freund als auch Feind von der Entdeckung zu unterrichten.«

»Das ist eine ziemlich gute Zusammenfassung. Es war, als würde man eine Off-Broadway-Produktion auf die Beine stellen«, sagte Nina. »Nur wollten wir das alles ohne Bühne, Schauspieler und Manuskript tun. Der Admiral hatte Commander Gunn damit beauftragt, das Vorprogramm zu organisieren. Er schlug vor, wir sollten uns an eine bereits vor Ort befindliche Expedition dranhängen. Aber das würde ganz eigene Schwierigkeiten mit sich bringen.«

Austin nickte. »Man würde in eine rechtmäßige Ausgrabung hineinplatzen und verkünden: ›Wir übernehmen ab hier, und ach, übrigens, wir wollen hier ein falsches Artefakt verbuddeln, um damit eine Horde bewaffneter Meuchelmörder anzulocken.‹ Ja, das *könnte* ein Problem werden.«

»Ein *großes* Problem. Dann aber fiel dem Commander ein echter Geniestreich ein.«

»So ist das oft bei Rudi«, sagte Austin.

»Er kam auf die Idee, eine *Legende* aufzugreifen. Die Arizona Romans, die Römer von Arizona.«

Zavala gluckste. »Das klingt wie der Name einer Fußballmannschaft.«

»Klingt so, ist es aber nicht. An der Postkutschenstation von Nine Mile Hole gruben im Jahr 1924 ein paar Leute in der Nähe eines alten Lehmziegelofens etwas aus, das wie ein religiöses Kreuz aussah. Der Gegenstand bestand aus Blei und wog rund achtundzwanzig Kilogramm. Man glaubte, das Kreuz wäre von Missionaren der Jesuiten oder spanischen Konquistadoren zurückgelassen worden. Es war von einer harten Kruste aus Kalziumkarbonat umgeben. Als man die feste Masse entfernt hatte, stellte man fest, dass es sich um *zwei* Kreuze handelte, die mit Bleinieten aneinander befestigt waren. Und auf dem Metall befand sich eine Inschrift.«

»Kilroy war hier«, schlug Zavala vor.

»Kilroy hatte lateinisch geschrieben. Die Inschrift wurde an der Universität von Arizona übersetzt. Sie erzählte eine unglaubliche Geschichte. Dass nämlich im Jahr des Herrn 775 siebenhundert Männer und Frauen im Gefolge Theodorus des Ruhmreichen von Rom aus in See stachen und vom Sturm über den Ozean getrieben wurden. Sie stießen auf Land, ließen ihre Schiffe zurück und gingen zu Fuß in nördliche Richtung, bis sie eine warme Wüstenregion erreichten. Sie errichteten eine Stadt namens Terra Calalus, die blühte und gedieh, bis die Indianer, die man versklavt hatte, sich erhoben und Theodorus umbrachten. Die Stadt wurde wieder aufgebaut, aber die Indianer revoltierten erneut. Der Älteste der Römer, ein Mann namens Jakobus, ordnete an, die Geschichte auf dem Kreuz niederzuschreiben.«

»Die Schiffe der Römer waren groß und seetüchtig genug für eine solche Überfahrt«, sagte Austin, »aber das alles klingt eher, als würde es aus einem alten Groschenheft stammen. Conan der Barbar.«

»Oder Amalric, der Gottkaiser von Thoorana«, fügte Zavala hinzu.

»Ruhe, ihr beiden«, sagte Nina mit gespielter Verärgerung. »Das ist nicht zum Lachen. Wie eure Reaktion so viel sagend bezeugt, ist diese Geschichte Freiwild für jeden Skeptiker, und genau das ist nach dem Fund des Kreuzes auch passiert. Aber die Kritiker änderten ihre Meinung, als man in der Nähe des ersten Fundorts ein Metallstück mit einem eingravierten römischen Kopf fand, ebenfalls von Kalziumkarbonat überzogen. Ein Archäologe der Universität organisierte eine Ausgrabung. Man entdeckte weitere Kreuze, neun antike Schwerter und ein *Labarum*, eine römische Kaiserstandarte. Manche Leute glaubten die Geschichte. Andere sagten, die Gegenstände wären von Mormonen zurückgelassen worden.«

»Die sind den ganzen Weg von Utah hergekommen, um diese Sachen zu vergraben?«, fragte Austin.

Nina zuckte mit den Achseln. »Es gab weltweite Kontroversen. Manche Experten sagten, die Tiefe, in der sich die Objekte befanden, sowie die Kruste aus Kalziumkarbonat würden eindeutig gegen eine Fälschung sprechen, es sei denn, sie wurde vor Kolumbus verübt. Die Skeptiker meinten, die Redewendungen der Inschrift würden denen aus einem Lateinlehrbuch ähneln. Jemand kam auf die Idee, die Gegenstände könnten von politischen Exilanten aus der Zeit Maximilians stammen, der von Napoleon auf den mexikanischen Thron gesetzt wurde.«

»Was ist mit den Artefakten geschehen?«

»Die Universität kam zu dem Schluss, das Projekt sei zu teuer geworden. Seitdem liegen die Sachen im Schließfach einer Bank. Es war kein Geld mehr da, um weitere Ausgrabungen durchzuführen.«

»Ich glaube, langsam verstehe ich, in welche Richtung das hier läuft«, sagte Austin. »Nach all dieser Zeit ist jetzt wieder Geld für die Ausgrabung vorhanden. Und ich vermute, es stammt aus dem Etat der NUMA.«

»Genau. Wir behaupten, die Expedition würde von einem wohlhabenden Geldgeber finanziert, der ungenannt bleiben will. Jene Person ist seit frühester Jugend von dieser Geschichte fasziniert und möchte, dass das Geheimnis ein für alle Mal gelüftet wird. Magnetometermessungen haben auf einer verlassenen Ranch in der Nähe der ursprünglichen Ausgrabungsstätte einige interessante Werte ergeben. Wir haben dort gegraben und ein römisches Relikt gefunden.«

»Nette Idee«, sagte Zavala. »Glauben Sie, jemand wird uns das abkaufen?«

»Das *wissen* wir sogar. Die Zeitungen und Fernsehsender haben vorab einige Beiträge gebracht, um uns zusätzliche Glaubwürdigkeit zu verleihen. Als wir uns mit Time-Quest in Verbindung gesetzt haben, wussten die schon von dem Projekt und waren ganz wild darauf, uns zu helfen.«

»Sie haben euch Geld gegeben?«, fragte Austin.

»Wir haben nicht um Geld gebeten, sondern um freiwillige Helfer. Man hat uns zwei geschickt. Im Gegenzug hat man die übliche Bitte geäußert, von jedem außergewöhnlichen Fund noch vor der Presse unterrichtet zu werden. Was wir bereits getan haben.«

Austin dachte voraus. »Bei all dieser Publicity wird es ziemlich schwierig werden, eine Expedition vom Erdboden verschwinden zu lassen.«

»Der Admiral hat diesen Punkt angesprochen. Er glaubt, die öffentliche Natur der Ausgrabung würde diese Leute von etwaigen Mordversuchen abschrecken. Sie werden sich bemühen, das Relikt zu stehlen oder zu zerstören.«

»Vielleicht kommen sie nicht mit blankgezogenen Waffen, aber ich würde trotzdem niemandem raten, sich ihnen in diesem Fall in den Weg zu stellen«, sagte Zavala.

»Wann haben Sie Time-Quest von der Existenz des Artefakts unterrichtet?«, fragte Austin.

»Vor drei Tagen. Man hat uns gebeten, während der nächsten zweiundsiebzig Stunden niemandem davon zu erzählen.«

»Was bedeutet, dass sie heute Nacht zuschlagen werden.«

Nina fasste die verteilten Rollen dieses Projekts für sie zusammen. Sie war die leitende Archäologin der Ausgrabungsstelle. Der jeweilige meeresbezogene Hintergrund der NUMA-Mitarbeiter wurde ein wenig abgewandelt, um ihren Aufenthalt dort glaubhafter zu machen. Trout schlüpfte ganz einfach in die Rolle eines Geologen. Austin würde vage als Ingenieur bezeichnet werden, Zavala als Metallurg.

Der Wagen stieß immer tiefer ins Wüstenhochland am Rande Tucsons vor. Es war später Nachmittag, als sie schließlich den Highway verließen und eine unbefestigte Straße entlangholperten, mitten zwischen Mesquitebäumen und Kakteen hindurch. Sie hielten neben zwei Winnebago-Wohnmobilen und mehreren anderen Fahrzeugen, die in der Nähe eines bröckligen Haufens aus Lehmziegeln abgestellt waren. Austin stieg aus und warf einen Blick in die Runde. Ein paar alte Steinwände ließen mehr oder weniger erkennen, wo früher die Ranch gestanden hatte. Die Strahlen der Nachmittagssonne, die vereinzelt zwischen der zunehmenden Bewölkung hindurchdrangen, tauchten die Wüste in kupferfarbenes Licht.

Der schlaksige Trout kam mit großen Schritten und ausgestrecktem Arm auf sie zu. Er trug Khakihosen, die aussahen, als kämen sie frisch aus dem Laden, ein dünn gestreiftes Frackhemd mit festgeknöpften Kragenspitzen und eine Paisley-Fliege, die kleiner und etwas dezenter als sein üblicher Halsschmuck war. Das einzige Zugeständnis an den etwas handfesteren Charakter einer archäologischen Ausgrabung waren seine Arbeitsstiefel, wenngleich das Leder glänzte, als hätte er es soeben mit einem Lappen poliert.

»Ich bin heute Vormittag mit Nina aus D. C. gekommen«, erklärte er. »Kommt, ich zeige euch alles.« Er ging voran und führte sie hinter den Ruinen der alten Hazienda zu einem niedrigen Hügel. Hier hatte man mit Pflöckchen auf einem Stück Boden ein Gitternetz abgesteckt. An einem Rahmen aus Holz und Maschendraht arbeitete ein älteres Paar. Der Mann schaufelte Erde auf den Draht, und die Frau pflückte die Gegenstände heraus, die in den Maschen hängen blieben, und steckte sie in Plastiktüten. Trout stellte die Anwesenden einander vor. George und Harriet Wingate wirkten beide überaus rüstig und waren etwa Ende sechzig oder Anfang siebzig, obwohl sie die Kraft und Ausdauer sehr viel jüngerer Leute hatten. Sie stammten aus Washington, sagten sie.

»Aus dem *Staat* Washington«, fügte Mrs. Wingate mit stolzem Lächeln hinzu.

»Spokane«, erklärte ihr Mann, hoch gewachsen, mit silberweißem Haar und Vollbart.

»Hübsche Stadt«, sagte Austin.

»Danke«, entgegnete Mr. Wingate. »Und ebenfalls vielen Dank dafür, dass Sie uns zur Hand gehen wollen. Dieser Archäologiekram ist ein bisschen anstrengender als achtzehn Löcher auf dem Golfplatz. Ich kann kaum glauben, dass wir auch noch dafür *bezahlen,* diese Arbeit tun zu dürfen.«

»Ach, hör sich das einer an. Er hätte sich eine Gelegenheit wie diese nicht um alles in der Welt entgehen lassen. George, warum erzählst du ihnen nichts von dem Indianer-Jones-Hut, den du dir kaufen willst?«

Ihr Mann wies nach oben in den Himmel. »Es heißt *Indiana* Jones, mein Schatz. Wie der Staat. Ich will doch bloß einen Sonnenstich vermeiden«, sagte er mit einem Grinsen, das hinter seinem buschigen weißen Backenbart kaum zu sehen war.

Nach dem Austausch weiterer Höflichkeiten wurden die Neuankömmlinge zur Ausgrabungsstätte geführt. Zwei Männer knieten in benachbarten flachen, rechteckigen Gruben und scharrten mit Pflanzenhebern die Erde beiseite. Austin erkannte in ihnen ehemalige Navy-SEALs, Elitesoldaten, die bereits bei früheren Aufträgen mit dem NUMA-Team zusammengearbeitet hatten. Sandecker ging kein Risiko ein. Diese beiden gehörten zu den Spitzenkräften der Sicherheitsabteilung der NUMA. Der größere der Männer, den Austin einfach nur als einen gewissen Ned kannte, hatte die klassisch breiten Schultern und die schmale Taille eines Bodybuilders. Die Kelle sah in seiner Hand wie ein Zahnstocher aus. Carl, sein kleinerer Begleiter, war nicht ganz so massig, aber Austin wusste aus früherer Anschauung, dass er der tödlichere der beiden war.

»Wie läuft's?«, fragte Nina.

Ned lachte. »Bislang reibungslos, aber niemand hat mir gesagt, was wir machen sollen, falls wir *tatsächlich* etwas finden.«

»Ich meine, wir sollten's wieder einbuddeln«, warf Carl lakonisch ein.

»Das ist vielleicht gar keine so schlechte Idee«, sagte Austin. »Besser, als zu erklären, was eine Horde von NUMA-Tauchern mitten in der Wüste von Arizona verloren hat.« Er hatte Ninas Bericht über den Zwischenfall in Marokko noch einmal Revue passieren lassen. »Ist heute irgendetwas Merkwürdiges vorgefallen?«

Trout und die beiden anderen Männer warfen sich einen Blick zu und brachen dann in schallendes Gelächter aus.

»Falls Sie damit merkwürdige Leute meinen, lautet die Antwort ja, mehr als genug. Es ist erstaunlich, was für Verrückte von so einem Projekt angezogen werden.«

»Ich weiß nicht, ob du den Leuten nicht unrecht tust«, sagte Carl. »Einer der Kerle hat vorgeschlagen, ich solle nach Spuren suchen, die mit UFOs und Atlantis in Verbindung stehen. Nachdem ich mit ihm gesprochen hatte, kam mir das alles ganz vernünftig vor.«

»Ungefähr so vernünftig wie diese ganze Operation«, sagte Austin und grinste sarkastisch. »Sonst noch jemand?«

»Ein paar Leute mit Kameras und Notizblöcken«, erwiderte Trout. »Sie sagten, sie kämen vom Fernsehen beziehungsweise von Zeitungen.«

»Hatten sie Presseausweise?«

»Wir haben nicht danach gefragt. Wäre vermutlich ohnehin reine Zeitverschwendung. Falls diese Jungs wirklich so gut organisiert sind, wie wir glauben, haben sie gefälschte Papiere. Außerdem waren jede Menge Touristen und Freiwillige da. Wir haben ihnen gesagt, wir wären nur für die Vorarbeiten zuständig. Dann haben wir uns ihre Namen aufgeschrieben und behauptet, wir würden uns mit ihnen in Verbindung setzen. Sie wurden allesamt von der ferngesteuerten Überwachungskamera gefilmt, die da oben auf diesem Kaktus versteckt ist.«

Austin dachte an den Kampf auf der *Nereus* zurück, bei dem sie die Gruppe gut bewaffneter Angreifer hatten abwehren müssen. Sie hatten als Verteidiger das Überraschungsmoment und reichlich Glück gehabt. Aber die Narben, die er und Zavala davongetragen hatten, waren eine deutliche Mahnung, dass die Angelegenheit auch leicht einen anderen Verlauf hätte nehmen können. Sogar diese harten Pseudobuddler wären einer Übermacht nicht lange gewachsen.

»Was haben wir in der Hinterhand?«, fragte er.

»In der alten Tankstelle unmittelbar vor der Abzweigung warten sechs unserer Leute«, sagte Ned. »Sie können auf unser Signal in weniger als fünf Minuten hier sein. Wir haben die Zeit gestoppt.« Er wies auf den Pager an seinem Gürtel. »Ich drücke einen Knopf, und sie sind unterwegs.«

Austin musterte zunächst die direkte Umgebung, dann die fer nen Berge. Es war irgendwie seltsam, dass er als Mann des Meeres sich schon immer in der Wüste zu Hause gefühlt hatte. Zwischen diesen beiden Umgebungen bestanden gewisse Ähnlichkeiten. Beide waren sie endlose Weiten, in beiden konnte das Wetter plötzlich heftig umschlagen, und beide waren für den Menschen gnadenlos feindselig.

»Was meinst du, Joe? Wie würdest du einen Angriff aufziehen?«

Zavala hatte bereits über diese Frage nachgedacht und antwortete, ohne zu zögern. »Die Straße, auf der wir hergekommen sind, bietet die einfachste Zugangsmöglichkeit, also liegt auf der Hand, dass sie von der Wüste aus angreifen werden. Andererseits *wollen* die vielleicht, dass wir uns auf die Wüste konzentrieren, und kommen deshalb über die Straße. Hängt von ihrem Transportmittel ab. Ich habe das Hovercraft aus Marokko nicht vergessen.«

»Ich auch nicht. Aber ein Luftkissenfahrzeug lässt sich in der offenen Wüste nur schwer verbergen.«

»Der Schein trügt womöglich«, sagte Carl. »Ich habe die Gegend um die Ranch erkundet. Das Gelände da draußen hat mehr Furchen als alles andere. Flusstäler, Kanäle, natürliche Senken. Man kann dort vielleicht keine ganze Armee verstecken, aber allemal eine Einsatzgruppe, die groß genug ist, um dein Leben interessant zu gestalten.«

»Und rapide *abzukürzen*«, sagte Austin. »Einigen wir uns also auf die Wüste. Haben die Jungs in der Tankstelle nach Einbruch der Dunkelheit Posten auf der Straße? Und haben sie ebenfalls Rückendeckung?«

Ned nickte. »Ja. In einem Flusstal ungefähr drei Meilen von hier warten Hubschrauber und zwölf weitere schwer bewaffnete Männer. Auch sie brauchen im Notfall ungefähr fünf Minuten.«

Fünf Minuten können ziemlich lang werden, dachte Austin, aber alles in allem war er mit den Vorbereitungen weitgehend zufrieden. Er schaute hinüber zu dem Paar aus Spokane, das weiterhin schwer arbeitete.

»Was ist mit unseren Time-Quest-Leuten?«

Trout kicherte. »Falls das Meuchelmörder sind, dann ist das die verdammt beste Tarnung, die ich je gesehen habe. Wir haben ihren Hintergrund überprüft. Sie sind sauber.«

»Das habe ich nicht gemeint«, sagte Austin. »Man sollte daran denken, wie man im Fall der Fälle auch sie schützen kann.«

»Kein Problem«, erwiderte Trout. »Sie übernachten in einem billigen Motel unten am Highway.«

Austin wandte sich an Nina. »Könnte ich Sie davon überzeugen, sich ebenfalls ein Motelzimmer zu nehmen?«

»Nein«, sagte sie entschieden.

»Warum überrascht mich diese Antwort nicht? Falls Sie darauf bestehen bleiben, möchte ich, dass Sie sich in Joes und meiner Nähe aufhalten. Und machen Sie genau das, was wir Ihnen sagen. So, wo ist jetzt dieses unglaubliche Artefakt, das den Angriff bewirken soll?«

Nina lächelte. »Es befindet sich in unserem ›Tresor‹.«

Ned und Carl gingen wieder an die Arbeit, und Nina führte sie zu einem Blechschuppen, der neben einem der Wohnmobile errichtet worden war. Mit einem Schlüssel, der an ihrem Gürtel hing, öffnete sie das Vorhängeschloss der Tür. Es gab keinen Strom, also zündeten sie eine Gaslaterne an. Im Innern standen zwei Sägeböcke, über die man dicke Bretter gelegt hatte. Auf den Brettern lag etwas, das von einem großen Stück Segeltuch verhüllt war.

»Es ist schon erstaunlich, wie man mittels der modernen Wissenschaft einen Gegenstand künstlich altern lassen kann«, sagte Trout. »Die Jungs im Labor der NUMA haben eine Kalziumkarbonatkruste fabriziert, deren Entstehung normalerweise Hunderte von Jahren dauert.« Er ließ die Spannung noch einen Moment lang ansteigen, dann zog er das Segeltuch beiseite. *»Voilà.«*

Austin und Zavala starrten das Objekt im Schein der Laterne eine Weile schweigend an. Dann gingen sie näher heran, um sich zu vergewissern. Austin streckte die Hand aus und berührte die bronzefarbene Oberfläche. »Ist es das, wofür ich es *halte?«*, fragte er.

Trout räusperte sich. »Ich glaube, die Schöpfer dieses Gegenstands haben von *künstlerischer Freiheit* gesprochen. Wie findest du es?«

Ein breites Grinsen legte sich über Austins Gesicht. »Es ist *perfekt*«, sagte er.

18

Yukatan, Mexiko

Gamay bedauerte ihre Anspielung auf *Raumschiff Enterprise.* Der HumVee raste tatsächlich mit Warpgeschwindigkeit die schmale zweispurige Straße entlang. Chi schien irgendeine Art fortgeschrittenes Radar zu benutzen. Da er zu klein war, um über das Steuer des riesigen Gefährts zu gucken, konnte es keine andere Erklärung dafür geben, dass er mit Leichtigkeit blitzschnell allen Schlaglöchern und leichtsinnigen Gürteltieren auswich. Die Bäume zu beiden Seiten waren huschende grüne Schatten.

»Dr. Chi, wie geht es mit Ihrem Maya-Wörterbuch voran?«, fragte Gamay, um ihn durch diesen Trick zu langsamerer Fahrt zu verleiten.

Der Professor versuchte, mit seiner Antwort das laute Rumpeln der grobstolligen Reifen und die Windgeräusche rund um das kastenförmige Fahrzeug zu übertönen. Gamay legte eine Hand ans Ohr. Chi nickte. Er hatte verstanden. Er ging vom Gas und schaltete die Klimaanlage ein.

Eine erfrischend kühle Brise strömte aus den Lüftungsschlitzen. »Ich weiß gar nicht, wieso ich das nicht schon vorhin gemacht habe«, sagte er. »Danke für die Frage nach dem Wörterbuch. Leider habe ich die Arbeit an dem Projekt vorübergehend eingestellt.«

»Tut mir Leid, das zu hören. Sie haben bestimmt sehr viel im Museum zu tun.«

Er warf ihr einen amüsierten Blick zu. »Ich würde meine Pflichten im Museum nicht unbedingt als anspruchsvoll bezeichnen. Als einziger reinrassiger Maya der Belegschaft habe ich einen einträglichen Ruheposten. Ich glaube, in Ihrem Land bezeichnet man das als einen »Phantomjob«. In Mexiko hingegen gilt so etwas als altehrwürdige Stellung, die großes Ansehen genießt. Genau genommen wird von mir sogar *erwartet*, dass ich draußen vor Ort arbeite und nicht im Büro.«

»Dann verstehe ich nicht ganz. Das Wörterbuch …?«

»… muss wegen einer wichtigeren Angelegenheit zurückstehen. Ich widme mich vordringlich der Verfolgung der Plünderer, die unser Erbe stehlen. Wir verlieren mit alarmierender Geschwindigkeit unsere historischen Artefakte. Jeden Monat werden tausend herrliche Töpferwaren aus der Maya-Region entwendet.«

»*Tausend*«, wiederholte Gamay mit verständnislosem Kopfschütteln. »Ich wusste, dass Sie hier Probleme haben, aber ich hatte keine Ahnung, dass es so schlimm aussieht.«

»Das weiß auch kaum jemand. Leider ist nicht nur die Quantität der gestohlenen Güter erschreckend, sondern auch ihre *Qualität.* Die Hehler verschwenden ihre Zeit nicht mit minderwertigen Arbeiten. Sie nehmen nur das Beste. Keramiken im Stil der Codices der späten klassischen Periode, so ungefähr zwischen 600 und 900 nach Christus, erzielen höchste Preise. Wunderschöne Stücke. Ich hätte selbst gern ein paar davon.«

Sie starrte nach vorn durch die Scheibe und schürzte wütend die Lippen. »Das ist eine *Tragödie.*«

»Viele der Plünderer sind *chicleros*, die auf den Chicle-Plantagen arbeiten. Wirklich üble Kerle. Chicle ist der Baumrindensaft, aus dem Kaugummi hergestellt wird. Früher war es so, dass der Chicle-Markt nachgab, sobald die Amerikaner weniger gekaut haben. Die Arbeiter verlegten sich aufs Plündern, und wir verloren immer mehr von unserer Kultur. Aber inzwischen ist es schlimmer.«

»Inwiefern, Dr. Chi?«

»Mittlerweile spielt der Chicle-Markt gar keine Rolle mehr. Warum auf den Feldern den Rücken krumm machen, wenn man für ein gutes Keramikgefäß zwei- bis fünfhundert Dollar bekommt? Sie haben sich an das Geld gewöhnt. Die Plünderungen werden regelrecht organisiert. Hehler im guatemaltekischen Carmelita werben ganze Gruppen hauptberuflicher Schmuggler an.

Dort werden die Artefakte gesammelt, auf Lastwagen geladen und über die Grenze nach Belize geschafft. Dann geht's per Schiff oder Flugzeug weiter in die Vereinigten Staaten oder nach Europa. In Galerien und auf Auktionen bringen die Artefakte dann Tausende von Dollars ein. Museen und Privatsammler zahlen sogar noch mehr. Gefälschte Herkunftspapiere sind kein Problem.«

»Dennoch dürften viele der Käufer wissen, dass diese Artefakte größtenteils gestohlen sind.«

»Natürlich. Aber selbst wenn sie diesen Verdacht hegen, behaupten sie letztendlich, sie würden aktiv zur Bewahrung der Vergangenheit beitragen.«

»Das ist eine ziemlich faule Ausrede für die Vernichtung einer Kultur. Aber was können Sie dagegen tun?«

»Wie ich bereits sagte, bin ich ein ›Finder‹. Ich versuche, die Stätten ausfindig zu machen, bevor sie geplündert werden können. Ich gebe ihre genaue Lage erst dann bekannt, wenn die Regierung mir zusichert, dass die Stätten so lange bewacht werden, bis wir die Artefakte aus dem Boden geholt haben. Gleichzeitig nutze ich meine Kontakte in die Vereinigten Staaten und Europa. Die Regierungen der wohlhabenden Länder sind es, die die Hehler hinter Gitter bringen und ihnen durch die Beschlagnahme der Waren schmerzhafte Lektionen erteilen können.«

»Klingt nach einem nahezu hoffnungslosen Unterfangen.«

»Das ist es auch«, sagte er ernst. »Und gefährlich. Da es um beträchtliche Summen geht, ist Gewaltanwendung leider alltäglich geworden. Vor einiger Zeit hat einer der *chicleros* gesagt, anstatt die Maya-Artefakte außer Landes zu schaffen, würde er sie lieber an Ort und Stelle lassen und Touristen zur Besichtigung hinführen. Das würde mehr Geld für alle bedeuten.«

»Keine schlechte Idee. Hat irgendjemand davon Notiz genommen?«

»Ja, allerdings.« Sein Mund verzog sich zu einem freudlosen Lächeln. »Man hat ihm sogar ziemlich genau zugehört. Er wurde ermordet. Huch!«

Er trat auf die Bremse. Der HumVee wurde abrupt langsamer, als wäre er ein Kampfflugzeug, das den Bremsfallschirm ausgelöst hat. Dann schwang der Wagen nach rechts herum.

»Entschuldigung!«, brüllte Chi, als sie über den Seitenstreifen holperten und auf die Bäume zufuhren. »Ich habe nicht aufgepasst. Festhalten, es geht los!«, rief er über den Lärm brechender Äste und das Dröhnen des Motors hinweg.

Gamay war sicher, dass sie gleich gegen einen Baum fahren würden, aber Chis geübter Blick hatte etwas erspäht, das ihr entgangen war: eine kaum erkennbare Bresche im dichten Wald. Schwerfällig und lautstark bahnte sich das Fahrzeug einen Weg durch das Unterholz. Der Professor hielt das Lenkrad fest umklammert und sah dabei aus wie ein verrückter Kobold.

Sie rumpelten beinahe eine Stunde lang durch die Gegend. Chi folgte einer Route, die für Gamay völlig unsichtbar blieb, und so war sie überrascht, als er plötzlich verkündete, sie hätten das Ende des Pfades erreicht. Der Professor wendete den Wagen, wobei er fast einen halben Hektar Vegetation niederwalzte, zeigte in eine bestimmte Richtung und schaltete den Motor aus.

»Zeit für einen kleinen Waldspaziergang.«

Chi tauschte seinen Strohhut gegen eine Harvard-Baseballmütze aus. Der Schirm der Mütze wies nach hinten, so dass sie nicht an einem Zweig hängen bleiben konnte. Während er das Gepäck auslud, zog Gamay statt der Shorts eine Jeans an, um ihre Beine vor Dornen und Ranken zu schützen. Chi steckte die Arme durch die Riemen des Rucksacks, in dem sich ihr Mittagessen befand, hängte sich die Schrotflinte über die Schulter und steckte sich eine Machete samt Scheide in den Gürtel. Gamay trug einen zweiten Rucksack, der die Kamera und einige Notizbücher enthielt. Chi schaute kurz zum Stand der Sonne empor, um sich zu orientieren, und machte sich dann mit großen Schritten auf den Weg ins Dickicht.

Gamay hatte eine athletische Statur mit langen Beinen, schmalen Hüften und mittelgroßer Oberweite. Als kleines Mädchen war sie ein echter Wildfang gewesen, der sich immer mit einer Bande Jungen herumgetrieben, Baumhäuser gebaut und auf den Straßen von Racine, Wisconsin, Baseball gespielt hatte. Als erwachsene Frau wurde sie fitnessverrückt und interessierte sich sehr für Ganzheitsmedizin. Wenn sie mit ihrem Mann Ausflüge ins ländliche Virginia unternahm, war sie den ganzen Tag mit Laufen, Fahrrad fahren oder Wandern beschäftigt. Gamay maß einen Meter achtundsiebzig und war damit einen Kopf größer als der Professor, doch so geschmeidig und fit sie auch sein mochte, sie hatte Mühe, mit Chi Schritt zu halten. Er schien zwischen den Zweigen hindurchzuschlüpfen, die sie beiseite schieben musste. Sein geräuschloses Vordringen erweckte in Gamay die Vorstellung, dass sie sich anhören musste wie eine Kuh, die durchs Gehölz brach. Nur wenn Chi stehen blieb, um mit seiner Machete auf Kletterpflanzen einzuschlagen, die den Weg blockierten, erhielt sie Gelegenheit, wieder ein wenig zu Atem zu kommen.

Bei einem dieser Zwischenstopps, nachdem sie soeben einen kleinen Hügel erklommen hatten, deutete er auf eine Schicht Kalksteinbrocken, die den Boden bedeckte.

»Das hier ist Teil einer alten Maya-Straße. In ganz Yukatan verlaufen zwischen den Städten erhöhte gepflasterte Wege wie dieser. Die Bauqualität ist mindestens so gut wie die der alten Römer. Von jetzt an dürften wir leichter vorankommen.«

Die Vorhersage stellte sich als wahr heraus. Obwohl nach wie vor dichtes Gras und Unterholz vorherrschten, erleichterte der solide Unterbau das Gehen.

Kurz darauf blieben sie erneut stehen, und Chi wies auf eine flache Kette umgestürzter Steine, die zwischen den Bäumen verlief. »Das sind die Überreste einer Stadtmauer. Wir sind fast da.«

Wenige Minuten später wurde der Wald lichter, und dann traten sie zwischen den Bäumen heraus auf eine Freifläche. Chi steckte die Machete ein.

»Willkommen in Shangri-La.«

Sie standen am Rand einer Ebene von ungefähr achthundert

Metern Durchmesser, die mit niedrigen Büschen und vereinzelten Bäumen bewachsen war. Sonst war nichts Außergewöhnliches festzustellen, abgesehen von seltsam geformten, steilen, von Pflanzen überwucherten Erdhügeln, die sich zwischen Gamays und Chis derzeitigem Standpunkt und der Baumreihe am entgegengesetzten Ende der Fläche erhoben.

Gamay blinzelte nach dem plötzlichen Wechsel vom Schatten ins gleißende Sonnenlicht. »Ganz so habe ich mir Utopia nicht vorgestellt«, sagte sie und wischte sich den Schweiß von der Stirn.

»Tja, in den letzten tausend Jahren ist es mit der Nachbarschaft ganz schön bergab gegangen«, klagte Dr. Chi. »Aber Sie müssen zugeben, dass es hier schön ruhig ist.«

Außer ihrem eigenen Atem war lediglich das Summen zahlloser Insekten zu hören. »Ich glaube, der richtige Ausdruck lautet *totenstill.*«

»Was Sie hier vor sich sehen, ist die Gegend unmittelbar um den etwa viertausend Quadratmeter großen zentralen Platz einer mittelgroßen Stadt. Die Gebäude verliefen von hier aus etwa drei Meilen in alle Richtungen, verbunden durch ein Straßennetz. Früher einmal wimmelte dieser Platz von kleinen braunhäutigen Leuten wie mir. Priester mit gefiederten Amtsinsignien, Soldaten, Bauern und Händler. Der Rauch von Holzfeuern hing in der Luft, und die vielen hundert Hütten sahen genauso aus wie meine eigene. Man hörte weinende Kinder. Das Schlagen der Trommeln. Alles verschwunden. Das macht einen nachdenklich, nicht wahr?« Chis Blick verlor sich in der Ferne, als wären die Bilder vor seinem inneren Auge zum Leben erwacht. »Nun ja«, sagte er und zwang sich zur Rückkehr in die Gegenwart. »Ich zeige Ihnen, warum ich Sie hierher in die Wildnis gelotst habe. Bleiben Sie dicht hinter mir. Hier sind überall Löcher, die in die alten kuppelförmigen Zisternen führen. Manche davon habe ich markiert. Ich hätte womöglich Schwierigkeiten, Sie wieder nach oben zu ziehen. Sofern Sie sich an die Pfade halten, kann nichts passieren.«

Der Professor machte sich quer über das Feld auf den Weg. Gamay folgte ihm auf dem Fuß und musterte argwöhnisch das hüfthohe Gras zu beiden Seiten der holprigen Route. Sie erreichten einen Hügel, der von dichter Vegetation umrankt wurde. Er war ungefähr neun Meter hoch und knapp zwanzig Meter breit.

»Dies ist das Zentrum des Platzes. Vermutlich ein Tempel zu Ehren eines kleineren Gottes oder eines Königs. Das Dach ist eingestürzt, weshalb dieser Ort auch noch nicht entdeckt wurde. Die Ruinen sind allesamt niedriger als die Bäume, so dass nichts aus dem Wald herausragt. Man kann diesen Ort wirklich nicht sehen, solange man nicht mitten darauf steht.«

»Was für ein Glück, dass Sie in dieser Gegend auf Jagd gewesen sind«, sagte Gamay.

»Es wäre weitaus dramatischer, falls ich ein Rebhuhn verfolgt hätte und dann aus dem Wald auf dieses Ruinenfeld gestolpert wäre, aber ich habe geschummelt. Ein Freund von mir arbeitet bei der NASA. Ein Spionagesatellit hat bei der kartographischen Erfassung des Regenwalds einen ungefähr rechteckigen Fleck entdeckt. Ich fand, dass er interessant aussah, und habe mir das Ganze von nahem angeschaut. Das war vor fast zwei Jahren. Seitdem bin ich ein Dutzend Mal hier gewesen. Bei jedem Besuch habe ich weitere Pfade freigelegt und ein paar Monumente und Bauwerke von der Vegetation befreit. In der umliegenden Waldregion gibt es noch weitere Ruinen. Ich glaube, das hier könnte sich als wichtige Stätte herausstellen. So, wenn Sie mir jetzt bitte hier entlang folgen würden.«

Wie ein Führer bei einem Museumsrundgang brachte Chi seinen Gast über einen der Pfade zu einer zylindrischen Konstruktion, die hinter einem dicht bewachsenen Hügel verborgen gelegen hatte. »Die letzten beiden Male habe ich vollständig damit zugebracht, dieses Bauwerk freizulegen.« Sie umrundeten das Gebäude, das aus akkurat behauenen graubraunen Steinblöcken bestand.

Gamay schaute zu dem gerundeten Dach empor, das teilweise in sich zusammengefallen war.

»Ungewöhnliche Architektur«, sagte sie. »Auch ein Tempel?«

Während er antwortete, hackte Dr. Chi die hartnäckigen Ranken ab, die beharrlich versuchten, das Bauwerk wieder in Besitz zu nehmen. »Nein, hierbei handelt es sich um ein Himmelsobservatorium der Maya, das zudem der Zeitberechnung diente. Diese Simse und Fensteröffnungen wurden so angeordnet, dass Sonne und Sterne getreu der Äquinoktialpunkte und Sonnenwenden zu sehen sind. Ganz oben befand sich ein Beobachtungsraum, in dem die Astronomen den Lauf der Sterne berechnen konnten. Aber hier. Das da wollte ich Ihnen zeigen.«

Er schob die frische Vegetation von einem etwa neunzig Zentimeter breiten Fries, das entlang des unteren Teils der Wand verlief. Dann trat er zurück und forderte Gamay auf, es sich anzusehen. Das Fries befand sich in Augenhöhe der Maya, so dass Gamay sich hinunterbeugen musste. Es war eine Seefahrtszene. Gamay ließ ihre langen Finger über ein gemeißeltes Boot gleiten. Das Gefährt hatte ein offenes Deck sowie ein hohes Heck und einen steilen Bug. Der Vordersteven erweiterte sich anscheinend zu einem spitzen Rammsporn. An dem dicken Mast bauschte sich ein großes Rahsegel. Es gab keine Spiere; stattdessen waren die Brassen am oberen Ende des Segels an einer festen Rah vertäut. Längsschiffs verliefen die Seile zum überhängenden Heck, wo sich auch ein doppeltes Steuerruder befand. Über dem Boot flogen Seevögel, und neben dem Bug sprangen Fische aus dem Wasser.

Aus dem Schiff ragten dermaßen viele Speere empor, dass es dem Rücken eines Stachelschweins ähnelte. Die Waffen lagen in den Händen von Männern, deren Kopfbedeckung aussah wie ein Footballhelm. Andere Männer bedienten die langen Ruder, die entlang der Flanke des Schiffs nach hinten wiesen. Man konnte fünfundzwanzig Ruderer erkennen, was auf eine Gesamtzahl von fünfzig schließen ließ, da sich ebenso viele auf der anderen, nicht sichtbaren Seite befinden mussten. An der Reling hing offenbar eine Reihe von Schilden. Wenn man die Größe der menschlichen

Gestalten als Maßstab nahm, betrug die Länge des Gefährts mehr als dreißig Meter.

Gamay folgte dem Verlauf des Frieses und entdeckte neben weiteren Kriegsschiffen auch einige vermeintliche Kauffahrer mit weniger Soldaten an Bord. Auf den Decks stapelten sich stattdessen rechteckige Gegenstände, bei denen es sich um Warenbehälter zu handeln schien. Auf den Rahen standen Männer, vermutlich die Schiffsbesatzung, und stellten mit Seilen das Segel ein. Im Gegensatz zu den behelmten Männern trugen sie merkwürdige spitze Kopfbedeckungen. Die Motive variierten, aber das Fries zeigte eindeutig eine Handelsflotte, die von bewaffneten Geleitschiffen eskortiert wurde.

Chi schaute Gamay bei dem Rundgang um das Gebäude zu. Seine dunklen Augen funkelten amüsiert. Sie erkannte, dass er nie vorgehabt hatte, ihr Abbildungen des Meereslebens zu zeigen. Er wollte, dass sie die Schiffsszene sah. Bei einem der Schiffe blieb sie stehen und schüttelte den Kopf. In den Bug des Boots war ein Tier eingemeißelt.

»Dr. Chi, meinen Sie nicht auch, dass dies hier wie ein Pferd aussieht?«

»Sie haben mich doch gebeten, Ihnen Meeresgetier zu zeigen.«

»Haben Sie das Fries datiert?«

Er trat vor und fuhr mit den Fingern über die Inschrift am Rand.

»Diese Schriftzeichen sind Zahlen. Das hier ist eine Null. Laut den Hieroglyphen, die hier eingemeißelt sind, wurden diese Schiffe etwa im Jahr 150 vor Christus abgebildet.«

»Falls dieses Datum auch nur ungefähr zutrifft, wie kann dieses Schiff dann einen Pferdekopf am Bug tragen? Pferde wurden erst im fünfzehnten Jahrhundert durch die Spanier hergebracht.«

»Ja, das ist wirklich rätselhaft, nicht wahr?«

Gamay schaute auf eine Diamantform am Himmel über den Schiffen. Ein Mann hing daran.

»Was ist das denn?«, fragte sie.

»Ich bin mir nicht sicher. Zuerst dachte ich, es handle sich um irgendeinen Himmelsgott, aber es ist keiner, den ich schon mal gesehen habe. Das sind ziemlich viele Eindrücke auf einmal. Haben Sie Hunger? Wir können zurückkommen und es uns noch einmal anschauen.«

»Ja, gern«, sagte Gamay, als erwache sie aus einem Traum. Es fiel ihr schwer, sich von dem Fries loszureißen, aber in ihrem Kopf schwirrten unzählige Gedanken wie ein Schwarm Bienen umher.

Ein paar Schritte entfernt lag ein runder, trommelförmiger Stein von etwa einem Meter Höhe und mehreren Metern Breite. Während Gamay hinter dem Gebäude verschwand und statt der Jeans wieder die bequemeren Shorts anzog, die sie in ihrem Rucksack mitgenommen hatte, bereitete Chi auf der flachen Oberfläche des Steins das Mittagessen vor. Der Professor nahm eine kleine gewobene Matte und Stoffservietten aus dem Rucksack und breitete sie über dem gemeißelten Abbild eines Maya-Kriegers in gefiedertem Festgewand aus.

»Ich hoffe, Sie haben nichts dagegen, auf einem blutbefleckten Opferaltar zu essen«, sagte Chi mit unbewegter Miene.

Gamay wusste inzwischen, dass der Professor eine Vorliebe für morbiden Humor hegte. »Falls dieser spitze Stummel, auf den ich mich gerade gesetzt habe, irgendetwas zu bedeuten hat, war dies hier einst eine Sonnenuhr.«

»Oh, natürlich«, sagte er in arglosem Tonfall. »Der Opferaltar ist dort drüben neben dem Tempel.« Er wühlte in dem Rucksack. »Tortillarollen mit Schweinefleisch.«

Er reichte Gamay das ordentlich verpackte Essen. »Erzählen Sie mir, was Sie über die Maya wissen!«, forderte er sie dann auf.

Sie faltete die Frischhaltefolie auseinander und biss ein kleines Stück Tortilla ab. »Ich weiß, dass sie gewalttätig und schön zugleich waren.« Sie wies auf die umliegenden Ruinen. »Dass sie unglaubliche Baumeister waren. Dass ihre Zivilisation unterging und niemand den genauen Grund dafür kennt.«

»Das ist gar nicht so geheimnisvoll, wie manche glauben. Die

Maya-Kultur hat in den vielen hundert Jahren ihrer Existenz zahlreiche Veränderungen durchlaufen. Kriege, Revolutionen, Missernten – all dies trug dazu bei. Aber die Invasion der Konquistadoren und der folgende Genozid setzten ihrer Zivilisation ein Ende. Während die Männer, die auf Kolumbus folgten, unser Volk töteten, ermordeten andere unsere Kultur. Diego de Landa war ein Mönch, der mit den Konquistadoren herkam und zum Bischof von Yukatan ernannt wurde. Er verbrannte alle schriftlichen Maya-Überlieferungen, die ihm in die Finger fielen. ›Lügen des Teufels‹ nannte er sie. Können Sie sich eine vergleichbare Katastrophe in Europa vorstellen und welcher Schaden dadurch entstanden wäre? Sogar Hitlers Sturmtruppen waren nicht so gründlich. Soweit wir bislang wissen, sind nur drei Bücher der Vernichtung entronnen.«

»Wie traurig. Wäre es nicht herrlich, wenn man eines Tages weitere Aufzeichnungen finden würde?« Gamay ließ ihren Blick über die Ebene schweifen. »Was ist das hier für ein Ort?«

»Anfangs dachte ich, es handle sich um ein Zentrum reiner Wissenschaft, wo man abseits der blutigen Rituale der Priester Forschung betrieb. Aber je mehr ich freigelegt habe, desto mehr gelangte ich zu der Überzeugung, dass es vielmehr Teil eines weitaus größeren Plans war. Eine architektonische Maschine, wenn Sie so wollen.«

»Ich weiß nicht, ob ich das richtig verstehe.«

»Ich bin mir selbst auch nicht ganz sicher.« Er holte eine krumme Zigarette aus seiner Hemdtasche hervor und zündete sie an. »Mit zunehmendem Alter sind kleine Laster gestattet«, sagte er und nahm einen Zug. »Lassen Sie mich mit den kleinen Dingen beginnen. Dem Fries und dem Observatorium.«

»Und was sind die großen Dinge?«

»Die Stätten, von denen ich gesprochen habe. Ich habe ähnliche Gebäude auch an anderen Orten entdeckt. Zusammen mit einigen weiteren Bauwerken erinnern sie mich an einen ziemlich großen elektrischen Schaltplan.«

Gamay konnte sich ein Lächeln nicht verkneifen. »Wollen Sie damit sagen, dass die Maya neben all ihren anderen Fertigkeiten auch die Informatik beherrscht haben?«

»Ja, in gewisser primitiver Weise. Wir reden hier nicht von einem IBM-Rechner mit endlosen Gigabytes. Denken Sie eher an eine Chiffriermaschine. Falls wir wüssten, wie man sie bedient, könnten wir die Geheimnisse dieser Steine entziffern. Ihre Anordnung ist kein Zufall. Die Präzision ist ziemlich bemerkenswert, das lässt sich nicht leugnen.«

»Diese Abbildungen ... so merkwürdig. Der Pferdekopf. Erzählen die Hieroglyphen etwas über die Bilder?«

»Sie berichten von einer langen Reise vor vielen Jahren, an der Hunderte von Männern teilgenommen haben und die zu großem Wohlstand geführt hat.«

»Taucht diese Geschichte auch in anderen Teilen der Überlieferungen der Maya auf?«

»Nur an den anderen Stätten.«

»Aber warum hier, so weit von der Küste entfernt?«

»Das habe ich mich auch gefragt. Warum nicht bei den Monumenten von Tulum, direkt am Golf? Kommen Sie, ich kann Ihnen etwas zeigen, das vielleicht eine Erklärung bietet.«

Sie packten ihre Sachen zusammen und gingen zum entgegengesetzten Ende der Ebene, wo der Wald wieder anfing, dann zwischen den Bäumen entlang und einen sanften Abhang hinunter. Die Luft kühlte sich um ein paar Grad ab und nahm einen schlammigen Geruch an. Dann erreichten sie das Ufer eines träge fließenden Flusses. Chi deutete nach vorn. »Man kann sehen, wo die Ufer weiter oben ausgewaschen sind, was bedeutet, dass der Wasserlauf früher einmal breiter gewesen ist.«

»Jemand auf dem Forschungsschiff hat behauptet, es gäbe in Yukatan keine Flüsse oder Bäche.«

»Das stimmt. Yukatan besteht im Wesentlichen aus einer großen Kalksteinplatte. Dort, wo Löcher im Kalkstein sind, finden sich viele Höhlen und Kavernen. Wir befinden uns momentan weiter südlich in Campeche, und hier ist das Terrain ein wenig anders. Sobald man nach Guatemala vordringt, liegen die großen Maya-Städte allesamt an Wasserstraßen. Und das habe ich mir hier auch gedacht, dass nämlich das Boot eventuell eine Fähre zwischen den Ansiedlungen gewesen ist.«

»Sie haben Recht, es hat hier mal einen breiteren Fluss gegeben, aber ich glaube nicht, dass er groß genug für ein Schiff von diesen Ausmaßen war. Mit diesem steilen Bug, den hohen Flanken und dem starken Heck war das Schiff eindeutig für das offene Meer gebaut. Und dann ist da noch etwas. Was ich zunächst für Fische gehalten habe, sind Delfine. Salzwassertiere.« Sie hielt inne. »Was ist das?«

In der Ferne war etwas Glänzendes in der Sonne aufgeblitzt. Sie ging ein paar Schritte flussabwärts. Chi folgte ihr. Am Ufer lag ein verbeulter Aluminiumprahm, an dessen Heck ein alter Mercury-Außenborder hing. »Der muss von irgendwoher angetrieben worden sein.«

Chi interessierte sich weniger für das Boot als für die Fußabdrücke im Schlamm. Hektisch musterte er das umliegende Dickicht. »Wir müssen gehen«, sagte er ruhig. Mit festem Griff nahm er Gamays Arm und führte sie im Zickzackkurs den Hügel hinauf. Sein Kopf bewegte sich hin und her wie eine Radarantenne. Kurz vor dem Gipfel der Anhöhe blieb er stehen und schnüffelte wie ein Jagdhund.

»Das gefällt mir nicht«, sagte er leise und sog die Luft ein.

»Was ist los?«, flüsterte sie.

»Ich rieche Rauch und Schweiß. *Chicleros.* Wir müssen verschwinden.«

Sie gingen am Waldrand entlang und bogen dann auf einen Pfad ein, der quer über die Ebene verlief. Sie befanden sich gerade zwischen zwei rechteckigen Hügeln, als hinter einer Ecke ein Mann hervortrat und sich ihnen in den Weg stellte.

Chis Hand zuckte zum Gürtel, riss blitzschnell die Machete heraus und hielt die lange scharfe Klinge wie ein Samurai drohend über den Kopf. Sein Unterkiefer schob sich herausfordernd vor und zeugte von einer Entschlossenheit, die schon die spanischen Konquistadoren so sehr erstaunt und zu einem blutigen Unterwerfungskrieg gegen seine Vorfahren geführt hatte.

Gamay wunderte sich, wie schnell dieser freundliche kleine Mann sich in einen Maya-Krieger verwandelte. Der Fremde war nicht beeindruckt, sondern grinste und zeigte sein lückenhaftes gelbes Gebiss. Er hatte schmierige, lange schwarze Haare und einen Stoppelbart, der die syphilitischen Narben in seinem von Gelbsucht gezeichneten Gesicht nicht ganz zu verdecken vermochte. Seine Kleidung war die eines mexikanischen *campesino:* weite Hose, Baumwollhemd und Sandalen. Im Gegensatz zu der makellosen äußeren Erscheinung, auf die selbst der ärmste Einheimische noch Wert legte, war er jedoch schmutzig und ungewaschen. Er schien ein *mestizo* zu sein, ein Mischling mit spanischem und indianischem Blut in den Adern, und er schmeichelte keiner der beiden Gruppen. Er war unbewaffnet, schien sich wegen der erhobenen Machete aber keine Sorgen zu machen. Eine Sekunde später erfuhr Gamay den Grund für seine Gelassenheit.

»Buenos días, señor, señora«, sagte eine neue Stimme.

In ihrem Rücken waren zwei weitere Männer hinter dem Hügel aufgetaucht. Der erste hatte einen tonnenförmigen Körper und kurze Extremitäten. Sein dichtes schwarzes Haar war zu einer hohen Elvistolle frisiert, und sein Gesicht schien einem der Maya-Reliefs entsprungen zu sein. Er hatte schräge Augen, eine breite stumpfe Nase und grausame Lippen, die wie zwei Stücke Leber aussahen. Die Mündung seines alten Jagdgewehrs wies in ihre Richtung.

Der dritte Fremde stand hinter Elvis. Er war größer als die beiden anderen zusammen. Außerdem war er sauber, und sein Hemd und die weiße Hose wirkten wie frisch gewaschen. Seine langen dunklen Koteletten waren ebenso sauber gestutzt wie sein dichter Schnurrbart. Sein Bauch war rund, aber die dicken Arme und Beine waren muskulös. Er hielt ein M16-Sturmgewehr in der

Armbeuge, und an dem breiten Gürtel unter seinem drallen Leib hing ein Pistolenholster.

Mit freundlichem Lächeln sprach er Chi auf Spanisch an. Der Blick des Professors richtete sich auf das M16, dann ließ er langsam die Machete sinken und zu Boden fallen. Danach nahm er die Schrotflinte von der Schulter und legte sie neben die Machete. Ohne jede Warnung trat Gelbzahn ein paar Schritte vor und schlug Chi ins Gesicht.

Der Professor wog etwa fünfundvierzig Kilo. Der Schlag riss ihn förmlich von den Füßen und warf ihn ins Gras. Unwillkürlich stellte Gamay sich zwischen den wehrlosen Professor und seinen Angreifer, um den Tritt abzuwenden, den sie befürchtete. Gelbzahn hielt inne und starrte sie überrascht an. Statt sich zu ducken, durchbohrte sie ihn mit einem warnenden Blick. Dann drehte sie sich um und bückte sich, um dem Professor auf die Beine zu helfen. Sie streckte ihm die Hand entgegen, als ihr Kopf plötzlich nach hinten gezogen wurde. Es fühlte sich an, als hätte ihr Haar sich in einer Walze verfangen, und einen Augenblick lang glaubte sie, ihr würde die Kopfhaut abgerissen.

Sie bemühte sich, im Gleichgewicht zu bleiben, da zerrte jemand erneut an ihrem Schopf. Gelbzahn hatte seine Finger in ihrem langen Haar vergraben. Er zog sie so nah an sich, dass sie seinen stinkenden Zwiebelatem riechen konnte, als er lachte. Aber ihre rasende Wut überdeckte den Schmerz. Sie gab ein wenig nach, um etwas Freiraum zu erlangen und ihn glauben zu lassen, sie würde sich nicht länger wehren. Dann neigte sie den Kopf ein kleines Stück und spähte aus dem Augenwinkel nach seiner Sandale. Mit voller Wucht trat sie auf seinen Spann und konzentrierte dabei ihre ganzen einundsechzig Kilo Körpergewicht auf ihren Absatz, den sie zudem hin und her bewegte, als würde sie einen Zigarettenstummel austreten.

Er grunzte wie ein Schwein und lockerte seinen Griff. Gamay konnte schräg hinter sich sein Gesicht erkennen. Mit einer kurzen harten Bewegung schwang ihr Ellbogen zurück und traf ihn auf Nase und Wangenknochen. Es gab ein befriedigendes Knirschen. Er schrie auf, und sie war frei. Sie wirbelte herum und stellte enttäuscht fest, dass er noch immer auf den Beinen stand. Er hielt sich die Nase, aber auch bei ihm war die Wut stärker als der Schmerz, und so ging er auf sie los, die schmutzigen Finger nach ihrer Kehle ausgestreckt. Zwar handelte es sich bei ihm um eine besonders armselige Ausgabe menschlicher Existenz, aber Gamay wusste dennoch, dass sie seinem Gewicht und seinen Körperkräften nicht gewachsen war. Wenn er sie packte, würde sie einen Kniestoß in seine Weichteile antäuschen, womit er eventuell rechnete, und ihm dann die Knöchel in die Augenhöhlen rammen. Mal sehen, wie ihm das gefiel. Sie ging in Position, und er stolperte auf sie zu.

»Basta!«

Der Befehl stammte von dem großen Mann, der wie Pancho Villa aussah. Er lächelte noch immer, aber seine Augen funkelten wütend.

Gelbzahn blieb stehen. Er rieb sich das Gesicht, auf dessen kränklicher Haut sich bereits ein Bluterguss abzeichnete. Als er zurücktrat, griff er sich in den Schritt. Die Botschaft war eindeutig.

»Ich habe hier auch etwas für dich«, sagte er auf Englisch.

Gamay machte einen schnellen Schritt auf ihn zu. Er zuckte zusammen, was seine Kameraden lauthals in schmutziges Gelächter ausbrechen ließ.

Pancho Villa war verblüfft, wie furchtlos diese schlanke Frau reagierte. Er ging zu ihr. »Wer sind Sie?«, fragte er und fixierte sie eindringlich.

»Ich bin Dr. Gamay Trout. Das hier ist mein Führer«, sagte sie schnell und half Chi beim Aufstehen. Chis Miene verriet ihr, dass er sogleich begriffen hatte, welches Schicksal ihm drohte, falls diese Männer seine wahre Identität erfuhren. Er nahm die unterwürfige Haltung eines Dieners ein.

Der große Mann ging mit einem geringschätzigen Blick über

Chi hinweg und konzentrierte seine Aufmerksamkeit voll und ganz auf Gamay. »Was machen Sie hier?«

»Ich bin amerikanische Wissenschaftlerin. Ich habe von den alten Bauwerken hier gehört und bin hergekommen, um sie mir anzuschauen. Diesen Mann habe ich angeheuert, um mich herzubringen.«

Er musterte sie einen Moment lang. »Was haben Sie gefunden?«

Gamay zuckte mit den Achseln und schaute sich um. »Nicht viel. Wir sind gerade erst angekommen. Da drüben haben wir ein paar Reliefs entdeckt, das ist alles. Ich glaube nicht, dass es hier viel zu sehen gibt.«

Pancho Villa lachte. »Sie haben nicht gewusst, wo man nachsehen muss. Ich zeige es Ihnen«, sagte er.

Er erteilte einen knappen Befehl auf Spanisch. Gelbzahn stieß Gamay mit der Schrotflinte an, wich aber zurück, als sie ihn wütend anstarrte. Stattdessen konzentrierte er seine Schikanen auf Dr. Chi, weil er wusste, dass ihr das nicht gefiel. Sie gingen ans andere Ende der Ebene, wo der Boden von ungefähr einem Dutzend Gräben durchzogen war. Die meisten davon waren leer. In einem jedoch lagen zahllose Tongefäße.

Auf Panchos Anweisung holte Elvis zwei Töpfe aus dem Graben und hielt sie Gamay nacheinander unter die Nase.

»Ist es das, wonach Sie suchen?«, fragte der große Mann.

Sie hörte, wie Chi geräuschvoll einatmete, und hoffte, die anderen würden es nicht bemerken.

Dann nahm sie einen der Töpfe in die Hand und betrachtete die Figuren, die mit schwarzen Linien auf die cremefarbene Oberfläche gemalt waren. Es schien sich um die Darstellung eines historischen oder mythologischen Ereignisses zu handeln. Diese Keramiken waren ein Beispiel für den Stil der Codices, den Dr. Chi zuvor erwähnt hatte. Sie gab den Topf zurück.

»Sehr hübsch.«

»Sehr hübsch«, äffte Pancho Villa sie nach. »Sehr hübsch. Haha. Sehr hübsch.«

Nach einer kurzen lautstarken Diskussion führten die Plünderer ihre Gefangenen ab. Pancho Villa ging voran. Elvis und Gelbzahn hielten sie von hinten mit Gewehr und Schrotflinte in Schach. Sie näherten sich einem grasbewachsenen Hügel, der teilweise freigelegt war, so dass man die Steine unter der Vegetation sehen konnte. Pancho durchquerte einen Torbogen und schien zu verschwinden. Gamay sah, dass sich im Boden des Gebäudes eine große Öffnung befand. Sie stiegen eine Anzahl unregelmäßiger, grob behauener Stufen ins Halbdunkel hinab, bis sie einen feuchten hohen Kellerraum erreichten.

Der große Mann sagte einige Worte zu Chi. Dann ließ man sie allein.

»Sind Sie in Ordnung?«, fragte Gamay den Professor. Ihre Stimme hallte wider.

Er rieb sich die rot angelaufene Seite des Gesichts, auf der ihn der Schlag getroffen hatte.

»Ich werd's überleben, aber dem Tier, das mich geschlagen hat, kann ich das nicht versprechen. Und Sie?«

Gamay rieb sich die schmerzende Stelle auf ihrem Kopf. »Ich habe sowieso eine neue Dauerwelle gebraucht«, sagte sie dann.

Zum ersten Mal zeigte sich ein breites Grinsen auf seiner ansonsten reglosen Miene.

»Vielen Dank. Ohne Ihr Eingreifen wäre ich vielleicht tot.«

»Vielleicht«, erwiderte Gamay. Sie musste an die erhobene Machete denken und vermutete, dass der Professor Gelbzahn auf ein gesundes Maß zurechtgestutzt hätte. Sie schaute zurück zu der Treppe, auf der sie nach unten gekommen waren. »Was hat der große Mann gesagt?«

»Er sagt, sie würden sich nicht die Mühe machen, uns zu fesseln. Es gibt nur einen Weg nach draußen. Er wird jemanden am Eingang postieren, und falls wir versuchen zu fliehen, werden wir erschossen.«

»Das ist wenigstens unmissverständlich.«

»Es ist meine Schuld«, sagte Chi trübsinnig. »Ich hätte Sie nicht herbringen dürfen. Ich hätte mir nicht träumen lassen, dass die Plünderer diesen Ort finden könnten.«

»Nach der Anzahl der Tongefäße zu schließen, haben sie hart gearbeitet.«

»Die Artefakte in diesem Graben sind Hunderttausende, womöglich Millionen Dollar wert. Der große Mann ist der Boss. Die anderen beiden wurden lediglich angeheuert. Schweine.« Er hielt inne. »Es war gut, dass Sie nicht verraten haben, wer ich bin.«

»Ich wusste nicht, wie weit Ihr Ruf sich schon verbreitet hat, aber ich wollte gar nicht erst das Risiko eingehen, dass die drei wissen könnten, wer Sie sind.« Sie sah zu der hohen Decke empor, die im dämmrigen Licht des Eingangs kaum zu erkennen war. »Wo *sind* wir?«

»In einem *cenote.* Ein Brunnen, aus dem sich die früheren Einwohner ihr Wasser geholt haben. Ich habe ihn bei meinem zweiten Besuch entdeckt. Kommen Sie, ich zeige es Ihnen.«

Sie gingen ungefähr dreißig Meter weit. Es wurde erst dunkler und dann wieder heller, als sie ein großes Wasserbecken erreichten. Das Licht drang durch eine Öffnung in dem felsigen Dach herein, das sich nach Gamays Schätzung etwa achtzehn Meter über ihnen befand. Auf der anderen Seite des Beckens erhob sich eine steile Wand bis hinauf zur geisterhaft schimmernden Decke.

»Das Wasser ist sauber«, sagte Dr. Chi. »Die Regenfälle sammeln sich unter dem Kalkstein und treten hier und da durch Öffnungen wie diese oder unterirdische Höhlen wieder an die Oberfläche.«

Gamay setzte sich auf ein niedriges Sims. »Sie kennen Leute dieses Schlages«, sagte sie. »Was werden die wohl tun?«

Dr. Chi war erstaunt, wie ruhig seine Begleiterin blieb. Eigentlich sollte es ihn nicht überraschen, hielt er sich vor Augen. Sie hatte ihn furchtlos verteidigt und den Mann angegriffen, der ihn niedergeschlagen hatte.

»Uns bleibt etwas Zeit. Sie werden nichts unternehmen, bevor sie nicht mit ihrem Hehler abgesprochen haben, wie man mit einer Amerikanerin verfahren soll.«

»Und dann?«

Er breitete die Arme aus. »Denen bleibt kaum eine Wahl. Das hier ist eine lukrative Ausgrabungsstätte, die sie vermutlich nicht aufgeben wollen. Genau das müssten sie aber tun, falls sie uns gehen ließen.«

»Also wird es besser für sie sein, wenn wir vom Erdboden verschwinden. Niemand hat eine Ahnung, wo wir sind, wenngleich die Plünderer das nicht wissen. Man wird denken, wir wären von einem Jaguar aufgefressen worden.«

Er hob eine Augenbraue. »Sie hätten uns nicht so freigebig ihre Beute gezeigt, wenn sie geglaubt hätten, wir würden jemand anderem davon erzählen können.«

Sie schaute sich um. »Sie kennen nicht zufällig einen geheimen Weg hier heraus, oder?«

»Es gibt Verbindungen zur Hauptkammer. Sie enden oder verlaufen zumindest teilweise unter dem Grundwasserspiegel und sind daher unpassierbar.«

Gamay stand auf und ging zum Rand des Beckens. »Wie tief ist das hier, was meinen Sie?«

»Schwer zu sagen.«

»Sie haben unterirdische Höhlen erwähnt. Besteht die Möglichkeit, dass die irgendwo anders wieder an die Oberfläche kommen?«

»Möglich ist es. Es gibt an diesem Ort noch andere Wasserstellen.«

Gamay blieb eine Zeit lang am Rand stehen und versuchte, mit ihrem Blick in die Tiefe vorzudringen.

»Was machen Sie da?«, fragte der Professor.

»Sie haben doch gehört, was dieser Mistkerl gesagt hat. Er möchte ein Rendezvous mit mir.« Sie sprang hinein und schwamm bis zur Mitte des Beckens. »Tja, er ist nicht mein Typ«, sagte sie. Ihre Stimme hallte in der Kammer wider. Und dann verschwand Gamay mit einem Platschen unter der glatten Oberfläche.

19

Nine Mile Hole, Arizona

Eine Weile glaubte Austin, das Unwetter würde ausbleiben. Den ganzen Nachmittag hatten sich drohend dunkle Wolken aufgetürmt und waren an einem zerklüfteten Gipfel hängen geblieben. Als Austin und Nina am Rand des Ranchgeländes entlangschlenderten, wirkten sie wie ein entspanntes Paar bei einem Spaziergang, was genau der Eindruck war, den Austin bei einem etwaigen Beobachter erwecken wollte. Sie blieben unter den blaugrünen Ästen eines Grünholzbaums stehen und schauten hinaus in die riesige Weite. Die Strahlen der sinkenden Sonne tauchten die zerfurchten Flanken der Berge in leuchtende Gold-, Bronze- und Kupfertöne.

Austin legte Nina sanft den Arm um die Schultern. Sie sträubte sich nicht dagegen, als er sie an sich zog, so nah, dass er die Wärme ihres Körpers spüren konnte.

»Sind Sie sicher, dass ich Sie nicht zur Übernachtung in dem Motel überreden kann?«

»Das wäre reine Zeitverschwendung«, sagte sie. »Ich will diese Sache bis zum Ende durchfechten.«

Ihre Lippen berührten sich fast, und bei jeder anderen Gelegenheit hätte der romantische Schauplatz zu einem Kuss geführt. Austin schaute in die grauen Augen, in denen sich orangefarben die untergehende Sonne spiegelte, und spürte, dass Nina ganz weit weg war und an ihre ermordeten Freunde und Kollegen dachte.

»Ich verstehe dich«, sagte er.

»Danke. Ich weiß das zu schätzen.« Sie schaute hinaus in die sich verdunkelnde Wüste. »Glaubst du, sie kommen?«, fragte sie.

»Auf jeden Fall. Wie könnten sie diesem Köder widerstehen?«

»Ich bin mir nicht sicher, ob sie noch immer an mir interessiert sind.«

»Ich rede von der römischen Büste. Ein Geniestreich.«

»Das war ein Gemeinschaftsunternehmen«, sagte Nina lächelnd. »Wir brauchten als Vorlage jemanden, der wie ein römischer Kaiser aussieht. Paul ist ein Meister der Computergrafik. Er nahm ein Foto aus der Akte, entfernte einfach den Bart, dünnte das Haar aus, kämmte es à la Julius Cäsar und ersetzte den Blazer durch einen Brustpanzer.« Auf einmal war sie beunruhigt. »Du meinst doch nicht etwa, Admiral Sandecker wäre verärgert, wenn er wüsste, dass wir sein Gesicht als Vorlage genommen haben, oder?«

»Ich vermute, er würde sich ziemlich geschmeichelt fühlen. Vielleicht hätte er etwas dagegen, lediglich als Kaiser herzuhalten. Und der Gesichtsausdruck ist ein bisschen zu gütig.« Er blickte zum finsteren Himmel empor. »Sieht so aus, als würden wir doch noch etwas abbekommen.«

Die geschlossene dunkle Wolkenfront hatte sich von den Gipfeln losgerissen und zog schnell auf sie zu. Die Berge waren jetzt in tiefes Umbra getaucht. Leises Grollen hallte über die Wüste. Die letzten Sonnenstrahlen wurden schwächer und verschwanden.

Kurt und Nina hielten kurz bei den beiden Wohnmobilen neben dem Schuppen an, um die Innenbeleuchtung einzuschalten. Dann gingen sie im gelben Lichtschein zu den Lehmziegelruinen des Ranchgebäudes, wo Trout soeben den Befehlsstand bemannte.

Die Wingates waren vom vielen Graben und Sieben müde und daher früh in ihr Motel zurückgekehrt. Ned, Carl und Zavala hatten Außenposten in den Nebengebäuden hinter dem alten Korral bezogen. Von dort aus hatten sie bis zum Horizont freie Sicht auf die Wüste. Das Unterstützungsteam würde nach Einbruch der Dunkelheit anrücken und die Straße sichern.

Als Austin und Nina das Ranchgebäude betraten, wirbelte ein kräftiger Windstoß Sand auf, und riesige Regentropfen klatschten zu Boden. Trout war in der Küche, dem einzigen Teil des Hauses, der noch immer ein Dach besaß. Durch ein paar Löcher tropfte der Regen herein und sammelte sich bald in kleinen Bächen auf dem festgestampften Erdboden, aber ansonsten war es hier drinnen relativ trocken und geschützt. Die gezackte Öffnung, an deren Stelle sich einst die Tür befunden hatte, führte direkt zu den Wohnmobilen. Die Lücken zwischen den Lehmziegeln erlaubten den Ausblick in jede Richtung, wie Schießscharten in einer Burg.

Der Wind und der Regen waren nur die Vorboten. Ein Wüstensturm zieht nicht einfach so heran und begnügt sich dann mit ein paar vereinzelten Blitzen. Er sucht sich einen Ort aus und bleibt darüber schweben, lässt Sturzbäche von Regen fallen und schießt im Sekundenabstand zuckende Blitze zu Boden, manchmal mehrere gleichzeitig. Er nimmt die Erde mit einer Feindseligkeit unter Beschuss, wie man sie eher bei Menschen erwarten würde, und hämmert auf den Boden ein wie Artilleriesperrfeuer, mit dem man den Feind vernichten oder zumindest nachhaltig einschüchtern will.

Das nahezu gleich bleibende stroboskopische Licht ließ die peitschenden Regentropfen scheinbar in der Luft erstarren. Während Trout die Umgegend im Auge behielt, blieb Austin mittels eines Handfunkgeräts mit den Wachen in Kontakt. Er musste laut rufen, um sich durch den grollenden Donner und den trommelnden Regen verständlich zu machen.

Die Wachposten hatten die Anweisung erhalten, sich regelmäßig zu melden beziehungsweise sofort Bescheid zu geben, falls ihnen etwas Ungewöhnliches auffiel. Die sechs Männer bei der alten Tankstelle bildeten Team A. Die Hubschraubergruppe, der Einfachheit halber Team B genannt, sollte zuhören und Funkstille bewahren.

Austins Funkgerät knisterte. Die atmosphärische Störung wurde durch den Regen hervorgerufen.

»Ned an Basis. Nichts.«

»Roger«, erwiderte Austin. »Carl, bitte melden.«

Eine Sekunde später: »Carl hier. Ebenfalls nichts.«

Joe nahm sich Austins Warnung zu Herzen, die Meldungen möglichst knapp zu halten. »Auch nichts«, antwortete er.

Dann, von der Straße: »Team A. Negativ.«

Der Sturm dauerte fast eine Stunde an, und als er abzog, blieb die vorzeitige Dunkelheit, die er mit sich gebracht hatte, weiterhin bestehen. Nur in der Ferne zuckten noch sporadisch Blitze auf. Die frisch gereinigte Luft roch intensiv nach Beifuß. Die Wachen meldeten sich regelmäßig. Alles blieb völlig ruhig, bis die Straßenmannschaft Alarm gab.

»Team A an Basis. Fahrzeug nähert sich. Nehmen Position ein.«

Der Plan des Teams sah vor, dass zwei Männer das Fahrzeug anhalten und zwei weitere ihnen dabei Deckung geben würden. Diesen beiden würde ein fünfter Mann den Rücken freihalten, während der sechste über Funk Kontakt zu den anderen hielt.

Austin ging zur Tür und schaute in Richtung der Straße. Die Scheinwerfer waren zwei Lichtpunkte in der Finsternis.

Eine Minute später. »Fahrzeug erhält Signal zum Anhalten … hält an. Nähern uns vorsichtig.«

Austin hielt den Atem an. Niemand hatte zu dieser späten Stunde Veranlassung, die Grabungsstätte zu besuchen. Er stellte sich vor, wie die Männer sich dem Wagen von beiden Seiten mit gezogenen Waffen näherten. Er hoffte, dass es sich nicht nur um ein Ablenkungsmanöver handelte, während der eigentliche Vorstoß an anderer Stelle erfolgte. Eilig setzte er sich mit den restlichen Wachen in Verbindung. Auf der Wüstenseite blieb alles ruhig.

Nach einigen Momenten voller Anspannung meldete sich erneut das Straßenteam. »Team A.« Die Stimme klang etwas entspannter. »Basis, kennen Sie jemanden namens George Wingate?«

»Ja«, sagte Austin. »Was ist mit ihm?«

»Er sitzt am Steuer des Wagens.«

»Älterer Mann. Weiße Haare und Bart?«

»Roger. Er sagt, er arbeitet an der Ausgrabung mit.«

»Das ist richtig. Ist seine Frau bei ihm?«

»Negativ. Er ist allein.«

»Was will er hier?«

»Er sagt, seine Frau habe ihre Handtasche im Badezimmer eines der Wohnmobile vergessen. Er wollte eigentlich schon eher wieder hier sein, aber dann ist der Sturm dazwischengekommen. Anweisungen?«

Austin grinste. »Okay, lasst ihn durch.«

»Roger. Ende und aus.«

Kurz darauf stachen die Lichtfinger der Scheinwerfer durch die Dunkelheit, als der Wagen sich auf der Straße näherte. Der Buick der Wingates blieb zwischen einem der Wohnmobile und dem Schuppen stehen. Die Tür ging auf, und ein Mann stieg aus. Wingates hoch gewachsene Gestalt verschwand hinter der Ecke eines der Winnebagos. Eine Minute später kam er zurück. Er trug etwas unter dem Arm. Dann blieb er stehen und machte etwas Merkwürdiges. Er drehte sich zum Ranchhaus um und winkte. Austin war sicher, dass es sich keinesfalls um eine zufällige Geste handelte. Dann stieg Wingate in sein Auto und fuhr davon. Austin wandte sich zu Nina um, die auf einem alten Hackklotz Platz genommen hatte. Sie bemerkte seinen verwirrten Gesichtsausdruck.

»Probleme?«, fragte sie besorgt.

»Nein«, erwiderte er, um sie zu beruhigen. »Falscher Alarm.«

Kurz darauf meldete sich das Straßenteam. »Besucher fährt weg. Team A aus.«

»Danke. Gut gemacht. Basis aus.«

Trout zuckte mit den Achseln. »Vielleicht nicht heute Nacht.«

Austin war nicht überzeugt. »Vielleicht«, sagte er. Seine Kaumuskeln zuckten.

Niemand war überrascht, als ungefähr fünfzehn Minuten später Trouts Mobiltelefon klingelte. Er hatte hin und wieder versucht, Gamay zu erreichen, und ihr ausrichten lassen, sie möge ihn anrufen. Er zog das winzige Motorola-Gerät aus der Tasche und klappte es auf.

»Kein Lebenszeichen?«, sagte er wenig später. »Würden Sie die *Nereus* bitten, mir Bescheid zu geben, sobald man von ihr hört? Ja, natürlich möchte ich mit ihm sprechen. Hallo, Rudi.« Er hörte wiederum eine Weile zu. Seine Stirn legte sich in Falten. »Okay. Ich setze Kurt davon in Kenntnis und melde mich wieder.«

»Das ist ja seltsam«, sagte er, nachdem er die Verbindung getrennt hatte. »Rudi hat eine Tarnfirma gegründet, die nach außen hin dieses Projekt koordiniert. Irgendein Scheinname und eine Telefonnummer im NUMA-Hauptquartier. Vor kurzem hat die Polizei aus Montana dort angerufen. Wie es scheint, hat man ein älteres Ehepaar aufgegriffen, das zu Fuß einen Highway entlanggelaufen ist. Die beiden erzählen eine absurde Geschichte über eine angebliche Entführung.«

Austin grübelte darüber nach, warum in dieser Nacht noch nichts geschehen war, und hörte nur mit einem Ohr zu. »UFOs?«, fragte er.

»Ich glaube nicht, dass wir einfach darüber hinweggehen sollten. Sie sagen, sie seien einige Tage lang festgehalten worden, und behaupten, zu einer archäologischen Ausgrabung in Arizona unterwegs gewesen zu sein.«

Austin wurde aufmerksam. »Hat die Polizei einen Namen?«

»Wingate.«

Durch den anhaltenden Sturm und die langweilige ereignislose Wache waren Austins Reflexe ein wenig eingerostet. In seinem Schädel läuteten die Alarmglocken.

»Verflucht«, schrie er. »Paul, lass sofort diesen Helikopter herkommen. Und ruf Team A zur Ausgrabungsstätte.« Er rannte aus der Tür. Als er sich auf halbem Weg zwischen Ranchhaus und den Wohnmobilen befand, explodierte der Schuppen in einem gelbroten Feuerball. Austin warf sich bäuchlings zu Boden, hielt die Hände schützend über den Kopf und vergrub sein Gesicht im feuchten Sand. Die Propangastanks der Winnebagos zerbarsten in einer zweiten Explosion, die den Boden erzittern ließ und die Nacht zum Tag machte. Glühende Metallteile regneten vom Himmel, aber der Wind im Gefolge des Sturms trug die meisten Bruchstücke davon, so dass nur ein paar heiße Funken Austins Handrücken versengten.

Schließlich hörte das Prasseln der herabstürzenden Trümmer auf. Kurt hob den Kopf und spuckte etwas Sand aus. Die Wohnmobile und der Schuppen waren verschwunden. An ihrer Stelle befand sich ein knisterndes Feuer. Der Boden rund um die Trümmer war mit rot glühenden Fetzen bedeckt.

Sobald Austin sicher war, dass es keine weitere Explosion geben würde, stand er auf und näherte sich dem brennenden Schutthaufen.

Trout und Nina kamen nach draußen gerannt.

»Kurt, alles in Ordnung?«, fragte Nina verängstigt.

»Mir ist nichts passiert.« Austin musterte den lodernden Scheiterhaufen und wischte sich einige weitere Sandkörner von der Zunge. »Aber ein Feuerwerk mag ich eigentlich nur am Nationalfeiertag.«

Wenige Sekunden später waren Carl, Ned und Joe zur Stelle. Dann tauchten aus allen Richtungen huschende Schatten auf. Die Männer von Team A waren eingetroffen und gaben sich keinerlei Mühe mehr, außer Sicht zu bleiben. Ihre hektischen Schreie wurden von dem Lärm eines Hubschrauberrotors übertönt. Der Pilot erkannte, dass der Rotor das Feuer weiter anfachte und die Funken aufstieben ließ, also drehte er ab und landete neben dem Ranchhaus.

Austin schaltete schnell. »Paul, hast du die Nummer des Motels, in dem die Wingates wohnen?«

»Ja, ich hab sie in meinem Mobiltelefon gespeichert.«

»Ruf dort an. Frag nach, ob sie noch da sind.«

Trout drückte die Kurzwahltaste und bat darum, mit dem Zimmer der Wingates verbunden zu werden.

Er wandte sich an Austin. »Ich habe hier den Nachtportier. Er sagt, Mr. Wingate habe bezahlt, aber der Wagen sei noch da. Er geht hin und klopft an die Tür.«

Kurz darauf war der Portier wieder am Telefon.

»Bitte beruhigen Sie sich, Sir«, sagte Trout beschwichtigend. »Hören Sie mir zu. Rufen Sie die Polizei. Fassen Sie nichts in dem Zimmer an.«

Trout unterbrach die Verbindung und wandte sich an Austin. »Der Portier hat bei den Wingates geklopft, aber es hat sich niemand gemeldet. Daraufhin hat er den Türknauf ausprobiert. Es war nicht abgeschlossen, also ist er hineingegangen. In der Dusche lag eine Leiche. Eine Frau. Mrs. Wingate.«

Austin biss die Zähne zusammen. »Irgendeine Spur von Mr. Wingate?«

»Nein. Der Manager sagt, jemand muss ihn wohl abgeholt haben.«

»Worauf du *wetten* kannst.«

»Was ist los?«, fragte Nina.

»Keine Zeit für Erklärungen. Wir sind bald zurück.«

Zavala blieb vor Ort, um nach Möglichkeit etwas Ruhe in das Durcheinander zu bringen. Austin und Trout rannten zum Helikopter, der sofort mit ihnen abhob. Sie flogen zum Highway, folgten der Straße bis zu der hellen Neonreklame des Motels und landeten auf dem Parkplatz.

Die Polizei war bereits eingetroffen und überprüfte das Zimmer. Austin zeigte kurz seinen Dienstausweis vor, sagte, er sei Mitarbeiter einer Bundesbehörde, und hoffte, man würde ihn für einen Angehörigen des FBI halten. Es würde ziemlich lange dauern, die Anwesenheit von NUMA-Leuten am Schauplatz eines Mordes zu erklären. Die Polizisten schenkten seinem Ausweis keine allzu große Beachtung. Sein plötzlicher Auftritt per Hubschrauber in Begleitung eines martialisch wirkenden Einsatzteams war beeindruckend genug.

Mrs. Wingates Körper lag verkrümmt in der Duschkabine. Sie

trug einen rosafarbenen Frotteebademantel, als sei sie gerade aus der Dusche gekommen, bevor man sie tötete und zurück in die Kabine schob. Es war kein Blut zu sehen, aber ihr Kopf war unnatürlich weit abgewinkelt. Austin ging nach draußen, wo Trout soeben erneut mit der NUMA-Zentrale telefonierte.

»Die Wingates haben ihrer ursprünglichen Bewerbung Fotos beigefügt«, sagte Trout.

»Das Motel muss doch ein Fax haben«, meinte Austin.

Sie gingen zum Büro, und Trout stellte sich dem Portier als derjenige vor, der ihn ursprünglich angerufen hatte. Es gab dort tatsächlich ein Fax, praktisch brandneu, wie der Portier versicherte, und Trout bat um die Nummer. Er leitete die Angaben an die NUMA weiter, und innerhalb weniger Minuten trafen die Fotos ein. Das ältere Paar auf den Bildern hatte keinerlei Ähnlichkeit mit den beiden Wingates, der Toten wie dem Lebenden.

Austin und Trout befragten den Portier, einen dicklichen, beinahe kahlen Mann Mitte fünfzig. Er war noch immer ziemlich mitgenommen, aber er erwies sich als guter Zeuge. Die jahrelange Arbeit hinter der Rezeption mit den verschiedensten Leuten hatte ihm einen guten Blick für Einzelheiten verliehen.

»Ich habe gesehen, wie die Wingates am späten Nachmittag zurückgekommen und in ihr Zimmer gegangen sind«, sagte er. »Dann kam der Sturm. Als der Regen nachließ, fuhr der Wagen der Wingates weg. Nach einer Weile kam er zurück. Wingate ging auf sein Zimmer und kam kurz darauf ins Büro, um zu bezahlen. In bar. Ich hätte ihn fast nicht erkannt«, sagte der Portier.

»Wieso?«, fragte Austin.

»Na ja, er hatte seinen Bart abrasiert. Ich weiß nicht, aus welchem Grund. Man konnte seine Narbe sehen.«

»Mal angenommen, ich weiß nicht, wovon Sie reden«, sagte Austin.

Der Portier zog mit dem Finger eine imaginäre Linie vom Auge quer über die Wange bis zum Mundwinkel. »Eine ziemlich lange Narbe, von hier bis hier.«

Austin und Trout sprachen mit dem Portier, bis die Polizisten hereinkamen, um ihn zu befragen. Dann stiegen sie in den Helikopter und flogen ab. Austin bat den Piloten, die Straßen rund um die Ausgrabungsstätte zu überfliegen. Sie sahen zahllose Scheinwerferpaare, aber man konnte unmöglich sagen, in welchem Wagen Wingate saß. Oder auch nur, ob er sich überhaupt in einem Fahrzeug befand. Sie flogen zurück zur Ranch. Das Feuer war meilenweit zu sehen. Austin setzte Nina und Zavala von den Ereignissen im Motel in Kenntnis, von Mrs. Wingates Ermordung und dem Verschwinden ihres Ehemanns.

»Ich kann kaum glauben, dass Mr. Wingate einer von denen gewesen ist«, sagte sie.

»Deshalb ist er auch damit durchgekommen. Er hat nur einen kurzen Augenblick gebraucht, um die Bombe in dem Schuppen zu platzieren. Ein eiskalter Experte, wer auch immer er sein mag. Er hat es direkt vor unserer Nase gemacht.«

Nina erschauderte. »Aber wer war diese arme Frau?«

»Das wissen wir vorerst nicht. Vielleicht werden wir es nie erfahren.« Er hielt inne. »Ich muss dauernd an diesen Wingate denken oder wie er auch heißen mag. Kurz vor der Explosion hat er mir zugewinkt. Es war, als würde er sagen: ›Komm, fang mich doch.‹ Und dann ist da noch etwas. Er hätte sich nicht gleich zu rasieren brauchen. Er hätte in seiner Verkleidung abhauen und sein Aussehen erst später verändern können. Es wirkt fast so, als würde er uns verspotten. Oder uns seine Verachtung zeigen.«

Zavala versuchte, gute Miene zum bösen Spiel zu machen. »Wenigstens wird der Admiral nicht erfahren, dass wir Schindluder mit seinem edlen Antlitz getrieben haben.«

»Vermutlich weiß er längst davon, Joe.«

»Ja, ich schätze, du hast Recht.« Zavala stemmte die Hände in die Taille und schaute auf die glimmenden Reste. »Was *nun*?«

»Die anderen können sich um diese Sache hier kümmern. Wir fahren nach Tucson und übernachten irgendwo. Morgen früh fliegen wir zurück nach Washington.«

»Diese Jungs sind weitaus gerissener und organisierter vorgegangen, als wir für möglich gehalten haben«, sagte Zavala. »Der Fehlschlag auf der *Nereus* ist ihnen eine Lehre gewesen.«

»Gleichstand.« Austins Blick nahm wieder diese frostige Kälte an. »Mal sehen, wer das Spiel gewinnt.«

20

Yukatan, Mexiko

Der Druck auf Gamays Trommelfellen verriet ihrem inneren Tiefenmesser, dass sie sich ungefähr zehn Meter unter der schwarzen Wasseroberfläche befand. Sie schwamm hin und her, wie ein Zierfisch auf der Suche nach Futter im Aquarium, und bei jeder Zickzackbewegung stieg sie ein Stückchen empor. Ihre Hände erforschten die glitschige Oberfläche der unsichtbaren Wand. Da sie nichts sehen konnte, musste sie sich alles ertasten.

Im vorigen Jahr hatte sie mit dem Freitauchen begonnen, als kleine Abwechslung vom Sporttauchen. Sie genoss das unbeschwerte Gefühl, ohne die lästige Ausrüstung unterwegs zu sein, und inzwischen hatte sie ihre Lunge so weit trainiert, dass sie es länger als zwei Minuten unter Wasser aushielt.

Die Kalksteinoberfläche war mit zahllosen Furchen, Rissen und kleinen Löchern übersät. Keine der Öffnungen war groß genug, um hindurchschwimmen zu können. Sie tauchte auf, schwamm quer durch das Becken und zog sich auf die Kante, um sich auszuruhen und wieder zu Atem zu kommen.

Chi sah ihren enttäuschten Gesichtsausdruck. »Nichts?«

»*Mucho nada.* Bitte verzeihen Sie mein Spanisch.« Sie wischte sich das Wasser aus den Augen und schaute sich in der Höhle um. »Sie haben gesagt, es gebe einige Wege aus dieser Kammer.«

»Ja. Ich habe sie erforscht. Es sind alles Sackgassen, und einer ist durch das Wasser blockiert.«

»Haben Sie eine ungefähre Ahnung, wohin dieser wassergefüllte Tunnel führt?«

»Ich vermute, dass er wie die anderen in einem kleinen Bassin endet, das je nach Höhe des Grundwasserspiegels mehr oder weniger stark gefüllt ist. Wonach haben Sie in dem Becken gesucht?«

Gamay nahm ihr Haar und wrang es aus. »Ich habe gehofft, ich würde eine Öffnung finden, die womöglich zu einer anderen Höhle führt oder über dem Wasserspiegel endet. Ich bin gleich wieder da.« Sie stand auf und ging zu der Treppe, die zum Eingang der Höhle führte. Leise stieg sie die Stufen empor und verschwand außer Sicht. Wenige Minuten später kam sie zurück. »Es besteht keine Möglichkeit, sich an die Wache anzuschleichen«, sagte sie bekümmert. »Man hat den Eingang mit großen Steinen blockiert. Wir könnten sie zwar bewegen, aber man würde uns unweigerlich hören.«

Energisch nahm Gamay ihr Gefängnis ein weiteres Mal in Augenschein. Schließlich schaute sie zu dem Lichtstrahl hinauf, der durch das Loch in der Decke hoch über dem Wasser hereinfiel.

Chi folgte ihrem Blick. »Die alten Maya haben dieses Loch gegraben, um Eimer in den *cenote* hinabzulassen. Auf diese Weise mussten sie nicht jedes Mal die ganzen Stufen hoch und runter laufen, wenn sie einen Topf Suppe kochen wollten.«

»Das Loch ist nicht in der Mitte«, sagte sie, und tatsächlich befand sich die Öffnung dicht neben einer der Wände.

»*Sí.* Als man von oben gegraben hat, wusste man nicht genau, wo sich die Mitte des Beckens befand. Das war auch egal, solange man ein Seil hinunterlassen und die Eimer füllen konnte.«

Gamay trat an die Beckenkante und spähte zu der Öffnung. Das Loch war fast überwuchert, und die Vegetation hatte sich einen Weg in die Kammer gebahnt, was zugleich den Lichteinfall einschränkte.

»Das sieht aus wie eine Ranke, die nach unten hängt.«

Chi kniff die Augen zusammen. »Vielleicht sogar mehr als eine. Ich sehe auch nicht mehr so gut wie früher.«

Jetzt musste Gamay die Augen zusammenkneifen. Der Professor brauchte noch lange keinen weißen Stock, beschloss sie. Selbst mit ihrem tadellosen Sehvermögen konnte sie die zweite Ranke kaum erkennen. Sie senkte den Blick. Der größte Teil der Wand lag im Schatten. Es bestand kein Anlass zu der Vermutung, dass sich dieser Teil von der Wand unterscheiden würde, die Gamay im Becken untersucht hatte.

»Man kann es bei diesem Licht nur schwer sagen, aber von hier aus wirkt diese Wand einfacher als manche der Felswände, die ich in West Virginia erklettert habe. Zu schade, dass wir weder Steigeisen noch Pickel dabeihaben.« Sie lachte. »Zur Hölle, mir würde ja schon ein Schweizer Offiziersmesser reichen.«

Chi starrte eine Weile nachdenklich ins Leere.

»Vielleicht habe ich etwas Besseres als ein Schweizer Offiziersmesser.«

Er griff unter sein Hemd, streifte einen Lederriemen über den Kopf und reichte ihn Gamay. Im trüben Licht sah der Anhänger, der an dem Riemen baumelte, in etwa wie der Kopf eines Raubvogels aus.

Gamay wog das Objekt in der Hand. Die grünen Augen funkelten sogar im schwachen Licht der Höhle, und der weiße Schnabel schien zu glühen. »Wunderschön. Was ist das?«

»Ein Amulett. Kukulcan, der Sturmgott, so hieß er bei den Maya. Die Azteken nannten ihn Quetzalcoatl, die gefiederte Schlange. Der Kopf ist aus Kupfer, die Augen aus Jade, der Schnabel aus Quarz. Ich trage ihn als Glücksbringer und um Zigarren damit einzuschneiden.«

Das runde Unterteil passte genau in ihre Hand. Sie betastete den kurzen stumpfen Schnabel.

»Sagen Sie, Dr. Chi, wie hart ist Kalkstein?«

»Er besteht aus Kalziumkarbonat und antiken Muschelschalen. Hart, aber krümelig, genau wie man vermuten würde.«

»Ich frage mich, ob ich Griff- und Trittstellen in die Wand hacken könnte. Bis ich in Reichweite der Ranken bin.« Sie war sich nicht sicher, was sie nach der Flucht aus dieser Höhle tun sollte, aber ihr würde schon etwas einfallen.

»Das ist durchaus möglich. Quarz ist fast so hart wie Diamant.«

»In dem Fall würde ich mir diese kleine Vogelschlange gern eine Weile ausleihen.«

»Aber bitte doch«, sagte er. »Vielleicht benötigen wir die Hilfe der Götter, um aus diesem Verlies zu entkommen.«

Gamay glitt wieder ins Wasser und durchschwamm das Becken. Dann folgte sie dem Verlauf der Wand bis zu einem kleinen Vorsprung im Kalkstein. Sie hielt sich mit einer Hand daran fest, streckte den anderen Arm aus und fand ein Loch, das groß genug für ihre Finger war. Sie benutzte das Amulett wie ein primitives Beil und erweiterte das Loch, bis ihre Hand festen Halt fand. Dann zog sie sich nach oben, so dass ihr Knie auf dem Vorsprung ruhte, und hackte ein weiteres Loch in etwas größerer Höhe.

Sobald sie in der Lage war, sich gänzlich aufzurichten, ging die Arbeit schneller voran. Zentimeter für Zentimeter stieg sie die Wand empor. Sie klammerte sich an den steilen Fels und presste das Gesicht gegen die harte Oberfläche. Auf diese Weise lernte sie die Beschaffenheit des Kalksteins ziemlich genau kennen. Wie sie vermutet hatte, war die Wand rissig und ausgehöhlt. Gamay nutzte entweder natürliche Griffstellen oder erweiterte einfach bestehende Löcher. Ihr Haar war von feinem weißen Staub überzogen. Hin und wieder musste sie innehalten, um sich die Nase an der Schulter abzuwischen. Ein kräftiges Niesen würde sie abstürzen lassen.

Warum sah das bei Spiderman immer so einfach aus? Sie hätte ein Königreich für zwei von Spideys Armbändern gegeben, mit denen er Netze verschließen konnte. Allein das Festhalten war schon anstrengend genug, aber was sie am meisten erschöpfte, war die Arbeit mit ausgestrecktem Arm über dem Kopf. Ihre Schulter tat weh, und oftmals musste sie ihren tauben Arm baumeln lassen, bis wieder Blut durch ihn strömte. Sie fragte sich, ob sie den Krampf im Nacken jemals wieder loswerden würde.

Auf halbem Weg schaute sie nach unten. Chis weißes Hemd war im Dämmerlicht kaum zu erkennen. Er hatte ihr Fortkommen verfolgt.

»Ist alles in Ordnung, Dr. Gamay?«, fragte er mit hallender Stimme.

Sie spuckte einen staubigen Klumpen aus. Nicht gerade damenhaft, aber egal. »Der reinste Spaziergang.«

Verflucht, sie wünschte, dieser gelbzahnige Kretin hätte ihr nicht die Armbanduhr gestohlen, bevor man sie nach hier unten brachte. Sie hatte jegliches Zeitgefühl verloren. Das Licht, das in die Höhle drang, fiel schräger ein und war trüber als zu Beginn ihres Aufstiegs. Die Sonne ging unter. In den Tropen brach die Nacht mit der Geschwindigkeit eines Fallbeils herein. Schon bald würde es in der Höhle stockfinster werden. Der Versuch, die Ranken zu erwischen, war selbst bei Licht ein schwieriges Unterfangen. Im Dunkeln würde es unmöglich sein.

Dr. Chi musste ihre Bedenken gespürt haben. Erneut drang seine ermutigende Stimme von unten an ihr Ohr und teilte ihr in ruhigem Tonfall mit, dass sie sich sehr gut hielt und dass sie beinahe am Ziel war. Und auf einmal hatte sie *tatsächlich* die Stelle erreicht, an der die Decke in das gewölbte Dach überging. Langsam drehte sie den Kopf und sah, dass sie sich auf einer Höhe mit den Enden der Kletterpflanzen befand. Sie stieg noch ein kleines Stück weiter, um sich ein wenig mehr Spielraum zu verschaffen, wenn ihr Sprung gelingen sollte. Jetzt befand sie sich unter der Wölbung. Die Anstrengung machte sich überdeutlich in ihren müden Händen bemerkbar. Sie musste schnell handeln, oder es würde zu spät sein.

Noch ein schneller Blick. Die Ranken waren fast zwei Meter von der Wand entfernt.

Überleg dir vorher, was du tun wirst. Aber beeil dich! Sie versuchte sich zu sammeln. Von der Wand abspringen, sich in der Luft drehen, eine Ranke packen und festhalten.

Wie sie dem Professor bereits gesagt hatte. *Der reinste Spaziergang.*

Ihre Finger fühlten sich an, als würden sie ihr von den Händen abgerissen. Sie stemmte sich von der Wand ab.

Es blieb keine Zeit mehr. *Jetzt.*

Sie atmete tief ein und sprang.

Sie wirbelte herum, während ihr Körper eine Parabel beschrieb. Ihre Hände streckten sich begierig der Ranke entgegen, streiften sie und packten zu. Trocken und spröde. Gamay erkannte an der Starrheit, dass die Pflanze ihr Gewicht nicht halten würde. Knacks! Mit der anderen Hand griff sie nach der zweiten Ranke. Fühlte, wie sie ebenfalls brach.

Und stürzte.

Als sie auf dem Wasser aufschlug, hielt sie noch immer die nutzlosen Pflanzenstücke in der Hand. Es blieb ihr keine Zeit, um mit den Füßen oder dem Kopf voran sauber einzutauchen. Mit einem grässlich lauten Klatschen landete sie auf der Seite. Als sie wieder auftauchte, taten ihr der linke Arm und der Oberschenkel von dem Aufprall weh. Sie biss die Zähne zusammen und schwamm unbeholfen auf einer Seite zum Rand des Beckens.

Chis Hand packte sie mit überraschender Kraft am Handgelenk und half ihr aus dem Wasser. Einen Moment lang saß sie schweigend da und rieb sich den schmerzenden Schenkel.

»Sind Sie in Ordnung?«

»Mir fehlt nichts«, erwiderte sie keuchend. Der Sturz hatte ihr die Luft aus der Lunge gepresst. »Puh, und das nach all der Anstrengung.« Sie gab Chi das Amulett zurück. »Ich schätze, die Götter haben andere Pläne mit uns.«

»Nach dem, was ich gesehen habe, hätten sie Ihnen Flügel verleihen müssen.«

»Ein Fallschirm hätte mir schon gereicht.« Sie fing an zu lachen. »Das muss ja lustig ausgesehen haben, wie ich mit diesen Dingern in der Hand durch die Luft gesegelt bin.« Sie warf die nutzlosen Rankenstücke weit von sich.

»Ich glaube, Tarzan braucht vorerst keine Konkurrenz zu fürchten, Dr. Gamay.«

»Ganz meine Meinung. Erzählen Sie mir mehr über diesen Durchgang, der unter Wasser steht.«

Der Professor nahm sie bei der Hand. »Kommen Sie«, sagte er.

Der Raum lag inzwischen in nahezu völliger Dunkelheit, und Gamay konnte dermaßen wenig erkennen, dass Chi sie auch geradewegs in den Rachen der Hölle hätte führen können. Dann blieb er stehen, und kurz darauf flackerte die Flamme aus seinem Gasfeuerzeug auf und warf groteske Schatten an die rauen Wände.

»Passen Sie auf Ihren Kopf auf«, warnte Chi und führte sie in einen Tunnel. »Die Decke wird niedriger, aber es ist nicht weit von hier.«

Nach einigen Minuten wurde der Gang schließlich breiter, so dass Gamay etwas mehr Kopffreiheit hatte, und verlief leicht abschüssig. Dann endete er vor einer leeren Wand. Unterhalb der Wand befand sich ein kleines Wasserbecken.

»Ab hier verläuft der Tunnel unter dem Wasserspiegel«, erklärte Chi. »Ob er danach wieder nach oben oder weiter nach unten führt, weiß ich nicht.«

»Aber es ist nicht unmöglich, dass dieser Tunnel eventuell zur Oberfläche führt.«

»*Sí.* Der Boden Yukatans besteht einfach nur aus einer Kalksteinplatte voller natürlicher Höhlen und Gänge, die sich das Wasser im Verlauf der Äonen gegraben hat.«

Gamay erzitterte, weniger aufgrund der feuchten Kälte, als angesichts des klaustrophobischen Gedankens, in die wassergefüllte Erde abzutauchen. Sie zwang sich, nicht weiter darüber nachzudenken, aber es gelang ihr nicht ganz.

»Professor Chi, ich weiß, es klingt verrückt. Ich will herausfinden, ob dieser Tunnel irgendwohin führt. Ich kann ungefähr zwei Minuten lang die Luft anhalten, was für eine beträchtliche Schwimmstrecke ausreicht.«

»Das ist sehr gefährlich.«

»Auch nicht gefährlicher, als darauf zu warten, dass diese Kerle da oben beschließen, uns für immer an diesem Ort zu begraben. Natürlich nachdem mein dental herausgeforderter Freund noch ein wenig Spaß gehabt hat.«

Chi widersprach nicht. Er wusste, dass sie Recht hatte.

»Tja«, sagte sie, »Zeit für ein kurzes Bad.«

Sie ließ sich in das Becken gleiten und begann mit einer Reihe geräuschvoller Atemübungen, um ihre Lunge mit Sauerstoff zu füllen. Als sie so viel Luft eingeatmet hatte, dass ihr beinahe schwindlig war, tauchte sie kurz ab und erforschte den Tunneleingang. Dann kam sie wieder an die Oberfläche und teilte Chi ihren Fund mit. »Er verläuft nach unten, aber ich weiß nicht, wie weit.«

Er nickte. »Denken Sie daran, dass Sie genug Luft für den Rückweg übrig behalten.« Chi beugte sich vor und gab ihr sein Gasfeuerzeug. »Vielleicht werden Sie es brauchen.«

Gamay war bereits wieder mit ihren Atemübungen beschäftigt, und so steckte sie das Feuerzeug in ihre Shorts, reckte den Daumen in die Höhe und tauchte hinab in die Finsternis. Im Stillen zählte sie die Sekunden mit – *einundzwanzig, zweiundzwanzig* –, wie ein Kind, das die Entfernung eines Gewitters herausfinden möchte, und hielt sich unmittelbar unter der Decke. Sie hatte beschlossen, bis an die äußerste Grenze zu gehen. Wenn sie fast zwei Minuten geradeaus schwamm, konnte sie ungefähr dreißig Meter zurücklegen, bevor sie mit brennender Lunge so schnell wie möglich umkehren musste.

Wie sich herausstellte, war das gar nicht nötig. Sie hatte beim Zählen soeben die achtzig erreicht, als die Decke plötzlich steil nach oben anstieg und Gamays ausgestreckte Hand die Wasseroberfläche durchstieß, unmittelbar gefolgt von ihrem Kopf. Sie atmete aus und dann vorsichtig wieder ein. Die Luft war muffig, aber gut.

Gamay konnte ihr Glück kaum fassen. Wurde ja auch Zeit, dass sich *endlich* etwas tat. Der Tunnel fiel steil ab und stieg dann ebenso steil wieder an, wie der wassergefüllte Siphon unter einem Waschbecken. Dank der ständigen Renovierungen an ihrem Haus in Georgetown kannte sie sich mit Installateurarbeiten ziemlich gut aus. Bei dem Gedanken, dass sie hier in einem überdimensionalen Ausguss schwamm, musste sie lachen. Halb deswegen und halb aus Erleichterung. Ihre Stimme hallte in der Dunkelheit wider und ließ sie alsbald daran denken, dass sie dieser verfahrenen Situation noch nicht entronnen war. Noch längst nicht.

Sie kramte Chis Feuerzeug aus der Tasche hervor und hielt es hoch, beinahe wie die Freiheitsstatue. Nach einigen Versuchen gab der Feuerstein einen Funken ab, und die Flamme erwachte zischend zum Leben. Gamay trat Wasser, drehte sich und sah, dass sie sich am Grund eines steilen, runden Lochs befand. Sie schwamm am Rand entlang und kam sich wie das sprichwörtliche Kind vor, das in den Brunnen gefallen war. Wie, um alles in der Welt, sollte sie diese Wände erklimmen? Sie war nicht gerade begeistert von dem Gedanken, ihre Vorstellung aus dem *cenote* zu wiederholen und erneut wie Ikarus abzustürzen.

Auf Höhe des Wasserspiegels war eine Art Sims zu sehen. Gamay schwamm hinüber und hob das Feuerzeug. Ein kleines Stück über dem ersten befand sich ein zweiter Vorsprung. Ihr Herz raste vor Aufregung. Trittsteine! Vielleicht gab es doch noch einen Ausweg aus diesem Schacht. Sie verlor keine weitere Zeit, sondern zog sich aus dem Wasser und stieg die Stufen hinauf, die spiralförmig im Innern der steinernen Röhre verliefen.

Bald darauf hatte sie den Rand des Brunnens erreicht. Mit Hilfe des Feuerzeugs erkundete sie abermals ihre Umgebung. Sie befand sich in einer kleinen Höhle. Ihr Blick fiel auf eine breite Furche im Steinboden, der sie bis zu einem niedrigen Durchgang folgte. Sie hielt das Feuerzeug dicht vor die Öffnung und sah, wie die Flamme flackerte. Der Luftzug war deutlich zu spüren. Abgestanden und warm. Aber immerhin Luft.

Sie stieg so schnell wie möglich wieder in den Brunnen hinunter, atmete einige Male tief durch und schwamm dann dieselbe Strecke zurück, auf der sie hergekommen war. Sie durchbrach die Wasseroberfläche und rief im gleichen Moment: »Ich glaube, ich habe einen Weg nach draußen gefunden.«

Aus der tiefen Finsternis antwortete ihr die Stimme des Professors. »Dr. Gamay, ich hatte schon befürchtet, es wäre um Sie geschehen. Es hat so lange gedauert.«

»Tut mir Leid, dass Sie ausharren mussten. Warten Sie nur, bis ich Ihnen zeige, was ich entdeckt habe. Können Sie schwimmen?«

»Ich habe in Harvard jeden Tag ein paar Bahnen gezogen.« Er hielt inne. »Wie lange werde ich die Luft anhalten müssen?«

»Nur bis auf die andere Seite der Wand. Sie können es schaffen.«

Sie fassten einander bei der Hand, und Chi sprang in das Becken. Kopf an Kopf mit dem Professor wies Gamay ihn in die Atemübungen ein. »Jetzt wünschte ich, meine Vorfahren wären Inka und nicht Maya gewesen«, sagte er auf einmal.

»Wie bitte?«

»Großes Lungenvolumen wegen der dünnen Gebirgsluft. Ich bin im Grunde ein Flachlandbewohner.«

»Sie werden sich bestimmt ganz prima machen, sogar als Flachlandbewohner. Fertig?«

»Ich würde lieber warten, bis mir Kiemen wachsen, aber da das nicht möglich ist, *vamonos*!« Er drückte auffordernd ihre Hand. Gamay sank unter die Oberfläche, fand sogleich den Eingang des Tunnels und zerrte den Professor praktisch hindurch. Es dauerte nicht einmal halb so lange wie bei Gamays erstem Versuch, aber der Professor schnaufte und prustete, als er wieder auftauchte. Gamay war froh, dass sie keine längere Strecke zurücklegen mussten.

Sie hob das Feuerzeug. Es zündete beim ersten Versuch. Der

Professor schwamm ein Stück neben ihr und sog gierig die Luft ein. Irgendwie war es ihm gelungen, die Baseballmütze auf dem Kopf zu behalten.

»Die Stufen sind hier drüben«, sagte Gamay und zog ihn hinter sich her. Sie half ihm den Schacht empor.

Chi schaute sich um. »Ich vermute, die Bewohner der Stadt haben diesen Brunnen als Notreservoir genutzt, wenn der *cenote* und der Fluss nach der Regenzeit austrockneten.« Er kniete sich hin und blickte in die Tiefe. »Bei hohem Wasserstand konnten sie ihre Eimer direkt von hier oben eintauchen. Sobald der Pegel außer Reichweite sank, meißelten sie die Stufen in die Wand. Wie in diesem Kaffeewerbespot. Genuss bis zum letzten Tropfen.«

Er stand auf und bemerkte die Furche im Boden. »Die Spuren unzähliger Füße«, sagte er verwundert.

Gamay war genauso an antiken Zivilisationen interessiert wie Chi, aber die Flamme des Feuerzeugs wurde kleiner und schwächer. Als sie den Professor darauf aufmerksam machte, sammelte er mehrere Stücke verkohlter Borke vom Boden auf und drehte aus ihnen eine brauchbare Fackel zusammen, die mit qualmender Flamme brannte.

»Wunderbaum. Die Pflanze ist ölhaltig«, erklärte er. Jetzt, da er sich wieder in seinem vertrauten Element befand und festen Boden unter den Füßen hatte, übernahm er erneut die Führung. »Nun, Dorothy, wollen wir der gelb gepflasterten Straße folgen?«, fragte er und winkte einladend mit der Fackel.

Chi überzeugte sich durch einen kurzen Blick davon, dass Gamay hinter ihm blieb. Dann duckte er sich in die Maueröffnung und betrat den grob behauenen Tunnel. Chi hatte ausreichend Platz bis zu der niedrigen rußgeschwärzten Decke, aber Gamay musste sich vorbeugen, um den steil ansteigenden Windungen des Gangs folgen zu können. Nach nur wenigen Minuten endete der Tunnel plötzlich am Fuß eines schmalen Schachts. Gamay konnte wieder aufrecht stehen.

Eine primitive Leiter führte nach oben. Chi überprüfte die

Sprossen und verkündete, die Leiter sei zwar wacklig, aber sicher. Dann stieg er den Schacht empor, kniete sich am Rand hin und hielt die Fackel als Signalfeuer für Gamay über die Öffnung.

Wie durch ein Wunder gab die Leiter nicht nach, so dass Gamay schließlich neben Chi auftauchte. Sie befanden sich an der Öffnung eines weiteren Gangs. Diesmal gelangten sie in eine Kammer, die ungefähr doppelt so groß war wie die Brunnenhöhle. Und auch hier gab es nur einen Ausgang. Dieser Tunnel war knapp einen Meter breit und nur wenig höher. Auf Händen und Knien folgten sie seinem gemächlich ansteigenden, mehrfach gewundenen Verlauf. Unter diesen beengten Verhältnissen wäre es auch ohne den Qualm und die Hitze der Fackel ziemlich warm und stickig gewesen. Zeitweise bekam Gamay kaum Luft. Die zurückgelegte Strecke und die Richtung ließen sich nur schwer abwägen, aber Gamay schätzte die Länge des Tunnels auf ungefähr zwanzig Meter, und an einer Stelle erfolgte eine scharfe Kehrtwendung.

Sie war mit dem Gesicht nach unten vorangekrochen und hatte nur hin und wieder den Kopf gehoben, um nicht mit Chi zusammenzustoßen, wenngleich das ziemlich unwahrscheinlich war. Er huschte wie ein Maulwurf durch die Gänge. Plötzlich hörte der Tunnel auf, und sie stieß gegen die Beine des Professors. Sie stand auf, um die Ursache der Verzögerung in Erfahrung zu bringen.

»Halt«, sagte Chi und streckte den Arm aus, um ihr den Weg zu versperren.

Er wirkte wie erstarrt. Im Schein der Fackel erkannte Gamay auch sofort den Grund dafür. Der Gang endete an einem Felsvorsprung, unter dem ein bodenloser Abgrund gähnte. Quer über der Spalte lagen drei Baumstämme. Die alten Baumeister hatten ihre Brücke mit Querstreben verstärkt und daran gedacht, auf einer Seite eine Stange anzubringen, die als Geländer dienen sollte.

»Ich gehe als Erster«, sagte Chi. Behutsam setzte er seinen Fuß auf einen der Stämme. Als der Baum hielt, hatte Chi es plötzlich eilig. Ein paar schnelle Schritte, und er war drüben.

»Es ist nicht gerade die Golden Gate Bridge«, sagte er entschuldigend, »aber sie scheint in gutem Zustand zu sein.«

Das Wort *scheint* hing in der Luft und überschattete den Rest des beruhigend gemeinten Satzes. Argwöhnisch musterte Gamay den schlichten Übergang. Leider blieb ihr keine andere Wahl. Sie rief sich ins Gedächtnis, dass sie nur etwa sechzehn Kilo mehr wog als der Professor, und balancierte dann wie ein Seiltänzer über den Abgrund. Die Brücke war stabiler, als Gamay vermutet hatte, und die grob behauenen Stämme kamen nicht ins Rollen. Trotzdem war sie froh, als sie Chis ausgestreckte Hand erreichte und wieder auf festem Fels stand.

»Gut gemacht«, sagte er und führte sie zum Boden eines weiteren Schachts. Gamay brach fast in Panik aus, als sie keine Leiter sah, aber dann deutete Chi auf die in den feuchten und schlüpfrigen Fels geschlagenen Stufen. Sie waren kaum groß genug für Gamays Zehen und Finger, und erneut musste sie viel Muskelkraft und all ihr bergsteigerisches Können einsetzen. Die Bauwerke hier waren für schmächtige Maya errichtet worden, nicht für riesige Weiße, murrte sie im Stillen.

Am oberen Ende des Schachts folgte abermals ein niedriger Tunnel. Gamays Kehle war trocken wie die Sahara an einem besonders heißen Tag. Die Strapazen des Kletterns, Schwimmens und Kriechens machten sich bemerkbar. Der Qualm brannte in ihren Augen, und ihre Knie waren wund gescheuert. Einmal mussten sie und der Professor sich durch eine Felsspalte quetschen. Gamay wollte schon aufgeben, hätte der Professor nicht im selben Moment triumphierend gerufen: »Dr. Gamay, wir sind draußen!«

Wenige Sekunden später standen sie in einer Kammer, die so riesig war, dass der Fackelschein nicht bis zu der hohen Decke emporreichte. Gamay rieb sich den Ruß aus den Augen. Waren das Säulen? Sie lieh sich kurz die Fackel aus und musste leise lachen, als das Licht nicht etwa auf Säulen, sondern auf riesige Stalaktiten fiel. Die Höhle war annähernd rund. Mehrere Gänge zweigten von ihr ab. Eine der Öffnungen war halbkreisförmig und doppelt so hoch wie ein Mensch. Im Gegensatz zu der kaum bearbeiteten Öffnung, durch die sie die Höhle soeben betreten hatten, waren die Durchgänge glatt und gleichmäßig und die Oberfläche des Bodens unerwartet eben.

»Man könnte hier mit einem Auto fahren!«, rief Gamay.

»Es gibt Legenden über unterirdische Verbindungsstraßen zwischen den einzelnen Ansiedlungen. Ich habe diese Berichte stets für Übertreibungen gehalten und gedacht, ein paar der Einheimischen hätten natürliche Tunnel gesehen und fälschlich geglaubt, es handle sich um künstlich angelegte Gänge. Aber das hier ...«

Vor ihnen war ein Teil der Decke eingestürzt und versperrte den Weg. Sie wollten zur Hauptkammer zurück, erkundeten vorher aber noch einen Seitengang. Er führte sie zu einem kleinen Platz, dessen rechteckiger Fliesenboden von echten Säulen umgeben war, nicht von Stalaktiten. Die gewölbte Decke war geglättet und verputzt worden. Das gleiche galt für die Wände, die man mit den gemalten Profilansichten zahlreicher roter Gestalten geschmückt hatte.

»Unglaublich«, sagte Gamay. »Ist das irgendein unterirdischer Tempel?«

Chi ging an den Wänden entlang und betrachtete die Figuren, deren Farbe so frisch wirkte, als wären sie erst am Tag zuvor gemalt worden.

»Diese Menschen sind Maya, aber andererseits auch wieder nicht«, flüsterte der Professor.

Das Bild zeigte die Seitenansicht einer Prozession von Gestalten, die Waren auf Schultern und Köpfen trugen. Vasen, Körbe voller Brot, Goldgefäße und merkwürdige Gegenstände, bei denen es sich um Goldbarren handeln konnte.

»Da sind wieder die Boote.« Gamay wies auf die Kauffahrer und Kriegsschiffe, die jenen auf den Wänden des Gebäudes glichen, das Chi ihr zuvor gezeigt hatte.

Die Wandgemälde erzählten eine ganze Geschichte. Schiffe trafen ein. Wurden ausgeladen. Die Güter in einer Prozession abtransportiert. Es war sogar ein Mann mit einer Liste zu sehen, der offenbar Buch führte. Soldaten standen Wache. Das hier war die antike Dokumentation eines oder mehrerer großer Ereignisse.

Chi und Gamay richteten ihre Aufmerksamkeit auf die Mitte des Raums und damit auf einen großen runden Steinsockel, der von vier schweren säulenartigen Beinen gestützt wurde. Auf dem Tisch stand ein bearbeiteter Kasten aus Stein mit purpurroten Kristalleinschlüssen. Seine äußere Form glich den Tempelgebäuden, die man auf den obersten Plattformen der Maya-Pyramiden gefunden hatte.

Gamay beugte sich hinunter und schaute durch die quadratische Öffnung in der Seite des Kastens.

»Da ist etwas drin«, sagte sie. Mit zitternden Fingern griff sie hinein, holte den Gegenstand heraus und legte ihn auf die spiegelblanke Tischplatte. Chi hatte weitere Wunderbaumzweige gefunden und eine neue Fackel angefertigt, die jetzt heller als zuvor brannte.

Das Gerät, denn um ein solches handelte es sich zweifellos, bestand aus einem Holzgehäuse mit einem Metallring im Innern, der wiederum durch Kreuzstreben verstärkt war. Innerhalb des Rings befand sich ein großes Zahnrad, das sich offenbar um eine zentrale Achse drehen ließ und dessen Zähne in mehrere kleinere Zahnräder griffen.

»Was ist das?«, fragte Gamay.

»Irgendeine Maschine.«

»Es sieht aus wie ein … nein, das *kann* nicht sein.«

»Spannen Sie mich nicht auf die Folter, Dr. Gamay.«

»Nun, es ähnelt einem Gegenstand, den ich bereits einmal gesehen hab, einem Artefakt, das von einem antiken Schiffswrack stammt. Es ist aus Bronze gefertigt, wie dieses hier anscheinend auch, aber schrecklich korrodiert. Man hielt es zunächst für ein Astrolabium, ein Navigationsgerät zur Bestimmung der Position von Sonne und Sternen. Dann hat jemand eine Röntgenaufnahme gemacht. Man stellte Übersetzungsverhältnisse fest, die auf astronomische und kalendarische Daten Bezug nahmen. Es war weitaus komplexer als ein einfaches Astrolabium. Insgesamt gab es dreißig Zahnräder, die alle ineinander griffen, darunter sogar ein Differential. Im Grunde genommen handelte es sich um einen Computer.«

»Ein *Computer.* Wo haben Sie diesen Gegenstand gesehen?«

Sie zögerte einen Moment. »Im Nationalmuseum in Athen.«

Chi starrte die Maschine an. *»Unmöglich.«*

»Professor, würden Sie bitte mal hierhin leuchten, wo diese Inschrift ist?«

Chi kam so nah mit der Fackel heran, dass die Flammen beinahe Gamays Haar versengten, aber sie achtete gar nicht darauf.

»Ich weiß nicht viel über die Schriftzeichen der Maya, aber das hier sind keine.«

Jetzt nahm Chi die Inschrift genauer in Augenschein. »Unmöglich«, wiederholte er, aber er klang nicht mehr ganz so überzeugt.

Gamay schaute sich in der Kammer um. »All das hier, diese abgeschiedene Basilika, der unterirdische Fahrweg. All das ist eigentlich unmöglich.«

»Wir müssen das hier so schnell wie möglich untersuchen lassen.«

»Ich stimme Ihnen zu. Da ist nur ein kleines Problem.«

»Oh, natürlich«, sagte Chi. Ihm war wieder klar geworden, wo sie sich befanden. »Aber ich glaube, der Ausgang ist nicht mehr weit.«

Gamay nickte. »Ich habe die frische Luft auch gespürt.«

Chi verknotete sein Hemd vor dem Bauch zu einer behelfsmäßigen Tasche, um das Artefakt darin zu transportieren. Dann kehrten sie in die Haupthalle zurück. Eine gewaltige hölzerne Leiter erhob sich fast senkrecht in die Finsternis über ihren Köpfen. Die Leiter war aus von Rinde umgebenen Schösslingen gefertigt worden, regelrechten Baumstämmen, die in etwa so dick wie der Oberschenkel eines Maya und ungefähr dreieinhalb Meter breit waren. Die Schösslinge waren seitlich an weitaus mächtigeren Stämmen vertäut, die durch rechtwinklig angebrachte Streben an der Felswand abgestützt wurden. In der Mitte der Leiter verlief eine Querstrebe, die als Handlauf diente.

Die Leiter stellte eine beeindruckende Ingenieurleistung dar, aber der Zahn der Zeit hatte seinen Tribut gefordert. Manche der runden Trittstufen waren aus ihren seitlichen Halterungen gerutscht und hingen schief nach unten. An einigen Stellen waren Stützstreben gebrochen, so dass die Leiter durchsackte. Das Holz kam Gamay robust genug vor. Aber sie machte sich Sorgen wegen der Ranken, mit denen man die Sprossen und Stützen vertäut hatte. Nach ihrer betrüblichen Erfahrung neigten Ranken dazu, auszutrocknen, morsch zu werden und zu brechen. Es war ihrem Optimismus nicht unbedingt zuträglich, dass die unterste Sprosse von der Leiter abriss, sobald Gamay sie belastete.

Chi legte den Kopf in den Nacken und schaute zum unsichtbaren Ende der Leiter empor.

»Wir müssen das hier wissenschaftlich angehen«, sagte er und musterte die Konstruktion. »Dieses ganze Ding könnte jeden Moment zusammenbrechen. Die Strebe in der Mitte verleiht ihm eventuell ein wenig Stabilität. Daran könnte man sich festhalten. Vielleicht sollten Sie vorangehen. Falls die Leiter Ihr Gewicht aushält, dürfte ich ebenfalls keine Probleme haben.«

Gamay wusste Chis Geste zu schätzen, wenngleich sie anderer Meinung war.

»Ihre Ritterlichkeit ist womöglich unangebracht, Dr. Chi. Sie haben eine größere Chance als ich, es nach oben zu schaffen. Falls ich zuerst gehe und die Leiter dann zusammenbricht, kommen Sie niemals hier raus.«

»Andererseits könnte die Leiter auch gleich unter mir zusammenkrachen, und dann hätten wir beide Pech gehabt.«

Sturer Maya. »Okay. Ich verspreche, dass ich so bald wie möglich eine Diät mache.«

Gamay stellte vorsichtig einen Fuß auf die zweite Sprosse und belastete sie allmählich mit ihrem ganzen Gewicht. Die Trittstufe hielt. Sie streckte die Arme nach den nächsten Sprossen aus, um ihr Gewicht weitgehend zu verteilen, und begann den Aufstieg. Mit Absicht vermied sie es, einen Blick auf die Ranken zu werfen, denn sie befürchtete, schon allein dadurch ein Unglück zu verursachen.

Nach ungefähr sechs Sprossen hielt sie inne. »Ich spüre einen Luftzug von oben«, sagte sie erfreut. »Sobald die Leiter hinter uns liegt, haben wir es geschafft.«

Sie trat auf die nächste Sprosse. Die Ranken auf einer Seite rissen, und ein Ende des Schösslings sackte nach unten weg. Gamay erstarrte, wagte kaum zu atmen. Darüber hinaus geschah nichts. Langsam und bedächtig wie ein Faultier in einem Baum setzte sie den Aufstieg fort. Die Ranken hielten bis zu einer Stelle, wo die Leiter durchhing und die Aufhängungen zusätzlich belastete. Eine weitere Sprosse riss ab und baumelte zur Seite weg. Eine der horizontalen Stützen löste sich vollständig und stürzte krachend auf den Boden der Höhle. Gamay war sicher, dass die Leiter jeden Augenblick in sich zusammenfallen würde. Aber die Konstruktion hielt stand. Nachdem das Schaukeln aufgehört hatte, kletterte Gamay weiter.

Sie konnte kaum sagen, ob sie sich inzwischen seit fünfzehn Minuten oder fünfzehn Stunden auf der Leiter befand. Aber sie kam ohne weitere Panne stetig voran, bis sie nur noch wenige Sprossen vom Ende der Leiter trennten. Meine Güte, dachte sie und schaute nach unten. Diese Leiter musste rund fünfundzwanzig Meter hoch sein. Der Lichtschein von Chis Fackel war ihr schon längst keine Hilfe mehr. Von hier oben sah er wie ein ferner Stern aus.

Gamay streckte den Arm empor und bekam zu ihrer großen Erleichterung Stein anstatt Baumrinde zu fassen. Sie wollte auf keinen Fall eine der letzten Sprossen lostreten. Mit sogar noch größerer Sorgfalt als bisher schob sie sich über die Kante in Sicherheit. Sie blieb kurz auf dem Rücken liegen und sprach ein kurzes Dankgebet für die Erbauer dieser Leiter. Dann rollte sie sich zur Kante und rief leise nach Chi.

Die Fackel wurde hin und her geschwenkt und erlosch. Chi befand sich auf dem Weg nach oben und benötigte dazu beide Hände. Sie rechnete nicht damit, dass er Probleme haben würde, bis sie die Geräusche hörte.

Ein Knacken. Dann ein lautes Krachen.

Vor ihrem inneren Auge sah sie, wie der dicke Schössling sich losriss und nach unten fiel. Sie glaubte, nun würde nichts mehr passieren, aber dann hörte sie weitere Sprossen auf dem Boden aufschlagen. Ein furchtbares Geräusch, denn es ließ darauf schließen, dass der Zwischenfall sich zu einer Katastrophe auswuchs. Eine Kettenreaktion hatte begonnen. Falls Gamay die Ranken durch ihr Gewicht geschwächt hatte, würde ein leichter Druck ausreichen, um die Halterungen brechen und die Sprossen ins Leere stürzen zu lassen. Das Poltern und Krachen hallte in der Dunkelheit wider. Es wurde immer lauter. Nun war nicht mehr zu überhören, dass die Leiter Sprosse für Sprosse auseinander fiel.

Gamay hielt die Flamme des Feuerzeugs über die Kante. Vielleicht würde dieser winzige Lichtpunkt Chi zeigen, wie kurz vor dem Ziel er sich befand. Falls er nicht schon längst unter einem Haufen von Baumstämmen begraben war.

Da hörte sie auf einmal Chis Stimme. Bei all dem Lärm konnte sie nicht erkennen, wie weit der Professor noch von ihr entfernt war.

»Ihre *Hand*!«

Sie streckte den Arm über die Kante aus und redete Chi aufmunternd zu.

Etwas streifte ihre Finger. Sie hatte nicht gewusst, dass er bereits so nah war.

»Halten Sie sich fest!«, schrie sie.

Erneut spürte sie eine Berührung, dann ertasteten die Finger ihr schlankes Handgelenk und schlossen sich darum, während auch sie das andere Handgelenk umfasste. Sie rollte sich zur Seite und nutzte ihren Körper als Hebel, um Chi so weit nach oben zu ziehen, dass er sich mit seiner freien Hand an der Kante festklammern konnte. Aber irgendetwas stimmte nicht.

»Warten Sie!«

Warten? Worauf?

Chi fummelte an etwas herum. Schließlich, nach einigen qualvollen Momenten, in denen sie glaubte, sie würde ihn verlieren, packte Chi mit beiden Händen ihren Unterarm und schwang erst das eine, dann das andere Bein auf festen Untergrund. Aus der Höhle stieg eine dichte Staubwolke empor. Nach einigen Minuten legte sich der Staub, und sie spähten über den Rand. In der pechschwarzen Öffnung war nichts zu erkennen.

»Nachdem ich ungefähr die Hälfte geschafft hatte, ist die Leiter unter mir zusammengebrochen«, sagte Chi. »Es ging so lange gut, wie ich schneller war als die fallenden Sprossen, aber sie kamen näher. Es fühlte sich an, als würde ich eine abwärts fahrende Rolltreppe hinauflaufen!«

»Warum sollte ich warten?«

Er klopfte auf sein Hemd. »Der Knoten ging auf. Ich habe befürchtet, ich würde das Artefakt verlieren.« Chi schaute verwundert über die Kante. »Leitern sind auch nicht mehr das, was sie mal waren.«

Gamay lachte schallend auf. »Nein, ich schätze, Sie haben Recht.«

Ein stetiger kühler Luftstrom strich über sie hinweg. Sie klopften den Staub aus ihrer Kleidung und brachen dann in die Richtung auf, aus der die Luft unverkennbar stammte. Sie folgten einem ausgetretenen Pfad durch einen breiten, gewundenen Tunnel. Die Brise wurde stärker. Das Summen der Insekten wurde lauter. Sie stiegen einige Stufen empor und traten durch eine schmale Öffnung in die feuchte, warme Nacht hinaus.

Gamay atmete mehrmals tief ein und aus, um den Schmutz und den Staub zu vertreiben. Der Mondschein tauchte den alten Stadtplatz mit seinen seltsamen schlummernden Hügeln in ein zinnernes Licht. Chi ging voran. Sie machten sich auf den Weg zu dem Pfad, der sie zurück zu dem HumVee führen würde. Seit ihrer Ankunft schienen Wochen vergangen zu sein.

Vorsichtig huschten die beiden von Hügel zu Hügel. Sie hatten den Waldrand schon fast erreicht, als sie etwas bemerkten, das wie eine Ansammlung von Glühwürmchen aussah. Allerdings flackerten diese Lichtpunkte nicht. Sie leuchteten gleichmäßig und schwärmten vom zentralen Platz in alle Richtungen aus. Gamay und Chi begriffen sofort, dass man ihre Flucht entdeckt hatte. Und dass ihre drei Gegenspieler inzwischen Verstärkung erhalten hatten. Sie rannten los.

Eine raue Stimme sprach sie auf Spanisch an, und ein Lichtkegel blendete sie. Dann hörten sie ein schmutziges Lachen. Gamay erkannte sofort, dass ihr alter Freund Gelbzahn vor ihnen stand. Er schien äußerst zufrieden mit sich zu sein. Langsam ließ er das Licht über Gamays Körper wandern und an einigen Stellen kurz verharren, bevor er die Taschenlampe wieder auf Hüfthöhe hielt. Mit der anderen Hand richtete er die Schrotflinte des Professors auf die beiden Gefangenen. Dann schrie er etwas auf Spanisch, um die Aufmerksamkeit seiner Komplizen zu erregen. Jemand rief eine Antwort, und die Lichtpunkte bewegten sich langsam auf sie zu.

Gamay konnte es nicht glauben! Nach allem, was sie durchgemacht hatten! Wie Maulwürfe waren sie unter der Erde herumgekrochen, und jetzt wurden sie nach ein paar Minuten erwischt, als wären sie Wild, das von einer Reihe Treibern aufgescheucht worden war. Am liebsten wäre sie einfach zu diesem Scheißkerl rübergegangen und hätte ihm die Waffe aus den Händen gerissen. Chi musste gespürt haben, wie aufgewühlt sie war.

»Tun Sie, was er sagt. Keine Angst.«

Chi machte einen Schritt zur Seite und betrat einen Pfad. Gelbzahn rief einen Befehl. Der Professor ignorierte ihn und ging langsam und gleichmäßig weiter. Gelbzahn zögerte. Das hier war nicht vorgesehen. Wenn er mit einer Waffe herumfuchtelte, hatten die Leute gefälligst seinen Anweisungen zu gehorchen. Er warf einen kurzen Blick auf Gamay, um sich zu überzeugen, dass sie eingeschüchtert genug war, um an Ort und Stelle zu bleiben. Dann lief er Chi hinterher und brüllte fortwährend auf Spanisch. Chi blieb stehen, trat aber vorher erst auf das Gras neben dem Pfad. Dort kniete er sich bettelnd nieder und streckte die Hände hoch in die Luft.

Das war schon besser. Offene Schwäche wirkte auf Gelbzahn wie frisches Blut auf ein hungriges Raubtier. Mit wütendem Knurren stürzte er durchs Gras und hob das Gewehr, um Chi mit dem Kolben den Schädel einzuschlagen. Dann verschwand er. Die Taschenlampe segelte in hohem Bogen durch die Luft und landete im Gras. Man hörte einen überraschten Aufschrei, einen lauten Aufprall, und dann herrschte Stille.

Chi nahm die Taschenlampe und leuchtete nach unten. Als Gamay näher kam, warnte er sie: »Vorsichtig. Gleich rechts neben Ihnen ist noch ein Loch.«

Gelbzahn war durch eine runde Öffnung gestürzt und lag jetzt auf dem Grund eines kuppelförmigen Raums mit weiß verputzten Wänden.

»Zisternen«, sagte Chi. »Sie haben gesehen, wie schwer es war, in dieser Gegend etwas zu trinken zu bekommen. Die Leute aus der Stadt haben ihr Wasser in diesen Kammern gespeichert. Ich habe sie nach Möglichkeit alle markiert. Ich schätze, er hat das hier übersehen.« Er wies auf ein schmales orangefarbenes Band, das an einen Busch geknotet war.

»Lassen Sie ihn einfach da liegen?«

Chi wandte sich um und schaute zu den sich nähernden Glühwürmchen.

»Wir haben kaum eine andere Wahl. Es macht Ihnen doch nichts aus, oder?«

Gamay dachte an die lange schwierige Klettertour in dem *cenote.*

»Ich hätte ganz gern meine Uhr zurück. Aber um ehrlich zu

sein, nein, er ist mir völlig egal. Mal sehen, wie es *ihm* gefällt, in so einem Mauseloch zu stecken.«

»Wir müssen Richtung Fluss. Es ist der einzige Weg.«

Sie liefen auf den Wald zu.

Man hatte sie entdeckt. Schüsse peitschten durch die Nacht.

Sie liefen schneller.

21

Arlington, Virginia

José »Joe« Zavala wohnte außerhalb Washingtons in einem kleinen Haus in Arlington, das einst eine Stadtteilbücherei beherbergt hatte. Seine Wohnung im Erdgeschoss war im Stil des amerikanischen Südwestens möbliert, und viele der Einrichtungsgegenstände stammten aus der Werkstatt seines Vaters. Joe mochte das Dekor wegen der warmen Farben, und es war zugleich eine Erinnerung daran, wie weit er es gebracht hatte, gemessen an den bescheidenen Verhältnissen seines Elternhauses.

Seine Eltern, beide geboren und aufgewachsen in Morales, Mexiko, hatten Ende der sechziger Jahre westlich von El Paso den Rio Grande durchwatet. Seine Mutter war damals im siebten Monat schwanger gewesen. Sie und ihr Mann, ein Möbeltischler, ließen sich in Santa Fe, New Mexico, nieder. Dort wurde José schließlich geboren und großgezogen. Er erlag den Verlockungen der See und verließ seine gebirgige Wüstenheimat. Zavala verfügte über ein nahezu geniales Technikverständnis, und nach einem Ingenieurabschluss am New York Maritime College wurde er direkt von Admiral Sandecker angeworben.

Austin hatte vorgeschlagen, sich bei Zavala zu treffen, um ein wenig Ruhe vor der Achtung gebietenden Atmosphäre der NUMA-Zentrale und den Anforderungen ihres Leiters zu haben.

Am Abend zuvor hatte er die unangenehme Aufgabe übernommen, Sandecker telefonisch vom Fehlschlag des Hinterhalts zu unterrichten. Sandecker riet ihm, erst einmal auszuschlafen und dann so schnell wie möglich nach Washington zurückzukehren. Austin und die anderen mieteten sich für eine Nacht in einem Motel nahe des Flughafens ein und nahmen am nächsten Morgen einen der ersten Flüge, so dass sie noch vor Mittag in Washington ankamen. Nina, die immerhin eine Beratungsfirma zu leiten hatte, stieg in einen Flieger nach Boston um. Austin fuhr kurz nach Hause, um zu duschen und sich umzuziehen, und rief dann in seinem Büro an. Die Sekretärin sagte, sie habe einen ganzen Stapel Material für ihn. Er bat sie, die Sachen per Kurier zu Zavalas Haus zu schicken.

Trout verspätete sich, was ihm gar nicht ähnlich sah. Während Austin auf Paul wartete, setzte er sich an den großen hölzernen Esstisch und las die Unterlagen, die aus dem Gebäude der NUMA eingetroffen waren. Zavala kam aus dem Keller nach oben. Er hatte an irgendwelchen Geräten herumgebastelt. Austin reichte ihm ein Schwarzweißfoto aus der Akte. »Das hier hat uns das FBI geschickt.«

»Hübsches Mädchen«, sagte Zavala. Die junge blonde Frau auf dem Foto war zwar keine klassische Schönheit, aber durchaus attraktiv. Sie wirkte wie ein Mädchen vom Lande, mit großen unschuldigen Augen und dem einnehmenden Lächeln, das sie auch an der Ausgrabungsstätte in Arizona auf den Lippen getragen hatte.

»Mrs. Wingate?«

Austin nickte. »Mrs. Wingate, wie sie vor vierzig Jahren ausgesehen hat.« Er nahm das Bild zurück. »Ihr Name war Crystal Day. Damals hieß es, sie könnte vielleicht eine zweite Doris Day werden. In den fünfziger und sechziger Jahren hat sie einigen Erfolg beim Film gehabt. Höhepunkt ihrer Karriere war eine Liebesszene mit Rock Hudson. Sie hätte ein echter Star werden können, aber sie war ein bisschen zu sehr auf Alkohol und Drogen versessen und bewies keine glückliche Hand bei der Auswahl ihrer Männer. In den letzten Jahren hatte sie einige kleine Rollen in unbedeutenden Fernsehserien, aber auch das nur selten und in großen Abständen.«

»Was für ein tragischer Verlust«, sagte Zavala und schüttelte den Kopf. »Wie konnte es dazu kommen, dass sie letztendlich tot in einer Duschkabine geendet ist?«

»Ihr Agent sagt, er habe ihr einen Auftrag vermittelt, und zwar aufgrund des Anrufs einer angeblich unabhängigen Filmgesellschaft, die für eine Nebenrolle eine Frau mittleren Alters suchte. Sie haben von vornherein eine Menge Geld geboten. Ich vermute, diese Leute wussten genau, dass Crystal verzweifelt war und sich sofort auf dieses Angebot stürzen würde. Man konnte fest mit ihr rechnen, auch wenn sie feststellen würde, dass die Rolle nicht ganz ihren Erwartungen entsprach und nicht vor laufenden Kameras gespielt werden musste.«

»Sie war gut genug, um uns an der Nase herumzuführen«, sagte Zavala.

»Ja, genauso wie ihr ›Ehemann‹, Mr. Wingate aus Spokane.«

»Der geheimnisvolle Fremde mit Narbe und ohne Bart. Hat man über ihn auch etwas herausgefunden?«

»Er muss selbst im Bett noch Handschuhe getragen haben«, erwiderte Austin stirnrunzelnd. »Die Jungs aus dem Labor haben sogar den Griff seiner Schaufel nach Fingerabdrücken untersucht. Nichts.«

»Schlauer Schachzug, einen Maulwurf ins Projekt einzuschleusen«, sagte Zavala mit unverhohlener Bewunderung. »Und schon war unsere Falle nur noch die Hälfte wert.«

»Betrachten wir das als heilsame Erfahrung«, sagte Austin. Sein Tonfall gewann an Schärfe. »Wir haben gelernt, dass wir diese Kerle nicht unterschätzen dürfen. Wir wissen, dass sie gut organisiert sind.« Er tippte mit der Fingerspitze auf das Foto. »Und dass sie keine offenen Fragen mögen.«

»Außerdem ist damit die Verbindung zu Time-Quest bestätigt. Sie melden ein paar Freiwillige bei der jeweiligen Ausgrabung an, kidnappen sie und schicken stattdessen Strohmänner. Time-Quest kommt sauber aus der Sache raus. Ziemlich clever.«

»Teuflisch gerissen, würde ich sagen. Was haben wir davon zu halten, dass Wingate mir kurz vor der Explosion des Schuppens freundlich zugewinkt hat? Und dann diese beiläufige Bemerkung, von der die Wachen erzählt haben.«

»›Netter Versuch?‹ Du musst zugeben, für einen Mörder hat er ausgesprochen viel Humor.«

»Ich kann mir das Lachen gerade noch verkneifen. Er hat es uns unter die Nase gerieben, obwohl er nicht musste. Wieso?«

»Vielleicht war ihm einfach danach.«

»Vielleicht.« Austin strich sich nachdenklich über das Kinn. »Ich glaube, zum Teil war es reine Überheblichkeit. Er hat uns mitgeteilt, dass er weiß, wer wir sind. Außerdem wollte er deutlich machen, dass er einer mächtigen Gruppe angehört, mächtig genug, um uns wie Idioten behandeln zu können.«

»Mächtiger als die NUMA?«

»Ich wünschte, ich wüsste es, Joe.« Austin legte das Publicityfoto in die Akte zurück. »Ich wünschte, ich wüsste es.«

»Und was machen wir jetzt?«

»Keine weiteren Fallen. Ich bin froh, dass ich nicht dabei war, als *dieser* Plan ausgearbeitet wurde. Wir kümmern uns weiter um die Hovercraft-Spur und die Morde.«

»Nicht unbedingt die viel versprechendsten Ansätze, wenn du mich fragst«, sagte Zavala. »Wie wär's, wenn ich persönlich nach San Antonio fliegen und mir Time-Quest mal ansehen würde?«

»Könnte sich lohnen. Mich interessiert vor allem der finanzielle Hintergrund dieser Organisation.«

Es klopfte leise an der Tür. Trout kam herein und musste sich im Türrahmen bücken. Er wirkte ernst, aber das war bei ihm nichts Außergewöhnliches.

»Tut mir Leid, dass ich zu spät komme, Jungs. Ich habe wegen Gamay mit der *Nereus* gesprochen.«

Trout war sichtlich besorgt um seine Frau. Während des Flugs hatte er mehrfach bei der NUMA angerufen und sich nach eventuellen Nachrichten von Gamay erkundigt.

»Irgendwelche Neuigkeiten?«, fragte Austin.

Der schlaksige Trout setzte sich auf einen Stuhl und schüttelte den Kopf. »Sie haben bestätigt, dass sie von einem Beiboot an Land gebracht wurde. Dass sie einen Jeep gemietet hat. Dass sie gesagt hat, sie würde sich mit Professor Chi treffen, diesem Museumsanthropologen, den sie kennen lernen wollte. Und dass sie vorhatte, gestern Abend wieder zurück zu sein.«

»Haben sie und dieser Dr. Chi sich überhaupt getroffen?«

Trout verlagerte unbehaglich sein Gewicht. »Ich weiß es nicht. Die Leute da unten versuchen nach wie vor, Chi irgendwie zu erwischen. Anscheinend verbringt er ziemlich viel Zeit im Gelände, also solle man sich keine Sorgen machen, sagen sie. Aber Gamay lässt normalerweise immer von sich hören.«

»Was willst du jetzt tun, Paul?«

»Ich weiß, dass ihr mich eigentlich hier braucht«, sagte Trout entschuldigend, »aber ich würde gern für ein paar Tage nach Yukatan zurückkehren, um mir selbst einen Überblick zu verschaffen. Es ist ziemlich schwierig, Gamays Schritte nachzuvollziehen, wenn man sich ausschließlich auf Berichte aus zweiter oder dritter Hand verlassen muss.«

Austin nickte. »Joe fliegt nach Texas, um sich Time-Quest aus der Nähe anzuschauen. Ich bleibe in Washington und schreibe einen Bericht über unser Arizona-Fiasko. Warum nimmst du dir nicht achtundvierzig Stunden Zeit und versuchst, so viel wie möglich herauszufinden? Falls du länger brauchst, werde ich das Sandecker schon irgendwie begreiflich machen können.«

»Danke, Kurt«, sagte Trout. Seine Stimmung hellte sich merklich auf. »Ich habe mir einen Flug herausgesucht, mit dem ich heute Abend vor Ort sein kann. Bis dahin bleiben mir noch ein paar Stunden für das Team.«

»Lauern hinter dieser hohen intellektuellen Stirn womöglich ein paar brauchbare Ideen?«

Trout hob eine Augenbraue. »Das Einzige, was wir mit Sicherheit wissen, ist die Tatsache, dass der Auslöser für all diese Fälle die Entdeckung präkolumbischer Artefakte gewesen ist.«

»Ja, davon können wir ausgehen«, entgegnete Austin, »aber wir wissen nicht, weshalb das so war.«

»Im Jahre 1492 segelte Kolumbus auf den blauen Ozean hinaus«, murmelte Zavala.

Austin war tief in Gedanken versunken gewesen. Jetzt schaute er verwirrt auf. »Was hast du gerade gesagt?«

»Das ist der erste Satz einer Geschichte aus der Grundschule. Vielleicht hast du ja das gleiche Lesebuch gehabt.«

»Kann sein, aber ich habe keine Ahnung mehr, wie die Geschichte weitergeht.«

»Ich hatte nicht vor, mich als Streber aufzuspielen«, sagte Zavala. »Ich habe nachgedacht. Unter Umständen geht es gar nicht um etwas *Prä*-Kolumbisches. Vielleicht geht es um *Kolumbus.*«

»Gute Idee«, sagte Trout.

»Ja, meinst du?«, erwiderte Zavala. Er war unsicher.

»Paul hat Recht«, sagte Austin. »Ohne Kolumbus gäbe es auch keine präkolumbische Periode.«

Zavala grinste. »Im Jahre 1492 …«

»Ganz genau. Dieser erste Satz fasst ziemlich anschaulich zusammen, was die meisten Menschen über Kolumbus wissen. Das Jahr seiner Reise und die Tatsache, dass wir ihm jeden Oktober wegen des nach ihm benannten Feiertags ein langes Wochenende verdanken. Aber was wissen wir wirklich über den alten Chris? Vor allem im Hinblick auf diese todbringenden Überfälle.«

Trouts analytischer Verstand nahm die Arbeit auf. »Ich glaube, ich verstehe, worauf du hinauswillst. Wir wissen, dass eine *indirekte* Verbindung zwischen Kolumbus und diesen Vorfällen besteht. Also …«

»Na, sag schon«, ermunterte ihn Zavala.

»Also stellt sich die Frage: Gibt es womöglich sogar eine *direkte* Verbindung?«

Sie sahen sich an.

»Perlmutter«, stießen sie einstimmig hervor.

Austin nahm das Telefon und wählte eine Nummer. In einem geräumigen Haus in Georgetown klingelte ein privates Telefon mit dem Geräusch einer Schiffsglocke. Eine fleischige Hand nahm den Hörer ab. Sie gehörte einem Mann, der beinahe so breit wie ein Scheunentor war. Er trug einen purpurroten Pyjama und darüber einen rotgoldenen Paisley-Hausmantel. Er saß auf einem Sessel und las gerade in einem der vielen tausend Bücher, die jeden Kubikzentimeter in jedem Zimmer des Hauses einzunehmen schienen.

»St. Julien Perlmutter«, sagte er durch einen prächtigen grauen Vollbart hindurch. »Bitte formulieren Sie Ihr Anliegen so knapp wie möglich.«

»Christoph Kolumbus«, sagte Austin. »Ist das knapp genug für Sie?«

»Mein Gott, sind Sie das, Kurt? Wie ich gehört habe, liegt ein Kampf gegen heimtückische Piraten hinter Ihnen.«

»Ich bin bloß ein bescheidener Diener der Regierung, der seine Arbeit tut. Irgendjemand muss ja die Meere für die amerikanische Seefahrt sichern.«

»Man lernt doch nie aus, mein Freund. Ich wusste noch gar nicht, dass man die Kriegsmarine aufgelöst und stattdessen die NUMA an ihre Stelle berufen hat.«

»Wir haben beschlossen, der Marine eine letzte Chance zu geben. Wie Sie wissen, gehören Piraten nicht zum üblichen Aufgabengebiet der NUMA.«

»Ah, ja. So, Sie interessieren sich also für den Großadmiral der Weltmeere? Wissen Sie, es ist ein Wunder, dass er es je weiter als bis zu den Kanarischen Inseln geschafft hat.«

»Schlechte Navigation?«

»Du lieber Himmel, nein. Das damalige Navigationsbesteck war für diese Zwecke gut genug. Er hätte wohl schwerlich zwei durch einen Isthmus verbundene Kontinente verfehlen können, obwohl letztlich genau das geschehen ist. Nein, ich rede von der *Ernährung* der Mannschaft. Wussten Sie, dass die übliche Tagesration aus einem Pfund Schiffszwieback bestand, dazu Pökelfleisch, gesalzener Fisch und Olivenöl? Außerdem natürlich Bohnen und Kirchererbsen und zum Nachtisch Mandeln und Rosinen«, sagte er in hörbar entsetztem Tonfall. »Der einzige Lichtblick war die Verfügbarkeit von frischem Fisch.«

Austin merkte, dass Perlmutter im Begriff war, einen Vortrag über gutes Essen und edle Weine zu halten, seine glühende Passion, die nur von seinem Interesse für Schiffe und Schiffswracks übertroffen wurde. Perlmutter war ein klassischer Gourmand und Bonvivant. Er brachte knapp hundertachtzig Kilo auf die Waage, und seine korpulente Gestalt war in den besten Lokalen der Stadt ein vertrauter und eindrucksvoller Anblick, ließ er dort doch oftmals kostspielige Abendessen ausrichten.

»Und vergessen Sie nicht die Getreidekäfer, die in den Zwiebackvorräten herangewachsen sind«, sagte Austin und versuchte, Perlmutter von seinem Lieblingsthema abzulenken.

»Ich habe keinerlei Vorstellung davon, wie Getreidekäfer wohl schmecken würden. In Afrika habe ich Heuschrecken und Maden probiert. Gute Proteinquellen, heißt es, aber falls ich etwas essen will, das nach Hühnchen schmeckt, dann esse ich Hühnchen. Sie müssen mir schon genau sagen, was Sie wissen möchten. Weshalb sind Sie denn so an Kolumbus interessiert, wenn ich fragen darf?«

Perlmutter hörte schweigend zu, und sein enzyklopädischer Verstand nahm jede Einzelheit auf, während Austin die Ereignisse zusammenfasste, von den Morden in Marokko bis zu dem Fehlschlag in Arizona.

»Ich glaube, ich verstehe, was Sie wollen. Sie wollen wissen, warum jemand wegen Kolumbus Morde begehen würde. Es wäre nicht das erste Mal, dass Kolumbus die Gemüter erhitzt. Er hatte einen unglaublichen Überlebensinstinkt. Er wusste gar nicht, dass er Amerika entdeckt hatte, und doch ist er genau dafür berühmt geworden. Bis zum Tag seines Todes hat er behauptet, in China gelandet zu sein, und so bis zuletzt die Existenz eines ganzen Kontinents geleugnet. Ihm verdanken Nord- und Südamerika die Einführung des Sklavenhandels, und in seinem Gefolge kamen die schrecklichen Segnungen der spanischen Inquisition in die Neue Welt. Außerdem war er vom Gold besessen. Er war ein Heiliger oder ein Schurke, das kommt ganz auf Ihren Standpunkt an.«

»Das war *damals.* Ich rede von *heute.* Warum sollte jemand morden, um die Entdeckungen des Kolumbus nicht in Zweifel ziehen zu lassen? Ich brauche bloß einen einzigen Ansatzpunkt.«

»Seine Reisen haben zu Tonnen von Aufzeichnungen geführt, Millionen von Seiten. Die Werke über diesen alten Knaben würden eine ganze Bibliothek füllen.«

»Ich weiß, deshalb habe ich Sie ja angerufen. Sie sind der einzige Mensch, den ich kenne, der die Spreu vom Weizen trennen könnte.«

»Schmeicheleien helfen Ihnen auch nicht weiter ...«

»Im Gegenzug für Ihre Mühe lade ich Sie in ein Restaurant Ihrer Wahl zum Abendessen ein.«

»... aber ein Essen wäre sehr förderlich. Wie könnte ein Mann widerstehen, wenn sowohl sein Ego als auch sein Appetit in Versuchung geführt werden? Gleich nach dem Mittagessen mache ich mich an die Arbeit.«

22

Während Perlmutter Austins Anliegen überdachte, führte er sich eine saftige, mit Trauben gefüllte Entenbrust und danach Kuchen zu Gemüte, Reste vom letzen Abendessen, vervollständigt durch einen seltenen Marcassin Chardonnay. Austin würde den Tag noch verwünschen, an dem er Perlmutter so freigebig eingeladen hatte. Es gab ein neues französisches Restaurant in Alexandria, das er unbedingt einmal besuchen wollte. Vielleicht ein wenig kostspielig, aber versprochen war versprochen. Sein rotes rundes Gesicht verzog sich voller Vorfreude zu einem Lächeln. Austin würde eine adäquate Gegenleistung erhalten. Perlmutter wusste von vornherein, dass zum Thema Christoph Kolumbus eine unüberschaubare Menge an Literatur existierte. Viel zu viel, um einfach irgendwo mit der Suche zu beginnen. Er würde einen Führer brauchen, und er kannte jemanden, der dafür bestens geeignet war.

Nachdem er den Tisch abgeräumt hatte, schlug er in seiner Adresskartei nach und wählte eine Nummer in Übersee.

»*Buenas tardes*«, meldete sich eine tiefe Stimme.

»Guten Abend, Juan.«

»Ah, Julien! Was für eine angenehme Überraschung. Ich hoffe, es geht dir gut.«

»Sehr gut. Und dir, alter Freund?«

»Ich bin inzwischen älter als bei unserem letzten Gespräch«, sagte der Spanier und kicherte, »aber lass uns über angenehmere Themen reden. Ich vermute, du möchtest mir mitteilen, dass du mein Rezept für *cordonices emhoja de parra* ausprobiert hast.«

»Die Wachteln in Weinblättern waren ganz vorzüglich. Ich bin deinem Rat gefolgt und habe jede Wachtel mit einer frischen Feige anstatt mit der üblichen Thymian- und Zitroneneinlage gefüllt. Das Ergebnis war sensationell. Und für den Grill habe ich Mesquiteholz verwendet.«

Perlmutter hatte Juan Ortega in Madrid bei einem Treffen von Sammlern seltener Bücher kennen gelernt. Sie stellten fest, dass sie sich nicht nur für alte Folianten interessierten, sondern auch eine Vorliebe für gutes Essen teilten. Seitdem versuchten sie, sich mindestens einmal im Jahr zu treffen, um in kulinarischen Genüssen zu schwelgen und Rezepte auszutauschen.

»*Mesquite!* Was für ein genialer Einfall. Eigentlich sollte es mich nicht überraschen. Es freut mich, dass dir das Rezept gefallen hat. Zweifellos hast du auch einen Tipp für mich.« Perlmutter konnte beinahe hören, wie Ortega sich die Lippen leckte.

»Ja, gleich. Aber es gibt noch einen Grund für meinen Anruf. Ich benötige heute nicht die Unterstützung des Meisterkochs, sondern die von Juan Ortega, dem größten lebenden Fachmann zu Fragen über Christoph Kolumbus.«

»Das ist zu viel der Ehre, mein Freund«, erwiderte Ortega. »Ich bin lediglich einer von *vielen* Historikern, die Bücher zu diesem Thema verfasst haben.«

»Aber du bist der einzige Gelehrte, der scharfsinnig genug ist, um mir bei einem höchst ungewöhnlichen Problem zu helfen. Der Geist von Señor Kolumbus scheint im Mittelpunkt einiger ziemlich merkwürdiger Vorkommnisse zu stehen. Lass es mich dir erklären.« Dann umriss Perlmutter die wesentlichen Ereignisse, wie Austin sie ihm berichtet hatte.

»Eine seltsame Geschichte«, sagte Ortega am Ende des Vortrags. »Vor allem im Hinblick auf einen Vorfall, der sich kürzlich zugetragen hat. Vor ein paar Wochen wurde hier in Sevilla im Zusammenhang mit Kolumbus eine Straftat begangen. Aus der Biblioteca Columbina in der großen Kathedrale von Sevilla wurde ein Papier des Kolumbus entwendet. Womöglich ein Zufall?«

»Vielleicht ja, vielleicht nein. Was wurde gestohlen?«

»Ein Brief betreffend die fünfte Reise des Kolumbus. Er war an seine Gönner gerichtet, König Ferdinand und Königin Isabella. Genau genommen nur an den König, denn die Königin war zu diesem Zeitpunkt schon tot.«

»Was für ein Jammer, ein solch wertvolles Dokument zu verlieren.«

»Nicht wirklich. Kolumbus hat nie eine fünfte Reise unternommen.«

»Natürlich, das hätte ich selbst wissen müssen. Aber dann verstehe ich diesen Brief nicht.«

Vom anderen Ende der Leitung drang aus dreitausend Meilen Entfernung ein herzliches Lachen an sein Ohr. »Eine Fälschung, *amigo.* Ein Schwindel. Wie heißt es bei euch? Der Brief war getürkt.«

»Woher weißt du, dass er gefälscht war? Aufgrund der Handschrift?«

»*O nein,* die Handschrift ist ziemlich gut. Sie wirkt so authentisch, dass selbst ein Experte keinen Unterschied feststellen könnte.«

»Woher willst du dann wissen, dass es sich um einen Schwindel handelt?«

»Ganz einfach. Kolumbus ist am 20. Mai 1506 gestorben. Der Brief ist *später* datiert.«

Perlmutter hielt kurz inne und dachte nach. »Könnte man sich hinsichtlich seines Todestags geirrt haben?«

»Das Haus an der Calle de Cristóbal Colón, in dem er gestorben ist, steht immer noch. Es gibt jedoch Kontroversen darüber, wo er begraben liegt. Seine Überreste befinden sich entweder in Sevilla, in Santo Domingo oder in Havanna. Mindestens acht verschiedene Urnen enthalten angeblich seine Asche.« Ortega seufzte laut. »Wenn man sich mit diesem Mann beschäftigt, fischt man häufig im Trüben.«

»Ich weiß noch, in deinem Buch *Entdecker oder Dämon?* hast du geschrieben, dass man sich nicht einmal sicher ist, wo er *geboren* wurde.«

»Ja, stimmt. Man weiß nicht genau, ob er Spanier oder Italiener war. Er hat behauptet, in Genua geboren worden zu sein, aber Kolumbus war nicht unbedingt für seine Aufrichtigkeit bekannt. Manche glauben sogar, er stamme von der griechischen Insel Chios. Die offizielle Version besagt, er sei bei einem italienischen Weber in die Lehre gegangen. An anderen Stellen wird das bestritten und stattdessen erklärt, er sei in Wirklichkeit ein spanischer Seemann namens Colón gewesen. Wir wissen, dass er die Tochter eines portugiesischen Adligen geheiratet und sich in den Kreisen des Königshofs bewegt hat, was für den einfachen Sohn eines Webers ziemlich schwierig zu bewerkstelligen gewesen wäre. Es existieren keine verbürgten Porträts. Ein rundum geheimnisvoller Mann. Und das dürfte ganz in seinem Sinne sein. Er hat sich stets nach Kräften bemüht, seine Herkunft zu verschleiern.«

»Das hat mir schon immer Kopfzerbrechen bereitet.«

»Damals herrschten turbulente Zeiten, Julien. Kriege. Intrigen. Die Inquisition. Vielleicht hat er bei einer königlichen Kontroverse die falsche Seite gewählt. Vielleicht stand er in Diensten eines Landes, das sich mit Spanien im Krieg befand oder von Spanien bezwungen wurde. Es gibt auch Gerüchte um eine adlige Abstammung und Hinweise darauf, dass er der uneheliche Sohn eines spanischen Fürsten gewesen sein könnte. Daher auch der Name Cristóbal Colón, unter dem er im späteren Verlauf seines Lebens bekannt geworden ist.«

»Wirklich faszinierend, Juan. Wir müssen uns bei einem Glas Sangria ausführlicher darüber unterhalten, sobald wir uns das nächste Mal treffen. Aber ich würde gern etwas mehr über dieses gestohlene Dokument erfahren.«

»Hast du schon mal von dem Mönch Las Casas gehört?«

»Ja, er hat Teile des ursprünglichen Kolumbus-Logbuchs transkribiert.«

»Richtig. Kolumbus hat das Logbuch seiner ersten Reise Königin Isabella überreicht, seiner Gönnerin. Daraufhin ordnete sie die Anfertigung einer exakten Kopie an, welche sie dann an Kolumbus weitergab. Nach dem Tod des Admirals ging diese Barcelona-Kopie, wie man sie nannte, in den Besitz seines Sohns Diego über, zusammen mit zahlreichen Karten, Büchern und Manuskripten. Letztere erhielt schließlich Fernando, ein unehelicher Sohn, den Kolumbus mit einer Geliebten gezeugt hatte. Er erinnert mich oft an dich, Julien.«

»Das ist nicht das erste Mal, dass man mich einen Bastard nennt, und es wird auch nicht das letzte Mal sein.«

»Ich wollte nicht deine Herkunft in Zweifel ziehen, mein Freund. Er war Archivar und Gelehrter, das habe ich gemeint. Er liebte Bücher und trug eine der erlesensten Bibliotheken Europas zusammen. Als er 1539 starb, vererbte er seine Besitztümer, Bücher und Kolumbus-Papiere an Luis, den Sohn Diegos. Luis' Mutter brachte den größten Teil von Fernandos Habseligkeiten in ein Kloster hier in Sevilla. Ihr Tod im Jahre 1544 sollte sich als weltweite Tragödie herausstellen.«

»In welcher Hinsicht, Juan?«

»Dreiundzwanzig Jahre lang hatte sie es geschafft, die Sammlung vor ihrem Sohn Luis zu bewahren. Jetzt befand sich alles in seinem Besitz. Es war eine Katastrophe. Er durchwühlte die Sammlung nach Papieren, die er zu Geld machen konnte, um seinen zügellosen Lebensstil zu finanzieren. Die Barcelona-Kopie verschwand für alle Zeiten. Vermutlich hat irgendjemand sie ersteigert.«

»Falls sie wieder auftauchen würde, dürfte sie auch heute noch ein hübsches Sümmchen wert sein, schätze ich.«

»Allerdings, aber das werden wir beide vermutlich nicht mehr erleben. Zum Glück gelangte die Kopie vor ihrem Verschwinden in die Hände eines Freunds der Familie, nämlich des Dominikanermönchs Las Casas, der eine handschriftliche Inhaltsangabe des Logbuchs erstellte. Er hat Kolumbus sehr in Schutz genommen und alles ausgelassen, was ihm unangemessen erschien, aber insgesamt ist es eine gute Zusammenfassung.«

»Ich bin nicht sicher, was das mit dem gestohlenen Dokument zu tun hat.«

»Geduld, mein Freund. Dieser Brief über die angebliche *fünfte* Reise soll, so heißt es, auch von Las Casas transkribiert worden sein. Es handelt sich wiederum um einen Abriss, der Auszüge eines längst verlorenen Logbuchs umfasst.«

»Hast du ihn gesehen?«

»Oh, allerdings, er galt als Kuriosität. Ich habe ihn sogar mit dem ursprünglichen Las-Casas-Dokument verglichen, das in der Biblioteca Nacional in Madrid liegt. Es handelt sich um eine exzellente Fälschung. Lässt man den Inhalt außer Acht, wäre ich mir zu neunundneunzig Prozent sicher, dass der Text tatsächlich von Las Casas geschrieben wurde.«

»Erinnerst du dich noch an den Inhalt?«

»Das werde ich nie vergessen. Es las sich wie eine dieser fantastischen Geschichten über versunkene Städte, die im Spanien des fünfzehnten Jahrhunderts äußerst populär gewesen sind. Kolumbus war im Jahre 1502 zu seiner vierten und letzten Reise aufgebrochen. Ihr waren eine Reihe von Unglücken, Enttäuschungen und ein Nervenzusammenbruch vorausgegangen. Das Königshaus hielt ihn inzwischen zwar für einen Spinner, glaubte aber dennoch, dass er vielleicht zufällig etwas Nützliches finden würde. Er war nach wie vor davon überzeugt, Asien entdeckt zu haben, und er hoffte auf die Erschließung reicher Goldvorkommen, so dass diese Reise seinen angeschlagenen guten Ruf wiederherstellen würde.«

»Und – hat sie?«

»Im *Gegenteil*! Seine vierte Reise war ein schmachvoller Fehlschlag. Er verlor vier Schiffe und saß lange Zeit auf Jamaika fest, von Malaria und Arthritis geplagt. Dennoch behauptet der gestohlene Bericht, Kolumbus wäre nach Spanien zurückgekehrt, hätte insgeheim mit eigenen Mitteln ein Schiff ausgerüstet und wäre dann erneut in die Neue Welt gefahren, um noch ein letztes Mal nach dem unermesslichen Goldschatz zu suchen, von dem er auf seiner allerersten Reise gehört hatte.«

»Verrät dieses Logbuch, was auf der angeblichen Fahrt geschehen ist?«

»Der Fälscher hat sich einer sehr geschickten literarischen Technik bedient, um den Leser im Unklaren zu lassen. Ab einem gewissen Punkt wird die Erzählung von einem Angehörigen der Mannschaft übernommen. Dann endet dieser Teil abrupt. Wir erfahren nie, ob das Schiff auf seiner Mission Erfolg gehabt hat. Oder ob es je nach Spanien zurückgekehrt ist.«

»Vielleicht ist das Schiff ja untergegangen, und das Logbuch wurde später von anderen Reisenden gefunden.«

»Ja, da siehst du mal, was für ein hübsches Märchen das ist.«

»Was wäre, falls es sich nicht um eine erfundene Geschichte handeln würde, Juan?«

Wieder das herzliche Lachen. »Wie kommst du darauf?«

»Aus mehreren Gründen. Warum sollte jemand eine solch hervorragende Fälschung erstellen?«

»Ganz einfach. Um es mal auf die Verhältnisse in deinem Land zu übertragen: Falls du jemandem die Brooklyn Bridge verkaufen wolltest, wäre es äußerst vorteilhaft für dich, eine Urkunde mit vielen offiziellen Siegeln und Unterschriften zu besitzen.«

»Ein überzeugendes Argument, Juan. Aber falls ich einen Idioten fände, der dumm genug ist, mir Geld für etwas zu zahlen, das ich eindeutig nicht besitze, könnte ich die Urkunde auch selbst unterzeichnen und mich mit dem Erlös aus dem Staub machen. Es wäre gar nicht nötig, offizielle Unterschriften zu fälschen.«

»Dieses spanische Dokument würde aber weitaus genauer untersucht werden als bei deinem fiktiven Brückenhandel.«

»Das meine ich ja. Das Dokument ist von höchster Güte, wie du sagst. Zum Vergleich: Falls du wüsstest, dass die Brücke Brooklyn gehört, würde kein noch so offizielles Dokument dich davon überzeugen, dass sie zum Verkauf steht. Du müsstest kein Experte sein, um zu erkennen, dass das spanische Dokument gefälscht ist, falls du wüsstest, dass die beschriebenen Ereignisse erst *nach* Kolumbus' Tod stattgefunden haben.«

»Daraus ergibt sich noch eine weitere Möglichkeit«, sagte Ortega. »Dass das Dokument nämlich tatsächlich von Las Casas angefertigt wurde, obwohl der Mönch wusste, dass es sich um einen Schwindel handelt.«

»Warum sollte Las Casas sich wegen einer Fälschung so viel Arbeit machen? Du hast gesagt, er habe sich Kolumbus gegenüber sehr wohlwollend verhalten. Warum sollte jemand, der diese Einstellung hat, ein Dokument in Umlauf bringen wollen, das den Eindruck vermittelt, Kolumbus' letzte Worte wären die Übertreibungen eines Verrückten gewesen?«

»Vielleicht *wollte* Las Casas ja gar nicht, dass der Brief je an die Öffentlichkeit gelangt. Aber Luis machte das Logbuch zu klingender Münze, um sich damit aus dem Gefängnis freizukaufen oder die Schlafzimmertür einer seiner Frauen zu öffnen.«

»Vielleicht«, erwiderte Perlmutter, »aber da ist noch etwas. Die Tatsache, dass jemand einige Mühen auf sich genommen hat, um es zu stehlen.«

»Wie ich schon sagte, es ist eine Kuriosität.«

»Kurios genug, um Festnahme und Haft zu riskieren?«

»Ich verstehe, was du meinst, Julien. Und ich kann leider keine schlüssige Erklärung anbieten. Wenn ich doch nur das ursprüngliche Logbuch hätte, das Las Casas als Vorlage gedient hat. Aber ach je!«

»Ein weiteres Kolumbus-Mysterium also?«

»Ja, ich fürchte, wir müssen es dabei bewenden lassen.« Er hielt kurz inne. »Du kannst dir eine eigene Meinung bilden, wenn ich es dir zuschicke.«

»Wie bitte?«

»Das Dokument. Ich habe eine Kopie sowie eine englische Übersetzung angefertigt, die ich bei einer Konferenz vorstellen wollte. Du siehst, auch ich habe einen Hang zum Kuriosen und Fantastischen.«

»Womöglich steckt mehr dahinter, Juan. Vielleicht hegst du auch einige Zweifel hinsichtlich der vermeintlichen Unechtheit.«

»Vielleicht, mein Freund. Wie ich schon sagte, die Fälschung ist sehr gut gelungen. Ich habe deine Faxnummer hier. Du bekommst das Dokument noch heute.«

»Ich wäre dir sehr verbunden. Und im Gegenzug sowie für dein herrliches Wachtelrezept würde ich dir gern die Zubereitung eines Shrimp-Gumbos übermitteln. Der Küchenchef aus New Orleans, von dem dieses Rezept stammt, hat mich gewarnt, er würde mich wie einen Hummer aufbrechen und verschlingen, falls ich je ein Wort darüber verliere. Wir müssen äußerst diskret sein; mein Leben steht auf dem Spiel.«

»Du bist ein echter Freund, Julien. Die Gefahr wird den Genuss noch erhöhen. Aber falls dir tatsächlich ein solch frühzeitiges Ableben beschert sein sollte, werde ich dir ganz sicher mit einem himmlischen *bon appétit* zuprosten.«

»Lass es dir schmecken, *mi amigo.*«

23

Das Faxgerät summte, und die ersten Seiten des ordentlich mit Maschine beschriebenen Papiers schoben sich langsam daraus hervor. Wie versprochen, schickte Ortega außerdem eine Kopie des Originals, das in kastilischem Spanisch verfasst war. Perlmutter räumte einen Teil seines Schreibtisches frei, um genug Platz zum Arbeiten zu haben. Er holte sich zur Stärkung eine Tasse Cappuccino und begann dann mit der Lektüre der Worte, die Christoph Kolumbus einst geschrieben und Las Casas später transkribiert hatte – oder auch nicht.

23. Mai, im Jahre des Herrn 1506

Euer höchste, vorzüglichste und mächtigste Majestät, König von Spanien und der Inseln jenseits des Ozeans, unser Souverän. Hoher edler Herr.

Ich breche abermals zu den Indischen Inseln auf, um vielleicht niemals zurückzukehren, denn ich bin sterblich, alt und durch Krankheit geschwächt, und der Weg ist beschwerlich und gefahrvoll. Ich unternehme diese Fahrt ohne die Erlaubnis und den Segen Eurer Hoheit, sondern vielmehr auf eigene Kosten, indem ich mein kärgliches Vermögen darauf verwendet habe, ein einzelnes Schiff auszurüsten, die Niña, *von der ich weiß, dass sie für dieses Unternehmen geeignet ist, hat sie mir doch seit meiner ersten Reise bei vielen Gelegenheiten gute Dienste geleistet.*

Ich fahre nicht in meiner Eigenschaft als Großadmiral der Weltmeere, sondern als einfacher Seemann, wie ehedem bei meiner ersten Expedition, ein Kapitän, der von Spanien nach den Indischen Inseln gesegelt ist, um neues Land und Gold für Kastilien zu entdecken, damit Euer Gnaden das Heilige Land erobern können, was immerfort mein Ziel gewesen ist.

Doch meine Erzählung muss vier Jahre vor dem heutigen Tag beginnen. Euer Gnaden sind mit den Strapazen meiner letzten Reise wohl vertraut, denn Euer und Eurer Königin Milde und Nachsicht befreite mich im Jahre 1502 von meinen Ketten und ließ mir nicht nur die Vergebung meiner Fehler, sondern auch erneut große Gunst zuteil werden, indem Ihr mich aus dem Staub erhobt und mit vier Schiffen aussandtet. Wie auf dieser Hohen Fahrt unsere Flotte einen schrecklichen Sturm überstand und neues Land entdeckte, das ich mit Gottes Hilfe im Namen Eurer Majestät in Besitz nahm, obgleich ich krank geworden war und oftmals an der Schwelle des Todes schien, derweil ich das Schiff von einer kleinen Kabine aus befehligte, die ich auf Deck errichten ließ.

Dies war die unglücklichste und enttäuschendste aller meiner Reisen. Die Straße nach Westen, die wir suchten, fanden wir nicht, und die Eingeborenen begrüßten uns nicht wie zuvor mit Freundlichkeit, sondern mit Pfeilen und Speeren. Alles stand gegen uns, der Zwieback faulte, Wetter und Wind erhoben sich, bis am Ende unsere sinkenden Schiffe uns mit letzter Kraft an Land trugen, wo wir für ein Jahr und fünf Tage auf uns allein gestellt blieben, an einem Ort, den zu verlassen ich niemals erwartet hätte, bis zu jenem freudigen Tag, an dem wir gerettet wurden. Dann aber folgte die schlimmste Ozeanpassage meines Lebens.

Doch stärker noch als alle Stürme oder Krankheiten oder Angriffe der Eingeborenen wog mein Wissen, dass ich trotz meines innigsten Bemühens, Euren Majestäten mit so viel Inbrunst und Eifer zu dienen, als ginge es wenigstens um die Pforten des

Paradieses, in mancherlei Hinsicht versagt habe, weil meine Kenntnisse und meine Kraft nicht stark genug waren. Ich habe vier Schiffe verloren und nur wenig Gold und andere Schätze gefunden. Schlimmer noch, meine Königin, sterblich auch sie, verließ ihr Reich frei von Sündhaftigkeit und Arglist, um sich in die Obhut unseres Ewigen Schöpfers zu begeben.

Ich weiß nur einen Weg, meine Traurigkeit zu lindern und meinem höchst Durchlauchtigen Fürsten zu gefallen, und der liegt darin, das Ziel zu erreichen, das ich im Verlauf meiner früheren Reisen nicht erreicht habe. Denn während meines langen Aufenthalts auf jener unglückseligsten aller Inseln erfuhr ich, dass mein Begehr kein Wunschtraum war. Ich erhielt den Schlüssel, der die Tür zu einem solch fabelhaften Goldschatz öffnen wird, dass alles, was bislang gefunden wurde, mag es auch beträchtlich scheinen, sich dagegen ausnimmt wie das Almosen eines Bettlers, so dass Kastilien, Euer Gnaden und die Fürsten, die Euch folgen, für alle Zeit in Herrlichkeit leben werden, wie es sich geziemt.

Das Gold von meinen Reisen und mein Anteil an den Einkünften aus Española haben mein Auskommen gesichert, und ich habe für vieles zu danken, wurde mein ältester Sohn Diego doch in den Dienst der Königlichen Leibwache und der junge Fernando als Page aufgenommen. Aber dennoch betrübte mein Scheitern mich zutiefst. Ein sicherer häuslicher Herd ist nicht das Rechte für einen Seemann, und ich beschloss, ein weiteres Mal, vielleicht ein letztes Mal, zur See zu fahren, um das Versprechen einzulösen, das ich Euren Majestäten gab, und um meinen Pflichten als Großadmiral zu genügen.

So habe ich in diesem Monat meinen letzten Willen verfasst und Diego als meinen Erben bestätigt. Mit eigenem Geld und insgeheim habe ich das Schiff Niña *ausgerüstet, eine kleine Mannschaft von fünfzehn loyalen Männern angeheuert und dann bei Nacht mein Haus verlassen. Ganz wie im Jahre 1492 bei meiner ersten und größten Reise, stachen wir von Palos aus in See und setzten nach Einbruch der Dunkelheit Kurs auf die Kanarischen Inseln, erst nach Südwesten, dann nach Südsüdwest.*

Perlmutter trank einen Schluck Kaffee. Interessant. Der Erzähler wusste, dass Kolumbus von all seinen Schiffen die *Niña* bevorzugte. Es galt als gesichert, dass Kolumbus nachhaltig enttäuscht darüber war, nie einen Seeweg nach China entdeckt zu haben. Einmal wurde er sogar in Ketten zurückgebracht, weil man ihm Misswirtschaft in seinem Amt als Vizekönig von Española vorwarf. Der König und vor allem seine Gönnerin, die Königin, vergaben ihm jedoch und statteten seine vierte, schicksalhafte Reise aus, die hier unpassend als »Hohe Fahrt« bezeichnet wurde. Kolumbus hatte seine Vermessenheit aufrichtig bedauert, und es erschien absolut glaubwürdig, dass er versuchen würde, seine Fehler wieder gutzumachen. Gleiches galt für die Tatsache, dass er vornehmlich darauf aus war, Gold zu finden. Es gab nur ein Problem, wie Don Ortega bereits festgestellt hatte. Kolumbus begann diesen Brief drei Tage nach seinem vermeintlichen Tod. Nun ja.

Perlmutter las weiter. Obwohl das Dokument wie ein persönlicher Brief geschrieben war, konnte der Seemann Kolumbus nicht umhin, daraus ein Logbuch seiner Reise zu machen und Einzelheiten über die Windstärke, Kurswechsel und Wetterbedingungen festzuhalten. Die Fahrt über den Atlantik war eine Bilderbuchwiederholung seiner ersten Reise. Er ließ sich vom Nordostpassat treiben, der in der Nähe von Madeira einsetzt, und erlebte auf der Überfahrt einen angenehmen Tag nach dem anderen, stets eine sanfte Brise im Rücken und vom Glück begünstigt. Genau wie bei seiner ersten Fahrt war der Wind auch diesmal »sehr sanft, wie im April in Sevilla«.

Es gab jedoch einen bemerkenswerten Unterschied. Aufgrund seiner Belesenheit wusste Perlmutter, dass Kolumbus auf der ersten Reise ohne Besteck navigiert hatte. Das hieß, er achtete sorgsam auf Kompassnadel und Geschwindigkeit und markierte seine Position jeden Tag auf der Karte. Die Geschwindigkeit des Schiffs wurde anhand einer Methode ermittelt, die als »holländisches Log« bekannt war. Der Steuermann warf am Bug ein Stück Holz ins Wasser und zählte einen Reim ab, um die Zeit zu ermitteln, bis das Schiff daran vorbeigefahren war.

Bei seiner ersten Reise benötigte Kolumbus keine exakte Positionsbestimmung, denn im Wesentlichen wollte er nur immer weiter nach Westen segeln. Er verließ sich auf seinen Kompass und seine große Erfahrung als Seemann, nicht etwa auf ein frühes, dem Sextanten ähnliches Gerät, das Quadrant genannt wurde. Daher stellte Perlmutter mit Interesse fest, dass Kolumbus in mehreren Einträgen nicht nur die Zahl der zurückgelegten Meilen festhielt, sondern häufig auch Himmelsbeobachtungen vermerkte.

25. Mai 1506
Habe Nordstern fixiert; weiterhin südwestlicher Kurs …

30. Mai 1506
Auf Südwestkurs geblieben, wie durch den Quadranten bestätigt …

Es wirkte fast, als wollte Kolumbus so genau wie möglich sein, weil er seinen exakten Zielpunkt *kannte.* Nicht wie während seiner ersten Reise, als er aufgrund früherer Karten annahm, er würde auf die riesige Landmasse Chinas oder Indiens stoßen, so dass ein paar Breitengrade Abweichung keine entscheidende Rolle spielten.

Ein weiterer Hinweis darauf, dass Kolumbus einem vorherbestimmten Kurs folgte, waren seine häufigen Verweise auf die *torleta* des Schiffs.

Ich hielt ungefähr nach Westsüdwest, steuerte mal in die eine, dann in die andere Richtung, denn die Winde waren gegenläu-

fig. Dennoch legte ich sechsundsechzig Meilen zurück und segelte gemäß der torleta *der Alten.*

Perlmutter legte das Dokument beiseite, steuerte mit unfehlbarer Genauigkeit auf eine Regalwand voller Bücher zu und griff zielsicher nach einem Band über mittelalterliche Navigationsmethoden. Er wusste, dass *torleta* in voller Länge *torleta del marteloio* heißen sollte, der »Tisch der Schiffsglocke«. Gemeint war eine Zeichentafel, auf der jeden Tag die jeweilige Position vermerkt wurde. Die Glocke wurde beim Umdrehen des Stundenglases geläutet, und der Gebrauch der *torleta* ließ sich bis ins dreizehnte Jahrhundert zurückverfolgen. Genau genommen handelte es sich um einen analogen Computer, mit dem man trigonometrische Probleme löste. Die *torleta* hatte die Form eines Gitternetzes und wurde vom Steuermann geführt, der eine Linie vom Start- zum Endpunkt einer jeden Tagesreise zog. Dabei berücksichtigte er Wind- und Strömungsverhältnisse sowie die Abdrift und gab im Grunde eine fachmännische Schätzung ab.

Perlmutter zerbrach sich den Kopf über den Ausdruck »*torleta* der Alten«. Vielleicht war es lediglich eine freie Übersetzung und bedeutete, dass die verwendete Zeichentafel bereits alt war, was durchaus einen Sinn ergab, falls es sich noch um die Originalausstattung der *Niña* handelte.

Er las weiter. Kolumbus hatte eine ruhige Atlantiküberquerung hinter sich. Am 26. Juni befand er sich südlich der Insel Española, die später Hispaniola heißen würde und auf der eines Tages das Land Haiti sowie die Dominikanische Republik beheimatet sein würden, deren Hauptstadt Santo Domingo sich am Ort der gleichnamigen Siedlung befindet, die einst von Kolumbus gegründet worden war. Abermals konnte Perlmutter verstehen, welche Probleme Ortega mit diesem Dokument hatte. Mehr als einen Monat nach seinem Tod kreuzte Kolumbus durch die Karibik. Perlmutter grinste vergnügt. Er würde sich von so einer kleinen Spitzfindigkeit doch nicht den Spaß an dieser wunderbaren Abenteuergeschichte verderben lassen, wo es doch gerade interessant wurde.

Er entfaltete eine Karte der Karibik und legte sie neben den Brief, um den Kurs des Schiffs verfolgen zu können. Die *Niña* schlängelte sich zwischen Hispaniola und Kuba hindurch und hielt auf die Insel Jamaika zu, auf der Kolumbus und seine Mannschaft während der vorherigen Reise gestrandet waren. Das Logbuch sprang zurück zu einer Beschreibung jener unglückseligen Zeit.

Mein Schiff hielt Südwestkurs und passierte Santo Domingo mit einer guten Nordostbrise in den Segeln, die drei Tage anhielt. Auf dieser Insel hatte man mir vor vier Jahren von einem Ort namens Cigure und dessen unermesslichem Goldschatz erzählt, wo die Frauen Perlen und Korallen tragen und die Häuser mit edlem Metall überzogen sind. Die Eingeborenen sagten mir damals, die Schiffe dieser Leute seien groß und die Bewohner jenes Landes trügen verzierte Kleidung und seien ein Leben im Überfluss gewohnt. Es soll dort Goldnuggets geben, die so groß und reichlich wie Bohnen sind.

Hier war der Beweis, dass unser Herr auch die winzigsten seiner Geschöpfe zur Durchsetzung Seines Willens benutzt, denn es war vor der Küste jenes seltsamen Landes, dass die Schiffe meiner Hohen Fahrt, meiner vorigen Überfahrt, die weiter ging als alle anderen, kraft der Verwüstungen des toredo, *der Schiffsbohrermuschel, in Stücke gingen. Mehr als ein Jahr waren wir auf uns allein gestellt. Doch während meiner Gefangenschaft auf dieser Insel wurde der Schleier von meinem Verstand genommen, und klar und deutlich sah ich vor mir den Weg zu all den Reichtümern, die ich während jener langen Jahre für Kastilien in Besitz nehmen wollte.*

Diego Mendez, der Bruder eines meiner Kapitäne, machte sich in einem Kanu auf den fünfhundert Meilen langen Weg nach Española, um Hilfe zu holen. Während seiner Abwesen-

heit änderten die Indianer, derer er sich angenommen hatte, ihre Meinung und weigerten sich, mit uns Vorräte zu tauschen. Ich befürchtete, dies sei Gottes Vergeltung, seine Strafe für meinen Anteil an dem Tod der fünf, denn obgleich ich meine Hand nicht erhob, überließ ich sie doch tatenlos den Brüdern.

Ich sank auf die Knie und betete um Vergebung und gelobte, viele Pilgerreisen ins Heilige Land zu unternehmen und alles, was ich besaß, Seiner gerechten Sache zu opfern. Er erhörte mein Gebet und ließ mich daran denken, dass nach meinem Almanach des Regiomontanus eine Mondfinsternis bevorstand. Ich sagte den Indianern und ihrem Häuptling, dass mein Gott ungehalten über sie wäre und deshalb den Mond sterben lassen würde. Als der Mond tatsächlich im Schatten verschwand, bekamen die Indianer große Angst und brachten uns neue Vorräte, damit ich den Mond wieder zum Leben erweckte. Der Häuptling sagte, er sei dankbar und würde meinen Gott gnädig stimmen wollen, indem er mir den Weg zum Gold verriet. Er nahm mich mit ans östliche Ende der Insel. In einem Tempel, so edel wie die herrlichsten Paläste Europas, zeigte er mir einen »sprechenden Stein«, in den Figuren gemeißelt waren. Dieser Stein, so sagte der Häuptling, würde mir den Weg zu einem großen Schatz weisen.

Perlmutter hatte in Ortegas Buch von dem Zwischenfall mit der Mondfinsternis gelesen. Es zeigte, wie einfallsreich Kolumbus sein konnte. Aber was hatte diese ebenfalls merkwürdige Geschichte von dem sprechenden Stein zu bedeuten?

Der Erzähler war sich auch nicht sicher.

Viele Wochen lang grübelte ich über die Bedeutung dieses seltsamen Steins nach. Ich erkannte darauf eine Karte der Küste, die ich entdeckt hatte, aber die anderen Inschriften und Markierungen wollten ihre Geheimnisse nicht preisgeben. Sobald ich wieder zurück in Spanien war, trug ich den Stein zu gelehr-

ten Männern, die mir sagten, es handele sich um ein Gerät zur Navigation, wenngleich auch sie die fremde Schrift nicht kannten. Dann kam ich einfacher Seemann auf die Antwort. Dies war eine torleta, *wie die Alten sie benutzt hatten, um den richtigen Weg zu finden. Da der Stein unhandlich war, ließ ich nach seinen Markierungen Karten anfertigen und brach dann, wie oben geschildert, zu meiner fünften Reise auf. Ich schwor, jemanden zu finden, der die rätselhafte Schrift verstehen konnte.*

Das erklärte die Verweise auf die *torleta* der Alten. Offenbar besaß sie die Form einer steinernen Tafel, ziemlich groß und schwer, wenn man der Beschreibung glauben konnte. Die Inschriften und eingemeißelten Markierungen legten irgendwie nahe, dass man sie zur Navigation benutzt hatte. Da Kolumbus nicht in der Lage gewesen war, den Stein ohne eine vorherige Erklärung anzuwenden, konnte es sich nicht um eine Karte im herkömmlichen Sinne handeln. Der Brief kehrte wieder zur Beschreibung der fünften Reise zurück.

10. August

Wir fuhren weiter nach Westen, nach wie vor vom Wind begünstigt. Und jetzt haben wir schließlich vor einer Küste geankert, die weiter entfernt liegt, als je ein Mensch gelangt ist. Wir haben mit Eingeborenen gesprochen. Sie sagen, es gäbe hier in der Nähe mehr Gold, als wir uns jemals vorstellen könnten. Ich glaube, ich bin nicht mehr weit vom Schatz des König Salomo entfernt. Es geht mir nicht gut, denn die Hitze und die Krankheiten haben mich neuerlich geschwächt, aber ich spüre, dass das Gold zum Greifen nah ist, und ich bitte Eure Majestät, mir eine Pilgerreise nach Rom und Jerusalem zu gestatten, sobald ich mit diesen Bergen von Gold und kostbaren Juwelen zurückgekehrt bin. Ich werde erst weiterschreiben, wenn das Gold sich in meinem Besitz befindet …

Der nächste Eintrag war zwei Tage später datiert. Die Handschrift wirkte weniger zittrig.

Der Admiral ist weg! Als die Mannschaft im Morgengrauen aufstand, stellten wir fest, dass ein kleines Boot verschwunden war und dass die Kabine des Admirals leer ist. Seine Karten sind ebenfalls verschwunden. Ich habe einen Trupp an Land geschickt, um nach ihm zu suchen, und man hat das Boot gefunden, aber dann wurden die Männer zurück auf das Schiff getrieben, denn eine Horde Eingeborener überschüttete sie mit einem Pfeilhagel. O weh, ich fürchte, der Admiral ist tot, erschlagen von diesen gottlosen Wilden! Wir werden eine Zeit lang vor der Küste abwarten, aber falls wir kein Lebenszeichen von ihm erhalten, müssen wir bald den Anker lichten und nach Española segeln, um Hilfe zu holen. Gott segne den Admiral der Weltmeere. Unterzeichnet am heutigen Tag von Alonso Mendez, Gehilfe des Steuermanns.

Perlmutter strich sich nachdenklich über das feiste Kinn. Kolumbus hatte in seinen letzten Stunden eindeutig fantasiert. Salomos Gold, allen Ernstes! Er fragte sich, vor welcher Küste die *Niña* wohl vor Anker gelegen haben mochte, und warf erneut einen Blick auf die Karte. Ein westlicher Kurs von Jamaika aus hätte Kolumbus nach Mittelamerika gebracht. Es kamen die mexikanische Halbinsel Yukatan, aber bei ein paar Grad Abweichung auch Belize oder Honduras in Betracht. Sobald er mehr Zeit hatte, würde er die täglichen Eintragungen genau durchsehen und versuchen, den exakten Kurs bis zum Endpunkt nachzuvollziehen.

Seine Karten und Berechnungen hatte Kolumbus mitgenommen, aber was war aus dem Stein geworden? Perlmutter schüttelte amüsiert den Kopf. Diese Geschichte hatte ihn ziemlich gefesselt. Er benahm sich, als wäre das Dokument, dessen Lektüre er soeben beendet hatte, ein authentisches Schriftstück, obwohl es vielleicht ebenso viel historische Bedeutung besaß wie ein anspruchsvolles Kreuzworträtsel.

Aber was wäre, wenn es sich *tatsächlich* um ein echtes Dokument handelte?

Welchen Bezug mochte es zu dem derzeitigen Melodram haben, von dem Austin ihm erzählt hatte, den schwarz gekleideten Mörderbanden, die herumliefen und unschuldige Archäologen umbrachten? Was hatte dieser merkwürdige Hinweis auf den »Tod der fünf« zu bedeuten? Kolumbus hatte wegen seiner Verwicklung in diesen Zwischenfall offenbar so große Schuldgefühle, dass er seinen Schiffbruch für eine göttliche Bestrafung hielt. Perlmutter beschloss, den Brief ein weiteres Mal zu lesen, um sicherzugehen, dass er nichts übersehen hatte. Dann würde er mit der Recherche in seiner eigenen Bibliothek beginnen.

Aber zunächst würde er sich einen Imbiss genehmigen.

24

Cancún, Mexiko

Das Flugzeug nach Cancún startete kurz nach dem Treffen bei Zavala vom Washingtoner Flughafen. Von Anfang an herrschte an Bord allseits freudige Erwartung. Als der Pilot zur Landung ansetzte, reckten die zahlreichen Urlauber ihre Hälse, um einen Blick auf die luxuriösen Strandhotels zu erhaschen, die entlang der klaren blaugrünen Wasserlinie standen. Die Stimmung schlug in unbändiges Entzücken um. Mit seinem konservativen grauen Anzug und der schillernd bunten Fliege sowie der Art, wie sein Kopf zwischen den Sitzen emporragte, hätte Paul Trout sich auch ohne den ernsten Gesichtsausdruck deutlich von der fröhlichen Menge abgehoben. Er hatte sich in eine Karte der Halbinsel Yukatan vertieft und war in Gedanken bei Gamay. Erst als er spürte, wie das Flugzeug sich in die Kurve legte, schreckte er aus seiner Konzentration auf und bekam mit, wo er sich befand.

Wenige Minuten später war das Flugzeug gelandet. Trout scherte aus dem Strom der Touristen aus, die auf die wartenden Pendelbusse der Hotels zuhielten, und ging zum Schalter einer kleinen Charterfluglinie. Kurz darauf saß er in einer zweimotorigen Beechcraft Baron neben dem Piloten und schnallte sich an. Er war der einzige Passagier, und die anderen Sitze in der Vier-Personen-Maschine wurden bei diesem Flug zum Frachttransport genutzt.

Als die Beechcraft vom Boden abhob, dankte Paul im Stillen den Reiseexperten der NUMA, die mit der Organisation dieser Tour eine unglaubliche Leistung vollbracht hatten. Sie hatten ihm nicht nur kurzfristig einen Platz auf dem Linienflug verschafft, sondern auch den nahezu sofortigen Umstieg in die Chartermaschine organisiert. Das kleinere Flugzeug war auf dem Weg nach Campeche, um eine Gruppe texanischer Öl-Techniker abzuholen, die sich mit ihren Frauen und Freundinnen in Cancún treffen wollten.

Der Flug würde ungefähr eine Stunde dauern, sagte der Pilot, ein redseliger Mexikaner Mitte dreißig, der gut Englisch sprach und aus eigener Erfahrung all jene Bars in Cancún aufzählen konnte, in denen sich am besten Touristinnen aufreißen ließen. Schon bald verschmolz seine Stimme mit dem Dröhnen der Motoren. Trouts Angst um Gamay hatte ihn während der Übernachtung in Tucson keine Minute zur Ruhe kommen lassen. Er schloss die Augen, wachte einmal jedoch auf, als der Pilot sagte, sie würden soeben Chichén Itzá überfliegen. Trout schaute nach unten, und der Pilot wies auf den großen vierseitigen Pyramidentempel und den Ballspielplatz hin.

»Wir haben ungefähr den halben Weg nach Ciudad del Carmen hinter uns«, sagte der Pilot. Trout nickte. Die flache grüne Landschaft, die sich bis zum Horizont erstreckte, übte eine beinahe hypnotische Wirkung auf ihn aus. Er schloss erneut die Augen, bis der Pilot ihn sanft wachrüttelte. »Da ist Ihr Schiff.«

Der elegante blaugrüne Rumpf der *Nereus* war ein willkommener Anblick. Das Schiff lag neben einigen Öltankern und zahlreichen Fischerbooten im Hafen vor Anker. Trout konnte kaum glauben, dass er erst vor wenigen Tagen von hier aufgebrochen war und Gamay zurückgelassen hatte. Inzwischen wünschte er, er hätte sie dazu überredet, ihn nach Washington zu begleiten. Andererseits wusste er genau, dass sie sich nie dazu bereit erklärt hätte: Sie war fest dazu entschlossen, Dr. Chi zu treffen.

Vor seiner Abreise aus Washington hatte Trout im anthropologischen Museum von Mexiko angerufen und mit Dr. Chis Sekretärin gesprochen. Sie hatte im Terminkalender des Professors nachgesehen und bestätigt, dass ein Treffen mit Gamay vorgemerkt worden war. Der Professor verbrachte einen Großteil seiner Zeit »draußen im Gelände« und fragte hin und wieder eventuelle Nachrichten bei ihr ab, falls er sich zufällig in der Nähe eines Telefons befand, aber er folgte keinem festen Zeitplan. Falls man ihn überhaupt irgendwo antreffen würde, dann in seinem Labor, sagte sie.

Während der Pilot auf die Landeerlaubnis wartete, bat ihn Trout, die Leute, die für seinen Weitertransport zuständig waren, per Funk von seiner Ankunft zu verständigen. Er wollte keine einzige Minute damit verschwenden, ungeduldig in einer Flughafen-Lounge auszuharren. Sobald die Beechcraft zum Stehen gekommen war, sprang Trout mit seiner Tasche aus der Kabine und rief dem Piloten in stark akzentbehaftetem Spanisch über die Schulter noch ein hastiges *»adiós«* gefolgt von einem *»gracias«* zu.

In der Flughafenlobby erwartete ihn ein untersetzter Mann in Polizeiuniform und mit verspiegelter Sonnenbrille.

»Dr. Trout«, sagte er mit breitem Lächeln. »Ich bin Sergeant Morales von der mexikanischen Bundespolizei, den *federales.* Man hat mich gebeten, als Ihr Führer zu fungieren.«

Trout hatte zuvor mit der Drug Enforcement Agency gesprochen. Die DEA schuldete der NUMA aus der Vergangenheit noch so manchen Gefallen und war gern bereit, Trout behilflich zu sein, als dieser um einen Kontakt zur mexikanischen Staatspolizei bat.

»Freut mich, Sie kennen zu lernen«, sagte Trout und warf einen Blick auf die Uhr. »Wir können sofort loslegen, falls Sie nichts dagegen haben.«

»Es ist schon spät«, erwiderte der Beamte. »Möchten Sie nicht lieber bis morgen abwarten?«

Trout antwortete leise und höflich, aber der Blick seiner ernsten braunen Augen ließ keinen Zweifel an seiner Entschlossenheit aufkommen. »Bei allem nötigen Respekt, Sergeant – ich habe mir die größte Mühe gegeben, so schnell wie möglich herzukommen, damit ich umgehend mit der Suche nach meiner Frau beginnen kann.«

»Aber *natürlich,* Señor Trout«, sagte der Polizist und nickte verständnisvoll. »Ich versichere Ihnen, ich möchte wirklich nichts auf *mañana* verschieben. Es wäre aber vernünftig. Ich bin ebenfalls sehr daran interessiert, Ihre Frau ausfindig zu machen. Allerdings wird es bald dunkel sein.«

»Wie lange bleibt es denn noch hell?«

»Eine, vielleicht zwei Stunden.«

»Na wunderbar, mein Freund«, sagte Trout. »In zwei Stunden kann man eine ganze Menge schaffen.«

Morales sah ein, dass es keinen Zweck hatte, den großen Amerikaner vom Gegenteil überzeugen zu wollen.

»*Bueno,* Dr. Trout. Zum Hubschrauber geht es hier entlang.«

Der Bell-206-JetRanger-Helikopter lief gerade warm, und Haupt- und Heckrotor drehten sich träge. Trout schob sich auf die hintere Bank, die insgesamt Platz für drei Personen bot. Morales setzte sich neben den Piloten. Wenige Sekunden später erwachte der Turbomotor zu vollem Leben, und die Kufen hoben vom Rollfeld ab. Der Hubschrauber schwang sich empor und stieg innerhalb von zwei Minuten auf eine Höhe von mehr als neunhundert Metern. Sie flogen einen Bogen über das Wasser und drangen dann von der Küste aus landeinwärts vor, wobei sie zunächst dem Schienenstrang folgten, der sich ins Landesinnere schlängelte.

Morales entfaltete eine Landkarte und lotste den Piloten. Sie verließen die Bahnstrecke und hielten sich an einen schmalen Highway, der ungefähr in Ostwestrichtung verlief. Der Helikopter hielt die Höhe und flog mit einer Geschwindigkeit von zweihundert Kilometern pro Stunde voran, bis sie weit ins Festland vorgedrungen waren. Der dichte Wald wurde nur vereinzelt von einigen Dörfern und der einen oder anderen kleinen Stadt unterbrochen. Es gab nur wenige asphaltierte Straßen. Hin und wieder überflogen sie eine Maya-Ruine. Meistens jedoch erstreckte sich die Landschaft genauso flach vor ihnen, wie es Trout schon auf dem Weg von Cancún aufgefallen war.

Die Maschine schlug jetzt eine etwas südlichere Richtung ein. Morales war ein fähiger und scharfsichtiger Führer, der Orientierungspunkte im Gelände sehr schnell erkannte und den Piloten mit den entsprechenden Informationen versorgte. Trout registrierte besorgt, dass die Sonne sich bereits dicht über dem Horizont befand.

»Wie weit noch?«, fragte Trout mit fühlbarer Ungeduld.

Morales hielt fünf Finger empor. Er zeigte dem Piloten einen Punkt auf der Karte. *»Aqui!«*

Der Pilot nickte kaum merklich, so dass Trout nicht sicher war, ob er die Anweisung überhaupt verstanden hatte. Dann aber verringerte der Hubschrauber die Geschwindigkeit und beschrieb einen großen Kreis, der in eine immer enger werdende Spirale überging.

Morales drückte die Nase ans Plexiglas und deutete nach unten. Für einen kurzen Moment sah Trout eine Lichtung und ein primitives Gebäude, bevor beides sofort wieder aus seinem Blickfeld verschwand. Der Helikopter schwang erneut herum, schwebte auf der Stelle und sank langsam nach unten. Ihr Ziel lag direkt unter ihnen, daher konnte Trout nicht sehen, wo sie landen würden. Die Baumwipfel waren schon merklich näher gerückt, als die

Maschine plötzlich zu verharren schien. Dann ließ der Pilot auf einmal den Motor aufheulen, und sie schossen wie eine aufgeschreckte Libelle zur Seite weg.

Der Pilot und Morales unterhielten sich kurz auf Spanisch.

»Was ist los?« Trout bemühte sich, einen Blick auf den Wald zu erhaschen.

»Nicht genug Platz. Er befürchtete, dass der Rotor in den Bäumen hängen bleibt.«

Trout lehnte sich zurück, verschränkte die Arme vor der Brust und seufzte frustriert. Der Hubschrauber flog so lange weiter, bis er sich über einem menschenleeren Stück schnurgerader Straße befand. Dann sank er herab und landete sanft auf einer Grasfläche am Rand der Fahrbahn. Der schwirrende Rotor war noch nicht zum Stillstand gekommen, als Trout und Morales bereits ausstiegen. In der Nähe führte ein Pfad in den Wald.

»Der endet bei Professor Chis Haus. Wir müssen zu Fuß gehen.«

Trout machte sich eilig auf den Weg, während der kleinere Mann sich tapfer bemühte, mit ihm Schritt zu halten, ohne dabei seine Würde zu verlieren. Als sie in das dichte Unterholz vordrangen, bemerkte Trout die tiefen Fahrrinnen, die erst kürzlich durch schwere Reifen mit großem Radstand hervorgerufen worden waren. Morales sagte, er habe die örtliche *policia* verständigt und darum gebeten, dass man Erkundigungen einzog. Mehrere Einheimische erinnerten sich daran, Chi in einem Bus gesehen zu haben. Er hatte sich auf dem Rückweg von einem Jagdausflug befunden und war in der Nähe seines Hauses am Straßenrand ausgestiegen. Es hieß, ein Jeep habe auf ihn gewartet. Das passte, dachte Trout. Gamay war mit einem Jeep von der Küste hergefahren.

»Kennen Sie Dr. Chi?«, fragte er Morales unterwegs.

»*Sí, señor.* Ich habe ihn schon öfter getroffen. Manchmal bittet mich das Museum, ihm eine Nachricht zu überbringen. Er ist *muy pacífico.* Ein Gentleman. Er bietet mir immer Tortillas an.«

Unter dem Baldachin aus Blättern wurde es dunkel wie in einem U-Bahn-Tunnel. Trout spähte zwischen den Ästen hindurch und versuchte, den Stand der Sonne auszumachen. Er fragte sich, ob es ihnen wohl schwer fallen würde, den Rückweg zu finden. Vielleicht hatte Morales Recht, und sie hätten besser bis zum Morgen warten sollen, wenn es heller war.

»Warum hat Professor Chi sein Labor hier mitten in der Wildnis?«, fragte Trout. »Wäre es nicht wesentlich günstiger für ihn, eine Stadt oder ein Dorf als Standort zu wählen?«

»Das habe ich den Doktor auch gefragt«, sagte Morales und grinste. »Er hat gesagt, er sei hier geboren worden. ›Hier sind meine Wurzeln‹, hat er mir erzählt. Verstehen Sie, was er damit meint?«

Trout verstand Chis Verbundenheit mit der heimatlichen Erde nur zu gut. Seine eigene Familie lebte seit mehr als zweihundert Jahren auf Cape Cod und hatte mehrere Generationen von Menschen hervorgebracht, die sich dem Meer verbunden fühlten, sei es als Leuchtturmwärter, Rettungsschwimmer oder Fischer. Das lang gestreckte, mit silbrigen Schindeln gedeckte Anwesen der Trouts war fast zwei Jahrhunderte alt, aber man hatte es im Lauf der Zeit stets instand gehalten, und so wirkte es, als wäre es erst gestern errichtet worden. Paul trug sein salziges Erbe mit Stolz, aber er wusste auch, dass seine Bindung an die Vergangenheit im Vergleich zur Geschichte der Maya bedeutungslos war, hatte jenes Volk doch schon viele Jahrhunderte vor Ankunft der Spanier in diesem Land gelebt.

Sie stapften ungefähr zwanzig Minuten lang mühsam voran, bis der Baumbestand dünner wurde und in eine Lichtung mündete. Das quadratische, aus Betonziegeln gemauerte Gebäude schien förmlich aus dem Dickicht zu springen, aber das lag vornehmlich an Trouts Wahrnehmung. Er hatte einfach nicht damit gerechnet, an diesem abgelegenen Ort solch ein solide wirkendes Bauwerk vorzufinden.

»Das Labor des Professors«, sagte Morales. Er ging hin und

klopfte an die Tür. Keine Reaktion. »Wir kommen hierher zurück, nachdem wir das Haus überprüft haben«, schlug Morales vor.

Die Hütte mit dem Dach aus Palmblättern glich den Behausungen, die Trout aus der Luft hier in Yukatan immer wieder gesehen hatte. Weitaus mehr interessierte ihn jedoch der Jeep, der neben dem primitiven Gebäude abgestellt war. Paul rannte hinüber und durchsuchte das Fahrzeug. Hinter der Sonnenblende steckten eine Flasche Insektenschutzmittel und die Skizze, die den Weg zu Chis Grundstück beschrieb. Er fuhr mit den Fingern die Konturen des Lenkrads und des Armaturenbretts nach und roch den schwachen Duft der Körperlotion, die Gamay benutzte.

Dann durchstöberten sie das Haus, was dank der spärlichen Einrichtung nur etwa fünf Minuten dauerte. Trout stand in der Mitte des Raums und schaute sich um, weil er hoffte, beim ersten Mal irgendetwas übersehen zu haben.

»Tja, der Jeep verrät uns immerhin, dass sie es bis hierhin geschafft hat.«

»Ich habe eine Idee«, sagte Morales. Trout folgte ihm hinter das Laborgebäude zu einer weiteren einfachen Behausung. »Das hier ist die Garage des Professors. Sehen Sie nur. Sein Wagen ist weg.«

»Das dürften dann wohl die Reifenspuren gewesen sein, die uns auf dem Hinweg aufgefallen sind. Was für ein Auto fährt er?«

»Einen großen Wagen«, erwiderte Morales. »Wie ein Jeep, aber so breit.« Er hielt die Hände weit auseinander.

»Ein HumVee?«

»Sí«, sagte er und grinste. »HumVee. Wird auch vom amerikanischen Militär benutzt.«

Also waren die beiden vermutlich mit dem Hummer unterwegs. Aber wohin?

»Vielleicht haben sie im Labor eine Nachricht hinterlassen«, sagte Trout.

Im Innern des gemauerten Gebäudes war es angenehm kühl, auch ohne laufende Klimaanlage. Die Tür war nicht abgeschlossen, daher konnten sie problemlos eintreten. Trout sah die moderne technische Ausstattung und schüttelte erstaunt den Kopf, genau wie seine Frau am Vortag. Morales blieb mit respektvoller Zurückhaltung neben ihm stehen, fast so, als fürchte er, bei etwas Verbotenem erwischt zu werden. Abgesehen von der generellen Unordnung war auf den ersten Blick nichts Außergewöhnliches festzustellen.

Paul ging zur Spüle hinüber. Auf dem Geschirrständer standen zwei Gläser.

»Sieht aus, als hätten die beiden etwas getrunken.«

Morales überprüfte den Abfalleimer und fand die beiden Limonadedosen. Die Ereignisse ließen sich inzwischen weiter rekonstruieren. Trout mutmaßte, dass Gamay den Professor an der Straße erwartet hatte. Dann waren die beiden hierher gefahren, hatten etwas getrunken und ihren Weg mit dem anderen Wagen fortgesetzt. Er schaute in den Kühlschrank und entdeckte die beiden toten Rebhühner. Die Vögel mussten noch gerupft und ausgenommen werden. Chi hatte beabsichtigt, bald wieder zurück zu sein, wo auch immer er hingefahren war.

»Befindet sich hier in der Nähe ein Dorf, wo die beiden sein könnten?«, fragte Trout.

»Da gibt es eine kleine Stadt, *sí,* aber die Leute dort hätten Dr. Chi in seinem großen blauen Auto bemerkt. *Nada.*«

Trout musterte die Landkarten an der Wand. Eine schien zu fehlen. Er ging zum Tisch und warf einen Blick auf die oben liegenden Papiere. Es dauerte nur einen Moment, dann hatte er die Karte gefunden, deren Nadellöcher zu denen an der Wand passten. Vielleicht hatte Chi diese Karte abgenommen, um Gamay etwas darauf zu zeigen. Andererseits könnte die Karte auch schon seit Wochen auf dem Tisch liegen. Er bat Morales um Hilfe.

»Wissen Sie, wo das hier ist?«

Der Polizeisergeant musterte die Karte eine Weile. »Weiter südlich, tiefer in Campeche«, sagte er dann. »Etwa hundert Meilen von hier. Vielleicht weiter.«

»Was befindet sich da draußen?«

»Nichts. Wald. Das ist außerhalb des Naturschutzgebiets. Niemand dringt dorthin vor.«

Trout klopfte auf die Karte. »*Irgendjemand* ist dorthin vorgedrungen. Ich tippe auf Dr. Chi. Der Hubschrauber kann uns in höchstens einer Stunde hinbringen.«

»Tut mir Leid, *señor.* Bis wir zurück beim Helikopter sind, ist es dunkel.«

Morales hatte Recht. Sie hatten Glück, dass sie nicht vom Weg abkamen. Als sie den Hubschrauber erreichten, war es stockfinster. Trout hasste die Vorstellung, dass Gamay eine weitere Nacht dort zubringen musste, wo sie sich jetzt befand. Als der Helikopter über die Baumwipfel stieg, versuchte er, sich mit anderen Gedanken zu trösten. Dass Chi und Gamay womöglich irgendwo ein Quartier gefunden hatten. Vielleicht saßen sie in diesem Moment beim Abendessen. Aber auch weniger angenehme Bilder drängten sich ihm auf. Ein Unfall. Nein, bestimmt nicht. Gamay war einfach nicht der Typ, dem Unfälle zustießen. Sie war zu schlau, zu sicher auf den Beinen.

Trout wusste, dass auch die sicherste Person mindestens einmal im Leben einen Fehler macht. Er hoffte, dass Gamay noch nicht an der Reihe war.

25

Sergeant Morales besorgte Trout ein Zimmer in einem kleinen Hotel nahe des Flughafens. Stundenlang lag Paul dort auf dem Bett, starrte auf den Deckenventilator und fragte sich, was Gamay wohl gerade machte, bis er schließlich doch noch ein paar Stunden unruhigen Schlaf fand. Bei Tagesanbruch wachte er auf und stellte sich unter die Dusche, was überaus erfrischend wirkte, denn es gab kein heißes Wasser. Er schritt bereits ungeduldig auf dem Rollfeld auf und ab, als der Pilot und der Sergeant eintrafen. Im Osten verfärbte sich der Himmel soeben pfirsichrosa.

Der Hubschrauber hielt in gerader Linie auf das Zielgebiet zu. Er flog mit höchster Reisegeschwindigkeit in einer Höhe von vierhundertfünfzig Metern. Unter ihnen erstreckte sich der Wald wie ein grob genoppter grüner Teppich in alle Richtungen. Als sie die Gegend erreichten, die auf Chis Karte verzeichnet war, verlangsamte der Pilot die Maschine und ließ sie nahezu auf Wipfelhöhe sinken. Der JetRanger war ursprünglich als Aufklärungshubschrauber für die Armee entworfen worden und für diesen Zweck bestens geeignet. Trout, der vorn saß, bemerkte einen strukturellen Unterschied im grünen Dickicht und bat den Piloten, über der Stelle zu kreisen. Morales erkannte die kaum sichtbaren Kanten einer rechteckigen Fläche. Nach einigen weiteren Vorbeiflügen, damit der Pilot sich mit den örtlichen Gegebenheiten vertraut machen konnte, landete der JetRanger im ungefähren Zentrum der Ebene.

Paul brauchte weniger als dreißig Sekunden, um zu dem Schluss zu kommen, dass er diesen gottverlassenen Ort nicht mochte. Kein verdammtes bisschen! Das lag nicht nur an der Abgeschiedenheit, den unheimlichen Hügeln oder der Dunkelheit des umliegenden Waldes. Etwas Böses lauerte hier. Als Junge hatte er genau dieses kribbelnde Unbehagen immer dann verspürt, wenn er an dem verlassenen Haus eines Seemanns vorbeikam, der einst während einer Flaute in der Sargasso-See seine Mannschaftskameraden aufgefressen hatte.

Vielleicht war Gamay niemals hier gewesen, dachte er und ließ den Blick über den unwirtlichen Fleck schweifen. Er vermutete lediglich aufgrund Dr. Chis Karte, dass dies hier ihr Ziel gewesen sein könnte. Vielleicht verschwendete er gerade seine Zeit, während Gamay anderswo dringend seiner Hilfe bedurfte. *Nein.* Er biss die Zähne zusammen. Das hier war *mit Sicherheit* der richtige Ort. Er spürte es in seinen Knochen, genau wie sein Vater, der Fischer, es merkte, wenn sich ein Sturm zusammenbraute.

Der Polizeibeamte schlug vor, sie sollten in drei Richtungen bis zum Waldrand ausschwärmen, möglichst ohne dabei den Sichtkontakt zu verlieren, und dann zum Helikopter zurückkehren. Eine halbe Stunde später trafen sie wieder am Ausgangspunkt ein. Morales wollte gerade etwas sagen, als sein geschulter Polizistenblick auf den Beweis für einen oder mehrere frühere Besucher fiel.

Er ging in die Hocke, um sich zu vergewissern. »Sehen Sie die abgeknickten Grashalme?«, fragte er dann. »Hier, und da schon wieder.« Er neigte den Kopf. »Dort erkennt man Fußabdrücke, wenn das Licht richtig darauf fällt.«

Trout folgte dem Beispiel des Sergeants und erkannte die schwachen Schatten, die die Aufmerksamkeit des Polizeibeamten erregt hatten. Hoffentlich muss Morales niemals *mich* verfolgen, dachte Paul. Der Sergeant wies den Piloten an, bei der Maschine zu bleiben, was dieser widerspruchslos akzeptierte. Die frühe Morgensonne ließ bereits erahnen, welche Gluthitze in den nächsten Stunden folgen würde. Paul und Morales machten sich auf den Weg. Der Mexikaner ging voran. Schon nach einem kurzen Stück kamen sie an einen Hügel, den irgendjemand teilweise freigelegt hatte, so dass auf einer Seite die Steinblöcke zu sehen waren.

Am Fuß des Gebäudes schimmerte ein rötlicher Fleck. In seinem Übereifer vergaß Paul die Mahnung des Sergeants, sich stets hinter ihm zu halten. Er rannte an dem Polizisten vorbei auf den Gegenstand zu und hob Gamays abgenutzten kastanienbraunen L.-L.-Bean-Rucksack auf, den er ihr vor zwei Jahren zu Weihnachten geschenkt hatte. Mit wachsender Erregung durchwühlte er die Fächer und fand Gamays Kamera und die Notizblöcke, einige Butterbrotbeutel aus Plastik, leere Limonadedosen und eine Flasche Wasser. In der Nähe lag ein weiterer Rucksack aus gelbbraunem Segeltuch. Trout hielt beide Behältnisse hoch über den Kopf, damit auch Morales sie sehen konnte, der schnellen Schritts zu Paul aufschloss.

»Dieser hier gehört meiner Frau«, sagte der NUMA-Wissenschaftler triumphierend. »Auf dem Etikett des anderen steht Dr. Chis Name.«

Morales untersuchte den Rucksack des Professors. Seine Miene verdüsterte sich. »Das ist nicht gut.«

»Was meinen Sie damit, *nicht gut*? Es beweist, dass die beiden hier gewesen sind.«

»Sie haben mich missverstanden, Señor Trout«, sagte Morales und schaute sich kurz um. »Ich habe eine Feuerstelle sowie Spuren von vielen *chicleros* gefunden.« Trouts fragender Gesichtsausdruck sprach Bände. »Das sind böse Männer, die antike Gegenstände stehlen und verkaufen«, erklärte der Sergeant.

»Was hat das mit meiner Frau und dem Professor zu tun?«

»Die Asche war noch warm. Und auch am Fluss waren Spuren von vielen Männern. Außerdem habe ich die hier entdeckt.« Er öffnete die Faust und streckte Paul drei leere Patronenhülsen entgegen.

Trout hielt eine der Hülsen an die Nase. Die Kugel war erst kürzlich abgefeuert worden.

»Wo haben Sie die gefunden?«

Trouts Blick folgte dem ausgestreckten Arm des Polizisten und wanderte dann zurück zum Fundort der Rucksäcke, als könnte er eine Verbindungslinie zwischen den beiden Punkten ziehen. In diesem Moment fielen ihm die seltsamen Steinmetzarbeiten an der Wand des Gebäudes auf. Er ging näher heran und musterte die Schiffe und die anderen Figuren auf dem freigelegten Stein. Er vermutete, dass Gamay und der Professor zu Mittag gegessen hatten und dann an diese Stelle zurückgekehrt waren. Die merkwürdigen Bilder hätten Gamay auf jeden Fall fasziniert. Dann aber musste etwas sie abgelenkt haben.

Er wandte sich wieder an Morales. »Sie glauben, meine Frau und der Professor sind auf diese *chicleros* gestoßen?«

»Sí«, sagte Morales und zuckte mit den Achseln. »Das ist durchaus möglich. Warum sonst sollten sie ihre Rucksäcke zurücklassen?«

»Ich hatte denselben Gedanken. Sergeant, würden Sie mir bitte zeigen, wo Sie diese Hülsen gefunden haben?«

Morales nickte. »Kommen Sie hier entlang«, sagte er. »Passen Sie auf, wohin Sie treten. Hier sind überall Löcher.«

Langsam überquerten sie die Ebene. Es gab hier viel mehr dieser geheimnisvollen Hügel, als Trout zunächst angenommen hatte. Falls sich unter jedem ein steinernes Gebäude verbarg, musste dies früher eine ziemlich große Ansiedlung gewesen sein.

»Hier«, sagte Morales. »Und da drüben.«

Trout sah etwas Kupferfarbenes im Gras schimmern und las einige weitere Patronenhülsen auf, die teils aus Pistolen, teils aus Gewehren stammten. Das Gras war hier überall niedergetrampelt. Er schloss seine große Hand um die hohlen Kupferzylinder.

»Kann ich jetzt bitte die Feuerstelle und den Fluss sehen?«

Sie suchten die Lagerstätte ab und fanden leere Tequilaflaschen und zahlreiche Zigarettenstummel. Im Unterholz lagen weitere Hülsen. Am Flussufer hielt Trout vergeblich nach Spuren Ausschau, die von Gamays Laufschuhen hätten stammen können. Der Schlamm war zu tief aufgewühlt worden. Er sah Anzeichen, die darauf schließen ließen, dass man hier Boote an Land gezogen hatte. Und schon wieder neue Patronenhülsen. Hier musste es wie auf einem Schießstand zugegangen sein! Aber Trout war zuversichtlich. Die Hülsen legten nahe, dass die Besitzer der Gewehre und Pistolen jemanden zum Fluss verfolgt hatten. So weit die *schlechte* Nachricht. Andererseits hatte man auch vom Ufer aus noch geschossen. Das deutete darauf hin, dass Gamay und der Professor vorerst entkommen sein könnten.

Trout schlug vor, sie sollten mit dem Helikopter aufsteigen und dem Flusslauf durch den Wald folgen. Morales war einverstanden. Eilig machten sie sich auf den Rückweg. Sie hatten ungefähr die halbe Strecke zum Hubschrauber zurückgelegt, als sie ein geisterhaftes Stöhnen hörten. Sie blieben stehen und sahen sich an. Morales zog seine Pistole. Sie lauschten, aber da war nur das Summen der Insekten.

Dann rechts von ihnen wieder dieses Stöhnen. Vorsichtig bewegte sich Trout auf das Geräusch zu. Morales gab ihm Deckung. Der Laut schien mitten aus dem Boden zu dringen. Trout schaute nach unten. Halb im hohen Gras verborgen, gähnte ein schwarzes Loch. Er kniete sich am Rand hin, aber in der Finsternis war nichts zu erkennen.

»Wer ist da?«, fragte er. Irgendwie kam er sich töricht vor, mit einem Loch im Boden zu sprechen.

Noch ein Stöhnen. Gefolgt von einer schwachen Stimme, die einen Schwall spanischer Worte von sich gab.

Morales, der inzwischen neben Trout kniete, hörte einen Moment lang zu. »Ein Mann. Er sagt, er sei in das Loch gestürzt.«

»Was macht er hier draußen?«

Morales gab die Frage weiter und übersetzte die Antwort. »Er sagt, er habe einen Spaziergang gemacht.«

»Ein ziemlich abgelegener Ort für einen Waldausflug«, sagte Trout. »Kommen Sie, wir holen ihn raus.«

Trout ging zurück zum Hubschrauber und fand ein Nylonseil, das zur Notfallausstattung gehörte. Er knüpfte eine Schlinge und ließ sie in das Loch hinab. Dann zogen er, der Pilot und Morales den Mann mit vereinten Kräften nach oben. In der Öffnung erschien zuerst der Kopf, dann die Schultern einer Mitleid erregenden Kreatur. Der zerzauste Bart und das lange fettige Haar des Mannes waren von grauem Staub überzogen, und seiner schlecht sitzenden Kleidung war die ursprüngliche weiße Farbe kaum mehr anzusehen. Er blieb am Boden sitzen und rieb sich abwechselnd Arme, Beine und Kopf. Auf seiner Nase prangte ein großer Bluterguss.

Morales reichte ihm eine Flasche Wasser. Der Mann schlürfte gierig und gurgelte geräuschvoll, so dass ihm die Hälfte der Flüssigkeit über das Kinn rann. Nach dieser ersten Erfrischung verzog er den Mund zu einem großspurigen Grinsen und enthüllte einige gelbe Zähne. Dann hob er die Feldflasche, um einen weiteren Schluck zu trinken. Dabei rutschte sein Ärmel ein Stück zurück.

Paul trat gegen die Flasche, so dass sie in hohem Bogen ins Gras flog. Dann schoss seine große Hand nach vorn und packte das behaarte Handgelenk des Mannes. Sogar Morales war von dieser unerwarteten Aktion völlig überrascht.

»Señor Trout!«

»Diese Uhr gehört meiner Frau.« Trout streifte ihm die Swatch mit dem dehnbaren Armband ab.

»Sind Sie sicher?«

»Ich habe sie ihr geschenkt.« Die sonst so ruhig blickenden Augen funkelten wütend. »Fragen Sie ihn, woher er sie hat.«

Morales fragte auf Spanisch und übersetzte die Antwort.

»Er behauptet, er habe die Uhr gekauft.«

Trout hatte keine Lust auf irgendwelche Spielchen. »Sagen Sie ihm, dass wir ihn zurück in das Loch werfen und abhauen, falls er nicht redet.«

Das Grinsen verschwand. Die Drohung, wieder im Erdboden versenkt zu werden, rief einen weiteren Wortschwall auf Spanisch hervor.

Morales hörte zu und nickte. »Er ist verrückt. Sein Name ist Ruiz. Er erzählt immerzu von der Teufelsfrau und dem Zwerg, die schuld seien, dass die Erde ihn verschluckt hat.«

»Teufelsfrau?«

»*Sí.* Er sagt, sie habe seine Nase gebrochen.«

»Was ist mit dieser Frau geschehen?«

»Er weiß es nicht. Er war unten in dem Loch. Er hat viele Schüsse gehört. Dann wurde es still. Er sagt, seine Freunde hätten ihn zurückgelassen. Ich frage, ob diese Freunde *chicleros* sind. Er sagt nein.« Morales lächelte humorlos. »Er ist ein stinkender Lügner.«

»Sagen Sie ihm, dass wir ihn mit in den Helikopter nehmen und über Bord werfen, falls er nicht die Wahrheit sagt.«

Der Mann musterte die unerbittliche Miene des riesigen Gringos und kam zu dem Schluss, dass er es ernst meinte.

»Nein!«, rief er. »Ich rede. Ich rede.«

»Du verstehst Englisch.«

»Poco«, sagte der Mann und hielt Daumen und Zeigefinger ein kleines Stück auseinander.

In holprigem Englisch und unter Zuhilfenahme von zahlreichen spanischen Begriffen, wann immer sein Wortschatz nicht ausreichte, gestand Ruiz, dass er zu einer Bande *chicleros* gehörte, die herkam, um Altertümer zu stehlen. Sie waren zufällig auf die Frau und den kleinen alten Mann gestoßen und hatten sie unter der Erde in einem sicheren Verlies eingesperrt. Aber irgendwie war den beiden trotzdem die Flucht gelungen, und sie hatten ihn in dieses Loch geworfen. Die anderen *chicleros* hatten die Verfolgung aufgenommen, ohne sich weiter um ihn zu kümmern. Er wusste nicht, was mit dem Mann und der Frau geschehen war.

Trout dachte kurz über diese Aussage nach.

»Okay, schaffen wir ihn in den Hubschrauber.«

Unsanft legte Morales dem Mann Handschellen an und vermied es möglichst, ihn dabei zu berühren. Dann veranlasste er Ruiz durch einen Tritt zum Aufstehen. Sie warfen den Gefangenen auf die hintere Sitzbank, und Morales stieg neben ihm ein. Der Mann verströmte einen derart abscheulichen Gestank, dass der Pilot sich darüber beschwerte. Morales lachte und sagte, falls es zu schlimm würde, könnten sie Ruiz ja einfach nach draußen werfen. Ruiz war gar nicht zum Lachen zumute. Als der Helikopter abhob, riss er verängstigt die Augen auf. Er würde ihnen keinerlei Schwierigkeiten bereiten. Sie umkreisten die Stätte einige Male, dann hatten sie den schimmernden Fluss ausgemacht. Er war zwischen den Bäumen nur schwer zu erkennen, aber dank dreier wachsamer Augenpaare gelang es ihnen, seinem Lauf zu folgen.

Trout konnte es kaum erwarten, Gamay von ihrem neuen Spitznamen zu berichten. *Teufelsfrau.* Er hoffte, dass sie noch am Leben war und er überhaupt Gelegenheit dazu erhalten würde.

26

Der uralte Außenbordmotor dröhnte dermaßen laut, dass Gamay den Helikopter nicht hörte, bis er sich praktisch direkt über ihren Köpfen befand. Und auch jetzt war es zunächst Chis nach oben gewandtes Gesicht, das sie von der Ankunft ungebetener Besucher unterrichtete. Sie riss die Ruderpinne herum und lenkte den Prahm zur Seite. Unter dem schützenden Baldachin einiger überhängender Äste schrammte das Boot am grasbewachsenen Ufer entlang. Aus der Luft würde man sie durch das dichte Laubdach unmöglich erkennen können. Gamay ging auf Nummer Sicher und steuerte den Prahm in einen riesigen Farnstrauch. Sie wollte vermeiden, dass sich die Morgensonne in dem Aluminiumrumpf spiegelte.

Unmittelbar darauf erklang über ihnen das Schwirren eines Rotors. Zwischen den Blättern hindurch war dicht über den Baumwipfeln kurz ein glänzender rotweißer Hubschrauberrumpf zu sehen. Keinen Moment lang kam es Gamay in den Sinn, dass ihr Ehemann nach der Nachricht von ihrem Verschwinden innerhalb weniger Stunden nach Yukatan zurückkehren, sich einen Helikopter organisieren und jetzt einige Dutzend Meter über ihrem Kopf schweben würde. Seit ihrer Ankunft an diesem Ort hatte man ihr beinahe die Haare ausgerissen, ihr mit Vergewaltigung gedroht, sie zum Sterben in eine Höhle geworfen und dadurch gezwungen, durch dunkle und fast luftleere Gänge zu kriechen, und sie dann auch noch als Zielscheibe benutzt. Folgerichtig ging sie davon aus, dass die Leute, die sie so schlecht behandelt hatten, jetzt mit Hilfe von Luftunterstützung versuchten, ihr noch mehr Kummer zu bereiten. Als das Geräusch des Helikopters sich von ihnen entfernte, seufzte Gamay erleichtert auf. Dann lenkte sie das Boot wieder auf den Fluss hinaus.

Nachdem sie Gelbzahn unschädlich gemacht hatten, rannten Gamay und Chi in den Wald und dann die Böschung zum Fluss hinunter, während ihnen die Kugeln um die Ohren pfiffen. Am Ufer lagen nebeneinander drei verbeulte Aluminiumprahme. Sie schoben zwei der Boote in die Strömung, bestiegen das dritte, warfen den Außenbordmotor an und fuhren davon.

Sie kamen den ganzen Tag ohne jeglichen Zwischenfall voran, verbrachten eine ruhige Nacht am Flussufer und brachen früh am nächsten Morgen wieder auf. Der Helikopter ließ Gamay erkennen, dass die reibungslose Flucht und die bislang friedliche Reise sie in falscher Sicherheit gewiegt hatten. Ab jetzt behielten sie den Himmel ständig im Auge, und Gamay fuhr so nah wie möglich am Ufer entlang. Der Hubschrauber tauchte kein zweites Mal auf, aber die Schraube des Motors verfing sich in den Pflanzen, und sie mussten eine Pause am Ufer einlegen, um den Motor wieder gangbar zu machen. Normalerweise hätte der Zwischenfall sie nicht länger als ein oder zwei Minuten aufgehalten, aber als Gamay den Motor wieder anwerfen wollte, verweigerte er den Dienst. Sie konnte es kaum glauben. Zwar sah der alte 15-PS-Mercury mit seinem zerschrammten Gehäuse nicht allzu Vertrauen erweckend aus, aber er hatte bislang klaglos funktioniert. Gamay grübelte noch immer darüber nach, was der Grund für die Panne sein mochte, als sie und der Professor Spanisch sprechende Stimmen hörten, die sich von stromaufwärts näherten.

Nichts auf Gottes Erdboden ist so frustrierend wie ein widerspenstiger Außenbordmotor, dachte Gamay, vor allem, wenn dieser aufsässige Metallbrocken alles ist, was zwischen dir und einer Katastrophe steht. Sie stemmte einen Fuß gegen die hintere Bordwand. Um den feindseligen Geist im Innern der Maschine zu besänftigen, lächelte sie freundlich, flüsterte »Bitte« und zog mit aller Kraft an der Reißleine des Anlassers.

Der Motor antwortete mit einem dumpfen Blubbern, einem asthmatischen Keuchen, einem rasselnden Seufzer, und dann herrschte Stille – die von Gamays Schmerzensschrei durchbrochen wurde, als sie nach hinten fiel und mit den Knöcheln gegen die harte Kante der Metallsitzbank schlug. Sie ließ einen Schwall

Flüche vom Stapel, bei denen jeder Seemann vor Neid erblasst wäre, und wünschte alle dämlichen, störrischen Maschinen dieser Erde zum Teufel. Professor Chi saß am Bug und hielt sich an einem überhängenden Ast fest, damit der Prahm nicht unkontrolliert der sanften Strömung folgen und abtreiben würde. Gamay schimpfte und fluchte derweil immer noch auf den Außenborder. Der Schweiß tropfte ihr vom Kinn. Mit ihrem wütend verzogenen Mund und den gewundenen dunkelroten Haarsträhnen, die ihr Gesicht einrahmten, hätte sie problemlos für eine alte griechische Statue der Medusa Modell stehen können. Und was noch schlimmer war – sie *wusste,* wie gorgonenhaft sie aussah. Aber weibliche Eitelkeit war jetzt wirklich fehl am Platz.

Ihr laienhafter Versuch, die Verfolger zu sabotieren, war offenbar fehlgeschlagen. Sie hatten nicht wissen können, dass es nicht ausreichen würde, die Boote in die Strömung zu schieben. Ein Prahm blieb schließlich an einer Wurzel hängen, der andere trieb zurück ans Ufer. Jetzt kam das Erste dieser Boote um eine Biegung herum und schob sich aus den morgendlichen Dunstschwaden, wenige Sekunden später gefolgt von dem zweiten. In jedem der Prahme befanden sich vier Männer, darunter die beiden, die Gamay im Stillen als Pancho und Elvis bezeichnete. Pancho führte den Angriff an. Er stand im Bug des vorderen Boots und fuchtelte drohend mit einer Pistole. Aus seinen aufgeregten Schreien ging unmissverständlich hervor, dass er das Jagdwild entdeckt hatte.

Die Boote kamen näher. Gamay zwang sich, ihre Aufmerksamkeit wieder auf den Motor zu richten. Da bemerkte sie, dass der Choke geschlossen war. Sie zog den Plastikknopf heraus und riss erneut an der Leine des Anlassers. Der Motor stotterte und sprang schließlich an, als sie ein wenig Gas gab. Sie stießen vom Ufer ab und fuhren wieder los. Ihr Ziel war die Mitte des Wasserlaufs, weil es dort am tiefsten war, wenngleich sie dort auch die größte Angriffsfläche boten. Gamay schaute nach hinten. Das vordere Boot beschleunigte. Vielleicht hatte es einen größeren oder besseren Motor. In qualvollem Zeitlupentempo holte es Zentimeter um Zentimeter auf. Bald würden die Schützen im Bug sie abschießen können.

Aus der Mündung einer der Waffen stieg Rauch auf. Pancho hatte ein paar Schnellschüsse abgegeben, wohl eher, um Eindruck zu machen, als um wirklich einen Treffer zu erzielen. Entweder hatte er sie nicht anvisiert, oder die Entfernung war zu groß, denn von den Kugeln war nichts zu sehen oder zu hören. Dann fuhren sie um eine Biegung und verloren die Verfolger aus dem Blickfeld. Es war nur eine Frage der Zeit, und zwar weniger Minuten, bis sie im wahrsten Sinne des Wortes Schiffbruch erleiden würden.

Hack!

Das Geräusch kam völlig unerwartet. Gamay drehte sich ruckartig um. Auf dem Boden des Prahms hatte eine Machete gelegen. Chi hatte damit soeben einen der tief hängenden großen Äste abgehackt. Erneut blitzte der silbrige Stahl auf. Ein weiterer Ast fiel in den Fluss. Chi schwang die Machete wie ein Verrückter. Zu beiden Seiten des Boots stürzten Äste ins Wasser, verfingen sich ineinander und wurden dann als schwimmendes Knäuel von der Strömung mitgerissen. Der improvisierte Damm blieb mitten im Fluss an einer Sandbank hängen.

Der Steuermann des vorderen Boots sah das Gewirr aus Ästen erst, als es bereits zu spät war. Der Prahm kam mit voller Geschwindigkeit um die Kurve. Der Mann wollte ausweichen. Stattdessen trieb das Boot seitwärts in die Blockade. Einer der *chicleros* lehnte sich hinaus, um das Boot abzustoßen, und musste erkennen, dass Newton Recht hatte, wenn er behauptete, jede Aktion riefe eine Reaktion hervor. Das Boot entfernte sich ein Stück von dem Hindernis, der Mann verlor das Gleichgewicht und fiel mit einem Klatschen ins Wasser. Verwirrung machte sich breit, und Schreie wurden laut. Dann wurde der Prahm von dem zweiten Boot gerammt. Aus einer der Waffen löste sich ein Schuss und schlug ziellos im Wald ein. Ein riesiger Schwarm Vögel wurde aufgeschreckt und verdunkelte den Himmel mit einer gellend zwitschernden und flatternden Wolke.

»*Ja!*«, rief Gamay triumphierend. »Gute Idee, Professor.«

Auf dem normalerweise reglosen Gesicht des Maya breitete sich ein Lächeln aus. Er schien sich sowohl über den Erfolg seiner Anstrengungen als auch über das Lob zu freuen. »Ich wusste, dass meine Harvard-Ausbildung mir eines Tages sehr gelegen kommen würde«, sagte er bescheiden.

Gamay grinste und lenkte in die Mitte des Flusses, um die seichten Stellen an den Ufern zu meiden, aber sie war noch längst nicht zuversichtlich. Nach einem kurzen Moment der Erleichterung wurde ihr klar, dass sie nicht die geringste Ahnung hatte, wohin sie fuhren. Oder ob sie genug Benzin hatten, um dort anzukommen. Sie überprüfte den Tank. Halb voll. Oder halb leer, wenn man es pessimistisch ausdrücken wollte. Was angesichts dieser prekären Situation vielleicht die angemessenere Sichtweise war.

Nach einer hastigen Besprechung beschlossen sie, eine Zeit lang mit Höchstgeschwindigkeit zu fahren, um so viel Entfernung wie möglich zwischen den Prahm und ihre Verfolger zu legen. Dann würden sie sich der Strömung anvertrauen müssen.

»Ich möchte ja nichts beschreien, Professor, aber wissen Sie wenigstens ungefähr, wohin der Fluss führt?«

Chi schüttelte den Kopf. »Dieser Wasserlauf ist nicht einmal auf der Karte verzeichnet. Ich schätze, dass wir nach Süden unterwegs sind. Einfach deshalb, weil, wie Sie ja selbst angemerkt haben, im Norden kaum Flüsse vorkommen.«

»Es heißt, wenn man sich verirrt hat, soll man einem Flusslauf folgen, denn so würde man zwangsläufig irgendwann auf eine Ansiedlung treffen«, sagte Gamay, ohne überzeugend zu klingen.

»Das habe ich auch schon gehört. Es heißt außerdem, dass Moos nur auf der Nordseite der Bäume wächst. Nach meiner Erfahrung wächst Moos auf *jeder* Seite eines Baums. Sie waren bestimmt Pfadfinderin.«

»Ich habe schon immer lieber mit den Jungs gespielt. Mehr als den Rang eines Wichtels habe ich nie erreicht. Was die Fähigkeit angeht, im Wald zu überleben, so kann ich mich nur noch daran erinnern, wie man einen Stock zurechtschnitzt, um Marshmallows über dem Feuer zu rösten.«

»Man kann nie wissen, ob solche Kenntnisse nicht doch einmal von Nutzen sind. Genau genommen bin ich gar nicht so versessen darauf, auf eine Ansiedlung zu treffen. Vor allem, wenn dort weitere *chicleros* wohnen.«

»Wäre das denn möglich?«

»Die meisten unserer Verfolger sind angekommen, nachdem wir bereits in der Höhle eingesperrt waren. Das bedeutet, sie hatten keinen allzu langen Weg. Vielleicht gibt es eine Art Basislager.«

»Vielleicht waren sie aber auch schon längst flussaufwärts unterwegs, als wir auf ihre Kameraden gestoßen sind.«

»Wie auch immer, ich schätze, wir sollten lieber mit dem Schlimmsten rechnen, nämlich dass wir zwischen zwei feindlichen Gruppen eingekeilt werden.«

Gamay schaute zum blauen Himmel empor, der vereinzelt zwischen dem dichten Laubwerk zu sehen war. »Glauben Sie, dass der Helikopter zu dieser Bande gehört hat?«

»Möglicherweise, obwohl diese Diebe nach meiner Erfahrung meistens nicht über fortgeschrittene technische Hilfsmittel verfügen. Es bedarf keiner hoch entwickelten Ausrüstung, um Altertümer auszubuddeln und durch den Wald zu transportieren. Man konnte es ja auch daran sehen, wie einfach wir dem Hubschrauber entwischt sind – je simpler, desto besser.«

»Bislang hatten wir die Natur auf unserer Seite. Das Blätterdach lichtet sich ein wenig, und wir sollten uns eventuell Gedanken darüber machen, was wir tun, falls der Helikopter zurückkommt.« Gamay schaltete den Motor aus. »Wir lassen uns eine Weile treiben. Vielleicht fällt uns eher etwas ein, wenn wir nicht ständig dieses Dröhnen in den Ohren haben.«

Nachdem der Außenborder verstummt war, wurde die Bootsfahrt beinahe idyllisch. In dem undurchdringlichen Laub zu beiden Seiten blitzte häufig buntes Gefieder auf. Die hohen Uferböschungen deuteten darauf hin, dass es sich hierbei um einen sehr alten Wasserlauf handelte, der sich im Verlauf ungezählter Jahre einen Weg durch den Kalkstein gebahnt hatte. Langsam, aber stetig schlängelte sich der Fluss durch den Wald, fast so, als müsste er seinem fortgeschrittenen Alter Rechnung tragen. Er wurde mal schmaler, mal breiter, und im Sonnenlicht war sein Wasser hellgrün wie der Bezug eines Billardtisches, während es im Schatten dunkel und spinatfarben wirkte. Der Zauber der Natur verlor schon bald seine Wirkung, denn Gamays Magen begann zu knurren. Ihr wurde klar, dass sie seit fast zwei Tagen nichts mehr gegessen hatten. Sehnsüchtig erwähnte sie, dass sie mehr Sandwiches hätten mitnehmen sollen. Chi erwiderte, er wolle sehen, was er tun könne. Er bat sie, ans Ufer zu steuern. Dann schlug er mit seiner Machete auf einen Beerenstrauch ein. Die Früchte waren sauer, aber sättigend. Der Fluss war von grünen Algen bedeckt. Wenn man den Teppich beiseite schob, war das Wasser klar und erfrischend.

Das Idyll nahm ein plötzliches Ende, als das Heulen sich nähernder Außenbordmotoren an ihre Ohren drang.

Wenige hundert Meter hinter ihnen tauchten die beiden Boote wieder auf. Wie zuvor fuhren sie hintereinander. Gamay warf den Motor an und gab Vollgas.

Sie befanden sich auf einem geraden, vergleichsweise breiten Flussstück, das ihnen keinen trickreichen Ausweg ermöglichte. Das vordere Boot holte langsam auf, und die Entfernung zwischen ihnen wurde immer geringer. Nur noch wenige Minuten, dann befanden sie sich in Schussweite der Gewehre. Die Boote rückten immer näher zusammen, der Vorsprung schrumpfte um ein Drittel, dann um die Hälfte. Gamay war verwirrt. Die *chicleros* hatten ihre Waffen nicht erhoben. Sie sahen aus wie eine Gruppe Touristen auf einer Flussrundfahrt.

»Dr. Gamay!«, rief Chi.

Gamay drehte sich um und sah, dass der Professor vom Bug aus direkt nach vorn starrte. Aus der Ferne hörte sie ein leises Grollen.

»Was ist das?«, fragte sie.

»Stromschnellen!«

Das Boot wurde immer schneller, obwohl sie den Gashebel nicht berührt hatte. Die Luft war kühler als zuvor und ein feuchter Dunstschleier hing über dem Wasser. Innerhalb kürzester Zeit verwandelte sich das Grollen in donnerndes Tosen, und durch die Schwaden über dem Fluss sah sie weißen Schaum und die scharfen Spitzen schwarzer glänzender Felsen. Sie dachte an den flachen Boden des Boots und hatte auf einmal das Bild eines Dosenöffners vor Augen, der durch dünnes Aluminium schnitt. Der Fluss hatte sich verengt, und die unzähligen Tonnen Wasser, die in diesen natürlichen Trichter drängten, verwandelten das träge Gewässer in einen rasenden Kanal.

Sie schaute zurück. Die Boote hatten angehalten und wendeten. Ihre Verfolger wussten offenbar über die Stromschnellen Bescheid. *Deshalb* hatte man nicht auf sie geschossen. Warum die Munition verschwenden?

»Wir kommen niemals an diesen Felsen vorbei«, brüllte Gamay, um das ohrenbetäubende Donnern des brausenden Wassers zu übertönen. »Ich lenke an Land. Wir müssen zu Fuß in den Wald fliehen.«

Sie riss die Pinne herum, und der Prahm hielt auf das Ufer zu. Keine zehn Meter vor ihrem Ziel erstarb stotternd der Motor. Gamay versuchte, ihn erneut zu starten, hatte jedoch keinen Erfolg. Hastig riss sie den Deckel vom Tank. Kein Benzin mehr.

Professor Chi hatte das einzige Ruder gepackt und bemühte sich, den Kahn an Land zu bugsieren. Die Strömung war zu stark und riss ihm das Ruder aus der Hand. Das Boot wurde immer schneller und begann sich zu drehen. Hilflos musste Gamay zusehen, wie der Prahm wie ein Stückchen Holz auf die Felsen und das schäumende weiße Wasser zutrieb.

Es war Trouts Idee gewesen, den Fluss ein zweites Mal abzufliegen. Soeben hatte der Pilot des Helikopters auf die Treibstoffanzeige und dann auf seine Armbanduhr gewiesen, was bedeutete, dass ihnen nicht mehr viel Zeit blieb, bis sie den Rückweg antreten mussten.

Trout hatte als Jugendlicher oft zusammen mit seinem Onkel Henry gearbeitet, einem geschickten Handwerker, der für die einheimischen Fischer auch dann noch Holzboote baute, nachdem schon längst Kunststoffrümpfe in Mode gekommen waren. Von ihm hatte Paul die wissenschaftliche Genauigkeit geerbt. »Lieber zweimal nachmessen, bevor man zuschneidet«, sagte Henry immer zwischen zwei Zügen aus seiner uralten Pfeife. Mit anderen Worten, prüfe alles, was du tust, genau nach. Sogar nach so vielen Jahren konnte Trout noch immer keine komplizierte Computerberechnung beginnen, ohne die Stimme seines Onkels zu hören, die ihm leise ins Ohr flüsterte.

Daher war es ganz natürlich für ihn, Morales vorzuschlagen, den Fluss ein weiteres Mal zu kontrollieren, diesmal etwas langsamer, falls sie beim ersten Mal etwas übersehen hatten. Sie flogen in einer Höhe von weniger als fünfzig Metern und mit mäßiger Geschwindigkeit. Als der Fluss sich verbreiterte, gingen sie noch tiefer. Der JetRanger war ungemein wendig, war er doch schließlich als leichter Aufklärungshubschrauber entworfen worden und leistete auch der Armee gute Dienste, dort unter der Modellbezeichnung »Kiowa«. Schon bald erreichten sie die Stromschnellen, die ihnen bereits auf dem Hinweg aufgefallen waren.

Trout schaute hinunter auf das weiß schäumende Wasser, dann ein Stück voraus auf den noch ruhigen Fluss oberhalb der Katarakte. Dort bot sich ihm ein seltsamer Anblick. Zwei kleine Boote lagen in einiger Entfernung dicht nebeneinander und harrten anscheinend tatenlos aus, während ein drittes Boot stromabwärts trieb. Im Bug paddelte jemand wie wild, aber die starke Strömung trieb den Kahn unaufhaltsam auf die Stromschnellen zu. Im Heck des Boots blitzte ein dunkelroter Haarschopf auf.

Gamay!

Dieses Haar war unverwechselbar, vor allem wenn das Sonnenlicht darauf fiel und es rostrot schimmern ließ. Auch hinsichtlich der unmittelbar bevorstehenden Ereignisse war Trout sich sicher. Das Boot würde innerhalb kürzester Zeit immer schneller werden, in den gezackten Rachen stürzen und dort in kleine Stücke zerbersten.

»Sagen Sie dem Piloten, er soll das Boot mit der Druckwelle des Rotors aufhalten!«, schrie Paul dem Polizisten zu.

Morales hatte die sich abzeichnende Katastrophe gebannt beobachtet. Jetzt versuchte er, dem Piloten klarzumachen, was Paul wollte. Offenbar hatte er den Amerikaner nicht genau verstanden. Er sagte ein paar Worte auf Spanisch, dann zuckte er frustriert mit den Achseln. Trout klopfte dem Piloten auf die Schulter. Er wies dringlich auf das hilflose Boot, wirbelte dann seinen Zeigefinger im Kreis herum und machte eine schiebende Geste. Zu Pauls Überraschung begriff der Pilot seine primitive Zeichensprache sofort. Er nickte heftig, senkte die Nase des Hubschraubers und hielt auf das Boot zu, wobei er die Geschwindigkeit der Maschine immer weiter reduzierte, bis sie schließlich zwischen dem treibenden Boot und dem Kamm der Stromschnellen schwebten, wo der Fluss sich verengte. Der Helikopter sank weiter nach unten, so dass die Druckwelle des Rotors wie ein riesiger elektrischer Rührstab die Wasseroberfläche aufpeitschte und eine schäumende tellerförmige Vertiefung bewirkte.

Die Wellen breiteten sich in großen konzentrischen Kreisen aus. Die erste Woge traf auf den Prahm und bremste ihn ab, die nächsten stoppten ihn vollständig und fingen an, das leichte Boot noch oberhalb der Stromschnellen in Richtung Ufer abzulenken. Leider war der große wirbelnde Rotor nicht dazu geeignet, besonders filigrane Aufgaben zu erfüllen. Die mächtige Druckwelle ließ den Prahm auf und nieder schaukeln und drohte ihn zum Kentern zu bringen. Trout hatte sich aus dem Fenster gelehnt und konnte erkennen, was passierte. Mit einem lauten Ruf machte er den Piloten auf sich aufmerksam. Dann vollführte er mit ausgestrecktem Daumen eine mehrmalige Bewegung nach oben.

Der Helikopter stieg langsam empor.

Zu spät. Eine der Wogen traf das Boot in ungünstigem Winkel und warf es um. Die beiden Insassen verschwanden unter der Wasseroberfläche. Trout wartete darauf, dass ihre Köpfe wieder auftauchen würden. Ein lautes Aufprallgeräusch und ein Schrei des Piloten lenkten ihn ab. Er drehte sich um und sah ein Netz aus Rissen in der Frontscheibe, das bis eben noch nicht da gewesen war. In der Mitte des Musters gähnte ein Loch. Man schoss auf sie! Die Kugel musste direkt zwischen ihnen beiden hindurchgeflogen sein und war dann nur wenige Zentimeter über Ruiz' Kopf in die Rückwand eingeschlagen. Der *chiclero* starrte entsetzt nach vorn und fing an, auf Spanisch zu jammern und zu schreien. Morales herrschte ihn an, er solle den Mund halten, aber Ruiz beachtete ihn nicht. Dann hatte Morales keine Lust mehr, sich zum Narren halten zu lassen. Er beugte sich hinüber und verpasste Ruiz einen kräftigen Kinnhaken. Der *chiclero* sackte ohnmächtig zusammen. Daraufhin zog der mexikanische Polizeibeamte seine Pistole und eröffnete das Feuer auf die Boote.

Der nächste laute Schlag traf den Rumpf, als würde jemand mit einem großen Hammer auf die Metallhaut eindreschen. Trout war hin- und hergerissen. Er wollte abwarten und beobachten, was mit Gamay geschah, aber er wusste auch, dass der Hubschrauber ein hervorragendes Ziel bot. Der Pilot ergriff von selbst die Initiative. Mit einem wütenden spanischen Fluch auf den Lippen reckte er trotzig das Kinn empor und schob den Steuerknüppel nach vorn. Der Helikopter schoss vorwärts und hielt wie ein Marschflugkörper auf die Prahme zu. Trout konnte sehen, wie die Männer dort unten ungläubig erstarrten, bis die kraftvolle Druckwelle sie aus den Booten fegte. Die leeren Kähne wirbelten umher, als wären es kleine Stückchen Balsaholz. In letzter Sekunde zog der Pilot den JetRanger in einer steilen Kurve empor und wendete, um erneut anzugreifen. Das war gar nicht mehr nötig. Die umgestürzten Boote sanken. Mehrere Köpfe tanzten im Wasser auf und ab, während die Männer vergeblich versuchten, dem Sog zu entrinnen, der sie in die Stromschnellen zog.

Gamays Boot war schon längst in dieser schäumenden Hölle verschwunden, und ein eisiger Schauer durchzuckte Trout, als er sich ausmalte, was beinahe geschehen wäre. Er machte sich immer noch Sorgen um Gamay. Weder sie noch die andere Person, bei der es sich vermutlich um Professor Chi handelte, waren zu sehen. Der Pilot flog einige schnelle Runden und wies dann wieder auf seine Treibstoffanzeige. Hier konnte man nirgendwo landen. Widerstrebend signalisierte er dem Piloten sein Einverständnis, dann ließen sie den Fluss hinter sich.

Trout war damit beschäftigt, weitere Pläne zu schmieden, und so achtete er gar nicht darauf, wie lange sie sich schon in der Luft befanden. Plötzlich hörte er den Motor stottern. Der Hubschrauber verlor für einen Moment an Geschwindigkeit und schien dann wieder schneller zu werden, bevor der Motor erneut zu stottern begann. Der Pilot fingerte an seinen Instrumenten herum und zeigte dann auf die Benzinuhr. Leer. Er beugte sich vor und hielt über dem geschlossenen Blätterdach nach einem möglichen Landeplatz Ausschau. Der Motor würgte wie ein Cholerakranker. Das Husten hörte auf, dann ein letztes kurzes Stottern, gefolgt von beängstigender Stille. Der Motor war gänzlich ausgefallen. Sie stürzten wie ein Stein zu Boden.

27

»Keine Bewegung, Dr. Gamay«, drang Chis sanfte, aber unnachgiebige Stimme durch die Dunstschwaden. Langsam hob Gamay die verklebten Lider. Sie hatte das seltsame Gefühl, in einem zitternden See aus grünem Wackelpudding zu schwimmen. Die gallertartigen Tropfen gewannen an Konturen und wurden schließlich zu Blättern und Grashalmen. Sie wurde wieder Herr ihrer Sinne. Nach dem Sehvermögen folgte der Geschmackssinn; etwas Bitteres lag auf ihrer Zunge. Dann der Tastsinn. Sie griff sich an den feuchten, klebrigen Kopf und traf auf etwas Nasses und Weiches, als läge ihr Gehirn frei. Ihre Hand zuckte reflexartig zurück.

Finger gruben sich in ihre Schulter. »Nicht noch einmal bewegen, oder Sie sterben. Der alte Gelbbart beobachtet uns.«

Chis Stimme war ruhig, aber angespannt. Gamay erstarrte mitten in der Bewegung. Sie lag auf der linken Seite. Chi war hinter ihr, nicht in ihrem Sichtfeld, aber dicht genug, dass sie seinen Atem am Ohr spüren konnte.

»Ich sehe niemanden«, sagte sie. Ihre Zunge fühlte sich geschwollen an.

»Direkt vor Ihnen, ungefähr vier Meter entfernt. Wunderschön und tödlich. Denken Sie daran, sich nicht zu rühren.«

Gamay wagte kaum zu blinzeln. Ihr Blick schweifte über das Gras und fiel auf einen seltsam gefärbten Klumpen. Kurz darauf erkannte sie ein Muster aus schwarzen Dreiecken auf olivgrünem Hintergrund. Dann endlich wurde ihr klar, was sie da vor sich sah: den zusammengerollten Körper einer ziemlich langen Schlange. Der pfeilförmige Kopf mit der gelblichen Kinn- und Kehlenpartie war erhoben. Die Schlange befand sich so dicht vor Gamay, dass diese die vertikalen Pupillen des Tiers sehen konnte, außerdem die kleinen Gruben des Wärmerezeptors, die wie zwei zusätzliche Nasenlöcher aussahen, und sogar die lange schwarze Zunge, die aus dem Maul schnellte.

»Was für eine ist das?«, fragte sie. Die wissenschaftliche Neugier war stärker als ihre Angst.

»*Barba amarilla.* Eine recht große, wie es scheint. Manche Leute sagen einfach Lanzenotter.«

Eine Lanzenotter! Gamay wusste genug über Schlangen, um zu erkennen, dass sie sich hier Auge in Auge mit einem Killer befand. Sie bekam eine Gänsehaut. Und sie fühlte sich völlig schutzlos.

»Was sollen wir tun?«, flüsterte sie und beobachtete, wie der flache Kopf sich vor und zurück bewegte, als folge er dem Takt einer Melodie.

»Keine Panik. Die Schlange dürfte sich bald von der Stelle bewegen, um dem direkten Sonnenlicht auszuweichen. Vermutlich wird sie den schattigen Fleck dort drüben ansteuern. Falls sie aber in unsere Richtung kommt, bleiben Sie bitte, wo Sie sind, und ich lenke das Tier ab.«

Gamay lag auf ihre Ellbogen gestützt da, eine Haltung, die mittlerweile unbequem geworden war und ihr Schmerzen bereitete. Sie fragte sich, wie lange sie es wohl noch in dieser Position aushalten würde. Zwar wollte sie, dass die Schlange sich bewegte, aber bitte nicht in ihre Richtung.

Einige Minuten später fasste das Tier einen Entschluss und entrollte sich zu voller Länge. Wie Chi gesagt hatte, handelte es sich um ein ansehnliches Exemplar, ungefähr so lang, wie ein Mann groß war. Die Schlange glitt lautlos durch das Gras bis in den Schatten eines kleinen Baums. Neben Chis Machete, die an dem Stamm des Baums lehnte, rollte sich das Tier wieder zusammen.

»Sie können sich jetzt bewegen. Die Otter schläft. Setzen Sie sich langsam auf.« Gamay drehte sich um und sah, dass Chi hinter ihr kniete. Er legte einen großen Stein aus der Hand.

»Wann ist sie aufgetaucht?«

»Ungefähr eine halbe Stunde, bevor Sie aufgewacht sind. Normalerweise ziehen Schlangen sich zurück, falls sie Gelegenheit dazu erhalten, aber bei Gelbbart kann man sich nie sicher sein, vor allem, wenn man ihn aus dem Schlaf reißt. Er kann ziemlich aggressiv werden. Na ja, falls er will, kann er meine Machete vorerst gern behalten. Wie geht es Ihnen?«

»Ganz gut, aber jemand scheint meinen Kopf als Football benutzt zu haben. Was ist das für ein Brei anstelle meiner Haare?«

»Ich habe eine Packung aus Heilkräutern angefertigt. Die Apotheke hatte leider schon geschlossen.«

»Wie lange sind wir denn schon hier?«, fragte sie und rieb sich den schmerzenden Arm, um die Durchblutung anzuregen.

»Ein paar Stunden. Sie haben ziemlich unruhig geschlafen. Der bittere Geschmack in Ihrem Mund stammt von einem Stärkungsmittel aus Wurzelextrakt. Als das Boot umgekippt ist, sind Sie mit dem Kopf gegen einen Felsen geprallt.«

Sie erinnerte sich plötzlich wieder an das weiße tosende Wasser. »Die Stromschnellen! Warum sind wir nicht tot?«

Chi deutete zum Himmel empor. »Wissen Sie das nicht mehr?«

Der *Helikopter.* Ihre Erinnerung war bruchstückhaft wie eine Schachtel voller Puzzleteile. Der Professor und sie saßen in dem Prahm und hatten kein Benzin mehr. Die starke Strömung zog sie auf die Felsen zu. Dann wurde das Donnern des tödlichen Gewässers von einem lauten Rattern übertönt. Der rotweiße Hubschrauber, den sie zuvor schon gesehen hatten, kreiste über dem Fluss.

Gamay wusste noch, wie sie gedacht hatte, dass jetzt alles vorbei sein würde. Hinter ihnen die bewaffneten *chicleros,* vor ihnen die schäumenden Stromschnellen und über ihnen der Helikopter. Dann stieß der Hubschrauber wie eine Walküre herab und schwebte zwischen dem Prahm und den Stromschnellen dicht über dem Fluss. Die Druckwelle des wirbelnden Rotors wühlte das Wasser auf und rief kreisförmige Wellen hervor, die den Kahn aus der Strömung lenkten und in Richtung Land schoben. Aber das leichte Aluminiumboot wurde zu heftig durchgeschüttelt. Nur wenige Meter vor dem grasbewachsenen Ufer schlug der Prahm um.

Gamay wurde regelrecht hinauskatapultiert. Und dann *rums!* Ihr Kopf prallte gegen etwas Hartes. Ihr Blick verschwamm, und ihre Zähne schlugen zusammen. Ein weißer Blitz. Dann barmherzige Dunkelheit.

»Der Helikopter hat uns gerettet«, sagte sie.

»Sieht ganz so aus. Es würde Ihnen weitaus besser gehen, wenn Sie nicht versucht hätten, mit Ihrem Kopf einen Fels zu spalten.

Sie haben den Stein nur gestreift, aber das hat ausgereicht, Sie bewusstlos zu schlagen. Ich habe Sie an Land gezogen und dann durch das Unterholz bis hierher. Dann habe ich die Wurzeln und Blätter für den Umschlag gesammelt. Die Nacht über haben Sie unstet geschlafen und vielleicht einige merkwürdige Träume gehabt. Die Medizin, die ich Ihnen verabreicht habe, ist eine Art Halluzinogen.«

An einen der Träume konnte sich Gamay noch erinnern. Paul war hoch über ihr und rief ihren Namen. Seine Worte erschienen in einer Comicsprechblase. Dann verschwand er in einer Dampfwolke.

»Vielen Dank für alles«, sagte Gamay und fragte sich, wie der kleine und nicht mehr ganz junge Professor es wohl geschafft hatte, sie aus dem Wasser und in den Wald zu zerren. »Was ist mit den Männern, die uns verfolgt haben?«

Der Professor schüttelte den Kopf. »Ich habe in all dem Durcheinander kaum auf sie geachtet, denn ich hatte beide Hände voll damit zu tun, uns in Sicherheit zu bringen. Ich glaube, ich habe ein paar Schüsse gehört. Aber seitdem ist es ruhig geblieben. Vielleicht glauben sie, wir wären tot.«

»Was machen wir jetzt?«

»Darüber habe ich auch gerade nachgedacht, als unser geschuppter Freund aufgetaucht ist. Kommt darauf an, wie lange er noch schläft. Ich würde gern meine Machete wiederhaben. In diesem Land könnte das den Unterschied zwischen Leben und Tod bedeuten. Ruhen Sie sich eine Weile aus. Falls Gelbbart nicht aufwacht, müssen wir uns etwas anderes ausdenken. Ich habe einen Pfad gesehen, den wir uns nachher genauer anschauen können. Vermutlich wird er von den *chicleros* benutzt, um die Stromschnellen zu umgehen. In der Zwischenzeit sollten wir uns ein Stück weit entfernen. Womöglich hat Gelbbart schlechte Laune, wenn er wieder zu sich kommt.«

Gamay hatte nichts dagegen. Chi half ihr auf die Beine. Sie fühlte sich zittrig und kam sich vor wie ein neugeborenes Fohlen.

Als sie sich genauer umschaute, erkannte sie eine kleine, vom Sonnenlicht gesprenkelte Lichtung, die von Bäumen und Sträuchern umgeben war. Sie gingen auf die andere Seite der Lichtung. Chi entfernte den Breiumschlag und verkündete, ihre Beulen und Blutergüsse seien so gut wie verschwunden. Er sagte, er würde einige Beeren pflücken, um den ärgsten Hunger zu stillen, während sie darauf warteten, dass die Schlange ihren Schönheitsschlaf beendete. Gamay war noch immer müde. Sie legte sich ins Gras zurück und schloss die Augen. Kurz darauf schreckte sie auf. Ein Zweig hatte laut geknackt. Chi würde niemals so viel Lärm machen.

Sie setzte sich auf und sah sich um. Der Professor stand am Rand der Lichtung und hielt einen Ast voller Beeren. Hinter ihm stand der Anführer der *chicleros,* den Gamay insgeheim Pancho nannte. Der Mann hatte nicht mehr allzu viel mit der Gestalt gemein, die erst kürzlich befohlen hatte, Gamay und Chi in einer Höhle einzusperren. Sein struppiges Haar sah aus wie ein Vogelnest, und seine weiße Kleidung war verdreckt und zerrissen. Durch die Risse und Schlitze war sein dicker bleicher Bauch zu sehen. Das spöttische Lächeln war einer wutverzerrten Fratze gewichen. Die Pistole in seiner Hand war jedoch dieselbe wie zuvor an seinem Gürtel, und sie zeigte auf den Hinterkopf des Professors.

Der Mann legte den Rucksack, den er bei sich trug, zu Boden und herrschte Chi auf Spanisch an. Der Professor ging zu Gamay hinüber und stellte sich neben sie. Der Lauf der Waffe richtete sich von Chi auf Gamay, dann wieder zurück.

»Ich soll Ihnen sagen, dass er uns töten wird, um seine Männer zu rächen«, sagte Chi. »Zuerst mich, und dann will er sich auf meiner Leiche mit Ihnen vergnügen.«

»Was ist nur mit diesen Kerlen los?«, erwiderte Gamay. »Nehmen Sie's nicht persönlich, Professor, aber eine Menge Ihrer Landsleute scheinen das Gehirn zwischen den Beinen herumzutragen.«

Pancho deutete ein Lächeln an. Gamay erwiderte es kokett, als würde ihr der Vorschlag gefallen. Vielleicht konnte sie für den Professor etwas Zeit herausschinden und nahe genug an diesen Idioten herankommen, um seiner Libido ernstlichen Schaden zuzufügen. Chi kam ihr zuvor. Er wandte kaum merklich den Kopf und schaute zu der Machete hinüber, die an dem Baum lehnte. Dann beugte er sich leicht vor, als würde er sich gleich auf die Waffe stürzen. Gamay kannte Chi gut genug, um zu erkennen, dass diese Bewegung ungewöhnlich plump wirkte. Er schien zu *wollen*, dass Pancho Notiz davon nahm.

Der Trick funktionierte. Pancho folgte Chis Blick und entdeckte das lange Messer an dem Baum. Er entblößte die Zähne zu einem breiten Grinsen. Ohne den Professor aus den Augen zu lassen oder die Waffe von ihm abzuwenden, überquerte er mit einigen seitlichen Schritten die Lichtung und beugte sich nach vorn, um die Machete aufzuheben.

Ein Gewirr aus schwarzen Dreiecken huschte über den Boden.

Die schweren Schritte hatten die Schlange geweckt. Als der Mann nach der Machete griff, hatte die Otter sich bereits zum Angriff aufgerichtet. Sie versenkte ihre langen Zähne in seinen Hals und biss schnell ein zweites Mal zu, um den Rest ihres Gifts in seinen Arm zu entleeren.

Der Lauf der Waffe schwang herum. Dann schoss der Verwundete mehrere Male auf das Tier und verwandelte es in eine blutige rotgrüne Masse. Er berührte die zwei kleinen Bisswunden direkt neben seiner Halsschlagader. Dann wurde er leichenblass, riss entsetzt die Augen auf und öffnete den Mund zu einem stummen Schrei. Er starrte Chi und Gamay fassungslos an und wankte ins Unterholz.

Chi trat vor und folgte dem *chiclero*. Um die Schlange, die im Todeskampf ziellos um sich biss, machte er einen großen Bogen. Kurz darauf hörte Gamay einen weiteren Schuss. Als Chi zurückkam, hielt er eine rauchende Pistole in der Hand. Gamay schaute ihm angewidert entgegen. Er steckte die Waffe in den Hosenbund, ging zu Gamay und nahm ihre Hand. Seine sonst reglose Miene nahm einen sanften Ausdruck an, und seine Augen wirkten gütig und irgendwie großväterlich.

»Der *chiclero* hat sich selbst erschossen«, erklärte er geduldig. »Er wusste, dass der Tod nach dem Biss einer *barba* überaus schmerzhaft ist. Das Gift zerstört die roten Blutkörperchen und zersetzt die Gefäße. Man blutet aus Mund und Rachen, der Körper schwillt an, man übergibt sich und erleidet Krämpfe und einen Nervenschock. Sogar mit dem Halsbiss hätte es ein oder zwei Stunden dauern können. Bevor Sie zu viel Mitleid mit ihm haben, vergessen Sie nicht, dass er uns töten wollte, zuerst bei der Höhle und später dann auf dem Fluss.«

Gamay schüttelte wie betäubt den Kopf. Chi hatte Recht. Der Tod des *chiclero* war zwar bedauerlich, aber von ihm selbst verschuldet. Was für ein außergewöhnlicher Mann der Professor doch war! Es blieb ihr völlig unbegreiflich, wie es den Spaniern jemals gelingen konnte, die Maya zu unterwerfen. Gamays Überlebensinstinkt meldete sich. »Wir sollten aufbrechen«, sagte sie und schaute sich kurz um. »Vielleicht sind noch andere in der Nähe und haben die Schüsse gehört.«

Chi nahm die Machete und den Rucksack des Toten. »Der Fluss ist unsere einzige Chance. Auch falls wir wüssten, wo wir uns befinden, wäre es zu riskant, einen Fußmarsch quer durch das Land zu versuchen.« Er musterte den blutigen Körper der Schlange. »Wie Sie sehen, gibt es im Wald weitaus tödlichere Geschöpfe als die *chicleros.*«

»Sie gehen vor, ich folge Ihnen«, stimmte Gamay ihm anstandslos zu. Sie arbeiteten sich durch den dichten Wald voran. Chi folgte seinem inneren Kompass, bis sie einen rund neunzig Zentimeter breiten Pfad erreichten, der so ausgetreten war, dass der weiße Kalkstein zutage trat.

»Das ist der Weg, von dem ich gesprochen habe.«

»Riskieren wir denn nicht, jemandem in die Arme zu laufen, falls wir den Pfad benutzen?«

»Da bin ich mir nicht so sicher. Wissen Sie noch, was der große Mann gesagt hat? Er wollte Rache für seine Männer nehmen. Ich spiele den Kundschafter. Halten Sie sich ein Stück hinter mir, und sobald ich Ihnen ein Signal gebe, verschwinden Sie so schnell wie möglich im Dickicht.«

Sie gingen weiter. Der Pfad verlief ungefähr parallel zum Fluss. Man konnte das Wasser zwischen den Bäumen hindurch funkeln sehen. Gamay blieb hinter dem Professor. Sie kamen ungehindert voran. Abgesehen von den heiseren Vogelschreien, die beständig an ihre Ohren drangen, bekamen sie nur ein einziges Lebewesen zu Gesicht, und zwar ein Faultier, das ihnen von einem überhängenden Ast aus träge entgegenblinzelte.

Chi blieb stehen und winkte Gamay zu sich heran. Dann verschwand er hinter einer Wegbiegung. Als Gamay ihn erreichte, stand er an einem kleinen Sandstrand. Unter einem Dach aus Baumstämmen und Palmblättern, das sowohl vor Blicken vom Wasser als auch aus der Luft schützte, lagen drei Prahme, die genauso aussahen wie der, den sie verloren hatten. Der Fluss war an dieser Stelle kein reißendes Ungeheuer mehr, sondern strömte erneut langsam und blaugrün seinem unbekannten Ziel entgegen.

»Sieht so aus, als hätten die *chicleros* Boote auf beiden Seiten der Stromschnellen gehabt«, stellte Chi fest. »Wenn sie etwas transportieren wollten, konnten sie die Fracht über den Pfad zur nächsten Anlegestelle schleppen.«

Gamay hörte ihm nur mit einem Ohr zu. Sie kehrte vom Flussufer zurück, untersuchte die kalte Asche eines Lagerfeuers und bemerkte eine Plattform, die auf Pfeilern ruhte. Auf der Plattform hatte man ein Gebäude mit Flachdach errichtet, das wie das Baumhaus eines Kindes aussah. Gamay öffnete die Tür, die geschlossen, aber nicht verriegelt war, und schaute vorsichtig hinein. Sie sah mehrere Treibstoffkanister und eine große metallene Kühltruhe. Sie klappte den Deckel hoch.

»Professor Chi«, rief sie. »Ich habe etwas Wichtiges gefunden.«

Chi kam angelaufen, und als er die blaue Dose in ihrer Hand

erkannte, zeigte sich das breiteste Grinsen, das sie bislang an ihm gesehen hatte, auf seinem Gesicht.

»Schweinefleisch«, flüsterte er ehrfurchtsvoll.

In der Kühltruhe fand sich noch wesentlich mehr davon. Außerdem gab es Gemüse und Säfte in Dosen, flaschenweise Wasser sowie Tortillas in luftdicht verschlossenen Plastikbehältern. Andere Dosen enthielten Sardinen und Corned Beef. Die primitive Hütte beherbergte Taschenlampen und Werkzeuge. Die wasserfesten Streichhölzer waren überaus willkommen, ebenso der tragbare Kocher. Seife gab es auch. Chi und Gamay suchten sich jeder eine andere Stelle am Flussufer und wuschen sich und ihre Kleidung, die in der heißen Sonne schnell wieder trocknete.

Nach ihrem Bad und einer stärkenden Mahlzeit aus Hackfleisch und Eiern erkundete Chi die Umgebung, während Gamay Essen und Vorräte zusammenpackte. Es war so ruhig, dass es beinahe unheimlich wirkte, aber sie beschlossen, nicht lange zu bleiben. Sie beluden ein Boot mit Vorräten und sabotierten eines der beiden anderen, indem sie den Kahn mit Felsen beschwerten und versenkten. Dann suchten sie sich den besten Außenborder aus und versteckten die anderen zwei Motoren im Wald. Sie stiegen ein und legten ab, das Vorratsboot hinter sich im Schlepptau. Mit geringerer Drehzahl, nur wenig höher als der leise Leerlauf, fuhren sie langsam voran, kaum schneller als die Strömung.

Sie hatten noch keine ganze Meile zurückgelegt, als der Fluss scharf nach rechts abbog. In einer kleinen Bucht, direkt vor der Biegung des Flussbetts, trieben neben zahlreichem Unkraut und ein paar Ästen zwei gekenterte Aluminiumprahme, deren Böden verbeult und aufgeschlitzt waren. Dazwischen dümpelten die stinkenden Leichen einiger Männer, die sich in der glühenden Hitze bereits aufgebläht hatten.

Chi murmelte auf Spanisch ein Gebet.

»Ich schätze, hier würden wir auch liegen, falls wir in den Stromschnellen gelandet wären«, sagte Gamay und hielt sich eine Hand vor die Nase.

»Als wir die Männer zum letzten Mal gesehen haben, befanden sie sich auch nicht annähernd in der Nähe der Stromschnellen.«

»Ich habe mir so etwas schon gedacht«, sagte sie und schüttelte den Kopf. »Irgendetwas muss passiert sein, während wir mit unserem umgekippten Boot zu tun hatten.«

Sie musste an Joseph Conrads *Herz der Finsternis* denken, an die Szene, in der Kurtz, jener einst zivilisierte Mann, der zum Wilden geworden war, auf seinem Sterbebett flüstert: »Das Grauen ... das Grauen ...«

Kurtz' Worte hallten in Gamays Kopf wider. Sie lenkte den Prahm stromabwärts und gab mehr Gas. Noch vor Einbruch der Dunkelheit wollte sie so viele Meilen wie möglich zwischen sich und diesen Ort des Todes bringen, wenngleich sie nicht die geringste Ahnung hatte, ob nicht noch weitere Schrecken vor ihnen lagen.

28

Washington D. C.

Als Perlmutter anrief und fragte, ob man sich anstatt zum Abendessen nicht auch zum Brunch treffen könnte, war Austin in zweierlei Hinsicht erfreut. Die Bereitwilligkeit des korpulenten Archivars, sich mit einem einfachen Essen im Kinkead's zufrieden zu geben, einem beliebten Washingtoner Restaurant an der Pennsylvania Avenue, bedeutete, dass Perlmutters Nachforschungen Erfolg gehabt hatten. Und außerdem würde die Rechnung für ein Mittagessen kein so großes Loch in Austins Brieftasche reißen wie ein sechsgängiges Festmahl. Zumindest glaubte Austin das, bis Perlmutter sich für einen 1982er Bordeaux entschied und dann zahllose Gerichte von der Speisekarte auswählte, als würde er in einem chinesischen Restaurant Dim Sum bestellen.

»Ich möchte nicht, dass Sie glauben, Sie würden mich ausnutzen, indem Sie nur ein Mittagessen und kein Dinner bezahlen müssen«, sagte Perlmutter zur Erklärung seiner Zügellosigkeit.

»*Selbstverständlich* nicht«, erwiderte Austin und fragte sich, wie er die Rechnung für Perlmutters Fressgelage an den scharfen Augen der NUMA-Spesenkontrolleure vorbeischmuggeln sollte. Er stieß einen stummen Seufzer der Erleichterung aus, als Perlmutter die Karte beiseite legte.

»Sehr gut. Nun, nach unserem netten Telefongespräch habe ich meinen Freund Juan Ortega in Sevilla angerufen. Don Ortega ist einer der führenden Kolumbus-Experten, und da Sie es ein wenig eilig zu haben schienen, war ich der Ansicht, er würde uns vielleicht dabei behilflich sein können, schneller durch die Masse der verfügbaren Informationen zum Kern des Problems vorzustoßen.«

»Gute Idee, Julien. Ich habe Ortegas Bücher gelesen und halte sie für ziemlich scharfsinnig. Konnte er weiterhelfen?«

»Ja und nein«, sagte Perlmutter. »Er hat einige Fragen beantwortet und dafür andere aufgeworfen.« Perlmutter reichte Austin die Dokumente, die Ortega ihm aus Spanien gefaxt hatte. »Lesen Sie das bei Gelegenheit. Angesichts der knappen Zeit werde ich mein Gespräch mit Don Ortega kurz zusammenfassen und Ihnen verraten, was auf diesen Seiten steht.«

Perlmutter erstattete einen Bericht über seine Erkenntnisse und hielt zwischendurch nur kurz inne, um hin und wieder an einem Brötchen zu knabbern.

»Eine *fünfte* Entdeckungsreise«, wiederholte Austin. »Das würde sicherlich für ziemliche Unruhe unter den Historikern sorgen und nach einer Überarbeitung der Geschichtsbücher verlangen. Wie lautet Ihre fachmännische Meinung? War der Brief eine Fälschung?«

Perlmutter hob nachdenklich den Kopf und legte einen Zeigefinger an die fleischige Wange. »Ich habe ihn mehrmals gelesen, und ich kann Ihnen trotzdem keine eindeutige Antwort geben,

Kurt. *Falls* es sich um eine Fälschung handelt, ist es eine verdammt gute. Ich habe den Text mit anderen, beglaubigten Kolumbus-Dokumenten und Schriften von Las Casas verglichen. Der Stil, die Syntax, der Tonfall des Verfassers stimmen überein.«

»Und Sie haben ja bereits darauf hingewiesen: Warum sollte jemand sich die Mühe machen, ein unechtes Dokument zu stehlen?«

»Ganz recht, warum?«

Der Kellner brachte den Wein an ihren Tisch. Perlmutter hielt das Glas gegen das Licht, bewegte den Inhalt leicht hin und her, atmete das Bouquet ein und trank schließlich einen kleinen Schluck. Er schloss die Augen. »Superb, genau wie ich erwartet habe«, sagte er mit verzücktem Lächeln. »Ein wahrhaft legendärer Jahrgang.«

Austin probierte den Wein. »Ich muss Ihnen zustimmen, Julien.« Er stellte das Glas ab. »Sie haben erwähnt, in dem Brief gäbe es einen Hinweis darauf, dass Kolumbus wegen des ›Todes der fünf‹ Reue empfände. Was halten Sie davon?«

Die blauen Augen funkelten aufgeregt. »Es überrascht mich, dass Sie nicht gleich danach gefragt haben. Ich habe meine Bibliothek durchforstet und bin auf einen seltsamen Bericht gestoßen, der von einem gewissen Miguel de la Vega stammt. Vielleicht kommt dadurch etwas Licht ins Dunkel. Er behauptet, dass sieben Jahre vor Kolumbus' Epoche machender erster Reise ein spanisches Schiff in der Nähe der Kanaren in einen Sturm geriet und an den Strand einer Karibikinsel gespült wurde. Von den siebzehn Mann Besatzung überlebten fünf. Sie reparierten das Schiff und kehrten nach Spanien zurück. Kolumbus erfuhr von ihrem Abenteuer und lud sie in sein Haus ein, wo er sie mit einem Festmahl bewirtete. Im Verlauf des Abends vertrauten sie ihm natürlich viele Einzelheiten ihrer mühevollen Erlebnisse an.«

»Kaum überraschend. Seeleute geben gern mal eine Geschichte zum Besten, auch ohne ein paar Gläser Wein, um ihnen die Zunge zu lockern.«

Perlmutter beugte seinen großen Leib vor. »Dies war weitaus mehr als ein harmloser Plauderabend. Es handelte sich zweifelsohne um eine gut geplante Spionageoperation. Jene einfachen Seeleute hatten keine Ahnung, dass ihr Wissen einen unermesslichen Wert besaß. Kolumbus versuchte, eine Expedition auf die Beine zu stellen und einen Geldgeber dafür zu finden. Hier vor ihm waren die Augenzeugenberichte und Navigationsdetails, die ihm den Weg zu gewaltigen Reichtümern zu ebnen vermochten. Die Männer konnten ihm genaue Angaben über Strömungen, Windrichtungen, Kompassdaten, Breitengrade und die Dauer der Reise machen. Vielleicht hatten sie gesehen, dass die Einheimischen Goldschmuck trugen. Bedenken Sie, was das bedeutete. Ihre Erfahrungen bewiesen nicht nur, *dass* es einen Seeweg nach China oder Indien gab, den Kolumbus ja zu entdecken beabsichtigte. Sie lieferten zugleich das nötige Wissen, *auf welche Weise* man dorthin und wieder zurück gelangen konnte! Kolumbus wollte neues Land für Spanien in Besitz nehmen. Er war überzeugt, er würde Gold finden und mindestens den Großen Kahn treffen, um ein lukratives Handelsmonopol für Gewürze und andere wertvolle Güter zu etablieren. Er war sich durchaus bewusst, welchen Ruhm und Wohlstand Marco Polo erlangt hatte, und er wollte ihn noch bei weitem übertreffen.«

»Klingt ganz wie die Industriespionage in der heutigen Zeit«, sagte Austin. »Statt Bestechungsgelder, Abhörgeräte und Prostituierte einzusetzen, um Informationen über die Konkurrenz zu erlangen, hat Kolumbus seine Quellen mit Speisen und Getränken voll gestopft.«

»Vielleicht hat er ihnen auch noch mehr als nur Speisen und Getränke vorgesetzt.«

Austin hob eine Augenbraue.

»Alle fünf Männer sind nach dem Essen gestorben«, sagte Perlmutter.

»Vielleicht zu heftig überfressen?«

»Ich habe auch schon an einigen Festmählern teilgenommen,

die mich beinahe das Leben gekostet hätten, aber de la Vega war anderer Ansicht. Er deutete an, die Männer könnten vergiftet worden sein. Allerdings konnte er das nicht freiheraus verkünden. Kolumbus verfügte über einflussreiche Verbindungen. Und bitte berücksichtigen Sie außerdem Folgendes: Es ist historisch verbürgt, dass Kolumbus auf seiner ersten Reise über eine Karte der Westindischen Inseln verfügt hat.« Er hielt kurz inne und trank einen Schluck Wein, um die Wirkung des nächsten Satzes zu steigern. »Könnte es nicht sein, dass seine Karte auf den Angaben jener unglückseligen Seeleute basierte?«

»Möglich. Aber nach dem, was in dem Brief steht, bestreitet Kolumbus eine direkte Beteiligung an dem Tod der fünf.«

»Richtig. Er beschuldigt diese so genannte Bruderschaft. *Los Hermanos.*«

»Hatte Kolumbus nicht selbst einen Bruder?«

»Ja, der hieß Bartolomé. Aber Kolumbus hat in dem Brief die Mehrzahl des Worts benutzt. *Brüder.*«

»Gut, mal angenommen, Sie haben Recht. Entscheiden wir also im Zweifel *für* den Angeklagten. Chris lädt diese Jungs in sein Haus ein, um zu überprüfen, welche Informationen er ihnen abringen kann. *Los Hermanos* ergreifen von selbst die Initiative und sorgen vorsichtshalber dafür, dass die Männer niemandem sonst von ihren Erlebnissen berichten können. Kolumbus mag ein Gauner sein, aber er ist kein Mörder. Der Vorfall lässt ihn nicht mehr los.«

»Ein plausibles Szenario.«

»Haben Sie irgendeine Ahnung, was für eine Art Bruderschaft das gewesen ist, Julien?«

»Leider nicht im Geringsten. Nach dem Essen setze ich mich gleich wieder an meine Bücher. Wo wir gerade davon sprechen … ah, die thailändische Fischsuppe.« Perlmutter hatte gesehen, dass die Erste der vielen Speisen zu ihrem Tisch unterwegs war.

»Während Sie damit beschäftigt sind, werde ich Yaeger bitten, zu diesem Thema seine Computerdateien zu durchforsten.«

»Hervorragend«, sagte Perlmutter. »Jetzt habe ich eine Frage. Im Gegensatz zu mir verfügen Sie vorwiegend über praktische und weniger über historische Kenntnisse des Ozeans. Was ist *Ihre* Meinung über diesen sprechenden Stein, den Kolumbus erwähnt hat, diese *torleta* der Alten, die in dem Brief beschrieben wurde?«

»Frühe Navigationstechniken haben mich schon immer fasziniert«, sagte Austin. »Ich halte ihre Entwicklung für einen gewaltigen intellektuellen Fortschritt der Menschheit. Zur Lösung des Problems der Fortbewegung von einem Ort zum anderen mussten unsere Vorfahren so abstrakte Konzepte wie Zeit, Raum und Entfernung zur Anwendung bringen. Ich bin begeistert davon, einfach auf einen Knopf zu drücken, und schon verrät mir ein Satellitensignal, wo genau ich mich auf diesem Erdball befinde. Aber ich glaube, wir verlassen uns zu sehr auf elektronische Spielereien. Sie können kaputtgehen. Und wir verstehen beinahe zwangsläufig immer weniger von der natürlichen Ordnung der Dinge, der Bewegung von Sonne und Sternen oder den Besonderheiten der See.«

»Nun, dann lassen wir diese elektronischen Spielereien doch mal beiseite«, sagte Perlmutter. »Versetzen Sie sich in die Lage von Kolumbus. Wie würden Sie sich an Ihre *torleta* herantasten?«

Austin dachte kurz über diese Frage nach. »Kommen wir zunächst auf seine frühere Reise zurück. Ich bin auf einer Insel gestrandet und werde zu einer Art Stein oder Tafel mit seltsamen Inschriften geführt. Die Einheimischen erzählen mir, es handle sich um den Schlüssel zu einem großen Schatz. Ich nehme den Gegenstand zurück nach Spanien, aber niemand kann mir sagen, worum es sich handelt. Außer, dass dieses Ding sehr alt ist. Ich betrachte es mit den Augen eines Seemanns. Die Markierungen ähneln in gewisser Weise der Art von Zeichentafel, die ich während meines gesamten Berufslebens benutzt habe. Das Ding ist zu schwer, um es mit mir herumzuschleppen, also wähle ich die nächstbeste Lösung. Ich lasse, basierend auf den Inschriften, Karten anfertigen und setze die Segel. Da ist nur ein Problem: So ganz verstehe ich die Sache immer noch nicht. In meinem Wissen gibt es eine Lücke.«

»Was für eine Lücke, Kurt?«

Austin überlegte eine Weile. »Schwer zu sagen, wenn man nicht weiß, wie diese *torleta* tatsächlich aussieht, aber ich schildere Ihnen mal eine hypothetische Situation. Mal angenommen, ich bin ein Seemann aus der Zeit des Kolumbus, und jemand gibt mir eine Satellitenkarte. Die Darstellung der geographischen Details würde mir schon irgendwie weiterhelfen, aber die Linien mit den Koordinaten der Langstreckennavigation würden für mich keinen Sinn ergeben. Ich wüsste nichts von elektronischen Signalen, die von Stationen an Land ausgesendet werden, oder von Empfängern, die diese Signale in exakte Ortsangaben umwandeln können. Sobald ich mich auf dem Wasser außer Sichtweite der Küste befände, müsste ich wieder auf meine traditionellen Methoden zurückgreifen.«

»Eine höchst anschauliche Analyse. Sie sagen also, sobald Kolumbus in See gestochen war, konnte ihm die *torleta* der Alten nur noch begrenzt nützlich sein.«

»Das vermute ich. In Ortegas Büchern steht, Kolumbus habe den zeitgenössischen Navigationsinstrumenten nicht allzu viel Vertrauen entgegengebracht. Vielleicht konnte er auch einfach nur nicht besonders gut mit ihnen umgehen. Er war ein Seemann alter Schule und hatte das Navigieren noch ohne Besteck gelernt. Auf seiner ersten Reise war er mit dieser Methode noch durchaus gut über die Runden gekommen. Er wusste, auf dieser letzten Reise musste er präzise sein, also hat er jemanden angeheuert, der sich mit dem Gebrauch der Navigationsinstrumente auskannte.«

»Interessant, vor allem angesichts der letzten Passage des Briefs, die von dem Gehilfen des Steuermanns der *Niña* verfasst wurde.«

»Da haben Sie's«, sagte Austin. »Genau als würde man heute einen Spezialisten zur Erledigung eines Auftrags hinzuziehen. Und jetzt habe ich eine Frage an Sie. Was glauben Sie, wo ist dieser Stein geblieben?«

»Ich habe noch einmal bei Don Ortega angerufen und ihn gebeten, sich auf die Suche danach zu machen. Er vermutet, dass der Stein zu dem Teil des Erbes gehörte, den Luis Kolumbus verhökert hat, um seinen degenerierten Lebensstil zu finanzieren. Ortega wird sich mit einigen spanischen Museen und Universitäten in Verbindung setzen. Falls er damit keinen Erfolg hat, will er seine Nachforschungen auf die Nachbarländer ausdehnen.«

Austin dachte an Kolumbus, den Seemann, wie er wieder an Bord der *Niña* ging, jenes tapferen kleinen Schiffs, das ihm auf früheren Reisen schon so gute Dienste geleistet hatte. Vielleicht würde eine moderne *Niña* sie einer Lösung des Rätsels näher bringen.

»Die Tafel hat ihren Ursprung auf dieser Seite des Atlantiks«, sagte Austin. »Nach unserem Essen werde ich meine Archäologenfreundin Dr. Kirov anrufen und fragen, ob sie jemals von einem solchen Artefakt gehört hat.« Er lachte auf. »Seltsam, nicht wahr? Wir suchen die Ursache für kürzlich begangene Morde bei Ereignissen, die sich womöglich vor vielen Jahrhunderten zugetragen haben.«

»Das ist gar nicht so ungewöhnlich. Nach meiner Erfahrung sind Vergangenheit und Gegenwart oftmals das Gleiche. Kriege. Hungersnöte. Überschwemmungen. Revolutionen. Seuchen. Völkermorde. Das passiert andauernd. Nur die Gesichter ändern sich. Aber nun genug der morbiden Gedanken! Wenden wir uns angenehmeren Dingen zu«, sagte Perlmutter und setzte ein strahlendes Lächeln auf. »Da kommt der nächste Gang, wie ich sehe.«

29

San Antonio, Texas

Während Austin sein teures Gourmet-Essen genoss, aß Joe Zavala sechzehnhundert Meilen entfernt einen mit Honig überzogenen Doughnut. Joe saß in einem Café am Paseo del Rio, oder Riverwalk, dem malerischen Touristenviertel an den Ufern des San Antonio River. Er schaute auf die Uhr, trank hastig seinen Kaffee aus und machte sich auf den Weg in den Geschäftsbezirk, der ein Stück vom Fluss entfernt lag. Dort betrat er die Eingangshalle eines Bürohochhauses.

Nach Abschluss ihrer Strategiebesprechung hatte Zavala eine Reisetasche gepackt und war an Bord eines Militärflugzeugs zur Lackland Air Base in Texas geflogen. Dort nahm er ein Taxi und ließ sich zu einem Hotel in der Innenstadt fahren. Yaeger konnte mit seinen Computer-Babys wahre Wunder vollbringen, aber selbst er musste zugeben, dass Time-Quest eine harte Nuss darstellte. Manchmal waren das menschliche Auge und ein wacher Verstand, mit denen man feinste Nuancen wahrnehmen und analysieren konnte, weitaus effizienter als die höchst entwickelte Maschine.

Zavala schaute auf einer Informationstafel nach, in welchem Stockwerk Time-Quest residierte. Kurz darauf trat er aus einem Aufzug in eine geräumige Lobby, deren Wände mit übergroßen Sepiafotos der archäologischen Weltwunder bedeckt waren. Unmittelbar vor einem Bild der Cheopspyramide stand ein schwarzer Stahlrohrtisch mit Glasplatte, der im Gegensatz zu den abgebildeten Altertümern zeitlich und räumlich deplaziert wirkte. Gleiches galt für die Brünette, die hinter dem Tisch saß.

Zavala stellte sich vor und reichte der Empfangsdame eine der Visitenkarten, die er an jenem Morgen bei einem Schnelldienst hatte anfertigen lassen.

»Ach ja, Mr. Zavala, der Reiseschriftsteller«, sagte sie. »Sie haben gestern angerufen.« Sie warf einen Blick auf den Terminkalender vor ihr, drückte einen Knopf an ihrem Telefon und murmelte etwas in den Hörer. »Ms. Harper wird sie gleich empfangen. Sie haben sehr viel Glück, so kurzfristig einen Termin zu bekommen. Das wäre gar nicht möglich gewesen, hätte jemand anders nicht unerwartet abgesagt.«

»Ich weiß das wirklich zu schätzen. Wie ich bereits erläutert habe, hätte ich mich gern deutlich früher angemeldet, aber es hat sich erst in letzter Minute ergeben. Ich bin hier, um einen Artikel über das Nachtleben von San Antonio zu schreiben, und da fiel mir ein, dass ich bei dieser Gelegenheit auch gleich für ein zweites Projekt recherchieren könnte.«

Sie lächelte ihm freundlich zu. »Kommen Sie nach Ihrem Gespräch mit Ms. Harper doch noch einmal vorbei. Vielleicht kann ich Ihnen mit ein paar angesagten Adressen weiterhelfen.«

Die Empfangsdame war jung und sehr attraktiv. Zavala wäre überrascht gewesen, wenn sie *nicht* über die Szeneklubs der Stadt Bescheid gewusst hätte.

»Vielen Dank«, sagte er unter Aufbietung all seines Charmes. »Das wäre wirklich eine große Hilfe.«

Die Leiterin der PR-Abteilung von Time-Quest war eine gut aussehende und elegant gekleidete Frau Mitte vierzig. Phyllis Harper kam aus einem der Korridore und begrüßte Zavala mit festem Händedruck. Dann führte sie ihn durch einige mit dickem Teppichboden ausgelegte Flure in ein Büro mit großen Fenstern, von dem aus man einen herrlichen Ausblick auf die Stadt und ihr Herzstück hatte, den Tower of the Americas. Sie nahmen ganz zwanglos zu beiden Seiten eines Couchtisches Platz.

»Vielen Dank für Ihr Interesse an Time-Quest, Mr. Zavala. Bitte verzeihen Sie, dass ich leider nur wenige Minuten für Sie erübrigen kann. Melody hat Ihnen vermutlich schon gesagt, dass ein anderer kurzer Termin ausgefallen ist.«

»Ja, das hat sie. *Ich* habe dafür zu danken, dass Sie sich überhaupt die Zeit nehmen, mit mir zu reden. Sie sind bestimmt sehr beschäftigt.«

»In fünfzehn Minuten habe ich eine Besprechung mit dem geschäftsführenden Direktor.« Sie verdrehte die Augen. »Er nimmt es mit der Pünktlichkeit immer ganz genau. Angesichts der knappen Zeit würde ich vorschlagen, dass ich Ihnen zehn Minuten lang etwas erzähle und Sie dann noch fünf Minuten für eventuelle Fragen haben. Die Pressemappe über unsere Organisation ist ziemlich informativ.«

Zavala holte ein Sony-Diktiergerät und einen Notizblock aus der Jackentasche. Das Gerät war ein Sonderangebot aus einem Elektronikmarkt, und den Block hatte er am selben Morgen in einem Papierwarengeschäft gekauft.

»Einverstanden. Legen Sie los.«

Sie schenkte ihm ein strahlendes Lächeln. Wieder einmal wurde ihm bewusst, dass eine reife, selbstsichere Frau oftmals sehr viel anziehender wirkte als eine junge, unfertige Schönheit wie Melody, die Empfangsdame.

»Time-Quest ist eine gemeinnützige Institution und verfolgt eine Reihe von Zielen. Zunächst einmal möchten wir durch die Erforschung der Vergangenheit das Verständnis für die Gegenwart und die Vorbereitung auf die Zukunft fördern. Wir sind auch in der Bildung tätig, indem wir die Vermittlung von Wissen über unsere Welt unterstützen, vor allem durch unsere Schulprogramme für Kinder und unsere Praxisarbeit. Wir ermöglichen es jedermann, ein außergewöhnliches Urlaubsabenteuer zu erleben. Viele unserer Freiwilligen leben im Ruhestand, und für sie sind wir die Erfüllung eines lebenslangen Traums.«

Sie hielt kurz inne, um Luft zu holen, und fuhr dann fort. »Darüber hinaus unterstützen wir viele archäologische, kulturelle und anthropologische Expeditionen. Wir gelten als einfach anzuzapfende Geldquelle«, sagte sie und lächelte abermals. »Die Universitäten bitten uns ständig um finanzielle Hilfe. Meistens entsprechen wir dem gern. Wir benutzen dazu das Geld unserer Freiwilligen, so dass viele dieser Expeditionen sich praktisch selbst tragen. Wir vermitteln Experten oder beteiligen uns an deren Honorar. Mittlerweile haben wir Expeditionen in jedem Winkel des Erdballs unterstützt. Im Gegenzug bitten wir hauptsächlich darum, dass wir bei besonderen Entdeckungen als Erste informiert werden. Die meisten Leute halten das für eine mehr als angemessene Gegenleistung. Haben Sie noch Fragen?«

»Wie hat die Arbeit dieser Organisation begonnen?«

Sie wies auf die Decke über ihrem Kopf.

»Wir sind eine gemeinnützige Tochtergesellschaft des Unternehmens, das die sechs Etagen direkt über uns belegt.«

»Und das ist ...?«

»Halcon Industries.«

Halcon. Das spanische Wort für »Falke« oder »Raubvogel«. Er schüttelte den Kopf. »Noch nie gehört.«

»Es handelt sich um eine Dachorganisation mit vielen Abteilungen. Wir sind eine davon. Die meisten Einnahmen stammen aus einem breit gestreuten Portfolio, vornehmlich aus dem Bergbau, aber auch aus Schifffahrt, Viehzucht, Öl und Mohair.«

»Das ist *allerdings* breit gestreut. Handelt es sich um eine Aktiengesellschaft?«

»Nein. Der alleinige Eigentümer ist Mr. Halcon.«

»Es ist ein ziemlich großer Schritt vom Graben in irgendwelchen Minen zum Graben in alten Gewölben«, sagte Zavala.

»Auf den ersten Blick mag es vielleicht eigentümlich erscheinen, auf den zweiten jedoch nicht mehr so ganz. Die Ford Foundation hat esoterische Projekte finanziert, die nichts mit der Herstellung von Autos zu tun haben. Soweit ich weiß, ist Mr. Halcon Amateurarchäologe. Er hätte gern eine Universitätskarriere angestrebt, aber als Industrieller war er sehr viel besser.«

Joe nickte. »Halcon scheint eine interessante Persönlichkeit zu sein. Bestünde wohl die Möglichkeit, ihn zu interviewen, falls ich rechtzeitig im Voraus um einen Termin bitte?«

»Da würde es Ihnen vermutlich leichter fallen, einen Termin bei

Henry Ford zu bekommen.« Wieder dieses strahlende Lächeln. »Nehmen Sie's nicht persönlich, aber Mr. Halcon lebt sehr zurückgezogen.«

»Ich verstehe.«

Sie schaute auf die Uhr. »Ich fürchte, ich muss gehen.« Sie schob eine dicke Mappe über den Tisch. »Das sind unsere Presseinformationen. Lesen Sie sie, und sofern Sie dann noch Fragen haben, rufen Sie mich bitte an. Falls Sie möchten, vermittle ich Ihnen gern einen Kontakt zu den Freiwilligen, die Ihnen dann aus erster Hand von ihren Erfahrungen berichten könnten.«

»Das wäre überaus hilfreich. Vielleicht könnte ich mich auch selbst für eine Expedition eintragen. Die sind doch nicht gefährlich, oder?«

Sie warf ihm einen sonderbaren Blick zu. »Wir sind stolz auf unsere Sicherheitsvorkehrungen. Selbst an den abgelegensten Orten steht die Sicherheit für uns an erster Stelle. Wie ich bereits erwähnt habe, nehmen viele Ruheständler an unserem Programm teil.« Sie hielt kurz inne. »Das betrifft die Expeditionen, die wir selbst organisieren. Jene, die wir teilweise bezuschussen, werden auf eigene Verantwortung tätig. Aber alles in allem sieht unsere Statistik sehr gut aus. Als Teilnehmer an einem unserer Abenteuer befinden Sie sich in größerer Sicherheit als beim Überqueren einer Straße in San Antonio.«

»Ich werd's mir merken«, sagte Zavala und fragte sich, ob Ms. Harper überhaupt wusste, was alles in ihrer Organisation vor sich ging.

»In der Mappe finden Sie auch eine Aufstellung der Projekte des nächsten Jahres. Falls eines davon Sie interessiert, geben Sie mir Bescheid, und ich werde sehen, was ich für Sie tun kann.«

Sie begleitete ihn zurück in die Lobby, gab ihm zum Abschied die Hand und verschwand in einem Korridor.

Melody lächelte. »Wie war das Gespräch?«

»Kurz und freundlich.« Er schaute der sich entfernenden Gestalt hinterher. »Sie erinnert mich an einen alten Fernsehwerbespot, in dem jemand schnell wie ein Maschinengewehr gesprochen hat.«

Melody neigte kokett den Kopf. »Tja, und dann wären da noch die Nachtlokale.«

»Danke für die Erinnerung. Ich suche nach den wirklich ausgefallenen Läden, die von jungem Szenepublikum besucht werden. Falls Sie keine anderen Pläne haben, würde ich Sie gern zum Mittagessen einladen, damit wir uns ein wenig über das hiesige Nachtleben unterhalten können.«

»Es gibt hier ganz in der Nähe ein tolles Restaurant. Sehr interessant eingerichtet und überaus beliebt. Wir könnten uns dort gegen Mittag treffen.«

Zavala notierte sich die Wegbeschreibung und nahm den Aufzug nach unten in die Eingangshalle. Er ging noch einmal zu der Informationstafel und schrieb sich die Tochterunternehmen von Halcon Industries auf. Es waren insgesamt acht, und sie hatten vornehmlich mit Bergbau und Schifffahrt zu tun, wie bereits von der PR-Chefin erwähnt. Er trat erneut in den Aufzug und wählte die oberhalb von Time-Quest gelegene Etage. Auch hier betrat er eine große Lobby, in der eine Empfangsdame saß und auf deren Wände große Erzfrachter gemalt waren. Halcon Shipping. Er sagte der Empfangsdame, er müsse wohl das falsche Stockwerk gedrückt haben, und ging zurück in den Aufzug.

Auf die gleiche Weise stattete er auch jeder anderen Firma der Halcon-Gruppe einen kurzen Besuch ab. Die Büros sahen sich alle ziemlich ähnlich, abgesehen von den Bildern an den Wänden. Die Empfangsdamen waren allesamt jung und hübsch. Dann drückte er den Knopf für die oberste der Halcon-Etagen, aber der Aufzug fuhr einfach daran vorbei. Als Joe ausstieg, stand er in den stillen Räumlichkeiten einer Anwaltskanzlei.

»Verzeihung«, sprach er die Sekretärin an, die unscheinbar und tüchtig aussah, »ich habe gerade den Knopf für die Etage unter Ihnen gedrückt und bin hier gelandet.«

»Das passiert andauernd. Die Räume unter uns gehören der

Halcon-Geschäftsführung. Man braucht einen speziellen Code, um mit dem Aufzug dort anhalten zu können.«

»Nun, falls ich jemals juristischen Rat benötige, kenne ich ja jetzt den Weg.«

Er kehrte in die Eingangshalle zurück und hoffte, dass seine mehrfachen Aufzugfahrten nicht die Aufmerksamkeit des Sicherheitsdienstes erregt hatten. Nach dem verheerenden Bombenanschlag auf das Regierungsbürogebäude in Oklahoma City wäre es nicht ratsam, bei der Ausspionierung eines Hochhauses erwischt zu werden. Er ging nach draußen und winkte ein Taxi heran, das er kurz darauf wechselte, um eventuelle Verfolger abzuschütteln. Dann hielt er sich eine Weile in einem Buchladen auf, bis es an der Zeit war, sich mit Melody zu treffen.

Das Restaurant hieß Bomb Shelter und war im Stil der fünfziger Jahre eingerichtet. Sie nahmen in einer Nische Platz, deren Sitze aus einem 1957er DeSoto-Cabrio stammten. Melody war eine waschechte Texanerin, geboren und aufgewachsen in Fort Worth. Bei Time-Quest war sie seit etwa einem Jahr beschäftigt.

»Ms. Harper hat den Chef des Ladens erwähnt, Mr. Halcon«, sagte Zavala beiläufig während des Essens. »Haben Sie je mit ihm zu tun gehabt?«

»Nicht persönlich, aber ich sehe ihn jeden Tag. Wissen Sie, ich bleibe immer eine Stunde länger als die anderen, um noch ein wenig zu lernen. Ich besuche nämlich einen Jurakurs.« Sie lächelte. »Ich will ja nicht für immer Empfangsdame sein. Mr. Halcon bleibt auch lange im Büro, und wir gehen zur selben Zeit. Er fährt mit seinem Privataufzug nach unten und wird von einer Limousine abgeholt.«

Sie hatte gehört, dass Halcon irgendwo außerhalb der Stadt wohnte, aber darüber hinaus wusste Melody nicht viel über ihn.

»Wie sieht er aus?«, fragte Zavala.

»Dunkel, schlank, reich. Auf gewisse gruselige Weise sogar ganz attraktiv.« Sie lachte. »Vielleicht liegt das aber auch nur an dem Licht da unten in der Garage.«

Melody war intelligent und witzig, und Zavala kam sich wie ein Betrüger vor, als er ihre Telefonnummer aufschrieb, um sich angeblich später mit ihr zu einer Tour durch die Nachtlokale zu verabreden. Er nahm sich vor, die Sache mit einem Anruf wieder gutzumachen, sobald er zurück in Washington war. Nach dem Essen suchte er eine Bibliothek auf und benutzte den dortigen Internetzugang, um sich über die verschiedenen Firmen der Halcon-Gruppe zu informieren. Seine Funde deckten sich im Großen und Ganzen mit der kurzen Übersicht, die Ms. Harper ihm gegeben hatte. Dann ging er zu einem Autoverleih und mietete einen normal wirkenden Wagen mittlerer Größe. Außerdem nahm er eine Touristenbroschüre über Alamo mit. Er konnte sich ebenso gut die Zeit mit ein wenig texanischer Geschichte vertreiben, während er auf sein Treffen mit dem geheimnisvollen Mr. Halcon wartete.

30

Cambridge, Massachusetts

Nina Kirov lächelte, als sie den Hörer des Telefons auflegte. Sie musste daran denken, wie interessant ihr Leben geworden war, seit sie Kurt Austin kennen gelernt hatte. Wenn der platinblonde Mann mit der Statur eines Linebackers und den bemerkenswerten Augen sie nicht gerade vor Marokko aus dem Meer zog oder Hinterhalte in Arizona legte, kam er mit den seltsamsten Anliegen zu ihr. Wie diesem hier. Sie sollte so viel wie möglich über ein Artefakt herausfinden, das *vermutlich* aus Stein bestand, *vielleicht* von Kolumbus bei einer seiner Reisen von Jamaika mitgenommen worden war, *eventuell* zu Navigationszwecken gedient haben könnte und sich *womöglich* noch immer in Spanien befand.

Mal sehen, was Doc dazu sagt, dachte sie und wählte eine Nummer. Doc war Dr. J. Linus Orville, ein Harvard-Professor mit mehr akademischen Graden als so manches Dozentenkollegium. Orville residierte hinter den efeubewachsenen Mauern von Harvards Peabody Museum. Er war Ethnologe und genoss als Spezialist für mittelamerikanische Kulturen hohes internationales Ansehen. Unter den Akademikern von Cambridge war er für seinen Scharfsinn bekannt. Außerdem galt er ein wenig als »verrückter Professor«.

Die meisten Inhaber einer Professorenstelle wären vermutlich nicht auf einem alten Harley-Davidson-Chopper über den Harvard Square gebraust. Vor einigen Jahren hatte er eine gewisse traurige Berühmtheit erlangt, weil er Leute hypnotisierte, die angeblich von UFOs entführt worden waren, und dann öffentlich verkündete, er hielte ihre Geschichten für authentisch. Seine Telefonnummer war in der Kartei eines jeden Sensationsreporters der Stadt gelandet. Immer wenn die Journalisten eine geistreiche Bemerkung zu irgendeinem x-beliebigen Thema benötigten, vor allem, sobald es sich um besonders abwegige Fragen handelte, konnten sie sich auf den guten alten Harvard-Doc verlassen.

Er achtete darauf, seine eher esoterischen Interessen sorgfältig von seinem akademischen Fachgebiet zu trennen. Niemals würde er behaupten, die Aztekentempel seien von Überlebenden der versunkenen Kontinente Atlantis und Mu errichtet worden. Der Lehrkörper von Harvard sah ihm seine Anwandlungen nach – jede Universität hat einen harmlosen Spinner in ihren Reihen –, aber in fachlicher Hinsicht musste seine Glaubwürdigkeit ohne Fehl und Tadel bleiben. Manche Leute, die bemerkt hatten, dass das Funkeln in Orvilles Augen nicht etwa verrückt, sondern überaus amüsiert wirkte, kamen zu dem Schluss, dass Doc seine Verschrobenheit genau berechnete, um Frauen kennen zu lernen und zu den richtigen Partys eingeladen zu werden.

Als Nina ihn bei einem dieser Anlässe zum ersten Mal traf, hatte Doc seine UFO-Phase bereits hinter sich gelassen. Orville entdeckte sie auf der anderen Seite des Raums, ließ die attraktive Studentin, mit der er sich gerade unterhielt, einfach stehen und ging zielbewusst auf Nina zu. Sie hatte ihn noch nie zuvor gesehen, aber sie erkannte den zerzausten roten Schopf, der ihm bei seinen Studenten den Spitznamen »Pseudo-Einstein« eingebracht hatte. Innerhalb weniger Minuten drehte sich das Gespräch um sein neuestes Interessengebiet: Wiedergeburten.

Nina hörte aufmerksam zu. Dann fragte sie: »Warum ist jeder, der schon einmal gelebt hat, ausgerechnet König, Königin oder sonst eine adlige Gestalt gewesen, wenn die meisten Leute doch vermutlich flohverseuchte Bauern waren, die sich ihren Lebensunterhalt mit dem Gesicht im Matsch erarbeiten mussten?«

»Aha«, sagte er mit fröhlich funkelndem Blick. »Eine gefährliche Frau. Eine *Denkerin.* Die Antwort ist ganz einfach. Diese Leute *suchen sich aus,* wessen Körper sie im nächsten Leben bewohnen werden. Was halten Sie davon?«

»Ich halte das für ziemlichen Blödsinn, und ich glaube, ich möchte noch ein Glas Wein. Wären Sie so nett? Ich bevorzuge Roten.«

»Aber gern«, sagte er und ging wie ein folgsames Hündchen zur Bar. Kurz darauf kehrte er mit einem vollen Glas und einem Teller Shrimps und Kaviar zurück.

»Reden wir nicht länger von Wiedergeburten«, sagte er. »Ich mache das nur, um faszinierende Frauen kennen zu lernen.«

»Ach, *wirklich*?«, sagte Nina, die nicht mit dieser Aufrichtigkeit gerechnet hatte.

»Und um auf Partys eingeladen zu werden. Es funktioniert. Hier bin ich. Hier sind *wir.*«

»Ich bin enttäuscht. Jeder erzählt mir, Sie wären überkandidelt.«

»Ich weiß nicht mal, wie man das buchstabiert«, sagte er seufzend. »Wissen Sie, wir sind ja solch eine langweilige, graue, muffige Bande, wir Professoren. Wir nehmen uns viel zu ernst und machen eine Menge Getue, als wären wir wirklich weise Männer und nicht bloß eingebildete Fachidioten. Was ist falsch daran, ein wenig Farbe ins Leben zu bringen, um sich von der breiten Masse abzuheben? Außerdem hat das den Vorteil, dass man von diesen spießigen alten Pedanten gemieden wird.«

»Die UFO-Opfer. Das war alles nur Schwindel?«

»Du lieber Himmel, nein. Ich glaube wirklich, dass diese Leute fest davon überzeugt sind, entführt worden zu sein. Einige meiner Kollegen glauben das auch; sie sind bloß neidisch darauf, nicht selbst zu den Opfern zu gehören. Aber lassen Sie uns von Ihnen reden. Ich habe viel Gutes über Ihre Arbeit gehört.«

Und so redeten sie. Hinter der Fassade des verrückten Professors verbarg sich eine interessante und interessierte Person. Zwischen ihnen entstand keine Liebesbeziehung, wie er es gern gehabt hätte. Besser noch, sie wurden Freunde und Kollegen, die einander respektierten.

»Orville«, meldete sich die Stimme am Telefon. Doc sagte nie hallo.

»Hi, Doc. Nina hier.« Er hasste Banalitäten, wie er es formulierte, also kam sie direkt auf ihr Anliegen zu sprechen. »Ich brauche deine Hilfe bei einer seltsamen Anfrage.«

»Seltsam ist mein zweiter Vorname. Was kann ich für dich tun?«

Nina erzählte ihm von Austins Bitte.

»Weißt du, das klingt irgendwie vertraut.«

»Machst du einen Scherz?«

»Nein-nein-nein-nein. Da war irgendwas in meiner Fort-Akte.« Orville betrachtete sich selbst als moderne Ausgabe von Charles Fort, einem Journalisten aus dem neunzehnten Jahrhundert, der Berichte über merkwürdige Ereignisse gesammelt hatte, wie beispielsweise roten Schnee, unerklärliche Lichter oder Frösche, die vom Himmel regneten.

»Warum bin ich nicht überrascht?«, sagte Nina.

»Ich sehe die Akte immer wieder mal durch. Man weiß nie, ob nicht jemand anruft und eine verrückte Frage stellt.« Er legte auf; Orville war auch nicht dafür bekannt, sich zu verabschieden.

Nina zuckte mit den Achseln und ging wieder an die Arbeit.

Wenig später summte ihr Faxgerät und spuckte eine einzelne Seite aus. Am oberen Rand stand eine handgeschriebene Bemerkung: »Fragt, und es soll Euch geantwortet werden. Alles Liebe, Doc.« Es handelte sich um die Kopie eines Zeitungsartikels aus dem *Boston Globe* vom Juni 1956:

Geheimnisvolles italienisches Artefakt auf dem Weg nach Amerika

Genua, Italien (AP) – Eine rätselhafte Steintafel, die kürzlich im staubigen Keller eines Museums entdeckt wurde, wird vielleicht bald ihre uralten Geheimnisse preisgeben.

Die massive verzierte Stele, auf der lebensgroße Figuren und seltsame Schriftzeichen eingemeißelt sind, wurde im März dieses Jahres im Museo Archeologico von Florenz gefunden.

Derzeit werden Vorkehrungen getroffen, die Tafel in die Vereinigten Staaten zu verschiffen, wo sie von einer Expertengruppe untersucht werden soll.

Das Museum plant eine Ausstellung mit dem Titel »Schätze aus dem Keller«, um der Öffentlichkeit Stücke der Sammlung zu präsentieren, die viele Jahrzehnte eingelagert gewesen waren.

Das steinerne Artefakt besitzt die Form einer rechteckigen Platte, was Anlass zu der Vermutung gibt, dass es einst Teil einer Wand gewesen ist. Es ist fast zwei Meter hoch, einen Meter zwanzig breit und dreißig Zentimeter dick.

Die Steinmetzarbeiten auf einer der Seiten haben mehreren Gelehrten Anlass zur Verwunderung gegeben und in der wissenschaftlichen Gemeinschaft zu erregten Diskussionen geführt.

Einige Stimmen behaupten, die Figuren und Schriftzeichen seien zweifelsfrei mittelamerikanischen Ursprungs und vermutlich der Maya-Kultur zuzurechnen.

»So verwunderlich ist das gar nicht«, sagt Dr. Stephano Gallo, leitender Direktor des Museums. »Auch wenn diese Tafel von den Maya stammt, könnte sie sehr wohl in der Zeit der spanischen Eroberung aus Amerika mitgebracht worden sein.«

Warum man den Stein quer über den Atlantik transportiert hat, ist eine andere Frage. »Die Spanier waren vor allem an Gold und Sklaven interessiert, nicht an Archäologie. Also muss jemand irgendeinen Wert in diesem Artefakt gesehen haben, sonst hätte er sich nicht der Mühe des Transports unterzogen. Schließlich handelt es sich nicht um eine kleine Statuette, die einer von Cortés' Soldaten vielleicht als Souvenir mitgenommen hat.«

Nachforschungen über den Weg dieses Artefakts haben nur zu wenigen greifbaren Erkenntnissen geführt. Die Unterlagen des Museums besagen, dass die Tafel von den Treuhändern des Alberti-Nachlasses gestiftet wurde. Die mütterliche Linie der Familie Alberti lässt sich bis an den spanischen Hof während der Regentschaft von Ferdinand und Isabella zurückverfolgen.

Ein Sprecher der Nachlassverwalter sagt, die Albertis verfügten über keinerlei Informationen hinsichtlich dieses Artefakts, im Gegensatz zu anderen Stücken der Sammlung. Die Familie stammt ursprünglich aus Genua und hat viele Unterlagen und persönliche Besitztümer des Christoph Kolumbus aufgekauft, die von Luis Kolumbus, dem Enkel des Entdeckers, veräußert wurden.

Historiker haben bei Durchsicht der Berichte über die vier Reisen des Kolumbus keinerlei Hinweise auf das Artefakt entdeckt.

Der Stein wird schon bald eine weitere Reise über den Ozean antreten. Er soll ins Peabody Museum der Harvard University in Cambridge, Mass., gebracht und dort von Experten für mittelamerikanische Kulturen untersucht wer-

> den. Dieses Mal wird die Überfahrt in stilvollem Ambiente an Bord des italienischen Luxusliners *Andrea Doria* erfolgen.
>
> In Anbetracht von Größe und Gewicht der Tafel wird man sie zusammen mit anderen Wertgegenständen im Laderaum eines gepanzerten Lastwagens verstauen.

Am Rand des Artikels war ein Foto der Platte abgebildet, das man aus einiger Entfernung aufgenommen hatte, um das Artefakt vollständig aufs Bild zu bekommen. Neben der Tafel stand in unbeholfener Pose ein nicht genannter Mann, der angesichts des gewaltigen Gegenstands zwergenhaft klein wirkte. Der Fotograf hatte vermutlich den nächstbesten Anwesenden gebeten, sich neben die Platte zu stellen und so einen Eindruck von der Größe zu vermitteln. Die Zeitung war noch im Hochdruckverfahren hergestellt worden, und daher war das Foto nicht allzu scharf wiedergegeben. Nina konnte schwache Symbole erkennen sowie einige Glyphen und Figuren, die in die Oberfläche des Steins eingemeißelt waren. Sie untersuchte das Foto mit einer Lupe. Sinnlos. Vergrößert war das Punktraster sogar noch unschärfer als beim Original. Sie rief Doc an.

»Na, was hältst du davon?«, fragte er.

»Viel wichtiger ist, was du davon hältst. *Du* bist schließlich der Experte auf diesem Gebiet.«

»Tja, damit hast du natürlich Recht.« Orvilles Bescheidenheit war geradezu sprichwörtlich. »Eine Aussage fällt schwer, wenn man den Gegenstand nicht selbst vor Augen hat, aber für mich sieht er so ähnlich aus wie der Dresdener Codex, eines der wenigen Maya-Bücher, das die Spanier nicht verbrannt haben. Ich denke dabei an die Kalenderseiten, die Zyklen des Planeten Venus und so weiter. Die Venus war im späteren Verlauf der Maya-Kultur sehr wichtig. Der Planet repräsentierte Kukulcan, den hellhäutigen bärtigen Gott, den die Tolteken Quetzalcotl nannten. Die gefiederte Schlange. Die Maja haben die Bewegungen der Venus praktisch sekundengenau vorausberechnet. Alles Weitere lässt sich kaum sagen, ohne das Artefakt selbst zu untersuchen.«

»Sonst nichts?«

»Nicht, solange ich nicht mindestens ein besseres Foto oder eine gute Zeichnung finde.«

»Was ist mit Professor Gallos Bemerkung, das alles sei gar nicht so verwunderlich?«

»Oh, er hat absolut Recht. Die Tatsache, dass man in Italien ein Artefakt der Maya-Kultur gefunden haben könnte, hat zunächst einmal gar nichts zu bedeuten. Schließlich kann man auch in London ins British Museum gehen und sich dort die Elgin Marbles aus dem Parthenon anschauen. Das Besondere an diesem Fall ist die Frage des Ursprungs, wie du weißt. Nicht nur, wo das Artefakt gefunden wurde, sondern auch, wie es dort hingelangt ist.«

»Und was sagst du zu dem Kolumbus-Brief, von dem ich dir erzählt habe? Dort wird ein derartiges Objekt erwähnt. Wie passt das wiederum zur Kolumbus-Sammlung der Familie Alberti?«

»Man darf auf der Grundlage eines alten Zeitungsartikels keine voreiligen Schlüsse ziehen. Außerdem hast du gesagt, es gebe Zweifel hinsichtlich der Echtheit dieses Briefs. Und selbst falls der Brief echt wäre, bräuchten wir weitere Beweise dafür, dass es sich um ein und dasselbe Objekt handelt. Zugegeben, ein verlockender Gedanke. Es wäre Kolumbus durchaus möglich gewesen, diesen Gegenstand nach Hause mitzubringen, ohne dass jemand davon Wind bekam. Er war als hinterhältiger Mann bekannt. Manche Leute glauben, er habe auf seiner ersten Reise die Meilenangaben gefälscht, damit die Mannschaft nicht erfuhr, wie weit sie sich von der Küste entfernt hatten. Es hätte Kolumbus ähnlich gesehen, etwas zu verbergen. Leider müssen wir uns ins Gedächtnis rufen, dass wir Wissenschaftler sind und nicht etwa die Verfasser populärer, halb fiktiver archäologischer Märchen.«

Orville hatte voll und ganz Recht. Es wäre unprofessionell, voreilige Schlüsse zu ziehen.

»Der italienische Professor hat eines ziemlich gut erkannt«, stellte Nina fest. »Die Spanier waren an Beutezügen interessiert, nicht an der Wissenschaft.«

»Stimmt. Cortés war gewiss kein Napoleon, in dessen Gefolge die Wissenschaftler reisten, die den Stein von Rosette entdeckt haben.«

Interessant. Nina hatte ebenfalls an den Stein von Rosette und seine zentrale Bedeutung gedacht. Die schwarze Basaltplatte enthielt den gleichen Text sowohl auf Griechisch als auch auf Ägyptisch und hatte damit den Schlüssel zur Entzifferung der Hieroglyphen geliefert. »Ich würde praktisch alles dafür hergeben, dieses Ding aus der Nähe untersuchen zu können.«

»Hmmm. Ich wünschte, ich könnte dich deswegen beim Wort nehmen, aber leider ist unser Artefakt nicht so leicht zugänglich.«

»Natürlich. Wie dumm von mir. Die *Andrea Doria.* Sie ist mit einem anderen Schiff zusammengestoßen.«

»Richtig. Mit der *Stockholm.* Als Ergebnis dieses bedauerlichen Zwischenfalls liegt unser Artefakt in mehr als sechzig Metern Meerestiefe auf dem Grund des Atlantiks. Wir können nur hoffen, dass die Fische es zu schätzen wissen. Zu schade. Vielleicht könnte es die Existenz von Atlantis beweisen. Und es ergäbe bestimmt ein paar erstklassige Schlagzeilen. Verrückter Professor schlägt wieder zu. Oder so ähnlich.«

»Ich bin sicher, du findest etwas vergleichbar Umstrittenes«, sagte Nina und lächelte. »Danke für deine Hilfe, Doc.«

»Ich habe mich gefreut, von dir zu hören. Du warst in letzter Zeit viel unterwegs. Wollen wir diese Woche gemeinsam zu Mittag essen?«

Nina bat ihn, am nächsten Morgen noch einmal anzurufen, sobald sie Gelegenheit gehabt hatte, in ihren Terminkalender zu schauen. Direkt nachdem sie aufgelegt hatte, wählte sie auch schon die Nummer des *Boston Herald* und bat darum, zu einem Nebenanschluss in der Nachrichtenzentrale durchgestellt zu werden. Eine weibliche Stimme meldete sich: »K. T. Pritchard.«

»Hallo, Kay Tee. Hier ist Ihre freundliche Archäologin und bittet um einen Gefallen. Haben Sie einen Moment Zeit?«

»Für Sie doch immer, Dr. Kirov. Sie haben Glück. Ich bin gerade mit einem Artikel fertig geworden, aber solange ich aussehe, als würde ich arbeiten, wird mich niemand mit einem neuen Auftrag behelligen. Was kann ich für Sie tun?«

Aus Pritchards Feder stammte eine preisgekrönte Reihe von Artikeln über das erhabene Bostoner Museum of Fine Arts, das unwissentlich eine gestohlene etruskische Vase erstanden hatte. Damals war Nina ihr mit ihrem Fachwissen behilflich gewesen. Die Journalistin war stets bereit, sich für diese Unterstützung erkenntlich zu zeigen. Nina erzählte ihr, sie suche nach Hinweisen auf ein archäologisches Artefakt, das an Bord der *Andrea Doria* aus Italien in die USA unterwegs gewesen sei.

»Ich schaue im Archiv nach und rufe Sie zurück.«

Eine Stunde später klingelte das Telefon. Es war Pritchard.

»Das ging aber schnell«, sagte Nina erstaunt.

»Wir haben alles auf Mikrofilm, so dass man ziemlich flink vorankommt. Zur Zeit des Unfalls gab es wahre Tonnen von Artikeln über die *Andrea Doria.* Dann noch weitere über die spätere Untersuchung, aber die habe ich weggelassen. Das Schiff hatte jede Menge wertvolle Fracht an Bord. Es handelte sich offenbar um eine Art schwimmendes Kunstmuseum. Ein Gegenstand, wie Sie ihn beschrieben haben, wird nirgendwo erwähnt. Also habe ich mir die Ausgaben zu den Jahrestagen des Unglücks angeschaut. Sie wissen ja, dass Zeitungen gern an zurückliegende Katastrophen erinnern und so das Thema während der Saure-Gurken-Zeit bis zum Erbrechen auswalzen. Ich habe einen Artikel zum dreizehnten Gedenktag gefunden. Es ging um Helden und Feiglinge. Manche der Mannschaftsmitglieder haben sich sofort abgesetzt, während andere eigentlich einen Orden verdient hätten. Wie auch immer, einer von den Leuten wurde dort interviewt. Ein Kellner. Haben Sie nicht gesagt, dass dieses Ding in einem gepanzerten Lastwagen transportiert wurde?«

»Ja, richtig. Zumindest laut dem Artikel der Associated Press.«

»Hmmm. Tja, wie dem auch sei, dieser Kellner sagt, er habe während des Untergangs beobachtet, wie ein gepanzerter Wagen überfallen wurde.«

»Ein *Raubüberfall*!«

»Genau. Eine Gruppe bewaffneter Männer. Der Lastwagen befand sich im Frachtraum des Schiffs.«

»Das ist ja unglaublich! Was hat er noch gesagt?«

»Nichts. Die Sache wurde eher beiläufig erwähnt, als er dem Reporter erzählte, wie er im Frachtraum des Schiffs nach einem Wagenheber gesucht hat, um damit eines der Opfer zu befreien. Ich habe den Mann angerufen, der ihn befragt hat. Charlie Flynn. Ein alter Haudegen. Inzwischen ist er pensioniert. Er hat damals versucht, mehr aus dem Typen herauszubekommen, weil er hoffte, es würde für einen Aufmacher reichen. Die unbekannte Geschichte. Sinkendes Schiff. Maskierte Männer. Drama unter Deck und all so etwas. Aber er sagt, dass der Mann plötzlich einsilbig wurde. Er wollte nicht weiter darüber reden. Hat das Thema gewechselt. Regte sich ziemlich auf. Und hat Charlie gebeten, diese Information nicht zu verwenden.«

»Aber er hat die Bitte einfach ignoriert und es trotzdem gedruckt?«

»So ging es damals eben zu. Was Sie sagten, kam in die Zeitung. Nicht wie heute, mit all den Anwälten, die Ihnen mit Verleumdungsklagen drohen. Allerdings stand es ziemlich versteckt, fast ganz am Ende des Artikels. Der leitende Redakteur war vermutlich der Ansicht, dass es zu wenige Fakten gab, um es als Aufmacher zu nutzen. Als Anekdote war es jedoch brauchbar. Charlie hat dann noch mit einigen anderen Überlebenden der *Doria* gesprochen und nach weiteren Zeugen dieses Vorfalls gesucht. Niemand hatte je etwas davon gehört.«

»Wie hieß dieses Besatzungsmitglied?«

»Ich faxe Ihnen den Artikel, aber warten Sie kurz. Hier steht es. Er war Italiener. Sein Name lautete Angelo Donatelli.«

»Haben Sie seine Adresse?«

»Damals hat er in New York gewohnt. Charlie sagt, er sei dort Inhaber eines vornehmen Restaurants gewesen. Das ist alles, was er über diesen Kerl wusste. Sagen Sie mal, Dr. Kirov, lauert hier womöglich eine Story?«

»Ich bin mir noch nicht sicher, Kay Tee. Falls ja, werden Sie es als Erste erfahren.«

»Mehr verlange ich gar nicht. Rufen Sie mich jederzeit an.«

Nachdem sie aufgelegt hatte, starrte Nina einige Minuten lang ins Leere und versuchte, ein massives steinernes Artefakt aus der Zeit des Kolumbus mit einer Schiffskatastrophe in Verbindung zu bringen, mit einem bewaffneten Raubüberfall und mit einem Blutbad in Marokko. Zwecklos. Es wäre einfacher, einen Zusammenhang zwischen der sumerischen Keilschrift und der Linear-B der Mineor zu erkennen. Sie gab auf und rief Kurt Austin an.

31

Washington D. C.

Angelo Donatelli ließ sich überraschend problemlos aufspüren. Austin suchte einfach nach seinem Namen im Internet und fand fünfzehn Verweise, darunter ein Artikel in der *Business Week*, in dem sein beinahe klischeehafter Aufstieg vom einfachen Cocktailkellner zum Besitzer eines der elegantesten New Yorker Restaurants geschildert wurde. Das Foto, auf dem Donatelli im Gespräch mit seinem Chefkoch zu sehen war, zeigte einen weißhaarigen Mann mittleren Alters, der mehr nach einem vornehmen europäischen Diplomaten als nach einem Gastwirt aussah.

Austin rief die Telefonauskunft in Manhattan an, und eine Minute später sprach er mit der freundlichen stellvertretenden Geschäftsführerin des Restaurants.

»Mr. Donatelli ist heute nicht da«, sagte sie.

»Wann kann ich ihn am besten erreichen?«

»Er müsste morgen von Nantucket zurückkommen. Versuchen Sie es ab fünfzehn Uhr.«

Nantucket. Austin kannte die Insel vor der Küste von Massachusetts ziemlich gut. Er hatte dort schon mehrere Male Zwischenstation gemacht, wenn er mit seinem Segelboot nach Maine unterwegs war. Er versuchte herauszufinden, ob unter dem Namen Donatelli auf Nantucket ein Telefon angemeldet war. Es fand sich kein Eintrag. Kurz darauf sprach er mit einem gewissen Lieutenant Coffin vom Nantucket Police Department. Austin stellte sich als Mitarbeiter der NUMA vor und sagte, er wolle sich mit Angelo Donatelli in Verbindung setzen. Er hoffte darauf, dass die Polizei einer Kleinstadt über alles und jeden in ihrer Gemeinde genau Bescheid wissen würde.

Der Beamte bestätigte zwar, dass Donatelli ein Sommerhaus auf der Insel hatte, blieb aber vorsichtig. »Was will denn die National Underwater and Marine Agency von Mr. Donatelli?«

»Wir sind gerade dabei, geschichtliches Material über Kollisionen auf See zu sammeln. Mr. Donatelli befand sich am Tag des Untergangs an Bord der *Andrea Doria.*«

»Ich weiß. Ich habe ihn einige Male getroffen. Netter Mann.«

»Ich habe versucht, ihn telefonisch zu erreichen, aber seine Nummer ist nicht aufgeführt.«

»Ja, die meisten Leute da draußen halten es so. Sie haben sich große Häuser gebaut und wollen die Ruhe genießen.«

»Vielleicht erwische ich nachher noch einen Flug auf die Insel und versuche, ihn direkt zu erreichen.«

»Ich sag Ihnen was. Sobald Sie auf der Insel sind, kommen Sie kurz beim Polizeirevier an der Water Street vorbei und fragen nach mir. Ich kann Ihnen auf einer Karte zeigen, wo er wohnt.«

Guter Bulle, dachte Austin. Er wollte keine näheren Informationen über einen Grundeigner herausrücken, bevor er Austin nicht höchstpersönlich überprüft hatte.

Kurt hätte nie zu träumen gewagt, dass Nina so schnell auf eine Spur stoßen würde.

Zavala war zurzeit in Texas und Trout in Yukatan. Vielleicht konnte Austin ja ein schnelles Gespräch mit Donatelli einschieben. Er nutzte den Einfluss seiner Regierungsstelle, um sich einen Platz an Bord eines Pendelfliegers zu sichern, der regelmäßig zwischen Washington und Nantucket verkehrte. Wenige Stunden später saß er an Bord der kleinen Maschine und flog nach Nordosten.

Der Flug gab ihm Gelegenheit, die Akte durchzusehen, die Yaeger ihm beim Verlassen des NUMA-Büros in die Hand gedrückt hatte. Austin hatte den Computerfachmann gebeten, seine elektronischen Wunderkinder nach Hinweisen auf die Bruderschaft suchen zu lassen, jene Geheimgesellschaft aus dem sechzehnten Jahrhundert, über die er sich mit Perlmutter beim Essen unterhalten hatte. Außerdem sollte er alle Spuren verfolgen, die auf einen möglichen Zusammenhang zwischen *Los Hermanos* und Christoph Kolumbus hindeuteten. Austin schaute aus dem Fenster hinab auf den Ozean, der weit unter ihm funkelte. Dann schlug er die Mappe auf und las Yaegers Bericht:

Hallo, Kurt!

Ich glaube, ich hab's! Ich bin bis zur Halskrause durch Geheimgesellschaften gewatet, aber der Hinweis auf Kolumbus hat die Sache dann eingegrenzt. Ich bin einer dieser vereinzelten Spuren gefolgt, die aus obskuren Quellen plötzlich auf dem Monitor auftauchten. Eine Fußnote, die in lediglich einem einzigen Satz besagte, Kolumbus habe angeblich in Verbindung mit einer Gruppe gestanden, die sich Bruderschaft des Heiligen Schwerts der Wahrheit nannte. (Lange Titel und Namen waren damals ziemlich beliebt.) Kann nicht bestätigen, ob er Mitglied gewesen ist. Vermutlich nicht.

Die Bruderschaft wurde im fünfzehnten Jahrhundert während der spanischen Inquisition von einem Archidiakon namens Hernando Perez gegründet, dem Leiter eines mächtigen Klosters, das für seinen radikalen Glauben berüchtigt war. Selbstgeißelungen, Büßerhemden und dergleichen. Perez stand noch ein Stück rechts von Torquemeda, und der war immerhin der Großinquisitor. Aus seinem Kloster wählte Perez die fanatischsten seiner Gefolgsleute aus. Diese Brüder bildeten den treuen Kern seiner Gesellschaft.

Perez war total verrückt, mit felsenfesten Überzeugungen und der Bereitschaft, Gewalt und Mord zum Erreichen seiner Pläne einzusetzen. Er erteilte seinen Leuten Absolution, ganz gleich, wie viel Blut sie für sein Ziel vergossen, und dieses Ziel war die Vernichtung aller Ketzer. Und nebenbei die Anhäufung von Reichtümern. Die Beute, die sie bei ihren Opfern erzielten, teilten sie mit der Inquisition. Die Bruderschaft war im Verborgenen tätig und spürte die Ungläubigen auf, damit sie der Mordmaschinerie der Inquisition ausgeliefert werden konnten. Manchmal schickte man auch eigene Killerbanden. Oder man sah gegen ein deftiges Entgelt von einer Verfolgung ab. Zumindest solange man ein Opfer schröpfen konnte.

Ketzerei war weit verbreitet. Was uns zu einem weiteren interessanten Punkt bringt. Damals konnte man auf dem Scheiterhaufen landen, wenn man behauptete, Kolumbus habe Amerika entdeckt! Die Heilige Schrift hatte die amerikanischen Kontinente an keiner Stelle erwähnt. Es passte nicht zu der Geschichte von Adam und Eva. Als Kolumbus daher verkündete, er habe Indien oder China erreicht, stützten die maßgeblichen Stellen diese Version.

Die wirklichen Gründe waren jedoch politischer Natur. Kirche und Staat waren ein und dasselbe. Wenn jemand das Dogma der Kirche in Frage stellte, bedrohte das den Thron. Kamen erst einmal Zweifel daran auf, ob die kirchliche Lehre hinsichtlich der geographischen Verhältnisse überhaupt zutraf, würde der Pöbel vielleicht als Nächstes die Frage stellen, wieso das Volk verhungerte und die Bischöfe und Könige allesamt wohlgenährt waren. Dann würde es nicht mehr lange dauern, bis der Mob die Paläste stürmte.

Außerdem standen Millionen auf dem Spiel. Spanien wollte die Reichtümer der Neuen Welt für sich allein. Falls andere Länder beweisen konnten, dass Kolumbus Indien nicht als Erster erreicht hatte, würden Spaniens Rivalen, beispielsweise Portugal, eventuell ebenfalls Ansprüche auf die neuen Ländereien und Schätze anmelden. Gold bedeutete neue Kriegsschiffe und die Aushebung von Armeen, das heißt, wir sprechen hier von der Vorherrschaft in Europa.

Das Schreckensinstrument des spanischen Staats, die Inquisition, sorgte also vor. Der Glaube, es gäbe einen Kontinent mit anderen Kulturen, die womöglich bereits vor Kolumbus Kontakt zur Alten Welt gehabt hatten, wurde zur Ketzerei erklärt und mit dem Verbrennungstod geahndet.

Um Ihnen zu verdeutlichen, wie gefährlich dieser Gedanke war, bedenken Sie Folgendes: Amerigo Vespucci wurde vom König in geheimer Mission ausgesandt, um Kolumbus' Entdeckungen zu überprüfen. Als Vespucci bewies, dass Kolumbus nicht etwa eine Abkürzung nach Indien, sondern einen neuen Kontinent gefunden hatte und dabei eventuell nicht einmal der Erste gewesen war, nannte man ihn einen Ketzer und forderte ihn auf, öffentlich zu widerrufen. Indem sie dies zu einem Kapitalverbrechen erklärten, gaben die Spanier stillschweigend zu, dass es *tatsächlich* einen früheren Kontakt gegeben hatte. Torquemada war ein gerissener alter Teufel. Er sagte, selbst *wenn* die Indianer einen Besucher aus dem Westen empfangen hatten, den sie Quetzalcoatl nannten, musste es sich bei dem Fremden um einen Weißen und Spanier gehandelt haben. Dies bedeutete, dass Spanien sogar schon vor Kolumbus' Geburt ein Anrecht auf die neuen Ländereien hatte.

Ich kann bestätigen, dass fünf Seeleute gestorben sind, nachdem sie bei Kolumbus gegessen hatten. Ich kann nicht beweisen, dass die Bruderschaft darin verwickelt war. Könnte auch eine Lebensmittelvergiftung gewesen sein. Nach dem siebzehnten Jahrhundert konnte ich nichts mehr über die Bruderschaft finden. Vielleicht haben sie zusammen mit der Inquisition ihr Geschäft aufgegeben. Quellenmaterial liegt bei. Hoffe, es hilft Ihnen weiter.

Der Rest der Mappe enthielt Quellendokumente. Austin las den Stapel Papiere durch und kam zu dem Schluss, dass das Computergenie sämtliche Erkenntnisse gut zusammengefasst hatte. Der Bericht über die Bruderschaft war vor allem deshalb faszinierend, weil eine ihrer Aufgaben darin bestand, das Wissen um einen Kontakt zwischen Neuer und Alter Welt zu unterbinden. Es gab nur ein Problem. Die Bruderschaft war seit mehr als dreihundert Jahren nicht mehr in Erscheinung getreten.

Die Stimme des Piloten verkündete, man befinde sich in der Nähe von Martha's Vineyard. Östlich davon zeichnete sich bereits Nantuckets Umriss ab. Von See trieb Nebel auf das windgepeitschte Ödland und die langen weißen Strände zu, die die Insel umrahmten. Man konnte leicht verstehen, warum der einbeinige Kapitän Ahab, viele echte Walfänger der Quäker und zahlreiche Schiffseigner, die ihr Vermögen dem Walfang verdankten, sich von diesem Eiland angezogen gefühlt hatten. Direkt vor Nantuckets Haustür verlief ein Salzwasserhighway, von dem aus die Fangschiffe auf ihren oft jahrelangen Fahrten alle sieben Weltmeere erreichen konnten.

Am Tom Nevers Airport mietete Austin einen Wagen und fuhr in die Stadt, vorbei an prächtigen Backsteinhäusern, die man einst von den Erlösen aus dem Handel mit Walfischtran gebaut hatte. Das Auto holperte über die breite Hauptstraße, deren runde Pflastersteine früher an Bord der alten Segelschiffe als Ballast gedient hatten, und bog dann in die Water Street ein, die an den Hafen grenzte. Vor dem Gebäude, das gleichzeitig als Polizeirevier und Feuerwache diente, hielt Kurt an.

Lieutenant Coffin war ein großer schlanker Mann mit hohen

Wangenknochen und einer vorstehenden starkknochigen Nase, die zu viel Sonne abbekommen hatte. Als Austin sich vorstellte, klappte Coffin vor Überraschung der Unterkiefer herunter.

»Das ging ja schnell«, sagte er und taxierte den kräftigen Mann mit dem vorzeitig ergrauten Haar. »Habt ihr Jungs von der NUMA Privatjets?«

»Manche schon. Ich hatte bloß Glück, noch einen regulären Flug zu erwischen. Das war eine gute Gelegenheit, mal aus Washington rauszukommen.«

»Kann ich Ihnen nicht verübeln. Zu dieser Jahreszeit ist die Insel wirklich wunderschön. Außerdem herrscht gerade kaum Andrang.« Der Blick der nussbraunen Augen verengte sich. »Nur damit Sie's wissen, ich habe nach unserem Gespräch bei der NUMA zurückgerufen.«

»Kann ich Ihnen nicht verübeln.«

Coffin lächelte. »Wie's aussieht, sind Sie in Ordnung. Eigentlich sind wir relativ gelassen, aber es schadet nicht, vorsichtig zu sein. Hier auf Nantucket wohnen viele reiche Leute, denen große Häuser gehören und die reichlich Steuern zahlen. Bislang ist mir noch kein Einbrecher begegnet, der bei der Polizei nach dem Haus fragt, das er ausräumen will, aber man kann nie wissen. Gut, dass Sie vorher angerufen haben. Die Leute dort draußen achten aufeinander. Man würde Sie vermutlich auf die andere Seite der Insel schicken, wenn Sie nach dem Weg fragen. Ich zeige Ihnen, wie Sie zu dem Haus kommen.« Er schob eine Touristenkarte über den Tresen. »Folgen Sie der Polpis Road bis zu einer nicht asphaltierten Zufahrt, an der ein Briefkasten steht, auf dem sich ein Schiff befindet.« Coffin zeichnete die Strecke mit einem gelben Textmarker nach.

Austin bedankte sich bei dem Beamten und folgte seiner Wegbeschreibung aus der Stadt hinaus zu einer schmalen gewundenen Straße, die durch einen Wald aus Krüppelkiefern und dann vorbei an Farmen und Preiselbeermooren führte. An dem Briefkasten, auf dem das metallene Abbild eines schwarzweißen Ozeandampfers prangte, bog Austin auf den unbefestigten Weg ein und fuhr dann durch ein verkümmertes Wäldchen, das bald in hügeliges Heideland überging. Die zähen Ausläufer des Nebels, den Kurt bereits vom Flugzeug aus gesehen hatte, trugen den starken Geruch der See mit sich.

Plötzlich ragte das große Haus bedrohlich aus dem Nebel empor. Es wirkte verlassen. Keine Autos vor der Tür, kein Licht hinter den Fenstern, obwohl es langsam dunkel wurde. Austin hielt den Wagen auf der hufeisenförmigen Muschelkiesauffahrt an und stieg aus. Dann folgte er einem Gehweg, auf dessen beiden Seiten sich weithin ein gepflegter Rasen erstreckte, zu der breiten offenen Veranda und klingelte an der Tür. Er hörte das Läuten im Innern des Hauses. Keine Reaktion. Vielleicht hatte die Frau in dem Restaurant etwas falsch verstanden. Oder vielleicht hatte Donatelli auch seine Pläne geändert und war früher als erwartet nach New York zurückgekehrt.

Austin runzelte die Stirn. Möglicherweise verschwendete er hier gerade seine Zeit. Er hatte von vornherein gewusst, dass er nach einem Strohhalm griff, indem er versuchte, einen Raub auf See, der sich vor mehreren Jahrzehnten zugetragen hatte, mit der Ermordung der Archäologen in Verbindung zu bringen. Er fragte sich, ob er wohl noch den Rückflug nach D. C. erreichen würde. Ach, zur Hölle. Er würde beinahe genauso schnell wieder zu Hause sein, wenn er über Nacht blieb und erst am nächsten Morgen zurückflog. Nachdem er diese Entscheidung getroffen hatte, beschloss Austin, das Gelände zu erkunden. Er verließ die Veranda und ging um das Haus herum.

Vor einiger Zeit war über Nantucket die Plage der »Repräsentationshäuser« hereingebrochen. Damit bezeichnete man Gebäude, die so groß waren, dass sie sich als kleine Hotels eignen würden. Ihre Eigentümer waren wohlhabende Leute, denen die Zahl der bewohnbaren Quadratmeter als ein Mittel galt, ihre Nachbarn zu überflügeln. Donatellis Haus war sehr geräumig, und der Erbauer hatte es geschafft, eine italienische Architekturlinie mit den traditionelleren silbergrauen Schindeln und der weißen Fassade in Einklang zu bringen. Das alles wirkte sehr geschmackvoll.

Hinter dem Haus befanden sich ein ansehnlicher Gemüsegarten sowie eine Kinderschaukel samt Rutsche. Austin folgte dem Geräusch der Brandung über einen großen Rasen bis zum Rand einer sandigen Klippe und blieb einen Moment lang am oberen Ende einer verwitterten Treppe stehen, die nach unten zum Strand führte. Der Nebel verhinderte die Sicht auf das Ufer und dämpfte zugleich das Rauschen des Meeres, aber Kurt konnte hören, wie in einiger Entfernung die Wogen klatschend an die Küste brandeten. Er drehte sich um und schaute zurück zum Haus. In dem dichter werdenden Nebel und dem nachlassenden Tageslicht war das Gebäude kaum zu erkennen.

Mehr konnte er nicht tun. Austin kehrte zum Wagen zurück und schrieb eine kurze Nachricht, die auch seine Telefonnummer umfasste. Darin bat er Donatelli, ihn so bald wie möglich anzurufen. Dann schlenderte er erneut zur Eingangstür. Eine etwas veraltete Art der Kommunikation, aber es könnte funktionieren. Wenn er wieder im Büro war, würde er selbst noch einmal telefonisch nachhaken.

Er stieg auf die breite Veranda empor und klemmte die zusammengerollte Notiz unter den verzierten Türklopfer. Das Gewicht des Messingrings würde hoffentlich verhindern, dass der Zettel vom Wind weggeblasen wurde. Dann erkannte Kurt auf einmal, dass er sich um weitaus wichtigere Dinge als den Wind Gedanken machen musste. Hartes kaltes Metall drückte sich gegen seinen Nacken. Dann folgte das unverkennbare Klicken des Hahns einer sehr großen Waffe, der gespannt wurde. Davor hatte es nicht das geringste Geräusch gegeben, nicht einmal einen Schritt.

»Hände hoch«, sagte eine barsche Stimme. »Nicht umdrehen.« Der Mann sprach mit einem Akzent.

Langsam hob Austin die Hände. »Mr. Donatelli?«

»Schweigen Sie«, sagte der Mann und verlieh seiner Anordnung mit einem festen Stoß ins Genick Nachdruck. Eine geübte Hand filzte Austin und zog ihm geschickt die Brieftasche aus der Jacke. Nachdem der Mann sich vergewissert hatte, dass Kurt keine Waffe trug, befahl er ihm, über eine Außentreppe auf den Balkon im ersten Stock hinaufzusteigen, der das Haus von drei Seiten umgab. Der Nebel hatte sich inzwischen mit aller Macht über sie gelegt, und im schwindenden Licht hätte Austin die Gestalt, die an dem Geländer lehnte, gar nicht bemerkt, wenn da nicht das orangefarbene Glimmen einer Zigarette und der Geruch nach starkem Tabak gewesen wären.

»Setzen«, sagte der Mann mit der Waffe. Austin tat, wie ihm geheißen, und ließ sich auf einen Liegestuhl sinken, dessen Bezug bereits feucht vom Nebel war. Der Mann hielt die Waffe weiterhin auf ihn gerichtet und redete auf Italienisch mit dem Raucher. Das Gespräch dauerte etwa eine Minute.

»Wer sind Sie?«, fragte die Gestalt im Nebel.

»Ich heiße Kurt Austin, und ich bin Angehöriger der National Underwater and Marine Agency.«

Pause. »Immerhin bleiben Sie dabei. Das ist die gleiche Geschichte, die Sie auch Lieutenant Coffin erzählt haben.« Auch diese Stimme sprach mit einem Akzent, der jedoch nicht so ausgeprägt war wie der des Bewaffneten.

»Sie haben mit Coffin geredet?«

»*Natürlich.* Die Polizei ist bemüht, ihre Sommergäste bei Laune zu halten. Vor allem diejenigen, die einen großen Beitrag zu ihrem Ausrüstungsfonds leisten. Ich habe darum gebeten, dass er mich davon unterrichtet, sobald jemand sich nach mir erkundigt. Er hat sogar angeboten, Sie nach hier draußen zu begleiten. Ich habe ihm gesagt, ich würde schon selbst mit der Situation fertig werden.«

»Dann sind *Sie* Mr. Donatelli.«

»*Ich* stelle hier die Fragen.« Wieder ein heftiger Stoß in den Nacken. »Wer sind Sie wirklich?«

»In meiner Brieftasche ist mein Ausweis.«

»Ausweise lassen sich fälschen.«

Donatelli würde schwer zu überzeugen sein. »Lieutenant Coffin hat bei der NUMA angerufen und sich bestätigen lassen, dass ich tatsächlich derjenige bin, der ich zu sein behaupte.«

»Ich bezweifle nicht, dass Sie der sind, der Sie zu sein vorgeben. Mich interessiert aber, was Sie *wirklich* sind.«

Austins Geduld war langsam erschöpft. »Nehmen wir mal an, ich habe nicht die geringste Ahnung, wovon Sie reden, Mr. Donatelli.«

»Warum sollte eine große Regierungsbehörde wie die NUMA mit mir sprechen wollen? Ich besitze ein Restaurant in New York. Das Einzige, was mich mit dem Ozean verbindet, sind die Meeresfrüchte, die ich auf dem Fischmarkt von Fulton einkaufe.«

Berechtigte Frage. »Sie waren auf der *Andrea Doria.*«

»Lieutenant Coffin hat mir bereits erzählt, dass Sie die *Doria* erwähnt haben. Ziemlich lange her, nicht wahr?«

»Wir hoffen, Sie könnten hinsichtlich eines Falls, an dem wir gerade arbeiten, eventuell über Informationen verfügen.«

»Erzählen Sie mir von diesem Fall, Mr. Austin. Sie dürfen Ihre Hände herunternehmen, aber denken Sie daran, dass mein Cousin Antonio aus Sizilien stammt, und wie die meisten Sizilianer vertraut er niemandem. Er kann sehr gut mit der *lupara* umgehen, vor allem auf so kurze Entfernung.«

Eine *lupara* war eine abgesägte Schrotflinte, wie sie einst von der sizilianischen Mafia bevorzugt wurde, bevor es automatische Waffen und Autobomben gab. Eine altmodische Waffe, aber nach wie vor tödlich.

»Bevor ich anfange«, sagte Austin in ruhigem Tonfall, »möchte ich Sie bitten, Cousin Tony Folgendes mitzuteilen: Falls er nicht aufhört, mir ständig in den Nacken zu hauen, wird seine *lupara* dort landen, wo die Sonne nicht scheint.«

Austin wäre nicht in der Lage gewesen, seine Drohung in die Tat umzusetzen, aber er hatte einen langen Tag hinter sich und keine Lust auf weitere Genickstöße. Donatelli übersetzte dem Bewaffneten die Aufforderung. Antonio trat ein paar Schritte zurück und blieb ein Stück seitlich von Kurt stehen, die Waffe unbeirrt auf ihn gerichtet. Ein Schlitz, der ein Mund hätte sein können, öffnete sich zu etwas, das wie ein Lächeln aussah.

Im Dunkeln flackerte ein Feuerzeug auf und erhellte Donatellis tief liegende Augen. »So, und jetzt erzählen Sie uns bitte Ihre Geschichte, Mr. Austin.«

Das tat er dann auch. »Die ganze Sache hat in Marokko angefangen«, begann Austin. Von da an arbeitete er sich bis zur Gegenwart vor und erklärte, wie sie auf Donatelli gestoßen waren. »Einer unserer Rechercheure hat Ihren Namen in einem Zeitungsartikel gefunden. Als ich las, dass Sie auf dem Schiff einen bewaffneten Raubüberfall beobachtet haben, wollte ich mit Ihnen reden.«

Donatelli schwieg für einen Moment und sprach dann auf Italienisch mit seinem Cousin. Die stämmige Gestalt neben Austin trat geräuschlos durch die Schiebetür. Kurz darauf ging im Haus das Licht an.

»Lassen Sie uns hineingehen und es uns bequem machen, Mr. Austin. Es ist feucht hier draußen. Schlecht für die Knochen. Ich muss mich entschuldigen. Ich dachte, Sie wären einer von *denen*. Die würden sich niemals die Mühe machen, mir solch eine fantastische Geschichte aufzutischen, also dürfte sie der Wahrheit entsprechen.«

Austin ging nach drinnen. Donatelli deutete auf einen Plüschsessel neben dem großen Kamin, nahm auf dem Sessel gegenüber Platz und betätigte den Knopf einer Fernbedienung. Im Kamin entzündete sich ein Gasfeuer. Die Wärme, die durch die schützende Glasplatte drang, fühlte sich gut an. Auf Austins Haut lag ein feuchter Film, der nichts mit dem Taupunkt zu tun hatte.

Sein Blick wanderte zum Kaminsims empor und blieb an einem detaillierten und maßstabsgetreuen Modell der *Andrea Doria* hängen. Das Modell war nur ein Teil der Sammlung von Erinnerungsstücken. Überall in dem großen Wohnraum fanden sich Fotos, Gemälde und sogar ein Stück Treibgut. Alles hatte mit der *Doria* zu tun.

Donatelli musterte ihn eindringlich. Das flackernde Licht aus dem Kamin erhellte die noch immer gut aussehenden Gesichtszüge eines Mannes Mitte sechzig. Das dichte wellige Haar, das er gerade nach hinten gekämmt trug, war grauer, als es auf dem Magazinfoto gewirkt hatte. Im Großen und Ganzen war Donatelli auf ansprechende Weise gealtert. Er befand sich nach wie vor in guter körperlicher Verfassung, und in dem teuer aussehenden hellblauen Trainingsanzug und den Laufschuhen Marke New Balance wirkte er, als würde er einiges für seine Fitness tun.

Cousin Antonio war das genaue Gegenteil. Er war klein und untersetzt, mit kahlem Kopf und wachsamen Augen. Sein Gesicht sah aus, als hätte ein Boxer es als Sandsack benutzt. Die Nase war gebrochen, er hatte Blumenkohlohren, und die fahle Haut war von zahlreichen Narben überzogen. Er trug ein schwarzes Hemd und eine schwarze weite Hose. Als er zurückkam, brachte er ein Tablett mit zwei Brandygläsern und Austins Brieftasche mit. Nur die Schrotflinte, die über seiner Schulter hing, wollte nicht so recht zum Bild des Kellners passen.

»Grappa«, sagte Donatelli. »Der vertreibt die Feuchtigkeit aus den Knochen.«

Austin steckte seine Brieftasche wieder ein und nippte an dem Weinbrand. Das italienische Feuerwasser versengte ihm fast die Kehle. Es fühlte sich gut an.

Donatelli trank ebenfalls einen Schluck. »Wie haben Sie mich hier gefunden, Mr. Austin?«, fragte er dann. »Ich habe in meinem Geschäft die strikte Anweisung erteilt, niemandem zu verraten, wo ich bin.«

»Jemand aus dem Restaurant hat gesagt, dass Sie sich auf der Insel aufhalten.«

Der ältere Mann lächelte. »So viel zu meinen Sicherheitsvorkehrungen.« Donatelli trank noch einen Schluck und starrte schweigend ins Feuer. Nach einer Minute richtete er seinen durchdringenden Blick wieder auf Austin. »Es war kein Raubüberfall«, sagte er rundheraus.

»Hat der Reporter Sie falsch verstanden?«

»Ich habe den Vorfall umständehalber so bezeichnet. Bei einem Raubüberfall *nehmen* die Diebe etwas. Das Einzige, was diese Diebe genommen haben, war das Leben der Wachmannschaft.« Mit einem guten Gedächtnis für Einzelheiten und gelegentlichen Anflügen von Humor schilderte Donatelli dann die Ereignisse jener denkwürdigen Nacht im Jahre 1956. Auch nach all diesen Jahren zitterte seine Stimme, als er die Bewegungen des sterbenden Schiffs und seinen Weg in den überfluteten dunklen Rumpf beschrieb. Er erzählte von dem Mord an den Wachen des gepanzerten Lastwagens, seiner Flucht und schließlich der Rettung. »Sie haben gesagt, in dem Wagen hätte ein Stein gelegen«, wiederholte er nachdenklich. »Warum sollte jemand wegen eines Steins Morde begehen, Mr. Austin?«

»Vielleicht ist es nicht nur *irgendein* Stein.«

Er schüttelte verständnislos den Kopf.

»Mr. Donatelli, vorhin haben Sie gesagt, Sie hätten mich für einen von ›denen‹ gehalten. Was haben Sie damit gemeint?«

Der alte Italiener dachte sorgfältig nach. »In all den Jahren seit dem Untergang des Schiffs habe ich nichts von den Ereignissen erzählt«, sagte er dann. »Das Interview mit dem Zeitungsreporter war ein Ausrutscher. Tief in meinem Herzen habe ich gewusst, dass es klug war, nichts darüber verlauten zu lassen. Nachdem der Artikel erschienen war, erhielt ich einen Anruf. Jemand warnte mich, niemals wieder ein Wort über jenen Zwischenfall zu verlieren. Ein Mann mit einer eisigen Stimme. Er wusste *alles* über mich und meine Familie. Er kannte den Friseur meiner Frau. Die Namen meiner Kinder und wo sie zur Schule gingen. Er sagte, falls ich je wieder mit *irgendjemand* über jene Nacht reden würde, wäre das mein sicheres Todesurteil. Aber vorher müsste ich noch mit ansehen, wie meine Familie vernichtet würde.« Er starrte ins Feuer. »Ich stamme aus Sizilien. Ich habe ihm geglaubt. Ich habe keine weiteren Interviews mehr gegeben. Ich habe Antonio gebeten, herzukommen und bei uns zu leben. Er hatte zu Hause, äh, Schwierigkeiten mit den Behörden und war froh über den Tapetenwechsel.«

Nach Tonys zerschlagenem Gesicht zu urteilen und angesichts der Leichtigkeit, mit der er seine Waffe handhabte, konnte Austin sich lebhaft vorstellen, welcher Art seine Probleme gewesen sein könnten, aber er ging nicht näher darauf ein.

»Ich vermute, der Anrufer hat seinen Namen nicht genannt. Oder den Namen seines Auftraggebers.«

»Ja und nein. Es stimmt schon. Kein Name. Aber er hat anklingen lassen, dass er nicht auf eigene Faust tätig war, sondern dass ihm viele Brüder zur Seite stünden.«

»*Brüder.* Hat er vielleicht ›Bruderschaft‹ gesagt?«

»Ja. Ich glaube, genau diesen Ausdruck hat er gebraucht. Haben Sie schon davon gehört?«

»Es gab eine Organisation namens Bruderschaft des Heiligen Schwerts der Wahrheit. Sie arbeitete mit der spanischen Inquisition zusammen. Aber das war vor vielen hundert Jahren.«

»Die Mafia gibt es auch schon seit vielen hundert Jahren«, erwiderte Donatelli und warf seinem Cousin einen amüsierten Blick zu. »Warum sollte das in diesem Fall anders sein?«

»Die ständige Existenz der Mafia lässt sich ziemlich gut anhand ihrer fortwährenden Tätigkeit belegen.«

»Ja, das stimmt, aber obwohl die Leute zu Hause wussten, dass es eine solche Organisation gab und dass die Schwarze Hand mit den Emigranten nach Amerika gekommen war, hatte die hiesige Polizei keinerlei Ahnung von La Cosa Nostra, bis ihnen zufällig jemand in die Hände fiel, der gegen den Kodex der *omertà* verstieß. Schweigen oder Tod.«

»Wollen Sie damit sagen, eine Organisation könnte jahrhundertelang im Geheimen vorgehen?«

Donatelli breitete die Arme aus. »Die Mafia mordete, erpresste, raubte. Und doch hat der FBI-Direktor Hoover geschworen, es gäbe so etwas wie La Cosa Nostra nicht.«

Austin musste einräumen, dass Donatelli Recht hatte. Er ließ den Blick durch den Raum schweifen.

»Seit Ihrer Zeit als Kellner haben Sie viel erreicht«, sagte er und musterte die luxuriöse Wandtäfelung mit den Messingbeschlägen.

»Ich hatte Hilfe. Nach dem Schiffsunglück beschloss ich, nie wieder einen Fuß an Bord eines Boots zu setzen.« Er kicherte. »Es gibt nichts Besseres als das furchtbare Gefühl, im Bauch eines sinkenden Schiffs eingeschlossen zu sein, um einem jegliche Seefahrtromantik auszutreiben. Die Frau, der ich zu helfen versuchte, ist leider an ihren Verletzungen gestorben. Als ich zu ihrer Beerdigung ging, hat ihr Mann mir abermals gedankt und gesagt, er wolle im Gegenzug etwas für mich tun. Ich sagte, es sei mein Traum, ein kleines Restaurant zu besitzen. Er gab mir das Startkapital für ein Lokal in New York, verbunden mit der Auflage, dass ich außerdem Wirtschafts- und Sprachkurse besuchte, die er mir ebenfalls bezahlen würde. Ich nannte das Restaurant *Myra*, nach Mr. Careys Frau. Im Lauf der Jahre habe ich in einigen Großstädten quer durch die USA noch sechs weitere Restaurants eröffnet. Ich wurde zum Millionär und konnte mir ein solches Leben leisten. Ich habe eine wunderbare Frau geheiratet. Sie hat mir vier Söhne und eine Tochter geschenkt, die allesamt in unserem Betrieb arbeiten und inzwischen viele, viele Enkelkinder bekommen haben.« Er trank den letzten Schluck Grappa und stellte das Glas auf einem Tisch ab. »Ich habe dieses Haus hier für meine Familie gebaut, aber vermutlich auch deshalb, weil es in der Nähe der Untergangsstelle liegt. In nebligen Nächten wie dieser werden die Erinnerungen geweckt. Sie sehen, Mr. Austin, der Unfall war für viele Leute schlimm, zum Beispiel für Mr. Carey. Aber mein Leben hat er zum Besseren gewendet.«

»Warum erzählen Sie mir jetzt davon? Sie hätten mich doch einfach wieder wegschicken können.«

»Meine Frau ist letztes Jahr gestorben. Nachdem ich die *Andrea*

Doria überlebt hatte, war ich der Ansicht, ich würde ewig leben. Ihr Tod war mir eine Mahnung, dass auch ich so sterblich bin wie jeder andere. Ich bin kein religiöser Mensch, aber ich habe immer öfter darüber nachgedacht, was richtig und was falsch ist. Diese Männer, die im Frachtraum des Schiffs ermordet wurden. Vielleicht auch die anderen, von denen Sie mir berichtet haben. Diese Leute brauchen jemanden, der für sie spricht.« Sein Gesicht nahm einen entschlossenen Ausdruck an. »Ich werde der Sprecher für die Toten sein.« Donatelli warf einen Blick auf die Wanduhr. »Es wird langsam spät, Mr. Austin. Haben Sie schon eine Übernachtungsmöglichkeit?«

»Ich wollte mir eigentlich ein Zimmer in einer Pension nehmen.«

»Nicht nötig. Seien Sie bis morgen früh mein Gast. Zum Abendessen werde ich uns eine ganz besondere Pasta zubereiten. Mit Tomaten und Zucchini, frisch aus dem Garten.«

»Eine solche Einladung kann ich unmöglich ablehnen.«

»Gut.« Er schenkte ihnen Grappa nach und erhob sein Glas. »Und wenn wir gegessen und unseren Wein getrunken haben, werden wir einen Weg finden, diesen Leuten zu zeigen, was es bedeutet, sich mit einem Sizilianer anzulegen.«

32

San Antonio, Texas

Als Amerikaner mexikanischer Herkunft betrachtete Zavala das Nationalheiligtum von Texas mit gemischten Gefühlen. Er bewunderte den Mut der Verteidiger von Alamo, Männer wie Buck Travis, Jim Bowie und Davy Crockett, deren Namen auf dem Ehrenmal genannt wurden, das die Alamo Plaza zierte. Gleichzeitig taten ihm die 1.550 mexikanischen Soldaten Leid, die während der Belagerung unter dem unfähigen Kommando von Santa Anna ihr Leben lassen mussten. Die Texaner verloren 183 Männer. Die Mexikaner verloren Texas.

Er schlenderte um die Kapelle herum, die als einziges Bauwerk des früher weitläufigen Forts noch stand, besichtigte das Museum und brachte den Rest des Nachmittags damit zu, in einem Café die Leute zu beobachten. Um halb sieben parkte er seinen Mietwagen in der Tiefgarage unter dem Time-Quest-Gebäude. Er machte ausfindig, welcher Bereich für Halcon Industries reserviert war. Für den leitenden Direktor war kein gesonderter Parkplatz ausgewiesen. Zavala vermutete, dass Halcon sich nicht unnötig exponieren wollte und alle Angestellten der Firma ohnehin wussten, welchen Platz sie nicht belegen durften.

Zavala stellte seinen Wagen so dicht wie möglich neben dem Halcon-Bereich ab. Dann ging er an zwei Aufzügen vorbei, dem öffentlichen und einer weiteren Tür, auf der »Privat« stand, und wartete ganz in der Nähe im Schatten eines dicken Betonpfeilers. Um fünf nach sieben kam Melody aus dem Hauptaufzug und ging zu ihrem Wagen. Erneut verspürte Zavala einen Anflug von Bedauern, dass es ihm nicht möglich sein würde, mit dieser hinreißenden Frau auszugehen, aber er musste solcherlei Gedanken verdrängen. Er brauchte für sein erstes Treffen mit Señor Halcon einen klaren Kopf.

Zavalas Wache in der Tiefgarage sollte sich auszahlen. Kurz nachdem Melody weggefahren war, kam eine schwarze Lincoln-Limousine angerollt und hielt leise vor dem Privataufzug. Fast im selben Moment öffnete sich die Tür des Aufzugs, und ein Mann trat nach draußen.

Zavala hob seine Nikon-Kamera und visierte den hoch gewachsenen, dunkelhäutigen Mann an, der mit beiläufiger Eleganz zu dem wartenden Wagen ging. Halcon. Er schoss mehrere Fotos, bis Halcon in den Wagen stieg. Dann richtete er die Kamera auf den Fahrer, der seinem Chef die Tür aufhielt. Der Mann trug einen dunklen Anzug, und sein weißes Haar war militärisch kurz geschnitten. Er war groß und breitschultrig und von muskulöser, athletischer Statur, obwohl er mindestens sechzig Jahre alt sein musste. Zavala gelang ein einziges Foto, bis der Weißhaarige seinen Blick plötzlich durch die Garage schweifen ließ, als hätte er das leise Surren des Filmtransports gehört. Joe wich weiter in den Schatten zurück und wagte kaum zu atmen, bis die Wagentür zuschlug und die Limousine losfuhr.

Der kurze Moment im Sucher der Kamera hatte ausgereicht, um das Abbild des weißhaarigen Mannes in Zavalas Netzhäute einzubrennen. Er lehnte sich gegen den kalten Beton und wollte seinen Augen nicht trauen. Erst kürzlich hatte er diesen Mann in Arizona gesehen. Joe war sich ganz sicher, trotz des glatt rasierten Gesichts und des Maßanzugs. Allerdings hatte der Halcon-Mann zu diesem Zeitpunkt noch Arbeitskleidung, langes Haar und einen dichten weißen Bart getragen. Und er hatte eine Frau, die mittlerweile verstorben war. Sein Name lautete George Wingate.

Es dauerte nur wenige Sekunden, dann hatte Zavala seine Fassung wiedererlangt und rannte zu seinem Mietwagen. Er folgte der Limousine auf die Straße und achtete darauf, stets ein oder zwei Autos zwischen sich und seinem Zielobjekt zu lassen. Sie verließen die Stadt auf einer Schnellstraße in nordwestlicher Richtung. Nach einer Weile ließen sie auch die Vororte und Einkaufszentren hinter sich. Das flache Gelände wich einem Hügelgebiet und einer bewaldeteren Gegend.

Zavala ließ sich so weit zurückfallen, dass er die Limousine gerade noch im Blick behielt. Halcons Wagen fuhr wesentlich schneller als erlaubt, seit sie den Ballungsraum verlassen hatten. Die Fahrt dauerte ungefähr eine Stunde. Bei Einbruch der Dunkelheit bogen sie vom Highway auf eine kaum befahrene zweispurige Straße ab. Zavala hielt weiterhin großen Abstand. Bald darauf sah er Bremslichter aufleuchten, und die Limousine verschwand. Joe verringerte das Tempo, bis das Licht seiner Scheinwerfer auf einen kleinen Plastikreflektor fiel, der an einen Baum genagelt war und den Beginn eines unbefestigten Wegs markierte. Er fuhr weiter, um den Eindruck zu erwecken, er hätte ein anderes Ziel. Nach einigen hundert Metern wendete er und kehrte zu dem Reflektor zurück.

Versuchsweise schaltete er die Scheinwerfer des Wagens aus und stellte fest, dass es ihm auch ohne Licht möglich war, dem Weg zu folgen, solange er es bei einer schnellen Schrittgeschwindigkeit beließ. Er fragte sich, was ein hohes Tier wie Halcon wohl hier im Hinterland verloren haben mochte. Vielleicht besaß er eine Jagdhütte. Kurz darauf befand sich Joe mitten im dichten Wald. Immer wenn sich eine Lücke zwischen den Bäumen auftat, konnte er auf beiden Seiten niedrige zerklüftete Hügel ausmachen. Vor ihm waren keine Rücklichter zu sehen, aber das überraschte ihn nicht, denn die Straße wand und schlängelte sich durch das Gelände. Da Zavala keinesfalls plötzlich in eine unerwartete Situation geraten wollte, hielt er alle paar Minuten an, stieg aus dem Wagen und ging wie die Vorhut einer Infanteriepatrouille ein Stück voraus, um sich umzuschauen und zu lauschen.

Bei einer dieser Gelegenheiten entdeckte er vor sich ein Licht. Behutsam schlich er sich näher heran, bis er erkennen konnte, dass es sich um einen einzelnen Scheinwerfer am Tor eines hohen Maschendrahtzauns handelte. Er stellte den Wagen neben der Straße ab und ging im Schutz des Walds bis an den Zaun heran. Am Rand einer Grasnarbe dicht vor dem Gitter blieb er stehen. Der Zaun war ungefähr doppelt mannshoch und oben mit Stacheldraht gesichert. Am Tor hing zur Warnung vor unbefugtem Betreten ein weißes Schild mit schwarzer Schrift: Zutritt verboten! Scharfe Wachhunde! Sein Instinkt hatte ihn nicht getrogen. Über dem Schild befand sich ein kleiner Kasten, der zweifellos eine Überwachungskamera darstellte.

Der Zaun war zu hoch zum Überklettern, und Joe hatte keine Möglichkeit, sich vor dem Stacheldraht oder den Hunden zu schützen. Außerdem vermutete er, dass das Gatter an ein Alarmsystem gekoppelt war. Da erinnerte er sich an einen niedrigen

Hügel, den er kurz zuvor gesehen hatte. Er kehrte zum Wagen zurück und entfernte sich im Rückwärtsgang von dem Zaun, damit niemand die hinteren Leuchten des Autos sehen würde. Dann bog er vom Weg ins Unterholz ab. Er hielt auf den Hügel zu und fuhr dessen Flanke hinauf, was sich ohne Scheinwerfer als ziemlich schwierig erwies. Ein paarmal machte er Fehler und musste sich rückwärts aus dem Gesträuch befreien, aber er schaffte es ohne Panne bis in das Dickicht auf dem Gipfel des Hügels. Er suchte sich einen wohlproportionierten Baum und stieg bis zum höchsten Ast empor, der sein Gewicht noch aushielt.

Von hier aus konnte er über den Zaun hinweg schauen. Abgesehen von dem einzelnen Flutlicht am Tor, lag das Gelände in Dunkelheit vor ihm. Seine Augen hatten sich inzwischen daran gewöhnt, und so erkannte er schon bald mehrere Umrisse. Er begriff, dass er einen ausgedehnten Gebäudekomplex vor sich hatte. Manche der Bauwerke waren rechteckig, andere zylindrisch, und sie alle wurden von einer wuchtigen Pyramide mit flacher Spitze beherrscht. Die Gebäude bestanden aus weißlichem Stein und schienen im schwachen Licht des Mondes zu glühen.

Schöne Jagdhütte, murmelte er. Das hier war verrückt! Eine antike Stadt mitten in der Wildnis der texanischen Provinz. Er wollte Austin anrufen, aber sein Mobiltelefon fand kein Netz. Nach einigen Minuten, während derer er vergeblich versuchte, mit zusammengekniffenen Augen in der Finsternis weitere Einzelheiten zu erkennen, beschloss er, dass es jetzt nichts weiter zu sehen gab. Er wollte schon wieder nach unten klettern, als ein Licht anging und sich ihm ein seltsamer Anblick bot. Abermals hielt er sich an einem Ast fest und sah fasziniert zu, wie ein bemerkenswertes Schauspiel seinen Anfang nahm.

33

Raul Gonzales zitterte in der Dunkelheit und wartete darauf, dass die Kugel seine Wirbelsäule zerschmettern würde. Er hoffte nur, dass dies geschah, bevor er in der kühlen Nachtluft erfror. Erneut verfluchte er diese Amerikanerin. Sie hatte seinen Auftrag in Marokko durchkreuzt und ihn dadurch in diese Lage gebracht. Sein wütendes Grübeln wurde unterbrochen. Ein Scheinwerfer flammte auf, und Gonzales erblickte vor sich eine fantastische Kreatur, halb Mensch, halb Tier.

Vom Hals abwärts war die Gestalt ein bronzehäutiger Mann mit muskulöser Statur. Um die Taille trug er ein Lendentuch, das grün, gelb und zinnoberrot gefärbt war. Die harten Auswüchse auf beiden Hüften entpuppten sich beim zweiten Blick als Lederpolster. Das Gesicht war hinter einer Maske verborgen, die dem Alptraum eines Verrückten entsprungen zu sein schien. Die jadefarbene Schnauze war lang und geschuppt, die Augen funkelten hungrig, und das grinsende Maul war voller zackiger, rasiermesserscharfer Zähne. Aus dem Hinterkopf ragten lange Quetzalfedern. Das Ungeheuer stand reglos wie eine Statue da, die kräftigen Arme vor der breiten, haarlosen Brust verschränkt.

»*Madre mia.*« Das klägliche Gewinsel ertönte ein Stück links von Gonzales.

»*Silencio*«, herrschte Gonzales den Kapitän des Luftkissenfahrzeugs an.

Man hatte ihnen befohlen, still zu bleiben oder erschossen zu werden. Gonzales hatte nicht vor, sich töten zu lassen, weil irgendein plärrender Feigling das Maul aufriss. Der Mann, der schweigend zu seiner Rechten stand, gefiel ihm schon eher. Ein Meuchelmörder wie er selbst, schlank und mit schlangengleichen Bewegungen. Unter anderen Umständen hätte Gonzales mit dem Mann über die mörderischen Fähigkeiten gefachsimpelt, die er sich als hageres, von Wunden geplagtes Waisenkind in den schmutzigen Gassen von Buenos Aires angeeignet hatte, wo die örtlichen Geschäftsleute Mordkommandos auf ihn und seine Freunde ansetzten. Die Ladeninhaber betrachteten die Straßenkinder als wertloses Ungeziefer. Gonzales war kaum ein Teenager, da trat er selbst an die Kaufleute heran und erbot sich, die ihm so gut vertrauten Banden zu unterwandern und seine schlafenden Kameraden leise mit dem Messer oder der Garotte ins Jenseits zu befördern. Als er älter wurde, bekam er größere Aufträge. Konkurrenten. Politiker. Untreue Ehegatten. Alle früh ins Grab befördert. Pistole. Messer. Folter. Gonzales stand schon bald in dem Ruf, genau das zu liefern, was sein Auftraggeber wünschte.

Spot an.

Ein zweiter Lichtkreis erhellte eine weitere muskulöse Gestalt, die eine andere Maske trug: das zähnefletschende Maul und die blutrote Zunge eines Jaguars.

Abermals stieß Gonzales einen stummen Fluch aus. Hier in der Kälte zu stehen, während irgendein Idiot ein Kostümfest abhielt! Das war nicht fair. Alles nur deshalb, weil er ein paar Aufträge versiebt hatte. Auf seinem ursprünglichen Arbeitsgebiet hatten sich mittlerweile jüngere Killer etabliert, als ihn damals der Abgesandte der Bruderschaft ansprach. Er wusste nicht einmal, dass diese Gruppe überhaupt existierte, aber die Gruppe wusste alles über ihn. Sie wollten ihn für Sonderaufträge anheuern, und der alternde Mörder war schnell damit einverstanden. Das Geld stimmte. Die Arbeit war nicht schwierig. Genau wie während seiner Anfangszeit. Auf einen Anruf warten. Infiltrieren und töten. Einfache Aufträge. Wie der in Marokko.

Marokko. Er wünschte, er hätte diesen Namen nie gehört.

Ein simpler Job, sagte der Anrufer aus Madrid. Unbewaffnete, ahnungslose Wissenschaftler. Sich in die Expedition einschleichen. Den Hinterhalt vorbereiten. Die Opfer aus dem Schlaf reißen, wie Schlachtvieh niedermetzeln und dann die Leichen schnell und spurlos verschwinden lassen. Wenn da nur nicht diese Schlampe mit dem russischen Namen gewesen wäre! Jesus Maria, er hatte so viel Nettes mit ihr im Sinn gehabt. Er beobachtete ihren schlanken Körper und sah ihr gierig dabei zu, wie sie vor ihrem Zelt saß und sich im Licht der Nachmittagssonne das goldene weizenblonde Haar kämmte. Wenn er mit ihr sprach, war sie höflich, aber abweisend. Sie wischte ihn einfach weg, als wäre er eine Ameise, die an einem der schlanken Beine emporkrabbelte. Er würde es genießen, sie um ihr Leben betteln zu lassen, bis sie ihm schließlich das Einzige anbot, was sie vorweisen konnte: diesen prachtvollen Körper.

Aber als er in ihr Zelt stürmte, lag sie nicht etwa schlafend da, und als er und die anderen sie verfolgten, lief sie flink wie der Wind davon. Dreimal hatte die Bruderschaft sie beinahe erwischt und im letzten Moment doch wieder verloren. Das Hovercraft konnte sie nicht ertränken. Das Einsatzkommando, das den Auftrag an Bord des NUMA-Schiffs beenden sollte, wurde entweder erschossen oder geröstet. Der einzige Überlebende der Truppe stand jetzt neben ihm.

Der Befehl, der sie nach Texas beorderte, kam nicht allzu überraschend. Gonzales nahm an, man würde ihm einen strengen Verweis erteilen, sein Honorar kürzen und ihm dann eine neue Aufgabe zuweisen. Stattdessen hatten Männer mit Maschinenpistolen ihn und die anderen zusammengetrieben. Nach Einbruch der Dunkelheit wurden sie hinaus in die Nacht eskortiert und erhielten den Befehl, reglos an Ort und Stelle zu verharren. Falls sie sich bewegten oder einen Laut von sich gaben, würde man sie erschießen. Also hatten sie gewartet und dem Heulen der Kojoten in der nächtlichen Wüste gelauscht. Bis jetzt.

Zack. Das nächste Licht. Eine dritte Gestalt wurde angestrahlt. Der Mann trug die Maske des Todes, mit blicklos starrenden Augen und einem unheimlichen Grinsen.

Von rechts ertönte aus einem Lautsprechersystem eine Stimme. »Seid gegrüßt, meine Brüder«, sagte sie in vornehmem kastilischen Spanisch.

»Seid gegrüßt, Lord Halcon«, murmelten zur Antwort zahlreiche Stimmen aus dem Dunkel.

»Wir wissen, weshalb wir hier sind. Drei aus unserer Mitte wurden mit Aufgaben im Dienst unserer edlen Sache betraut, aber sie haben uns enttäuscht.« Die Stimme hielt inne. »Die Strafe für Versagen ist der Tod.«

Jetzt kommt die Kugel, dachte Gonzales. Was soll's, es war ein gutes Leben. Er machte sich auf den Bleihagel gefasst, der seinen Körper gleich zerschmettern würde, und hoffte nur noch auf ein schnelles Ende. Von der ungewohnten Steherei taten ihm die Füße weh. Plötzlich flog zu seiner Überraschung ein runder Gegenstand aus der Dunkelheit und kullerte hüpfend über den Boden. Im ersten Moment hielt Gonzales die schwarzweiße Kugel für einen Fußball, bis sie ungefähr auf halbem Weg zwischen den beiden Männerreihen liegen blieb. Da erkannte er, dass die schwarzen Markierungen Abbilder von Totenschädeln waren.

Dann wieder die Stimme. »Ihr erhaltet eine Chance, euer Leben zu retten. Das Ballspiel wird darüber entscheiden, ob ihr lebt oder sterbt.«

Die Scheinwerfer gingen aus. Die drei Gestalten verschwanden. Aber nur für einen Moment. Dann schaltete sich eine ganze Batterie von Lichtern ein, und Gonzales stellte fest, dass er und die anderen zwischen zwei parallelen Steinwänden standen. Die drei Kostümierten hatten ihre Masken abgenommen und befanden sich am anderen Ende der Gasse. An jeder der Mauern war auf halber Höhe ein Ring befestigt, dessen Verzierung wie der Kopf eines Aras aussah. Auf den Mauern bewegten sich im Halbdunkel zahlreiche Leute. Dem Geräusch ihrer Stimmen nach zu schließen waren es Hunderte.

»Der Ball repräsentiert das Schicksal«, dröhnte es aus dem Lautsprecher. »Das Spielfeld ist der Kosmos. Der Alligator, der Jaguar und der Kopf des Todes symbolisieren die Herrscher der Unterwelt, eure Gegner. Die Regeln sind dieselben wie schon seit zweitausend Jahren. Die Herrscher werden ihre Füße benutzen.

Ihr hingegen dürft Hände *und* Füße einsetzen. Euer Ziel wird es sein, den Ball ans andere Ende des Spielfelds zu bringen. Sobald es einem der Teams gelingt, den Ball durch den Ring zu befördern, hat diese Seite gewonnen. Die Verlierer werden ausgelöscht.«

Gonzales war völlig verblüfft. *Fußball*, um Gottes willen. Sie würden um ihr Leben gegen einen Ball treten! Gonzales hatte früher als Straßenjunge gespielt, später dann in einer richtigen Amateurmannschaft, und er war gar nicht mal so schlecht gewesen. Der übermäßige Genuss von Alkohol, Drogen und Frauen hatte ihm seitdem allerdings ziemlich zugesetzt. Sein dunkelhäutiger Körper war noch immer kräftig, aber er hatte an Bauch und Hüften Fett angesetzt und kam schnell außer Atem.

»Habt ihr schon mal gespielt?«, fragte er leise und ohne den Kopf zu wenden.

»Ein bisschen«, sagte der Meuchelmörder. »Stürmer.«

»Ich war Torwart«, merkte der Hovercraft-Fahrer vorsichtig an.

»Es geht um unser Leben«, warnte Gonzales. »Keine Regeln. Alles ist erlaubt. Versteht ihr?«

Beide Männer nickten.

Das Trio am anderen Ende des Spielfelds wartete, dass sie sich bewegen würden.

»Ich übernehme den Anstoß«, sagte Gonzales. Er konzentrierte seine gesamte Aufmerksamkeit auf den Ball, lief los, holte aus und trat wuchtig zu. Der Ball war schwerer, als er erwartet hatte. Vermutlich aus Vollgummi. Der Tritt versetzte ihm einen schmerzhaften Schlag. Er hatte sein ganzes Körpergewicht in den Abstoß gelegt, aber nicht besonders gut gezielt, und so schrammte der Ball an der Wand entlang und rollte dann vor ihren Gegnern zurück auf das Feld.

Sofort rannte der mittlere Mann blitzschnell nach vorn und schob den Ball mit kurzen, geschickten Schritten bis in die Mitte des Spielfelds voran. Seine Teamgefährten hielten sich zu beiden Seiten auf gleicher Höhe. Die drei Männer hätten Drillinge sein können. Sie hatten alle die gleichen trainierten Bronzekörper und trugen eine schwarze Topffrisur auf dem Kopf, die in einer geraden Linie dicht über den dunklen, gefühllosen Augen endete.

Der ballführende Spieler sah Gonzales in seine Richtung laufen und spielte nach links ab. Gonzales lief unbeirrt weiter. Er war nicht an dem Ball interessiert; er wollte *Knochen brechen.* Zuvor hatte er eine einfache Rechnung aufgestellt. Verletze nur einen der Männer, und schon hätten die Gegner dreißig Prozent ihres Teams eingebüßt. Er senkte den Kopf und griff den mittleren Mann an. Dieser wartete kaltblütig ab, bis Gonzales direkt vor ihm war. Dann machte er einen geschickten Schritt zur Seite und streckte den Fuß aus. Gonzales wollte noch anhalten, schaffte es aber nicht mehr. Er stolperte über das ausgestreckte Bein und stürzte so hart zu Boden, dass er den Aufprall in jedem Knochen spürte.

Er ignorierte die schmerzenden angeknacksten Rippen, rappelte sich wieder auf und versuchte vergebens, die schnellen Spieler einzuholen. Gonzales' Teamkamerad, der Meuchelmörder, schaffte es zwar nicht, den Ball zu erbeuten, aber er stieß seinem Gegenspieler immerhin den Ellbogen gegen das Brustbein, was dem Getroffenen einen befriedigenden Schmerzenslaut entlockte.

Gonzales traf ein und verpasste dem Mann von hinten einen kräftigen Bodycheck. Der Spieler sackte nach vorn auf die Knie. Aber während die meisten Männer in dieser Position verharrt hätten, sprang er sofort wieder auf und lief weiter, um seinen Teamgefährten abzuschirmen, der mit dem Ball schon fast die Endzone erreicht hatte. Gonzales schaute ihm bestürzt hinterher.

So bald schon.

Drei gegen einen.

Nur noch der Hovercraft-Mann stand vor dem Tor.

Der vorderste Gegenspieler sah seinen Widersacher, unterschätzte ihn und beschloss, selbst mit dem Ball weiterzulaufen, anstatt zur Seite abzugeben und seinem Kameraden einen einfachen Torschuss zu ermöglichen. Er war zu schnell, um einen scharfen Haken schlagen zu können, ohne den Ball zu verlieren, also täuschte er mit dem Blick nach links an und bewegte sich nach rechts.

Der Hovercraft-Mann durchschaute den Trick und bewegte sich mit erhobenem Unterarm voran. Sein Ellbogen traf den Mann mit der Kraft ihrer addierten Geschwindigkeit ins Gesicht und riss ihn von den Beinen. Mit einem lauten Knacken brach der Kiefer des Ballspielers. Der Mann sackte zu Boden. Blut strömte ihm aus dem Mund. Gonzales musste bei jedem Schritt keuchen, aber der geschickte Zug seines Teamgefährten verlieh ihm neue Kraft.

Gonzales erreichte den Ball und trat ihn zwischen seinen beiden Gegnern hindurch, die sich soeben gleichzeitig auf ihn stürzten, ohne ihren verletzten Kameraden auch nur eines Blicks zu würdigen. Mit einem heiseren Triumphschrei rannte er dem Ball hinterher und damit wie eine Bowlingkugel genau in die beiden Gegenspieler hinein, um sie zu den Seiten wegzustoßen. Einer der Männer kam Gonzales mit gestrecktem Arm entgegen und hätte ihm vielleicht das Genick gebrochen, wäre die Handfläche nicht an der fleischigen Wange abgeglitten. Gonzales erkannte, dass der anderen Mannschaft der Einsatz der Hände nur bei Ballkontakten verboten war, nicht aber beim Kampf mit dem Gegner.

Der Meuchelmörder hatte den freien Ball erbeutet, verlor ihn jedoch sogleich wieder an den Gegner, und schon folgte der nächste Angriff. Der Spieler mit dem Ball sah, dass der Hovercraft-Führer herbeigerannt kam, um ihn aufzuhalten, und beschloss, lieber auf den langsameren Gonzales zuzulaufen. Erneut konzentrierte sich Gonzales nicht auf den Ball, sondern auf den Mann. Diesmal wollte er dem Gegner einen Tritt in den Unterleib verpassen.

Der Spieler wich aus, parierte den Tritt mit seiner Lederpolsterung und lief zur Endzone weiter. Da rutschte der Meuchelmörder von der Seite heran, fischte den Ball mit dem Fuß weg und trat ihn in die Mitte des Felds. Bevor einer der Gegner eingreifen konnte, nahm er den Ball in die Hände und warf ihn in Richtung des Rings.

Der Wurf wäre vielleicht sogar im Ziel gelandet, hätte der Werfer nicht noch im letzten Moment einen Schlag zwischen die Schulterblätter erhalten. So aber ging der Versuch daneben. Der Ball traf die Kante des Rings und prallte zurück auf das Spielfeld.

Die Menge ließ erkennen, auf wessen Seite sie stand. Beifälliges Gebrüll hallte durch die Dunkelheit.

Jetzt war es ein neues Spiel. Drei gegen zwei. Gonzales ächzte und schnaufte, aber er witterte Morgenluft.

Seine Gegner starrten ihnen entgegen, die breiten Gesichter mit den hohen Wangenknochen so teilnahmslos, als wären sie Granitskulpturen. Die Schicksalskugel blieb zwischen ihnen liegen. Gonzales wurde müde. Er wusste, dass er dieses Tempo nur noch wenige Minuten durchhalten konnte.

»Auf sie!«, rief er.

Die Verzweiflung hatte aus ihnen eine Mannschaft gemacht. Während die beiden Männer auf den Außenbahnen direkt die Gegner attackierten, lief Gonzales in der Mitte voran, um sich den Ball zu sichern. Diesmal ließ er sich mehr Zeit und holte zu einem kraftvollen Schuss aus, der den Ball hoch emporbefördern würde. Der Moment, in dem sein Fuß gegen den Ball trat, fühlte sich genau richtig an. Die Kugel flog los, und scheinbar nichts würde sie aufhalten können. In diesem Moment wich der Gegner des Meuchelmörders dessen Attacke aus und sprang wie ein Balletttänzer hoch in die Luft, wobei er sich gleichzeitig so drehte, dass sein Hüftpolster den Ball mit einem lauten Aufprall abfälschte. Die Kugel landete bei seinem Teamkameraden, der daraufhin zu Boden fiel.

Gonzales dachte, der Mann wäre gestolpert, aber hinter dieser Aktion steckte Absicht. Der Spieler hob den Ball mit den Fußknöcheln an und schleuderte ihn hoch in die Luft. Sein Teamgefährte war sofort zur Stelle und köpfte die Kugel auf den Ring zu. Einen Moment lang sah es so aus, als wäre der Kopfstoß nicht kraftvoll genug, doch der Versuch war genau gezielt, und so glitt der Ball durch die Öffnung und fiel zurück auf das Feld.

Das Spiel war vorbei.

Die Zuschauer auf den Mauern stimmten ein wildes Jubelgeschrei an.

Dann herrschte Stille.

Gonzales und seine Kameraden standen keuchend da. Ihre Kleidung war schweißnass und von Staub und Gras verdreckt. Dieser Treffer war mit geübter Leichtigkeit erzielt worden. Gonzales erkannte, dass man sie an der Nase herumgeführt hatte. Ihre Gegner spielten so gut, dass ein Sieg der anderen zu keinem Zeitpunkt möglich gewesen wäre.

In die Innenwand des Hofs war eine Reihe von Bildern eingemeißelt. Gonzales hatte bislang kaum darauf geachtet, aber jetzt folgte er dem Blick seiner Gegner. Die Abbildungen zeigten einige Spielszenen zweier Mannschaften, die um einen Ball kämpften, der mit Totenschädeln markiert war. Auf einem der Bilder hielt einer der Sieger in einer Hand ein Messer und in der anderen einen Kopf. Vor ihm kniete ein enthauptetes Opfer, aus dessen Hals Blut in Form von Schlangen strömte.

Die Menge umringte sie und zwang ihn und seine Begleiter auf die Knie. Jemand packte Gonzales bei den Haaren und riss seinen Kopf nach vorn, so dass der Hals freigelegt wurde. Er wusste, was ihm bevorstand. Drei schwertähnliche Messer blitzten auf, und drei Köpfe fielen mit hektisch blinzelnden Lidern beinahe gleichzeitig zu Boden, rollten ein Stück und blieben dann neben dem Ball liegen, der ihr Schicksal besiegelt hatte.

»O mein *Gott*«, flüsterte Zavala oben auf seinem Beobachtungsposten mit heiserer Stimme. Er traute seinen Augen nicht. Joe hatte das Ballspiel eher neugierig als beunruhigt verfolgt und zeitweise sogar Spaß daran gehabt. Auch aus dieser Entfernung konnte er erkennen, dass es ganz schön heftig zur Sache ging. Aber erst jetzt begriff er, welch tödliche Konsequenz die Verlierer erwartet hatte. Er kletterte von dem Baum herunter und rannte durch das dichte Unterholz zu seinem Wagen.

Der Raum im Innern der Pyramide war riesig groß. Vor den Wänden aus gewaltigen Steinblöcken standen gläserne Vitrinen, in denen Dutzende unschätzbar wertvoller Jademasken lagen. An einer der Wände befand sich ein übergroßer Bildschirm. Halcon sah zu, wie Gonzales und seine Teamgefährten die letzten blutigen Momente ihres Daseins erlebten. Dann wandte er sich zu dem Mann mit dem Narbengesicht um, der in einem Ledersessel saß und eine Zigarre rauchte.

»Würden Sie das gern noch mal in der Wiederholung sehen, Guzman?«

»Vielleicht später, wenn die Sportsendung im Fernsehen kommt, Sir, falls Sie nichts dagegen haben«, erwiderte der Mann.

Halcon hielt die Hand vor einen verborgenen Sensor, und der Schirm wurde dunkel.

»Erzählen Sie mir jetzt nicht, Sie hätten keinen Spaß mehr an dem Ballspiel.«

»Nun, für Kricket bin ich noch nicht alt genug, Sir«, sagte Guzman und nippte an seinem Brandy. »Aber diese Spiele sind viel zu kurz. Außerdem mangelt es ihnen an Geschick und Finesse.«

Halcon nahm eine Zigarre aus einem edlen goldverzierten Lederhumidor, zündete sie an und musterte Guzman nachdenklich durch einen Vorhang aus Rauch. Die freimütige Antwort überraschte ihn nicht. Er kannte Guzman seit dem Tag seiner Geburt. Halcons Vater hatte damals seinen treuen Gefolgsmann zum offiziellen Beschützer seines Sohns ernannt. Der Mann war völlig ohne Arglist, weshalb er auch so erfrischend auf jemanden wie Halcon wirkte, der gern machiavellistische Pläne schmiedete. Er schaute zu dem Bildschirm hinüber. »Sie haben Recht«, sagte er angewidert. »Eine Rauferei wie diese dort würdigt die Ziele des

Spiels herab, nämlich meinen Anhängern Angst und Gehorsam einzuflößen und in ihnen zugleich Stolz auf ihr kulturelles Erbe zu wecken.«

Seine Hand legte sich auf die Lautsprecherkonsole. »Lasst das Gewinnerteam zur Verleihung des Siegespreises antreten, so dass ich die Männer sehen kann«, befahl er schroff. Dann ging er zu einer Vitrine, in der sich mehrere Gewehre und Pistolen befanden. Er nahm ein Gewehr mit Zielfernrohr aus dem Gestell und sagte: »Kommen Sie, Guzman.«

Halcon ging voran. Er trat durch eine Tür auf einen dunklen Balkon hinaus, der sich über der Anlage erhob. Die siegreichen Ballspieler standen in einer Reihe auf dem hellen Grün des Spielfelds. Halcon hob die Waffe an die Schulter und spähte durch das Zielfernrohr. Drei Schüsse peitschten auf, und jedes Mal lud Halcon ruhig durch. Nachdem der letzte Schuss verklungen war, lagen drei reglose Gestalten im Gras.

»Ich weiß, dass Sie bei Ihren Aufträgen das österreichische Gewehr bevorzugen«, sagte Halcon und schaute zufrieden auf das tödliche Ergebnis seines Werks hinunter, »aber mir hat dieses englische L42A1 stets gute Dienste geleistet.«

Guzman lächelte. »Ich vermute, ihr Vertrag ist damit abgelaufen.«

Halcon lachte, und sie gingen wieder nach drinnen. Sorgfältig stellte er die Waffe zurück an ihren Platz und drehte sich zu dem narbengesichtigen Mann um.

»Bitte verzeihen Sie, Guzman. Wie konnte ich nur annehmen, der Mann, der eigenhändig den schönsten Ozeandampfer der Welt versenkt hat, würde den Spaß am blutigen Sport verlieren? Außerdem muss ich mich dafür entschuldigen, dass ich Sie so lange über meine Pläne im Unklaren gelassen habe. Ich habe Sie heute Abend nicht nur deshalb in mein Allerheiligstes gebeten, damit Sie sich diese Mitleid erregende Darbietung auf dem Spielfeld anschauen. Sie sollen der Erste sein, der die Einzelheiten meiner großartigen Zukunftsvision erfährt.«

»Ich fühle mich geehrt, Don Halcon«, sagte Guzman und deutete eine knappe Verbeugung an.

Halcon hob sein Brandyglas zu einem großen goldgerahmten Porträt empor, das über dem mächtigen begehbaren Kamin hing. »Auf meinen edlen Vorfahren, den Begründer der Bruderschaft, dem ich meinen kühnsten Traum widmen möchte.«

Das Ölgemälde sah aus, als könnte es von El Greco stammen, nur dass in diesem Fall das lange Gesicht und die spitzen Ohren des Abgebildeten keine Übertreibungen darstellten. Der finster blickende, tonsurierte Mann in dem einfachen dunkelbraunen Mönchsgewand hatte eine bleiche, fast durchscheinendeHaut, die in starkem Gegensatz zu den roten sinnlichen Lippen stand. Die diamantharten hellgrauen Augen funkelten, als würde sich ein Feuer in ihnen spiegeln. Der Hintergrund lag im Schatten, abgesehen von einem Glühen in einer der Ecken, wo eine sich windende Gestalt auf einem Scheiterhaufen verbrannt wurde. Guzman hatte das Bild des Hernando Perez zum ersten Mal als junges Neumitglied der Bruderschaft gesehen. Halcons Vater erzählte damals mit ironischem Grinsen, dass Perez den Künstler als Ketzer hinrichten ließ, weil er wollte, dass dieses Porträt die letzte Arbeit des Mannes sein würde.

Guzman war das erste und einzige Mitglied des Ordens, das nicht von romanischen Eltern abstammte. Er war der uneheliche Sohn eines in Spanien stationierten deutschen Stuka-Piloten und eines dänischen Kindermädchens, das im Haus der Halcons arbeitete. Der Pilot kam während des Kriegs ums Leben, und das Kindermädchen beging Selbstmord. Der alte Herr nahm das Kind in seinem Haus auf und zog es groß. Dabei verfolgte er keineswegs altruistische Motive. Er wusste, dass ein einziger uneingeschränkt loyaler Anhänger mehr Wert besaß als ein ganzer Trupp von eigennützigen Söldnern. Er gab dem Jungen einen neuen Namen und schickte Guzman auf die besten Schulen, wo dieser sich mehrere Sprachen aneignete, sowie zu etwas spezielleren Lehrern, die ihn in asiatischen Kampfsportarten und dem

Gebrauch von Waffen unterwiesen. Guzman tötete seinen ersten Mann während des Säbelduells, dem er seine scheußliche Narbe zu verdanken hatte. Der Plan des alten Herrn ging auf. Guzman wurde zu einem treuen Gefolgsmann, dessen natürliche Begabung für Mord und Verwüstung sich als zusätzlicher Bonus herausstellte.

»Ich weiß noch, wie Ihr Vater gesagt hat, Perez sei eigentlich ein recht einfacher Mann gewesen«, sagte Guzman.

»Er war ein fanatischer Nihilist. Der gute Archidiakon rief die Bruderschaft des Heiligen Schwerts der Wahrheit nur deshalb ins Leben, weil er der Ansicht war, Torquemada ginge zu sanft mit den Ketzern um. Zum Glück hielten seine Priestergelübde ihn nicht davon ab, sich mit den weiblichen Novizen den Freuden des Fleisches hinzugeben«, sagte er lächelnd. »Andernfalls würde die Familie Halcon gar nicht existieren. Genauso wenig hat ihn sein religiöser Eifer daran gehindert, das Eigentum derjenigen zu stehlen, die er verdammte. Seine Überzeugungen führten zur obersten Direktive der Bruderschaft.«

Guzman leierte die Direktive auswendig herunter. »Die erste Pflicht der Bruderschaft besteht darin, jeglichen Beweis auszulöschen, der auf einen Kontakt zwischen Alter und Neuer Welt vor Kolumbus hindeutet.«

»Dies ist noch immer unsere Pflicht, aber ich beabsichtige, einige Veränderungen vorzunehmen.«

»Veränderungen, Sir?« Die Direktive galt der Bruderschaft als heiliges Gebot.

»Seien Sie nicht überrascht. Die Bruderschaft hat auch vorher schon einige Wandlungen durchlaufen. Wir haben uns von einer religiösen Gruppe zu einer Terroristenorganisation zum Schutz der spanischen Krone entwickelt. Wir haben unsere Arbeit gut gemacht. Die Bruderschaft hat viele Versuche im Keim erstickt, einen präkolumbischen Kontakt zu beweisen, welcher das Dogma der Kirche und damit die Unfehlbarkeit der königlichen Entscheidungen in Frage gestellt hätte. Durch die Verteidigung des

Glaubens, Kolumbus wäre der erste Europäer gewesen, der in die Neue Welt reiste, hielten wir andere Länder davon ab, Anspruch auf unsere Reichtümer zu erheben. Deshalb galt der Zweifel an seinen Heldentaten als Kapitalverbrechen. Ich erinnere mich daran, wie ich als Jugendlicher meinen Vater gefragt habe: ›Warum ist das immer noch von Bedeutung? König Ferdinand und Königin Isabella sind tot. Spanien ist längst keine Weltmacht mehr.‹«

»Es ist nicht der Gedanke selbst«, murmelte Guzman. »Es ist die *Reinheit* des Gedankens.«

»Mein Vater war Ihnen ein guter Lehrer. Auch mir hat er diesen Leitsatz immer wieder eingeprägt. Nur durch die Befolgung unseres erhabenen Schwurs, dass wir unser ursprüngliches Mandat erfüllen, können wir eine Elitepriesterschaft bleiben, die durch ein weihevolles Ziel geeint wird. Dank der Bruderschaft hat Kolumbus nahezu den Status eines Heiligen erreicht. Selbst heutzutage riskieren Gelehrte noch ihre Karriere, falls sie von der Prämisse abweichen, die durch unsere Brüder im späten Mittelalter etabliert wurde. Die Welt fragt sich, wie Generalissimo Franco es schaffen konnte, bis zu seinem Tod an der Macht zu bleiben. Nur aufgrund des Bündnisses, das er mit der Bruderschaft geschlossen hatte. Und die größte Bedrohung unserer Vereinigung wurde durch Sie von uns abgewendet.«

»Ihr Vater hat mir gesagt, dieser Gegenstand an Bord des Schiffs könnte die Bruderschaft zerstören. Darüber hinaus wollte er seinen Anhängern beweisen, dass er bereit war, alles Erdenkliche zu tun, um den Daseinszweck von *Los Hermanos* zu schützen.«

»Ja, er hat diesen Zwischenfall mit Cortés verglichen, der seine Schiffe verbrannte, so dass seine Gefolgsleute keine andere Wahl hatten, als an seiner Seite zu bleiben.«

»Ihr Vater war ein weiser Mann.«

»Weise, ja, aber seine zwanghafte Ausrichtung auf die Vergangenheit hätte zum Untergang der Bruderschaft geführt. Als ich die Leitung übernahm, befanden wir uns bereits auf dem besten Weg, nichts anderes als eine spanische Mafia zu werden. Falls die Bruderschaft auch noch weitere fünfhundert Jahre überdauern soll, müssen wir es Cortés gleichtun und unsere Schiffe verbrennen. Wir richten unser Tun nicht länger darauf aus, eine längst vergangene spanische Souveränität zu schützen, sondern wir legen den Grundstein für ein neues Reich. Unser Leitmotiv wird Quetzalcoatl sein, die gefiederte Schlange der Maya, die in verschiedenen Gestalten zurückkehrt, um den Beginn einer neuen Ära anzuzeigen. Diesmal wird Quetzalcoatl als Falke wiedergeboren.«

»Das verstehe ich nicht.«

»Der Grund, warum wir weiterhin von präkolumbischen Kontakten ablenken, liegt darin, den hispanischen Völkern größeren Stolz auf ihr Erbe zu vermitteln. Falls die Medien plötzlich behaupteten, alle großen Kulturen Mittelamerikas stammten ursprünglich aus Europa, China oder Japan, würde das die Leistungen unserer Leute deutlich schmälern und sie in die Fußnoten der Geschichtsbücher verbannen. Dank eines weiteren lebensfrohen Vorfahren fließt auch in meinen Adern Maya-Blut. Ich bin nicht nur Spanier, sondern auch Indio. Ich verkörpere das Erbe zweier großer Zivilisationen. Der Gedanke, die glorreiche Kultur meines Volkes sei von fremden Zivilisationen aus Übersee importiert worden, ist widerlich. Es wäre unerträglich, annehmen zu müssen, die Olmeken, Maya und Inka seien kaum mehr als primitive Stämme gewesen, die erst dann architektonische Wunder vollbringen, ausgeklügelte astronomische Kenntnisse erlangen und wunderbare Kunstwerke erschaffen konnten, nachdem Eindringlinge aus Asien und Europa sie beeinflusst und unterwiesen hatten. Die Kinder von Lateinamerika und ihre Nachkommen müssen daran glauben, dass die Herrlichkeit und Größe ihrer Vorfahren allein auf deren eigener Schöpfungskraft beruhte. Dies ist von entscheidender Bedeutung für uns, damit wir erneut zu unserer früheren Blüte aufsteigen und unseren Platz als führende Zivilisation des einundzwanzigsten Jahrhunderts einnehmen können.«

»Das ist ein ziemlich hoch gestecktes Ziel.«

»Lassen Sie mich ausreden«, sagte Halcon. »Weitaus früher, als Sie vermuten, wird das südliche Drittel der Vereinigten Staaten sich abspalten und zu einer lateinamerikanischen Nation werden.«

»Bei allem nötigen Respekt, Don Halcon. Als das letzte Mal jemand eine Abspaltung vorgeschlagen hat, gab es in Nordamerika einen Bürgerkrieg.«

»Die Situation ist diesmal eine völlig andere«, verkündete Halcon kategorisch. »Was ich hier vorhersage, würde auch ohne mich passieren. In fünfzig Jahren werden die Nicht-Latinos in den USA eine Minderheit darstellen. In Grenzstaaten wie New Mexico ist das bereits jetzt der Fall. Ich beabsichtige lediglich, diesen Prozess zu beschleunigen, indem ich mich mit Ihrer Hilfe an die Spitze einer rasch expandierenden hispanischen Unabhängigkeitsbewegung setze.«

»Ich werde wie immer mein Bestes tun, Don Halcon.«

»Es wird gar nicht so schwierig werden, wie Sie vielleicht glauben.« Halcon versetzte einen alten Globus in Umdrehung. »Sehen Sie nur, wie sehr die Welt sich verändert hat. Die UdSSR. Ostdeutschland. Verschwunden.« Er stoppte den Globus mit der Fingerspitze. »Es ist nicht etwa Halcon, sondern es sind die Geographen, die behaupten, dass Belgien sich eines Tages in Flandern und Wallonien aufspalten wird. Aus Australien werden vier verschiedene Länder. China wird in eine Vielzahl autonomer Zonen wie Hongkong zerbrechen. In Italien entsteht eine Grenze zwischen dem wohlhabenden Norden und dem armen Süden. Am wichtigsten aber ist, was die Wissenschaftler über Nordamerika sagen.«

Er führte Guzman zu einem schweren Mahagonitisch, auf dem eine große Landkarte ausgebreitet lag, und deutete auf ein Wort, das quer über den südwestlichen Teil der Vereinigten Staaten geschrieben stand.

»Angelica?«, las Guzman.

»Die Veränderung der Grenzlage ist unvermeidbar. Sogar die Regierungen wissen, dass Nordamerika sich wandeln muss. Die Pläne dafür sind jetzt schon in Arbeit. Wenn Kanada Quebec verliert, werden die Binnenstaaten des Landes sich an die USA anschließen. Alaska verschmilzt mit British Columbia und den nordwestlichen Staaten zu Pacifica, einer Region, deren gemeinsames Interessengebiet im Nordpazifik liegt. Mexikos nördliche Staaten werden sich mit den südwestlichen Bundesstaaten der USA vereinigen.« Er strich mit der Hand über die Karte. »Ich werde alle Abkömmlinge indianischen und spanischen Bluts zu einer neuen Bewegung zusammenfügen, die all jene Gebiete überfluten wird, die früher zu Mexiko gehörten.«

»Wie können Sie es mit der bewaffneten Staatsgewalt einer Supermacht aufnehmen?«

»Genauso wie Cortés und eine Hand voll Gefolgsleute das große Reich der Azteken mit seinen Millionen Einwohnern bezwungen haben: indem ich Allianzen schaffe und eine Gruppe gegen die andere ausspiele. Die Vorbereitungen für eine militärische Konfrontation werden bereits getroffen. Die Grenzstädte werden in Blut versinken. Niemand wird verschont. Je schrecklicher die Gräueltaten, desto heftiger die Reaktion und desto schneller wird die Kunde sich verbreiten. Wenn die Gewalt erst einmal angefangen hat, werden die Vereinigten Staaten mich *anflehen,* sie zu beenden. Ich werde meinen Platz als Führer einnehmen, und dann werden wir die alten Werte und Gebräuche wieder einführen.« Er kicherte. »Eines Tages wird das Ballspiel genauso populär sein wie Stierkämpfe und Football. Der blutige Aufstand, den wir in Chiapas angefacht haben, hat bewiesen, dass es möglich ist.«

Guzman lächelte. »Das war so einfach, als würde man ein Streichholz in einen Eimer Benzin werfen.«

»Genau. Die Reaktion der Regierung war ein Massaker an den Indianern. Die Zapatistischen Maya-Rebellen zeigten die gleiche Wildheit wie ihre Vorfahren, als es darum ging, der Regierung Zugeständnisse zu entreißen. In den Vereinigten Staaten greifen die kalifornischen Bürger inzwischen selbst zu den Waffen, um sich der illegalen Einwanderer zu erwehren, die wir zur Emigration ermutigen.«

»Die Viehzüchter verlangen nach größerer Militärbefugnis, um gegen die Drogenhändler vorzugehen, deren Operationen wir entlang der Grenze unterstützen«, sagte Guzman.

»Alles verläuft nach Plan. Die USA werden die Geduld verlieren. Die Gewalt wird die Millionen Latinos im gesamten Südwesten vereinen. Und das ist der Grund, warum wir nicht zulassen dürfen, dass unsere glorreiche Vergangenheit neu geschrieben wird. Ich habe ein Vermögen investiert, um Grundstücke, Wählerstimmen und politischen Einfluss zu kaufen. Halcon Industries ist finanziell bis an die Grenze des Erträglichen belastet. Ich habe dieses neue Chichén Itzá als spätere Hauptstadt des neuen Landes erbaut. Aber sogar die umfangreichen Mittel unseres Kartells können keine Armee ausstatten, um den Kampf gegen die USA zu führen, die vielleicht die Zeichen der Zeit nicht erkennen. Deshalb ist es lebenswichtig, dass wir Zugriff auf die großen Reichtümer erlangen, die uns die Durchführung unseres Plans ermöglichen werden. Ohne diesen Schatz werden wir keinen Erfolg haben.«

»Wir stehen kurz davor, alle Puzzleteile zusammenzufügen. Unsere Agenten haben Dokumente aus einer Reihe von Quellen in Spanien und anderen Ländern besorgt.«

»Haben die Aktionen irgendwo öffentliches Aufsehen erregt?«

»Noch nicht. Der *International Herald-Tribune* hat berichtet, in mehreren Auktionshäusern und Museen habe es unerklärliche Diebstähle von Gegenständen aus dem Besitz des Kolumbus gegeben, aber bis jetzt hat noch niemand eine Verbindung hergestellt.«

»Bis *jetzt*«, sagte Halcon und lächelte verschlagen.

Guzman hob eine eisgraue Augenbraue.

»Unsere Experten haben die alten Dokumente analysiert«, erklärte Halcon. »Sie haben den Schlüssel zu dem Geheimnis ermittelt, das uns so lange Rätsel aufgegeben hat.«

»Herzlichen Glückwunsch, Don Halcon. Ich bin überaus erfreut.«

»Das wird sich ändern, sobald Sie die Einzelheiten hören. Wissen Sie, der Schlüssel, nach dem wir suchen, liegt auf dem Meeresgrund im Laderaum der *Andrea Doria.*«

Guzman war völlig verblüfft. »Doch nicht etwa das Artefakt? Wie kann das sein? Ihr Vater hat mir befohlen, das Schiff zu versenken.«

»Wie ich schon sagte, mein Vater war nicht unfehlbar. Er glaubte, das Artefakt könnte uns zerstören.«

»Kein Irrtum möglich?«

»Ich habe die Dokumente immer wieder überprüfen lassen. Und ich habe sie selbst gelesen. Nein, mein Freund, ich fürchte, daran besteht kein Zweifel. Das Artefakt, von dem mein Vater einst dachte, es würde das Ende der Bruderschaft bedeuten, wird uns den Weg zu größerem Ruhm weisen. Ich möchte, dass Sie umgehend eine Bergungsaktion vorbereiten. Alle Hilfsmittel von Halcon Industries stehen zu Ihrer freien Verfügung. Das hier sollte so schnell wie möglich über die Bühne gehen.«

»Ich fange mit der Arbeit an, sobald wir hier fertig sind, Sir.«

»Hervorragend. Gibt es inzwischen weitere archäologische Expeditionen, die unsere Pläne durchkreuzen könnten?«

»Momentan scheint diesbezüglich rund um die Welt Stillstand zu herrschen. Natürlich abgesehen von dem kurzlebigen NUMA-Projekt in Arizona.«

»Mein Kompliment für die überaus schnelle Abtötung dieses Krankheitskeims. Was für eine Bedrohung stellt die NUMA für uns dar?«

»Ich würde sie nicht unterschätzen. Vergessen Sie nicht, was in Marokko passiert ist.«

»Ich stimme Ihnen zu. Ich glaube, es ist das Beste, wenn Sie auch weiterhin die Leitung sämtlicher Operationen übernehmen, die mit der NUMA zu tun haben. Treffen Sie alle notwendigen Vorkehrungen.«

Guzmans Mobiltelefon klingelte, und er entschuldigte sich, um den Anruf anzunehmen.

»Ja. Sofort. Legen Sie es auf Don Halcons Apparat.«

Kurz darauf erwachte der Fernsehschirm flackernd zum Leben und zeigte eine Waldszene in Schwarzgrün.

»Was ist das?«, fragte Halcon ungeduldig.

»Die Aufnahme einer Überwachungskamera auf der kleinen Anhöhe nördlich des Komplexes.«

Während sie zusahen, wurden die Farben des Bildes verändert, bis auf dem Schirm das vergrößerte Gesicht eines Mannes erschien, der durch den Wald lief.

Guzman stieß einen leisen Fluch aus.

»Kennen Sie ihn?«, fragte Halcon.

»Ja. Sein Name ist Zavala, und er gehörte zu dem NUMA-Team des Arizona-Projekts.«

»Sie haben Recht. Die NUMA ist alles andere als ein zahnloser Hund.« Halcon starrte auf den Bildschirm und dachte nach. »Sie haben noch von einem weiteren Mann gesprochen, dem Anführer der Gruppe.«

»Kurt Austin. Er hat das Projekt geleitet.«

»Die beiden werden erst mal reichen. Lassen Sie ihn und diesen Mann töten. Stellen Sie den Bergungsplan zurück, falls nötig.«

»Wie Sie wünschen, Don Halcon.«

Halcon ließ Guzman wegtreten und widmete sich wieder seiner Karte.

Guzman machte sich wegen Halcon keinerlei Illusionen. Er kannte ihn seit dessen Kindheit und hatte stets wie ein Schutzengel über ihm geschwebt. Seiner Ansicht nach hatte Halcons völlig übergeschnappter Plan mehr mit seiner egoistischen Gier nach Macht und Reichtum zu tun als mit der Wiederherstellung der einstigen Größe derjenigen, die er sein Volk nannte. Er benutzte die indianischen Abkömmlinge für seine eigenen Ziele und würde sie praktisch genauso versklaven, wie seine Konquistadorenvorfahren dies getan hatten. Was er da vorhatte, würde Bürgerkrieg und Blutvergießen bedeuten, vermutlich den Tod von Tausenden.

All dies wusste Guzman und scherte sich nicht darum. Als der alte Herr den kleinen blonden Jungen unter seine Fittiche nahm, erschuf er ein Wesen von grenzenloser Loyalität. Die Ermordung von zwei wichtigen NUMA-Angehörigen konnte sich als großer Fehler herausstellen, dachte Guzman, als er den Raum verließ. Aber seine Arbeit langweilte ihn schon seit vielen Jahren, und nur das Spiel war ihm noch wichtig. Die Leute von der NUMA waren würdige Gegner. Er begann, über einen Mordplan nachzudenken.

34

Yukatan, Mexiko

Die Hängematten in Yukatan waren niemals für so hoch gewachsene Menschen wie Paul Trout gedacht gewesen. Das handgeflochtene Netz aus Pflanzenfasern entsprach eher der kleinen Statur der Maya. Wenn er nicht mit dem Erschlagen von Moskitos beschäftigt war, versuchte Trout, einen Platz für seine Arme und Beine zu finden, die über dem festgestampften Erdboden der Indiohütte baumelten. Das erste Grau der Dämmerung war eine willkommene Erleichterung. Er befreite sich aus dem Sack, glättete so gut er konnte die Falten in seiner Kleidung und kam zu dem Schluss, dass eine Rasur leider nicht möglich war. Dann warf er Morales, der scharchend in einer anderen Hängematte lag, einen ungläubigen Blick zu und verschwand im morgendlichen Dunst. Er ging über ein Maisfeld bis zum Waldrand, vor dem der Helikopter auf der Seite lag und dabei aussah wie eine große tote Libelle.

Der Pilot hatte bereits zum Landeanflug auf das Feld angesetzt, als dem Hubschrauber auch die letzten Benzindämpfe ausgingen. Die Maschine stürzte in das dichte Blätterdach, das von oben so trügerisch weich wirkte, und krachte durch die Baumwipfel, begleitet vom furchtbaren Knacken brechender Äste und dem Kreischen des gequälten Metalls.

Der Aufprall presste Trout die Luft aus der Lunge. Der Pilot schlug mit dem Kopf auf und verlor das Bewusstsein. Morales war benommen. Ruiz, den der Lärm wieder geweckt hatte, saß verwirrt auf seinem Platz. Speichel lief über sein bärtiges Kinn. Morales und Trout zerrten den Piloten aus dem Helikopter. An der frischen Luft kam er bald wieder zu sich. Sie alle hatten sich Knie und Ellbogen angeschlagen, aber keiner war ernsthaft verletzt. Trout war froh, dass Ruiz überlebt hatte. Er konnte sich bei der Suche nach Gamay als wertvolle Informationsquelle erweisen.

Jetzt stemmte Trout die Hände in die Hüften und begutachtete den Schaden. Erstaunt schüttelte er den Kopf. Die Bäume hatten den Sturz des Hubschraubers gemildert. Die Kufen waren zerbrochen, und Haupt- sowie Heckrotor waren völlig zerstört, aber der Rumpf war wie durch ein Wunder intakt geblieben. Trout klopfte an die verbeulte Außenhaut. Drinnen regte sich etwas. Der Pilot hatte es vorgezogen, die Nacht in der Maschine zu verbringen. Jetzt krabbelte er nach draußen, streckte sich und öffnete den Mund zu einem brüllend lauten Gähnen. Das Geräusch weckte Ruiz, der am Boden lag, beide Hände an die nutzlosen Kufen gefesselt. Er sah Trout und blinzelte schläfrig. Die Moskitos schienen ihn nicht belästigt zu haben. Es hatte manchmal auch Vorteile, wie ein Schweinekoben zu riechen, vermutete Trout. Er umrundete den Helikopter und kam abermals zu dem Schluss, dass sie ihr Überleben einem Wunder zu verdanken hatten. Insgesamt zählte er sieben Einschusslöcher in dem Rumpf, einschließlich des Glückstreffers, der den Tank erwischt hatte.

Wenige Minuten nach dem Aufprall des JetRangers war eine Gestalt quer durch das Maisfeld zu ihnen geeilt – ein Indianer, der ganz in der Nähe als Bauer lebte und den Absturz beobachtet hatte. Er begrüßte sie mit einem freundlichen Lächeln unter seinem Strohhut und wirkte dabei ganz gelassen, als würden hier jeden Tag fremde Männer vom Himmel fallen. Der Pilot verschaffte sich einen ersten Überblick über den Schaden und stellte fest, dass auch das Funkgerät zerstört worden war. Sie folgten dem Farmer zu seiner Hütte, wo seine Frau ihnen etwas zu essen und Wasser anbot, während vier kleine Kinder sie aus einiger Entfernung argwöhnisch musterten.

Morales führte ein längeres Gespräch mit dem Mann und wandte sich dann an Trout.

»Ich habe ihn gefragt, ob es hier in der Gegend ein Dorf oder eine Stadt mit Telefonanschluss gibt. Er sagt, ein Priester in einem der Dörfer habe ein Funkgerät. Er wird dort hingehen, ihm von uns erzählen und darum bitten, dass Hilfe geschickt wird.«

»Wie weit ist das Dorf entfernt?«

Morales schüttelte den Kopf. »Ein ganzes Stück. Er wird dort übernachten und morgen zurückkommen.«

Trout dachte an Gamay und ärgerte sich über die Verzögerung, aber er konnte nichts daran ändern. Die Frau des Bauern packte ihrem Mann einige Vorräte in einen Baumwollsack, und dann stieg der Farmer auf den Rücken eines grauhaarigen Esels, winkte seiner Familie zum Abschied zu und brach zu seiner abenteuerlichen Reise auf. Trout sah, wie die beiden in gemächlichem Tempo auf einen Pfad einbogen, und hoffte, das gebrechliche Tier würde die Reise überstehen. Die Frau stellte ihnen das Haus zur Verfügung und sagte, sie würde bei Verwandten übernachten. Als Trout und der Pilot nun zu der Hütte zurückkehrten, um nachzuschauen, ob Morales schon wach war, hatte auch die Frau sich wieder eingefunden. Sie bereitete für alle Tortillas und Bohnen zu.

Nach dem Frühstück nahm Trout ein paar Tortillas zu Ruiz mit. Morales band die Hände des *chiclero* los, ließ die Beine aber gefesselt. Geräuschvoll schlang Ruiz die Tortillas hinunter, und Morales gab ihm eine Zigarette. Dankbar rauchte er. Der Absturz hatte das überhebliche Grinsen aus seinem Gesicht vertrieben, und als Morales ihm jetzt einige Fragen stellte, war er weitaus kooperativer.

»Er hat vor ungefähr sechs Monaten bei dieser Bande von Plünderern angefangen«, übersetzte Morales. »Er sagt, davor habe er Chicle-Saft gesammelt, aber ich glaube ihm nicht.« Er befragte den Mann erneut, diesmal etwas nachdrücklicher. *»Sí«*, sagte er und lachte. »Wie ich's mir gedacht habe. Er ist ein Dieb. Er hat in Mérida Touristen beklaut. Ein Freund hat ihm erzählt, mit dem Schmuggel von Artefakten ließe sich mehr Geld verdienen. Die Arbeit ist härter, aber die Bezahlung ist besser und das Risiko geringer.«

»Fragen Sie ihn, für wen er arbeitet«, schlug Trout vor.

Auf diese Frage zuckte Ruiz nur mit den Achseln.

»Er hat für einen Mann gearbeitet, der früher als Polizist zur Bewachung von Ruinen eingesetzt war«, sagte Morales. »Es ist eine kleine Bande, vielleicht ein Dutzend Leute. Sie suchen sich einen geeigneten Ort und heben dort Gräben aus. Die Jadestücke und die Töpfe mit den schwarzen Linien seien die besten, sagt er. Etwa zwei- bis fünfhundert Dollar pro Topf. Sein Boss bekommt einen Anteil und sorgt für den Weitertransport.«

»Wohin?«, fragte Trout.

»Er ist sich nicht sicher«, übersetzte Morales. »Er glaubt, sein Chef stehe mit Leuten in Verbindung, die von Petan aus operieren, unmittelbar auf der anderen Seite der Grenze in Guatemala.«

»Wie werden die Artefakte dort hingeschafft?«

»Er sagt, sie brächten die Gegenstände in ihren kleinen Booten den Fluss hinunter bis zu einer Stelle, wo Lastwagen auf sie warten. Dann führt der Weg vielleicht weiter nach Carmelita oder auch über die Grenze nach Belize. Ich habe gehört, was dann passiert. Die Artefakte werden auf Flugzeuge oder Schiffe verladen und nach Belgien oder in die Vereinigten Staaten gebracht, wo die Leute sehr viel Geld für sie zahlen.« Er warf Ruiz einen kurzen, beinahe mitleidigen Blick zu. »Wenn dieser zahnlose Idiot nur wüsste, dass die Bosse Hunderttausende von Dollar kassieren und er das ganze Risiko trägt.« Er kicherte. Ruiz glaubte, Morales hätte einen Witz gemacht, wenngleich er aufgrund seiner begrenzten Englischkenntnisse nicht verstand, dass er selbst die Zielscheibe des Spottes war. Er setzte sein zahnloses Grinsen auf.

Trout dachte nach. Gamay und Chi mussten zufällig auf die Schmuggler gestoßen sein. Sie flohen auf dem Fluss und benutzten dabei die gleiche Route wie die Diebe. Als der Helikopter sie entdeckte, versuchten sie gerade, ihre Verfolger hinter sich zu lassen. Paul bat Morales herauszufinden, wie weit die Ladestelle der Lastwagen von den Stromschnellen entfernt lag.

»Ein paar Nächte auf dem Fluss, sagt er. Er weiß nicht, wie viele Meilen das sind. Er sagt, der Fluss trockne manchmal stellenweise aus, so dass es nach der Regenzeit oft nur sehr langsam vorangehe.«

Trout bat den Piloten, aus dem Helikopter eine Karte der Gegend zu holen. Ein Fluss war nicht eingezeichnet, was mit Ruiz' Angaben übereinstimmte. Sie konnten nicht feststellen, welche Route Gamay einschlagen würde.

Die Befragung wurde durch einen Zwischenfall unterbrochen. Ein Junge von ungefähr zehn Jahren lief quer über das Maisfeld und rief etwas mit hoher Stimme. Er rannte bis zum Helikopter und teilte ihnen keuchend mit, dass sein Vater wieder da sei. Sie banden Ruiz fest und kehrten zu der Hütte zurück.

Der Farmer sagte, eigentlich wäre er früher zu Hause gewesen, aber er habe die Gelegenheit nutzen wollen, seinen Bruder zu besuchen, der in der Nähe des Dorfes wohne. O ja, sagte er nach einer ausführlichen Beschreibung des Familientreffens, mit dem Priester habe er auch gesprochen, aber der besitze das Funkgerät nicht mehr. Trout verlor den Mut – und fasste sogleich wieder neue Zuversicht, denn der Bauer sagte, stattdessen habe der Geistliche das Mobiltelefon benutzt, das er für Notfälle, zumeist medizinischer Art, im Haus hatte. Der Priester hatte die Behörden verständigt und den Farmer gebeten, folgende Botschaft zu überbringen, die dieser sich auf einem Stück Papier notiert hatte: »Sag den Männern in dem Helikopter, dass jemand zu ihnen geschickt wird.«

Jetzt, da die Rettung direkt bevorstand, wurde Trout sogar noch ungeduldiger. Er lief am Rand des Maisfelds auf und ab und schaute immer wieder in den wolkenlos blauen Himmel empor. Wenig später hörte er ein schwaches Brummen. Er lauschte angestrengt. Das Geräusch wurde lauter, bis er das Vibrieren der Luft auch auf der Haut spüren konnte.

Ein grünbraun lackierter Huey schoss über den Bäumen heran, unmittelbar gefolgt von einem zweiten. Trout schwenkte die Arme. Die Helikopter flogen einen engen Kreis über das Feld und landeten dann am Rand der Anpflanzung. Noch bevor die Rotoren zum Stillstand gekommen waren, öffneten sich die Türen, und Männer in Tarnanzügen stiegen aus. Morales, der Pilot, der Bauer und seine Familie eilten herbei, um die Neuankömmlinge zu begrüßen. Es waren insgesamt sechs, darunter ein Hauptmann im vorderen Hubschrauber und ein Sanitäter in der zweiten Maschine. Der Sanitäter untersuchte die anwesenden Absturzopfer und attestierte ihnen gute Gesundheit, abgesehen von ein paar oberflächlichen Verletzungen.

Trout und Morales gingen zu dem Helikopterwrack, aber Ruiz war verschwunden. Der *chiclero* hatte sich aus den hastig angelegten Fesseln gewunden. Nach einer kurzen Unterredung entschieden sie sich gegen eine zeitraubende Suche. Trout hätte gern herausgefunden, ob Ruiz noch über weitere Informationen verfügte, wenngleich nach den Aussagen des Schmugglers zu vermuten war, dass er sich am untersten Ende der Befehlskette befand. Paul versuchte, die Flucht optimistisch zu betrachten: Vielleicht würde Ruiz ja von einem Jaguar gefressen werden. Armer Jaguar. Sie dankten dem Farmer und seiner Familie für ihre Gastfreundschaft und stiegen in die Hueys. Innerhalb weniger Minuten glitten sie in mehreren hundert Metern Höhe über die Baumwipfel hinweg.

Knapp eine Stunde später landeten sie auf einem Armeestützpunkt. Der Hauptmann sagte, die Basis sei anlässlich des Indianeraufstands vor einigen Jahren an der Grenze zu Chiapas errichtet worden. Dann fragte er, ob sie eine Mahlzeit, ein Bad und frische Kleidung wünschten. Die Dusche konnte warten. Trout hatte Dringenderes im Sinn. Er bat, ein Telefon benutzen zu dürfen.

Austin saß in seinem Büro im Hauptquartier der NUMA und musterte die Fotos, die Zavala in Halcons Tiefgarage aufgenommen hatte, als das Telefon klingelte. Zavala hatte ihm die Fahrt zu Halcons Gebäudekomplex und das blutige Ballspiel beschrieben, und Austin berichtete ihm soeben von der Reise nach Nantucket und dem Treffen mit Angelo Donatelli. Als er Trouts Stimme hörte, verzog sich sein Gesicht zu einem breiten Lächeln. »Paul, gut, dass du dich meldest. Joe und ich haben erst vor ein paar Minuten von dir gesprochen. Hast du Gamay gefunden?«

»Ja und nein.« Trout erzählte Austin von dem Beinahetreffen am Fluss, dem Absturz des Helikopters und der anschließenden Rettung.

»Was wirst du jetzt tun, Paul?«, fragte Austin ruhig.

Am anderen Ende der Leitung erklang ein tiefes Seufzen. »Es tut mir wirklich Leid, Kurt, aber ich kann jetzt nicht zurückkommen. Nicht bevor ich Gamay gefunden habe.«

Austin hatte bereits eine Entscheidung getroffen. »Du brauchst nicht zu kommen. *Wir* kommen zu *dir.*«

»Was ist mit dem Auftrag, an dem wir gearbeitet haben? Diese Archäologensache?«

»Gunn und Yaeger können einen Einsatzplan ausarbeiten, während wir weg sind. Du bleibst, wo du bist, bis wir dort eintreffen.«

»Was ist mit dem Admiral?«

»Keine Sorge. Ich regle das mit Sandecker.«

»Ich bin dir wirklich sehr dankbar, Kurt. Mehr als du dir vorstellen kannst.« Diese Aussage war fast schon emotionaler, als Trouts Reserviertheit normalerweise zuließ.

Austin wählte Sandeckers Nummer und setzte ihn über den Stand der Dinge in Kenntnis.

Sandecker galt als ein Mann, der ein Projekt zu Ende führte, sobald er es begonnen hatte, aber er war genauso berühmt für die rückhaltlose Unterstützung seiner Untergebenen. »Ich habe Jahre gebraucht, um dieses Team für Sonderaufgaben zusammenzustellen, und ich werde nicht zulassen, dass eines der Schlüsselmitglieder von einer Horde verfluchter mexikanischer Banditen entführt wird. Holt sie da raus! Ihr habt die volle Unterstützung der NUMA.«

Austin hatte diese Reaktion erhofft, aber der Admiral war ziemlich unberechenbar, und so konnte man sich seiner Sache im Voraus nie ganz sicher sein. »Vielen Dank, Sir. Dann möchte ich zunächst um eine schnelle Transportgelegenheit nach Mexiko bitten.«

»Wann wollen Sie aufbrechen?«

»Ich möchte vorher noch eine Spezialausrüstung zusammenstellen. Sagen wir, in zwei Stunden?«

»Finden Sie sich mit Zavala und Ihrem Gepäck auf der Andrews Air Force Base ein. Ein Jet wird dort für Sie bereitstehen.«

Austin legte auf. »Gamay steckt in Schwierigkeiten, und Paul braucht unsere Hilfe.« Er schilderte kurz die Einzelheiten. »Sandecker ist einverstanden. Wir fliegen in ungefähr zwei Stunden von Andrews ab. Schaffst du das?«

Zavala stand auf und ging zur Tür. »Schon unterwegs.«

Austin führte sogleich ein weiteres Telefonat. Nach einem kurzen Gespräch verließ er ebenfalls das Büro und fuhr zum Bootshaus. Er verstaute Kleidung und einige Gegenstände in einem Matchbeutel und machte sich auf den Weg zum Flughafen. Auf Sandeckers Wort war Verlass. Ein Cessna-Citation-X-Privatjet ließ auf dem Rollfeld bereits die Motoren warm laufen. Der Rumpf und die Pfeilflügel waren im Türkis der NUMA lackiert. Austin und Zavala warfen ihre Taschen dem Kopiloten zu. Ein Armee-Pickup näherte sich, gefolgt von einem Gabelstapler. Zwei stämmige Soldaten der Special Forces stiegen aus und überwachten die Verladung einer großen Holzkiste von der Ladefläche des Wagens in den Frachtraum der Maschine.

Zavala hob eine Augenbraue. »Freut mich, dass du etwas Bier auf die Reise mitnimmst.«

»Ich dachte mir, Austins Grundausrüstung für Rettungseinsätze könnte uns vielleicht gelegen kommen.« Kurt quittierte einem der Soldaten den Empfang. Wenige Minuten später nahmen er und Zavala in der eleganten Kabine auf zwei der insgesamt zwölf Passagiersitze Platz, und das Flugzeug rollte auf die Startbahn.

Der Pilot meldete sich über den Lautsprecher.

»Wir haben soeben die Startfreigabe erhalten. Unsere Reisegeschwindigkeit wird Mach 0,88 betragen, so dass wir in weniger als zwei Stunden Yukatan erreichen dürften. Lehnen Sie sich zurück, und genießen Sie den Flug. Den Scotch finden Sie in der Bar, Soda und Eiswürfel im Kühlfach.«

Kurz darauf befand sich das Flugzeug in der Luft und stieg mit einer Vertikalgeschwindigkeit von rund 1200 Metern pro Minute auf Reiseflughöhe. Sobald der Steigflug beendet war, sprang Zavala aus dem Sitz. »Das hier ist der schnellste Ziviljet außer der Concorde«, sagte er mit verträumtem Blick, obwohl er praktisch jede Maschine auf der Erde bereits selbst geflogen hatte. »Ich werde mich mal zu den Jungs im Cockpit gesellen.«

Austin hatte nichts dagegen. So hatte er Gelegenheit zum Nachdenken. Er stellte die Rückenlehne zurück, schloss die Augen und versuchte, sich die Ereignisse vorzustellen, die Trout ihm am Telefon beschrieben hatte. Als Zavala zurückkehrte und ihm von den Piloten ausrichtete, dass sie gleich landen würden, hatte Austin bereits ein Gedankengerüst errichtet, fast wie ein Brückenbauer, der Stahlträger um Stahlträger ins Nichts hinausschiebt.

Trout erwartete sie bereits, als die Citation ausrollte. Er hatte unterdessen ein Bad genommen und sich rasiert. Seine Kleidung war in der Reinigung, und so hatte er sich einen Tarnanzug geliehen. Die Uniform war eigentlich für die kleinwüchsigeren mexikanischen Soldaten gedacht und betonte Trouts lange Arme und Beine, so dass er irgendwie spinnenartig aussah.

»Danke, dass ihr so schnell gekommen seid, Jungs«, sagte er und reichte ihnen die Hand.

»Wir hätten um nichts in der Welt darauf verzichten wollen, dich in dieser Uniform zu sehen«, sagte Austin und grinste.

»Meine Klamotten sind in der Wäsche«, erwiderte Trout mit sichtlichem Unbehagen.

»Der gescheckte Stoff steht dir wirklich ganz reizend«, sagte Austin. »Du siehst aus wie ein vornehmer Rambo, findest du nicht auch, Joe?«

Zavala schüttelte langsam den Kopf. »Ich weiß nicht. Ich glaube, Paul ist eher der Steven-Seagal-Typ. Oder Jean-Claude Van Damme.«

»Ich bin ja so froh, dass ihr auf NUMA-Kosten hergeeilt seid, um die Eleganz meiner Kleidung zu würdigen.«

»Gern geschehen. Das ist doch das Mindeste, was wir für einen Kumpel tun können.«

Trouts Miene wurde ernst. »Scherz beiseite, es ist schön, eure hässlichen Fratzen zu sehen. Danke, dass ihr so schnell gekommen seid. Gamay braucht wirklich dringend Unterstützung.«

»Sie kriegt mehr als das«, entgegnete Austin. »Ich habe einen Plan.«

Zavala schaute zu der Kiste hinüber, die soeben aus dem Flugzeug geladen wurde. »Oje«, sagte er.

Ein Scharfschütze musste nicht nur gut zielen können, sondern brauchte vor allem Geduld, dachte Guzman. Er saß am Ufer des Potomac River auf einer Decke im Gebüsch und hatte den Blick seiner kalten Augen auf das viktorianische Bootshaus gerichtet, das sich direkt gegenüber befand. Er harrte hier jetzt schon seit Stunden aus und war in einen losgelösten und zugleich wachsamen zombieähnlichen Zustand verfallen, der es ihm gestattete, das taube Gefühl seiner Pobacken und die Insektenstiche zu ignorieren. Er hatte die Sonne untergehen gesehen, und er war sich der Schönheit des Flusses bewusst, aber die wechselnden Lichteffekte und Schattenspiele berührten ihn in keiner Weise emotional.

Sogar noch bevor die automatische Zeitschaltuhr im Wohnzimmer des dunklen Hauses das Licht einschaltete, wusste er bereits, dass Austin nicht kommen würde. Er nahm das österreichische Steyr-SSG-69-Scharfschützengewehr vom Schoß und schaute durch das Kahles-ZF69-Zielfernrohr auf das Bild eines Schiffs, das drüben an der Wand hing. Falls er jetzt den Finger krümmte, würde mit einer Geschwindigkeit von 860 Metern pro Sekunde eine Kugel über den Fluss schießen. Er schnalzte mit der Zunge, senkte dann das Gewehr und wählte eine Nummer in der NUMA-Zentrale.

Die Ansage des Anrufbeantworters unterrichtete ihn davon, dass Mr. Austin für einige Tage nicht im Büro sein würde, nannte ihm die Sprechzeiten der NUMA und bat ihn, eine Nachricht zu hinterlassen. Guzman lächelte. Die Nachricht, die er für Mr. Austin hatte, würde er nur persönlich abliefern können. Er wählte eine andere Nummer. Der Empfänger saß in einem Wagen vor Zavalas Haus in Arlington.

»Abbruch«, sagte Guzman und trennte die Verbindung. Die beiden Männer in dem Auto sahen sich an und zuckten mit den Achseln. Dann ließen sie den Motor an und fuhren davon.

Am Potomac wickelte Guzman das Gewehr sorgfältig in die Decke ein und verschwand leise wie ein Gespenst im Unterholz.

35

Der Prahm glitt wie im Traum durch den unheimlichen Nebel. Feuchte Schwaden stiegen aus dem Fluss und formten sich zu ektoplasmatischen Geistern, die wie zur Warnung mit den durchscheinenden Armen winkten. *Bleibt weg.*

Gamay lenkte das Boot, während Chi wie eine geschnitzte Galionsfigur aus Mahagoni im Bug saß und mit scharfem Blick die dünnen Schleier nach menschlichen und anderen Hindernissen absuchte. Sie hatten an einer kleinen Insel in der Mitte des Flusses übernachtet und waren im Morgengrauen aufgebrochen. Chi hatte an Land auf dem übergroßen Hügel geschlafen, Gamay im Boot. Die Begegnung mit dem alten Gelbbart ließ sie noch immer erschaudern. Chi versicherte ihr, hier drohten ihr keine Schlangen. Selbst ein Wurm wäre ihr jetzt nicht recht, sagte sie und zog den unbequemen, aber relativ sicheren Prahm vor. Ein lautes Zischen ließ sie aufwachen, aber sie stellte erleichtert fest, dass es bloß von dem Gaskocher stammte. Chi kochte Kaffee. Nach einem schnellen, einfachen Frühstück machten sie sich früh wieder auf den Weg.

Die Vorräte aus der Speisekammer der *chicleros* würden noch tagelang reichen. Da ihnen in dem Prahm nur wenig Platz blieb, hatten sie eines der anderen Boote mit Nahrung, Wasserflaschen und Treibstoff beladen und zogen es hinter sich her. Diese zusätzliche Last verlangsamte ihr Vorankommen, aber die Vorräte waren unverzichtbar, falls sie überleben wollten.

Die Nebelphantome lösten sich schließlich in der Morgensonne auf, und es herrschte wieder klare Sicht, wenngleich sich stattdessen drückende Schwüle einstellte. Gamay hatte einen verbeulten Strohhut gefunden, der ihren Kopf vor einem Sonnenstich und ihre Augen vor dem blendend hellen tropischen Licht schützte.

Der Fluss schlängelte sich durch die Landschaft. Vor jeder Biegung hob Chi die Hand, woraufhin Gamay Gas wegnahm und den Motor im Leerlauf tuckern ließ. Jedes Mal trieben sie einige Minuten lang mit der Strömung und lauschten angestrengt, ob Stimmen oder Motoren zu hören waren. Sie fürchteten nicht länger einen Angriff von hinten, sondern richteten sich auf Überraschungen von vorn ein. Und keinesfalls wollten sie hinter einer Kurve unvermutet auf eine Bootsladung Banditen stoßen. Was den Hubschrauber anging, hatten sie noch immer keine Gewissheit erlangt. Nach wie vor wussten sie nicht, ob Freund oder

Feind darin saß. Der Helikopter hatte sie vor den Stromschnellen gerettet. Allerdings hatten sie nicht vergessen, dass sie ihm außerdem ihr Kentern verdankten.

Manchmal sprang ein Fisch aus dem Wasser, und das Platschen beim Eintauchen war laut wie ein Pistolenschuss in einer Tonne. Ansonsten hörten sie außer dem metallischen Gurgeln am Aluminiumrumpf des Boots nur das Schnattern und Kreischen der Vögel in den Bäumen sowie das Brummen und Sirren der Insekten. Gamay war froh, dass sie ausreichend Insektenschutzmittel gefunden hatten. Sie musste es häufig von neuem auftragen, denn der Schweiß und gelegentliche Regengüsse spülten die Lotion immer wieder ab. Chi schien von den Insekten nicht weiter belästigt zu werden. Natürliche Selektion, vermutete Gamay. Jeder Maya, der anfällig für Malaria oder eine andere von Insekten übertragene Krankheit war, dürfte den Viechern schon längst zum Opfer gefallen sein.

Nach einigen Stunden veränderte sich der Charakter des Wasserlaufs. Das Bett verengte sich auf ungefähr die halbe ursprüngliche Breite. Die Tatsache, dass für die gleiche Menge Wasser jetzt nur noch die Hälfte Platz blieb, sorgte für eine starke, wenngleich ruhige Strömung. Das flache Land war hügeliger geworden, die Uferböschungen waren steiler, höher und von undurchdringlichem Dickicht bewachsen.

Vorher hatte Gamay sich geärgert, dass sie zwar beständig, aber nur so langsam wie die *African Queen* vorankamen. Sie war sich nicht sicher, ob ihr diese Schlittenfahrt jetzt unbedingt besser gefiel. Je schneller sie wurden, desto weniger durften sie sich einen Fehler erlauben. »Ich würde gern wissen, wo wir sind«, murmelte sie und musterte die überwucherten Kalksteinwände, die sich zu beiden Seiten erhoben.

»Das habe ich mich auch gerade gefragt.« Chi schaute zum Himmel empor. »Immerhin wissen wir, dass es nach Osten geht, denn da ist die Sonne aufgegangen. Wir brauchen jetzt Ihre Pfadfinderfähigkeiten.«

Sie lachte. »Was wir *wirklich* brauchen, ist ein tragbares Satellitennavigationssystem.«

Chi griff in seinen Rucksack und holte das antike Instrument heraus, das sie in dem Höhlentempel gefunden hatten. Die Sonne glitzerte auf dem polierten Metall. Er reichte den Gegenstand an Gamay weiter. »Wissen Sie, wie man damit umgeht?«

»Als Meeresbiologin verbringe ich den Großteil meiner Zeit unter Wasser und überlasse es den anderen, mich dort hinzubringen. Aber ich habe auch ein paar Navigationskurse belegt.«

Chi übernahm die Ruderpinne, während Gamay das Instrument untersuchte. Bislang hatte sie seit der Entdeckung des Geräts noch keine Gelegenheit dazu gehabt. Auch jetzt bewunderte sie wieder die Kunstfertigkeit, mit der man das kastenförmige Holzgehäuse und die runden, ineinander greifenden Zahnräder angefertigt hatte. Die Schriftzeichen waren zweifellos altgriechisch und bezeichneten die Namen mehrerer Götter.

Sie drückte mit dem Zeigefinger gegen das größte Zahnrad, aber es war festgerostet, wie auch die anderen beweglichen Teile. In dieses Rad waren Tierbilder eingraviert. Schafe. Ziegen. Ein Bär. Sogar ein Löwe. Aus der Anordnung schloss Gamay, dass die Abbildungen vermutlich Sternkonstellationen repräsentierten. Sie musste an die Sternentabellen aus Pappe denken, auf denen drehbare Scheiben den Nachthimmel zu jeder beliebigen Jahreszeit darstellen konnten. Clever.

»Wer auch immer dieses Gerät konstruiert hat, war ein Genie«, sagte sie. »Ich habe nur einen Teil der Funktion begriffen. Es verrät dem Benutzer, wie der Nachthimmel zu einer bestimmten Zeit des Jahres aussieht. Viel wichtiger aber war die umgekehrte Benutzung – anhand des Nachthimmels konnte man das ungefähre Datum feststellen.«

»Anders gesagt, ein Himmelskalender, der von unschätzbarem Wert war, wenn man den Anfang der Regenzeit und den Beginn von Aussaat und Ernte ermitteln wollte.«

»Oder auch den besten Termin, um in See zu stechen. Zudem

konnte man die eigene Position bestimmen. Die Rückseite lässt sich als Sextant benutzen, um relativ genau den Azimut der Sonne zu bestimmen.«

»Und wofür wurden die anderen Räder benutzt?«

»Vielleicht als Dosenöffner, soweit ich erkennen kann. Da müssen Sie schon jemanden mit technischem Fachwissen fragen«, sagte Gamay und schüttelte den Kopf. »Zu schade, dass der Mechanismus korrodiert ist. Ich wüsste schon ganz gern, wo wir uns befinden.«

Chi wühlte in seinem Rucksack und zog eine Karte hervor, die er dann auf den Knien ausbreitete. »Der Fluss ist nicht eingezeichnet«, sagte er und zog ihre ungefähre Route mit dem Finger nach. »Ich vermute, dass er nur direkt nach der Regenzeit so groß ist. Wenn wir unsere Richtung und Geschwindigkeit berücksichtigen, würde ich vermuten, dass wir die Grenze nach Guatemala entweder schon überschritten haben oder uns kurz davor befinden. Außerdem würde das einen Sinn ergeben. Die geraubten Artefakte werden durch Guatemala nach Belize und von dort aus in alle Welt geschmuggelt.«

»Eine Reise nach Guatemala war eigentlich nicht geplant, als ich für die NUMA hierher gekommen bin. Aber ich schätze, mir bleibt kaum eine andere Wahl.«

»Betrachten Sie es positiv«, sagte Chi. »Wir erhalten die Gelegenheit, diesem furchtbaren Schmuggel antiker Kunstgegenstände ein Ende zu bereiten.«

Gamay hob eine Augenbraue. Sie hoffte, Chis Optimismus würde zumindest teilweise auf sie abfärben. Angesichts der prekären Lage, die jede Minute in ein tragisches Ende umschlagen konnte, hatte sie sich und Chi bislang noch nicht als Banditenjäger gesehen. Sie wollte in erster Linie *überleben* und hatte das Versteckspiel langsam satt. Die Tatsache, dass sie beide noch am Leben waren, basierte vermutlich größtenteils auf reinem Glück.

Sie deutete auf mehrere Stellen der Karte, die jeweils mit einem

X markiert waren. »Haben Sie eine Ahnung, was das sein könnte?«

Chi dachte kurz nach. »Es könnte alles Mögliche bedeuten«, sagte er dann. »Ausgrabungsstätten, Lager für Artefakte oder Vorräte, Verladeplätze.«

»Und wir steuern mitten in dieses Wespennest hinein, falls Ihre Berechnung stimmt.« Sie nahm das Instrument und gab es Chi zurück.

»Interessant«, sagte Chi nachdenklich und verstaute den antiken Gegenstand wieder sorgfältig in seinem Rucksack. »Vor lauter Eifer, diesem Ding einen praktischen Nutzen abzuringen, haben wir seine archäologische Bedeutung ganz vergessen.«

»Ich überlasse es anderen, diese Aufgabe zu lösen. Immerhin bin ich bloß Meeresbiologin.«

»Dennoch können Sie nicht leugnen, dass die Entdeckung eines antiken griechischen Artefakts in einer präkolumbischen Umgebung gewisse Fragen aufwirft.«

»Fragen, die ich nicht beantworten kann.«

»Ich auch nicht. Noch nicht. Aber ich weiß, dass ich bereits bei der leisesten Andeutung, es habe einen präkolumbischen Kontakt mit Europa gegeben, den Zorn des archäologischen Establishments heraufbeschwören werde. Dieses Instrument ist nicht von allein hergekommen. Es wurde entweder von Europäern mitgebracht, die nach Amerika gekommen sind, oder es reiste im Gepäck von Amerikanern, die aus Europa zurückkehrten.«

»Vielleicht ist es ganz gut, dass wir vorerst niemandem davon erzählen können«, sagte Gamay.

Die weiterhin anwachsende Strömung beendete ihre Diskussion. Der Fluss war inzwischen noch schmaler geworden und glich mittlerweile einer Schlucht, deren Wände steil und hoch emporragten. Chi hatte Mühe, das Boot unter Kontrolle zu behalten, und so übernahm Gamay wieder das Ruder. Bis jetzt war noch kein Rauschen zu vernehmen, das auf nahende Stromschnellen hingedeutet hätte, aber Gamay blieb wachsam.

»Wir werden immer schneller«, sagte sie zu Chi.

»Können Sie uns nicht ein wenig abbremsen?«

»Der Motor läuft so gut wie im Leerlauf, so dass ich gerade noch Gewalt über das Steuer behalte. Halten Sie Augen und Ohren offen. Falls weiter vorn eine kritische Stelle erscheint, lenke ich ans Ufer, und wir überlegen uns, was zu tun ist.«

Am Fuß der hohen seitlichen Wände befand sich ein schlammiger Uferstreifen von wenigen Metern Breite. Genug Platz, um eine Verschnaufpause einzulegen. Dann kam ihr ein beruhigender Gedanke. Dies war der einzig mögliche Weg, den die *chicleros* genommen haben konnten, und das bedeutete, dass der Fluss mit einem kleinen Boot befahrbar war. Das Boot im Schlepptau allerdings war nur schwer zu kontrollieren. Sie sollten besser das Ufer ansteuern, die Vorräte umladen und das zweite Boot zurücklassen.

Plötzlich wurde der Fluss noch einmal bedeutend schmaler, und die Geschwindigkeit des Wassers verdoppelte sich.

Gamay und Chi schauten sich beunruhigt an. Noch immer keine Stromschnellen zu hören. Sie durchfuhren soeben einen lang gezogenen Bogen, und die Ufer kamen so nah, dass es schien, als könnte man sie beinahe berühren. Gamay hatte vor, sich an der Außenbahn der Kurve zu halten und den Prahm einfach auf den schmalen Strand auflaufen zu lassen. Das Vorratsboot brach seitlich aus und zerrte in die andere Richtung, so dass Gamay kaum noch lenken konnte. Sie wusste aus Erfahrung, dass auf einem Boot selbst der kleinste Fehler zu einem Drama führen konnte. Nur drastische Maßnahmen würden ein Unglück verhindern.

»Losschneiden!«, rief sie.

Chi starrte sie verständnislos an.

Sie ahmte mit der Hand eine Schneidebewegung nach. »Schneiden Sie die Leine zum anderen Boot durch, oder sie wird sich in unserer Schraube verfangen.«

Chi hatte verstanden und reagierte sofort. Mit einem schnellen Hieb seiner Machete durchtrennte er das Schlepptau. Der beladene Prahm begann sich langsam zu drehen und trieb direkt auf sie zu. Gamay und Chi starrten beide dem Boot entgegen und hofften, es würde sie verfehlen. Ein Zusammenstoß in diesem schmalen Cañon wäre eine Katastrophe. Da Gamay nach hinten schaute und versuchte, durch Einsatz des Ruders eine Kollision zu vermeiden, übersah sie die Kalksteinwand, die plötzlich vor ihnen aufragte. Erst im allerletzten Moment drehte sie sich um.

Der Prahm schoss durch eine Öffnung in der Wand. Gamay duckte sich, um nicht mit dem Kopf anzuschlagen. Innerhalb weniger Sekunden sog der schnell fließende Strom sie tief in den finsteren Rachen, und auch das letzte bisschen Tageslicht verlosch.

»Wir brauchen eine Taschenlampe, Professor«, sagte sie. Ihre Stimme hallte in der pechschwarzen Dunkelheit wider.

Chi schaltete die Lampe ein, und der Lichtstrahl fiel auf nasse Felsen, die in nur wenigen Metern Entfernung schimmerten. Gamay riss die Pinne herum, um einen Zusammenstoß zu vermeiden, doch die Bewegung war zu hastig, und der Prahm stellte sich seitlich zur Strömung. Nach ein paar heiklen Momenten bekam sie das Boot wieder unter Kontrolle und richtete es aus.

Chi leuchtete voraus. Der unterirdische Fluss erinnerte Gamay an eine Wasserrutsche, allerdings verspürte sie nicht den geringsten Spaß dabei. Vor allem, nachdem im Lichtstrahl etwas an der Decke zu erkennen war, das wie eine dichte Schicht schwarzer Blätter aussah. Tausende rot glühender Punkte reflektierten das Licht. Gamay hielt den Atem an, weniger aus Angst als wegen des überwältigenden Ammoniakgestanks.

»Ich *hasse* Fledermäuse«, murmelte sie und biss die Zähne zusammen.

»Bleiben Sie ruhig, dann wird auch nichts passieren«, warnte Chi.

Der Hinweis war überflüssig. Der Gedanke an ledrige Schwingen und nadelspitze Zähne ließ Gamay von ganz allein erstarren.

Die Tiere blieben jedoch, wo sie waren, und nach einiger Zeit verringerte sich die Anzahl der Fledermäuse immer weiter, bis man schließlich gar keine mehr ausmachen konnte.

»Faszinierend«, sagte Chi. »Ich habe noch nie gesehen, dass ein Fluss so abrupt unter der Erde verschwindet.«

»Bitte verzeihen Sie, Professor Chi, aber für meinen Geschmack hat Ihr Land viel zu viele Höhlen und Löcher im Boden.«

»*Sí*, Dr. Gamay. Ich fürchte, es ist wie ein Schweizer Käse.«

Gamay versuchte, der Situation eine positive Seite abzugewinnen, fand aber keine. Sie waren ins Innere der Erde gesogen worden, und es gab keine Garantie dafür, dass sie je wieder herauskommen würden. Zwar war dies die Route, die auch die *chicleros* benutzten, aber unter Umständen bedeutete das nur, dass sie und Chi schon bald anderen Schmugglern in die Hände fallen würden. Gamay kippte den Motor nach vorn, so dass die Schraube aus dem Wasser gehoben wurde, und benutzte ab jetzt ein Paddel zum Steuern. Immer wenn der Prahm lautstark gegen die Seiten der Höhle schrammte, stießen sie sich mit Händen und Füßen wieder ab.

Gamay packte einen kleinen Stalagmiten und wickelte das Ende der abgeschnittenen Schleppleine darum. Die provisorische Klampe hielt. Sie krochen auf einen Felsvorsprung und entzündeten eine Laterne. Gamay rechnete damit, dass irgendwann ihr Vorratsboot vorbeisausen würde, aber es musste sich irgendwo verfangen haben. Chi bedauerte den Verlust seines Schweinefleischs. Gamay sagte, vielleicht würden sie es später wieder finden. Ihr würde das Dosenfleisch bestimmt nicht fehlen, aber der Treibstoff und die Wasserflaschen wären recht hilfreich gewesen.

Sie aßen ein paar zähe, kalte Tortillas und erörterten ihre Alternativen. Wie sie feststellten, blieb ihnen nur eine Möglichkeit: Sie mussten weiterfahren. Keiner von beiden sprach aus, was zu befürchten war. Dass nämlich der Fluss in einer Sackgasse endete. Oder überhaupt nicht mehr aufhörte. Der Gedanke hing wie ein Damoklesschwert über ihren Köpfen.

Sie kletterten zurück ins Boot, warfen den Motor an, um wieder mehr Kontrolle über die Lenkung zu haben, und ließen sich eine weitere halbe Stunde treiben. Die feuchte, modrige Luft rief immer häufiger Hustenanfälle hervor. Gamay fühlte sich, als würde ihre Lunge genauso wie der Rest ihres Körpers anfangen zu schimmeln. Die Strömung schien nachzulassen. Chi, der auch weiterhin vorausleuchtete, rief ihr zu, dass der Fluss ab jetzt wieder fast so breit sei wie oberhalb der Stromschnellen. Er hatte die Laterne in den Bug des Boots gestellt. Der gelbe Lichtschein erhellte anscheinend eine ausgedehnte Höhle.

»Halt!«, brüllte Chi, um das plötzlich widerhallende Motorengeräusch zu übertönen.

Gamay ging vom Gas und riss das Ruder herum. Nur knapp vermied sie eine Kollision mit der schwarzen Wand vor ihnen. Der Fluss war wieder verschwunden. Wahrscheinlich noch tiefer hinab, vermutete sie. Sie befanden sich in einem großen Becken. Ein schmaler Seitenarm zweigte vom Hauptstrom ab. In Ermangelung einer anderen Möglichkeit steuerte Gamay den Prahm in diesen offenbar künstlich angelegten Kanal.

Chi machte die Laterne aus, beugte sich vor und starrte in die Dunkelheit. Ein schwaches orangefarbenes Glühen wurde immer größer und heller, je näher sie kamen. Schließlich erkannten sie eine flackernde Kerosinlampe, die am Pfosten eines kleinen Piers hing. Gamay ließ das Boot neben zwei gleichartige Prahme gleiten, die am Steg angebunden waren, und schaltete den Motor aus. Sie lauschten angestrengt, aber außer ihrem eigenen nervösen Atem hörten sie nichts.

»Ich schätze, die Fahrt ist zu Ende«, sagte Gamay.

Sie packten ihre verbleibenden Vorräte in Chis Rucksack und schlichen vorsichtig den Pier entlang, der als Verlängerung eines gleich hohen Kalksteinvorsprungs diente und ungefähr so breit wie ein Bürgersteig war. Der Gang wurde breiter, und die unbehauenen Wände wichen glatteren Flächen. Gamay und Chi folgten der Lichterkette und huschten von einer Laterne zur nächsten, bis sie eine große Kammer erreichten. Wände und Decke waren glatt und von rechtwinkligen Einschnitten übersät.

Chi schaute sich um. »Das hier war ein Steinbruch. Vermutlich wurde hier früher Kalkstein für die Tempel und Häuser gewonnen. Wir befinden uns mitten in einer Anlage der Maya.«

»Ich glaube nicht, dass die alten Maya Kerosinlampen benutzt haben.«

»Da haben Sie Recht. Immerhin heißt das für uns, dass es hier irgendwo einen Eingang geben muss.«

Sie erkundeten die weiteren Räume und fanden Dutzende von Holzkisten, die auf Paletten gestapelt waren. Chi ging die Reihe entlang und schaute in die Kisten. »Unglaublich«, flüsterte er. »Hier dürften sich mehrere hundert Maya-Artefakte befinden. Dieser Steinbruch wird zur Lagerung von gestohlenen Altertümern benutzt.«

»Das ergibt einen Sinn«, stimmte Gamay ihm zu. »Die Beute wird über den Fluss hergebracht und von hier aus weiterversandt.« Ihr ging ein Licht auf. »Man braucht Transportfahrzeuge, um die Artefakte von hier wegzuschaffen.«

Chi hörte ihr nicht zu. Er stand vor einigen breiten Regalen, die an der Wand der Kammer angebracht waren. Der Strahl seiner Taschenlampe fuhr über eine Reihe großer Steinblöcke, die nebeneinander auf den Regalböden lagen, als wäre das hier die Auslage eines Grabsteingeschäfts. »Da sind wieder die Boote«, flüsterte er.

Gamay kam zu ihm und bemerkte die eingemeißelten Bilder auf den Steinen. »Die sehen fast genauso aus wie das Relief in der Ruinenstadt.«

»Ja. Wie es scheint, findet die Plünderung in weitaus größerem Maßstab statt, als ich vermutet habe. Die Banditen müssen noch auf weitere vergleichbare archäologische Stätten gestoßen sein. Sie haben eine motorbetriebene Diamantsäge benutzt, um diese Stücke aus der Wand herauszuschneiden.« Er seufzte auf. »Es ist eine Tragödie.«

Die intellektuelle Neugier war vorübergehend stärker als ihr

Überlebensinstinkt. Sie wären vielleicht noch den ganzen Tag hier geblieben und hätten das Material gesichtet, wäre Gamay am anderen Ende des Steinbruchs nicht ein heller weißer Schein aufgefallen. *Tageslicht.* Endlich ein Ausweg aus dieser gruseligen Umgebung. Schon seit sie das Boot verlassen hatten, beschlich Gamay das Gefühl, sie seien nicht allein an diesem Ort. Sie schaute sich kurz um, packte Chi am Arm und zerrte ihn förmlich von den steinernen Artefakten weg.

Das Licht fiel durch eine Öffnung herein, die annähernd so breit wie ein Garagentor war. Darüber wölbte sich ein typischer Torbogen der Maya mit vorspringendem Kragstein. Sie kamen nach draußen. Nach der dunklen Kühle traf sie die drückende Hitze wie ein Schlag ins Gesicht, und das helle Sonnenlicht ließ sie blinzeln. Vor der Öffnung befanden sich eine primitive Laderampe und ein Kran, an dem eine Winde hing. Der Boden rund um die Plattform war von Motoröl durchtränkt und von Reifenspuren aufgewühlt.

Gamay trat nach vorn, um sich die Sache genauer anzusehen. Dann bemerkte sie eine Bewegung am Rand ihres Gesichtsfelds und hielt inne. Sie schaute nach rechts, dann nach links, und was sie da sah, gefiel ihr gar nicht. Der Eingang des Steinbruchs lag in einer Hügelflanke, und zu beiden Seiten stand jeweils ein Mann. Einer der beiden richtete ein Gewehr auf sie, der andere eine Schrotflinte auf Chi. Außerdem trug jeder der Männer eine Pistole im Gürtel. Gamay und Chi schauten sich an und kamen stillschweigend überein, keine hastigen Bewegungen zu machen. Ihr einziger Fluchtweg war der Höhleneingang, und auch der wurde ihnen gleich darauf versperrt, weil nämlich ein dritter Bewaffneter dort erschien. Ihr Gefühl hatte sie also nicht getrogen, dachte Gamay reumütig.

Alle drei Männer waren so schmutzig und unrasiert wie ihre Gefährten, von denen Gamay und Chi noch vor kurzem gejagt worden waren, aber diese *chicleros* wirkten irgendwie härter und disziplinierter. Es passte ins Bild. Die Männer draußen an der Ausgrabungsstätte standen in der Rangordnung ganz unten. Sie waren die Arbeiter, die das Beutegut freilegten, und die Lastesel, die es transportierten. Das hier mussten die Wachen sein. Der dritte Mann erteilte den anderen einen schroffen Befehl. Sie bedeuteten Gamay und Chi mit ihren Waffen, auf einem Pfad voranzugehen, der von dem Steinbruch wegführte.

Einige Minuten lang gingen sie durch den Wald. Dann erreichten sie eine Stelle, an der man Bäume und Unterholz weggehackt hatte, um Platz für einen verbeulten und schlammbespritzten GMC Pickup mit Allradantrieb zu schaffen. Die Tür einer kleinen Hütte stand offen und gestattete einen Blick auf die ölverschmierten Werkzeuge, die dort hingen. Ein Mann arbeitete an dem Motor des Wagens. Als er die anderen näher kommen hörte, trat er von der offenen Motorhaube zurück. Er war ein magerer, wachshäutiger Mann, dessen struppiger schmaler Bart ihn wie ein armseliges Teufelchen aussehen ließ. Er und der Anführer der Wachen sprachen miteinander. Auch ohne ein Wort Spanisch zu verstehen, erkannte Gamay, dass der Mechaniker der Chef der Gruppe war.

Er richtete eine Frage an Chi, der erneut so tat, als wäre er ein unterwürfiger Tagelöhner. Sie wechselten ein paar Worte, dann runzelte der Mann die Stirn und schüttelte den Kopf. Seine Miene verriet, dass er genug gehört hatte. Erleichtert stellte Gamay fest, dass niemand hier sie lüstern anstarrte und ihr im Gegensatz zu den früheren Begegnungen keine Vergewaltigung zu drohen schien. Allerdings empfand sie es nicht als sonderlich beruhigend, dass der Mann während der gesamten Unterredung mit Chi die Hand auf dem Pistolengriff behielt. Der Fremde dachte kurz nach, stieg in das Führerhaus des Wagens und sprach leise mit jemandem, dessen Stimme krächzend aus einem Funkgerät ertönte. Das Gespräch verlief stellenweise hitzig, aber der Mechaniker lächelte, als er zurückkam und den Wachen einen Befehl erteilte. Sie packten Gamay und Chi und stießen sie hinter dem Wagen unsanft zu Boden. Dann fesselten sie ihnen die Füße und banden ihre Arme an der Stoßstange fest.

»Was hat er gesagt?«, fragte Gamay, nachdem man sie allein gelassen hatte.

»Ich habe ihm erzählt, wir hätten uns verirrt. Dass Sie eine Wissenschaftlerin seien und ich Ihr Führer und dass wir ungewollt in die Höhle gezogen worden wären.«

»Hat er Ihnen die Geschichte abgekauft?«

»Das wäre ohnehin egal. Er sagt, sein Befehl lautete, jeden zu erschießen, den er hier antrifft. Aber er hat über Funk mit seinen Bossen gesprochen, und die haben ihm befohlen, uns zu ihnen zu bringen.«

»Er schien recht froh zu sein, den schwarzen Peter weitergeben zu können. Wie viel Zeit bleibt uns?«

»Der Wagen hat ein Problem mit dem Motor. Sobald das repariert ist, brechen wir auf.«

Gamay atmete tief durch. Sie hatte keine Angst. Sie war bloß müde und in gewisser Weise entmutigt, dass man sie nun doch noch erwischt hatte. Nachdem sie sich die letzten paar Tage auf dem Fluss abgemüht hatten, war ihnen die Freiheit zum Greifen nah vorgekommen. Doch trotz all der Anstrengung sah es jetzt kein bisschen besser für sie aus als anfangs in der Höhle. Immerhin, diese *chicleros* geiferten sie nicht an und drohten ihr auch nicht offen mit Vergewaltigung. Und sie würden nicht zu Fuß durch den Wald marschieren müssen. Sie dachte über den Pickup nach. Vielleicht war der ihr Ticket in die Freiheit, falls es ihnen irgendwie gelingen würde, vier bewaffneten Männern den Zündschlüssel zu entreißen. Sie lehnte ihren Kopf gegen die Stoßstange und ging die Alternativen durch. Schon bald wurde ihr klar, dass ihnen beim gegenwärtigen Stand der Dinge nur noch eines helfen konnte: ein Wunder. Sie schloss die Augen. Es würde eine lange Nacht werden.

36

Zavala saß im vorderen Helikopter und sah im Licht der Morgendämmerung die Leichen. Der Huey flog dicht über den Baumwipfeln und folgte soeben den vielen Windungen und Biegungen des Flusses, als Joe das menschliche Treibgut in einer kleinen Bucht entdeckte. Er bat den Piloten, tiefer zu gehen, um einen zweiten Blick auf die Stelle werfen zu können. Der Huey flog eine Kehre und verharrte über dem Wasser. Zavala lehnte sich aus der großen Seitentür und musterte die aufgedunsenen Körper. Dann rief er über Funk den zweiten Hubschrauber, der über ihnen langsam einen großen Kreis beschrieb.

»Paul und Kurt, soweit ich sehen kann, besteht kein Grund zur Beunruhigung. Es scheint sich ausschließlich um Männerleichen zu handeln.« Mit anderen Worten, Gamay befand sich nicht unter den Toten.

»Bist du sicher?«, erwiderte Trout.

»Soweit das von hier oben möglich ist.«

Austins Stimme schaltete sich ein. »Danke. Das hier ist ein guter Ort für unseren Absprung. Wie steht's mit unserer Limousine?«

»Voll getankt und startbereit.«

»Gut. Dann lasst uns anfangen.«

Die beiden Helikopter, die ihnen von der mexikanischen Armee zur Verfügung gestellt worden waren, hatten zunächst die alten Ruinen überflogen, bei denen Gamay ursprünglich in Bedrängnis geraten war. Trout wollte, dass seine NUMA-Kameraden einen möglichst kompletten Eindruck von Gamays und Chis Fluchtweg bekamen. Dann ging es weiter über die Stromschnellen flussabwärts, bis die Leichen in Sicht kamen.

Zavala leitete Austins Befehl an den Piloten weiter. Der Huey schwebte zum breitesten Teil des Flusses und sank dann langsam herab, bis das große Objekt, das unter seinem Rumpf baumelte, die Wasseroberfläche berührte. Zavala betätigte den Abwurfknopf, und der Hubschrauber ruckte ein Stück empor, als er so plötzlich von der Traglast befreit wurde. Dann flog der Huey beiseite, und die andere Maschine mit Austin und Trout an Bord schob sich an seine Stelle.

Austin stieg als Erster zur Luke hinaus und seilte sich flink zu dem Gefährt ab, das wie eine überdimensionale, annähernd bananenförmige Badewanne aussah. Er klinkte sich aus der Leine und drückte den Knopf des Anlassers. Dann manövrierte er das seltsame Fahrzeug unter das zweite Seil, an dem soeben Trout nach unten glitt.

Danach wurde eine wasserdichte Tasche zu ihnen heruntergelassen. Trout nahm sie in Empfang. Es war nicht einfach, direkt unter dem Luftstrom des Rotors in Position zu bleiben. Als der hoch gewachsene Trout sich nach der Tasche streckte, in der ihre lebensnotwendige Ausrüstung verstaut war, wirkte er beinahe wie ein Basketballspieler auf dem Weg zum Korb. Wenngleich seine würdevolle Art erkennen ließ, dass er akademisch gebildet war, und obwohl sein schlanker Körperbau auf eine vermeintlich schwache Konstitution hindeutete, hatte Trout während seiner Zeit als Fischer an Schultern und Armen reichlich Muskelmasse angesammelt. Mit Leichtigkeit hob er die baumelnde Tasche vom Haken, und der Huey drehte ab.

»Normalerweise nehme ich keine Anhalter mit, aber du hast so ein ehrliches Gesicht«, brüllte Austin über den Lärm des Hubschraubers hinweg.

Trout lächelte. Trotz seiner Sorge um Gamay war er froh, endlich etwas *tun* zu können. Er nahm das Handfunkgerät vom Gürtel und sprach hinein.

»Danke für den Transport der Limousine, Joe.«

»Gern geschehen. Macht am besten zuerst einen Testlauf, bevor ihr aufbrecht.«

Die »Limousine« war ein Zwei-Personen-Amphibienfahrzeug Marke Seal, eines der kleinsten Hovercrafts, die es gab. Der grasgrüne Rumpf aus Schaumstoff und Fiberglas, mit rundem Heck und spitz zulaufendem Bug, war lediglich viereinhalb Meter lang. Die vereinte Kraft der Antriebsdüse und des Hubpropellers schob das Gefährt auf einem Luftkissen voran, sowohl auf dem Wasser als auch an Land. Bei voller Nutzlast erreichte es eine Höchstgeschwindigkeit von vierzig Kilometern pro Stunde. Austin hatte an Nina Kirovs Erlebnis mit dem großen Hovercraft gedacht und war zu dem Schluss gekommen, dass nicht nur die Bösewichter Spaß am Fahren haben sollten. Das Seal war für Jäger oder in der Wildnis beheimatete Leute gedacht, die auf ein möglichst variables Transportmittel angewiesen waren. Die Special Forces hatten die zivile Ausführung leicht modifiziert und das Fahrzeug mit einer Lafette für ein leichtes Maschinengewehr versehen sowie mit einem Scheinwerfer und Infrarotsichtgeräten ausgestattet.

Austin drehte den zwanzig PS starken Briggs-and-Stratton-Motor auf und fühlte, wie das Seal sich auf seinem Luftkissen aus dem Wasser erhob. Er fuhr mit wechselnder Geschwindigkeit ein paar Kreise und Schleifen. Nachdem Kurt sich überzeugt hatte, dass er die Steuerung beherrschte, ließ er Trout ans Ruder. Während dieser sich mit dem kleinen Gefährt vertraut machte, öffnete Austin die Vorratstasche und holte seine Pistole sowie zwei CAR-15 hervor, kürzere Karabiner-Versionen des M16. Die Gewehre konnten bei Dauerfeuer eine Kadenz von bis zu 950 Schuss pro Minute erreichen. Zudem konnte man mit diesen Waffen Gewehrgranaten verschießen.

Austin wäre sehr froh gewesen, die Angelegenheit ohne Schusswechsel hinter sich bringen zu können, aber er war diesbezüglich nicht allzu zuversichtlich. Trouts Tarnuniform kam ihm nicht länger komisch vor. Er hatte sich sogar selbst eine entsprechende Ausrüstung geborgt und sein weißblondes Haar unter einer passenden Schirmmütze verborgen.

Nichts hätte sie auf den durchdringenden Gestank vorbereiten können, der sie bei den treibenden Leichen erwartete. Die beiden

NUMA-Männer tauchten ihre Halstücher in den Fluss und banden sie sich vor die Nase, bevor sie sich weiter näherten. Die Leichen sahen aus, als hätte sie jemand aufgepumpt. Mit fest zusammengepressten Lippen machte sich Trout daran, die Körper einen nach dem anderen genau in Augenschein zu nehmen.

Nachdem er sich vergewissert hatte, nahm er das Funkgerät. »Alles in Ordnung, Joe. Gamay ist nicht dabei.«

»Freut mich, das zu hören, Kumpel.«

»Ich schätze, das hier sind die Kerle, die versucht haben, uns abzuschießen.« Er erschauderte und musste an Gamays knappes Entrinnen vor den Stromschnellen denken.

»Wir fliegen schnell mal den weiteren Flussverlauf ab. Vielleicht wartet sie ja direkt hinter der nächsten Biegung darauf, dass du und Kurt sie retten.«

»Nochmals danke, dass du mir deinen Platz überlassen hast.«

»Kein Problem, *amigo.*«

Es hatte am Abend zuvor eine kurze Diskussion darüber gegeben, wer Austin begleiten würde. Zavala wollte nur zu gern mitkommen, aber er wusste, dass Trout dabei sein sollte, wenn sie Gamay fanden, ob nun tot oder lebendig. Außerdem gab es noch einen eher praktischen Grund für diese Wahl: Sie benötigten in ihrem Befehlsstand jemanden, der Spanisch sprechen und als Verbindungsmann zu den Mexikanern dienen konnte.

Kurz darauf verschwanden die beiden Hueys jenseits der Baumwipfel. Austin lenkte das Seal flussabwärts und gab Gas. Das Hovercraft hob sich aus dem Wasser und schob wie durch ein Katapult beschleunigt voran. Als er seine Freunde bei den Special Forces gefragt hatte, welches Fahrzeug sie ihm für diesen Einsatz empfehlen könnten, wusste Austin bereits, dass sich per Luftaufklärung zwar innerhalb kurzer Zeit ein großes Gebiet abdecken ließ, der Flachlandregenwald jedoch etwas so Kleines wie eine menschliche Person vor allen Blicken verbergen würde.

Sie wechselten sich am Steuer ab und fuhren mit einer Geschwindigkeit von rund dreißig Kilometern pro Stunde. Nach den Stromschnellen hatten Gamay und Chi zwar noch geraume Zeit auf dem Fluss zugebracht, doch die dabei von ihnen zurückgelegte Strecke betrug kaum achtzig Kilometer. Durch die weitaus höhere Geschwindigkeit des Hovercrafts und angesichts der Tatsache, dass Austin und Trout keine Übernachtung einlegen mussten, würden sie dieselbe Distanz in einem Bruchteil der Zeit bewältigen können. Pauls scharfe Augen erspähten vor ihnen in der Mitte des Flusses einen Gegenstand, der im Sonnenlicht glitzerte. Sie hielten an einer winzigen Insel, und Trout stieg aus. Chi hatte peinlich genau darauf geachtet, keinen Müll zu hinterlassen, aber dennoch war die Verpackung einer Nahrungsration seinen Blicken entgangen. Wortlos kehrte Trout zum Boot zurück und zeigte Austin den Fund. Kurt nickte, packte den Gasgriff und beschleunigte auf Höchstgeschwindigkeit. Die Jagd war eröffnet!

Das Funkgerät knisterte, und Zavalas Stimme ertönte. »Kurt, das hier ist völlig verrückt!«

»Wir hören dich, Joe. Was ist los?«

»Ich bin mir nicht sicher. Wir sind dem Fluss vor euch gefolgt. Er schlängelt sich hin und her und verengt sich nach einer Weile zu einer Art Cañon. Von Gamay oder Chi war nichts zu sehen, aber noch während wir hier durch die Gegend gondeln, verschwindet der Fluss auf einmal.«

»Wie bitte?«

»Der Fluss *hört einfach auf.* In einer Sekunde fließt er noch so vor sich hin, und in der nächsten ist er verschwunden.«

»Wo seid ihr jetzt?«

»Wir arbeiten gerade ein Suchraster ab, um zu versuchen, den Flusslauf wieder zu finden. Falls uns das nicht gelingt, fliegen wir zu euch zurück.«

Das kleine Hovercraft fuhr weiter. Auch Paul und Kurt bemerkten jetzt, dass der Wasserlauf sich verengte und die Ufer zunehmend steiler wurden.

Dann meldete sich erneut Zavala. »Nichts, Kurt. Wir müssen umkehren. Den Hubschraubern geht der Sprit aus.«

Sie hatten zusätzlichen Treibstoff mitgenommen und bei den Ruinen deponiert. Dank der hohen Geschwindigkeit der Helikopter würde es nicht lange dauern, dorthin zurückzufliegen, aufzutanken und dann wieder den Fluss abzusuchen. Austin sagte, er und Trout würden so weit wie möglich flussabwärts fahren und sich dort mit den Hueys treffen. Als die Helikopter auf dem Weg zur Betankung wenig später über sie hinwegflogen, winkten Paul und Kurt ihren Kameraden zu. Das Hovercraft setzte seinen Weg fort.

Sie hatten jetzt die Schlucht erreicht und legten aufgrund der Strömung sogar noch an Geschwindigkeit zu. Da entdeckten sie den Prahm, der im schlammigen Ufer feststeckte. Austin lenkte das Hovercraft auf den Randstreifen und stieg zusammen mit Paul aus. Der Prahm war mit Kartons beladen, deren Gewicht vermutlich dafür verantwortlich war, dass die Strömung das Boot nicht wieder losgerissen und zurück in den Fluss gezogen hatte.

»Was hältst du davon, Paul?«

»Ich würde sagen, in diesem Prahm haben die beiden nicht gesessen. Wahrscheinlich haben sie ihn im Schlepptau mitgeführt. Schau doch nur, er ist so voll, dass niemand mehr einen Sitzplatz finden würde. Und diese Bugleine wurde durchgeschnitten.«

Austin musterte das Seil. »Du hast Recht. Außerdem hat das Boot keinen eigenen Motor, was ebenfalls zu deiner Theorie passt.«

Sie zogen den Prahm höher auf den Uferstreifen hinauf und stiegen dann wieder in ihr Fahrzeug. Unmittelbar hinter der nächsten Biegung hörte der Fluss auf. Austin gab mehr Gas, um das Hovercraft an Ort und Stelle schweben zu lassen.

»Das also ist die Erklärung für Joes verschwundenen Fluss«, sagte Trout. »Keine große Sache. Er fließt einfach nur unterirdisch weiter.« Er versuchte vergeblich, Zavala über Funk zu erreichen. Vermutlich befanden sie sich außer Reichweite, oder die hohen Felswände blockierten das Signal. Sie kamen sofort überein, dem Fluss zu folgen. Langsam glitten sie voran und sanken von ihrem Luftkissen auf die Wasseroberfläche. Trout leuchtete mit einem Suchscheinwerfer voraus.

Die Vibrationen und der Lärm der Schubdüse schreckten die Fledermäuse auf. Sie stürzten von der Decke herab, als hätte eine Windbö sie weggeblasen, eine quiekende Masse aus flatternden Hautflügeln und scharfen Krallen. Austin verdoppelte die Geschwindigkeit. Das Hovercraft erhob sich wieder auf sein Luftkissen. Die beiden Männer kauerten sich in dem offenen Cockpit zusammen und konnten in dem wimmelnden Schwarm schwarzer bepelzter Körper kaum etwas erkennen. Mehrmals stieß das Fahrzeug an die seitlichen Felswände, aber solange es weiter voranging, gab Austin unverwandt Gas.

Dann hatten sie die Fledermäuse hinter sich gelassen.

Austin schaltete den Motor auf Leerlauf und überließ das Boot der Strömung.

»Alles klar?«, fragte er.

»Mein Haar ist jetzt vermutlich genauso weiß wie deins, aber ansonsten ist alles in Ordnung. Lass uns weiterfahren.«

In dem schmalen Tunnel dröhnte der Motor ohrenbetäubend laut, und zudem hallte der Lärm von den rauen Wänden mehrfach wider. Austin konnte nur hoffen, dass eventuelle Gegner, auf die sie treffen würden, stocktaub waren, denn die Ankunft des Hovercrafts kündigte sich meilenweit im Voraus an. Sie kamen in gleichmäßigem Tempo voran und schoben zu beiden Seiten eine Bugwelle vor sich her. Wenig später erreichten sie eine größere Höhle. Sie umrundeten das Bassin, um sich zu orientieren, und stellten fest, dass der Fluss abermals verschwand. Allerdings führte ein Seitenkanal von hier weg.

Der Kanal endete an einem kleinen Pier, an dem eine Laterne hing. Sie vertäuten das Hovercraft neben drei Prahmen und gingen von Bord. Mit vorgehaltenen Waffen folgten sie dem Gang in den Steinbruch. Sie hielten kurz inne, um den Inhalt der Kisten zu überprüfen, und eilten dann weiter. In einiger Entfernung war schwaches Tageslicht zu erkennen.

37

Austin blieb unter dem Torbogen stehen und lauschte. Musik drang von fern an seine Ohren. Irgendein lateinamerikanischer Rhythmus. Mit dem Rücken zur Wand schlich er sich langsam um die Ecke, das CAR-15 schussbereit und den Finger am Abzug. Er streckte den Kopf vor und musterte den Bereich rund um die Laderampe. Da er niemanden ausmachen konnte, trat er vorsichtig ins grelle Sonnenlicht hinaus. Er bedeutete Trout, ihm zu folgen, und bog auf einen schmalen Weg ein. Schweigend schlichen sie voran und hielten sich nahe am seitlichen Dickicht.

Sie erreichten einen Pfad, der von dem Hauptweg in den Wald abzweigte. Hier wichen sie ins Unterholz aus und ließen sich auf Hände und Knie sinken. Parallel zum Pfad krochen sie voran. Dann kam vor ihnen eine Lichtung in Sicht. Bäuchlings glitten sie bis zum Rand der Freifläche. Austin schob sich zentimeterweise vorwärts und spähte durch das hohe Gras. Trouts Hand legte sich auf seine Schulter, aber Austin hatte den Haarschopf von der Farbe eines edlen Rotweins schon entdeckt. Gamay. Sie war an die hintere Stoßstange eines verbeulten GMC Pickups gefesselt. Ihr Gesicht war rot wie ein gekochter Hummer, und von ihrer sonnenverbrannten Nase schälte sich die Haut ab. Das gelockte Haar hing ihr in klebrigen Strähnen vom Kopf, aber ansonsten schien ihr nichts zu fehlen. Neben ihr saß ein Indianer, bei dem es sich um Dr. Chi handeln musste. Gamays Augen waren zunächst geschlossen, aber jetzt öffneten sie sich und schauten sich vorsichtig um, als hätte Gamay die Gegenwart von Paul und Kurt gespürt.

Schnell erfasste Austin den Rest der Szenerie. Die Musik drang aus einem tragbaren Kassettengerät, das auf der Ladefläche des Pickups stand. Ein Stück hinter dem Wagen saßen drei Männer auf dem Boden und spielten Karten. Ihre Gewehre lagen in Reichweite, und darüber hinaus trug jeder von ihnen eine Pistole. Austins Blick richtete sich auf das Vorderteil des Wagens, wo ein vierter Mann am Motor arbeitete. Er war ebenfalls mit einer Pistole bewaffnet, aber weitaus beunruhigender war das AK-47, das an einem der Vorderreifen lehnte. Austin gab Trout durch eine Geste zu verstehen, sie sollten sich zurückziehen. Paul nickte. Ihm war bewusst, dass sie zunächst die Lage auskundschaften mussten, aber die Enttäuschung war ihm trotzdem deutlich anzusehen.

Wenige Minuten später lehnten sie beide an einem Baum und erörterten die Situation.

»Wir haben hier vier Bewaffnete, die für unsere Gewehre normalerweise kein Problem darstellen würden«, sagte Austin. »Aber Gamay und Dr. Chi sitzen genau in der Schusslinie. Außerdem gefällt mir nicht, dass der vierte Mann sich nicht bei den anderen befindet. Er hat ein AK-47 direkt neben sich und könnte damit eine Menge Schaden anrichten. Hast du eine Idee?«

»Wir könnten Verstärkung rufen«, sagte Trout und klopfte auf das Walkie-Talkie an seinem Gürtel. »Aber selbst wenn die Jungs schnell hier wären, würde das zusätzliche Schießereien bedeuten und eine größere Gefahr, dass jemand verletzt wird.«

»Ganz meine Meinung.« Austin rieb sich nachdenklich die Bartstoppeln am Kinn. »Gamay und Chi scheinen in Ordnung zu sein, und das bedeutet, irgendjemand möchte, dass sie zumindest vorerst am Leben bleiben.«

»Ich vermute, sobald der Wagen repariert ist, will man sie wegbringen.«

»Dann wird dort alles in Bewegung geraten. Die Wachen werden mit dem Kartenspiel aufhören und sich vielleicht in ein günstigeres Schussfeld bewegen. Eventuell bekommen wir auch erst dann eine Chance zum Eingreifen, wenn sie Gamay und Chi in den Pickup verfrachten. Sobald die beiden nicht mehr im Weg sind, können wir zuschlagen.«

»Es gibt noch eine Möglichkeit«, sagte Trout. »Es könnten noch mehr von diesen Kerlen auftauchen.«

»Ich weiß, dass wir uns hier gerade auf dünnem Eis bewegen, und das gefällt mir genauso wenig wie dir, aber ich glaube, uns bleibt einfach nichts anderes übrig, als abzuwarten.«

Trout nickte widerstrebend. Sie robbten zurück zum Rand der Lichtung. Die drei Männer spielten nach wie vor Karten, und der Mechaniker schraubte immer noch am Motor herum. Zufrieden stellte Austin fest, dass sowohl Gamay als auch Chi inzwischen die Augen geöffnet hatten. Er unterdrückte die aufkeimende Wut angesichts ihrer misslichen Lage.

Lange nachdem Austin beschlossen hatte, er würde nie wieder lateinamerikanische Musik hören wollen, kam der Mechaniker unter der Haube des Wagens hervor, wischte sich die Hände an einem öligen Lappen ab und stieg ins Führerhaus. Der Motor sprang beim ersten Versuch an und begann laut zu dröhnen, da die Haube noch immer offen stand. Eine dunkle Qualmwolke schoss aus dem Auspuffrohr und hüllte Gamay und Chi ein, die vergeblich ihre Köpfe hin- und herwarfen, um den Abgasen zu entkommen.

Das Kartenspiel fand ein abruptes Ende. Die Männer nahmen ihr Geld, sprangen auf und wichen hustend von der Rückseite des Pickups zurück. Austin stellte erfreut fest, dass sie ihre Waffen liegen ließen. Sie riefen etwas zu dem Mechaniker herüber, der in diesem Moment aus dem Wagen stieg. Als er sah, dass die Wachen seine Leistung nicht mit der gebotenen Begeisterung zu würdigen wussten, ging er zu ihnen, packte den nächstbesten Mann am Kragen, zerrte ihn verärgert zur Vorderseite des Autos und forderte ihn auf, dem Laufgeräusch des Motors zu lauschen. Die anderen beiden Wachen brachen in schallendes Gelächter aus und gesellten sich zu ihren Kameraden. Der Mechaniker klappte die Motorhaube herunter.

»Los geht's«, sagte Austin.

Die wesentlichen Punkte eines erfolgreichen Hinterhalts sind das Überraschungsmoment und ein gutes Versteck. Paul und Kurt hätten die *chicleros* mit einer einzigen Garbe aus ihren Karabinern niederstrecken können, aber Austin wollte retten, nicht morden. Er und Trout standen auf und traten leise auf die Lichtung hinaus. Trout gab ein paar kurze Feuerstöße in die Luft ab, während Austin die *chicleros* anvisierte. Das Ziel lautete Einschüchterung. Die drei Wachen sahen die beiden martialischen Kämpfer auf sich zukommen, schauten zu ihren eigenen Waffen hinüber, die nutzlos am Boden lagen, dann wieder zurück zu dem eiskalt blickenden weißhaarigen Mann und seinem riesigen Gefährten. Ohne weiteres Zögern ergriffen sie hastig die Flucht und rannten in den Wald.

Der Mechaniker sprang hinter das Steuer des Wagens, legte den Gang ein und trat das Gaspedal durch. Die Reifen wühlten den Boden auf und wirbelten Erde empor. Mit laut aufheulendem Motor setzte sich der Pickup in Bewegung und zerrte Gamay und Chi wie Blechdosen am Auto eines Hochzeitspaars hinter sich her. Aus dem Kassettengerät auf der Ladefläche dröhnte noch immer Musik.

Austin rief Trout zu, er solle die fliehenden *chicleros* im Auge behalten. Dann zog er mit der Geschwindigkeit eines geübten Revolverhelden die Bowen von der Hüfte und zielte mit beiden Händen ruhig auf die Rückseite des Führerhauses. Der Lauf spuckte fünfmal Feuer, und die Heckscheibe des Pickups zerbarst in tausend Stücke. Bereits der erste Schuss hatte dem Fahrer den Hinterkopf weggerissen.

Der Wagen fuhr noch einige Meter weiter, als hätte ein Autopilot die Steuerung übernommen. Dann erstarb der Motor, und das Auto rollte aus. Austin rannte hinterher. Aber Trout überholte ihn noch, zerschnitt mit einem Jagdmesser hastig Gamays Fesseln und schloss seine Frau in die Arme.

38

Cambridge, Massachusetts

Eine Woche später fuhr ein Taxi an dem schwarzen gusseisernen Zaun vorbei, der die schattigen Rasenflächen des Harvard Yard umgab, bog auf eine ruhige grasgesäumte Straße ein und hielt vor einem fünfgeschossigen Backsteingebäude im georgianischen Stil, das neben den modernen Wissenschaftsgebäuden in seiner Nachbarschaft irgendwie deplatziert wirkte. Zavala stieg aus dem Taxi und musterte das Schild des Peabody Museum of Archaeology and Ethnology. Dann drehte er sich zu Austin und Gamay um. »Dies ist ein großer Tag für die Familie Zavala«, sagte er ehrfürchtig. »Meine Mutter hat immer gehofft, ich würde eines Tages nach Harvard gehen.«

»Deine Mutter kann sich bei meinem Mann Paul für den Erfolg ihres kleinen Jungen bedanken«, sagte Gamay. »Trotzdem herzlichen Glückwunsch.«

»Vielen Dank. Und meine Mutter dankt dir auch. Sollen wir die heiligen Hallen betreten?«, fragte er und beschrieb mit der Hand einen galanten, schwungvollen Bogen, der ganz und gar zu seiner Art passte.

Es war in der Tat Paul Trout, der seine NUMA-Kollegen an jenem Morgen nach Cambridge gebeten hatte. Trout war auf einigen Umwegen zu diesem Museum gelangt, und begonnen hatte alles im Dschungel von Yukatan. Nachdem sie Gamay endlich gefunden hatten, wollten Trout und die anderen mit einem der mexikanischen Helikopter direkt zur *Nereus* fliegen. Während sie auf das Eintreffen der Maschinen warteten, warfen sie einen genaueren Blick auf die gestohlenen Altertümer in der Höhle.

Chi ging voran, vorbei an den vielen Kisten und Regalen, und schüttelte traurig den Kopf. Er betonte die große Bedeutung dieser Artefakte sowie den Schaden, der durch ihre wahllose Ausgrabung entstanden war. Dann blieb er vor dem gemeißelten Steinrelief stehen. »Ich weiß, dass diese Steine eine Geschichte erzählen, und zwar eine wichtige«, klagte er. »Aber infolge der Art und Weise, wie sie rücksichtslos ausgebuddelt und hierher geschleppt wurden, könnte es Monate, vielleicht sogar Jahre dauern, bis wir das Geheimnis ergründen.«

Chis Worte klangen in Trouts Ohren nach, als der Hubschrauber ihn und die anderen zur *Nereus* transportierte. Gamay wurde medizinisch untersucht und für ziemlich erschöpft, aber ansonsten gesund erklärt. Nachdem seiner Frau endlich wieder ein richtiges Bett und die Schlemmergerichte der Schiffskombüse zur Verfügung standen, organisierte Paul einen weiteren Flug zum Lager der *chicleros.* Diesmal nahm er eine Fotoausrüstung mit.

Die Armee hatte ein kleines Kontingent vor Ort stationiert, um die Artefakte zu bewachen und die geflohenen Plünderer einzufangen. Chi war ebenfalls dort geblieben, um eine Bestandsaufnahme des Diebesguts vorzunehmen. Als Trout sein Vorhaben erläuterte, erklärte der Professor sich sogleich begeistert einverstanden. Trout schoss Hunderte digitaler Fotos der Steine und der darauf abgebildeten Szenen. Dann packte er seine Sachen zusammen, kehrte zum Schiff zurück und machte sich mit Gamay auf den Heimweg. In Washington überspielte Paul die Daten in seine Computer.

Als Tiefseegeologe hatte Trout großes Geschick darin entwickelt, sich für seine Unterwasserprojekte Computergrafiken zunutze zu machen. Seine Arbeit ging weit darüber hinaus, einfach nur mit elektronischen Augen und Ohren den Meeresboden zu erforschen. Die geheimnisvollen Erkenntnisse über Gesteinsformationen oder Thermalschlote mussten so aufbereitet werden, dass man sie auch ohne Doktortitel verstehen konnte. Inzwischen benutzte die Archäologie Computersimulationen zur Rekonstruktion aller möglichen Gegebenheiten, von antiken Städten bis zu Skelettresten. Er telefonierte häufig mit Dr. Chi, der nach Mexiko City zurückgekehrt war. Im Anschluss an seine Analyse rief er Austin an. »Ich weiß, dass das verrückt klingt, aber diese Sache, die ich hier für Dr. Chi in der Mache habe, könnte vielleicht zu dem Auftrag passen, an dem wir gearbeitet haben«, sagte er.

Austin brauchte gar nicht erst überzeugt zu werden. Er setzte Nina Kirov von Trouts Ergebnissen in Kenntnis und fragte, ob sie Paul mit einem Maya-Experten zusammenbringen könne. Nina dachte sofort an Dr. Orville. Trout nahm seine Computerdaten mit nach Cambridge und schlug seine Zelte im Peabody Museum auf.

Der kleine Eingangsbereich des Museums wurde von einem Totempfahl der Eskimos dominiert, dessen groteske Gesichter auf eine junge College-Angehörige am Informationsschalter schauten. Austin nannte der Frau ihre Namen, woraufhin sie einen Knopf an ihrer Gegensprechanlage drückte. Eine genauso hübsche Führerin erschien und brachte sie vorbei an der finster blickenden Skulptur eines sitzenden Maya-Kriegers über eine Metalltreppe bis hinauf in den vierten Stock.

Auf dem Weg spulte sie ihren eingeübten Text ab. »Das Peabody ist eines der ältesten anthropologischen Museen der Welt«, sagte sie. »Es wurde im Jahre 1866 durch eine 150.000-Dollar-Spende von George Peabody gegründet. Der Bau des fünfgeschossigen Hauptgebäudes begann 1877. Das Museum beherbergt fünfzehn Millionen Exponate, aber wir geben auch viele Gegenstände zurück, vor allem Artefakte, die von E. H. Thompsons Arbeit am heiligen *cenote* von Chichén Itzá stammen, wo einst Jungfrauen geopfert wurden.«

»Ich kann mir für eine Jungfrau auch etwas Besseres vorstellen«, murmelte Zavala.

Zum Glück hörte die Frau seinen Kommentar nicht. Sie führte sie durch eine Tür in einen Hörsaal. Nina stand neben dem Pult und sprach mit einem schlanken Mann, an dem als Erstes der zerzauste rote Schopf auffiel. Als sie die anderen, vor allem Austin, erblickte, lächelte sie strahlend, was Kurt erfreut zur Kenntnis nahm. Dann eilte sie ihm entgegen und reichte ihm die

Hand. Austin fühlte, wie sein Herzschlag sich beschleunigte, sobald er einen Blick auf Ninas üppigen Mund oder die gewagten Kurven ihres Körpers warf, der jedem Fotomodell zur Ehre gereicht hätte. Er schwor sich, dass er sie irgendwohin mitnehmen würde, wo sie nicht ständig von Freunden und Kollegen umgeben waren.

Nina machte die Neuankömmlinge mit Dr. Orville bekannt. Austin hatte schon vor langer Zeit gelernt, keine falschen Schlüsse aus der äußeren Erscheinung zu ziehen, aber in diesem Fall war er sich nicht sicher. Obwohl es ziemlich warm war, trug der Maya-Forscher einen zerknitterten Tweedanzug, den er bis zum obersten Knopf geschlossen hatte. Seine völlig altmodische Billigkrawatte war von Speiseflecken übersät. Das manische Funkeln der nussbraunen Augen wurde durch die dicke Brille noch unglaublich verstärkt, aber ein hellwacher Geist hielt den lauernden Schatten des Wahnsinns in Schach. Mit Mühe und Not. Austin rechnete jeden Moment damit, dass die Augäpfel anfangen würden, sich wie bei einer verrückten Trickfilmfigur zu drehen. Er beschloss, ein anderes Mal über den schmalen Grat zwischen Genie und Geistesgestörtheit nachzudenken.

»Paul ergänzt noch die letzten Details der Präsentation und müsste gleich hier sein«, verkündete Nina.

Die Tür ging auf. Gamay hatte erwartet, dass in seiner üblichen geduckten Haltung ihr Ehemann eintreten würde. Ihr Mund öffnete sich überrascht und weitete sich dann zu einem Lächeln. Sie streckte der kleinen, schmalen Gestalt die Hand entgegen. »Ich habe Sie ohne Ihre Machete kaum erkannt, Professor«, sagte sie.

Auch darüber hinaus hatte sich das Erscheinungsbild des Professors beträchtlich verändert. Er trug einen maßgeschneiderten bleigrauen Armani-Anzug und eine leuchtend gelbe Krawatte, und er bewegte sich genauso natürlich, als hätte er seine Bauernkluft an.

Chis klassisch indianisches Gesicht war reglos wie ein Wasserspeier, aber seine dunklen Augen funkelten amüsiert.

»Man muss flexibel bleiben«, sagte er und zuckte mit den Achseln.

»Was für eine wunderbare Überraschung, Professor. Sie sehen gut aus«, sagte sie.

»Sie auch, Dr. Gamay.«

Als sie den Professor das letzte Mal gesehen hatte, winkte er ihr vom Boden aus nach, während sie in einem Helikopter aufstieg. Schon zu jenem Zeitpunkt schien Chi das Flussabenteuer problemlos weggesteckt zu haben. Gamay hingegen fühlte sich erst wieder wie ein normaler Mensch, als sie nach Washington heimkehrte. Die sengende Sonne von Yukatan hatte auf ihrer hellen Haut Spuren hinterlassen. Die karge Kost und die schlaflosen Nächte voller Angst vor Schlangen waren auch nicht unbedingt förderlich gewesen.

Als Trout eintrat, bekam der Hörsaal zunehmend Ähnlichkeit mit den Fotoseiten eines Magazins für Herrenmoden. Passend zur Umgebung dieser Eliteuniversität war Trout beinahe englisch gekleidet. Er trug ein klein kariertes Sportjackett, das in London nach seinen übergroßen Maßen geschneidert worden war. Dazu eine weite olivfarbene Hose mit messerscharfer Bügelfalte und die unvermeidliche Fliege. Er entschuldigte sich für die Verspätung und ging zu einem Tisch, auf dem sich ein Laptop befand, der mit dem Projektionsschirm verbunden war. Während der Professor sich ans Pult begab, schob Paul eine Diskette in den Computer. Das alles erinnerte stark an die Präsentationen, die Hiram Yaeger in der NUMA-Zentrale abhielt. Nina setzte sich an den Tisch, und der Rest des NUMA-Teams nahm in der ersten Reihe Platz, als wären sie eifrige Studenten am ersten Vorlesungstag.

Orville eröffnete das Treffen. »Vielen Dank, dass Sie alle gekommen sind. Nina wird Ihnen bestätigen können, dass ich berüchtigt dafür bin, in der örtlichen Presse wilde Behauptungen aufzustellen.« Sein Mund verzog sich zu einem merkwürdigen schiefen Grinsen. »Aber ich muss zugeben, dass selbst *meine* rege Fantasie nur schwerlich eine solch eigenartige Geschichte zustande gebracht hätte wie die, die Sie gleich hören werden. Daher lassen Sie mich das Wort ohne weitere Umstände an meinen geschätzten Kollegen und lieben Freund weitergeben, Dr. José Chi.«

Als Chi sich neben das Pult stellte und die Hände auf dem Rücken verschränkte, wirkte er noch kleiner als üblich.

»Ich möchte Dr. Orville herzlich dafür danken, dass er dieses Treffen ermöglicht und uns die Nutzung der Räumlichkeiten dieser Institution gestattet hat, in denen ich als junger Student viele glückliche Stunden verleben durfte«, sagte Dr. Chi mit klarer, deutlicher Stimme. »Wie Sie wissen, haben Dr. Gamay und ich ein Lager mit mehreren hundert gestohlenen Altertümern entdeckt. Unter den Artefakten befanden sich einige faszinierende, mit Reliefs versehene Steinblöcke und Stelen, die man ohne Rücksicht auf den Ursprungsort aus Tempeln und Gebäuden herausgesägt hatte. Viele davon waren beschädigt. Natürlich wäre es mir lieber gewesen, die Altertümer hätten ungestört im Boden bleiben und *in situ* katalogisiert werden können. Allerdings haben die Diebe eventuell unwissentlich zu der Lösung eines Problems beigetragen, das nach Aussage meiner Freunde von der NUMA eine gewisse Dringlichkeit besitzt.«

Chi hob die Hand, und Trout drückte eine Taste an dem Computer. Eine Luftaufnahme erschien auf dem Schirm.

»Das ist die geplünderte Stätte«, sagte Chi. »Die Hügel, die Sie sehen, sind die Überreste von Gebäuden, in deren Mitte sich einst der zentrale Platz einer Maya-Stadt befunden hat. Das nächste, bitte.«

Ein anderes Bild erschien.

»Dies ist ein Observatorium. Bitte beachten Sie die Details auf dem Fries. Das nächste. Die Maya haben nicht nur zu ebener Erde gebaut. Dies ist ein unterirdischer Tempel. Er ist nur einer der Gründe dafür, dass diese Stätte höchst ungewöhnlich erscheint.«

Austin beugte sich auf seinem Stuhl vor, als würde er versuchen, sich selbst an den Ort des Geschehens zu versetzen. »In welcher Hinsicht ist sie außerdem noch ungewöhnlich, Dr. Chi?«

Der Professor wies auf das Bild in seinem Rücken. »Die meisten Maya-Städte stellen eine Mischung aus Verwaltungs- und Wohngebäuden sowie religiösen Bauwerken dar«, sagte er. »*Dieses* Zentrum war einzig und allein der Wissenschaft gewidmet. Vor allem dem Studium der Zeit und der Astronomie. Letzten Endes war die Wissenschaft der Maya genauso eng mit der Religion verknüpft wie die Religion mit der politischen Amtsgewalt. Aber ich habe den Eindruck, dass hier reinere Wissenschaft als üblich praktiziert wurde. In der Maya-Sprache heißt dieser Ort Himmelsplatz. Für unsere Zwecke werde ich ihn MIT nennen.«

»Wie das Massachusetts Institute of Technology?«, fragte Zavala. Die weltberühmte Forschungs- und Lehranstalt lag nur wenige Meilen von ihrem derzeitigen Aufenthaltsort entfernt.

»Ja«, erwiderte Chi, »aber in diesem Fall steht MIT für das *Maya* Institute of Technology.«

Wie ein Komiker in der Bar eines zweitklassigen Hotels wartete Chi, bis das Gelächter verklungen war. Dann übergab er die Leitung des Treffens an Trout und setzte sich an den Tisch.

Im Gegensatz zu dem Professor musste sich Trout nach vorn auf das Pult lehnen, um es überhaupt benutzen zu können.

»Dr. Chi war von Anfang an davon überzeugt, dass die Bilder und Schriftzeichen auf den Steinen eine Geschichte erzählen«, sagte Trout. »Unser Problem bestand darin, dass alles durcheinander geraten war, als würde man die Seiten aus einem Buch herausreißen und neu mischen. Genau genommen sogar aus mehreren Büchern, denn die Steine stammten aus verschiedenen Quellen. Noch schwieriger wurde die Angelegenheit dadurch, dass unsere ›Seiten‹ in Wirklichkeit schwere Steinblöcke waren. Also haben wir jede Menge Fotos geschossen und die Daten in einen Computer eingespeist, wo wir die Reihenfolge der Bilder auf dem Monitor verändern konnten. Wir haben unseren gesunden Menschenverstand benutzt und zudem einige Informationen aus den Maya-Inschriften gezogen, die Dr. Chi und Dr. Orville übersetzt haben. Dann haben wir die Steine zu einer Sequenz angeordnet, ähnlich wie bei einem Storyboard, nach dem ein Fernsehwerbespot gedreht werden soll. Dr. Orville hat es bereits angedeutet: Die Geschichte, die sie erzählen, ist in der Tat äußerst merkwürdig und unglaublich.«

Trout ging zurück an die Kontrolle des Projektionsschirms, und Orville nahm seinen Platz ein. »Die Einordnung der Bilder war gar nicht so schwierig. Wir haben uns zunächst einfach auf die Abbildungen von Booten konzentriert, wie jene aus dem MIT-Observatorium, die Sie vorhin gesehen haben, und sind von dort aus immer einen Schritt weitergegangen. Dies hier ist das chronologisch erste Bild.«

Austin musterte die geschäftige Szene einen Augenblick. »Das sieht aus wie die spanische Armada, die gerade in See sticht.«

»Ja, die Anzahl der Boote deutet definitiv eher auf eine Flotte hin als auf die normale ungeordnete Geschäftigkeit in einem Hafen. Es herrscht zwar rege Betriebsamkeit, aber sie geht organisiert vonstatten. Hier sehen Sie Boote in einer Warteschlange, dann werden sie beladen, und schließlich warten sie mit der Fracht an Bord.«

Es folgte eine Reihe von Bildern, auf denen die Reise der Flotte gezeigt wurde.

»Hier haben wir eine sehr fantasiereiche Überfahrt mit allerlei sonderbaren Meeresungeheuern«, fuhr Orville fort. »Viele dieser Szenen unterscheiden sich nur in wenigen Details. Vermutlich ein Behelf des Künstlers, um die verstreichende Zeit zu verdeutlichen.«

»Haben Sie eine ungefähre Vorstellung, wie viel Zeit gemeint sein könnte?«, fragte Gamay.

»Die Maya-Inschriften besagen, die Reise habe einen Mondzyklus gedauert. Etwa dreißig Tage. Die Maya waren in dieser Hinsicht ziemlich genau. Hier ist das letzte Bild der Folge. Die Boote haben ihr Ziel erreicht. Sie werden begrüßt und laden ihre

Fracht aus. Der ganze Vorgang wirkt zwanglos und vertraut, was darauf hindeutet, dass man mit den Einwohnern dieses Landes bereits bekannt war.« Er wandte sich zu Trout um. »Und jetzt ist es an der Zeit für Ihren Computerzauber, mein Freund«, sagte er.

Trout nickte. Der blinkende Cursor wählte drei Figuren aus dem Bild, umrahmte ihre Gesichter mit einer dicken weißen Linie und vergrößerte sie dann. Eines der Gesichter war das eines bärtigen Mannes mit Adlerprofil und einem konischen Hut. Das nächste Antlitz war breit, hatte volle Lippen und trug eine Art eng anliegende Kappe oder Helm. Das dritte gehörte einem Mann mit hohen Wangenknochen und einem kunstvollen Federkopfschmuck.

Trout zog die Bilder auf die linke Seite des Schirms und ordnete sie in einer Reihe übereinander an. Rechts erschienen drei neue Gesichter.

»Sieht so aus, als seien sie bei der Geburt voneinander getrennt worden«, merkte Zavala zu den Paaren an.

»Die Ähnlichkeit ist ziemlich offensichtlich, nicht wahr?«, stimmte Orville ihm zu. »Lassen Sie uns noch einmal das ganze Bild betrachten. Dr. Kirov, würden Sie uns jetzt bitte Ihre Einschätzung als Meeresarchäologin geben?«

Mit einem Laserpointer deutete Nina erst auf ein bestimmtes Schiff, dann auf ein anderes. »Wir sehen hier im Grunde das gleiche Gefährt vor uns, das zweierlei Zwecken dient. Die Merkmale sind identisch. Der lange und gerade Rumpf mit dem flachen Kiel. Das Fehlen einer Spiere; die Brassen zum Herunterlassen und Hochziehen der Segel sind an einer festen Rah vertäut. Die Seile verlaufen längsschiffs zu einem überhängenden Heck. Drei Decks. Vorder- und Hintersteg. Der mit Schnitzereien verzierte Bug.« Der rote Punkt verharrte kurz auf der Stelle. »Hier ist das doppelte Steuerruder. Der hervorstehende Teil am anderen Ende ist ein Rammsporn. Außen am Schiff hängt eine Reihe von Schilden.«

»Also ist es ein Kriegsschiff?«, fragte Zavala.

»Ja und nein«, sagte Nina. »Auf dem Oberdeck eines dieser Schiffe befinden sich Männer mit Speeren. Offenbar Soldaten oder bewaffnete Matrosen. In jedem Bug steht ein Ausguck, und es ist Platz für viele Ruderer.« Der Laser richtete sich auf ein anderes Schiff. »Hier hingegen ist das Deck für eine hoch stehende Persönlichkeit reserviert. Beachten Sie diesen Mann, der sich in der Sonne zurücklehnt. Auf dem Flaggenstock thront ein Halbmond, was auf das Flaggschiff des Admirals hindeutet. Dieses Ding, das da am Heck hängt, könnte eine Verzierung sein, eventuell ein wertvoller Teppich, der anzeigt, dass der Admiral das Kommando hat.«

»Wie lang würde dieses Schiff sein?«, fragte Austin.

»Ich schätze, irgendwo zwischen dreißig und sechzig Meter. Vielleicht auch länger. Das würde so ungefähr tausend Bruttoregistertonnen bedeuten.«

Orville schaltete sich ein. »Nina, würdest du bitte noch einmal diesen Vergleich anstellen, den du für uns Landratten zur Verdeutlichung ausgesucht hast?«

»Aber gern. Dieses Schiff ist wesentlich länger als ein englisches Schiff aus dem siebzehnten Jahrhundert. Die *Mayflower* hatte zum Beispiel nur hundertachtzig Bruttoregistertonnen.«

»Also, Nina, was sehen wir hier deiner Meinung nach vor uns?«, fragte Orville.

Nina musterte die Bilder, als scheue sie davor zurück, ihre Gedanken in Worte zu fassen. Letztendlich siegte jedoch die Wissenschaftlerin in ihr. »Nach meiner Ansicht als Meeresarchäologin weisen die Boote auf diesem Fries die Charakteristika von phönizischen hochseetüchtigen Schiffen auf. Und falls Ihnen die Formulierung ein bisschen vage vorkommt, ja, ich möchte mich nicht zu weit aus dem Fenster lehnen, bevor ich zusätzliche Beweise habe.«

»Welche Art von Beweisen würdest du brauchen, Nina?«, fragte Austin.

»Zunächst einmal ein richtiges Schiff. Beinahe unser gesamtes

Wissen über die Schiffe der Phönizier stammt von den Abbildungen auf ihren Münzen. Einige Berichte behaupten, die Boote seien bis zu neunzig Meter lang gewesen. Solche Äußerungen sind natürlich mit Vorbehalt zu betrachten, aber selbst wenn man diese Angabe halbiert, kommt man immer noch auf eine beachtliche Größe, erst recht für jene Zeit.«

»Groß genug, um den Atlantik zu überqueren?«

»Ohne jeden Zweifel«, erwiderte sie. »Diese Schiffe waren sehr viel größer und wesentlich seetüchtiger als so manches der kleinen Segelboote, die diese Überfahrt in späteren Jahren bewältigt haben. Um Himmels willen, die Leute sind sogar in einem Dory über den Ozean gerudert. Schiffe wie dieses wären ideal dafür gewesen. Für eine Ozeanpassage gibt es nichts Besseres als ein Rahsegel. Bei einer beweglichen Takelage besteht immer die Gefahr eines gefährlichen Umlenkmanövers, wenn die Spiere bei einem Windwechsel heftig herumschwingt. Mit den Brassen konnte man das Segel bei zu starkem Wind einfach entsprechend reffen. Aufgrund des flachen Kiels kam man natürlich leichter ins Rollen, aber die Ruderer konnten einiges dazutun, das Schiff im Gleichgewicht zu halten, und die Länge des Rumpfes trug ebenfalls dazu bei. Eine Trireme wie diese konnte bei günstigen Voraussetzungen mehr als hundert Meilen am Tag zurücklegen.«

»Mal abgesehen von einem richtigen Schiff, was würdest du noch brauchen, um dich zu vergewissern, dass dieses hier phönizischen Ursprungs ist?«

»Ich brauche mich nicht zu vergewissern«, sagte Nina. »Ich bin bereits davon überzeugt. Könnten wir noch einmal auf diese Gesichter zurückkommen, Paul?« Die sechs gemeißelten Köpfe tauchten erneut auf dem Schirm auf. Der Laserpunkt berührte eine der Darstellungen des bärtigen Mannes und wechselte dann zu seinem Zwilling. »Der spitze Hut dieser Gentlemen stimmt mit denen der phönizischen Seeleute überein.«

»Was in diesem Fall wenig überraschend ist«, warf Orville ein, »weil die Bilder auf der rechten Seite von einer phönizischen Stele stammen, die bei Tunesien entdeckt wurde. Der Gentleman unter ihm entspricht den afrikanisch anmutenden Gesichtern aus La Venta in Mexiko. Der dritte Gesichtstypus stammt von den Maya-Ruinen in Uxmal.«

»Das klingt ganz nach einer eindeutigen Schlussfolgerung«, sagte Austin.

Orville lehnte sich auf seinem Stuhl zurück und legte die Fingerspitzen aneinander. »Die Formulierung von Schlussfolgerungen aufgrund bildlicher Übereinstimmungen ist ja ganz nett, wenn man als Pseudowissenschaftler ein Taschenbuchprojekt verkaufen will, aber von guter Archäologie kann in diesem Zusammenhang nicht die Rede sein«, sagte Orville. Er atmete tief durch. »Meine Kollegen würden den Rest meines ramponierten Rufs quer über den Campus schleifen, wenn sie das jetzt hören könnten. Die Meeresarchäologie ist nicht unbedingt meine starke Seite, also kann ich Ninas Angaben nicht bewerten. Ich weiß allerdings, dass die Bilder auf diesen Steinen Phönizier, Afrikaner und Maya zusammen an ein und demselben Ort zeigen. Außerdem haben Dr. Chi und ich die Inschriften gleichzeitig und unabhängig voneinander übersetzt, und wir sind in allen Fällen zu den gleichen Ergebnissen gelangt. Die Steine sagen, dass diese Schiffe auf der Flucht vor einer Katastrophe aus ihrer Heimat in das Land der Maya gekommen sind. Zudem wurden sie nicht als Fremde, sondern als alte Bekannte begrüßt.«

»Lässt sich aus den Inschriften auf ein Datum schließen?«

»Angesichts der ansonsten peniblen Zeitangaben der Maya wäre ich doch sehr überrascht gewesen, falls wir nichts dergleichen gefunden hätten. Nach unserem Kalender trafen diese Schiffe im Jahr 146 vor Christus ein.«

Nina starrte das Bild an und flüsterte etwas auf Lateinisch.

Alle Augen wandten sich in ihre Richtung. »Das ist etwas, das man im ersten Jahr Lateinunterricht lernt«, erklärte sie. »›*Ceterum censeo Carthaginem esse delendam.*‹ Im Übrigen beantrage ich, dass Karthago zerstört werden soll! Cato der Ältere hat jede seiner Reden vor dem römischen Senat mit diesem Satz beendet. Er versuchte, die Öffentlichkeit für einen Krieg gegen die phönizische Stadt Karthago einzunehmen.«

»Es hat funktioniert. Wenn ich mich recht erinnere, wurde Karthago *tatsächlich* zerstört«, sagte Austin.

»Ja. Im Jahr 146 vor Christus.«

»Was bedeutet, dass diese Schiffe eventuell vor den Römern geflohen sein könnten.«

»Ein Datum ist ein Datum«, sagte Nina, um sich rechtzeitig abzugrenzen, bevor sie sich zu sehr auf Austins Theorie einlassen würde. »Ich wollte bloß auf die Übereinstimmung hinweisen. Ich habe daraus noch keine Schlussfolgerung gezogen. Als Wissenschaftlerin wäre ich verantwortungslos, falls ich mich zu einer solchen Äußerung hinreißen ließe«, fügte sie hinzu, aber sie konnte das aufgeregte Funkeln ihrer grauen Augen nicht verbergen.

»Ich verstehe, warum ihr Wissenschaftler ohne stichhaltigere Beweise nicht einfach vortreten und sagen könnt, was ihr denkt«, sagte Austin. »Aber nach dem zu schließen, was ich hier heute gesehen habe, bin ich davon überzeugt, dass die Inschriften auf diesen Steinen von der Ankunft antiker Seefahrer in Amerika berichten, und zwar lange vor Kolumbus. Sie wissen, dass die Phönizier zu einer Überquerung in der Lage gewesen sind.«

»Bis zum fünfzehnten oder sechzehnten Jahrhundert waren sie noch immer die größten Entdecker der Welt. Sie haben Afrika umsegelt und sich bis Cornwall an der englischen Küste und im Süden bis nach Kap Verde ausgebreitet. Auf einer der Reisen haben sie angeblich mehrere tausend Leute auf insgesamt sechzig Schiffen mitgenommen.«

»Hiermit schließe ich meine Beweisaufnahme ab«, sagte Austin mit übertriebener Blasiertheit.

»Nicht so schnell, Perry Mason. Ein Zweifler würde einwenden: Diese Inschriften sind ja durchaus interessant, aber wer sagt denn, dass sie auch authentisch sind? Vor einigen Jahren tauchte in Brasilien eine Inschrift auf, die angeblich eine phönizische Expedition des Jahres 531 vor Christus schilderte. Man war übereinstimmend der Meinung, dass es sich um eine Fälschung handelte. Es klingt verrückt, aber manche Leute würden behaupten, diese Altertumsräuber hätten die Bilder womöglich selbst in den Stein gemeißelt, um sie an leichtgläubige Sammler verkaufen zu können. Sicher, man könnte anführen, dass die biblischen ›Schiffe von Tarsis‹ transatlantische Reisen unternommen haben, aber um jemanden aus der wissenschaftlichen Gemeinschaft davon zu überzeugen, bedarf es glaubwürdiger und erhärteter Beweise.«

»Was ist mit dem Astrolabium, das Gamay und der Professor gefunden haben?«

»Auch das würde nicht ausreichen, Kurt. Man würde sagen, jemand aus dem Gefolge von Cortés oder ein spanischer Hidalgo habe dieses Ding mitgebracht, und dann habe ein Indianer es gestohlen und in einem alten Tempel versteckt. Solange man nicht sicher weiß, wie es dort hingelangt ist, zählt es leider nicht als Beleg.«

»Sagen die Inschriften etwas über die Fracht der Schiffe aus?«

»Das haben wir uns für den Schluss aufgehoben«, sagte Orville und kicherte wie ein Schuljunge.

»O ja. Wir *wissen*, woraus ihre Fracht bestand«, sagte Chi. »Die Maya-Inschrift besagt, es habe sich im Wesentlichen um Kupfer, Juwelen, Gold und Silber gehandelt.«

Austin sah aus, als hätte er einen Schlag vor den Kopf erhalten. »Sie wollen sagen, die Schiffe waren mit einem *Schatz* beladen?«

Chi nickte.

»Das war keine normale Handelsexpedition«, sagte Austin mit funkelnden blauen Augen. »Karthago wurde von den Römern belagert. Die Karthager hätten alles in ihrer Macht Stehende getan, um zu verhindern, dass die Römer den königlichen Schatz in die Finger bekommen würden.«

»Weiß jemand, was mit diesem Schatz passiert ist?«, fragte Zavala.

»Leider geht keines der Bilder chronologisch über die sichere Ankunft der Schiffe hinaus«, sagte Chi.

Nina runzelte die Stirn. »All dieses Gerede von einem Schatz ist sicherlich aufregend«, sagte sie ungeduldig, »aber der Glanz des Goldes und der Edelsteine sollte uns nicht davon abhalten, eine Antwort auf die Frage zu suchen, warum meine Expedition in Marokko abgeschlachtet wurde.«

»Nina hat Recht«, sagte Austin. »Konzentrieren wir uns auf den roten Faden, der diese Inschriften mit den anderen Entdeckungen in Übersee verbindet. Christoph Kolumbus. Wir wissen, dass Kolumbus viele hundert Jahre nach der Anfertigung dieser Steine von einem großen Schatz gehört hat.« Er wies auf den Schirm. »Könnte er vielleicht danach gesucht haben?«

»Ich hasse es, Ihrer Theorie einen Dämpfer zu verpassen«, sagte Orville. »Die Gerüchte, denen Kolumbus nachging, hätten genauso gut auf den wirklichen Reichtümern der Azteken basieren können. Soweit wir wissen, haben die Spanier später dann tatsächlich schwer abgesahnt.« Er hielt inne. »Sie sagen, Kolumbus sei einem festen Kurs gefolgt. Verstehe ich das richtig, er ist also nach den Angaben einer Karte gesegelt?«

»Nicht ganz«, erwiderte Austin. »Erinnern Sie sich noch an den Zeitungsausschnitt, den Sie für Nina aus Ihren Unterlagen herausgesucht haben?«

»Ach ja, der Artikel aus meiner Fort-Akte über dieses steinerne Artefakt.«

»Kolumbus erwähnte, ein ›sprechender Stein‹ habe ihm den Weg gewiesen.«

»Jetzt weiß ich es wieder. Dieser verzierte Monolith, den man in Italien entdeckt hat. Er wurde in einem gepanzerten Lastwagen verschifft. Genau genommen sollte er sogar hier im Peabody landen.«

»Dieser Stein könnte sich als der Schlüssel zu all dem Durcheinander erweisen«, sagte Austin. »Sowohl im Hinblick auf den Schatz als auch zur Erklärung der heimtückischen Morde.«

»Wie schade, dass wir keinen Blick darauf werfen können.«

»Wer sagt das? Die NUMA ist bereits mit tiefer im Meer gelegenen und größeren Projekten fertig geworden.«

»Mal sehen, ob ich Sie richtig verstehe«, sagte Orville ungläubig. »Sie haben vor, in mehr als sechzig Metern Tiefe in einen gesunkenen Ozeanliner hineinzutauchen, der sich in Gott weiß was für einem Zustand befindet, um ein massives steinernes Artefakt aus einem verschlossenen gepanzerten Wagen zu bergen?«

Zavala zwinkerte Austin zu. »Mit etwas Glück fangen wir morgens an, sind mittags fertig und können abends feiern.«

»Hmmm«, sagte Orville und grinste einfältig. Dann beugte er sich vor und wies mit dem Finger auf die beiden NUMA-Männer. »Und da heißt es, *ich* sei ein Spinner.«

39

Die Untiefen vor Nantucket

Das Minitauchboot war gerade mal ein paar Faden tief in das blaugrüne Wasser gesunken, da zweifelte Austin schon daran, ob er wirklich mit Zavala tauchen wollte. Der Grund dafür hatte nichts mit Zavalas Fähigkeiten als Steuermann zu tun. Es gab kaum ein Gefährt unter, auf oder über dem Wasser, das Joe nicht bedienen konnte. Es ging um seinen misstönenden Gesang. Als der Kran das Zwei-Personen-Boot von Deck hob und ins Wasser ließ, hatte Zavala eine spanische Version von »Yellow Submarine« angestimmt.

»Kennst du auch noch andere Lieder?«, herrschte Austin ihn schroff über das Mikrofon an.

»Ich nehme gern Publikumswünsche entgegen.«

»Willst du nicht mal ›Far Far Away‹ singen?«

Zavalas leises Lachen erklang aus dem Kopfhörer. »Mensch,

das habe ich nicht mehr gehört, seit ich ein *muchacho* gewesen bin.«

»Schlimme Zeiten erfordern verzweifelte Maßnahmen.«

»*No problema.* Mit Gitarrenbegleitung klingt es ohnehin besser. Wohin wollen wir denn, *amigo*?«

»Wie wär's für den Anfang mit *nach unten*?«

Austin sah Zavalas zustimmende Geste durch die Beobachtungskuppel. Sein Kollege befand sich keine Armeslänge von ihm entfernt. Austin hätte ihn an der Schulter berühren können, wäre da nicht das Plexiglas gewesen, das ihre Köpfe umschloss. Die beiden Kuppeln ragten vorn aus dem kleinen U-Boot heraus und standen so weit von der flachen grünen Keramikoberfläche ab, dass sie wie die wulstigen Augen eines Frosches wirkten.

Die Deep Flight II sah nicht so aus wie die meisten Tiefseetauchboote und Bathyskaphen, die normalerweise die Form eines fetten Mannes besaßen, rundlich und mit einem dicken Ring um die Mitte. Sie glich eher einem futuristischen Kampfflugzeug als einem Unterseegefährt. Der Rumpf war rechteckig und flach. Die vorderen und hinteren Kanten verjüngten sich wie das Ende eines Meißels. Die Seiten verliefen rechtwinklig und scharfkantig zum jeweils flachen Dach und Boden, als hätte man Segeltuch über einen Rahmen gespannt. Die seitlichen Stummelflügel standen ebenfalls im rechten Winkel ab und waren mit festen Scheinwerfern ausgestattet. Hinter den Flügeln und den Beobachtungskuppeln waren Schubdüsen angebracht. Vorn befanden sich zwei Greifarme und ein beweglicher Suchscheinwerfer.

Im Gegensatz zu der Mannschaft eines traditionellen U-Boots, die aufrecht wie an einem ganz normalen Tisch saß, lagen Austin und Zavala auf dem Bauch wie eine Sphinx, das Gesicht voran, an ergonomisch geformte Liegen gegurtet, die Ellbogen auf passend angebrachte Polster gestützt. Jeder verfügte über eigene Kontrollhebel, darunter je ein Steuerknüppel für die Tiefenregulierung und ein anderer für die Geschwindigkeit. Zavala manövrierte das Boot, während Austin sich um die anderen Systeme kümmerte, zum Beispiel die Beleuchtung, die Videoaufzeichnung und die Greifarme. Außerdem behielt er das in die Kuppel gespiegelte Digitaldisplay im Auge, das einen Kompass, die Geschwindigkeitsanzeige, einen Wegstreckenmesser sowie die Anzeigen für Tauchtiefe, Luftversorgung, Radar und Sonar beinhaltete. Das Gefährt verfügte über einen geringen Auftrieb und tauchte, indem es durch das Wasser fuhr und dabei die Höhenruder am Heck verstellte, genau wie ein Flugzeug.

Joes und Kurts Körper wurden stets in einem Winkel von dreißig Grad gehalten, was der natürlichen Position eines Schwimmenden entsprach. Auf diese Weise wirkten zudem die schnellen Tauchgänge und Aufstiege nicht ganz so beängstigend. Der Platz reichte für Austins hundertfünfundachtzig Zentimeter Körperlänge, aber um seine breiten Schultern wurde es ein wenig eng. Dennoch war dies trotz Zavalas Ständchen eine ziemlich angenehme Art und Weise, ein Schiffswrack zu erkunden, musste Austin eingestehen.

Das Wrack wurde durch eine rote Kugelboje markiert. Zavala ließ das U-Boot in einer langsamen Spirale um das Kabel der Boje kreisen und sank so immer tiefer. Das Kabel endete fünfundfünfzig Meter unter der Wasseroberfläche an einer kurzen Kette, die auf der Backbordseite des Schiffs an dem Davit des dritten Rettungsboots befestigt war. Normalerweise dauerte der Abstieg zum höchst gelegenen Teil des Wracks drei bis vier Minuten. Mit seiner Höchstgeschwindigkeit von fünf Knoten hätte das Minitauchboot die Strecke auch wesentlich schneller zurücklegen können, aber Austin wollte ein Gefühl für die Umgebung bekommen, in der sie arbeiten würden. Er bat Zavala, sie bis zum Meeresboden sinken zu lassen.

Je tiefer sie kamen, desto mehr Farben wurden durch das Wasser aus dem Sonnenlicht gefiltert. Die Rottöne verschwanden zuerst, dann ging es weiter das Spektrum entlang. Bei einer Tiefe von fünf Faden war nur noch ein kaltes bläuliches Grün übrig. Als Entschädigung für die künstliche Dämmerung wurde das Wasser kristallklar, sobald das U-Boot die oberen warmen Schichten hinter sich gelassen hatte, in denen zahlreiche Pflanzenpartikel schwebten. Langsam schraubte sich das Boot um das Kabel herum in die Tiefe. Auf dem hellen Sand des Grundes ragte drohend eine riesige finstere Masse auf und nahm bald das gesamte Blickfeld ein.

Aufgrund der hervorragenden Sicht war das Boot bislang ohne Beleuchtung getaucht. Bei einer Tiefe von fünfunddreißig Metern flachte Zavala ihren Sinkwinkel ab, verringerte die Geschwindigkeit auf ein Minimum und schaltete den Scheinwerfer an der Unterseite des Boots ein. Das Schiff lag auf der Seite. Der große Lichtkreis ließ einen Teil des Rumpfes unter ihnen nicht länger schwarz, sondern stattdessen leichenhaft graugrün erscheinen, hier und da von leprösen gelben Flecken und Roststellen überzogen, die wie getrocknetes Blut aussahen. Die Schicht aus Millionen von Seeanemonen erstreckte sich weit über den Lichtschein hinaus in die Dunkelheit.

Austin konnte sich nur schwer vorstellen, dass dieser riesige tote Leviathan ehemals eines der schnellsten und schönsten Schiffe auf See gewesen sein sollte. Wenn man vor einem Haus steht, das so hoch ist wie die *Doria* lang, flößt das noch nicht zwangsläufig Ehrfurcht ein. Aber falls dieser mehr als zweihundert Meter hohe Wolkenkratzer zur Seite gekippt und dann ganz allein in eine flache leere Ebene gelegt wird, raubt seine schiere Unermesslichkeit dem Betrachter den Atem.

Die *Doria* lag auf der Steuerbordseite und verbarg so die tödliche Wunde, die der scharfe Bug der *Stockholm* ihr zugefügt hatte. Sie sah aus wie ein riesiges Meereswesen, das sich einfach nur zum Ausruhen hinlegen wollte, dann eingeschlafen war und jetzt von der See zurückgefordert wurde. Das U-Boot schaltete seine Videokamera ein und glitt dicht über den Reihen der Bullaugen nach hinten zum Heck. Neben dem gewaltigen Rumpf wirkte das Boot wie ein kleines glotzäugiges Krustentier, das einen Wal besichtigte. An der sechzehn Tonnen schweren Backbordschraube fuhr Zavala eine enge Kurve und schwebte über die scharf geschnittenen schwarzen Rechtecke hinweg, die einmal die Fenster des Promenadendecks gewesen waren. Als nur noch offenes Gewässer vor ihnen lag, ließ er das Boot auf sechzig Meter sinken und schlug eine Route zurück zum Bug ein, die parallel zum Hinweg verlief. Die mehrstufigen Decks bildeten links von ihnen eine siebenundzwanzig Meter hohe vertikale Wand. Sie kamen an den drei Swimmingpools vorbei, in denen sich die Passagiere einst auf ihrer transatlantischen Überfahrt je nach Klasse abkühlen konnten, und eilten das Bootsdeck entlang, dessen Davits heute genauso wenig funktionierten wie damals im Jahre 1956.

Im Lauf der Zeit hatten sich zahllose Fischernetze an den hakenähnlichen Davits verfangen. Jetzt verhüllten sie die Decks wie große Leichentücher über einer riesigen Bahre. Die Maschen waren von einem weißlichen Mantel aus Meerespflanzen überzogen. Manche der Netze, die durch ihre kleinen Schwimmer vom Wrack aus in die Höhe gehoben wurden, fingen nach wie vor einige Exemplare aus den Schwärmen der großen Schellfische und Dorsche, die gefährlich nah an ihnen vorbeischossen. Zavala sah die vermodernden Gräten in den Maschen und hielt mit dem Boot wohlweislich eine respektvolle Entfernung zu den weiterhin gefährlichen Netzen ein.

Der große grünweißrote Schornstein des Schiffs war abgefallen und hinterließ einen breiten quadratischen Schacht bis hinunter in den Maschinenraum. Andere Öffnungen hatten früher als Treppenschächte gedient. Die Aufbauten waren weggerutscht und lagen als Haufen zerfallender Trümmer auf dem Meeresboden. Mit ihrem charakteristischen Schornsteinkasten und ohne die Deckaufbauten sah die *Andrea Doria* eher nach einer gewaltigen Barkasse als nach einem Schiff aus. Erst als Austin und Zavala an den Überresten des Ruderhauses vorbeiglitten und die dicken Kranbäume, die Laufrollen der Winden und die intakten Poller auf dem Vorderdeck sahen, bekamen sie langsam das Gefühl, dass es sich hierbei tatsächlich um einen großen Passagierdampfer handelte. Es war kaum zu glauben, dass ein so riesiges Schiff jemals sinken könnte, aber das hatte man schließlich auch von der *Titanic* gedacht, rief Austin sich ins Gedächtnis.

Bislang hatten Kurt und Joe sich so ehrerbietig wie Trauergäste bei einer Beerdigung verhalten, aber jetzt durchbrach Austin das Schweigen. »So sehen also dreißig Millionen Dollar aus, nachdem sie ein paar Jahrzehnte auf dem Meeresgrund gelegen haben.«

»Verdammt viel Geld für einen überdimensionalen Fischfänger«, erwiderte Zavala.

»Und so viel hat allein das nackte Schiff gekostet. Die vielen Millionen für die Einrichtung, die künstlerische Gestaltung und die vierhundert Tonnen Fracht sind dabei noch gar nicht eingerechnet. Der Stolz der italienischen Flotte.«

»Ich werde daraus einfach nicht schlau«, sagte Zavala. »Ich weiß, dass damals dichter Nebel geherrscht hat, aber beide Schiffe verfügten über Radar und hatten Leute im Ausguck. Wie konnte es bei all diesen Millionen Quadratmeilen von Ozean passieren, dass sie zur gleichen Zeit am gleichen Ort aufgetaucht sind?«

»Reines Pech, schätze ich.«

»Es hat haargenau gepasst. Das hätte man selbst mit Absicht nicht besser hinbekommen.«

»Zweiundfünfzig Tote. Neunundzwanzigtausend Bruttoregistertonnen gesunken. Die *Stockholm* schwer beschädigt. Millionenwerte an Fracht verloren. Wer sollte so etwas mit Absicht tun?«

»Meinst du, es handelt sich um eines dieser ungelösten Geheimnisse auf See?«

»Hast du eine bessere Theorie?«

»Keine, die irgendeinen Sinn ergibt«, erwiderte Joe mit hörbarem Seufzen. »Wohin jetzt?«

»Schauen wir uns Gimbels Loch mal an.«

Das Minitauchboot drehte anmutig wie ein Mantarochen um und fuhr erneut am Bug vorbei. Dann glitt es langsam ungefähr die Hälfte der Backbordseite entlang, bis es eine gezackte rechteckige Öffnung erreichte.

Gimbels Loch.

Der zweieinhalb mal sechs Meter große Durchlass war die Hinterlassenschaft von Peter Gimbel. Weniger als achtundzwanzig Stunden nach dem Untergang der *Doria* tauchten Gimbel und ein weiterer Fotograf namens Joseph Fox zu dem Liner hinunter und erforschten dreizehn Minuten lang das Wrack. Damals erlag Gimbel der Faszination des Schiffs. Im Jahre 1981 führte er eine Expedition an, die mit einer Taucherglocke und besonderen Atemgemischen arbeitete. Die Taucher bahnten sich mit Schneidbrennern einen Weg durch die Türen zum Salon der ersten Klasse, um an einen Safe zu gelangen, der angeblich Wertsachen für mehrere Millionen Dollar enthielt. Mit viel Rummel wurde der Safe dann später vor laufenden Fernsehkameras geöffnet, aber der Inhalt war bloß ein paar hundert Dollar wert.

»Sieht aus wie ein Scheunentor«, spöttelte Zavala.

»Für dieses Scheunentor haben sie damals mit ihren Magnesiumbrennern zwei Wochen gebraucht«, sagte Austin. »So viel Zeit haben wir nicht.«

»Vielleicht wäre es einfacher, das ganze Ding zu heben. Wenn die NUMA die *Titanic* heben konnte, müsste die *Doria* doch eigentlich ein Kinderspiel darstellen.«

»Du bist nicht der Erste, der auf diese Idee gekommen ist. Es hat haufenweise Pläne zu ihrer Bergung gegeben. Komprimierte Luft. Heliumgefüllte Ballons. Ein Senkkasten. Plastikkugeln. Sogar Tischtennisbälle.«

Zavala pfiff anerkennend. »Dieser Tischtennistyp muss ganz schön *cojones* gehabt haben.«

Die Zweideutigkeit des spanischen Worts ließ Austin gequält aufstöhnen. »Mal abgesehen von dieser schlauen Bemerkung, wie lautet nach unserer Besichtigungstour deine Meinung?«

»Ich glaube, uns steht eine Menge Arbeit bevor.«

»Das denke ich auch. Lass uns auftauchen und mit den anderen reden.«

Zavala nickte, gab Gas und hob die Nase des Boots an.

Während sie dank der Kraft der vier Schubdüsen schnell aufstiegen, schaute Austin auf das graue Gespenst hinab, das nun wieder in der Düsternis versank. Irgendwo in diesem gewaltigen Rumpf befand sich der Schlüssel für die bizarre Mordserie. Plötzlich wurde er aus seinen Gedanken gerissen, denn Zavala stimmte auf Spanisch »Octopus's Garden« an. Austin dankte seinem Schicksal, dass die Fahrt nur sehr kurz sein würde.

Die Deep Flight durchbrach die Oberfläche und ließ Blasen und Schaum aufspritzen. Wasser floss in Rinnsalen an den Beobachtungskuppeln hinunter. In etwa fünfzig Metern Entfernung trieb ein graues Boot mit weißen Aufbauten. Unter Wasser war das flache Minitauchboot flink wie eine Elritze, an der Oberfläche jedoch sehr anfällig für den Wellengang. Der Wind hatte etwas aufgefrischt und die Wogen in Bewegung versetzt, und so schaukelte das kleine Gefährt sofort heftig hin und her. Austin wurde normalerweise nicht seekrank, aber jetzt bekam er doch ein flaues Gefühl in der Magengegend und war froh, als das Boot sich in Bewegung setzte und schnell zu ihnen aufschloss.

Die Konstruktion des Boots war typisch für viele Bergungs- und Forschungsschiffe, deren hauptsächliche Funktion darin besteht, als Versorgungsplattform oder Schleppeinrichtung für die verschiedensten Gerätschaften und Fahrzeuge zu dienen. Es hatte den stumpfen Bug eines Schleppdampfers und eine hohe Back, aber der größte Teil seiner zwanzig Meter Länge bestand aus einem offenen Deck. Zu beiden Seiten des Decks befand sich je ein Auslegerkran. Am Heck besaß das Boot seine größte Breite von knapp sieben Metern. Eine abschüssige Rampe führte hier zum Wasser hinab, und darüber erhob sich das dreieckige Gerüst eines Flaschenzugs. Zwei Männer in Neoprenanzügen schoben ein Schlauchboot die Rampe hinunter, sprangen hinein und fuhren über die Wellenkämme zu dem U-Boot herüber. Einer der Männer blieb an der Ruderpinne, der andere klinkte einen stabilen Haken an eine Öse an der Vorderseite des Tauchboots ein.

Das Kabel des Hakens führte zu einer Winde an Deck, die jetzt das U-Boot langsam näher zog, während das große Boot sich ein Stück drehte, bis die Deep Flight sich an seiner Steuerbordseite befand. Ein Kran schwang herum und ließ ein Hebegeschirr nach unten, das von den Männern aus dem Schlauchboot an den Klampen des U-Boots befestigt wurde. Das Kabel straffte sich. Mitsamt seinen Passagieren wurde das Tauchboot aus dem Meer gehoben, triefend über das Deck geschwenkt und auf einen stählernen Schlitten hinabgelassen. Der Vorgang lief schnell und mit der Präzision eines Schweizer Uhrwerks ab. Von einem der Boote seines Vaters hätte Austin auch nichts anderes als Perfektion erwartet.

Nach der aufschlussreichen Sitzung im Peabody hatte Austin bei Rudi Gunn angerufen, um ihn über den Stand der Dinge zu informieren und ein Bergungsschiff zu erbitten. Die NUMA hatte Dutzende von Schiffen, die ihr für ausgedehnte Operationen zur Verfügung standen. Und genau das sei das Problem, erklärte Gunn. Die Boote der Behörde waren quer über den Globus verstreut. In den meisten Fällen befanden sich Wissenschaftler an Bord, die lange auf diese Gelegenheit gewartet hatten. Das nächste Schiff war die *Nereus,* und die ankerte immer noch vor Mexiko. Austin sagte, ein Bergungsschiff mit kompletter Spezialausrüstung sei gar nicht vonnöten, doch trotzdem konnte ihm Gunn nicht vor Ablauf einer Woche Hilfe zusagen. Austin bat ihn, alles in die Wege zu leiten, und legte auf. Nachdem er kurz nachgedacht hatte, wählte er eine andere Nummer.

Die Stimme am anderen Ende der Leitung klang wie das Brummen eines Bärs im Wald. Austin erzählte seinem Vater, was er brauchte.

»Hah!«, rief der ältere Mann spöttisch. »Meine Güte, ich dachte, die NUMA hätte mehr Schiffe als die Kriegsmarine. Kann der Admiral dir nicht mal ein kleines Boot seiner Flotte überlassen?«

Austin ließ seinem Vater die hämische Freude. »Nicht so bald, wie ich es benötige. Ich könnte jetzt wirklich deine Hilfe gebrauchen, Paps.«

»Hmmm. Die Hilfe ist aber nicht umsonst, Junge«, sagte der alte Mann listig.

»Die NUMA wird dir alle Auslagen erstatten, Paps.«

»Geld geht mir quer am Hintern vorbei«, knurrte er. »Mein Steuerberater wird schon eine Möglichkeit finden, das Ganze als wohltätige Spende zu verbuchen, sofern man ihn nicht vorher in den Knast steckt. Falls ich dir einen schwimmbaren Untersatz besorge und du diesen Quatsch beendet hast, den Sandecker dir gerade mal wieder aufhalst, kommst du mich dann endlich besuchen, bevor ich so verdammt senil geworden bin, dass ich dich nicht mehr erkenne?«

»Ich kann nichts versprechen. Ist aber ziemlich wahrscheinlich.«

»Pff! Ein Boot für dich zu finden ist nicht unbedingt so einfach, wie ein Taxi heranzuwinken, weißt du? Ich werde sehen, was ich tun kann.« Er legte auf.

Austin lachte leise. Sein Vater wusste stets ganz genau, wo jedes seiner Schiffe sich befand und womit es derzeit beschäftigt war, und zwar bis hinunter zum kleinsten Ruderboot. Dad wollte ihn einfach nur ein wenig zappeln lassen. Austin war nicht überrascht, dass einige Minuten später das Telefon klingelte.

»Du hast Glück«, sagte die barsche Stimme. »Ich habe hier einen alten Leichter für dich. Einer unserer Bergungskähne hat vor Sandy Hook, New Jersey, einen Job für die Marine erledigt. Keines eurer großen Forschungsschiffe, aber es wird schon ausreichen. Es wartet ab morgen im Hafen von Nantucket auf dich.«

»Danke, Paps. Ich weiß das wirklich zu schätzen.«

»Ich musste den Kapitän ganz schön unter Druck setzen, und ich werde bei der ganzen Angelegenheit draufzahlen«, sagte er, und sein Tonfall wurde sanfter, »aber ich schätze, das ist es wert, um meinen Sohn dazu zu bewegen, mich noch einmal an meinem Lebensabend hier draußen zu besuchen.«

Was für ein Schauspieler!, dachte Austin. Sein Vater konnte Bäume ausreißen. Auf das Wort des alten Austin war Verlass, und so traf das Boot am nächsten Morgen in Nantucket ein. Die *Monkfish* war wohl kaum ein »alter Leichter«. Es handelte sich vielmehr um ein mittelgroßes, hochmodernes Bergungsschiff, das noch nicht einmal zwei Jahre alt war. Kapitän John McGinty, ein raubeiniger, rotgesichtiger Ire aus dem Süden von Boston, stellte sich als echte Bereicherung heraus. Der Kapitän war einige Jahre zuvor zur *Andrea Doria* hinabgetaucht und freute sich, erneut vor Ort zu sein.

Austin nahm gerade die Kassette aus der Videokamera des U-Boots, als McGinty auf ihn zueilte. »Los, nun machen Sie's nicht so spannend«, sagte er mit hörbarer Aufregung. »Wie sieht das alte Mädchen aus?«

»Man merkt ihr das Alter an, aber schauen Sie doch selbst.« Austin gab ihm die Kassette. Der Kapitän musterte das Minitauchboot und kicherte. »Das ist aber ein ziemlich heißes Teil«, sagte er und ging dann voran in sein Quartier. Er versorgte Austin und Zavala mit weichen Sitzgelegenheiten und harten Drinks. Dann steckte er die Videokassette in seinen Rekorder. McGinty saß ungewohnt schweigsam da und sog jedes Detail in sich auf, als der majestätische Rumpf mit der Patina aus Seeanemonen über den Fernsehschirm glitt. Nach dem Ende der Aufnahme spulte er das Band zurück.

»Ihr Jungs habt gute Arbeit geleistet. Sie sieht noch fast genauso aus wie 1987, als ich zum letzten Mal bei ihr unten gewesen bin. Nur ein paar Schleppnetze sind hinzugekommen. Und es ist, wie Sie gesagt haben«, seufzte er, »man sieht die Jahre, die sie auf dem Buckel hat. Das wirkliche Problem sind aber die Dinge, die man *nicht* von außen sehen kann. Ich habe gehört, die Spanten sind ziemlich verrottet. Nicht mehr lange, und das ganze Ding bricht in sich zusammen.«

»Könnten Sie uns vielleicht etwas genauer schildern, was uns da unten erwartet?«

»Ich werde mich bemühen. Noch einen Schluck?« Er wartete die Antwort gar nicht erst ab, sondern goss jedem einen doppelten Jack Daniel's ein und fügte als Alibi ein paar Eiswürfel hinzu. Er trank einen Schluck und starrte auf den ausgeschalteten Fernsehapparat. »Eines darf man nicht vergessen. Die *Doria* sieht vielleicht hübsch aus, trotz all diesem Mist auf ihrem Rumpf, aber sie ist ein Killer. Man nennt sie nicht umsonst den Mount Everest der Taucher. Zwar sind ihr längst nicht so viele Männer zum Opfer gefallen wie dem Everest – als ich das letzte Mal nachgezählt habe, waren es ungefähr zehn –, aber die Jungs, die zur *Doria* tauchen, sind auf den gleichen Adrenalinstoß der Gefahr versessen, wie ihn auch Bergsteiger erleben.«

»Jedes Wrack hat seinen eigenen Charakter«, sagte Austin. »Was ist das größte Risiko auf diesem Schiff?«

»Tja, sie hat jede Menge Asse im Ärmel. Zunächst mal wäre da die Tiefe. Zwei Stunden Dekompressionszeit. Man braucht einen geschlossenen Anzug wegen der Kälte. Haie kommen, um die gefangenen Fische zu fressen. Meistens Blauhaie. Die dürften eigentlich nicht gefährlich sein, aber wenn du an der Steigleine hängst und dekomprimierst, hoffst du inständig, irgendein kurzsichtiger Hai möge dich jetzt bitte nicht für einen fetten Schellfisch halten.«

»Als ich mit dem Tauchen anfing, hat mein Vater zu mir gesagt, ich solle daran denken, dass wir uns im Wasser nicht länger am oberen Ende der Nahrungskette befinden.«

McGinty grunzte zustimmend. »Das alles wäre nicht so schlimm, aber es gibt noch weitere Probleme. Da ist stets eine heimtückische Strömung. Die kann dir den ganzen Weg über zu schaffen machen und verläuft sogar quer durch das Schiff. Manchmal kommt es dir so vor, als würde es dich direkt von der Steigleine wegreißen.«

»Ich habe gemerkt, wie das U-Boot geschoben wurde«, sagte Zavala.

McGinty nickte. »Wie war die Sicht?«

»Heute ziemlich gut. Wir haben das Wrack ohne Scheinwerfer gefunden«, sagte Austin.

»Sie haben Glück gehabt. Die Sonne hat geschienen, und die See war relativ ruhig. An einem bewölkten oder nebligen Tag kann man praktisch direkt vor dem Wrack stehen und sieht es nicht. Und das ist noch *gar nichts* im Vergleich zum Innern. Schwarz wie der Hades und überall Schlick. Bei der leisesten Berührung bist du sofort von einer dermaßen dichten Wolke eingehüllt, dass deine Lampe nutzlos ist. Auf diese Weise kann man sehr leicht die Orientierung verlieren und sich verirren. Aber am schlimmsten ist die Gefahr, irgendwo hängen zu bleiben. Bei all den Drähten und Kabeln, die von der Decke hängen, hat man ganz schnell echte Probleme. Sofern man überhaupt an diesen Netzen und Seilen auf dem Rumpf vorbeikommt oder an den Mikrofilamenten, die durch das Wrack treiben. Sie sind unsichtbar. Du weißt nicht, dass sie da sind, bis sie sich im Atemventil festsetzen. Mit einer normalen Flasche hast du maximal zwanzig Minuten, falls du keine Schwierigkeiten bekommen willst.«

»Dann bleibt nicht viel Zeit, um so ein großes Schiff zu erforschen.«

»Das ist einer der Gründe, warum es so verdammt gefährlich ist. Die Leute wollen dann noch unbedingt diese Tasse oder jenen Teller mit der italienischen Wappenkrone drauf. Man bedenke, sie haben so viel Vorbereitungszeit und Geld investiert, um herzukommen. Sie vergessen es einfach. Sie werden sehr schnell müde, vor allem, wenn sie gegen die Strömung ankämpfen und Tri-Mix atmen. Sie machen Fehler. Verirren sich. Vergessen die Verhaltensmaßregeln, die sie sich eingeprägt haben. Die Ausrüstung muss einfach perfekt funktionieren. Ein Kerl ist gestorben, weil er die falsche Mischung in der Flasche hatte. Bei meinem letzten Tauchgang hatte ich fünf Flaschen, einen Bleigürtel, Taschenlampen, Messer. Ich habe hundertdrei Kilo Ausrüstung mitgeschleppt. Man muss jahrelange Erfahrung haben, um in diesem Schiff zu tauchen. Und trotzdem kann man sich leicht verirren.

Das Schiff liegt auf der Seite, also stehen Decks und Böden senkrecht, und die Durchgänge verlaufen horizontal.«

»Das hört sich so an, als sei die *Andrea Doria* wie für uns gemacht, nicht wahr, Joe?«

»Aber nur, wenn in der Bar noch Tequila ausgeschenkt wird.«

McGinty runzelte die Stirn. Ein solch großspuriges Verhalten vor einem Tauchgang zur *Doria* bedeutete normalerweise einen Fahrschein ins Grab. Bei diesen beiden Männern war er sich nicht sicher. Dieser große Kerl, dessen Haarfarbe nicht zu dem glatten Gesicht passte, und der ruhige dunkelhäutige Mann mit dem Schlafzimmerblick strahlten ein ungewöhnliches Selbstvertrauen aus. Der besorgte Gesichtsausdruck des Kapitäns verschwand, und er grinste wie ein alter Schelm. Nein, es würde ihn nicht überraschen, die beiden wie selbstverständlich in die Erste-Klasse-Bar der *Doria* schwimmen zu sehen, um bei dem Geist des Barkeepers einen Drink zu bestellen.

»Wie wird das Wetter, Käpt'n?«, fragte Austin.

»Hier draußen bei den Untiefen ist es meistens höllisch wechselhaft. Am einen Tag ruhig, am nächsten ein tosender Sturm. Der Nebel ist berüchtigt. Die Leute von Bord der *Doria* und der *Stockholm* können ein Lied davon singen, wie schlimm es werden kann. Momentan haben wir Wind aus Südost, aber er wird weiter nach Westen drehen, und ich schätze, Sie werden eine ruhige See haben. Aber ich habe keine Ahnung, wie viele Tage das hier draußen anhält.«

»Schon in Ordnung, wir haben es sowieso ziemlich eilig«, sagte Austin. »Mehrere Tage werden wir kaum brauchen.«

McGinty grinste. Ja, verflucht großspurig. »Wir werden sehen. Aber ich muss zugeben, Sie beide haben Schneid. Wonach suchen Sie, nach einem gepanzerten Lastwagen im Frachtraum? Das wird ein schönes Stück Arbeit. Vor allem, wenn Sie das Wrack nicht kennen.« Er schüttelte den Kopf. »Ich wünschte, ich könnte Ihnen helfen, aber meine Zeit als Taucher ist vorbei. Sie könnten ganz gut einen Führer gebrauchen.«

Durch eines der Bullaugen sah Austin, dass sich ein blaues Boot näherte. Am Bug war der Name *Myra* aufgemalt.

»Entschuldigen Sie mich, Käpt'n«, sagte er. »Ich glaube, unser Führer ist soeben eingetroffen.«

40

Georgetown, Washington D. C.

»Gamay, hast du mal kurz Zeit?«, rief Trout aus seinem Arbeitszimmer. Er saß vor dem Computer und starrte angestrengt auf den übergroßen Monitor, den er für die Grafikentwicklung seiner diversen Unterseeprojekte benutzte.

»Komme gleich«, antwortete Gamay aus dem Nebenraum. Sie lag auf einem schmalen Brett, das zusammen mit zwei Leitern ein behelfsmäßiges Gerüst bildete, und schwebte horizontal über dem Boden wie ein Yogi in Trance. Sie und Paul waren ständig damit beschäftigt, das Innere ihres Backsteinhauses umzugestalten. Rudi Gunn hatte ihr zwar ein paar Tage Erholung verordnet, bevor sie sich im Hauptquartier der NUMA zurückmelden sollte, aber sobald sie wieder zu Hause war, setzte sie die Arbeit an ihrem bereits begonnenen Projekt fort und malte naturgetreue Blumengirlanden an die Decke des Wohnzimmers.

Sie ging ins Arbeitszimmer und wischte sich die Hände an einem Lappen ab. Ihr dunkelrotes Haar steckte unter einer weißen Mütze mit dem Werbeaufdruck eines Farbenherstellers, und sie trug alte Jeans und ein Arbeitshemd aus Chambray. Ihr Gesicht war von grünen und roten Farbtupfern übersät, abgesehen von der Region um ihre Augen, denn sie hatte eine Schutzbrille getragen. Jetzt wirkte sie ein wenig wie ein Waschbär.

»Du siehst aus wie ein Dripping-Gemälde von Jackson Pollock«, sagte Trout.

Sie wischte sich einen karmesinroten Farbklecks vom Mund. »Ich verstehe nicht, wie Michelangelo jemals die Decke der Sixtinischen Kapelle bemalen konnte. Ich bin erst seit einer Stunde an der Arbeit, und schon jetzt leide ich unter einem schweren Fall von Knochenhautentzündung.«

Trout spähte über den imaginären Rand seiner nicht vorhandenen Brille zu ihr empor und lächelte sie frech an.

»Was soll denn dieses wölfische Grinsen bedeuten?«, fragte Gamay argwöhnisch.

Er legte ihr den Arm um die schmale Taille und zog sie an sich. Seit sie nach Hause zurückgekehrt waren, hatte er sie bei jeder sich bietenden Gelegenheit berührt, als fürchtete er, sie würde wieder im Dschungel verschwinden. Die Zeit, während der sie als vermisst gegolten hatte, war für ihn der reinste Alptraum gewesen, aber seine Ostküstenerziehung würde niemals zulassen, dass er diese Gefühle offen eingestand.

»Ich habe nur gerade gedacht, wie sexy du mit all der Farbe im Gesicht aussiehst.«

Gamay zerzauste ihm sanft das dünne Haar und strich es dann nach vorn in die Stirn. »Ihr Perversen wisst wirklich, wie man einem Mädchen Komplimente macht.« Dann bemerkte sie die Bilder auf dem Monitor. »Hast du mich deswegen gerufen?«

»So viel zu den plötzlichen ungestümen Gesten der Zuneigung.« Er wies auf den Bildschirm. »Ja. Sag mir, was du siehst.«

Sie stützte sich auf Pauls Schulter und schaute genauer hin. »Kleiner Dummkopf. Ich sehe wunderbar detaillierte Skizzen von acht bildhübschen Köpfen.« Ihre Stimme nahm einen nüchternen wissenschaftlichen Tonfall an, fast wie das monotone Protokoll eines Pathologen, der eine Autopsie durchführt. »Auf den ersten Blick scheinen die Profile identisch zu sein, aber bei genauer Untersuchung stelle ich kleine Unterschiede fest, hauptsächlich an Kinn und Mund, aber auch an der Schädelform. Wie halte ich mich, Sherlock?«

»Du *siehst* nicht nur, mein lieber Watson, du *nimmst wahr*.«

»Nichts einfacher als das, mein teurer Freund. Wer hat diese Skizzen angefertigt? Das sind ja echte kleine Kunstwerke.«

»Der geschätzte Dr. Chi. Ein Mann mit vielerlei Talenten.«

»Ich habe den Professor gut genug kennen gelernt, um mich über gar nichts mehr zu wundern, was er tut. Wie bist du zu diesen Zeichnungen gekommen?«

»Chi hat sie mir gezeigt, als ich in Harvard war. Er hat mich gebeten, deine Meinung einzuholen, weil er weiß, dass du zunächst Archäologie studiert hast, bevor du dann auf Biologie umgeschwenkt bist. In erster Linie ging es ihm aber um eine weitere Einschätzung.« Trout lehnte seinen langen Körper zurück und verschränkte die Hände hinter dem Kopf. »Ich bin Tiefseegeologe. Ich kann dieses Zeug hier nehmen und daraus so viele hübsche Bilder basteln, wie ich will, aber für mich ergibt das alles keinen Sinn.«

Gamay zog sich einen Stuhl heran und nahm neben ihrem Mann Platz.

»Betrachte es doch einmal von einem anderen Standpunkt, Paul. Es ist das Gleiche, als würde dir jemand ein Stück Fels vom Meeresgrund in die Hand drücken. Welche Frage würdest du als Erste stellen?«

»Das ist einfach. Woher stammt das Teil?«

»Bravo.« Sie gab ihm einen Kuss auf die Wange. »Mit der Archäologie verhält es sich ganz genauso. Die Maya-Kultur war nicht mein Spezialgebiet, bevor ich mit der Meeresbiologie angefangen habe, aber trotzdem habe ich gleich eine Frage an dich. Woher kommen die Vorlagen für diese Bilder?«

Trout wies auf den Bildschirm. »Dieses hier stammt von der Stätte, die Chi MIT nennt. Die Stelle, wo ihr zum ersten Mal auf die *chicleros* gestoßen seid.«

Bei dem Gedanken an die gleißende Sonne, den Fäulnisgestank des Dschungels und die unrasierten, feindseligen Männer rann Gamay ein kalter Schauder den Rücken hinunter. »Und was ist mit den anderen?«

»Von verschiedenen Orten, die Chi zuvor besucht hat.«

»Warum hat er gerade diese Bilder ausgesucht, mal abgesehen davon, dass sie beinahe identisch sind?«

»Wegen der Fundorte. Jedes der Gesichter stammt aus einem Observatorium, in dem sich ein Fries befindet, das die vermeintlich phönizischen Schiffe zeigt.«

»Faszinierend.«

»Ja, nicht wahr? Der Professor war der gleichen Meinung. Diese Bootsgeschichte ist das verbindende Element.«

»Was hat das alles zu bedeuten?«

»Ich weiß es nicht«, sagte er und zuckte mit den Achseln. »Ich schätze, mit meinen Fachkenntnissen über Mittelamerika ist es nicht besonders weit her.«

»Warum rufen wir nicht bei Professor Chi an?«

»Habe ich gerade eben versucht. Er war nicht in seinem Büro in Mexiko City. Man hat mir gesagt, er sei heute zwar schon dort gewesen, aber momentan sei er nicht erreichbar.«

»Nicht verraten. Man hat dir gesagt, er sei irgendwo im Dschungel unterwegs.«

Trout nickte. »Ich habe eine Nachricht hinterlassen.«

»Rechne nicht damit, dass er so bald wieder auftaucht, nachdem er inzwischen seinen HumVee zurückbekommen hat. Was ist mit Orville?«

»Der verrückte Professor? An den habe ich auch gedacht. Aber ich wollte zuerst mit dir sprechen, falls du irgendeinen Geistesblitz gehabt hättest.«

»Ruf Linus Orville an. *Das* ist mein Geistesblitz.«

Trout schaute in seiner Adressenkartei nach und wählte eine Nummer. Als Orville den Hörer abnahm, schaltete Trout den Lautsprecher des Telefons ein.

»Ah, Mulder und Scully«, sagte Orville in Anspielung auf die FBI-Agenten aus der beliebten Fernsehserie. »Wie steht es denn um unsere *Akte X*?«

»Wir haben stichhaltige Beweise dafür entdeckt, dass diese geheimnisvollen Boote auf den Abbildungen vom verlorenen Kontinent Mu stammen«, sagte Trout so ernsthaft, wie er nur konnte.

»Machen Sie *Witze*?«, erwiderte Orville atemlos.

»Ja. Das Wort *Mu* gefällt mir einfach so gut.«

»Tja, Mulder, dann überlegen Sie doch mal, mit welcher Tierart Sie diese Vorliebe teilen. Und jetzt verraten Sie mir bitte den *wirklichen* Grund für Ihren Anruf.«

»Wir benötigen Ihre Meinung zu den Skizzen, die Professor Chi uns übermittelt hat«, sagte Gamay.

»Ach, die Venus-Bilder.«

»Venus?«

»Ja, die acht Abbildungen. Jede der Gestalten repräsentiert eine Inkarnation des Gottes Venus.«

Gamay musterte die grotesken Profile mit den vorstehenden Kiefern und Stirnen. »Oje. Ich habe mir die Göttin der Liebe immer als zierliches Mädchen vorgestellt, das auf einer Muschelschale aus dem tosenden Meer gehoben wird.«

»Das kommt nur daher, dass sie unter dem Einfluss von Botticellis Vorstellung Ihre Zeit mit humanistischer Bildung verschwendet haben, bevor Ihnen die Flucht aus diesem Teufelskreis gelungen ist. Bei den Maya war Venus ein *Mann.*«

»Wie chauvinistisch.«

»Nur bis zu einem gewissen Punkt. Wenn es um Menschenopfer ging, waren die Maya eifrige Verfechter des Gleichheitsgedankens. Die Venus stand für Quetzalcoatl oder Kukulcan. Die gefiederte Schlange. Es hängt alles miteinander zusammen. Die Analogie von Geburt und Wiedergeburt. Genau wie Quetzalcoatl verschwindet auch die Venus während eines Teils ihres Umlaufs und erscheint dann aufs Neue.«

»Ich verstehe«, sagte Trout. »Die Maya haben ihre Tempel mit Abbildern des Gottes geschmückt, um ihn glücklich zu stimmen und zur Wiederkehr zu bewegen.«

»Das hat auch eine Rolle gespielt, ja, die Kriecherei vor dem großen Boss. Sie müssen berücksichtigen, wie sehr Architektur und Religion ineinander gegriffen haben. Die Gebäude der Maya waren oft auf Fixpunkte ausgerichtet, zum Beispiel auf Sonnenwenden oder Tagundnachtgleichen oder auf den Ort des Erscheinens und Verschwindens der Venus. Mit anderen Worten, es waren himmlische Rechenmaschinen.«

»Professor Chi hat das Observatorium an der MIT-Stätte mit einem Computerbauteil verglichen«, sagte Gamay, »und die Inschriften und Bilder waren für ihn wie die entsprechende Software. Seiner Ansicht nach handelt es sich dort nur um einen Teilaspekt des Gesamtbildes, so wie ein Schaltkreis nur ein Stück des gesamten Computers darstellt.«

»Ja, von dieser Theorie hat er mir auch erzählt, aber zwischen Ihrem verzierten Bauwerk und einem IBM-kompatiblen Rechner liegt noch ein ziemlich weiter Weg.«

»Trotzdem – halten Sie es für möglich, dass dieses Observatorium und die anderen Bauwerke Teile eines großen Ganzen gewesen sind?«, bohrte Gamay nach.

»Verstehen Sie mich nicht falsch. Die Maya waren unglaublich kultiviert und halten für uns immer wieder neue Überraschungen parat. Oft haben sie ihre Straßen und Palasteingänge so ausgerichtet, dass diese zu verschiedenen Jahreszeiten auf die Sonne oder bestimmte Sterne weisen. Wissen Sie, die Vorhersage der Bewegungen der Venus verlieh den Priestern gewaltige Macht. Der Gott Venus verriet den Bauern die wichtigen Daten bezüglich Aussaat, Ernte oder Regenzeit. Der Caracol in Chichén Itzá verfügt über mehrere Fenster, in denen je nach Position die Venus über dem Horizont erscheint.«

»Aber soweit ich weiß, gibt es im Caracol keine Abbildungen der Schiffe«, sagte Gamay.

»Richtig, die gibt es nur in den acht Tempeln, von denen auch die Köpfe stammen. Während ihres Umlaufs ist die Venus an acht Tagen nicht zu sehen. Ziemlich beängstigend, wenn man bei wichtigen Entscheidungen auf den Planeten angewiesen war. Sobald also die Priester ein paar Jungfrauen in einen Brunnenschacht stießen und den einen oder anderen kreativen Aderlass vornahmen, sah alles wieder rosig aus. Apropos Aderlass, ich habe in fünf Minuten eine Vorlesung. Können wir dieses faszinierende Gespräch später fortsetzen?«

Gamay war noch nicht zufrieden. »Sie sagen, die Venus verschwindet an acht Tagen, und außerdem gibt es unseres Wissens acht Tempel mit den Bildern der Boote. Zufall?«

»Nach Chis Ansicht nicht. Jetzt muss ich aber los. Meine Studenten dürsten nach neuem Wissen.«

Er legte auf. Paul nahm einen großen Notizblock. »Das war ergiebig. Lass uns durchgehen, was wir haben. Es gibt acht Tempelobservatorien. Jedes davon wurde errichtet, um die Bewegungen der Venus darzustellen.« Trout machte eine entsprechende Notiz. »Außerdem waren diese Gebäude einem gemeinsamen Thema gewidmet, nämlich der Ankunft von eventuell phönizischen Booten, die einen großen Schatz an Bord trugen. Eine wilde Vermutung: Die Observatorien und die Venus haben etwas mit dem Schatz zu tun.«

Gamay nickte zustimmend. Sie nahm den Block und zeichnete aufs Geratewohl acht Kreise. »Nehmen wir mal an, das hier seien die Tempel.« Sie verband die Kreise mit Linien und starrte eine Weile auf die Skizze. »Irgendetwas verbirgt sich dahinter«, sagte sie.

Paul warf einen Blick auf das Gekritzel und schüttelte den Kopf. »Sieht aus wie eine plattfüßige Spinne.«

»Aber bloß aufgrund unserer erdgebundenen Denkweise. Sieh nur.« Sie zeichnete am Rand des Blatts zwei Sterne ein. »Schauen wir doch mal über die Erde hinaus. Das hier sind die äußersten Positionen der Venus. Der Tempel, den ich im MIT gesehen habe, verfügte über zwei schlitzähnliche Öffnungen, wie Schießscharten in einer Burg. Das hier würde man sehen, falls man eine Linie von dem Fenster zu einer der Venuspositionen zöge. Und jetzt mache ich das von dem zweiten Fenster aus.« Sie war zufrieden mit ihrer Grafik und versah auch die anderen Observatorien mit den entsprechenden Linien.

Dann hielt sie Paul das grobe Gittermuster unter die Nase.

»Jetzt sieht es aus wie das Maul eines Alligators, der sich aufs Abendessen vorbereitet«, sagte er.

»Vielleicht. Oder wie eine hungrige Schlange.«

»Denkst du immer noch an diese Schlange, die euch begegnet ist?«

»Ja und nein. Dr. Chi trug ein Amulett um den Hals. Er nannte es die gefiederte Schlange. *Daran* muss ich bei diesem Anblick denken – an das Maul des Kukulcan.«

»Du benötigst die genaue Lage der Observatorien, falls man überhaupt davon ausgehen kann, dass dies hier einen Sinn ergibt. Schade, dass Chi nicht erreichbar ist.«

Gamay hörte nur mit einem Ohr zu. »Mir ist gerade etwas eingefallen. Dieser sprechende Stein, nach dem Kurt und Joe suchen. Soll darauf nicht angeblich irgendein Gitternetz zu sehen sein?«

»Ja, stimmt. Ich frage mich, ob da ein Zusammenhang besteht.«

Trout nahm den Telefonhörer ab. »Ich rufe in Chis Büro an und lasse ihm ausrichten, er möge sich so schnell wie möglich mit uns in Verbindung setzen. Und dann verständigen wir Kurt davon, dass du hier vielleicht etwas entdeckt hast.«

Sie betrachtete noch einmal die hingekritzelten Muster. »Ja, aber *was*?«

41

Die Untiefen vor Nantucket

Der Karabinerkreuzer, der das Bergungsschiff umkreist hatte, kam bis auf Rufweite heran und reduzierte seine Geschwindigkeit auf ein Minimum. Am Signalmast flatterte unter der amerikanischen Flagge die grünweißrote Trikolore Italiens. Die schlanke, silberhaarige Gestalt Angelo Donatellis trat aus dem Ruderhaus und winkte.

»Hallo, Mr. Austin, ich befinde mich auf einer Rettungsmission. Mir ist zu Ohren gekommen, Sie hätten keinen Grappa mehr. Dürfen wir Ihnen eine Lieferung anbieten?«

»Hallo, Mr. Donatelli«, rief Austin zurück. »Vielen Dank für den Nachschub. Bis jetzt mussten wir Batteriesäure trinken.«

Kapitän McGinty legte die Hände an den Mund, was völlig überflüssig war, denn schon seine normale Stimmlage entsprach einem Brüllen. »Der Skipper dankt Ihnen ebenfalls. Bitte kommen Sie an Bord auf Ihrer wohltätigen Mission.«

Donatelli salutierte zur Bestätigung und ging zurück ins Ruderhaus. Rasselnd und platschend fiel der Anker ins Wasser, und das Motorengeräusch erstarb. Donatelli und sein Cousin Antonio stiegen in ein Beiboot mit Außenbordmotor, das sich im Schlepptau hinter der Jacht befand. Dann legten sie flink die kurze Entfernung zum Bergungsschiff zurück und kletterten an Bord.

Donatelli überreichte dem Kapitän eine Flasche des feurigen italienischen Branntweins. »Mit meiner besten Empfehlung«, sagte er, wandte sich dann an Austin und deutete mit einer weit ausholenden Bewegung auf den Kabinenkreuzer.

»Wie gefällt Ihnen meine blaue Schönheit, Mr. Austin?«

Donatellis anhaltend höfliche Art war entweder seiner Abstammung aus der Alten Welt zu verdanken oder erklärte sich aus den eingeübten guten Umgangsformen eines Gastwirts, dessen Kundschaft der gehobenen Schicht angehörte, dachte Austin. Das war eine erfrischende Abwechslung im Vergleich zu der falschen Vertraulichkeit, die manche Leute an den Tag legten, indem sie Fremde sogleich zwanglos beim Vornamen nannten, was Kurt stets von neuem Bauchschmerzen bereitete.

Austin musterte die Jacht in voller Länge und ließ seinen Blick über den marineblauen Rumpf und die cremefarbenen Aufbauten gleiten, als würde er die Kurven einer schönen Frau bewundern. »Sie hat klassisch schöne Linien«, sagte er. »Wie lässt sie sich handhaben?«

»Traumhaft. Ich habe mich sofort in sie verliebt, als ich sie verlassen auf einem Schiffsfriedhof in Bristol, Rhode Island, entdeckte. Ich habe Tausende von Dollar in die Restaurierung gesteckt. Sie ist fast vierzehn Meter lang, aber der geschwungene Bug lässt sie noch ein wenig länger aussehen. Ein sehr solides Boot, perfekt dafür geeignet, einen Ausflug mit den Enkelkindern zu machen.« Er lachte. »Und eine Möglichkeit, der Familie zu entfliehen, wenn ich Ruhe und Frieden brauche. Mein schlauer Steuerberater hat das Boot zum Bestandteil des Geschäfts erklärt, also muss ich ab und zu einen Fisch für die Restaurants fangen.« Er hielt inne und schaute wehmütig aufs Meer hinaus, wo ein Schwarm Möwen wie Schneeflocken auf dem dunklen Wasser schwamm. »Hier ist es also passiert.«

Austin deutete auf die rote Kunststoffkugel, die in der leichten Dünung trieb. »Die Oberkante des Schiffs liegt dreißig Faden unter dieser Markierung dort. Wir befinden uns direkt über ihr.« Er brauchte den Namen der *Doria* nicht zu erwähnen, denn sie wussten beide, von welchem Schiff er sprach.

»Ich kenne sämtliche Gewässer rund um die Insel«, sagte Donatelli, »aber an diesem Fleck bin ich nie, nie gewesen.« Er schüttelte den Kopf. »Wir Sizilianer sind abergläubisch und glauben an Gespenster.«

»Umso mehr ein Grund, Ihnen für Ihre Hilfe bei diesem Projekt zu danken.«

Donatelli richtete den Blick seiner stechenden, tief liegenden Augen auf Austin. »Nicht um alles in der Welt hätte ich das hier verpassen wollen. Wo fangen wir an?«

»Wir haben eine Reihe von Bauplänen in der Kabine des Kapitäns.«

»*Bene.* Komm, Antonio«, sagte er zu seinem Cousin, der völlig reglos abgewartet hatte. »Mal sehen, was wir für diese Gentlemen tun können.«

In seiner Kabine entrollte Kapitän McGinty einen Bogen schweres weißes Papier auf dem Tisch. Auf dem Blatt stand die italienische Aufschrift *»plano delle sistemazioni passeggeri«*, Plan der Passagierunterkünfte. Oben befand sich ein Foto aus besseren Tagen, das den Liner bei kühner Fahrt durch die Wogen zeigte. Unterm Foto waren die Grundrisspläne von neun Decks.

Donatelli wies auf die Belvedere Lounge im vorderen Bereich des Bootsdecks. »Hier habe ich gearbeitet, als die *Stockholm* uns erwischte. Rumms! Ich bin auf dem Boden gelandet.« Sein Finger bewegte sich weiter zum Promenadendeck. »Hier sammeln sich alle Passagiere und warten auf Rettung. Was für ein Durcheinander«, sagte er und schüttelte empört den Kopf. »Mr. Carey findet mich, und wir gehen nach unten zu ihrer Kabine. Hier. Auf der Steuerbordseite des Oberdecks. Die arme Mrs. Carey sitzt fest. Ich rase los wie ein verschrecktes Kaninchen, um einen Wagenheber aufzutreiben. Nach hier unten.« Sein Finger folgte der Route jener Nacht. »Vorbei an den Geschäften auf dem Foyerdeck, aber der Weg ist blockiert, also gehe ich ein ganzes Stück zurück Richtung Heck und dann hinunter aufs A-Deck.«

Donatelli unterbrach den flüssigen Bericht. Er erinnerte sich wieder an die schreckliche Angst, die ihn packte, als er in die dunklen Eingeweide des sinkenden Schiffs hinabstieg. »Bitte verzeihen Sie«, entschuldigte er sich mit stockender Stimme. »Sogar jetzt, nach all den Jahren ...« Er atmete tief durch. »In jener Nacht habe ich nachvollziehen können, was Dante bei seinem Abstieg in den Hades empfand.« Er seufzte und fuhr fort. »Endlich komme ich also auf dem B-Deck an, wo die Garage ist. Den Rest der Geschichte kennen Sie alle?«

Die anderen Anwesenden nickten.

»Gut«, sagte Donatelli mit offenkundiger Erleichterung. Obwohl es in der Kabine kühl war, stand ihm Schweiß auf der Stirn, und an seiner Schläfe pochte eine Ader.

»Können Sie uns zeigen, wo genau in der Garage Sie den gepanzerten Lastwagen gesehen haben?«, fragte Austin.

»Natürlich, er stand hier oben in dieser Ecke.« Er bat um einen Bleistift und markierte die Stelle mit einem *X*. »Soweit ich gehört habe, waren insgesamt neun Wagen in der Garage, darunter dieses ausgefallene Exemplar, das die Italiener für Chrysler gebaut hatten.« Er verzog die Lippen zu einem knappen Lächeln. »Einen Wagenheber habe ich übrigens nie gefunden.«

»Wir haben vor, durch die Garageneinfahrt einzudringen«, erklärte Austin.

Donatelli nickte. »Die Autos konnten direkt vom Pier in die Garage fahren. Ich glaube, das ist ein guter Plan, aber ich verstehe nicht viel von diesen Dingen«, sagte er und zuckte mit den Achseln.

Kapitän McGinty war weniger zurückhaltend. Ein Anruf über das Schiffstelefon hatte ihn kurz zuvor für eine Weile abgelenkt. Jetzt kehrte er zum Tisch zurück und schüttelte den Kopf. »Ich hoffe, die ganze Mühe ist nicht umsonst. Ich sehe hier direkt vor mir ein gewaltiges Problem.«

»Das ist vermutlich noch untertrieben. Ich wäre überrascht, falls uns die Probleme nicht wie ein wütender Gorilla im Nacken sitzen würden«, sagte Austin.

»Das hier ist verdammt riskant. Ich kenne Leute, die über die Decks nach unten in diesen Frachtraum vorgestoßen sind.« Er deutete auf die Steuerbordwand der Garage. »Alles dort – Autos, Lastwagen, Frachtstücke – ist auf diese Seite gestürzt, die jetzt den Boden darstellt. Ihr gepanzerter Laster könnte unter Tonnen von Schrott begraben liegen. Die Leute, die in diesem Frachtraum waren, haben das Zukunftsauto gesehen, das für Chrysler bestimmt war, aber sie konnten es nicht erreichen, weil dieser ganze Raum voller verbogener Deckbalken und gebrochener Spanten ist. Falls Sie wie geplant mit Stramplern hineingehen, könnten Sie sich unrettbar verheddern.«

Austin war sich vollauf der Tatsache bewusst, dass dieser Einsatz einer der bislang härtesten seiner abwechslungsreichen Karriere sein würde. In gewisser Weise schwieriger als die Bergung des iranischen Containerschiffs oder die Hebung des russischen U-Boots.

»Danke für die Warnung, Käpt'n. Ich möchte das Ganze so angehen, als würden wir uns auf offenem Trümmergelände befinden und nach einem ganz bestimmten Gegenstand suchen. Wie zum Beispiel im East River. Vielleicht haben Sie Recht, und die Aufgabe ist nicht zu bewältigen. Aber ich glaube, wir sollten zumindest mal nachschauen.« Er grinste. »Womöglich finden wir sogar Mr. Donatellis Wagenheber.«

McGinty brach in schallendes Gelächter aus. »Na ja, falls es danebengeht, betrinken wir uns eben aus Frust, nicht aus Freude. So, aber jetzt sollten wir erst mal einen Toast auf unseren Erfolg ausbringen.«

Donatelli öffnete den Grappa und goss schwungvoll für alle ein. Man merkte ihm noch immer an, dass er früher einmal als Kellner gearbeitet hatte.

»Ach, übrigens, das eben waren die Jungs unten aus der Taucherglocke«, sagte McGinty. »Sie sind fast durch den Rumpf durch. Ich habe gesagt, sie sollen alles für morgen vorbereiten und sich dann ausruhen. Sie beide würden morgen so früh wie möglich nach unten kommen, um den Job zu erledigen.«

Austin erhob das Glas. »Auf die aussichtslosen Vorhaben und unmöglichen Pläne.«

Das leise Gelächter brach abrupt ab, als Donatelli feierlich sein Glas emporreckte. »Und auf die *Andrea Doria* und die Seelen all derer, die auf ihr gestorben sind.«

Als sie ihre Drinks hinunterstürzten, herrschte Schweigen.

42

Rund um die *Andrea Doria* ist das Leben niemals langweilig, denn inzwischen beanspruchen unzählige silbrige Fische die luxuriösen Kabinen, für die deren einstige Bewohner viele tausend Lire bezahlen mussten. Nichts jedoch hätte die Bevölkerung dieser blauen Dämmerwelt auf die Ankunft zweier Kreaturen vorbereiten können, die bizarrer aussahen als jedes Geschöpf der Tiefe. Die drallen Gestalten waren von leuchtend gelber Haut überzogen, und ihre Rücken wurden von einem schwarzen Schild geschützt. In der Mitte ihrer runden Köpfe befand sich ein einzelnes Auge. Aus den Unterseiten ihrer drallen Körper traten zwei Stummel hervor. Weiter oben befanden sich ähnliche, kürzere Anhängsel, die jeweils in einer Klaue endeten. Am seltsamsten aber waren die leise sirrenden Flossen zu beiden Seiten.

Die Kreaturen hingen im Wasser wie Heliumballons bei einem Faschingsumzug. Zavalas leises Lachen drang aus Austins Headset.

»Habe ich dir je gesagt, wie sehr du dem Michelin-Männchen ähnelst?«

»Nach dem gestrigen Abendessen bei McGinty würde mich gar nichts mehr überraschen. Mein Strampler drückt ein wenig in der Magengegend.«

Wer auch immer sich diesen Spitznamen für den Ceanic-Tieftauchanzug ausgedacht hatte, er musste unter einem Sehfehler gelitten haben. Der so genannte Strampler war in Wirklichkeit ein am Körper tragbares U-Boot. Die geschmiedete Aluminiumhaut war technisch gesehen ein Schiffsrumpf. Durch Fußhebel ließen sich auf beiden Seiten vertikale und laterale Schubdüsen aktivieren. Dank des geschlossenen Sauerstoffkreislaufs und der aktiven Kohlendioxidfilter war eine Tauchzeit von sechs bis acht Stunden möglich, plus weiteren achtundvierzig Stunden Lebenserhaltung im Notfall. Der Anzug brachte fast eine halbe Tonne auf die Waage, doch im Wasser wog er weniger als vier Kilo. Neben der langen Tauchzeit und der hohen Mobilität gab es noch einen weiteren Vorteil: Es war keine Dekompression nötig. Der größte Nachteil des Anzugs war seine Sperrigkeit. Mit dieser Ausrüstung Donatellis ehemaliger Route durch das Schiff zu folgen wäre reiner Selbstmord gewesen. Innerhalb weniger Minuten hätten die Taucher sich in irgendwelchen Drähten oder Seilen verfangen.

Bei der Ausarbeitung ihres Tauchplans berücksichtigte Austin alle früheren Expeditionen zur *Doria*, ob erfolgreich oder nicht. Nach seiner Ansicht hatte das Gimbel-Team den richtigen Ansatz gewählt. Im Jahr 1975 hatten sie versucht, ein U-Boot zur Aufklärung zu nutzen, aber das Fahrzeug war zu schwach gewesen, um der Strömung zu trotzen. Die Taucherglocke, die als Aufzug und Arbeitsplattform dienen sollte, war nicht richtig ausbalanciert und geriet gefährlich außer Kontrolle. Was Austin beeindruckte, war die Tatsache, dass die Taucher, die über einen Luftschlauch von der Oberfläche mit einem heliumgesättigten Atemgemisch versorgt wurden, unter diesen widrigen Umständen sehr viel erreicht hatten. Sie waren tatsächlich bis in die Garage vorgedrungen. Die Gimbel-Expedition des Jahres 1981 war besser vorbereitet. Das Glockensystem funktionierte gut. Obwohl alle möglichen Probleme auftauchten, darunter schlechtes Wetter und eine Strömung, in der sich die Luftschläuche verhedderten, gelang es den Tauchern, den Safe aufzuspüren und mit Hilfe eines Krans zu bergen.

Am Ende entschied sich Austin für eine Kombination aus Tieftauchanzügen und Taucherglocke und organisierte ein Team, das für die anstehende Aufgabe ziemlich gut gerüstet war. Sein Vater stellte die *Monkfish* samt Mannschaft zur Verfügung. Gunn durchforstete den Projekt- und Schiffsplan der NUMA und steuerte die Taucherglocke sowie eine mit Duschen und Kojen ausgestattete Dekompressionskammer bei, die auf Deck platziert wurde. Das geliehene Minitauchboot stellte eine unerwartete

Dreingabe dar und erleichterte die Erkundungsarbeit. Am wichtigsten aber waren die sechs erfahrenen Tiefseetaucher der NUMA, die aus Virginia eingeflogen wurden. Seit ihrer Ankunft auf der *Monkfish* hatten sie rund um die Uhr in Schichten gearbeitet, um ein Loch in den Rumpf des Liners zu schneiden.

Das Wetter bei den Untiefen vor Nantucket machte seinem wechselhaften Ruf alle Ehre. Als Austin und Zavala an jenem Morgen aufstanden, herrschte klare Sicht. Der leichte Seegang des Vortags hatte aufgehört, und der Ozean war völlig ruhig, so dass die Abbilder der vereinzelten Seevögel von seiner spiegelglatten Oberfläche reflektiert wurden. Zwei schwarze Rückenflossen durchschnitten das Wasser. Delfine. McGinty meinte, das seien gute Vorboten, die zudem die Haie fern hielten. Die Oberflächenströmung betrug ungefähr einen Knoten. Für später an jenem Tag sagte der Kapitän dichten Nebel und eine stärkere Strömung voraus, rechnete deswegen aber nicht mit Problemen.

Die NUMA-Männer wurden in ihren schweren Anzügen per Kran ins Wasser gelassen. Einige Minuten lang blieben sie dicht unter der Oberfläche und überprüften ihre Ausrüstung, während der Kran erneut nach außen schwenkte und ein Kevlarkabel fallen ließ, das in vier kurzen Strängen endete, an denen sich jeweils eine robuste Metallklammer befand. Kurt und Joe packten das Kabel mit ihren mechanischen Greifklauen. Mit summenden vertikalen Schubdüsen sanken sie in die indigoblaue See hinab. Die *Monkfish* wurde durch vier Ankerketten direkt über dem Wrack in Position gehalten, zwei am Bug und zwei am Heck, mit einer Länge von einhundert Metern in jede Richtung. Stabilität war von entscheidender Bedeutung, denn andernfalls würde die Taucherkugel wie ein Pendel an ihrem Haltekabel hin- und herschwingen.

Obwohl die Anzüge mit Scheinwerfern ausgestattet waren und sie zudem tragbare Strahler mitgebracht hatten, wurde vorerst kein künstliches Licht benötigt. Die Sichtweite betrug mindestens zehn Meter, und der düstere Umriss des Schiffs hob sich deutlich von dem helleren Meeresboden ab. Sie hielten auf eine Stelle des Rumpfes zu, die von einem kalten pulsierenden Glühen erleuchtet wurde.

Im Zentrum der fließenden bläulichen Korona klebten zwei Taucher an der nach oben weisenden Backbordseite des Schiffs wie Insekten auf einem Baumstamm. Einer der Männer kniete mit einem Schneidbrenner auf dem Rumpf, während der andere die Umgebung im Blick behielt und sich um das Versorgungskabel kümmerte, das für die Treibstoffzufuhr des Brenners verantwortlich war. Die beiden Männer waren zuvor von der Taucherglocke nach unten gebracht worden, die dem Team als Aufzug und Unterwasserhabitat diente.

Jetzt hing die Glocke wenige Meter über dem Rumpf an ihrem dicken Kabel, das zu einer Winde an Deck der *Monkfish* führte. Die Form der Glocke ähnelte der einer gasbetriebenen Laterne. Ihre vier Seiten waren an den Ecken leicht abgerundet, und das Dach fiel vom Loch des Haltekabels aus schräg nach unten ab. Etwas tiefer am Dach trat ein weiteres Kabel ein, das als Kommunikationsverbindung und zur Energieversorgung diente. Der untere Teil der Glocke war offen, und das Seewasser wurde durch den Luftdruck in der Schwebe gehalten. Aus der Öffnung schlängelten sich Schläuche zu den Tauchern und versorgten sie mit dem Atemgemisch und heißem Wasser, das in den Anzügen Marke Divex Armadillo durch ein Röhrensystem floss und die Körper wärmte. Zusätzlich trug jeder der Taucher für den Notfall einen eigenen Pressflufttank auf dem Rücken.

Die Männer arbeiteten an einem Bereich der stählernen Hülle, der zuvor von seiner Anemonenschicht befreit worden war, so dass die schwarze Farbe des Rumpfes zutage trat. Die Arbeitsspuren der glühenden Magnesiumstäbe des Hochdruckschneidbrenners hatten rund um die Garagentore ein großes Rechteck hinterlassen. Der hintere der beiden Taucher bemerkte die zwei gelben Anzüge, die sich näherten. Er streckte im Zeitlupentempo, das bei der Arbeit in der Tiefsee unvermeidlich war, den Arm aus und nahm von Austin und Zavala das Kabel entgegen. Die NUMA-Männer konnten sich untereinander und mit dem Bergungsschiff verständigen, aber zu den anderen Tauchern bestand, außer über die Glocke, keine direkte Verbindung. Austin machte sich keine Sorgen, denn sie hatten den Plan mehrmals durchgesprochen, und falls nicht gerade eine besonders komplizierte Botschaft übermittelt werden musste, waren Handzeichen für die Verständigung völlig ausreichend.

Der kniende Taucher schaltete den Schneidbrenner aus, sobald er die Neuankömmlinge sah. Er wies auf die vier Winkel des Rechtecks, wo jeweils zwei Löcher geschnitten worden waren, und reckte den Daumen empor. Dann befestigten er und sein Kollege die Klammern des Kevlarkabels an den Löchern. Die Taucher bewegten sich mehrere Meter weg, und einer von ihnen vollführte eine ruckartige Bewegung mit der Hand, wie ein Lokomotivführer, der an der Schnur der Signalpfeife zog.

Austin meldete sich bei der Mannschaft an Deck. »Alles klar. Fangt an zu ziehen.«

Man gab die Nachricht an den Kranführer weiter, und das Kabel wurde straff wie eine Bogensehne. Einige Sekunden vergingen. Nichts passierte. Der Rahmen rund um das Tor bestand aus vielen kleinen Löchern, wie eine Perforation in einem Stück Karton. Austin fragte sich soeben, ob noch zusätzliche Vorbereitungsarbeiten nötig sein würden, als an dem Garagentor plötzlich ein Schwall Blasen emporstieg. Mit gedämpftem Dröhnen riss das Rechteck heraus. Austin wies das Oberflächenteam an, den Kran herumschwenken zu lassen und das Tor auf dem Rumpf abzulegen.

Auf Höhe des B-Decks hatte sich in der Seite des Schiffs ein riesiges, rechteckiges Loch aufgetan. In die Bug- und Heckregion dieses und des darunter liegenden C-Decks hatte man die Kabinen der Touristenklasse gestopft. Zwischen den Kabinen lag im vorderen Teil des Decks die *autorimessa,* in der sich die neun Wagen und der gepanzerte Laster befinden mussten.

Zavala gab etwas Gas und glitt direkt über die neu geschaffene Öffnung.

»Hier könnte man mit einem HumVee durchfahren.«

»Warum so bescheiden? Denk doch mal nach. Jeder, der von jetzt an zu diesem Wrack hinabtaucht, wird das hier als Zavalas Loch bezeichnen.«

»Diese Ehre überlasse ich gerne dir. Wollen wir es nicht Austins Ausgang nennen?«

»Wollen wir nicht lieber mit der Erkundung anfangen?«

»Wenn nicht jetzt, wann dann?«

»Ganz meine Meinung. Wir lassen es schön langsam angehen. Denk an die Kabel, die von der Decke hängen, und achte auf zerbrochene Spanten. Außerdem sollten wir einen Sicherheitsabstand voneinander einhalten.«

Die Warnung war überflüssig. Ihre Bekleidung ähnelte den Raumanzügen der Astronauten. Und genau wie Astronauten in der Schwerelosigkeit mussten auch sie sich vorsichtig und keinesfalls ruckartig bewegen. Selbst bei langsamer Geschwindigkeit würde ein Zusammenprall der mehrere hundert Kilo schweren Anzüge sie gewaltig durchschütteln.

Austin bezog unterhalb von Zavala Position, so dass der Scheinwerfer an seinem Anzug direkt ins Schiff leuchtete. Der kräftige Lichtstrahl wurde von der Dunkelheit verschluckt. Kurt betätigte den Gashebel der vertikalen Schubdüsen und sank mit den Füßen voran in die Garage. Dann hielt er an und drehte sich einmal um die Längsachse. Im Wasser waren weder Kabel noch Gegenstände zu sehen. Er gab Zavala grünes Licht und sah zu, wie die aufgeblähte gelbe Gestalt durch das blaugrüne Loch sank und in der Schwebe verharrte.

»Das erinnert mich an die Baja Cantina in Tijuana«, sagte Zavala. »Allerdings ist es dort noch ein wenig finsterer.«

»Auf dem Rückweg können wir ja einen Drink nehmen«, erwiderte Austin. »Das Schiff ist siebenundzwanzig Meter breit. Die Fracht dürfte nach unten gerutscht sein, wie Kapitän Mc-

Ginty gesagt hat. Alles hier ist um neunzig Grad gekippt, also ist die vertikale Wand direkt hinter dir eigentlich der Boden der Garage. Wir werden dicht an dieser Wand bleiben, um nicht die Orientierung zu verlieren.«

Während sie nach unten sanken, ging Austin im Geiste eine Checkliste durch, um schneller auf eventuelle Hindernisse reagieren zu können. Obwohl er auf diese Weise eigentlich mit eher praktischen Problemen und deren Lösungen beschäftigt war, arbeitete sein Verstand gleichzeitig auch auf einer anderen, irrationalen Ebene, vergleichbar dem Überlebensinstinkt, der bei den unrasierten Hälsen seiner Vorfahren dafür gesorgt hätte, dass die Nackenhaare sich aufrichteten. Er hörte Donatellis Stimme, die den Furcht erregenden Abstieg in die Eingeweide des Schiffs schilderte. Der alte Mann hatte Unrecht, stellte Austin fest. Das hier war *schlimmer* als alles, was Dante sich jemals hätte ausmalen können. Mit dem Feuer und Schwefel des Infernos würde Austin es jederzeit aufnehmen. Immerhin konnte Dante etwas *sehen.* Auch wenn es sich dabei ausschließlich um Dämonen und Verdammte handelte.

Man konnte kaum glauben, dass die Decke dieses riesigen leeren Kolosses einst unter der Dieselkraft von vielen tausend Pferdestärken erzittert und dass mehr als zwölfhundert Passagiere in der sinnenfrohen Schönheit des Schiffs geschwelgt hatten, umgeben von nahezu sechshundert dienstbaren Geistern. Die erste Person, die nach dem Untergang der *Andrea Doria* hinabtauchte, berichtete im Anschluss, das Schiff habe noch wie lebendig gewirkt und eine schaurige Kakophonie aus Stöhn- und Kreischlauten von sich gegeben. Man habe das Poltern losgerissener Trümmerstücke und das Rauschen des Wassers in den Gängen hören können. Austin sah nur noch Verfall, Leere und Stille, abgesehen von dem Geräusch der Atemsysteme des Anzugs. Es spukte in diesem gewaltigen Metallberg, und wenn man zu lange hier verweilte, konnte man den Verstand verlieren.

Das Schiff wirkte überwältigend groß, und Austin schaute

ständig auf die Tiefenanzeige. Obwohl sie sich nur ungefähr sechzig Meter unter der Oberfläche befanden, kam es ihm aufgrund der Dunkelheit tiefer vor. Er schaute nach oben. Das blaugrüne Rechteck der Öffnung war in der trüben Düsternis kaum zu erkennen und wäre am Ende vielleicht ganz unsichtbar geworden, hätte einer der anderen Taucher am Rand des Lochs nicht als Signal ein Blinklicht angebracht. Austin nahm den blinkenden Punkt beruhigt zur Kenntnis und richtete seine Aufmerksamkeit dann wieder auf das, was unter ihnen lag.

Zu ihren Füßen schälten sich im Lichtkreis der Scheinwerfer massive Gegenstände aus der Dunkelheit. Gerade Linien und Kanten. Seltsame runde Formen. Auf der horizontalen Fläche, die ehemals die Steuerbordwand der *Doria* gewesen war, türmten sich Tonnen von Trümmern auf. Früher hatten sich auf dem Boden der Garage schwere Metallgitter und Stege befunden. Auch diese standen jetzt senkrecht. Austin und Zavala begannen mit einem Suchraster und bewegten sich auf parallelen Bahnen zwischen dem alten Garagenboden und der einstigen Decke hin und zurück. Das entsprach der Methode, die sie an der Wasseroberfläche bei der Suche nach einem Schiffswrack angewendet hätten. Aus den Halterungen der Deckenlampen baumelten Drähte, aber es waren zu wenige, um ihnen gefährlich zu werden, und sie ließen sich zudem einfach umgehen.

Die Scheinwerfer richteten sich auf glitzerndes Metall und Glas. Manche der undeutlichen Formen wirkten irgendwie vertraut.

»Hey, Kurt, ist das da unten ein Rolls-Royce?«

Austin leuchtete zu dem charakteristischen schweren Kühlergrill hinüber, der aus dem Schutt ragte.

»Vermutlich. Laut dem Ladungsverzeichnis des Schiffs hat ein Typ aus Miami seinen Rolls aus Europa mitgenommen.«

»Das zeigt, wie wichtig es ist, auf jedem Kontinent einen Luxuswagen zu haben.«

Austin schwebte über den Rolls hinweg und sah ein Stück eines anderen Wagens mit ungewöhnlich schwungvollen Linien.

»Das scheint der experimentelle Chrysler zu sein, den Ghia gebaut hat. Schade, dass Pitt nicht hier ist. Er würde sämtliche Hebel in Bewegung setzen, um dieses Einzelstück seiner Sammlung hinzuzufügen.«

»Da müsste er sich aber ganz schön durch den Schlamm wühlen.«

Die Wagen waren übereinander gestürzt und von vielen Trümmern und reichlich Schlick bedeckt. Eine Zeit lang hatte Austin darüber nachgedacht, ob man den Schutt nicht beiseite räumen konnte, aber dann hatte er die Idee wieder verworfen. Zu gefährlich, kostspielig und zeitraubend. Jeder Versuch, sich durch die Schicht zu wühlen, würde eine dermaßen dichte Wolke aufwirbeln, dass man tagelang kaum die Hand vor Augen sehen könnte.

Nach dem zu schließen, was Donatelli über die Position des Lasters gesagt hatte, hätte der Wagen oben auf den Haufen fallen müssen. Eigentlich sollte man ihn sehen können. Hatte der alte Mann sich geirrt? Immerhin stand er in jener Nacht unter schrecklicher Anspannung. Vielleicht befand sich der Wagen in einem anderen Frachtraum. Austin stöhnte. Es hatte unglaublicher Anstrengungen bedurft, sich den Weg in die Garage freizuschneiden. Sie hatten weder die Zeit noch die Mittel für einen zweiten Versuch. Sein gesamtes Expeditionsteam war nur für wenige Tage zusammengeliehen.

Je länger sie suchten, desto stärker wurden die Zweifel. Sie überprüften jeden sichtbaren Quadratzentimeter der Trümmer.

»Was ist eigentlich aus diesem Plan geworden, das Schiff mit Tischtennisbällen zu heben?«, fragte Zavala.

»Ich schätze, sogar alle Tischtennisbälle Chinas würden dafür nicht ausreichen. Was denkst du?«

»Ich glaube, Angelo Donatelli war ein sehr mutiger Mann. Das hier muss einer der deprimierendsten Orte der Welt sein. Kaum zu glauben, dass wir uns noch auf der Erde befinden. Ich fühle mich wie eine Fliege im Einmachglas.«

»Ich frage mich langsam, ob der Laster überhaupt hier ist.«

»Wo sollte er sonst sein?«

»Ich wünschte, ich wüsste es.«

»Nina wird ganz schön enttäuscht sein.«

»Ich weiß. Wollen wir auftauchen und die schlechte Nachricht überbringen?«

»Von mir aus gern. Meine Blase sagt mir, dass ich heute Morgen zu viel Kaffee getrunken habe.«

Sie betätigten die vertikalen Schubdüsen und schwebten langsam, aber stetig auf das Blinklicht über ihnen zu. Dabei richteten sie ihre Scheinwerfer nach vorn und nach oben, um sicherzugehen, dass ihnen nicht plötzlich ein Hindernis in die Quere kommen würde. Zavalas Lichtstrahl streifte kurz eine der dunklen Ecken der Garage, bewegte sich dann weiter und zuckte zurück.

»Kurt«, rief er aufgeregt. »Da ist etwas in der Ecke.«

Sie stoppten den Aufstieg. Austin sah zwei rote Augen in der pechschwarzen Finsternis glühen.

Nach mittlerweile mehr als einer Stunde in dieser jenseitigen Umgebung dachte er im ersten Augenblick an ein riesiges Meereslebewesen, das in dem Wrack Zuflucht gesucht hatte. Er richtete seinen Scheinwerfer auf die beiden Augen, woraufhin sein Herzschlag sich beschleunigte. Das *konnte* nicht sein. Die beiden Männer glitten näher heran und leuchteten nun die gesamte Ecke aus.

»Ach, du meine Güte«, sagten sie wie aus einem Mund.

43

Einige Jahrzehnte bevor Austin und Zavala sich den Weg in die Garage der *Andrea Doria* freischnitten, machte sich ein Offizier des Schiffs in weiser Voraussicht Gedanken darüber, welch schreckliche Folgen es haben könnte, falls ein gepanzerter, mehrere Tonnen schwerer Lastwagen während eines Sturms auf offener See ungehindert im Frachtraum hin und her schleudern würde. Um das zu verhindern, legte man dicke Kabel über die Karosserie des Wagens und befestigte sie am Boden. Mehr als vierzig Jahre später hielten die Kabel den Laster noch immer an Ort und Stelle, so dass er jetzt im rechten Winkel an der vertikalen Wand hing, die früher der Boden der Garage gewesen war.

Das schwarze Blech war von Rostflecken übersät, und das Gummi der Reifen hatte sich in einen eklig aussehenden Brei verwandelt. Die Chromteile verstrahlten jedoch nach wie vor einen stumpfen Glanz, und der Wagen befand sich in einem Stück. Nachdem sie das Fahrzeug so gründlich wie möglich in Augenschein genommen hatten, verließen Austin und Zavala den Rumpf und schwebten wieder ins offene Meer hinaus. Die anderen Taucher hatten sich in die trockene Behaglichkeit der Druckglocke geflüchtet. Austin konnte es ihnen nicht verdenken. Gesättigter Tri-Mix lässt sich achtmal schwerer atmen als Luft aus einer Pressluftflasche.

Austin rief McGinty. »Sagen Sie Mr. Donatelli, dass wir den Lastwagen gefunden haben.«

»Jawohl! Ich wusste, dass Sie es schaffen können. Ist eine Bergung möglich?«

»Mit ein bisschen Glück und dem richtigen Werkzeug. Ich habe einen Wunschzettel für Sie.«

Dann zählte Austin die Ausrüstung auf, die er benötigte.

»Kein Problem. Es kommt ohnehin gleich ein frisches Team nach unten. Die werden das Zeug mitbringen.«

Die Glocke stieg zur Oberfläche empor, und die Taucher tauschten ihre Plätze mit der Mannschaft, die sich in der Dekompressionskammer aufhielt. Als die Glocke zurückkehrte, war das von Austin angeforderte Material auf der Außenseite befestigt. Kurt hatte über Funk vor deren Aufbruch mit den Männern gesprochen und ihnen den Plan erläutert. Jetzt kamen die beiden Taucher aus der Unterseite der Glocke und schwammen auf das Loch im Rumpf zu. Austin und Zavala glitten als Erste wieder in das Schiff. Die Taucher folgten und zogen dabei ihre Luftschläuche hinter sich her. Einer von ihnen hielt einen Schneidbrenner.

Austin bedauerte, keine direkte Funkverbindung zu den Tauchern zu haben. Er hätte gern ihre Kommentare gehört, wenn sie den Laster im rechten Winkel an der Wand hängen sahen. Ihre lebhaften Gesten waren fast genauso erfrischend. Nach dieser ersten Reaktion machten sie sich sogleich an den hinteren Türen des Wagens zu schaffen. Eine Brechstange oder die mechanischen Greifer von Kurts und Joes Anzügen hätten da nichts ausrichten können.

Donatelli hatte gesagt, die Mörder der bewaffneten Wachmannschaft hätten die Türen einfach nur zugeschlagen. Also waren diese vielleicht nur festgerostet, nicht abgeschlossen, vermutete Austin. Der Schneidbrenner erwachte gleißend hell zum Leben, und der Taucher fuhr mit der Flamme wie mit einem Skalpell über das Schloss und die Angeln der Türen, so dass der Rost in einem Schauer aus Funken zur Seite wegspritzte. Jetzt versuchten die beiden Männer es mit dem Stemmeisen und setzten beide ihr ganzes Gewicht ein. Die Türen fielen ab, und eine bräunliche Wolke aus zerfallenen Kleinteilen wurde von dem eindringenden Seewasser herausgedrückt und hüllte die vier Anwesenden ein. Nachdem die Wolke sich gelegt hatte und das Wasser wieder halbwegs klar war, schob Austin sich voran und leuchtete in den Innenraum des Lastwagens.

Ein Haufen Metallkassetten war aus den Regalen gefallen. Das wirbelnde Wasser hatte die Kleidungsstücke, Haare und Gewebereste fortgespült, so dass die grinsenden Schädel im Lichtstrahl wie frisch poliert aussahen und nicht grün vor lauter Algen waren, was vielleicht ansonsten der Fall gewesen wäre. Die Knochen waren zusammen mit den anderen Gegenständen alle auf eine Seite des Wagens gefallen. Austin machte Platz für seinen Partner.

Zavala schwieg einen Moment. »Sieht aus wie eines der Beinhäuser, die man in Mexiko und Spanien unter den alten Kirchen findet«, sagte er dann.

»Das hier ist wohl eher ein *Schlacht*haus«, erwiderte Austin ernst. »Angelo Donatellis Gedächtnis ist ziemlich gut. Diese Kassetten enthalten vermutlich die Juwelen, die sich an Bord befunden haben sollen.« Er zwang sich, dem Blick der leeren Augenhöhlen auszuweichen. »Wir kümmern uns später darum.«

Er winkte die beiden anderen Taucher heran, die sich nun näherten, um ebenfalls einen Blick in das Innere des Wagens zu werfen. Bei der früheren kurzen Besprechung hatte Austin ihnen nicht nur von der Steintafel erzählt, sondern sie auch gewarnt, dass sie einige menschliche Knochen vorfinden würden. »Ich kann euch später erzählen, wie die dort hingelangt sind. Ich hoffe, ihr seid nicht abergläubisch.«

Die Taucher schauten in den Wagen und schüttelten die Köpfe, aber die Verblüffung währte nicht lange. Die NUMA-Männer waren allesamt Profis. Ohne zu zögern, schwammen sie in den Wagen und fingen an, die Kassetten und Knochen beiseite zu räumen. Innerhalb weniger Minuten hatten sie eine massiv aussehende Ecke eines schwärzlich grauen Objekts freigelegt.

Der lange verschollene sprechende Stein.

Während die Taucher bei der Arbeit waren, eilten Austin und Zavala zur Tauchglocke und kehrten mit einem Flaschenzug zurück, der an dem Kevlarkabel befestigt war, das nach oben zum Schiff führte. Die Knochen waren jetzt respektvoll zu einem Haufen aufgeschichtet. Die Kassetten waren ebenfalls auf einer Seite aufgestapelt; nur eine davon hatten die Taucher noch nicht weggestellt. Mit förmlicher Geste öffnete einer der Männer den Deckel, um den Inhalt zu zeigen. Das Licht brach sich funkelnd in einer atemberaubenden Vielzahl von Diamanten, Saphiren und anderen Edelsteinen.

Austin hörte Zavala einen anerkennenden Pfiff ausstoßen. »Das Zeug muss Millionen wert sein.«

»Womöglich sogar *Milliarden,* falls die anderen Kisten genauso voll sind. Das bestätigt, dass es hierbei nicht um einen Raubüberfall ging.« Er bedeutete den Tauchern, die Kiste abzustellen.

Dann legte er den doppelten Flaschenzug über der Hinterkante des Wagens ab. Zavala hatte eine Metallschlaufe mitgebracht. Die beiden anderen Taucher legten diese Schlinge um ein vorstehendes Ende der Tafel und verbanden das Kabel mit der Rolle.

Austin wusste, dass man bei einem schweren Gegenstand am besten im Schwerpunkt der Masse ansetzen sollte. Er wusste auch, dass dieses Ideal nur selten zutraf. Das war genauso, als würde man jemandem raten, aus den Knien, nicht aus dem Rücken zu heben. Guter Ratschlag, aber wenig hilfreich, falls die Last sich hinten in einem Schrank oder unter der Kellertreppe befindet. Das Kevlarkabel verlief jetzt durch den Rumpf und bog dann in den Wagen ab. Der Flaschenzug würde seine Hebewirkung eher zur Seite hin ausüben, wenngleich mit doppelter Kraft.

Austin hatte es hier mit einer Reihe von Unbekannten zu tun. Die erste war das Gewicht des Steins. Ein Gegenstand erhält durch das Wasser, das er verdrängt, einen gewissen Auftrieb. Kurt wusste, dass die Tafel im Wasser leichter sein würde, aber da er das ursprüngliche Gewicht nur schätzen konnte, nützte ihm diese Erkenntnis nicht allzu viel. Er hatte McGinty um einen Flaschenzug mit zwei hintereinander angeordneten Seilscheiben gebeten, mit dem sich eine doppelt so schwere Last wie mit dem einfachen Modell heben ließ. Der Flaschenzug war für einen rechtwinkligen Seilweg eingeschert. Technisch hatten sie alles in ihrer Macht Stehende getan, um den schwierigen Hebevorgang so weit wie möglich zu vereinfachen.

Sobald sie den Stein herausgehoben hatten, was dem Ziehen eines Zahns nicht ganz unähnlich war, stand ihnen ein weiteres Problem bevor: Sie mussten verhindern, dass die Tafel hinunter auf den Boden stürzte. Die Lösung bestand aus so genannten Unterwasser-Bergungsschläuchen, einem ziemlich neuen Prinzip. Die langen schmalen Nylontaschen waren speziell für die Bergung von Booten entworfen worden. Mit einer Hubkraft von jeweils bis zu anderthalb Tonnen hätte man mit ihrer Hilfe eventuell den ganzen Lastwagen an die Oberfläche befördern können.

Die Taucher bewegten den Stein mit dem Flaschenzug gerade so weit, dass sie an jeder seiner Seiten eine der noch nicht aufgepumpten Taschen festzurren konnten. Austin beaufsichtigte und überprüfte die wacklige Konstruktion, vor allem die dünnen Kabel, die den Laster an der Wand hielten. Dann gab er das vereinbarte Signal. Mittels eines Schlauchs, der aus der Taucherglocke herführte, pumpten die Männer Luft in die Taschen, die schon bald so prall wie Würstchen in einer Bratpfanne wurden. Nach und nach gaben die Taucher immer etwas mehr Luft hinzu, bis die Last einen geringen Auftrieb bekam. Die Tafel begann, wie die Assistentin eines Zauberers zu schweben. Der Flaschenzug blieb für den Notfall vorerst am Stein befestigt. Dann schoben die Taucher die Last aus dem Laderaum des Wagens.

Austin hielt das für einen der seltsamsten Anblicke, die er jemals zu Gesicht bekommen hatte. Das alles erinnerte an ein surreales Gemälde von Dalí. Inmitten der riesigen stockfinsteren Kammer schwebte die schwarze Stele wie ein fliegender Teppich über dem Abgrund. Die Taucher hingen wie neugeborene Salamander an ihren Schläuchen. Der verrottende gepanzerte Lastwagen klebte im rechten Winkel an der Wand.

Flankiert von Austin und Zavala, die den Weg mit ihren Scheinwerfern erleuchteten, schoben die Taucher den Stein auf die Öffnung zu. Das war eine schwierige Aufgabe, vor allem aufgrund der Strömung, die durch das Schiff verlief, aber letztendlich befand sich die Tafel direkt unterhalb des Lochs, das sie in den Rumpf geschnitten hatten.

»Ich wünschte, ich könnte jetzt mit diesen Jungs reden und mich für die großartige Arbeit bedanken, die sie geleistet haben«, sagte Zavala. Er wollte seine Anerkennung mit einer Geste der mechanischen Klaue zum Ausdruck bringen, aber der Versuch misslang. »Ich schätze, wir sollten ihnen lieber nicht auf die Schulter klopfen, bevor wir aus diesen Anzügen heraus sind. Was hoffentlich verdammt bald der Fall sein wird.«

»Es dürfte nur noch ein paar Minuten dauern, dann können

wir McGinty den Rest der Arbeit überlassen. Haben Sie das gehört, Käpt'n?«

Die Gespräche zwischen den beiden Anzügen wurden an Deck mitgehört, damit die Mannschaft stets über die Geschehnisse auf dem Laufenden blieb.

»Worauf Sie Ihren Hintern verwetten können«, polterte McGinty. »Mir ist hier oben nicht das Geringste entgangen. Und ich habe bereits einen Kasten Bier kalt gestellt. Schaffen Sie das Ding aus dem Wrack, und wir übernehmen den Rest.«

Die anderen Taucher mussten vorerst unten bleiben, um die Caissonkrankheit zu vermeiden. Sobald die Last das Schiff verlassen hatte, würden Austin und Zavala den Stein übernehmen und zur Oberfläche geleiten. Dann würden sie so lange vor Ort ausharren, bis der Kran den letzten Teil der Bergung übernahm.

»Wie ist das Wetter da oben?«, fragte Austin.

»Die See ist noch immer spiegelglatt, aber die Dunstfabrik von Nantucket läuft auf Hochtouren. Hier zieht gerade eine dermaßen dichte Nebelbank auf, dass man die Schwaden in Scheiben schneiden könnte.«

Austin und der Kapitän hätten sich weitaus größere Sorgen gemacht, wäre ihnen bewusst gewesen, was sich dort im Nebel verbarg. Während Kurt und die anderen die steinerne Tafel aus dem gepanzerten Wagen hievten und nach oben manövrierten, schlich sich ein großes Schiff immer näher an die *Monkfish* heran. Der graue Rumpf machte es praktisch unsichtbar, und es fuhr gerade schnell genug, um nicht aus der vordringenden Nebelwand aufzutauchen. Das merkwürdig geformte Fahrzeug war hundertachtzig Meter lang, mit tiefem V-förmigen Bug und einem breiten Heck. Es wurde von sechs Strahlturbinen angetrieben, die es bis auf fünfundvierzig Knoten beschleunigen konnten, was für ein Schiff dieser Größe eine erstaunliche Geschwindigkeit darstellte.

Austin bedankte sich für McGintys Wetterbericht und bedeutete den beiden Tauchern, mehr Luft in die Hubschläuche zu pumpen. Langsam stieg die Ladung durch das Loch empor. Die Taucher blieben neben dem Stein und sorgten dafür, dass er nicht zu schwanken begann, als er in die stärkere Strömung gelangte, die über dem Wrack herrschte. Austin und Zavala hielten sich direkt am Rand des Lochs im Innern des Schiffs, ein Stück seitlich versetzt, damit sie sich nicht unter der Stele befinden würden, falls diese abstürzte. Sie hatten die zwei Taucher genau im Blick. Die beiden befanden sich links und rechts neben dem Stein und hielten durch sanfte Flossenschläge mit dem Auftrieb der Last Schritt. Eine erstklassig gelungene Operation. Wie aus dem Lehrbuch.

Bis auf einmal die Hölle losbrach.

Einer der Taucher fing an, ruckartig und ungelenk zu zucken, und fuchtelte mit Armen und Beinen wie ein Epileptiker im Grand Mal. Dann krümmte er sich zusammen und griff an seinen Atmungsapparat. Im gleichen Moment erlangte er wieder die Kontrolle über seinen Körper, schwebte kurz auf der Stelle und tauchte dann kopfüber zurück durch das Loch in die *Andrea Doria.*

Der ganze merkwürdige Vorfall dauerte nur ein paar Sekunden. Austin erhielt keine Gelegenheit, irgendwie zu reagieren. Aber als der Taucher näher kam, erkannte Kurt, was passiert war. Der Luftschlauch des Mannes trieb nutzlos hinter seinem Anzug im Wasser. Der Taucher hatte auf den Notfalltank umgeschaltet. Was, zum Teufel, war geschehen? Der Schlauch konnte unmöglich am gezackten Rand des Lochs zerrissen sein. Austin hatte diese Stelle die ganze Zeit im Blickfeld gehabt. Der Taucher schwamm auf ihn zu. Der sichtbare Teil seines Gesichts war leichenblass. Kurt verwünschte sich dafür, dass er nicht auf einer vollständigen Kommunikationsverkabelung bestanden hatte. Der Mann wies mit ausgestrecktem Finger nach oben.

»Kurt, was ist da los?«, brüllte Zavala, der die beiden langsam umkreiste, über Funk.

»Das würde ich auch gern wissen«, sagte Austin. Er schaute

nach oben, wo nach wie vor der Stein über der Öffnung schwebte. »Wir müssen den Mann in die Glocke bringen. Er hat zwar vorerst genug Luft, aber ohne die Heißwasserzufuhr wird er erfrieren. Ich verfrachte ihn nach oben und schaue mich dabei mal um.«

Austin streckte den dicken Metallarm aus, als würde er seine Freundin in den Ballsaal geleiten wollen. Der Taucher verstand den Wink und packte ihn am Ellbogen. Kurt aktivierte die vertikalen Schubdüsen, und sie hoben sich aus dem Wrack. Der zweite Taucher war nirgendwo zu sehen.

Während Austin sich nach ihm umschaute, bewegte sich etwas in der trüben Finsternis. Eine unwirkliche Gestalt glitt in den Lichtkreis, der von der Taucherglocke ausging. Es handelte sich um einen Mann in einem Tieftauchanzug aus brüniertem Metall, der Austin an die Rüstung erinnerte, mit der Heinrich VIII. seinen fetten Leib verhüllt hatte.

Kurt vermutete, dass dieser Fremde etwas mit den Problemen des Tauchers zu tun hatte. Der Verdacht verstärkte sich einen Moment später, als der Neuankömmling einen Gegenstand anhob. Eine brodelnde Wolke aus Blasen erschien, und Metall blitzte verschwommen auf. Ein Projektil zischte an Austins rechter Schulter vorbei und verfehlte ihn nur knapp.

Der Taucher an seiner Seite ließ ihn los und schwamm mit eiligen Flossenschlägen auf die Glocke zu. Kurt sah ihn im unteren Einstieg verschwinden. Dann wurde seine Aufmerksamkeit von dringlicheren Problemen in Anspruch genommen.

Andere silbrig schimmernde Gestalten waren erschienen und glitten in seine Richtung. Austin zählte fünf weitere Personen. Dann drückte er den Gashebel der vertikalen Schubdüsen bis zum Anschlag durch und stürzte zurück in die *Doria.*

44

Über Funk erklang McGintys besorgte Stimme.

»Was, zur Hölle, ist da los? Wenn mir nicht gleich jemand antwortet, komme ich runter und schaue selbst nach!«

»Würde ich Ihnen nicht raten«, sagte Austin. »Sechs Kerle in Metallanzügen sind gerade unangemeldet zu Besuch gekommen, und sie haben anscheinend ziemlich schlechte Laune. Einer hat eben auf mich geschossen.«

»Jesus, Maria, Joseph und alle Heiligen der Meere!«, brach es aus McGinty heraus.

Eine andere, beinahe hysterische Stimme schaltete sich ein. »Diese Hurensöhne haben Jacks Schlauch durchgeschnitten!«, meldete der fehlende Taucher sich aus der Glocke. Austin erkannte den schleppenden texanischen Tonfall.

»Ist er in Ordnung?«

»Ja, er ist hier bei mir. Zu Tode erschrocken, aber okay.«

»Sie und Jack bleiben, wo Sie sind«, befahl Austin. »McGinty, wie schnell können Sie die Glocke nach oben holen?«

»Ich habe schon den Finger auf dem Schalter.«

»Dann legen Sie los.«

»Ist unterwegs. Soll ich die Küstenwache verständigen?«

»Ein Trupp Navy-SEALs wäre jetzt nicht schlecht, aber sagen Sie ruhig den bengalischen Lanzenreitern Bescheid, obwohl das vorerst wenig nützen wird. Bis Hilfe eintrifft, ist die Sache längst gelaufen. Wir werden uns selbst darum kümmern müssen.«

»Austin, passen Sie bloß auf sich auf! Ich hab schon seit Ewigkeiten keinen Kampf mehr mitgemacht. Oh, ich wünschte, ich könnte jetzt bei Ihnen sein und ein paar Knochen brechen.«

»Ich hätte nichts dagegen. Bitte halten Sie mich nicht für unhöflich, Käpt'n, aber ich muss jetzt Schluss machen. *Ciao.*«

Austins blaue Augen verwandelten sich hinter der dunklen Plexiglasscheibe in harte türkisfarbene Steine. Die meisten Menschen hätten in seiner Lage mit Panik reagiert. Austin war nicht völlig frei von Angst. Immerhin war sein Haar infolge der vielen kritischen Situationen seiner Karriere platinweiß geworden. Hätte er jetzt vor sich sechs weiße Haie gesehen, wäre ihm das Herz wirklich in die Hose gerutscht. Die Mächte der Natur waren gedankenlos und grausam. Aber ungeachtet des Furcht erregenden Anblicks, den die Fremden boten, wusste Austin, dass hinter diesen Aluminiumhüllen Menschen mit all ihren Schwächen steckten.

Die Angriffe in Marokko kamen ihm in den Sinn. Der einzige Unterschied war der Unterwasserschauplatz. Sie wollten den sprechenden Stein, und die NUMA-Taucher waren ihnen im Weg. Weitere tiefgründige Überlegungen waren gefährlich. Gedanken konnten wie schlüpfrige Bananenschalen sein. Gerissenheit war jetzt wichtiger als intellektuelle Fähigkeiten. Ein Wolf denkt nicht über seine Beute nach, bevor er zuschlägt. Austin schaltete auf reinen Überlebenskampf um und ließ sich ganz von seinen Instinkten leiten. Ein warmes Gefühl breitete sich in ihm aus und vertrieb den kalten Schauder, der ihn im ersten Moment ergriffen hatte. Seine Atmung wurde gleichmäßig, fast schon zu ruhig, und seine Herzfrequenz ging deutlich zurück. Aber er machte sich nichts vor. Ein Wolf hatte Krallen und Zähne.

Zavala hatte das Funkgespräch mit McGinty verfolgt. »Wie lautet der Plan, Kurt?« Er klang ruhig, aber besorgt.

»Wir lassen sie kommen. Wir kennen das Gebiet. Sie nicht. Wir brauchen Waffen.«

»Meine Spezialität. Mal sehen, was ich ausbuddeln kann.«

Zavala glitt auf die Rückseite des gepanzerten Lastwagens zu. »Bolzenschneider. Was haben diese Kerle zur Verfügung?«

»Ich weiß nicht. Zuerst dachte ich, es sei eine Harpune. Jetzt bin ich mir nicht mehr so sicher.«

Zavala schwang den Bolzenschneider. »Falls wir nahe genug herankommen, kann ich hiermit ein paar Dosen öffnen.«

Austins Verstand hatte auf Hochtouren gearbeitet. Jetzt kam ihm plötzlich ein bestimmter Gedanke. Er hatte an Zavala vorbei auf den offenen Zugang zur Ladefläche des Lasters geschaut und fasziniert das helle Lichtrechteck gemustert, das sich deutlich von der pechschwarzen Finsternis abhob. Er glitt näher heran. Die tragbaren Halogenlampen, die sie bei ihrer Bergungsaktion benutzt hatten, leuchteten den Innenraum des Wagens aus.

»Ich habe vielleicht eine bessere Idee«, sagte Austin. »Die Venusfliegenfalle.«

Während er ein Auge immer auf die Öffnung im Rumpf gerichtet hielt, fasste Kurt den Plan für Zavala zusammen.

»Einfach, aber dreist«, erwiderte Zavala. »Das reicht für einen von denen. Was ist mit den anderen?«

»Da müssen wir eben improvisieren.«

Zavala hob den Bolzenschneider, als wäre er ein Indianerkrieger, der mit seinem Tomahawk gegen die Gewehre der Kavallerie antreten wollte. Dann verschmolz er mit der Dunkelheit auf der anderen Seite des Lastwagens, direkt jenseits des Motorraums. Austin hebelte zwei weitere Edelsteinkassetten auf.

Es war, als würde er Kästen voller Sterne öffnen. Sogar unter Wasser strahlten die Diamanten, Saphire und Rubine mit blendender Helligkeit. Er stellte die Kassetten nebeneinander im Innern des Wagens auf, so dass man sie gut sehen konnte. Um den dramatischen Effekt zu steigern, legte er einige Schädel dazu. Dann zog auch er sich von dem Wagen zurück, bis er ebenfalls von der künstlichen Nacht im Innern des großen Schiffs verhüllt wurde. Er schwebte mitten in der ausgedehnten Leere und schaute immer wieder vom Laster zu der Öffnung über ihnen und zurück. Obwohl es in seinem Anzug trocken und kühl war, schwitzte er.

An dem Loch im Rumpf wurde ein Lichtschein sichtbar. Dann glitten zwei Taucher in das Schiff wie Frettchen in einen Kaninchenbau. Die Strahlen ihrer Taschenlampen stachen durch die Dunkelheit und sondierten die Gegend. Als Austin sah, wie zögernd die beiden eindrangen, erinnerte er sich an die Vorsicht, die er und Zavala beim ersten Betreten des Wracks hatten walten lassen, an die nervöse Anspannung bei dem Vorstoß ins Unbekannte und an die Schwierigkeiten, sich an diese wirre verkehrte Welt zu gewöhnen, in der es anfangs kein Oben und Unten mehr zu geben schien. Er hoffte, dass auch die anderen zunächst so verwirrt sein würden. Und dass ihr Blick ganz natürlich auf das einzige sichtbare Objekt in der schwarzen Leere fallen würde: auf den gepanzerten Lastwagen, der völlig deplatziert wirkte.

Die Taucher schwammen hin und her und berieten vermutlich ihr weiteres Vorgehen oder hielten nach einer Falle Ausschau. Dann glitten sie dicht nebeneinander auf den Wagen zu, glichen den Sog der Strömung aus und näherten sich immer mehr, bis ihre brünierten Anzüge sich am Rand der erleuchteten Öffnung abzeichneten.

Austin fluchte. Sie schwebten Schulter an Schulter. Solange sich das nicht änderte, war sein Plan nutzlos. Und er und Zavala vielleicht bald tot. Dann kam ihm die menschliche Natur zur Hilfe. Einer der Taucher drängte den anderen beiseite. Er befand sich jetzt genau in der Mitte der Öffnung, beugte sich vor und schaute in den Laderaum des Wagens. Austins Mund verzog sich zu einem grimmigen Lächeln. Gier zahlt sich nicht aus, mein Freund.

Er alarmierte Zavala. »Ich beschleunige auf Rammgeschwindigkeit.«

»Ich schneide«, erwiderte Joe.

Austin gab auf beiden lateralen Schubdüsen Vollgas und zielte auf das Hinterteil des Wagens. Der Anzug beschleunigte langsam und gewann dann an Schwung, nachdem seine halbe Tonne Gewicht die Massenträgheit und den Wasserwiderstand überwunden hatte.

Er schoss direkt auf den Laster zu, wie eine Bowlingkugel, die den letzten Kegel erwischen will. Er hoffte inständig, dass der Taucher sich nicht bewegen würde. Keinesfalls wollte er später mit Zavala auf einer Wolke sitzen und sich bis in alle Ewigkeit daran erinnern lassen, dass er seinen letzten Moment auf Erden als Nachbildung einer Ziehharmonika zugebracht hatte.

Sein Glück blieb ihm treu. Der Taucher starrte wie gebannt auf die Juwelen und machte sich wahrscheinlich Gedanken darüber, wie er sie fortschleppen könnte.

Austin konzentrierte sich auf den breiten Metallhintern des Anzugs, direkt unterhalb der Kunststoffschale, die wie ein Schildkrötenpanzer die Lufttanks schützte. Verdammt. Er war zu tief. Er gab kurz Vertikalschub.

Wieder auf Zielhöhe.

»Jetzt!«, schrie Austin, obwohl er wusste, dass gar kein Grund bestand, die Stimme zu erheben.

Während er voranschoss, hob er die Füße und versuchte sich vorzustellen, er säße auf einem unsichtbaren Rennschlitten. Allerdings hemmten die Metallgelenke seine Bewegung, und so brachte er lediglich die Knie hoch.

Zavala war fieberhaft an der Arbeit. Der Bolzenschneider hatte bereits einige Stränge des vorderen Haltekabels des Lastwagens durchtrennt. Joe befürchtete, er würde zu früh fertig werden. Bei Austins lautstarkem Kommando drückte er die langen Griffe des Werkzeugs zusammen, und zwar mit all der Kraft, die er sich während seiner Zeit als Boxer durch viele Trainingsstunden am Sandsack erworben hatte. Das Kabel stand unter hoher Spannung und leistete zunächst einigen Widerstand. Dann auf einmal schnitten die schnabelähnlichen Klingen so leicht durch die restlichen Stränge, als würden die Klauen eines Raubvogels sich in ein Beutetier versenken.

Austin versuchte vergeblich, die Beine gerade nach vorn zu strecken, und so traf er das Hinterteil des Tauchers mit den Knien. Ohne den Anzug hätte Austin sich die Kniegelenke wie ein Skiläufer beim Überschlag zerschmettert, aber das steife Metall rettete ihn. Der Mann wurde nach vorn geschleudert, als hätte ihn ein Stier auf die Hörner genommen, und flog kopfüber in den Lastwagen. Austin prallte zurück und wirbelte hilflos davon.

Das Opfer versuchte verzweifelt, aus dem Laster zu entfliehen, aber seine Schubdüsen hatten sich am Rahmen eines der seitlichen

Regale verfangen. Austin hatte selbst Probleme. Er taumelte durch die Leere und versuchte sich darüber klar zu werden, welche Kombination der Schubdüsen ihn wieder stabilisieren würde.

»Abwurf!«, rief Zavala.

Ohne das Kabel war die Front des gepanzerten Fahrzeugs herabgesackt, so dass der Wagen bedrohlich schief von der Wand hing und seine Scheinwerfer fast senkrecht nach unten wiesen. Zavala hatte sich eilig in sichere Entfernung begeben. Einen Moment lang kam es ihm so vor, als würde das Auto in dieser Position verharren. Dann stellte das volle Gewicht des Lasters sich als zu schwer für das verbleibende Kabel heraus. Die Halterung riss, und der Lastwagen fiel von der Wand. Er stürzte in die Dunkelheit und gesellte sich mit einer großen aufspritzenden Schlammfontäne zu den anderen Automobilen. Die Knochen seiner Beschützer, die Edelsteine und den zappelnden Taucher nahm er mit.

Das alles dauerte nur wenige Sekunden. Der überlebende Taucher hatte Austins Angriff beobachtet und erstaunt mit angesehen, wie der Lastwagen verschwand, aber er erholte sich schnell von dem Schreck. Austin hatte seine Bewegung endlich wieder unter Kontrolle und versuchte, das Schwindelgefühl abzuschütteln, als ihm plötzlich der Lichtstrahl der Taschenlampe des Mannes ins Gesicht schien. Sofort gab Kurt Schub nach unten, wenngleich er wusste, dass er während der nächsten paar Sekunden ein einfaches Ziel darstellen würde. Er biss die Zähne zusammen und machte sich auf den stechenden Schmerz gefasst, der ihm bevorstand. Das blendend helle Licht blieb zunächst auf ihn gerichtet, dann zuckte es zur Seite weg, und er sah den anderen Taucher hektisch zappeln.

Zavala!

Joe hatte Austins missliche Lage bemerkt, sich von hinten genähert, die Waffenhand des Tauchers gepackt und den Mann aus dem Gleichgewicht gebracht. Sie rangen im Zeitlupentempo miteinander wie zwei monströse Roboter. In seiner linken Greifklaue hielt Zavala den Bolzenschneider, aber er erkannte schnell, dass sein Gegner nicht lange genug stillhalten würde, bis Joe ihm ein Loch in den Anzug geschnitten hatte. Der Mann wand sich soeben aus seinem Griff, und Zavala war nach den Anstrengungen des Tages bereits ziemlich erschöpft.

Improvisieren, erinnerte er sich.

Er stieß mit dem Bolzenschneider in eine der lateralen Schubdüsen des anderen Anzugs. Das Werkzeug wurde ihm aus der Hand gerissen. Die wirbelnde Schraube zerbarst in ihrem Gehäuse in kleine Einsatzteile. Zavala wich zurück. Der Taucher gab auf beiden Düsen Gas, um wegzukommen, aber der ungleichmäßige Schub von nur einer der Schrauben versetzte ihn ungewollt in Drehung. Er sauste auf schwankendem Kollisionskurs in die Dunkelheit.

Die Waffe des Mannes schwebte an Ort und Stelle. Offenbar war sie auf neutralen Auftrieb austariert. Austin nahm sie. Die Konstruktion des Geräts war primitiv, aber man hatte es aus modernen Metallen hergestellt, und unter Wasser, wo normale Feuerwaffen nutzlos waren, stellte es eine tödliche Bedrohung dar. Es besaß ein schlittenähnliches Magazin, das sechs Bolzen aufnehmen konnte. Die kurzen Bolzen verfügten am hinteren Ende über Stabilisatoren und waren vorn mit vier rasiermesserscharfen Klingen ausgestattet, die Kurts Aluminiumanzug wie ein Blatt Papier durchbohrt hatten. Die übergroßen Bedienelemente ließen sich leicht erreichen, so dass sogar eine mechanische Greifklaue die Waffe spannen und einen Bolzen einlegen konnte.

Zavala kam näher heran. »Was ist *das* denn?«, fragte er keuchend. Der Ringkampf hatte ihn sehr angestrengt.

»Sieht nach der modernen Ausführung einer alten Armbrust aus.«

»Eine *Armbrust*! Letztes Mal waren es Duellpistolen«, sagte Zavala mit einer Mischung aus Erstaunen und Widerwillen. »Nächstes Mal werden wir mit Steinen nach den Bösewichtern werfen.«

»Arme Leute können nicht wählerisch sein, Joe. Ich frage mich, ob dieses Ding wirklich funktioniert.« Austin hielt den Kolben der Waffe gegen die Brust und zielte. »Tödlich, aber vermutlich nur auf kurze Entfernung halbwegs zielsicher.«

»Du kriegst gleich Gelegenheit, das auszuprobieren. Wir bekommen Besuch von ein Uhr.«

Zwei dünne Lichtstrahlen drangen durch die Öffnung ins Schiff. Noch zwei Taucher, beide bewaffnet und weniger anfällig für einen Hinterhalt als ihre Vorgänger.

»Ich glaube nicht, dass wir uns an diese Jungs genauso einfach anschleichen können«, sagte Austin. »Die haben bestimmt Funkkontakt mit ihren Komplizen gehabt, also ahnen sie ungefähr, was sie erwartet.«

»Wir haben einen leichten Vorteil. Sie wissen nicht, dass wir bewaffnet sind. Und vorerst haben sie keine Ahnung, wo wir stecken.«

Austin erwog mehrere Alternativen. Sie konnten versuchen zu fliehen, aber je erschöpfter sie wurden, desto wahrscheinlicher würden sie Fehler begehen. Die Tieftauchanzüge waren zudem nicht für diese Art von Einsatz konstruiert worden. Am Ende würde ihnen die Energie oder Luft ausgehen.

»Okay, *zeigen* wir ihnen, wo wir uns befinden. Ich würde ja eine Münze werfen, um festzustellen, wer von uns beiden den Köder spielt, aber ich habe keine. Kannst du ein Glühwürmchen nachmachen?«

»Dann halt mal besser deine kleine Armbrust bereit, Robin Hood.«

Die Eindringlinge hatten innegehalten, abgelenkt von ihrem wirbelnden Kameraden, der ziellos im Frachtraum umherschwirrte. Zavala schaltete mehrmals die gesamte Beleuchtung seines Anzugs ein und wieder aus. Einen Moment lang schwebte er wie ein bizarrer Wegweiser mitten in der Finsternis. Dann verschwand er. *Das* erregte ihre Aufmerksamkeit. Die Angreifer hielten auf seinen letzten Standort zu. Aber er war nicht mehr da, sondern hatte sich einige Meter nach rechts bewegt. *Spot an. Spot aus.* Die Scheinwerfer an Brust und Kopf blitzten auf. Erneut wechselte er die Position. Licht an. Licht aus.

Sogar Austin war verblüfft, obwohl er wusste, was dort vor sich ging. Überall an diesem Ort schienen Zavala-Klone aufzuleuchten.

»Ich hätte nie gedacht, dass ich mal als Blitzer enden würde«, sagte Zavala.

»Deine Mutter wäre stolz auf dich, Joe. Es funktioniert. Sie kommen näher.«

Es war nur eine Frage der Zeit, bis sie Zavala erwischen würden.

»Noch einmal, Joe«, sagte Austin. »Ich bin direkt hinter dir.«

Abermals erstrahlte Zavala wie ein Weihnachtsbaum und verlosch. Die Angreifer wurden schneller und steuerten seine letzte Position an. Direkt auf Austin zu.

Er hob die Waffe an die Schulter. »Fünf Sekunden, um aus der Schusslinie zu verschwinden, Joe«, sagte er ruhig. »Beeil dich.«

»Abwärts«, sagte Zavala im Tonfall eines Aufzugführers. Er ließ sich mehrere Meter nach unten sinken. Austin zählte langsam und richtete den Blick auf die vordere der beiden Taschenlampen, die sich durch die Dunkelheit näherten. Nachdem er sicher war, dass Zavala sich entfernt hatte, betätigte er den Abzug und fühlte die Armbrust leicht rucken, als der Bolzen abgeschossen wurde. Die Bahn des Projektils ließ sich nicht verfolgen, aber der Schuss musste getroffen haben, denn der rechte Lichtstrahl zuckte plötzlich zur Seite.

Austin zog die Sehne zurück und legte einen neuen Bolzen ein. Er fluchte, weil sich der Mechanismus nur schwer bedienen ließ, vor allem im Dunkeln. Als er die Armbrust für einen weiteren Schuss an die Schulter hob, hatte der zweite Angreifer längst begriffen, was geschehen war, und sein Licht ausgeschaltet. Austin schoss den Bolzen trotzdem ab, aber sein Gefühl verriet ihm, dass er diesmal keinen Treffer erzielt hatte.

»Ich habe einen erwischt und den zweiten verfehlt, Joe. Mal sehen, ob wir ihn aufspüren können. Ich habe die Waffe, also schwimme ich voran.«

Er starrte in die Finsternis. *Zwecklos!* Das Risiko blieb ihm nicht erspart. Er schaltete Brust- und Kopflampe seines Anzugs ein und sah einen Widerschein. Er hielt darauf zu.

»Er versucht, zum Loch zu fliehen.«

»Ich sehe ihn«, sagte Zavala. »Ich bin direkt hinter dir.«

Sie machten sich wie zwei Haie an die Verfolgung ihrer Beute. Austin war aufs Äußerste angespannt, aber noch während er mit Zavala im Gefolge durchs Wasser glitt, konnte er sich des Gedankens nicht erwehren, dass dies hier bestimmt eines der seltsamsten Gefechte aller Zeiten war. Im riesigen Frachtraum eines tödlich verwundeten Schiffs kämpften Männer in metallenen Anzügen mit altertümlichen Waffen um ihr Leben.

Ein Schatten huschte durch die Öffnung und verschwand.

Verdammt. »Zu spät, Joe.« Austin hielt an. »Er ist draußen.«

»Du hast gesagt, es seien sechs. Einer ist mit dem Lastwagen abgestürzt. Einen weiteren hast du erledigt, und der dritte spielt Brummkreisel. Bleiben noch drei.«

»So lautet meine Schätzung, aber ich würde nicht darauf schwören. Denk an meinen Rechenfehler auf der *Nereus.*«

»Wie könnte ich den je vergessen? Für einen Beamten ziemlich nah dran, wie es so schön heißt. Lass uns das hier zu Ende bringen«, sagte er gelangweilt. »Ich bin höllisch erschöpft, ich muss pinkeln, und ich bin diesen Samstag mit einer wunderhübschen Landwirtschaftslobbyistin verabredet. Das Mädchen hat so tiefblaue Augen, wie du sie noch nie zu Gesicht bekommen hast, Kurt.«

Eines Tages würden Wissenschaftler eine Methode entwickeln, Zavalas Libido anzuzapfen, und damit der Menschheit eine der stärksten Energiequellen des Universums erschließen, dachte Austin.

»Ich möchte auf gar keinen Fall zwischen dir und deinem Sexualtrieb stehen, Joe. Das könnte gefährlich werden. Du bist der Waffenoffizier. Hast du nicht noch etwas für uns im Ärmel?«

»Ich glaube, ich sehe den Schlauch des Schneidbrenners.« Zavala stieg einige Meter empor und packte das baumelnde Werkzeug. »Hab ihn. Mal sehen, wofür der gut ist. Hey, der Stein ist weg.«

Austin folgte ihm, bis sie sich beide fast unmittelbar unter dem großen Loch in der Flanke des Schiffs befanden. An der Stelle, an der zuvor die Steintafel an ihren luftgefüllten Pontons geschwebt hatte, schwammen jetzt nur noch ein paar neugierige Fische.

»Sie haben ihn geklaut, während wir beschäftigt gewesen sind.« Austin stellte sich vor, wie der Raub wohl abgelaufen war. »Man braucht mindestens zwei Männer, um diese Last durchs Wasser zu manövrieren. Und die beiden hätten alle Hände voll zu tun. Die würden nie damit rechnen, dass wir sie verfolgen.«

»Worauf warten wir dann noch?«, entgegnete Zavala. Er warf den nutzlosen Schneidbrenner weg, und dann setzten sie beide ihre vertikalen Schubdüsen in Gang und schossen aus dem Schiff in die offene See. Sie befanden sich nach wie vor tief unten im kalten, dunklen Atlantik, aber Austin war froh, der klaustrophobischen Schwärze im Innern der *Doria* zu entkommen.

Die Taucherglocke war verschwunden, und die einzige Helligkeit drang schwach von der Oberfläche zu ihnen herab. Der riesige Rumpf der *Andrea Doria* erstreckte sich in beide Richtungen. In ihrer unmittelbaren Nähe war er grau gefärbt, aber schon nach wenigen Metern wirkte er tiefschwarz. In einiger Entfernung sah Austin einen metallischen Schimmer, aber der hätte auch von einem Fisch stammen können. Er wünschte, er könnte die Hände zum Gesicht heben und sich die Augen reiben. So aber blieb ihm lediglich die Möglichkeit, sie fest zu schließen und dann wieder zu öffnen. Es half nichts. Bloß die endlose bläuliche Eintönigkeit.

Halt.

Da war es wieder. Ganz sicher.

»Ich glaube, ich sehe sie in der Nähe des Bugs.«

Sie stiegen höher, stoppten die Aufwärtsbewegung und glitten seitlich versetzt auf den Bug zu. Zavala sah eine Bewegung und machte Austin darauf aufmerksam. Es war der Stein, der auf seinen Pontons schwebte. Zwei Taucher, einer auf jeder Seite, schoben ihn voran. Eine Schleppleine erstreckte sich vor ihnen in die Finsternis und wurde vermutlich von einem noch nicht sichtbaren Taucher gezogen.

»Wir versuchen sie zu bluffen. Du leuchtest, ich schieße.«

Die Scheinwerfer tauchten den Stein und seine beiden Begleiter in helles Licht.

Die Taucher beschleunigten ihr Tempo, als hofften sie, ihre Verfolger abhängen zu können. Austin gab einen Schuss ab und versuchte, keinen der Bergungsschläuche zu treffen. Er hatte den Eindruck, das Projektil sei von dem Stein abgeprallt. Die Männer flohen in die Dunkelheit. Die Schleppleine sank nach unten. Der Stein kam neben der ehemaligen Brücke der *Doria* langsam zum Stillstand.

»Lass sie abhauen, Joe. Wir müssen uns um unsere Stele kümmern.«

Sie schwebten herab und machten sich zusammen mit der Steintafel auf den Rückweg zur Mitte des Rumpfes, wo McGinty sie mit der Glocke erreichen konnte. Es ging nur langsam voran, denn sie mussten gegen die Strömung ankämpfen, die über dem Schiff in ihre Richtung verlief.

Eine Stimme meldete sich knisternd in Austins Kopfhörer. »McGinty hier. Alles in Ordnung?«

»Uns beiden geht es gut. Wir haben den Stein und schieben ihn gerade zurück zu unserem Arbeitsbereich. Sie können jederzeit die Glocke nach unten lassen.«

Einen Moment lang herrschte Stille, gefolgt von einem leisen wütenden Schnauben. »Das könnte ein Problem werden«, sagte der Kapitän. Der mühsam unterdrückte Ärger war ihm deutlich anzuhören. »Wir haben die Buganker verloren. Die Ketten sehen so aus, als habe jemand sie durchtrennt. Die Strömung hier an der Oberfläche stößt uns hin und her. Falls wir die Glocke hinunterlassen, wird sie wie ein großes Pendel zu schwingen anfangen und uns womöglich zum Kentern bringen.«

»Wie's aussieht, haben unsere Freunde ihren Rückzug gedeckt, Joe.«

»Ich hab's gehört. Besteht eine Möglichkeit, die Ankerketten wieder anzubringen?«

Austin und Zavala waren gefährlich erschöpft. Ihre Anzüge waren nicht für den Nahkampf gedacht, und die metallenen Häute mit all den technischen Spielereien hatten sich schon längst in kleine Gefängnisse verwandelt.

»Ja, vielleicht, aber wir beide werden es nicht mehr schaffen«, erwiderte Austin. »Es dürfte einfacher sein, dieses Ding direkt aus dem Wasser zu ziehen. Und *das* ist schon kompliziert genug.« Er fragte den Kapitän, ob er das Boot ungefähr an den gleichen Ort wie zuvor manövrieren und die Position halten könnte.

»Nicht an genau dieselbe Stelle, aber dicht genug dran«, sagte McGinty.

Sie näherten sich dem Loch im Rumpf. Die *Monkfish* musste sich eigentlich direkt über ihnen befinden.

McGinty leistete gute Arbeit. Das Kevlarkabel, mit dessen Hilfe sie den Rumpf geöffnet hatten, hing ein kurzes Stück über dem Wrack. Sie befestigten das Kabel an der Stele, was sich mit den Greifklauen als schwierige Aufgabe erwies, da ihnen keiner der anderen Taucher beistehen konnte. Dann gaben sie dem Kapitän grünes Licht.

»Okay, Käpt'n«, sagte Austin. »Wir kommen nach oben.«

45

Als Austin wie eine Flunder am Haken über dem Ozean hing, hatte er einen guten Ausblick auf die undurchdringliche Nebelwand, die sich der *Monkfish* näherte. Der Kran schwenkte herum und ließ ihn auf das Deck hinab, wo ihm einige Mannschaftsmitglieder beim Ausstieg aus dem triefenden Anzug behilflich waren. Er kam sich vor wie ein Ritter, den die Pagen von der Rüstung befreiten.

Zavala war einige Minuten zuvor an Bord gehievt worden, und ohne die mächtige Schutzhülle wirkte er seltsam geschrumpft. Austins erste Schritte waren ein wenig wacklig, wie bei einem Astronauten, der einige Zeit in der Schwerelosigkeit verbracht hatte. Zavala reichte ihm einen Becher heißen Kaffee. Ein paar Schlucke des starken Gebräus belebten ihn ein wenig. Dann kümmerten sie sich um ihr dringlichstes Anliegen und begannen ein steifbeiniges Wettrennen zur nächsten Toilette. Lächelnd kamen sie wieder heraus. Nachdem sie sich warme, trockene Kleidung angezogen hatten, kehrten sie auf Deck zurück.

Der Aufstieg vom Wrack der *Andrea Doria* war ohne Zwischenfälle verlaufen, aber es hatte ein paar heikle Momente gegeben, vor allem ganz am Anfang, als die Winde langsam und mit vielen Unterbrechungen die Last emporzuziehen begann, und dann an der Oberfläche, wo der Auftrieb wegfiel und das volle Gewicht des Steins zum Tragen kam. Die erfahrene Crew der *Monkfish* brachte weitere Bergungsschläuche an, um die Tafel zusätzlich abzusichern. Dann bugsierten sie das Artefakt in eine Schlinge und zogen es mit Hilfe des Flaschenzugs am Heck aus dem Wasser.

Austin musterte den harmlos aussehenden Steinblock, der jetzt auf einer Holzpalette lag, und konnte kaum glauben, dass dieser Gegenstand so viel Ärger verursacht und so viele Leben gekostet hatte. Der Block besaß die ungefähre Form eines riesigen Grabsteins, was in Anbetracht der zahlreichen Menschen, die um seinetwillen ermordet worden waren, irgendwie angebracht schien. Das Objekt war etwas länger als ein groß gewachsener Mann, ein ganzes Stück breiter und ungefähr genauso dick. Austin ging in die Hocke und fuhr mit der Hand über die Oberfläche des Steins, die inzwischen trocknete und sich von Schwarz nach Dunkelgrau verfärbte. Er fühlte die Hieroglyphen, aber für ihn ergaben sie keinen Sinn. Nichts an diesem Fall ergab einen Sinn.

Die Mannschaftsangehörigen bedeckten die Tafel mit einer gepolsterten Schutzhülle und wickelten sie in eine Kunststoffplane. Dann transportierte ein kleiner Gabelstapler die Stele in einen Frachtraum auf Deckniveau. Das Artefakt wirkte nicht zerbrechlich und hatte immerhin nahezu ein halbes Jahrhundert in einem versunkenen Lastwagen und danach den Transport zur Oberfläche überstanden, aber Austin wollte nicht das geringste Risiko eingehen, dass der Stein am Ende doch noch in tausend kleine Stücke zerbersten würde.

Mit traurigem Blick schaute Donatelli der Tafel hinterher. »Dafür sind also all diese Menschen gestorben.«

»Das Morden hat noch nicht aufgehört«, erwiderte Austin ernst und sah in den Nebel hinaus, der das Bergungsschiff mittlerweile in ein gelbgraues trübes Leichentuch gehüllt hatte und alle Geräusche dämpfte. Die Temperatur war um mindestens fünf Grad gefallen. Er erschauderte, als ihm Angelos Bericht einfiel. Eine ähnliche Nebelbank hatte die *Andrea Doria* vor den Blicken von der *Stockholm* verborgen.

»Lassen Sie uns mit dem Kapitän reden«, schlug er vor. Dann stiegen sie hinauf auf die Brücke.

Im Ruderhaus winkte McGinty sie zu sich an den Radarschirm heran und wies auf ein weißes Signal vor dem grünen Hintergrund. Austin traute seinen Augen nicht. Vielleicht war er ja zu lange unter Wasser gewesen. Die rasende Geschwindigkeit des Echoimpulses entsprach eher der eines Flugzeugs als der eines Boots.

»Bewegt sich dieses Fahrzeug so schnell, wie ich vermute?«, fragte Zavala.

»Wie eine Furie«, brummte McGinty.

Austin tippte mit der Fingerspitze auf den Schirm. »Das könnten unsere bösen Jungs sein.«

McGintys Augen funkelten. »Wenn im Süden von Boston, wo ich aufgewachsen bin, die Polizei mit ihren Streifenwagen durch die Wohnsiedlung fuhr, konnte man die Leute in alle Richtungen wegrennen sehen. Es gab immer jemanden, der gerade wegen *irgend*etwas gesucht wurde. Wenn man ein schlechtes Gewissen hatte, brauchte man bloß von weitem das Blaulicht auf dem Wagendach zu sehen, um die Beine in die Hand zu nehmen. Ich wette, das hier ist genauso.«

»Die Schuldigen fliehen auch dann, wenn niemand sie verfolgt«, sagte Austin. Der Impuls überholte andere Schiffe, die in gleicher Richtung unterwegs waren, als lägen diese reglos vor Anker. »Ich schätze, diese Leute haben ungefähr fünfzig Knoten drauf.«

McGinty stieß einen leisen Pfiff aus. »Für mich sieht das wie ein großes Schiff aus. Ich weiß von keinem Fahrzeug dieser Größe, das sich so flink bewegen kann.«

»Ich aber. Man nennt es Schnellschiff. Es ist eine neue Konstruktion. Eine Firma namens Thornycroft und Giles stellt diese Dinger her. Sie benutzen einen halbtiefen Monorumpf mit Strahlturbinen und vermeiden so die Schraubenkavitation. Sogar ein Containerschiff, das nach diesem Prinzip gebaut ist, erreicht bis zu fünfundvierzig Knoten. Die neuesten Modelle sind womöglich noch schneller. Käpt'n, haben Sie kurz vor dem Angriff irgendwelche größeren Schiffe in der Nähe des Wracks gesehen?«

»In dieser Gegend ist ziemlich viel los.« McGinty schob sich die Mütze in den Nacken, als würde das seinem Gedächtnis auf die Sprünge helfen. »Jede Menge Boote, hauptsächlich Fischer, fahren ständig rein und raus. Ob wir dieses Schiff tatsächlich *gesehen* haben? Kann sein. Ein relativ großer Kahn hat in etwa einer Meile Entfernung geankert, aber als der Nebel aufzog, haben wir ihn aus den Augen verloren. Außerdem hatte ich genug mit der Tauchoperation zu tun.«

»Falls wir durch all die bürokratischen Schleier blicken könnten, würden wir vermutlich feststellen, dass dieses Schiff Halcon Industries gehört.«

»Können wir Luftüberwachung bekommen?«, fragte McGinty.

»Unmöglich bei diesem Nebel. Aber selbst falls wir das Schiff finden würden, bräuchten wir einen Durchsuchungsbefehl, um an Bord zu gelangen.«

Zavala hatte aufmerksam zugehört. Sein Gesicht verzog sich zu einem ungewohnten Stirnrunzeln. »Da lässt mir etwas keine Ruhe«, sagte er. »Diese Leute wussten, wo wir uns aufhielten und womit wir beschäftigt waren. Woher? Wir haben das erst vor ein paar Tagen beschlossen. Und wir haben unsere Pläne auch nicht unbedingt in der Zeitung veröffentlicht.«

Austin und McGinty sahen sich an. »An dieser Operation sind viele Leute beteiligt. Jeder von denen könnte irgendeine Bemerkung fallen gelassen haben, die dann anderen Leuten zu Ohren gekommen ist«, sagte Austin, obwohl er selbst nicht an diese Erklärung glaubte. Die Angreifer waren zu gut vorbereitet gewesen.

Wenig später drehte der Wind und trieb die Nebelbank auseinander. Donatelli verabschiedete sich von den NUMA-Männern und dem Kapitän der *Monkfish* und machte sich mit Antonio in seiner Jacht auf den Weg. Austin versprach, die Überlebenden der *Doria* über jeden Schachzug der NUMA auf dem Laufenden zu halten.

Die *Monkfish* bahnte sich einen Weg durch die verbleibenden Nebelschwaden und umrundete Cape Cod. Bald darauf konnten sie die Lichter der Flugzeuge sehen, die den Logan Airport ansteuerten oder soeben von dort gestartet waren. Sie fuhren an den Inseln vor der Hafeneinfahrt von Boston vorbei und legten an einem Pier in der Nähe des Aquariums an. Austin setzte sich per Telefon mit dem aufgeregten Dr. Orville in Verbindung und bat ihn, einen Lastwagen zu organisieren, der den Stein abholen würde. Austin und Zavala folgten dem Laster nach Harvard und sorgten dafür, dass die Stele unter sicheren Verschluss genommen wurde. Orville sagte, er würde, falls nötig, eine Nachtschicht einlegen, um die Inschriften zu entziffern. Dann bot er ihnen eine Unterkunft an. Austin lehnte die Einladung dankend ab. Er und Zavala waren nach den Anstrengungen des Tages ziemlich erschöpft und wollten am nächsten Morgen einen frühen Rückflug nach Washington erwischen. Nach einem leichten Abendessen genehmigten sie sich mit McGinty noch einen irischen Whiskey als Schlummertrunk, krabbelten in ihre Kojen und schliefen beinahe im selben Moment ein.

Das röhrenförmige, grün verglaste Hochhaus des NUMA-Hauptquartiers erschien ihnen wie der ersehnte heimatliche Leuchtturm, während das Taxi sie durch die unberechenbaren Wogen des Washingtoner Straßenverkehrs transportierte. Kurt und Joe hatten die Fähre zum Logan Airport genommen und waren am frühen Vormittag in Washington eingetroffen. McGinty hatte sich von Austin mit einem durch Mark und Bein gehenden Schlag auf die Schulter und dem höchsten denkbaren Lob verabschiedet. Kurt, so verkündete er, sei aus dem gleichen Holz wie der alte Austin geschnitzt.

»Ich frage mich, was die Trouts herausgefunden haben«, riss Zavalas Bemerkung ihn aus seiner Nachdenklichkeit.

Am Abend zuvor hatte Austin ihre Teamkameraden von Bord des Schiffs aus angerufen, um ihnen von dem Kampf in der *Doria* und der Bergung des Steins zu berichten. Gamay sagte, sie und Paul verfügten über neue Erkenntnisse, die sie ihnen am nächsten Tag erläutern würden. Austin war zu müde, um nachzuhaken, worum es sich dabei handelte. Die Trouts warteten bereits mit Hiram Yaeger in dem privaten Konferenzraum, in dem sie ihre erste Besprechung abgehalten hatten. Eine Minute später kam Rudi Gunn und sagte, Sandecker sei zum Brunch im Weißen

Haus. Dem Vizepräsidenten hätte Sandecker notfalls abgesagt, dem Präsidenten jedoch nicht.

Gamay eröffnete das Treffen. »Sie wissen alle schon darüber Bescheid, also werde ich nicht näher auf die Einzelheiten meines Dschungelabenteuers mit Dr. Chi in Yukatan eingehen. Wie Ihnen bekannt ist, haben wir einen Haufen gestohlener Maya-Artefakte gefunden, die außer Landes geschafft werden sollten. Das Lager hatte eine relativ gute Anbindung an das örtliche Straßen- und Wasserwegenetz. Die vielen hundert Objekte stammen von einer Reihe bedeutender Fundstätten, die den Archäologen bislang nur zum Teil bekannt sind. Als Dr. Chi die Gegenstände sichtete, fand er neben Keramiken auch eine Anzahl von steinernen Abbildungen, die offenbar mit einer Diamantsäge aus den Maya-Gebäuden herausgeschnitten worden waren. Das ungewöhnliche Bootsmotiv, das sich darauf findet, muss irgendwie die Aufmerksamkeit der *chicleros* erregt haben. Dr. Chi vermutet, dass die Steine aus Tempelobservatorien stammen, die Ähnlichkeit mit einem Gebäude besitzen, das er mir an der als MIT bezeichneten Maya-Stätte gezeigt hat. Es gab nur ein Problem: Der Herkunftsort der Steine war nicht angegeben.«

Sie hielt inne, und Trout verteilte einen Stapel Mappen an die Anwesenden. Gamay wartete ab, bis das anfängliche Rascheln des Papiers erstarb.

»Das erste Blatt zeigt acht Skizzen, die Dr. Chi angefertigt hat«, fuhr sie fort. »Diese Profile stehen als Sinnbilder für den Maya-Gott Quetzalcoatl, der auch unter dem Namen Kukulcan bekannt war. Auf den ersten Blick scheinen die Zeichnungen identisch zu sein, aber bei genauerem Hinsehen zeigen sich feine Unterschiede.«

Yaeger bewies aufs Neue seinen Scharfblick. »Bei dem hier ist der Kiefer ein bisschen ausgeprägter«, sagte er. »Und dieser da hat dickere Augenbrauen.«

Gunn schaute auf die Skizzen. »Die Nase *dieses* Kerls sieht aus, als wäre er in einen rechten Haken gelaufen.«

Gamay lächelte wie eine stolze Lehrerin. »Sie verstehen schnell, Gentlemen. Diese Unterschiede der Gesichter deuten auf jeweils einen bestimmten *Ort* hin. Jede Stadt oder Ansiedlung hat den Gott in einer ganz eigenen Art und Weise interpretiert.«

»So wie die Eule ein Symbol des alten Athen war?«, fragte Austin.

»Genau. In diesem Fall steht der Gott zudem für den Planeten Venus.«

Austin rutschte nervös auf seinem Stuhl hin und her und schaute zu Gamay hinüber. Er hatte mit Informationen gerechnet, die in direktem Zusammenhang mit dem Fall standen, und nicht etwa mit einer Vorlesung über die Theologie der Maya.

»Gamay, das alles ist ja überaus interessant«, sagte er und unternahm nicht die geringste Anstrengung, seine Ungeduld zu verbergen, »aber ich bin mir nicht sicher, worauf du hinauswillst.«

Sie schenkte ihm ihr entwaffnendes Lächeln. »All diese Köpfe entstammen Inschriften, die mit dem Bootsmotiv in Zusammenhang stehen.«

Austins Interesse wurde schlagartig geweckt. Er beugte sich vor. »Das *phönizische* Boot?«

»Wir wissen noch nicht mit Sicherheit, ob es tatsächlich phönizisch war. Aber ja, die Inschriften beziehen sich offenbar auf das Ereignis, das wir gesehen haben: Seltsame Schiffe und merkwürdige Leute, die von den Maya empfangen werden.«

Paul Trout mischte sich ein. »Dr. Chi hatte bereits vermutet, dass die Inschriften aus Tempelobservatorien stammen. Er hat die Glyphen der Städte benutzt, um die Standorte der Sternwarten genau zu bestimmen. Entsprechende Observatorien finden sich überall in Mittelamerika. Aber soweit wir wissen, zeigen nur acht die besagten Bootsbilder.«

»Es gibt demnach an verschiedenen Orten acht identische Observatorien, die der Venus gewidmet und auf ihren Zyklus ausgerichtet sind«, sagte Austin. »Und sie alle haben etwas mit einer geheimnisvollen Bootsflotte zu tun.«

»Ja, genau«, sagte Gamay und nahm ihren ursprünglichen Faden wieder auf. »Und die Zahl Acht trifft den Kern der Sache.« Sie sah die verständnislosen Gesichter und fuhr mit der Erklärung fort. »Quetzalcoatl und Kukulcan waren Inkarnationen des wichtigsten Gottes der Maya, nämlich Venus. Die Maya haben die Bahn des Planeten mit unglaublicher Präzision berechnet. Sie wussten, dass die Venus an acht Tagen ihres Umlaufs nicht zu sehen war. Nach ihrem Glauben tauchte der Planet während jener Zeit in die Unterwelt ab. Um die Venus und andere Himmelsobjekte stets im Auge zu behalten, bediente man sich architektonischer Hilfsmittel. Durchgänge, Skulpturen, Säulen. Die Anordnung der Straßen. Professor Chi ist der Ansicht, diese Observatorien seien Teil eines größeren Ganzen gewesen. Einer Karte oder Tabelle. Vielleicht sogar eines primitiven Computers, der ein ganz bestimmtes Problem lösen sollte.«

»Zum Beispiel das Problem der phönizischen, Verzeihung, der noch nicht identifizierten Boote?«, fragte Austin.

»Genau«, erwiderte Paul. »Seite zwei in der Mappe ist eine Karte, auf der diese Orte zu sehen sind.«

Erneut raschelte Papier.

»Wir haben versucht, die Tempel miteinander zu verbinden oder von ihren Standorten aus parallele Linien zu ziehen«, sagte Gamay. »Nichts davon ergab einen Sinn. Während wir uns frustriert die Haare rauften, kam ein Anruf von Dr. Chi. Er hatte einen kurzen Abstecher in sein Büro gemacht und bei dieser Gelegenheit erfahren, dass wir versucht hatten, ihn zu erreichen. Wir erzählten ihm, wir würden völlig im Dunkeln tappen, aber wir seien uns sicher, dass dort etwas verborgen liege, und wir bräuchten seine Hilfe.«

»Seite drei in Ihrer Mappe, Gentlemen«, verkündete Paul. »Dr. Chi hat dies per Fax aus dem Nationalmuseum übermitteln lassen. Die Spanier haben fast sämtliche Bücher der Maya vernichtet. Dies hier ist eines der wenigen, die der Zerstörung entronnen sind. Der Dresdener Codex. In ihm finden sich detaillierte Beobachtungstabellen der Venus. Die Daten wurden in den Observatorien gesammelt.«

»Was hat das mit unserem Geheimnis zu tun?«, fragte Gunn.

»In erster Linie soll es als Beispiel für die Art der Informationen dienen, die so wichtig für die Maya gewesen sind«, erwiderte Gamay. »Versuchen Sie sich die Maya-Priester vorzustellen, wie sie Nacht für Nacht zu den Sternen emporschauen. Sie sammeln ihre Erkenntnisse über die Bewegungen der Sterne, und dann sagen sie mit Hilfe der architektonischen Gegebenheiten ebendieser Tempel voraus, was die Sterne und Planeten tun werden.«

»Ich *hab's*«, rief Yaeger. »Manchmal ist es ganz hilfreich, ein Eierkopf zu sein. Sie wollen sagen, dass diese acht Tempel und Abbildungen die *Hardware* sind. Der Codex wäre demnach die Software, die dieser Hardware sagt, was sie tun soll.« Yaeger blinzelte hektisch hinter dem Drahtgestell seiner Brille. »Wenn wir bei dieser Analogie bleiben, kann die physische Form der Software entweder weich sein wie eine Diskette, auf der sich das Programm befindet, oder hart wie eine Festplatte.«

»Oder in unserem Fall hart wie *Stein*«, sagte Austin.

»Bingo!«, sagte Gamay. »Was für Genies wir doch bei der NUMA haben.«

Austin war wie elektrisiert. Er zählte die einzelnen Punkte an den Fingern ab. »*Erstens.* Wir haben acht Tempel, die dem Planeten Venus gewidmet sind. *Zweitens.* Die Tempel sind so angeordnet oder gebaut, dass sie zur Lösung eines Puzzles beitragen, das mit diesen mysteriösen Booten und deren Fracht in Verbindung steht. *Drittens.* Der sprechende Stein verrät uns, wie wir das alles bedienen müssen.«

»Ich war noch nicht endgültig überzeugt, bis Dr. Orville heute Morgen anrief. Er hat die gleichen acht Glyphen auf dem Stein gefunden. In den Mappen ist auch ein Faxabbild der Tafel. Die Inschrift besteht aus drei hauptsächlichen Elementen. Die Glyphen und eine verkürzte Wiedergabe der Bootslandung sind die ersten beiden davon.«

»Habt ihr eine Ahnung, warum das Schiff gerade von dieser großen Schlange gefressen wird?«, fragte Zavala und schaute auf das Fax.

»Das ist Element Nummer drei«, erklärte Gamay. »Die gefiederte Schlange ist die irdische Verkörperung von Quetzalcoatl-Kukulcan.«

»Ah«, sagte Zavala. *»Das* ist natürlich etwas anderes.«

»Sieh es mal von dieser Warte aus«, sagte Gamay. »Die Glyphen sagen dir *wo.* Das Bootsmotiv sagt dir *was.* Die Schlange sagt dir *wie.* Schauen Sie sich Kukulcan an, und sagen Sie mir, was Sie sehen.«

»Hauptsächlich Federn«, sagte Gunn nach einem Moment.

»Nein«, sagte Yaeger. »Da ist noch etwas. Die Federn lenken davon ab. Schauen Sie auf das Maul. Das ist eine Art Gitternetz.«

»Bravo.« Gamay klatschte mit offensichtlicher Begeisterung in die Hände. »Unser Computerguru geht in Führung.«

»Ich weiß nicht, wieso«, sagte Yaeger und zuckte mit den Achseln. »Ich habe nicht den geringsten Schimmer, wovon ich hier rede.«

»Sehen Sie sich das nächste Bild in der Mappe an. Es zeigt einen der acht Tempel. Ziemlich typisch. Zylindrisch, oben mit Balkon, unten mit Fries. Beachten Sie diese beiden vertikalen Fensterschlitze. Wir haben angenommen, sie würden für irgendeine astronomische Berechnung gebraucht. Es erschien uns schlüssig, dass die Fenster auf die äußersten Himmelspositionen der Venus ausgerichtet sein könnten. Das alles ergab immer noch keinen Sinn, bis Paul auf die Idee kam, auf die Tempel *hinabzublicken,* als säße man in einem Flugzeug.«

Paul nahm diese Erklärung zum Anlass, das letzte Blatt aus der Mappe hochzuhalten. »Wir haben die Linien aus den Fenstern verlängert und festgestellt, dass sie sich schneiden.«

»Unglaublich«, sagte Yaeger. »Das ist ja das gleiche Gitternetz wie bei der gefiederten Schlange.«

Gamay nickte. »Ich bin auf diesen Gedanken gekommen, als

mir die Ähnlichkeit zwischen dem Gitter und einem Amulett auffiel, das ich mir zuvor mal von Dr. Chi geliehen hatte. Das Maul des Kukulcan.«

»Haben wir nicht davon gesprochen, Kolumbus habe sich an irgendeinem Gitternetz orientiert?«, fragte Gunn.

»Richtig«, sagte Paul. »Orvilles Theorie lautet, dass Kolumbus versucht hat, den Stein zu benutzen, anfangs aber im Nachteil war. Er wusste, es gab einen Schatz, aber er konnte die Glyphen nicht entziffern. Er ließ Zeichnungen von dem Stein anfertigen und nahm sie mit auf die *Niña.* Vermutlich hoffte er, jemanden auftreiben zu können, der sie für ihn deuten würde.«

Austin hatte die ganze Zeit auf das Bild gestarrt. »Zu jener Zeit, als Kolumbus die Weltmeere unsicher machte, hatten die Navigatoren Karten mit geraden Linien darauf, die man als Loxodrome bezeichnet. Jemand, der von Spanien nach Hispaniola segelte, suchte sich die Linie, die ihm den direktesten Weg versprach, und setzte einen Kompasskurs. Man landete tatsächlich am gewünschten Ziel, solange Strömung und Wind mitspielten. Kolumbus könnte diese Linien irrtümlich für Loxodrome gehalten haben. Die Maya waren weitaus raffinierter, als er dachte. Konntet ihr diese Angaben in eine Karte umsetzen?«

»Zuerst ergab es keinen Sinn«, sagte Paul. »Vor ein paar tausend Jahren stand die Venus an einem anderen Punkt des Himmels. Also mussten wir ein wenig zurückrechnen. Wir vermuten, dass der V-förmige Einschnitt zwischen den Kiefern, wo man hier das Boot sieht, den Ort bezeichnet, an dem sich *irgendetwas* befindet.«

Austin hatte noch eine Frage. »Wie lange dauert es nach eurer Meinung, bis Halcon die gleichen Schlüsse gezogen haben wird?«

Die Trouts sahen sich an. »Es gab Berichte über Diebstähle von Kolumbus-Dokumenten und Papieren der Maya aus verschiedenen Museen«, sagte Paul. »Ich vermute, Mr. Halcon versucht, das Puzzle zusammenzusetzen, aber wir haben den Stein, und jetzt wissen wir, wie man ihn benutzen muss.«

»Wir sollten uns lieber beeilen. Halcon ist gerissener, als wir glauben«, sagte Austin.

Gunn räusperte sich und schob die Blätter vor sich zu einem ordentlichen Stapel zusammen. »Bei allem nötigen Respekt, Kurt, vielleicht sollten wir erst mal herausfinden, worum es hier überhaupt geht, bevor wir uns in das Maul von Kukulcan stürzen. Angefangen mit Halcon und dem Grund dafür, weshalb er so viel Ärger macht.«

»Ich verstehe. Okay, dann fange ich mal an. Hier ist meine Theorie. Halcon ist wie Kolumbus hinter dem phönizischen Schatz her, der aus Karthago gerettet wurde. Der Schlüssel zu dem Versteck liegt in den präkolumbischen Artefakten verborgen. Er will nicht, dass jemand anders in seinem Revier wildert, also vernichtet er die Beweise und tötet all jene, die sie entdeckt haben.«

»Ich habe auch schon in diese Richtung gedacht, und ich glaube, Sie haben völlig Recht«, sagte Gunn. »Aber das ist nur ein Teil des Bilds. Ich habe Yaeger gebeten, ein detailliertes Dossier über Halcon anzulegen. Erzählen Sie uns etwas über seine Finanzen, Hiram.«

Yaeger schaute auf einen Computerausdruck, der vor ihm lag. »Wenn man das Vermögen seiner Familie und den verzweigten Firmenbesitz zusammenrechnet, ist er einige Milliarden schwer, und das ist noch eine sehr zurückhaltende Schätzung.«

»Danke, Hiram. Und genau das beunruhigt mich, Kurt. Warum sollte Halcon all diese Mühe auf sich nehmen, Leute ermorden, Sie auf der *Andrea Doria* angreifen und versuchen, den so genannten sprechenden Stein zu stehlen? Nur, damit er einen Schatz finden kann, egal wie sagenhaft? Er hat mehr Geld, als jeder normale Mensch sich jemals wünschen würde.«

»Vielleicht haben Sie Ihre Frage schon selbst beantwortet«, entgegnete Austin. »Sie sagen, jeder *normale* Mensch. Nach dem, was Zavala uns über die Hinrichtungen bei dem Ballspiel erzählt hat, scheint Halcon ein Verrückter zu sein.«

»Diese Möglichkeit habe ich ebenfalls in Betracht gezogen. Aber ich glaube, Señor Halcon ist sehr viel mehr als nur ein gelangweilter reicher Exzentriker, der die Schatzsuche zu seinem Hobby erklärt hat. Hiram, würden Sie bitte das andere Material zusammenfassen, das Sie über diesen Gentleman gesammelt haben?«

Yaeger rückte seine Nickelbrille zurecht. »Francisco Halcon wurde in Spanien geboren«, sagte er. »Seine Familie lässt sich mehrere Jahrhunderte zurückverfolgen. *Halcón* ist das spanische Wort für Falke. Anscheinend handelt es sich dabei nicht um den ursprünglichen Familiennamen, aber den konnte ich leider nicht herausfinden. Er hat teure Privatschulen in der Schweiz besucht und dann die englische Universität von Oxford. Er wurde Stierkämpfer und unter dem Namen El Halcon bekannt. Anfangs hielt er sich sogar recht gut, aber dann nahm seine Karriere durch einen Skandal ein jähes Ende. Es hieß, er habe die Spitze seiner Klinge vergiftet, so dass der Stier auch dann sterben würde, falls er die lebenswichtigen Organe verfehlte.«

»Sehr unsportlich für einen Oxford-Absolventen«, sagte Austin mit gekünsteltem britischen Akzent.

»Wäre er aus Cambridge, na gut. Aber nicht Oxford«, sagte Zavala.

Yaeger zuckte mit den Achseln. »Nach seiner Zeit in der Stierkampfarena ist er in eines der Familienunternehmen eingestiegen. Die Halcons waren vor und während des Kriegs dick mit dem Diktator Franco und dem spanischen Militär befreundet und haben viel Geld in der Rüstungsindustrie verdient. Nach Francos Tod kehrte der König zurück und führte die Demokratie wieder ein. Halcons Geschäfte gerieten unter Verdacht. Laut Interpol glaubte man, es gäbe einen Zusammenhang zwischen ihm und dem organisierten Verbrechen in Spanien. Er verließ das Land und kam nach Mexiko. Ein Zweig seiner Familie, der seit der Zeit der spanischen Eroberungen in Übersee lebte, besaß dort mehrere Firmen. Halcon übernahm den nordamerikanischen Teil der Organisation, benutzte sein Geld und seinen Einfluss, um politische

Kontakte zu knüpfen, und wurde schon bald amerikanischer Staatsbürger.«

»Nach dem zu schließen, was ich in San Antonio von den Gesellschaften unter seiner Schirmherrschaft gesehen habe, hat er eine Menge erreicht«, sagte Zavala.

»Der leibhaftige amerikanische Traum«, fügte Gunn hinzu, ohne seinen Sarkasmus zu verbergen.

»Und zwar in mehr als einer Hinsicht«, sagte Yaeger. »Seine legalen Geschäfte dienten lediglich als Tarnung für zwielichtige Unternehmungen auf beiden Seiten der Grenze. Man verdächtigte ihn, im großen Stil Drogen und Einwanderer aus Mexiko in die USA zu schmuggeln.«

»Das würde bedeuten, dass er der mexikanischen Regierungspartei nahe steht«, sagte Zavala. »Kein großes Geschäft, ob legal oder illegal, entgeht ihrer Aufmerksamkeit.«

»Außerdem würde es zu der Art und Weise passen, wie die Familie in Spanien und den Vereinigten Staaten vorgegangen ist«, sagte Austin. »Wurde irgendwo mal die Bruderschaft erwähnt?«

»Wie ich schon sagte, er stand angeblich mit einer spanischen Mafiaorganisation in Verbindung«, erwiderte Yaeger. »Es könnte sich um ein und dieselbe Vereinigung handeln, wenngleich ich keine Beweise dafür habe.«

»Was ist mit dem Komplex, den ich außerhalb von San Antonio gesehen habe?«, fragte Zavala. »Was für eine Geschichte gibt es dazu?«

»Gehört einer seiner Firmen. Völlig legal, zumindest nach Angabe der örtlichen Behörden. Man hält ihn in gewisser Weise für einen Spinner, aber immerhin ist er ein *reicher* Spinner. Wenn er sich also seinen persönlichen Freizeitpark bauen will, warum ihn aufhalten? Übrigens, die Baupläne der Anlage weisen das Spielfeld als Fußballplatz aus.«

»Das hatte nicht die geringste Ähnlichkeit mit Fußball, so wie ich ihn kenne«, sagte Zavala kühl.

»Die Anwohner haben hin und wieder Explosionen gehört und

berichten von einem ungewöhnlich starken Fahrzeugverkehr, aber ansonsten gilt er als guter Nachbar, der pünktlich seine Steuern zahlt.«

»Hiram hat sich das Beste für den Schluss aufgehoben«, sagte Gunn.

»Wegen all der Tarnfirmen, ineinander verschachtelten Gesellschaften und Stiftungen hat es einige Zeit gedauert, dies festzustellen, aber Halcon Industries hat sich im gesamten Südwesten und in ganz Kalifornien ausgebreitet. Halcon kontrolliert Banken, Immobilien, Politiker, Zeitungen, alles, was für Geld zu haben ist.«

»Offenbar versucht er, seinen Einfluss im gleichen Maße wie seinen Wohlstand zu steigern«, sagte Austin. »Genau wie jeder andere Konzern mit seiner Armee von Lobbyisten.«

»Wie interessant, dass Sie das Wort *Armee* benutzen«, sagte Gunn. »Aus einer Laune heraus habe ich einige von Hirams Erkenntnissen vom ATF, dem Bureau of Alcohol, Tobacco and Firearms, überprüfen lassen. Die Jungs sind sofort auf eine ziemlich übel riechende Spur gestoßen. Sie haben den Namen einer von Halcons Firmen wiedererkannt. Diese Firma kauft seit einiger Zeit Waffen aus der Tschechischen Republik und China.«

»Was für Waffen?«

»Was Sie wollen. Alles, von Infanteriegewehren bis zu Panzern. Außerdem eine Menge Raketen. Boden-Luft-Raketen. Panzerabwehrraketen. All solches Zeug. Das ATF hatte einen Durchsuchungsbefehl für die Transportfirma der Waffen erwirkt. Man fand bloß ein leeres Büro.«

»Wohin wurde der ganze Kram geliefert?«

»An welchen genauen Ort? Das weiß niemand. Im Wesentlichen nach Nordmexiko, in die südwestlichen Bundesstaaten der USA und nach Kalifornien.«

»Waffenkäufe wie der, den Sie beschrieben haben, kosten Geld, *sehr viel* Geld.«

Gunn nickte. »Sogar ein Milliardär könnte daran Pleite gehen, die Waffen für eine Revolution zu finanzieren.«

Es wurde still im Raum. Gunns letzter Satz hing drohend in der Luft.

»*Madre mia*«, flüsterte Zavala. »Der Schatz. Er braucht den Schatz, um seine Pläne zu verwirklichen.«

»Darauf wollte ich hinaus«, sagte Gunn ruhig. »Es klingt verrückt, aber er scheint eine Art kombinierter militärischer und politischer Übernahme zu planen.«

»Gibt es irgendeinen Anhaltspunkt dafür, zu welchem Zeitpunkt all das passieren soll?«, fragte Austin.

»Ziemlich bald, schätze ich. Hirams Quellen haben herausgefunden, dass gegenwärtig über Schweizer Banken große Summen an europäische Waffenhändler fließen. Halcon muss so schnell wie möglich Geld nachschießen, wenn er nicht seine Kreditwürdigkeit verlieren will. Und das bedeutet wiederum, dass er alles daransetzen wird, den Schatz zu finden.«

»Was ist mit unseren Streitkräften?«

»In Alarmbereitschaft. Aber selbst wenn man ihn mit militärischen Mitteln aufhält, wird es eine Menge unschuldiger Opfer geben.«

»Es gibt noch einen Weg, ihn aufzuhalten. Kein Schatz, keine Revolution«, sagte Zavala.

»Danke, Paul und Gamay«, sagte Austin. »Ihr und Dr. Orville habt großartige Arbeit geleistet und uns auf die richtige Fährte gebracht.« Er stand auf und musterte die Gesichter der anderen Anwesenden. »Jetzt sind wir an der Reihe«, sagte er mit entschlossener Miene.

Der elegante Speiseraum lag größtenteils im Dunkeln. Nur in der Mitte war noch ein Tisch erleuchtet. Angelo Donatelli saß an der Ausarbeitung des Menüs für den folgenden Tag. Sein Restaurant war im Stil Nantuckets eingerichtet, aber im Gegensatz zu anderen Lokalen mit ähnlicher Dekoration stammte die hiesige Innenausstattung nicht aus dem Katalog eines Versandhauses. Die Harpunen und Flensmesser hatten sich tatsächlich einst durch

Walfleisch gebohrt, und die primitiven Gemälde der Segelschiffe waren allesamt Originale. Antonio saß gegenüber von Donatelli und hatte vor sich auf der makellos weißen Tischdecke eine italienische Zeitung ausgebreitet. Hin und wieder nippten die beiden an ihrem Amaretto. Sie wussten nicht, dass sie Gesellschaft bekommen hatten, bis eine leise Stimme ertönte: »Mr. Donatelli?«

Angelo schaute auf und sah zwei Gestalten unmittelbar außerhalb des Lichtkreises der Lampe stehen. Wie, zum Teufel, waren diese Leute hier hereingekommen? Er hatte die Vordertür eigenhändig abgeschlossen. Die Tatsache, dass jemand außerhalb der Öffnungszeiten zu Besuch kam, überraschte ihn hingegen nicht. Um bei ihm einen Tisch zu bekommen, musste man mehrere Wochen im Voraus reservieren, und die Leute stellten alles Mögliche an, um diese Frist zu verkürzen. Außerdem kam ihm die Stimme vage vertraut vor, also ging er davon aus, dass es sich um einen seiner Gäste handelte.

»Ich bin Angelo Donatelli«, sagte er höflich wie immer. »Ich fürchte, Sie sind zu spät gekommen, denn das Restaurant ist bereits geschlossen. Wenn Sie freundlicherweise morgen anrufen würden, wird mein Personal sich nach Kräften bemühen, Ihren Wünschen zu entsprechen.«

»Sie können meinen Wünschen entsprechen, indem Sie Ihren Mann auffordern, seine Waffe auf den Tisch zu legen.«

Antonio nahm den Revolver vom Schoß, den er aus seinem Schulterholster gezogen hatte, und legte ihn langsam auf den Tisch.

»Falls Sie uns ausrauben wollen, sind Sie ebenfalls zu spät hier«, sagte Donatelli. »Die gesamten Tageseinnahmen befinden sich bereits bei der Bank.«

»Wir sind nicht hergekommen, um Sie auszurauben. Wir sind hier, um Sie zu töten.«

»*Uns zu töten?* Wir wissen nicht mal, wer Sie sind.«

Als Reaktion darauf trat die Gestalt ins Licht vor. Der dunkelhäutige schlanke Mann nahm Antonios Waffe und steckte sie in den Gürtel seines schwarzen Anzugs. Angelos Blick verharrte einen Moment lang auf der Pistole des Fremden, auf deren Lauf ein Schalldämpfer geschraubt war. Viel mehr erschreckte ihn jedoch das schmale dunkle Gesicht des Mannes. Er hatte dieses Gesicht in einem Traum gesehen. Nein. In einem *Alptraum.* Nur für den Bruchteil einer Sekunde hatte im Frachtraum des sinkenden Schiffs einer der Mörder in seine Richtung geschaut. Unglaublich, dass der Mann in mehr als vierzig Jahren nicht gealtert war.

»Ich habe Sie auf der *Andrea Doria* gesehen«, sagte Donatelli verblüfft.

Der schmale Mund des Mannes verzog sich zu einem kalten Lächeln. »Sie können sich Gesichter gut merken«, sagte er. »Aber das damals war mein verstorbener Vater. Er hat mir erzählt, er habe in jener Nacht gespürt, dass noch jemand in diesem Laderaum war. Aber wir beide, Sie und ich, sind uns dennoch nicht ganz unbekannt. Ich habe bei einer Gelegenheit mit Ihnen telefoniert.«

Jetzt erinnerte sich Donatelli wieder an jenen Anruf, der ihn mitten in der Nacht aus dem Schlaf gerissen und ihn und seine Familie bedroht hatte.

»Die *Bruderschaft*«, flüsterte er.

»Über ein gutes Namensgedächtnis verfügen Sie also auch. Leider haben Sie sich nicht an meine Warnung erinnert, was passieren würde, falls Sie den Mund nicht halten. Normalerweise kümmere ich mich nicht persönlich um die alltäglichen Kleinigkeiten meiner Organisation, aber Sie haben mir eine Menge Ärger eingebrockt, alter Mann. Wissen Sie noch, was ich damals gesagt habe?«

Donatelli nickte. Sein Hals war so trocken, dass er kein Wort herausbekam.

»Gut. Lassen Sie es mich noch einmal ganz deutlich machen. Für den Fall, dass Sie je wieder über jene Nacht auf der *Andrea Doria* reden sollten, würden Sie mit dem Wissen ins Grab gehen, dass Sie den Tod eines jeden Mitglieds Ihrer Familie verschuldet haben. Diese Warnung erstreckte sich auf alle Angehörigen, die wir ausfindig machen könnten. Söhne. Töchter. Enkel. Alle. Die Familie Donatelli wird aufhören zu existieren, abgesehen von einer Reihe von Namenstafeln in der Familiengruft.«

»Das können Sie nicht tun!«, erwiderte Donatelli, dem die Empörung wieder zu seiner Stimme verhalf.

»Sie tragen ganz allein die Schuld dafür. Hier sind mächtige Kräfte am Werk. Niemand hat Sie gezwungen, mit der NUMA zu reden.«

»No.« Antonio meldete sich zum ersten Mal zu Wort. »Die Familie war nicht Teil der Abmachung«, sagte er.

Angelo schaute zu seinem Cousin. »Wovon redest du da?«

Antonios arg mitgenommenes Gesicht zeugte überdeutlich von seinem Schuldgefühl.

»Anscheinend hat Ihr Cousin versäumt, Ihnen von seiner Tätigkeit für mich zu berichten«, sagte der Mann. »Anfangs hat er sich geweigert, aber Sie ahnen ja gar nicht, wie stark sein Heimweh gewesen ist. Wir haben ihm versprochen, dass ich seine Schwierigkeiten mit den sizilianischen Behörden beilegen würde, sofern er bereit wäre, uns im Gegenzug über die Aktivitäten der NUMA auf dem Laufenden zu halten.«

»Sí«, sagte Antonio und streckte trotzig wie Mussolini den Unterkiefer vor. »Aber nicht die Familie. Sie bringen mich zurück nach Sizilien. So lautete die Abmachung.«

»Ich stehe zu meinem Wort. Ich habe Ihnen lediglich verschwiegen, dass Sie die Heimreise in einem Kiefernsarg antreten würden. Aber zuerst Sie, Mr. Donatelli. *Arrivederci.*«

Mit einem lauten Wutschrei sprang Antonio von seinem Stuhl auf und warf sich vor seinen Cousin. Die Pistole gab ein *Plopp* von sich, leiser als das Schließen einer Tür. Eine rote Blume erblühte auf Antonios weißem Hemd, und er brach zusammen.

Die Waffe hustete ein weiteres Mal.

Diesmal warf sich niemand dazwischen, und so traf die zweite Kugel Donatelli in die Brust. Er stürzte mit seinem Stuhl nach hinten um. Im selben Moment griff Antonio nach dem Holster an seinem Schienbein und zog eine kleine Beretta. Er stützte sich auf die Ellbogen und richtete die Waffe auf Halcon. Wie durch Magie erschien plötzlich ein kleines rundes Loch in der Mitte seiner Stirn, und er sackte nach vorn auf den Boden. Mit einem letzten Reflex krümmte er den rechten Zeigefinger, aber der Schuss ging ins Leere.

Der zweite Eindringling trat aus dem Schatten. Aus dem Lauf der Pistole in seiner Hand stieg eine Rauchfahne. Teilnahmslos warf er dem Mann, den er soeben getötet hatte, einen kurzen Blick zu. »Traue niemals einem Sizilianer«, sagte er ungerührt.

»Gute Arbeit, Guzman. Ich hätte mit einem Verrat rechnen sollen. Die viele Zeit hinter dem Schreibtisch hat mich ein wenig einrosten lassen, was Fronteinsätze anbelangt.«

»Kommen Sie doch einfach mit, wenn wir uns um den Rest der Familie kümmern«, sagte Guzman. Seine Augen funkelten.

»Ja, das würde mir gefallen. Leider wird es warten müssen. Es gibt dringendere Dinge zu erledigen.« Er schaute zu Angelo hinab. »Zu schade, dass Sie dies jetzt nicht mehr hören können, Donatelli. Ich habe beschlossen, Ihre Familie noch für eine kurze Weile zu verschonen, bis wir mit dem Durcheinander aufgeräumt haben, für das Sie teilweise verantwortlich sind. Aber keine Angst. Sie werden Ihre Angehörigen schon bald in der Hölle begrüßen können.«

Vor dem Restaurant wurden aufgeregte Stimmen laut. Antonios Schuss hatte die Aufmerksamkeit einiger Passanten erregt. Halcon warf einen letzten Blick auf die reglosen Körper. Dann verschwanden er und sein narbengesichtiger Begleiter in der Dunkelheit.

46

Guatemala

»Was hast du gesagt? Wie alt ist dieses Flugzeug?«, rief Austin über den Lärm des einzigen Motors hinweg.

»Ungefähr fünfzig Jahre, vielleicht ein paar mehr oder weniger«, brüllte Zavala zurück. »Der Eigentümer sagt außerdem, es seien noch alles die originalen Bauteile. Außer vielleicht diese fusseligen Würfel, die hier am Rückspiegel hängen.« Zavala sah Austins besorgten Gesichtsausdruck und grinste. »Ich mache bloß Spaß, Kurt. Ich habe alles überprüft. Man hat den Motor so oft überholt, dass er praktisch neu ist. Hoffentlich befinden wir selbst uns auch noch in so guter Verfassung, wenn wir dieses Alter erreichen.«

»*Falls* wir dieses Alter erreichen«, merkte Austin skeptisch an und schaute aus dem Fenster auf das unwirtliche Terrain hinunter.

»Keine Angst, mein Freund. Die De Havilland Beaver war eines der besten Buschflugzeuge, die je gebaut wurden. Diese Kiste ist so zäh wie ein Panzer. Genau das, was der Arzt empfehlen würde.«

Austin musterte die Plastikstatue des Sankt Christophorus, die mit einem Saugnapf am Armaturenbrett befestigt war, lehnte sich auf seinem Sitz zurück und verschränkte die Arme vor der Brust. Als er Zavala vorgeschlagen hatte, sich ein unauffälliges Fluggerät zu suchen, hatte er dabei nicht unbedingt an diese antike Beaver gedacht, mit ihrem merkwürdigen kastenförmigen Rumpf, dem zweiblättrigen Propeller und der stumpfen, alles andere als aerodynamischen Nase. Er wollte lediglich eine Alternative zu dem Armeehelikopter haben, der ohne Erlaubnis nicht in den Luftraum von Mexikos Nachbarländern eindringen durfte. Auch ein NUMA-Flugzeug hätte aufgrund der türkisfarbenen Lackierung und der großen offiziellen Kennzeichnung unnötiges Aufsehen erregt.

Sie entdeckten die Beaver unter einem großen Stück Segeltuch in der dunklen Ecke eines baufälligen Hangars auf dem Flughafengelände von Belize City. Zavalas Augen leuchteten auf wie Christbaum*luminarias.* Er rieb sich die Hände und konnte es kaum erwarten, sich hinter das Steuerruder zu setzen. Nur ein einziges anderes Flugzeug hätte einen noch stärkeren Eindruck auf ihn gemacht, dachte Austin. Zum Glück befand sich die Konstruktion der Gebrüder Wrigth im Nationalen Luft- und Raumfahrtmuseum, wo eigentlich auch dieses Flugzeug hingehörte, in dem sie jetzt saßen.

Wie Shakespeares Cassius, so sah auch der belizische Besitzer der Maschinen schmal und hungrig aus. Seine Stimme war kaum lauter als ein Flüstern, und er schaute sich oft um, als würde er mit unerwünschten Besuchern rechnen. Ein früherer CIA-Kollege, der in geheimer Mission den Contras beim Kampf gegen die Sandinistas half, hatte Austin diesen Mann empfohlen. Nach seinen vorsichtigen Andeutungen über den Umgang mit Fracht und diskrete Landeplätze zu urteilen, hielt er seine beiden amerikanischen Kunden offenbar für Drogenschmuggler. Angesichts der fragwürdigen Aktivitäten der CIA in Mittelamerika war das keine allzu große Überraschung. Er stellte keine Fragen und bestand auf der Hinterlegung eines, wie er es nannte, Sicherheitspfands in Dollar, das ausgereicht hätte, um eine Boing 747 zu kaufen. Während er sorgfältig jede einzelne Banknote nachzählte, um sicherzugehen, dass er nicht betrogen wurde, erinnerte er sie daran, Guatemalas territoriale Ansprüche auf Belize zu berücksichtigen und sich so unauffällig wie möglich zu verhalten. Als Austin anmerkte, das sei wegen des hellen senfgelben Anstrichs der alten Maschine wohl eher schwierig, zuckte der Mann nur die Achseln und verschwand mit seinem Bündel Geldscheine im Schatten des Hangars.

Austin musste zugeben, dass die Beaver weitaus besser für ihr

Vorhaben geeignet war als ein neueres und protzigeres Flugzeug. Nun gut, es handelte sich nicht gerade um die Concorde. Doch mit einer Reisegeschwindigkeit von zweihundert Kilometern pro Stunde kam die Maschine einerseits schnell voran, war aber andererseits noch langsam genug, um als ideale fliegende Beobachtungsplattform dienen zu können. Außerdem war die Beaver für kurze Start- und Landewege konstruiert und nicht auf befestigte Pisten angewiesen, denn sie kam ebenso gut auch auf dem Wasser zurecht.

Zavala hielt das Flugzeug unter neunhundert Metern Höhe. Sie flogen über das Petén-Gebiet hinweg, die dicht bewaldete nördliche Region Guatemalas, die wie ein großes Rechteck nach Mexiko hineinragt. Das Terrain unter ihnen hatte als ebenes Gelände begonnen und sich allmählich in ein flaches Hügelgebiet verwandelt, das von zahlreichen Flüssen und deren Seitenarmen durchzogen wurde. Die Maya hatten es einst dicht besiedelt und die Flüsse als Handelswege zwischen den Städten genutzt. Bereits mehrere Male waren Kurt und Joe mitten im Wald graue Ruinen aufgefallen. Im Süden erhoben sich die fernen Gipfel der Maya Mountains aus dem Dunst. Austin markierte ihren Kurs auf einer Plastikfolie, auf die sie zuvor das Gitternetz übertragen hatten. Die Folie war samt einer darunter liegenden Karte auf einem Klemmbrett befestigt. Immer wieder zog Austin den Kompass und das Satellitennavigationssystem zu Rate.

»Wir nähern uns dem Schnittpunkt, an dem die beiden Kiefer aufeinander treffen«, sagte er und deutete auf die Karte. Er schaute auf die Uhr. »Noch ungefähr eine halbe Minute.« Dann sah er wieder aus dem Fenster. Sie folgten einem gewundenen Flusslauf, der sich wie ein blaues Gymnastikband durch die Landschaft schlängelte und genau vor ihnen in einen kleinen See zu münden schien. Wenige Sekunden später wies Austin auf das schimmernde Wasser. »Das da ist es. Das Maul von Kukulcan.«

»Wir hätten das Minitauchboot mitnehmen sollen«, sagte Zavala.

»Lass uns einige Male über dem See kreisen. Falls niemand anfängt, mit einer Flak auf uns zu schießen, landen wir.«

Zavala hauchte die Gläser seiner Fliegersonnenbrille an, reinigte sie mit einem Zipfel seines Ärmels und setzte sie sich dann auf die Nase. Er reckte den Daumen empor und legte die Beaver in eine scharfe Kurve, so dass Austins Seite beinahe senkrecht nach unten wies. Ob es sich nun um ein U-Boot oder um ein Flugzeug aus der Zeit von Harry Trumans erster Präsidentschaft handelte – Zavala steuerte jede Maschine auf die gleiche Weise, halb wie ein Jetpilot, halb wie ein Sonntagsflieger.

Aus der Luft sah der See wie ein riesiges starrendes Auge aus. Er war oval geformt, und anstelle der Pupille besaß er eine kleine Insel. Er war nicht groß, etwa achthundert Meter lang und vielleicht halb so breit. Jetzt konnte man erkennen, dass der Fluss nicht etwa in den See einmündete, sondern kurz vorher scharf abknickte, in einem Bogen um den See herum verlief und sich am hinteren Ende mit dem Wasser vereinigte, das aus dem See abfloss. Austin kam zu dem Schluss, dass der See vermutlich von Quellen oder Bächen gespeist wurde, die man aufgrund der Bäume noch nicht ausmachen konnte.

Die Beaver drehte zwei Runden um das Gewässer, aber sie vermochten nichts Ungewöhnliches zu entdecken. Da anscheinend keine Gefahr bestand, richtete Zavala das Flugzeug nach unten, als wollte er ein Loch ins Wasser bohren. Erst im letzten Moment riss er die Nase der Maschine wie bei einem Sturzkampfbomber hoch und setzte die weißen Schwimmer sanft aufs Wasser auf. Das Flugzeug glitt wie ein flacher Stein über die Oberfläche und hinterließ zwei schäumend weiße Spuren, bis es schließlich auf ungefähr halber Strecke zwischen Insel und Ufer schwankend zum Stillstand kam. Während der Propeller sich immer langsamer drehte, trat Austin die Tür auf. Nachdem der Motor nicht mehr lief, war die Stille im Cockpit nahezu greifbar. Zavala rief über Funk das Schiff und gab eine Positionsmeldung durch. Unterdessen suchte Austin in aller Ruhe mit seinem Fernglas den See, die niedrigen Klippen und die Insel ab, bis er sich so gründlich wie möglich davon überzeugt hatte, dass sie allein waren.

»Scheint alles in Ordnung zu sein«, sagte er und setzte das Fernglas ab. Er schaute zur Mitte des Sees. »Irgendwas an dieser Insel stört mich.«

Zavala spähte über Austins Schulter hinweg und zog sich die Baseballmütze tiefer in die Stirn, um seine Augen vor dem gleißenden Sonnenlicht zu schützen. »Ich finde, die sieht völlig normal aus.«

»*Das* ist genau das Problem. Der Ort ist *zu* perfekt. Falls man auf exakt halber Strecke Linien vom Nord- zum Südufer und von Osten nach Westen zöge, würde diese Insel sich im Schnittpunkt befinden, wie ein Zielobjekt im Fadenkreuz einer Waffe. Genau in der Mitte.«

Zavala ließ den Motor wieder an und brachte ihn gerade so weit auf Touren, dass der Propeller sie mit einer Geschwindigkeit von wenigen Knoten vorwärts zog. Dann nahm er Gas weg und ließ das Flugzeug näher an die Insel treiben. Sie warfen einen Anker aus und schätzten anhand der abgespulten Seillänge, dass der See mehr als dreißig Meter tief war. Sie ließen ein per Gaspatrone aufgeblasenes Schlauchboot zu Wasser, stiegen von den Schwimmern des Flugzeugs aus hinein und überbrückten paddelnd die kurze Strecke zu der Insel. Dort zogen sie das Boot auf den grasbedeckten Morast. Austin schätzte die Insel auf etwa neun Meter Durchmesser. Sie sah wie der unförmige Panzer einer riesigen Schildkröte aus, wölbte sich steil empor und erreichte ungefähr viereinhalb Meter über dem Wasserspiegel einen rundlichen Scheitelpunkt. Zavala ließ sich von dem dichten Bewuchs aus Farnen und Sukkulenten nicht abschrecken und stieg die Böschung hinauf. Kurz vor der Kuppe stieß er einen lauten Schrei aus und zuckte zurück, als würde er einem unsichtbaren Schlag ausweichen.

Austin schreckte auf und griff nach der Pistole an seiner Hüfte. »Was ist los?«, rief er. Im ersten Moment dachte er, Joe wäre auf ein Otternnest gestoßen.

Zavalas schallendes Gelächter ließ einen Schwarm weißer Vögel wie Konfetti im Wind aufstieben.

»Die Insel ist *bewohnt*, Kurt. Komm mal her, damit ich dich mit dem Eigentümer bekannt machen kann.«

Eilig erklomm Austin den kleinen Hügel und musterte den grinsenden Totenkopf, der zwischen den Büschen hervorschaute. Er schob die Blätter beiseite und legte einen grotesken steinernen Schädel von zirka doppelter Lebensgröße frei, der in den Türsturz einer rechteckigen Öffnung eingemeißelt war. Das Loch befand sich in der Seite eines würfelförmigen Gebäudes, das fast bis hinauf zum flachen, mit einem zinnenartigen Ornament verzierten Dach in die lose Erde eingegraben war. Über die Wand verlief eine Zierleiste aus Totenköpfen geringerer Größe, die ansonsten mit dem ersten Schädel identisch waren. Austin zog ein Messer, lockerte damit die Erde auf und vergrößerte die Öffnung, bis Zavala Kopf und Schultern hindurchstecken konnte.

Joe schaute sich im Innern mit Hilfe seiner Taschenlampe um. »Ich glaube, ich kann mich reinzwängen.« Mit den Füßen voran wand er sich durch die Öffnung.

Austin hörte ein lautes Niesen. »Bring einen Staubsauger mit«, sagte Zavala. Kurt erweiterte die Öffnung und folgte seinem Freund ins Innere.

Er sah sich um. »Nicht gerade das Hilton.« Seine Worte hallten wider.

Der kastenförmige Raum war so groß wie eine Doppelgarage. Die Dicke der Mauern reichte aus, um den direkten Einschlag einer Kanonenkugel abzufangen. Austins Kopf stieß fast an die niedrige Decke. Die verputzten Wände waren schlicht, aber weitgehend von dunklen Flecken überzogen. Drei weitere mannshohe Eingänge waren durch ein Geflecht aus Wurzeln und Erde versperrt, das hart wie Zement war. Sie glichen dem Einlass, durch den Kurt und Joe den Raum soeben betreten hatten.

»Ich weiß nicht, Kurt. Das Haus hat eine Menge zu bieten. Blick aufs Wasser. Einfaches Dekor.«

»Ein Immobilienmakler würde sagen, dieser Ort sei sehr heimwerkerfreundlich.«

»Und einen Keller hat er auch.« Zavala leuchtete in eine der Ecken.

Austin kniete sich hin und untersuchte die massive Steinplatte im Boden. Am Rand befanden sich mehrere Löcher. Es gelang Kurt und Joe, die Platte mit ihren Messern loszuhebeln und beiseite zu schieben. Vor ihnen lag eine nach unten führende Wendeltreppe. Da Zavala bereits als Erster in das Gebäude eingedrungen war, meldete sich Austin freiwillig für die Erkundung. Er stieg die Treppe ein kurzes Stück hinunter und erreichte einen Gang, der nach wenigen Metern durch eine große Steintafel blockiert wurde. Austin ließ den Strahl seiner Taschenlampe über die Oberfläche wandern.

»Komm mal bitte her«, sagte er ruhig.

Zavala bemerkte die Ernsthaftigkeit in Austins Tonfall und eilte zu ihm. Auf dem Boden vor der Platte lag ein Haufen Knochen. Im Gegensatz zu der Totenkopfskulptur, die sie vorhin gesehen hatten, stammten die sechs Schädel, die sie hier zählten, von Menschen aus Fleisch und Blut. Zavala nahm einen der Köpfe und hielt ihn auf Armeslänge von sich, als wäre er Hamlet, der über Yoricks Überresten grübelt.

»Menschenopfer. Nach dem Aussehen dieses Lochs hier zu schließen, wurden sie von ihrem Elend erlöst, so dass sie nicht qualvoll verhungern mussten.«

»Wie nett von den Scharfrichtern«, sagte Austin und suchte den Stein nach einer Fuge ab. »Ohne Presslufthammer oder Dynamit kommt man hier nicht weiter.«

Er hatte genug gesehen. Sie kehrten in die obere Kammer zurück. Austin entdeckte einige bleiche weiße Fragmente auf dem Boden. Er nahm eines davon in die Hand, doch es zerfiel zwischen seinen Fingern zu Staub.

»Süßwasserkrebse«, sagte er. »Dieser Ort hat früher unter Wasser gelegen.«

Zavala fuhr mit der Hand über die schmutzigen Wände. »Du könntest Recht haben. Das hier sieht aus wie getrockneter Teichschlamm.«

Sie krochen zurück an die frische Luft und erforschten den Umkreis des Gebäudes. Es stand auf einer steinernen Plattform, auf der sich vielerlei Treibgut aus dem See abgelagert hatte. Wahrscheinlich war es den Vögeln zu verdanken, dass Pflanzensamen hergelangten und bald keimten. Ihre Wurzeln hatten die Erde an Ort und Stelle gehalten. Am Rand der Insel konnte man direkt unterhalb im See eine steinerne Terrasse erkennen. Austin zog die Stiefel aus, glitt ins Wasser, schwamm einige Züge und tauchte.

»Dieses Ding ist wie die Spitze eines Eisbergs«, sagte er, als er wieder an der Oberfläche erschien. »Es war vermutlich ein Tempel auf der Spitze einer sehr großen Pyramide. Ich kann nicht sagen, wie weit sie sich erstreckt.«

»Ich habe doch *gesagt*, wir hätten ein U-Boot mitnehmen sollen«, erwiderte Zavala und half Austin zurück ans Ufer. »Falls also unser Verdacht zutrifft und dieses Gebäude ein Tempel ist, haben wir unser Ziel erreicht. Das Maul.«

»Jetzt müssen wir nur noch herausfinden, wie wir in den Schlund gelangen.«

»Hübscher Vergleich. Wir könnten versuchen, diesen Stein zu sprengen, der den Weg blockiert.«

»Ja, könnten wir, und es würde vielleicht sogar funktionieren. Aber das wäre nicht unbedingt ein chirurgischer Eingriff. Unsere Archäologenfreunde würden nie wieder ein Wort mit uns wechseln. Lass uns weiter darüber nachdenken, während wir uns umsehen.«

Sie kehrten zum Flugzeug zurück und fuhren bis ans Ende des Sees. Dort gingen sie an Land und begannen mit einer Erkundungstour. Der Wald lag im Halbdunkel, und nur vereinzelt drang ein wenig Sonnenlicht durch den Blätterbaldachin bis zum Boden vor. Aus diesem Grund gab es nur sehr wenig Unterholz, so dass Kurt und Joe auf dem Blätterteppich leicht vorankamen.

Austin hörte Wasser plätschern und folgte dem Geräusch bis zu dessen Ursprung. Sie kamen an das Bett des Flusses, den sie vom Flugzeug aus gesehen hatten. Links und rechts erhoben sich steinerne Fundamente. Der Raum dazwischen war mit Erde und Vegetation angefüllt, so dass ein beträchtliches Reservoir aufgestaut wurde. Mehrere Bäche hatten sich einen Weg durch den primitiven Damm oder um die alte Barrikade herum gebahnt und flossen in Richtung See. Der eigentliche Flusslauf beschrieb unmittelbar vor den Fundamenten eine abrupte Kurve und bog in den Wald ab. Austin ließ das Reservoir hinter sich und folgte dem rauschenden Wasser, bis er auf ein gleichartiges Paar Fundamente stieß.

»Genau, wie ich mir gedacht habe«, sagte er.

Zavala war beeindruckt. »Woher hast du gewusst, dass diese Dinger hier sein würden?«

»Würdest du mir glauben, dass ich ein Genie bin?«

Zavala verkniff sich ein Grinsen. »Aber sicher würde ich das. Und jetzt verrate mir, wie du es *tatsächlich* bemerkt hast.«

Austin nahm einen Zweig, warf ihn in den Fluss und schaute zu, wie er gleich darauf in der schäumenden schnellen Strömung außer Sicht verschwand. »Erinnerst du dich noch, wie dieser Fluss aus der Luft aussieht? Ich glaube, du hast gesagt, er habe mehr Windungen als eine Bauchtänzerin. Kurz bevor er auf den See trifft, knickt er in absolut gerader Linie ab. Ich hatte sofort den Eindruck, dass dieser Abschnitt viel zu gerade ist, um natürlich zu sein. Wie dieser Tempel in der Mitte des Sees. Nichts in der Natur ist absolut perfekt. Vielleicht ist es ein Kanal, dachte ich. Kennst du den alten Chesapeake and Ohio Park nördlich von Washington?«

»Einer meiner Lieblingsorte für eine preiswerte erste Verabredung«, sagte Zavala und lächelte im Gedenken an viele schöne Stunden. *»Muy romántico.* Was hat er denn hiermit zu tun?«

»Denk an den Tempel. Manchmal steht er unter Wasser, manchmal auch nicht.«

Austin konnte beinahe die Relais klicken hören, als Zavalas brillanter technischer Verstand die Information verarbeitete. Joe schlug sich auf die Stirn. *»Natürlich.* Die Schleusen.«

Austin strich ein Stück Boden glatt, nahm einen kurzen Stock und reichte ihn Zavala. »Bitte sehr, Professor Z.«

Zavala zog eine Linie in die Erde. »Das hier ist der Potomac River. Wegen der Stromschnellen und Wasserfälle kann man einen bestimmten Bereich nicht mit Booten passieren, also legt man einen Kanal an, der diese Stelle umgeht. Hier.« Er tippte auf den Boden. »Man errichtet ein System aus Toren und Schleusen, um den Wasserstand des Kanals in jeder Sektion unter Kontrolle zu haben. Mal sehen, ob ich richtig liege.« Er zeichnete ein Oval, das den See repräsentierte. »Normalerweise tritt der Fluss hier oben ein, füllt das Flutbecken und erschafft den See und fließt unten wieder heraus, bis er irgendwann das Meer erreicht.«

»Sehr gut bis jetzt, Professor.«

»Irgendwann haben unbekannte Ingenieure an dieser Stelle eine Barriere errichtet.« Zavala zog eine Linie oberhalb des Sees. »Diese Barriere blockiert den Zufluss des Sees, aber das Wasser muss irgendwohin umgelenkt werden, sonst überschwemmt es den Damm.« Er zog eine gerade Linie vom See weg. »Man gräbt diesen Kanal und lenkt so das Wasser in ein anderes Flussbett.« Er schaute auf. Seine dunklen Augen funkelten triumphierend. *»Jetzt* kann man den See trockenlegen.«

»Und den Tempel bauen. Hier.« Austin zog mit der Stiefelspitze ein *X* in den Boden.

Zavala nahm den Faden auf. »Nachdem man den letzten Stein der Pyramide eingefügt hat, schließt man die Kanalschleuse und öffnet das Tor oberhalb des Sees. Das Becken füllt sich binnen kürzester Zeit und versteckt den Tempel. Ergo …«

»Ergo, ipso facto und voilà! Das einzige Problem liegt darin, dass das Schleusentor des Kanals aus beweglichen Teilen besteht. Da niemand es instand hält, verfällt es mit der Zeit. Die Reste der Maya-Zivilisation werden von den Spaniern vernichtet. Diese

Kurve ist ein natürliches Auffangbecken für alles, was den Fluss hinuntertreibt. Im Zufluss zum See sammelt sich immer mehr Treibgut an, das schließlich einen regelrechten Damm bildet. Das Kanaltor verrottet, und der Fluss wird wieder von dem See abgelenkt. Ein paar Bäche fließen trotzdem noch in das Becken, aber schließlich sinkt der Wasserspiegel, so dass die Spitze des Tempels sichtbar wird. Nach einiger Zeit wird sie von Vegetation überwuchert.«

»Falls wir also lange genug warten, wird der Spiegel des Sees so weit sinken, dass wieder der gesamte Tempel zu sehen ist«, sagte Zavala. »Es sei denn, der Druck des Reservoirs zerstört den alten Damm und hebt das Niveau wieder an.«

Austin dachte kurz darüber nach und nickte. »Auf dem Rückweg erzähle ich dir den Rest meiner Theorie.«

»Du musst schon zugeben, das ist eine ziemlich beeindruckende Konstruktionsleistung«, sagte Zavala, als sie durch den Wald gingen.

»Ja, stimmt«, pflichtete Austin ihm bei. »Auf diese Weise konnte man den See immer wieder aufs Neue trockenlegen, falls gewünscht. Das lässt auf die Möglichkeit schließen, dass die Erbauer den Tempel eventuell wieder betreten wollten. Der vermeintliche Eingang auf der Spitze könnte eine bewusste Irreführung darstellen. Wie einer dieser falschen Zugänge, die in die ägyptischen Pyramiden eingebaut wurden, um Grabräuber zum Narren zu halten. Es würde mich nicht überraschen, wenn das der Grund dafür wäre, dass man die Skelette dort platziert hat. Nur wegen des dramatischen Effekts.«

»Kann schon sein«, sagte Zavala.

»Lass uns eine Abwurfladung anfordern, sobald wir wieder beim Flugzeug sind.«

Einige Minuten später gab Zavala über Funk ihre Wunschliste an die *Nereus* durch. Bei einem der Gegenstände, die Austin erbat, hob er verwundert eine Augenbraue, aber er stellte keine Fragen.

Während sie warteten, bereiteten sie sich eine Mahlzeit zu.

Dann legten sie sich in den Schatten, bis das Funkgerät knisternd zum Leben erwachte. »Ist im Anmarsch, Jungs. Noch ungefähr zehn Minuten.«

Genau zum vorhergesagten Zeitpunkt erschien ein türkisfarbener Helikopter über dem See. An der Seite des Rumpfes waren die Buchstaben NUMA angebracht. In der Nähe des Flugzeugs blieb er dicht über dem Wasser schweben und warf eine große Kiste ab, die mit dicker Folie umwickelt war und von luftgefüllten Schwimmern im Gleichgewicht gehalten wurde. Die Besatzung des Hubschraubers wartete ab, bis die Männer unter ihnen die Lieferung an Land gezogen hatten. Dann winkten sie zum Abschied und traten den Rückflug zu ihrem Ausgangspunkt an.

In der Kiste befanden sich zwei Tauchausrüstungen und mehrere Kartons. Austin verfrachtete die Kartons in das Schlauchboot und paddelte zurück ans obere Ende des Sees, während Zavala das Flugzeug in eine kleine Bucht manövrierte. Er war so klug, Kurt nicht nach seinem Plan zu fragen. Austin würde ihm schon rechtzeitig genug alles anvertrauen.

Zavala bedeckte die Beaver mit einem Fischernetz und war gerade damit beschäftigt, einige Äste in den Maschen zu verhaken, als Austin mit dem Boot zurückkehrte und ihm bei der Arbeit half. Die Kartons waren verschwunden. Nachdem das Flugzeug ausreichend getarnt war, luden sie ihre Tauchausrüstung in das Boot und setzten zur Insel über, wo sie alle Spuren ihres ersten Besuchs verwischten. Dann ließen sie die Luft aus dem Boot und beschwerten es im flachen Wasser mit einigen Steinen, damit es unten bleiben würde. Das Wasser war warm, also zogen sie keine dicken Neoprenanzüge, sondern lediglich leichte schwarze Lycratauchkleidung an.

Wortlos verstaute Austin den kleinen Beutel, den er um den Hals trug, in einer wasserdichten Hülle. Nach einer schnellen Überprüfung ihrer Ausrüstung schwammen sie ein Stück von der Insel weg und ließen ohne weitere Verzögerung die Luft aus ihren Tarierwesten. Langsam sanken sie in die dunkle Tiefe des Sees.

47

Mit ruhigen und gleichmäßigen Flossenschlägen tauchten sie auf schräger Bahn an dem Tempel entlang nach unten, bis sie den Grund des Sees erreicht hatten. Vor ihnen ragte eine eindrucksvolle, spitz zulaufende Masse von Steinen empor und ließ sie zwergenhaft klein erscheinen. Dank der breiten terrassenförmigen Ebenen sah die Pyramide wie eine gewaltige Treppe aus.

»*Das* ist vielleicht ein Riesending«, sagte Austin. Der metallische Klang des Unterwasserfunkgeräts tat seiner Ehrfurcht keinen Abbruch.

»Wie gut, dass wir nicht abergläubisch sind. Ich habe dreizehn Stufen gezählt.«

»Dann lass uns mal lieber auf Holz klopfen«, sagte Austin. Er schaute auf seinen Tiefenmesser. »Knapp fünfunddreißig Meter. Alles klar, um den Plan zu tauchen?«

Erfahrene Taucher kannten das Mantra: *Plane den Tauchgang, und tauche den Plan.* Ihre Strategie war einfach. Sie würden entgegen dem Uhrzeigersinn nacheinander alle vier Seiten von oben bis unten absuchen. Die Pyramide stand ganz für sich allein, was Austin zu der Frage brachte, ob sie womöglich nur zu einem einzigen Zweck errichtet worden war. Die zweite Seite des Bauwerks war wie die erste, und die Suche dauerte nur wenige Minuten. Beim dritten Versuch hatten sie Erfolg.

Während die anderen Seiten relativ schmucklos waren, befand sich hier eine breite Treppe, die vom Tempel an der Spitze bis ganz nach unten verlief. Am Fuß der Stufen stand, einsam und erhaben wie ein livrierter Portier vor einem protzigen Hotel in Las Vegas, eine steinerne Tafel. Die Stele ragte senkrecht aus einem Fundament vom Seegrund empor.

Zavala ließ den grellen weißen Strahl seines tragbaren Halogenscheinwerfers über die dunkle Oberfläche gleiten. »Kommt dir das bekannt vor?«, fragte er kurz darauf.

Austin musterte die eingemeißelte Abbildung einer gefiederten Schlange, die gerade damit beschäftigt war, ein Boot zu fressen. »Die Welt ist klein. Das ist ein Zwilling des Steins von der *Doria.*« Er richtete seinen Blick auf die Treppe, die auf dieser Seite der Pyramide nach oben führte. »Irgendwie erinnert mich das an diese schwarzen Tafeln aus dem Film *2001: Odyssee im Weltraum.* Vielleicht will dieses alte Schild uns irgendetwas mitteilen.«

Wie eine träge Rauchfahne glitt er langsam die Treppe empor. Zavala hielt sich schräg rechts hinter ihm. Die Stufen wurden von Abbildungen umsäumt. Zudem befanden sich alle paar Meter Skulpturen von Köpfen. Nach etwa der Hälfte der Strecke schaute ihnen unter einer Federkrone das riesige stilisierte Gesicht einer Schlange entgegen. Das Maul stand weit offen in Angriffsposition. Es war groß genug, um einen Menschen zu verschlucken. Aus Ober- und Unterkiefer ragte jeweils ein Paar dicker stumpfer Giftzähne hervor, die in Größe und Form an Pylonen erinnerten, wie sie zur Absperrung im Straßenverkehr benutzt wurden.

»Was für ein freundlicher Geselle«, sagte Zavala. »Meinst du, er beißt?«

»Darf ich vorstellen: die gefiederte Schlange. In diesem Teil der Welt als Kukulcan bekannt.«

»Er sieht aus wie die Kreuzung aus einem Rottweiler und einem Alligator. Frag ihn, ob er weiß, wie man ins Innere der Pyramide gelangt.«

»Vielleicht ist das gar keine so schlechte Idee.« Mit ein paar Flossenschlägen glitt Austin näher an das klaffende Maul heran und leuchtete den Rachen aus. »Sag ›aaah‹«, sagte er und schwamm direkt hinein. Seine Pressluftflasche schrammte an den dicken Fängen entlang, aber im Innern war genug Platz, um sich umzudrehen. Er steckte den Kopf aus dem Maul und winkte Zavala zu sich heran. Dann stieß er tiefer in die Pyramide vor. Im Licht seines Strahlers sah er Trittstufen auf dem abschüssigen Boden. Langsam und vorsichtig schwammen sie ungefähr zwei Minuten lang schräg nach unten, bis der Gang in einer Kammer endete, die so groß war, dass sie sich beide aufrichten konnten. Eine Treppe führte einen weiteren Gang hinauf.

»Ich komme mir wie eine Ladung schmutziger Klamotten vor, die jemand soeben in den Wäscheschacht geschmissen hat. Das ging zu einfach«, sagte Zavala misstrauisch.

»Daran habe ich auch gerade gedacht. Aber vergiss nicht, dass die Erbauer dieser Pyramide von der anschließenden Flutung wussten. Vermutlich haben sie damit gerechnet, dass jeder vermeintliche Eindringling seine Zeit damit verschwenden würde, einen Weg durch die Steintafel direkt unterhalb des Tempels zu finden. Und selbst falls jemand diesen Eingang entdeckte, würde er sich nicht in den Rachen der Schlange trauen. Aber trotzdem«, fügte er hinzu, »sollten wir sorgfältig nach Fallen Ausschau halten.«

Wie Gespenster in einem Spukhaus schwebten sie die Stufen empor. »Warum können die sich nicht vorher entscheiden. Erst runter, dann wieder rauf«, hörte Austin seinen Partner murren.

Kurt konnte Zavalas Verärgerung nachfühlen. Auch ein erfahrener Wracktaucher war nicht ganz frei von der amorphen klaustrophobischen Befürchtung, die Tausende von Tonnen Fels über ihren Köpfen könnten auf sie herabstürzen. Oder schlimmer noch, sie würden eingeschlossen werden und sich nicht bewegen können, so dass ihnen ein qualvoller Erstickungstod bevorstand. Er war froh, als sein Kopf die Wasseroberfläche durchstieß. Eine Sekunde später tauchte Zavala neben ihm auf. Sie leuchteten das runde Becken ab. Joe hob den Arm, um die Maske abzunehmen.

Austins Hand zuckte vor und hielt Zavala zurück. »Vorsicht!«, warnte er. »Wir wissen nicht, ob wir gefahrlos atmen können.«

Die Luft war womöglich mehr als zweitausend Jahre alt. Austin wusste nicht, ob sich in einem solchen Zeitraum Mikroorganismen, Sporen oder Toxine bilden konnten, aber er war nicht bereit, das Risiko einzugehen. Er stemmte sich aus dem Becken und legte Flossen und Gürtel ab. Dann half er Zavala. Sie folgten den Treppenstufen nach oben in einen Raum. Außerhalb des Wassers klang das Ventilsystem der Atmung unnatürlich laut.

Die lange schmale Kammer hatte ein hohes Gewölbedach aus mehreren Schichten horizontal liegender Blöcke, das auf Kragsteinbögen ruhte, wie so häufig von den Maya bevorzugt. Der Strahl von Austins Scheinwerfer wanderte von der Decke nach unten und fiel auf einen länglichen Kopf mit spitzen Ohren und geblähten Nüstern.

»Ist es das, wofür ich es halte?«, fragte Zavala.

»Ein Pferd, würde ich sagen.«

»Ja, sicher. Aber was, zum Teufel, hat Mr. Ed hier drinnen verloren?«

Austin senkte den Scheinwerfer, so dass der lange hölzerne Hals des Pferdes erhellt wurde. »Mensch, da soll mich doch ... das ist eine Galionsfigur.«

Der Pferdekopf aus Holz krönte den hohen, geschwungenen Bug eines Boots mit glänzenden dunkelroten Seiten. Unter dem Kopf ragte ein spitzer Rammsporn hervor. Die Erbauer dieses Boots mussten wahre Künstler gewesen sein, dachte Austin, während sie am Rumpf entlanggingen. Auch das Heck verjüngte sich, und der Kiel war flach. Das Gefährt war lang, schmal und schwang sich an beiden Enden in anmutigen Kurven empor. Nach dem Aussehen der präzise zugeschnittenen und sich teilweise überdeckenden Planken zu urteilen, war der Rumpf absolut wasserdicht. Der Mast lag der Länge nach auf Deck.

Einige der Decksplanken waren eingesackt und gaben den Blick auf Dutzende von Amphoren im Frachtraum frei. Überall lagen runde metallene Objekte herum, bei denen es sich um Schilde gehandelt haben könnte. Zwei lange Ruderpinnen, deren Blätter sich im Lauf der Zeit stark gekrümmt hatten, lehnten am Heck des Schiffs und schienen auf die Hände der längst gestorbenen Steuermänner zu warten. Das Boot schwamm nicht im Wasser, sondern ruhte auf einem steinernen Schlitten. Manche der Spanten waren verrottet, woraufhin das Schiff eine leichte Schräglage bekommen hatte.

»In natura ist es sehr viel hübscher«, murmelte Zavala.

Austin fuhr mit der Hand über das Holz, als würde er seinen Augen nicht ganz trauen. »Dir geht es also genauso. Das hier ist eines der Schiffe, die auf der Stele und den anderen Abbildungen auftauchen.«

»Was soll ein phönizisches Boot in einem Unterwassertempel der Maya?«

»Darauf lauern, sämtliche archäologischen Theorien über den Haufen zu werfen«, sagte Austin. »Warte nur, bis Nina diese wunderschöne Lady zu Gesicht bekommt. Wir müssen ihr ein paar Daten liefern, mit denen sie sich beschäftigen kann, bis wir eine Kamera hergebracht haben. Was schätzt du, wie lang ist es?«

»Bestimmt mehr als dreißig Meter.«

Zavala lief beinahe gegen eine der vier runden Säulen, die sich in einigem Abstand neben dem Boot erhoben. Auf der anderen Seite fand sich die gleiche Anzahl Gegenstücke.

»Hier ist noch etwas, worüber du grübeln kannst«, sagte er. »*Acht* Säulen.«

»Acht bedeutsame Tage im Zyklus der Venus«, erwiderte Austin. »Es passt.«

Sie hatten das hohe Achternschiff erreicht. Austin hatte erwartet, die Kammer wäre dahinter zu Ende. Stattdessen befand sich dort ein weiterer Durchgang mit noch einer Treppe, die nach oben führte. Sie folgten den Stufen in einen sehr viel kleineren Raum, dessen Boden größtenteils aus einer rechteckigen eingelassenen Grube bestand. In der Grube stand ein Sarkophag, auf dessen Deckel sich wiederum mehrere Abbildungen der gefiederten Schlange fanden. Kurt und Joe stiegen in die Grube und versuchten vergeblich, den Deckel mit ihren Messern vom Fleck zu bewegen.

»Vielleicht finden wir an Bord des Schiffs etwas, womit wir den Sarg aufhebeln können«, schlug Austin vor.

Sie stiegen wieder in die große Kammer hinunter. Zavala griff zur Reling des Boots empor und zog sich mit Austins tatkräftiger Hilfe über die Seite aufs Schiff. Er hielt sich am Dollbord fest und machte einen zaghaften Schritt nach vorn, um zu überprüfen, ob das Deck sein Gewicht tragen würde.

»Es hält, aber ich bleibe zur Vorsicht trotzdem lieber auf dem Querbalken.« Als er das Deck überquerte, knarrte das Holz. »Jede Menge Amphoren. Ich ... o mein Gott.« Eine Pause. Dann ein erregter Aufschrei. »Kurt, das musst du dir unbedingt ansehen!«

Zavala kehrte zur Seite des Boots zurück und half Austin nach oben. Das Deck hatte sich im Lauf der Jahrhunderte gesenkt, und inzwischen neigten die Planken sich zur Mitte hin, wo die meisten der Amphoren lagen. Austin folgte Zavala auf einem der Querbalken dorthin. Wenngleich der Rumpf unter ihrem Gewicht erzitterte, lag er weiterhin sicher auf seinem steinernen Schlitten.

Zavala beugte sich über ein großes Gefäß, das zerbrochen war. Als er sich aufrichtete, funkelte in seiner Hand ein grünes Feuer. Die kunstvoll mit Smaragden und Diamanten verzierte Halskette stammte von einem Berg aus Gold und Juwelen, der in der künstlichen Senke auf Deck lag. Austin nahm die Kette und kam zu dem Schluss, dass er noch nie ein schöneres Schmuckstück gesehen hatte. Die komplizierten Fassungen waren akkurat in Handarbeit gefertigt. Während Austin noch staunte, griff Zavala in ein intaktes Gefäß und holte eine Hand voll loser Edelsteine hervor. Diamanten. Rubine. Smaragde. Joe klappte vor Verwunderung der Unterkiefer herunter. »Das hier muss der größte Schatz in der Geschichte der Menschheit sein!«

Austin hockte neben einer Amphore, die aufgeplatzt war. »Daneben sehen die britischen Kronjuwelen wie Holzperlen aus, nicht wahr?« Murmelgroße Steine rannen ihm durch die Finger. »Die internationalen Anwälte werden noch ganz schön fluchen, wenn sie die heutigen Eigentümer dieser Schätze herausfinden sollen.«

Zavala schaute in Richtung der Grabkammer. »Vielleicht liegt der letzte verbürgte Besitzer dort in diesem steinernen Sarg.«

Austin hob ein paar Lanzenspitzen auf. »Mal sehen, ob es jemand ist, den wir kennen.«

Sie stiegen aus dem Boot und kehrten in die Totengruft zurück. Die Lanzenspitzen waren stabil und ließen sich unter die Kante des Deckels schieben. Doch ganz gleich, welchen Hebelansatz die beiden muskulösen und findigen Männer ausprobierten, die Konstrukteure des Sarkophags hatten glanzvolle Arbeit geleistet. Der Deckel bewegte sich keinen Millimeter.

»Wir sollten lieber noch einen Kurs in Grabräuberei belegen«, sagte Austin.

Zavala überprüfte seine Druckanzeige. »Aber nicht mehr heute. Falls wir noch sehr viel länger bleiben, müssen wir auf den Reservetank umschalten.«

»Wir haben alles Notwendige gesehen. Vielleicht können die Wissenschaftler sich auf all das hier einen Reim machen.«

Er wollte soeben den Rückweg zur Bootskammer antreten, als die unheimliche Stille der Gruft durch eine donnernde Explosion über ihren Köpfen erschüttert wurde. Für den Bruchteil einer Sekunde konnte Austin nachempfinden, wie es sich anfühlen musste, unterhalb eines ausbrechenden Vulkans zu stehen. Sie drehten fast durch, weil uralte Überlebensinstinkte sie mit einem Schwall widersprüchlicher Impulse überschütteten.

Lauf weg. Leg dich hin. Rühr dich nicht von der Stelle.

Der Boden unter ihren Füßen erzitterte, und sie hatten Mühe, sich auf den Beinen zu halten. Die Explosion drückte Luft in die abgeschlossene Kammer hinauf und führte zu einem Windkanaleffekt. Die Druckwelle stieß Austin und Zavala in die Gruft zurück. Mit rudernden Armen stolperten sie nach hinten und rammten mit ihren Pressluftflaschen scheppernd den Sarkophag. Dann rutschten sie in den Spalt zwischen dem Steinsarg und der Grube, die ihn umgab. Der Sturz fügte ihnen zwar einige Schnittwunden und blaue Flecke zu, rettete ihnen aber vermutlich auch das Leben. Ein Deckenstück von der Größe eines Motorblocks fiel genau auf die Stelle herab, an der sie gestanden hatten. Scharfkantige Bruchstücke flogen umher, als würde ein Kampfjet im Tiefflug mit seinen Bordwaffen angreifen. Eine dichte Staubwolke erfüllte die Grabkammer und bedeckte alles mit einer dünnen weißlichen Schicht. Dann regneten prasselnd Erde und lose Steine auf sie herunter.

Austin spuckte Staub und fragte Zavala, ob mit ihm alles in Ordnung sei.

Zavalas Anwesenheit und Verfassung machten sich zunächst durch einen Hustenanfall und dann durch eine Reihe spanischer Flüche bemerkbar.

»Ja, ich bin okay«, stieß er spuckend hervor. »Und du?«

»Ich glaube, es ist noch alles an mir dran. Ich wünschte nur, das Telefon in meinem Kopf würde aufhören zu klingeln.«

Wieder Husten. »Was war das?«

»Klang wie eine Mischung aus Vesuv und Krakatau. Ich tippe auf ein paar Kilo C4-Plastiksprengstoff.« Austin ächzte auf. »Ich mag dich ja wirklich gern, Joe, aber ich glaube, mit unserer Verlobung sollten wir noch ein wenig warten. Kannst du dich bewegen?«

Fluchend entwirrten sie ihre Arme, Beine und Atemschläuche, bis sie wieder aufstehen konnten. Zavala griff nach einem der Halogenscheinwerfer, der neben ihm gelandet war. Er richtete den Lichtstrahl erst auf Austin und dann auf sein eigenes Gesicht. Ihre Masken saßen schief, aber die Gläser waren nicht zerbrochen und hatten ihre Augen vor dem beißenden Staub geschützt.

»Du siehst aus wie ein abgerissener Pantomime«, sagte Zavala lachend.

»Ich hasse Pantomimen, auch nicht abgerissene. Du bist übrigens auch ein bisschen blass. Ich habe noch eine weitere Offenbarung für dich. Wir atmen ohne unsere Lungenautomaten.«

Zavala rückte die Halbmaske, die das Mikrofon und den Atmungsapparat enthielt, vor sein Gesicht und biss auf das Mundstück. »Funktioniert noch«, sagte er.

»Meins auch. Sieht so aus, als würden wir sie nicht brauchen. Ich spüre einen frischen Luftzug.«

»Das bedeutet, jemand hat die Spitze der Pyramide gesprengt. Wir sollten aufbrechen. Kannst du gehen?«

Austin nickte und stieg aus der Grube. Dann beugte er sich vor und half Zavala heraus. Sie waren von Kopf bis Fuß mit weißlich braunem Staub bedeckt, der sie wie Zombies aussehen ließ. Austin richtete den Strahl seiner Lampe zurück in die Grube und sah, dass der schwere steinerne Deckel infolge der Erschütterung geborsten war. Kurt wusste, dass sie sich eigentlich auf den Weg machen mussten, aber seine Neugier war stärker. Er richtete den Scheinwerfer auf die Gestalt im Innern.

Das Gesicht wurde von einer Jademaske mit runden Augen und einer gebogenen Nase bedeckt. Der Leichnam war mit einem Totenhemd aus dunklem Stoff bekleidet, bei dem es sich um Samt handeln konnte. Unter einem unförmigen Hut aus dem gleichen Material ragten einige weißlich rote Haarsträhnen hervor. Austin ließ den Lichtstrahl weiterwandern. Die klauenähnlichen mumifizierten Hände hielten alte Pergamentrollen umklammert. Austin zog eine der Rollen heraus, musterte sie erstaunt und schob sie dann wieder zurück zwischen die knochigen Finger. Unter dem Kinn der Maske schimmerte etwas Gelbes. Die Form kam ihm vertraut vor, aber sie schien nicht hierher zu gehören. Austin wollte die Sache genauer in Augenschein nehmen, aber es blieb keine Zeit mehr. Aus der Bootskammer waren Stimmen zu hören.

48

Die beinahe undurchdringliche Wolke in der Bootskammer legte sich rasch. Dort, wo vorher ein Teil der Decke gewesen war, gähnte jetzt eine große Öffnung, und die Staubschwaden wirbelten im Sonnenlicht. Große Felsbrocken hatten das Heck des dunkelroten Rumpfes wie ein Kartoffelstampfer zermalmt. Einige der Säulen waren umgestürzt und zerbrochen. Der Boden der Kammer war mit kleineren Felsstücken und Kalksteinmehl übersät. Austin hatte keine Zeit, die Zerstörung des Boots zu beklagen. Von der gezackten Öffnung entrollte sich eine Strickleiter nach unten, auf der sodann zwei schwarz gekleidete Gestalten in die Staubschleier hinabkletterten.

Der erste der beiden erreichte den Boden, griff empor und hielt die Leiter fest. »Bitte verzeihen Sie das Durcheinander, Don Halcon«, sagte eine tonlose, ungerührte und alles andere als reumütige Stimme.

»Das ließ sich nicht vermeiden, Guzman«, entgegnete der schmale dunkelhaarige Mann und musterte die Trümmer. »Wichtig ist allein, *dass* wir unser Ziel erreicht haben. Das *Wie* ist egal.« Er schaltete eine starke Taschenlampe ein und richtete sie auf das zerstörte Boot. »Mein Gott, was für ein fantastischer Anblick!«

Die Eindringlinge bahnten sich einen Weg durch den Schutt und stiegen über die gesplitterten Heckspanten in den weniger beschädigten Teil des Schiffs. Kurz darauf stieß Halcon einen verzückten Schrei aus. »Sehen Sie sich das an, Guzman!«, rief er voll hysterischer Freude. »Ich halte hier in meiner Hand genug Edelsteine, um damit eine ganze neue Armee auszustatten.«

Austin und Zavala standen am Eingang zur Bootskammer und überdachten ihre Lage. Abgesehen von ihren Tauchermessern waren sie unbewaffnet. Halcon und sein Gefolgsmann würden zumindest Pistolen tragen. Falls Kurt und Joe versuchten, die Leiter oder den gefluteten Raum am anderen Ende der Kammer zu erreichen, würde man sie wie in einer Schießbude abknallen.

Flüsternd beriet sich Kurt mit Zavala. »Vielleicht können wir sie irgendwie austricksen.«

Joe war zu dem gleichen Schluss gelangt. »Was haben wir schon zu verlieren?«

Nur unser Leben und das vieler anderer, dachte Austin. »Wir müssen wieder dahin zurück, wo wir hereingekommen sind. Unsere großen Luftflaschen lassen wir hier. Behalte du deine Maske und den Reservetank.« Er klopfte auf den Beutel, den er um den Hals trug. »Ich habe hier eine Kleinigkeit, die sie vielleicht ablenken wird, aber das Timing muss genau stimmen. Nicht mehr lange, und sie werden uns entdecken. Falls wir sie zu sehr erschrecken, eröffnen sie womöglich das Feuer.«

»Okay, lass sie wissen, dass wir hier sind. Ich richte mich nach dir«, sagte Zavala.

Austin klopfte seinem Kollegen auf die Schulter, atmete tief durch und trat in die Bootskammer hinaus.

»Hallo, Gentlemen«, sagte er laut und deutlich.

Der weißhaarige Mann mit der Narbe zog blitzschnell eine Pistole aus seinem Gürtelholster und richtete sie auf Austin.

»Wir sind nur zu zweit und unbewaffnet«, beeilte Austin sich zu versichern und starrte auf die Mündung der Waffe. Er hatte darauf spekuliert, dass der Mann Profi genug war, um nicht aus lauter Panik das Feuer zu eröffnen.

»Treten Sie vor, so dass ich Sie sehen kann.« Austin folgte dem Befehl und kam mit Zavala einige Schritte näher heran. Der weißhaarige Mann kletterte aus dem Schiffswrack, ging vorsichtig zu den beiden hinüber und nahm ihnen die Messer ab. Er grinste, woraufhin die weiße Narbe in seinem Gesicht noch deutlicher hervortrat.

»Wir sollten diese Treffen wirklich beenden«, sagte er und warf die Messer außer Reichweite.

»Bitte stellen Sie mich doch Ihren Freunden vor, Guzman.« Halcon kam mit einer Waffe in der Hand aus dem Boot.

»Verzeihen sie meine Unhöflichkeit, Don Halcon. Ich darf Sie mit Mr. Austin und seinem NUMA-Kollegen Mr. Zavala bekannt machen, die ich in Arizona kennen gelernt habe. Er ist der Herr, den unsere Überwachungskamera aufnahm.«

»Natürlich, jetzt erkenne ich ihn.«

»Sie müssen mir unbedingt einen Abzug der Aufnahme schicken, Halcon«, sagte Zavala.

Halcon schmunzelte. »Ich wäre überrascht gewesen, falls zwei so intelligente Gentlemen wie Sie meinen Namen nicht erkannt hätten. Guzman hat mir von Ihnen erzählt. Eigentlich habe ich ihm den Auftrag erteilt, Sie zu töten. Sie haben Glück gehabt; er bleibt nur selten eine Erfolgsmeldung schuldig. Bevor er nun gleich das Versäumte nachholt, muss ich dennoch gestehen, dass ich wirklich gern wüsste, wie Sie in den Tempel gelangt sind.«

»Das Maul des Kukulcan hat uns verschlungen«, sagte Austin.

Halcon musterte ihn mit dem Blick eines Entomologen, der ein aufgespießtes Insekt betrachtet. »Sie sagen entweder die Wahrheit oder versuchen einfach nur, ironisch zu sein«, sagte Halcon. »Aber egal, es spielt keine Rolle. Sie werden den Weg durch das Maul in absehbarer Zeit kein zweites Mal antreten.«

»Ich verrate Ihnen, wie wir hereingekommen sind, falls Sie uns ein paar Fragen beantworten. Wir können ohnehin nichts mehr ausrichten, aber ich bin einfach neugierig, ob unsere Theorie zutrifft.«

Halcon konnte gar nicht übersehen, dass Austin Zeit schinden wollte. Austin hingegen betrachtete sein Vorgehen von einer anderen Warte. Er bereitete die Flucht vor, denn er hatte nicht die Absicht, in diesem Grab zu sterben.

»Sie feilschen wohl bis zum letzten Moment, was?«, sagte Halcon, der offenbar Gefallen an dem Spiel fand. »Fragen Sie.«

»Zunächst mal, wie haben Sie den Tempel gefunden?«

»Auf dem gleichen Weg, wie wir von Ihrer Expedition zur *Andrea Doria* erfahren haben. Durch Mr. Donatellis Mann, den Sizilianer.«

»Antonio?«

»Sein Name ist nicht von Belang. Als Sie Mr. Donatelli mitteilten, Sie würden nach Mittelamerika aufbrechen, haben wir unseren Spionen befohlen, Ihnen nach Guatemala zu folgen. Dieses lächerliche kleine gelbe Flugzeug ließ sich ohne Probleme im Blick behalten.«

So viel zum Thema Unauffälligkeit der Beaver, dachte Austin.

»Ich gestatte Ihnen großzügigerweise noch eine Frage«, fuhr Halcon fort. »Ihre Theorie interessiert mich.«

»Wie wäre es zunächst mal hiermit?«, sagte Austin. »Die Phönizier haben einige tausend Jahre lang Handelsbeziehungen mit Amerika unterhalten. Als Karthago von den Römern belagert wurde, brachte eine phönizische Flotte die Schätze der Stadt über den Ozean in Sicherheit. Jahrhunderte vergehen, Kolumbus erreicht die Neue Welt und hört Geschichten über einen legendären Schatz. Er findet den sprechenden Stein, gelangt zu der Ansicht, dass dieser ihm den richtigen Weg weisen wird, und bricht zu einer letzten Reise auf, um sich die Beute zu holen. Er deutet die Informationen auf dem Stein nicht ganz korrekt, aber er liegt ziemlich nah dran.«

»Fast so nah wie Sie, Mr. Austin. Würden Sie mir jetzt bitte verraten, wie Sie hergekommen sind?«

»Wir sind diese Treppe hinuntergegangen«, sagte Austin und wies in Richtung der Grabkammer.

Lächelnd wollte Halcon einwenden: »Guzman ...«

»Ich bin noch nicht fertig«, fiel Austin ihm ins Wort. »Kolumbus steht in Verbindung mit einer mysteriösen Organisation, die als die Bruderschaft bezeichnet wird, also ist es ziemlich wahrscheinlich, dass diese Leute von dem Schatz gewusst haben.«

»*Mehr* als wahrscheinlich.« Halcon hielt seinen Gefolgsmann zurück. »Ich bin wirklich beeindruckt, Mr. Austin. Die Existenz der Bruderschaft war eines der am strengsten gehüteten Geheimnisse der Welt. Nicht einmal als wir einen der berühmtesten Ozeanliner jener Zeit auf den Meeresgrund geschickt haben, ist uns irgendjemand auf die Schliche gekommen.«

»Wollen Sie damit sagen, die *Andrea Doria* sei von der Bruderschaft versenkt worden?«, fragte Austin.

»Genau genommen von Guzman. Während mein Vater und die anderen sich im Frachtraum um die Wachen des gepanzerten Lastwagens gekümmert haben, hat Guzman auf der Brücke des anderen Schiffs alles Notwendige in die Wege geleitet.«

»Es war ein Unfall«, widersprach Austin.

»So heißt es. Es war gar nicht so schwierig, wie Sie vielleicht glauben. Wir wussten, dass die Schiffe in jener Nacht dicht aneinander vorbeifahren würden. Guzman war darauf vorbereitet, alle Anwesenden auf der Brücke der *Stockholm* zu töten und das andere Schiff mit dem schwedischen Liner zu rammen. Wie sich herausstellte, brauchte er lediglich die Fehler der anderen auszunutzen.«

»Falls das der Wahrheit entspricht und die Bruderschaft wusste, dass der sprechende Stein den Weg zu einem Schatz beschreibt, warum hat man ihn dann auf den Meeresgrund befördert?«

»Leider ist der wahre Wert des Steins erst kürzlich bekannt geworden. Mein Vater hat damals den Befehl zur Versenkung erteilt. Er folgte dem ursprünglichen Mandat der Bruderschaft, nämlich jeden Hinweis zu vernichten, der die Entdeckungen des Kolumbus in Misskredit gebracht hätte.«

Zavala kicherte und sagte etwas auf Spanisch.

»Allerdings, Mr. Zavala. Mein Vater hat es, wie Sie so schön sagen, versaut. Aber er konnte nicht wissen, dass ich das Mandat von *Los Hermanos* ändern würde.«

»Wann haben Sie sich vom Schiffe versenken auf das Anzetteln von Revolutionen verlegt?«, fragte Austin.

Halcons bleiches, schmales Gesicht verdüsterte sich für einen Moment. Dann lachte er auf und klatschte Beifall. »*Bravo*, Mr. Austin. Sie haben soeben Ihre Hinrichtung ein weiteres Stück hinausgezögert. Sagen Sie mir, was die NUMA über meinen Plan in Erfahrung gebracht hat.«

»Erst nachdem Sie noch ein paar von *meinen* Wissenslücken gefüllt haben.«

»Was halten Sie davon, dass ich Ihrem Kollegen gleich ein paar Löcher in Arme und Beine schieße?«, fragte Halcon und lächelte.

»Das könnten Sie natürlich tun, aber ich habe einen besseren Vorschlag. Sie verraten mir Ihren Plan, und ich enthülle Ihnen ein

Geheimnis, das außer mir kein Mensch auf diesem Planeten kennt. Ich gebe Ihnen mein Wort darauf.«

»Und ich bin einverstanden.« Austin hatte Halcon richtig geschätzt. Der Mann war größenwahnsinnig und fand Gefallen daran, anderen seine verrückten Absichten zu enthüllen. »Mein Plan lässt sich in einem Wort zusammenfassen. *Angelica.* Dieses neue Land wird aus den südwestlichen Staaten der USA und aus Südkalifornien bestehen. Die hispanischen Völker werden sich zurückholen, was ihnen einst gewaltsam entwendet wurde.«

»Na, dann viel Glück, Kumpel«, gluckste Joe. »Ich kenne da eine ganz bestimmte Supermacht, die vielleicht etwas dagegen hat.«

»Bitte unterschätzen Sie mich nicht. Ich bin mir der bewaffneten Stärke der Vereinigten Staaten durchaus bewusst und habe nicht die Absicht, mich auf eine direkte Konfrontation einzulassen.«

»Dann sind all die Waffen, die Sie einkaufen, für Schützenvereine gedacht?«

»O nein, die werden militärischen Zwecken dienen. Sie sind spanischer Abstammung, Mr. Zavala, also wissen Sie, was ich in der Stierkampfarena gelernt habe. Mit guter Beinarbeit und einem schwungvoll geführten flatternden Cape kann man einen viel größeren und stärkeren Feind besiegen.«

»Die USA sind nicht unbedingt ein Kampfstier«, sagte Austin.

»Aber das gleiche Prinzip trifft auch hier zu. Ich habe alles gut vorbereitet. In die ehemals spanischen Territorien, die heutzutage illegal von den Vereinigten Staaten besetzt gehalten werden, sind mit meiner Unterstützung Millionen illegaler Immigranten eingesickert. Mittlerweile ist ihre Anzahl in den entsprechenden Gebieten nahezu genauso groß wie die der Bürger anderer Herkunft. Ich habe mit meinem Vermögen Schlüsselfirmen aus der Gas-, Öl- und Bergbaubranche erworben. Mit den Gewinnen habe ich gefügige Politiker in öffentliche Ämter gehievt und andere Amtsträger gekauft oder bestochen. Jetzt kann ich meinen Plan in die Tat umsetzen. Sobald ich von hier aufbreche, erteile ich den Einsatzbefehl. Die von mir ausgebildete Armee wird auf die Grenzstädte vorrücken. Andere werden im Landesinnern Stoßtruppunternehmen durchführen. Die öffentliche Meinung wird sich empört gegen alle Latinos wenden, ähnlich wie damals im Zweiten Weltkrieg gegen die Amerikaner japanischer Abstammung. Aber diesmal werden unsere Leute über die Mittel verfügen, sich gegen die Peiniger zur Wehr zu setzen. Und sie werden ein Ziel vor Augen haben: die Wiederherstellung des Nationalstolzes, den Amerika so oft erniedrigt hat.«

»Sie reden hier von Blutvergießen und Chaos.«

»Genau das ist meine Absicht! Was können die Vereinigten Staaten schon tun, um Albuquerque oder Phoenix zu befreien? Eine Atombombe werfen? Wollen sie Straßenkämpfe auf den Boulevards von San Diego führen? Sie werden wissen, dass auf jeden bewaffneten Konflikt eine politische Einigung folgt, und ich werde ihnen einen Ausweg anbieten. Die Gouverneure, die auf meiner Lohnliste stehen, werden Frieden fordern und darauf drängen, dass die USA einen Bürger spanischer Abstammung als Vermittler einsetzen. De facto werde ich über eine Abspaltung von der Union verhandeln.«

»Es gibt keine Garantie dafür, dass Ihr Plan gelingt, und dann wären Hunderttausende von Menschen umsonst gestorben.«

»Sie werden ihre Aufgabe als Mittel zum Zweck erfüllt haben.«

»Viele dieser Leute werden Latinos sein«, sagte Zavala.

»Na und?«, entgegnete Halcon verächtlich. »Meine Konquistador-Vorfahren haben sich mit untereinander zerstrittenen Indianergruppen verbündet, um das aztekische Reich zu unterwerfen, und sie dann versklavt. Ich werde den Überlebenden die Gelegenheit bieten, die Größe der Vergangenheit ein weiteres Mal zu durchleben, denn ich werde die prachtvollen Errungenschaften zweier großer Zivilisationen, nämlich der indianischen und der spanischen, zu neuem Ruhm führen.«

»Errungenschaften wie das Ballspiel und die Inquisition?«, fragte Austin.

»Und noch mehr, von dem Sie nicht einmal zu träumen wagen, Mr. Austin. *Viel* mehr.« Sein Ton klang verhängnisvoll. »Ich habe jetzt langsam genug von diesem Spiel«, sagte er ungeduldig. »Was ist mit diesem großen Geheimnis? Ich kann es Ihnen nicht verdenken, falls Sie gelogen haben, aber das wird Sie auch nicht retten.«

»Ich lüge nicht. Es ist in dem anderen Raum.«

Halcon und Guzman sahen sich an. »Keine Tricks. Guzmans Abzugsfinger ist äußerst empfindlich. Gehen Sie voran.«

Austin stieg als Erster die Stufen empor, gefolgt von Zavala und dann Guzman und Halcon, bis sie den Rand der Grube erreicht hatten.

»Wie sind Sie hier hereingekommen?«, fragte Halcon und hielt vergeblich nach einem Eingang Ausschau.

»*Das* war tatsächlich eine Lüge, aber dies hier nicht.«

Die Gestalt in dem Sarkophag hatte Halcons Aufmerksamkeit erregt.

»Wer ist das?«, fragte Halcon.

»Darf ich?«

Guzmans kalter Blick folgte jeder seiner Bewegungen, als Austin in den steinernen Sarg griff und das schimmernde Objekt vom Hals der Mumie nahm. Er reichte es Halcon, der es genau musterte und dann verwirrt die Stirn runzelte.

»Ich verstehe nicht«, sagte er argwöhnisch.

»Stellen Sie sich Folgendes vor«, sagte Austin. »Sie sind ein Maya und sitzen seit Hunderten von Jahren auf einem riesigen Schatz. Sie warten darauf, dass die Männer, die den Schatz gebracht haben, irgendwann zurückkehren, um ihn wieder einzufordern. Eines Tages kommt ein weißer Mann aus dem Osten an ihre Tür und sagt, er will sein Gold. Bevor Sie seinem Wunsch nachkommen können, stirbt er. Sie fragen sich, ob er womöglich den Gott Venus verkörpert, die gefiederte Schlange Kukulcan, aber genau wissen Sie das nicht. Also gehen Sie auf Nummer Sicher, begraben ihn bei seinem Schatz und meißeln eine Karte in einen Stein, der vor der Pyramide aufgestellt wird und nur vom Gott Venus verstanden werden kann. Die Vorlage für diese Karte finden Sie auf den Pergamentrollen, die er in der Hand hält. Falls dies Sie noch immer nicht überzeugt, dann erklären Sie mir bitte, was ein christliches Kreuz in einem Tempel der Maya verloren hat.«

»Das kann nicht sein!«, sagte Halcon ungläubig.

»Don Halcon, darf ich Sie mit dem Großadmiral der Weltmeere bekannt machen? Christoph Kolumbus.«

Halcon starrte die Mumie einen Moment lang an und lachte dann humorlos auf. Er warf das Kreuz zurück in den Sarkophag. »Behalt es, du armer Narr.«

Während alle Augen auf den Sarg gerichtet waren, drückte Austin den Beutel, der um seinen Hals hing. Einige Sekunden später ertönte ein fernes Dröhnen, kurz darauf noch einige weitere gleichartige Laute.

»Was ist das?«, fragte Halcon und schaute sich um.

Guzman ging zu der Treppe und lauschte. »Klingt wie Donner.«

Während der Handlanger abgelenkt war, bückte sich Austin und hob mit einer schnellen Bewegung eine der scharfen Lanzenspitzen auf, mit denen er und Zavala vergeblich versucht hatten, den Deckel des Sargs aufzuhebeln. Er legte seinen kräftigen Arm um Halcons schmalen Hals und drückte ihm die geschliffene Spitze tief in die Haut.

Guzmans Waffe schwang herum.

»Zurück oder ich durchbohre seine Kehle!«, warnte Austin. Er drückte etwas stärker zu. Blut tröpfelte an Halcons Hals herunter.

»Tun Sie, was er sagt«, keuchte Halcon, der kaum sprechen konnte, weil ihm die Luft abgeschnürt wurde.

»Stecken Sie die Waffe ein«, befahl Austin. Er wusste, dass Guzman sich niemals ganz von der Pistole trennen, sondern eher einen Kopfschuss versuchen oder zunächst Zavala niederstrecken würde.

Guzman lächelte und ließ die Waffe zurück in das Holster gleiten. Seine Miene schien einen Hauch von Bewunderung auszudrücken. Dann wies Austin seinen Gefangenen an, die Waffe fallen zu lassen.

Langsam zog sich Kurt rückwärts aus der Kammer zurück und zerrte seinen menschlichen Schild die Treppe hinunter in die Hauptkammer. Zavala hielt sich dicht neben ihm. Guzman folgte ihnen gemessenen Schritts. Sie stiegen zwischen den Trümmern hindurch und blieben in dem Lichtstrahl stehen, der durch das Loch in der Decke hereinfiel.

Halcon hatte sich von seiner Überraschung erholt. »Sieht aus wie eine Pattsituation«, sagte er mit krächzender, aber trotziger Stimme.

Ein Schwall Wasser platschte von oben auf sie herab. Alle außer Austin schauten empor.

»Es handelt sich nicht um Regen, falls Sie das vermuten sollten. Das Donnern, das Sie vor ein paar Minuten gehört haben, stammte von Sprengladungen. Ich habe per Fernzündung den Damm in die Luft gejagt, der den Zufluss zum See blockiert hat. Millionen Liter strömen jetzt in das Becken.«

»Ich glaube Ihnen nicht«, sagte Halcon herablassend.

»Vielleicht sollten Sie das, Don Halcon«, sagte Guzman. »Mr. Austin hat hinsichtlich der Fernzündung anscheinend nicht gelogen.«

»Sie hätten niemals mit dieser Entwicklung der Ereignisse rechnen können«, sagte Halcon.

»Das stimmt. Mein ursprünglicher Plan sah vor, den Damm zu sprengen, nachdem wir hier fertig waren, um es schwieriger für Sie zu machen, den Tempel zu finden. Auf diese Weise sterben wir wenigstens alle zusammen.«

Erneut schwappte ein Wasserguss herab und durchnässte sie. Diesmal war er schon stärker als zuvor.

»Ich schätze, das war nur die erste kleine Welle von der Explosion. Das Reservoir dürfte sich inzwischen in den See entleert haben, und es strömt ständig Wasser nach. Es wird nicht lange dauern, bis der Wasserspiegel das Loch erreicht hat, das Sie in den Tempel gesprengt haben. Ich habe keine Ahnung, wie lange es dauert, bis diese Kammer voll gelaufen ist, aber an Ihrer Stelle würde ich nicht zu lange warten.«

Guzman schaute zu der Leiter und schien ein wenig von seiner ehernen Gemütsruhe einzubüßen. »Wir müssen verschwinden.«

»Nicht ohne diesen Schatz.«

»Der ist mir völlig egal«, sagte Austin. »Wie Sie schon sagten, wir sind tot.«

Abermals drang Wasser ein, diesmal jedoch nicht mehr als kurze Woge, sondern als anhaltender Sturzbach.

»Don Halcon ...« Guzman klang beunruhigt.

»Er blufft, Sie Narr«, erwiderte Halcon verärgert.

»Falls er die Wahrheit sagt, wird der Schatz niemandem mehr nützen«, sagte Guzman.

Halcons Blick war voller Hass. »Schon seit mein Vater Sie angeheuert hat, waren Sie nie mehr als ein blutrünstiger Kretin«, sagte er verächtlich. »Sie haben keine Ahnung von Ruhm und Ehre.«

Guzmans Lippen verzogen sich zu einem eiskalten Lächeln.

Inzwischen ergoss sich ein regelrechter Wasserfall direkt auf sie herab, so dass sie einander kaum noch sehen konnten. Das Wasser stand bereits mehrere Zentimeter hoch. Dennoch rührte sich niemand vom Fleck.

»Ein ziemliches Dilemma, nicht wahr, Guzman?«, spottete Austin mit lauter Stimme, um das Rauschen des Wassers zu übertönen. »Halten Sie Ihrem verrückten Chef und der Bruderschaft die Treue und ertrinken, oder retten Sie Ihr Leben? Ich hoffe wirklich, dass Sie Ihren kleinen Familienstreit beilegen können, aber Sie werden dabei ohne mich zurechtkommen müssen. Los geht's, Joe!«

Zavala rannte auf den Durchgang am anderen Ende der Kammer zu und sprang ins Wasser. Austin ließ die Lanzenspitze fallen, packte Halcon am Hosenbund und stieß ihn mit aller Kraft Guzman entgegen, der durch Zavalas Sprint vorübergehend abgelenkt war. Beide Männer stürzten zu Boden, aber noch im Fallen zog Guzman seine Waffe. Austin lief die Kammer entlang. Guzman richtete sich auf und gab einen Schuss ab, aber in dem trüben Licht war Kurt nur schwer auszumachen, und die Kugel ging fehl. Austin tauchte unter.

Guzman machte sich fluchend an die Verfolgung. Das Wasser reichte ihm inzwischen bis weit über die Knöchel, und schon nach wenigen Schritten wurde ihm klar, dass es Selbstmord bedeutete, in der Kammer zu bleiben. Er wurde in dieser Erkenntnis bestärkt, als er sich umdrehte und feststellte, dass Halcon ihn im Stich gelassen hatte und versuchte, die Leiter zu erreichen. Halcons Träume von Ruhm waren schließlich doch nicht stärker als sein Selbsterhaltungstrieb gewesen. Er watete durch das ansteigende Wasser, bis er sich unter dem Deckenloch befand, wo die Fluten wie eine Miniaturausgabe der Niagarafälle donnernd nach unten stürzten. Der Wasservorhang nahm ihm die Sicht. Er tastete nach der Leiter, aber seine Finger glitten ab. Entschlossen biss er die Zähne zusammen und versuchte es erneut. Diesmal bekam er eine Sprosse zu fassen.

Als er den Aufstieg beginnen wollte, packte ihn eine Hand am Knöchel und zog ihn nach unten. Guzman umschlang Halcons Knie mit den Armen und setzte sein ganzes Körpergewicht ein, um ihn zurück in die Kammer zu zerren. Mit einer Hand hielt sich Halcon fest, mit der anderen schlug er so kräftig, wie ihm das in seiner misslichen Haltung möglich war, nach Guzman. Der erste Hieb traf Guzmans Stirn, aber der klammerte sich weiterhin erbittert fest. Halcon schlug noch zweimal zu, und ein schmerzhafter Treffer auf die Nase erzielte schließlich die gewünschte Wirkung.

Guzmans Umklammerung löste sich. Er verlor den Halt, wurde zurück in die Kammer gespült und prallte gegen einen Haufen Wracktrümmer. Der Mann hatte noch immer nicht genug. Er erhob sich auf die Knie und wollte gerade wieder aufstehen, als ein zwei Meter langer Schiffsbalken ihn mitten im Gesicht traf. Die Kraft der Strömung verlieh der Strebe die Wucht eines Rammbocks. Ein stechender Schmerz durchzuckte ihn. Benommen und auf einem Auge blind ruderte er hilflos mit den Armen und schnappte nach Luft, aber seine Lunge füllte sich lediglich mit trübem Wasser. Seine verzweifelten Bewegungen wurden langsamer und schwächer, und die Strömung trieb ihn tiefer in die dunkle Kammer hinein.

Halcon steckte ebenfalls in Schwierigkeiten. Er hatte erst wenige Meter auf der Leiter zurückgelegt, als eine große Woge über den Rand des Lochs in der Decke schwappte und ihm wie eine riesige nasse Faust mehrere Schläge versetzte, bis er sich kaum mehr halten konnte. Weiteres Wasser strömte nach und schwemmte ihn von der Leiter. Er erkannte, dass auf diesem Weg eine Flucht unmöglich war, also kämpfte er sich bis zu der Treppe durch, die in die Grabkammer führte. Auf Händen und Knien kroch er die Stufen empor. Das Wasser war ihm dicht auf den Fersen.

Zavala hatte schwimmend in dem Becken auf Austin gewartet. Als Guzmans Schuss irgendwo über ihnen einschlug, tauchten sie senkrecht in den Schacht hinunter. Immer abwechselnd atmeten sie die Luft aus Zavalas Reservetank. Einige Minuten später schwammen sie durch das Maul des Kukulcan hinaus. Nach einem Blick auf den Kompass hielten sie auf das offene Gewässer zu und versuchten mit aller Kraft, sich so weit wie möglich von dem Sog zu entfernen, der sich rund um den gesprengten Tempel gebildet hatte. In der Nähe der kleinen Bucht, in der ihr Flugzeug versteckt lag, kamen sie wieder an die Oberfläche. Innerhalb weniger Minuten hatten sie die Äste entfernt und den Motor angelassen. Dann glitten sie zum Start hinaus auf den See. Sobald das Flugzeug etwas an Höhe gewann, flog Zavala einen großen Kreis um das Gewässer.

Die Insel, die sich rund um den Tempel gebildet hatte, war verschwunden. An ihrer Stelle gähnte ein schwarzes Loch, in dem wirbelnd das Wasser des Sees verschwand und das an den Abfluss einer Badewanne denken ließ. Nicht weit davon entfernt trieb ein Wasserflugzeug, das wohl Halcon gehört haben musste, und wurde nur dank seines ausgeworfenen Ankers von dem Sog verschont.

Sie hatten genug gesehen. In niedriger Höhe überquerten sie ein letztes Mal den See und schauten in den Strudel hinab. Zavala konnte der Versuchung nicht widerstehen. Er beugte sich aus dem Fenster und rief: »Auf Wiedersehen, Kolumbus.«

Dann flogen sie zurück zur *Nereus.*

49

Das Segelboot mit dem kurzen Mast und dem einzelnen übergroßen Gaffelsegel glitt über die tiefblauen Gewässer der Chesapeake Bay. Eine gleichmäßige Südwestbrise schob es direkt von achtern mit fünfzehn Knoten Geschwindigkeit voran. Austin saß entspannt in dem großen offenen Cockpit und hatte einen Arm auf die erhobene Reling, den anderen auf eine große Ruderpinne gelegt. Sein Blick schweifte auf der Suche nach Beute über die anderen Boote in Sichtweite.

Seine Jagd wurde durch Nina unterbrochen, was ihm durchaus nicht unangenehm war. »Rum und Fruchtsaft«, verkündete sie und kam mit zwei klirrenden Gläsern in der Hand aus der Kabine.

Sie trug ein T-Shirt mit NUMA-Aufdruck und knappe weiße Shorts, die ihre langen Beine und die Bräune der Haut vorteilhaft zur Geltung brachten. Austin war beileibe nicht blind für ihre Reize, aber zunächst hatte er sich etwas anderes vorgenommen. Er bedankte sich beiläufig und hielt den Blick unverändert auf das Wasser gerichtet.

»Ah, meine Hübsche«, sagte er wie die böse Hexe aus dem Film *Das zauberhafte Land.* Er nahm ein Fernglas und peilte eine elegante Sloop an, deren weißer Fiberglasrumpf knapp acht Meter lang war. Wie Austins Boot glitt auch sie ziellos dahin. Großsegel und Klüver waren beide gehisst.

Austin trank einen Schluck, stellte das Glas in einer Halterung ab und lenkte dann sein Segelboot auf parallelen Kurs zu der Sloop. Er winkte den beiden jungen Männern im Cockpit des anderen Boots zu, machte mit dem Daumen eine ruckartige Bewegung, als wäre er ein Anhalter, und drehte dann in großem Bogen seitlich ab.

Die Mannschaft der Sloop nahm die freundliche Herausforderung zu einem Wettrennen an.

Austin steuerte härter am Wind, und die Sloop folgte seinem Beispiel. Sie fuhren jetzt in etwa dreißig Metern Entfernung genau parallel und bereiteten sich auf den Start vor.

Austin straffte das Segel und drehte das Boot in den Wind.

Die Männer in der Sloop taten es ihm mit Großsegel und Klüver nach, und wenig später zogen die beiden Boote eine schäumende Spur quer über die Bucht. Die Sloop war schnittig und schnell, und die Männer an Bord waren gute Segler, aber schon bald gewann Austin einen deutlichen Vorsprung. Er lehnte sich gelöst gegen die Reling zurück und nippte an seinem Glas, bis er die Sloop weit hinter sich gelassen hatte.

»Was hast du da gerade gemacht?«, fragte Nina lächelnd.

»Ich habe mal wieder ein paar Seglern bewiesen, dass dieses Ding zwar wie eine Badewanne aussieht, sich aber längst nicht so segelt.«

»Ich halte das hier für ein *tolles* Boot. Großes Deck. Und es ist erstaunlich, wie viel Platz man unten hat, obwohl der Rumpf noch nicht einmal sieben Meter lang ist.«

»Ich habe ziemlich oft an Bord übernachtet, und wie du anhand der Koch- und Schlafgelegenheiten sehen kannst, weiß ich Komfort und etwas Platz zum Ausstrecken zu schätzen. Das

Boot wurde ursprünglich als Arbeitsboot konstruiert. Das einzelne Segel kann problemlos von einer Person bedient werden und ist groß genug, um gegen Abend auch bei schwacher Brise für genügend Fahrt zu sorgen. Außerdem ist dieser Segler ziemlich wetterfest, sogar unter Bedingungen, die andere Gefährte zum Kentern bringen würden. Aber am besten gefällt mir, dass er schnell ist, ohne danach auszusehen. Auf diese Weise kann ich mich an ahnungslose Opfer wie die beiden auf der Sloop heranschleichen und ihnen mein Kielwasser zeigen. So, da sind wir.«

Sie hatten die Spitze einer kleinen Insel umsegelt. Austin warf den Anker aus, und dann machten sie sich über ihren Picknickkorb her und aßen zu Mittag, während sich das Boot in der sanften Dünung wiegte. Nach dem Essen setzte sich Nina dicht neben Austin und lehnte sich an ihn.

»Danke für die Einladung zu dieser Segeltour.«

»Ich dachte mir, wir beide könnten nach den letzten paar Wochen eine angenehme Ablenkung gut gebrauchen.«

Sie ließ den Blick nachdenklich in die Ferne schweifen. »Ich muss trotzdem immer wieder an diese schrecklichen Männer denken. Was für ein furchtbarer Tod.«

»Die beiden brauchen dir nicht Leid zu tun. Guzman hat während seines Lebens zahllose Menschen ermordet, ganz abgesehen von der Versenkung der *Andrea Doria.* In gewisser Weise war der Tod durch Ertrinken passend für ihn. Falls Halcons Plan geglückt wäre, hätte er womöglich viele tausend weitere Leben gekostet. Guzman hatte Glück. Halcon blieb immerhin noch genug Zeit, um über seine Verfehlungen nachzudenken. Die Luft in der Grabkammer hielt das Wasser noch für eine Weile draußen, aber nach ein paar Stunden war sie dann auch vollständig entwichen. Am besten aber ist, dass mit seinem Tod auch die Bruderschaft ein Ende gefunden hat. Ich wünschte nur, er wäre lange genug am Leben geblieben, um zu erfahren, was mit seinem kostbaren Schatz geschehen wird.«

»Vor Admiral Sandecker ziehe ich wirklich den Hut«, sagte

Nina, die froh war, das Thema wechseln zu können. »Der Vorschlag, den Schatz zur weltweiten Bekämpfung von Armut und Krankheit in eine internationale Stiftung einzubringen, war ein Geniestreich.«

»Die Alternative wäre ein jahrelanger Rechtsstreit ohne Gewinner gewesen. Wer käme denn als Eigentümer in Betracht? Die Abkömmlinge der Phönizier? Die Römer? Die Mexikaner? Die Guatemalteken?«

»Oder Christoph Kolumbus.« Nina schüttelte den Kopf. »Komisch, oder? Seine Besessenheit, das Gold zu finden, hat ihn umgebracht, genau wie Halcon.«

»Nach dem Ergebnis der Autopsie zu urteilen, befand er sich auch schon vor Antritt der Reise nicht bei sonderlich guter Gesundheit. Auch ohne diese fünfte Fahrt wäre er vermutlich bald gestorben. Wenigstens ist er auf diese Weise berühmter als jemals zuvor geworden, ob er es nun verdient hat oder nicht. Außerdem schulde ich dem alten Christoph etwas. Wäre er nicht so versessen gewesen, hätten wir beide uns vielleicht nie kennen gelernt.«

Nina nahm Austins Hand. »Wenn er nur wüsste, was diese Reise alles nach sich gezogen hat. Die Bergung des Schatzes wird das größte archäologische Projekt aller Zeiten sein, mit Beteiligung von Staaten und Regierungen aus der ganzen Welt. Ich kann es kaum erwarten, mit der Arbeit anzufangen. Er hat durch seinen Tod mehr zur Zusammenführung der Menschen getan als jemals zu Lebzeiten. Nur schade, dass sein Vermächtnis als Entdecker Amerikas komplett revidiert werden muss.«

»Das scheint keine Rolle zu spielen. Ich habe die Pläne für das fürstliche Grabmal gesehen, das man ihm in Madrid bauen will. Washington und San Salvador bemühen sich ebenfalls um seinen Leichnam.«

»Niemand hat vorgeschlagen, ein Denkmal für all die namenlosen Phönizier und Afrikaner zu errichten, die als Erste die Ufer der Neuen Welt betreten haben«, sagte Nina.

»Eventuell *waren* Sie gar nicht die Ersten.«

Sie hob eine Augenbraue. »Wie bitte? Verfügen Sie über Beweise für diese Theorie, Professor Austin?«

»Vielleicht. Ich habe mir noch einmal die Abbildungen der Boote angeschaut. Erinnerst du dich noch an die Gestalt eines Mannes, der an einem diamantförmigen Objekt hängt?«

»Ja. Ich dachte, das könnte irgendein Gott gewesen sein.«

»Mein Ansatz war ein anderer. Ich habe mich nämlich gefragt, wie die Maya es wohl schaffen konnten, bei der Platzierung der Hinweise, die auf das Maul des Kukulcan deuten, eine Vogelperspektive einzunehmen. Ich glaube, sie haben große Drachen benutzt.«

»Fliegende Maya! Das nenne ich wirklich einen ungewöhnlichen Gedanken. Wo hätten sie das lernen sollen?«

Sie wurden durch das Klingeln von Austins Mobiltelefon unterbrochen. Er kramte es aus seiner wasserdichten Tasche hervor und hob es ans Ohr. Sein Stirnrunzeln verwandelte sich in ein Lächeln, als er die Stimme erkannte. Er sprach einige Minuten mit dem Anrufer und trennte dann die Verbindung.

»Das war Angelo Donatelli aus dem Krankenhaus«, sagte er. »Er wird in ein paar Tagen entlassen.«

»Es ist ein Wunder, dass er überlebt hat.«

»Mehr als ein Wunder. Sein Cousin Antonio hat Halcon im entscheidenden Moment irgendwie beim Zielen abgelenkt.«

»Ich bin froh. Nach dem, was du erzählt hast, scheint Mr. Donatelli ein netter Mann zu sein.«

»Das wirst du bald selbst herausfinden können. Er veranstaltet in seinem Haus auf Nantucket ein großes Familienfest. Du bist eingeladen. Paul und Gamay werden auch da sein.«

»Ich komme sehr gern.«

»Schön, dann ist es abgemacht. Möchtest du jetzt den Rest meiner Drachentheorie hören?«

Nina nickte.

»Ich glaube, die Maya haben das von den besten Drachenfliegern der Welt gelernt. Den Japanern.«

Sie lachte. »Ich glaube nicht, dass ich dir da folgen kann.«

»Wohin würdest du mir denn dann gern folgen?«

Nina nahm das Mobiltelefon. »An einen Ort, wo du das hier nicht brauchst.« Sie ließ das Telefon über die Bordwand fallen.

Dann nahm sie die Sonnenbrille ab. Ihr üppiger Mund öffnete sich einladend. Austin nahm die Einladung an, und sie erwies sich als genauso warm und süß wie versprochen.

»Wollen wir nicht nach unten gehen und uns ... wie hast du das genannt? Ausstrecken?«, flüsterte Nina.

Wortlos nahm Austin ihre Hand und führte sie in die geräumige Kabine. Dann schloss er die Lamellentür und sperrte den Rest der Welt aus. Zumindest für eine Weile.

Danksagung

Mit dankbarer Anerkennung für Don Stevens, der uns trockenen Fußes hinunter zur *Andrea Doria* mitgenommen hat, und für die Arbeit zweier großartiger Autoren, Alvin Moscow und William Hoffer, deren Bücher *Collision Course* und *Saved* die menschliche Seite dieser großen Seetragödie lebendig werden lassen. Und für die Ausdauer des unerschrockenen Forschers John L. Stephens, den weder Moskitos noch Malaria davon abhalten konnten, kreuz und quer durch Yukatan zu reisen und die Wunder der versunkenen Maya-Kultur zu entdecken.